PAUL CARSON

Leichenbitter

Buch

Dr. Michael Wilson versteht sich als der Anwalt der Toten. Als Coroner der Stadt Dublin untersucht er unerwartete und merkwürdige Todesfälle und gibt all jenen eine Stimme, die nicht mehr für sich selbst sprechen können.
Als die Akte von Patrick Dowling auf seinem Schreibtisch landet, scheint eigentlich alles klar zu sein: Selbstmord durch Erhängen lautet das Autopsieergebnis des Pathologen. Aber Wilson wird misstrauisch. Ist es wirklich nur ein Zufall, dass der Kollege, der sich vor ihm mit dem Tod des Ministersohns beschäftigte, ermordet wurde? Wilson ahnt, dass etwas nicht stimmt, und beginnt, unliebsame Fragen zu stellen. Fragen, die ihn in Lebensgefahr bringen, denn manche Wahrheiten sollten lieber tief vergraben bleiben …

Autor

Paul Carson, geboren in Belfast, studierte Medizin in Dublin. 1997 erschien sein erster Thriller *Das Skalpell,* der die Spitze der irischen Bestsellerlisten eroberte. Seine Thriller sind international erfolgreich und werden in zwanzig Sprachen übersetzt. Der Autor lebt mit seiner Familie in Dublin, wo er eine Asthma-Klinik für Kinder betreibt.

Weitere Thriller von Paul Carson sind bei Blanvalet in Vorbereitung.

PAUL CARSON

LEICHENBITTER

THRILLER

DEUTSCH VON FRED KINZEL

blanvalet

Die Originalausgabe erschien 2013
unter dem Titel »Inquest« bei Century, an imprint
of The Random House Group Limited, London.

MIX
Papier aus verantwortungsvollen Quellen
FSC® C014496

Verlagsgruppe Random House FSC® N001967
Das FSC®-zertifizierte Papier *Holmen Book Cream*
für dieses Buch liefert Holmen Paper, Hallstavik, Schweden.

1. Auflage
Deutsche Erstausgabe November 2014
im Blanvalet Verlag, München,
in der Verlagsgruppe Random House GmbH

Umschlaggestaltung: Johannes Frick unter Verwendung
eines Motivs von plainpicture/Anja Weber-Decker
Redaktion: Leena Flegler
wr · Herstellung: sam
Satz: DTP Service Apel, Hannover
Druck und Einband: GGP Media GmbH, Pößneck
Printed in Germany
ISBN: 978-3-442-38366-5

www.blanvalet.de

Für Jean, Emily und David

1

Mein Beruf ist der Tod.

Mord, Selbstmord, Tod durch Unfall oder ärztliches Versagen, Verbrennungen, Ertrinken, eine Überdosis, ein Stromschlag, postoperativer Schock, vom Zug überrollt oder vom Bus überfahren – ich kümmere mich um alles. Und um vieles andere mehr.

Ich bin Arzt, aber meine Schützlinge sprechen nicht mit mir. Keiner von ihnen beschwert sich je über Magenkrämpfe, Kopfweh, Halsschmerzen oder Schwindelanfälle. Ich messe nicht ihren Blutdruck, untersuche nicht ihre Haut und Nägel und leuchte ihnen nicht in die Augen. Und doch weiß ich mehr über sie, als sie selbst über sich wussten. Ich weiß mehr, als ihre Angehörigen und Freunde je über sie wussten. Ich weiß, wann und wo sie geboren wurden, wo und wie sie lebten. Und wann und wie sie gestorben sind. Am Tag informiere ich mich über ihr Leben und ihre Lieben, ihre Ehe, Nachkommen, Tätigkeiten und gesellschaftlichen Gepflogenheiten. Nachts lese ich ihre Autopsieberichte.

Manchmal wache ich morgens auf, und neben meinem Bett liegen Fotos verstreut auf dem Teppich. Brutale, grausame Bilder von Tatorten und Obduktionen. Die sind mir in der Nacht aus der Hand gerutscht, als mich die Müdigkeit überwältigt hat. Manchmal verfolgen mich diese Bilder bis in meine Träume. Wie Geister.

In solchen Nächten schlafe ich nicht gut und werde irgendwann ins Gästezimmer verbannt, weil sich meine Frau Sarah weigert, das Ehebett mit mir zu teilen. Sie findet das Elend, das mit meiner Arbeit einhergeht, zu bedrückend. Nicht dass sie mich nicht lieben würde. Sie sagt, sie liebt mich, und ich glaube ihr. Und ich liebe sie mehr, als ich es in Worte fassen kann. Aber ich habe bedeutsame Pflichten. Mein offizieller Titel ist Dr. Michael Wilson, Coroner der Stadt Dublin.

Mir gehören Dublins Tote.

Ich bin ihre letzte Stimme.

2

Patrick Dowling wurde am 30. November 2009 erhängt in einem Waldgebiet gefunden. Die polizeiliche Untersuchung zum Tod des Achtundzwanzigjährigen endete, sowie das Ergebnis der Obduktion bekanntgegeben wurde. Selbstmord. Die Polizei hatte ein paar Nachforschungen angestellt und mit engen Freunden und Verwandten gesprochen, allerdings ohne jedes Ziel vor Augen. Für sie war der Fall bereits erledigt. Dann landete aufgrund gewisser Umstände das Verfahren zur Feststellung der Todesursache auf meinem Schreibtisch, und nachdem ich die Akte einige Zeit studiert hatte, kam ich zu einem gänzlich anderen Schluss. Dowling war ermordet worden.

Meine Rolle als Coroner ist es, Vorfälle wie Patrick Dowlings Tod zu untersuchen. Ich stelle Nachforschungen bei ungewöhnlichen, ungeklärten, gewaltsamen oder unnatürlichen Todesfällen an. Ich frage nach dem Wer, Wann, Wo und Warum. Und dann entscheide ich, was passiert ist. Der Staat braucht eine Erklärung für ungewöhnliche Todesfälle, und die Familien müssen einen Schlussstrich ziehen können.

Nachdem ich also entschieden hatte, dass Dowling nicht von eigener Hand gestorben war, musste ich das Gericht anrufen und es beweisen.

Am Donnerstag, den 3. Juni 2010, um 13.45 Uhr, fing ich mit Jack Matthews an, dem Detective, der die Leiche entdeckt hatte. Wir saßen in meinem Büro – dem »Seufzerzimmer«, wie ich es nenne – im Coroner's Court von Dublin. Seufzer, weil mein Personal hauptsächlich ebendiese aus meinem Büro hört, wenn ich über meinen Unterlagen brüte. Einen weiteren Namen habe ich für den Gerichtssaal selbst: »Geisterkammer.« Ich besitze eine lebhafte Fantasie.

»Als man Dowling fand, galt er noch nicht einmal seit vierundzwanzig Stunden als vermisst«, sagte ich, als würde ich die Akte gerade zum ersten Mal durchgehen. Ich sah über den Schreibtisch hinweg. Matthews nickte. »Warum die überstürzte Suche? Er war ein erwachsener Mann. Er hätte überall sein können. Mit einem Freund versumpft. In seinem Auto, um einen Kater auszuschlafen. Bei einem Mädchen. Es hätte eine Menge Erklärungen für sein Verschwinden geben können.«

»Dowling war drogensüchtig«, erklärte Matthews. »Und er war der Sohn von Minister Albert Dowling. Er war am Tag zuvor in eine Schlägerei mit einem polizeibekannten Kriminellen verstrickt gewesen. Wir machten uns Sorgen um sein Wohlergehen.«

Matthews war der für die Suche nach Dowling verantwortliche Polizeibeamte gewesen. Signale von Dowlings Handy hatten sein Team in ein abgelegenes Waldstück an der Grenze zwischen Dublin und Wicklow geführt.

Ich drehte mich ein Stück auf meinem Stuhl herum und trommelte mit den Fingern auf die Schreibtischoberfläche. Matthews ließ keinerlei Gefühlsregung erkennen. Ein breites, unbewegtes Gesicht.

Ich tat so, als würde ich seine Erklärung akzeptieren. »Also deswegen wurden Sie so schnell aktiv.« Ich nahm einen Bissen von meinem Sandwich. Es schmeckte lausig.

Die Lektüre der Verpackungsangaben verriet mir überdies, dass die vielen Zusatzstoffe für Ausschlag und für Sodbrennen reichen würden. Ich schob das Sandwich beiseite und schlug eine neue Seite in dem Aktendossier auf. Wieder ließ ich es so aussehen, als wäre ich gerade erst auf die entsprechende Stelle gestoßen. In Wahrheit ging ich das Dossier bereits zum dritten Mal durch, und schon bei der allerersten Lektüre hatte sich eine Reihe von Widersprüchen aufgetan. Verdächtige Hämatome an der Leiche. Dowlings letzte Stunden ließen sich nicht mit den Ergebnissen aus der Toxikologie in Einklang bringen. Eine fast leere Whiskeyflasche im Wagen des Toten, auf der man nicht die Spur eines Fingerabdrucks gefunden hatte. Warum sollte ein Mann, der beschlossen hatte, sich umzubringen, sich noch die Zeit nehmen, eine Whiskeyflasche sauber zu wischen? Also hatte ich weiter über den Unterlagen gebrütet und sie unter forensischen Aspekten auseinandergenommen. Als ausgebildeter Pathologe weiß ich, wie man so etwas methodisch macht. Ich nahm mir die getippte Version des Obduktionsberichts vor und unterstrich ein paar Passagen, mit denen ich besonders unzufrieden war. Am Ende war ich davon überzeugt, dass irgendjemand die Unwahrheit sagte – sei es jemand aus Polizeikreisen, ein Zeuge oder die Familie. Dowling war ermordet worden, daran hatte ich nicht den geringsten Zweifel.

Ich trug den toxikologischen Befund laut vor. »Spuren von Kokain, Heroin und Amphetaminen in seinem Blutkreislauf.« Ich runzelte so heftig die Stirn, dass es beinahe wehtat. »Ein ordentlicher Cocktail. Es wundert mich, dass er seine Schnürsenkel noch zubinden konnte, ganz zu schweigen davon, eine Schlinge zu knoten.«

Matthews antwortete mir nicht, sondern rutschte lediglich nervös auf seinem Stuhl hin und her, rieb sich die Nase und kratzte sich am Kinn. Er sah aus, als wünschte er sich tausend Meilen weit weg. Er war ein hochgewachsener Mann Anfang fünfzig mit schütterem Haar und einer Tendenz zum Verlottern. Seine Haut war blass von zu viel Schreibtischarbeit, und er hatte einen beträchtlichen Schmerbauch. Seine Fingernägel waren bis aufs Fleisch abgekaut. Sein Anzug war fast so verknittert wie sein Gesicht, über das nun ein Anflug von Unsicherheit huschte.

»Als man ihn entdeckte, lag ein umgekippter Barhocker unter ihm.« Ich hatte einen bewusst monotonen, gelangweilten Tonfall gewählt. »Auf der Sitzfläche prangte der schlammige Abdruck seiner Schuhe. Schlussfolgerung: Er hatte sich die Schlinge um den Hals gelegt, sich auf den Hocker gestellt und ihn dann unter sich weggetreten.« Ich warf Matthews wieder einen raschen Blick zu. »Nur wie zum Teufel hat er all das geschafft?«

Matthews zuckte mit den Schultern. Sein Gesichtsausdruck war düster, seine Augen stumpf. Ich überlegte kurz, ob ihn die Erinnerung an den leblos vor ihm hängenden achtundzwanzigjährigen Dowling noch immer verfolgte. Niemand, der unvermutet auf einen Toten stößt, vergisst diesen Anblick jemals. »Das kann ich Ihnen nicht sagen, Dr. Wilson«, antwortete er. »So haben wir ihn jedenfalls gefunden.«

Er ließ sich nicht in die Karten schauen. Sofern er log, war er tatsächlich ein guter Lügner. Andererseits wusste er vielleicht wirklich nichts. Oder er hielt das Material in Dowlings Akte für plausibel. Dann war er dumm. Oder irregeleitet. Wenn meine schlimmsten Befürchtungen zutrafen, war Matthews sich der Tatsache, dass die Akte voller Unstimmigkeiten steckte, sehr wohl bewusst und stellte sich absichtlich unwissend. Doch ich würde diesen Verdacht nicht äußern. Zunächst wollte ich sehen, ob ich ihn aus dem Gleichgewicht bringen konnte. Er glaubte, wegen einer Vorbesprechung für das Gerichtsverfahren zur Feststellung der Todesursache hier zu sein, nicht zu einem Kreuzverhör.

Ich zog mein Sakko aus und hängte es über die Lehne meines Schreibtischstuhls. Dann öffnete ich den obersten Knopf meines Hemds und lockerte die Krawatte. Ohne ein weiteres Wort nahm ich Schriftstücke und Fotos aus der Akte. Matthews verfolgte jede meiner Bewegungen.

Die Polizeifotos des Erhängten breitete ich vor mir auf dem Schreibtisch aus. Man hatte Dowling auf einer Lichtung etwa zehn Meter vom Waldrand entfernt gefunden. Die Bäume standen dort dicht beisammen, die ganze Szenerie wirkte düster und unheimlich. Der Fotograf hatte herabgefallene und zerbrochene Äste eingefangen, die ganze Verwüstung eines noch nicht allzu lange zurückliegenden Sturms. Alles war von Zweigen, totem Laub und Blättern übersät. Rinde schälte sich von den Stämmen dicker Kiefern. BLITZ. Dann die Bilder der Leiche: der Oberkörper, der Kopf auf einem schrecklich abgeknickten Hals. BLITZ. Ein anderer Blickwinkel. Ein lebloses und aufgedunsenes Gesicht. BLITZ. Detailaufnahme des Seils, das in Dowlings Hals schnitt. Dieses Foto hatte auch Dowlings Mund, Nase und Augen erfasst. Ich starrte die Aufnahme an, drehte sie hin und her, als könnte das brutale Bild mir irgendeine Einsicht in die Gedanken des Toten offenbaren. Selbstmord ist ein Akt der Verzweiflung. Die meisten Menschen kämpfen um ihr Leben – bis zum letzten Atemzug kämpfen sie, um zu überleben. Warst du an jenem Tag so zutiefst verzweifelt, Patrick? Oder ist dir etwas anderes zugestoßen? Warst du wirklich allein, wie alle glauben? Oder war jemand bei dir? Hast du dir selbst das Leben genommen? Oder hat dich jemand getötet?

Ich blätterte zu einem anderen Abschnitt der Akte. »Der Obduktionsbericht schließt mit der Annahme, dass Dowling Selbstmord begangen hat. Das ist auch der Standpunkt des Staats im gerichtlichen Verfahren zur Feststellung der Todesursache.«

Matthews nickte wieder.

Ich seufzte laut. *Da sind der Staat und ich offenbar nicht derselben Meinung,* dachte ich.

»Ich wundere mich dennoch, warum er seinem Leben meilenweit entfernt von zu Hause in diesem Waldstück ein Ende setzte. Die meisten Selbstmörder bleiben auf heimischem Terrain.«

Matthews beugte sich vor. Sein Atem ging schwer und mühsam, und er kniff die Augen zusammen, sodass ich nur noch schmale, misstrauische Schlitze sah. »Irgendetwas stört Sie doch, Dr. Wilson. Was ist es?«

Ich gab ihm keine Antwort. Mich störte eine ganze Menge. Aber ich wollte vorsichtig zu Werke gehen. Die ganze Sache konnte durchaus einige Zeit dauern. Aber ich hatte Zeit. Tote drängeln nicht bei der Untersuchung ihrer Todesursache. Ich legte die Fotos in drei Reihen. Die erste zeigte den Hintergrund und den Wald. Dann sieben Aufnahmen von der herabhängenden Leiche. Die letzte Reihe zeigte einen schmalen Weg, der an Dowlings Fundstelle vorüberführte. Draußen klingelte ein Telefon, hörte auf, klingelte erneut. Es verstummte, ohne dass jemand den Hörer abgenommen hätte.

»Wird dieser Weg häufig benutzt?« Ich war so hungrig, dass ich noch einmal von dem Sandwich abbiss. Zum Teufel mit Ausschlag und Verdauungsstörungen, ich musste schließlich irgendetwas essen.

Matthews inspizierte seinen Handrücken, als hätte er sich Notizen darauf gemacht. »Schwer zu sagen. Es ist nicht gerade ein Volkswanderweg, aber hin und wieder gehen Leute von dort aus in die Berge.« Sein Blick blieb misstrauisch.

»Wohin führt er?«

»Nach rund einer Meile beginnt erst ein offenes Gelände, das dann zu ein paar niedrigeren Hügeln führt. In den Sommermonaten sind dort Crossläufer unterwegs.«

»Aber im November?«

»Lassen Sie es mich so sagen, Dr. Wilson: Dowling hing seit fast vierundzwanzig Stunden dort, als wir seine Leiche fanden, und niemand hatte zuvor irgendetwas gemeldet.«

Ich ging die Waldaufnahmen aufmerksam durch, vorsichtig, um keine Fettflecke darauf zu hinterlassen. Es sah dort nicht allzu einladend aus. Dunkel, feindselig, unheimlich. Ich bezweifelte, dass sich viele Leute im Winter dorthin wagten.

»Mir will die Sache mit dem Ort einfach nicht in den Kopf«, sagte ich. »Ich habe damals in der Zeitung von dem Fall gelesen. Da hieß es, Dowling sei ein Stadtmensch durch und durch gewesen. Wie kam es dann, dass er an einem derart abgelegenen Ort endete?«

Ich erwartete keine Antwort, und ich erhielt auch keine.

»Ich weiß nicht …« Ich schüttelte den Kopf. »Ich weiß es einfach nicht.« Auf der Baustelle nebenan begann ein riesiger Bagger zu arbeiten. Die Fenster vibrierten. Mein Sandwich vertrocknete. Mir war der Appetit vergangen.

Der Fall Dowling war einer von zwanzig, die vor zehn Tagen auf meinem Schreibtisch gelandet waren. Dowling war innerhalb der Grafschaft Dublin ums Leben gekommen, deshalb hätte sich eigentlich der County Coroner Dr. Harold Rafferty um die Feststellung der Todesursache kümmern müssen. Doch Rafferty war einen Monat zuvor auf dem Weg zu seinem Wagen erschossen worden. Augenzeugen zufolge war ein unter einer Kapuze unkenntlicher Schütze ganz ruhig hinter ihn getreten, hatte Raffertys Namen gerufen und ihm, sobald er sich umgedreht hatte, aus kürzester Entfernung ins Gesicht gefeuert. Dann war der Attentäter in aller Seelenruhe zu einem schweren Motorrad geschlendert, das auf den Parkplatz gefahren war, auf den Soziussitz geklettert, und die Maschine war davongerast. Etwa eine Meile entfernt hatte ein vorbeikommender Autofahrer zufällig gesehen, wie der Schütze die Waffe in einen Bach geworfen hatte. Danach wurde er nicht mehr gesehen.

Rafferty war vierundsechzig Jahre alt und kurz vor dem Ruhestand gewesen, seine Arbeit mustergültig, aber nicht unumstritten. Oft hatte er das Beweismaterial der Polizei und kriminaltechnische Berichte infrage gestellt, wenn er geglaubt hatte, dass gepfuscht worden war. Berühmt war er geworden, als er sich einmal anlässlich eines Untersuchungsverfahrens mit der geballten Macht des Militärs angelegt hatte. Ein angeblich aus Versehen abgegebener tödlicher Schuss hatte sich als Mord herausgestellt, nachdem Raffertys bohrende Fragen von der Richterbank ein Netz aus Täuschung und Vertuschung unter hochrangigen Offizieren offengelegt hatte. Von diesem Tag an war er unter Strafverfolgern zwar ein Held, aber in Armeekreisen verhasst gewesen. Dennoch gab es nach wie vor kein ersichtliches Motiv für einen derart kaltschnäuzig und professionell ausgeführten Mord.

Von der Richterschaft bis hin zur Regierung hatte zunächst lähmendes Entsetzen über seine Ermordung geherrscht. Dann hatte man sich beeilt, Raffertys anhängige Verfahren aufzuteilen, damit sie abgeschlossen werden konnten. Ich hatte einen nicht unbeträchtlichen Teil seiner Fälle auf den Schreibtisch bekommen. Doch bis auf Dowling schien es sich um lauter Routinefälle zu handeln. Bei Dowling war ich davon überzeugt, dass er sich nicht selbst getötet hatte. Aber wenn nicht – wie war es dann dazu gekommen, dass er in einem abgelegenen Waldstück an einem Strick gebaumelt hatte? Jemand musste bei ihm gewesen sein. Dowling war nicht allein gestorben. Und irgendjemand versuchte, den wirklichen Sachverhalt zu vertuschen.

»Da ist noch etwas, was mich überrascht hat.« Ich war wie ein Hund, der nicht mehr von seinem Knochen abließ. »Die Eile.«

Matthews konnte ein Stöhnen nicht unterdrücken. Er räusperte sich, um davon abzulenken. »Welche Eile?«

Draußen schaltete der Baggermotor in den Leerlauf, und die Fenster hörten auf zu klappern.

»Er verschwand am 29., wurde am 30. entdeckt und binnen vierundzwanzig Stunden obduziert. Zwei Tage später war die Beerdigung.« Ich lehnte mich zurück und sah den Detective an. »Das kommt mir verdammt überstürzt vor.«

»Ich habe im Fall Dowling ermittelt«, sagte Matthews scharf und sah dabei finster drein. »Wir haben ein gutes Dutzend Aussagen aufgenommen, darunter die seiner engsten Freunde. Das Begräbnis hat seine Familie organisiert, nicht ich.«

Ich hob die Hand. »Nachdem der Pathologe auf Selbstmord entschieden hatte, war das also das Ende der Geschichte, richtig?« Ich wies dem Mann einen Ausweg.

»Ja.« Jetzt sah er nicht mehr ganz so finster drein. Er war vom Haken. Mit dem Pathologen würde ich mich später beschäftigen. Es würde ihm schwerfallen, mich von der Richtigkeit der Schlussfolgerung zu überzeugen, zu der er bei der Obduktion gelangt war.

Aus Matthews würde ich nichts Nützliches mehr herausbekommen. Er hatte sich auf die Selbstmordtheorie versteift und ließ sich nicht mehr davon abbringen. Eines Tages würde ich ihn von einer anderen Position aus attackieren.

Ich klappte die Akte zu, legte sie demonstrativ auf einen Stapel weiterer Akten und richtete sie penibel gerade aus, damit sie nicht hinunterrutschte.

»Dann ist das wahrscheinlich das Ende der Geschichte«, log ich. Ich brauchte mehr Zeit. Es würde in diesem Verfahren unter keinen Umständen zu einer Anhörung kommen, ehe meine Zweifel vollends beseitigt wären. Ich schlug meinen Kalender auf. »Ich setze den Termin gleich als ersten am Montag, den 28. Juni, an. Das ist in knapp vier Wochen. Meine Sekretärin soll die Familie benachrichtigen. Wir werden aufgrund der Umstände eine Jury-Entscheidung brauchen. Das bedeutet: mündliche Aussagen sowohl von Ihnen als auch von den Kollegen aus der Forensik. In Ordnung?«

Matthews schien verunsichert. »Können Sie die Verhandlung nicht früher ansetzen? Die Familie will die ganze Sache möglichst schnell hinter sich lassen.«

Ich deutete auf den Stapel. Allesamt Berichte von ungewöhnlichen, seltsamen Todesfällen. »Sehen Sie diese Akten?«, fragte ich ihn. »Jede einzelne steht für einen Mann, eine Frau oder ein Kind. Sie alle sind unter unnatürlichen Umständen ums Leben gekommen. Aus diesem Grund sind sie hier bei mir gelandet. Und egal, welche Stellung sie im Leben innehatten – ob sie reich waren oder die Ärmsten der Armen –, sie haben alle meine Aufmerksamkeit verdient. Sie alle verdienen eine Erklärung dafür, was in den letzten Augenblicken ihres Lebens geschehen ist. Sie alle verdienen es, dass in ihrer Sterbeurkunde die Wahrheit steht.«

Matthews rutschte unruhig auf seinem Stuhl hin und her.

»Falls der Minister ein Problem wegen dieses Termins haben sollte, sagen Sie ihm, er soll sich bei mir melden. Aber sagen Sie ihm auch, dass ich nicht nachgeben werde. In meinem Verantwortungsbereich warten die Toten der Reihe nach, und niemand überspringt einfach ein paar Plätze in der Schlange. Für Geld und Einfluss gibt es keinen früheren Termin.«

Im Nu war Matthews auf den Beinen. Er konnte es kaum noch abwarten, aus meinem Büro zu kommen. »Schon gut, schon gut. Sagen Sie den Dowlings nur bitte Bescheid. Sie sind ein wenig irritiert wegen dieses Verfahrens.«

Albert Dowling war mir natürlich ein Begriff. Er war das Familienoberhaupt und gehörte der irischen Regierung an. Im Fernsehen wirkte der Sechzigjährige groß und gut aussehend, mit vollem stahlgrauem Haar. Er hatte ein markantes Kinn mit einem Grübchen und schmale, raubvogelartige Augen unter buschigen grauen Brauen, die sich zornig aufzurichten schienen, wenn er über irgendetwas erbost war. Ich kannte ihn nicht persönlich, wusste aber um seinen Ruf als Rüpel, der stets seinen Willen durchzusetzen suchte. Korruptionsgerüchte kursierten über ihn. Ackerland soll als Bauland ausgewiesen werden? Kein Problem, fragen Sie Albert. Er wusste, wie man bei Planungstreffen Stimmen kaufte. Er wusste, welche Ratsmitglieder man schmieren konnte und für wie viel. Er vermochte eine Autobahn durch eine mittelalterliche Begräbnisstätte bauen zu lassen und EU-Gelder in seinen eigenen Wahlbezirk umzuleiten, um vor den Wahlen Stimmen zu fangen. Er war ein Gauner in einer Regierung, die aus lauter Gaunern bestand, doch er ragte hervor. Es interessierte ihn einen feuchten Dreck, was andere von ihm dachten. Er war dreist, unverschämt und furchteinflößend. Doch der Tod seines ältesten Sohns Patrick hatte ihm das Feuer geraubt. So hatten es jedenfalls Leute formuliert, die ihn kannten.

Matthews war bereits an der Tür und auf dem Weg nach draußen.

»Falls es in der Zwischenzeit Probleme geben sollte«, sagte ich, »wissen wir ja, wie wir uns erreichen.«

Er blieb mit einer Hand am Türrahmen stehen. »Was denn für Probleme?«

»Ich weiß nicht«, sagte ich, »nur ganz allgemein. Probleme mit der Verfügbarkeit des Pathologen, mit dem Terminplan des Gerichts, mit der Teilnahme von Zeugen …«

Warum war Matthews so nervös? Er sah regelrecht erschrocken aus, als starrte ihn ein Geist hinter meinem Rücken an.

»Landung von Marsbewohnern, Überschwemmungen, Unruhen, Stürme, Pest – was weiß ich. Ich habe nur eine Redewendung benutzt. ›Wenn es Probleme gibt, melden wir uns.‹ Ich wollte damit nicht andeuten, dass es tatsächlich welche geben wird.«

Noch nicht.

Matthews lächelte freudlos. Das beruhigte mich mitnichten. Irgendetwas quälte ihn; seine Miene verriet alles. Er hatte kein gutes Gefühl bei dem Fall. Er wusste, die Beweislage war schwierig, aber er wollte dabei bleiben und hoffte, dass ich irgendwann aufhörte, Fragen zu stellen, und alles für bare Münze nähme. Doch wenn ich recht hatte, lag Matthews falsch. Und bare Münze war bei mir nicht drin. Ich bin ein spezialisierter Pathologe mit einer ziemlich speziellen Vergangenheit. Ich traue nicht vielen Leuten. Ich traute ihm nicht und auch nicht den Obduktionsbefunden. Tatsächlich glaubte ich in diesem Fall an gar nichts.

Als er gegangen war, zog ich die Akte wieder vom Stapel und schlug sie auf. Ich sah auf die Uhr. Ich hatte noch fünfunddreißig Minuten bis zum Ende der Mittagspause. Der Hunger trieb mich zum letzten Viertel meines Sandwichs. Minuten später ergoss die Säure sich in meinen Magen, und ich griff zu einer Packung Rennies.

Erneut ging ich die Fotos durch, bis ich ein ganz bestimmtes gefunden hatte. Eines derjenigen, die den Waldhintergrund zeigten. Ich betrachtete es aus verschiedenen Winkeln und drehte es so, dass das Licht darauf fiel. Dann studierte ich es durch ein Vergrößerungsglas. Ein verschwommenes Etwas hatte meine Aufmerksamkeit erregt. Doch egal wie lange ich darauf starrte, es blieb ein Schatten. Ein Schatten mit einem roten Auge.

3

Ich wurde im Februar 2008 Coroner von Dublin, genau zu der Zeit, als dem Keltischen Tiger allmählich das Brüllen verging. Die von billigem Geld, verantwortungslosen Darlehenspraktiken der Banken und Regierungsinkompetenz befeuerte Immobilienblase war angestochen, und die Luft entwich in rasender Geschwindigkeit. In Finanz- und Regierungskreisen läuteten die Alarmglocken. Immobilienmakler gerieten in Panik, ihre Werbeanzeigen wurden schriller oder bekamen gar etwas Verzweifeltes. Bauträger schmolzen auf dem Börsenparkett dahin wie Schnee in der Frühlingssonne. Den Baufirmen gingen die liquiden Mittel so schnell aus, dass sie ihre Subunternehmer nicht mehr bezahlen konnten, die Subunternehmer konnten ihre Arbeiter nicht mehr bezahlen und die Arbeiter nicht länger ihre Bankdarlehen, sodass die Banken hingingen und die Häuser der Arbeiter beschlagnahmten. Überall im Land ließen Geschäfte die Rollläden herunter und nie wieder hinauf. Osteuropäische Einwanderer, die sich bei dem plötzlichen Zusammenbruch die Finger verbrannt hatten, flohen zurück in ihre Heimatländer. Es gab zuhauf Geschichten von Autos, die am Flughafen Dublin stehen gelassen worden waren, mit Hausschlüsseln und Zwangsräumungsbescheiden im Handschuhfach. Die Untergangsstimmung und das Entsetzen waren im ganzen Land geradezu mit Händen greifbar. Dann wurde aus der bedrückten Stimmung Zorn, und der Äther glühte regelrecht vor wütenden Ausbrüchen gegen die Regierung.

Aus heiterem Himmel erhielt ich damals einen Anruf von Damien Johnston, dem Justizminister. Zu jener Zeit arbeitete ich als leitender Pathologe im halogenbeleuchteten Keller des Universitätsklinikums, einer der angesehensten medizinischen Einrichtungen der Stadt. Ich hatte gerade eine Obduktion abgeschlossen und bereitete mich auf die nächste vor.

»Ich suche einen furchtlosen, klar denkenden Coroner, der keine deutlichen Worte scheut«, sagte Johnston, »und man hat mir gesagt, dafür seien Sie genau der Richtige.« Schmeichelei. Nicht unbedingt das beste Mittel, um meine Sympathien zu gewinnen, aber der Posten interessierte mich nichtsdestoweniger. Der Minister lehnte es ab, mich in meinem Büro aufzusuchen, um den Vorschlag zu besprechen. Er gestand, dass er sich in Krankenhäusern unwohl fühlte. Ich ließ ihm seine Schwäche durchgehen. Die Pathologie der Uniklinik war gewiss nicht jedermanns bevorzugter Treffpunkt, besonders wenn Leichen auf Edelstahltischen lagen und auf ihre Obduktion warteten.

»Wieso ich?« Mit der freien Hand fuchtelte ich Anweisungen an meinen Assistenten, einen kleinen, mürrischen Mann mit Haarausfall und einer Haut, die so aschfahl war wie die der Leichen um uns herum. Ich orderte einen neuen Satz Sezierbesteck für den nächsten Kadaver. Frische Skalpelle, frische Sägen. Und eine frische Plastikschürze, einen neuen Augenschutz und neue Latexhandschuhe. Ich sah auf die Uhr. Es war 15.35 Uhr an einem Mittwochnachmittag. Punkt vier würden wir die Leiche öffnen.

»Weil Sie nicht vor schwierigen Entscheidungen zurückschrecken«, sagte Johnston. »Sie nehmen kein Blatt vor den Mund, und Sie haben sich viel Respekt in Ihrer Klinik erworben. Und die Eifersucht unter Kollegen ist dort weit verbreitet.«

Das stimmte. Die Uniklinik litt schwer an Dissensen. Fakultätsvorstände bekämpften einander wie Wildkatzen. Die Krebsforschung war zum Exzellenzzentrum erklärt worden, allerdings auf Kosten anderer Bereiche. Die Kardiologen feuerten aus der Deckung heraus auf die Onkologen, die Neurologen lästerten über alle, während die Dermatologen in den Streik traten. Die Klinik bot ein trauriges Bild und geriet ob der herrschenden Unordnung zusehends in Misskredit. Als ich die Pathologie übernahm, forderte ich Änderungen ein, die postwendend neuen Streit auslösten. Als Erstes entließ ich einen Mitarbeiter wegen seiner schlampigen klinischen Praxis. Zehn Tage später bestand ich darauf, dass die dienstälteste Ärztin in den Ruhestand trat, nachdem ich ihr einen Karton leerer Wodkaflaschen, die man in ihrem Spind gefunden hatte, auf den Schreibtisch gekippt hatte. Dann stellte ich in einer Gruppe, die für ihren Rassismus bekannt war, zwei asiatische Pathologen ein.

»Ich bin stolz auf meine Abteilung«, entgegnete ich Minister Johnston. »Das ganze Haus beneidet uns inzwischen. Es herrscht echte Kameradschaft, und die Standards haben sich erheblich verbessert. Alles, was nötig war, war jemand mit gewissen Führungsqualitäten.«

»Oder jemand mit einer Menge Mumm.«

»Vielleicht war ich einfach der richtige Mann zur falschen Zeit am falschen Ort.« Ich spielte meine Rolle herunter. Johnston behandelte mich gönnerhaft, und das mag ich nicht. Das habe ich nicht nötig. Meine Arbeit spricht für sich.

Endlich kam der Minister zur Sache. »Ich möchte, dass Sie der nächste Coroner von Dublin werden. Die Bezahlung ist lausig, die Arbeitsbelastung enorm, und Ihr Büro befindet sich in einem Gebäude, das man schon vor Jahren hätte niederwalzen sollen. Sie werden nicht ausreichend Personal zur Verfügung haben, und ich habe auch kein Geld, Ihnen welches zu verschaffen.« Ich hörte ihn geradezu grinsen. »Es ist also eine sagenhafte Gelegenheit für einen ehrgeizigen Mann wie Sie.«

Ich erwiderte, dass er mich überrascht habe und ich Zeit brauche, um darüber nachzudenken.

»Ich gebe Ihnen achtundvierzig Stunden. Heute ist Mittwoch. Rufen Sie mich bis Freitagnachmittag an.«

Später telefonierte ich eine Stunde lang mit Paul Crossan, dem Coroner, dem ich nachfolgen würde. Er ging nach fast zwanzig Jahren auf dem Posten aus gesundheitlichen Gründen vorzeitig in den Ruhestand. Er umriss für mich, worauf es ankam: »Sie sind jetzt Krankenhausarzt«, sagte er. »Sie führen Obduktionen durch, um die Ursache eines Todes festzustellen, um mehr über das Fortschreiten einer Krankheit zu erfahren oder um Ihren Kollegen im Haus verstehen zu helfen, warum ihre Behandlung oder ihr Eingriff nicht erfolgreich war.« Crossans Stimme klang so rau und nach Kieselsteinen, als rauchte er zwei Schachteln Zigaretten am Tag.

»So kann man es ungefähr beschreiben.«

»Als Pathologe wissen Sie nur wenig über die Person, die den von Ihnen sezierten Körper bewohnt hat. Sie sind Wissenschaftler und an dem zuvor gelebten Leben nicht interessiert.«

Ich hörte zu und nickte.

»Doch als Coroner ist es mit Ihrer Objektivität vorbei.

Jetzt werden Sie hineingezogen. Jemand anderer wird die Obduktion durchführen und Ihnen die Befunde präsentieren. Sie urteilen über diese ebenso wie über alle anderen Faktoren und legen schließlich die Todesursache fest. Sie werden pausenlos mit dem Tod zu tun haben. Tatsächlich werden Sie zu einem Anwalt der Toten.«

Seine Worte überraschten mich. »Wie meinen Sie das?«

Crossan räusperte sich. »Jedes gerichtliche Verfahren zur Feststellung der Todesursache verlangt nach einer finalen Antwort. In Ihrem Gerichtssaal ist ein Geist anwesend, der verzweifelt zu seinem Recht kommen will. Warum ist er gestorben? Wie ist er gestorben? Wenn Sie Coroner sein möchten, müssen Sie sich fragen, ob Sie die Hand nach diesem Toten ausstrecken und sein plötzliches Dahinscheiden erklären können. Sie müssen zu seiner Stimme werden.«

An beiden Enden der Leitung herrschte Schweigen, während ich die Bedeutung seiner Aussage zu begreifen versuchte.

»Vergessen Sie das nicht, wenn Sie den Job annehmen.«

Er machte erneut eine Pause. Ich fragte mich, was nun kommen würde.

»Sie werden allein den Toten Dublins verpflichtet sein und niemandem sonst. Stellen Sie sich das von Ihnen durchgeführte Verfahren als ihre letzte Berufungsinstanz vor. Nie wieder werden die letzten Stunden des Verstorbenen so sorgfältig untersucht.«

Ich bedankte mich bei ihm und verabschiedete mich. Meine Hand zitterte, als ich den Hörer auflegte. Ich schlief kaum in jener Nacht und wälzte mich unruhig im Bett hin und her. Mein Hirn wurde regelrecht überflutet von der

Verantwortung, die diese Position mit sich bringen würde. Am nächsten Morgen vertraute ich mich meiner Frau Sarah an. Ich bin sechsundvierzig, sie ist vier Jahre jünger. Wir sind seit siebzehn Jahren verheiratet, und ich schätze ihr Urteil sehr. Ihr gesunder Menschenverstand ist unübertroffen, sie ist vernünftig und klug und in allen wichtigen Bereichen mit weiblicher Intuition ausgestattet.

Sie hörte mir aufmerksam zu und unterbrach mich nur, wenn sie etwas nicht verstand. Schließlich tat sie ihre Meinung kund. »Du brauchst eine neue Herausforderung«, sagte sie. »Du hast die Pathologie der Uniklinik wieder auf Vordermann gebracht. Was kannst du dort noch erreichen?« Sie drückte mir einen spitzen Kuss auf die Wange und lächelte kess. »Zeit für den nächsten Schritt, Mike Wilson. Es gibt noch höhere Berge zu besteigen.«

Ich rief den Justizminister an, noch ehe seine Frist ablief. »Ich wäre sehr gern der nächste Coroner von Dublin.«

»Guter Mann.« Das war alles, was er sagte.

Binnen weniger Tage traf der Vertrag ein: Bezahlung, Arbeitsbedingungen einschließlich Urlaubsregelung und Pensionsbeiträgen. Ich studierte ihn, legte ihn beiseite und studierte ihn erneut. Trotz der Warnung des Ministers war es ein guter Vertrag. Guter Job, gute Bezahlung, anständige Pensionsansprüche.

Vier Monate später trat ich den Aufstieg zum nächsthöheren Berg meiner Karriere an. Ich dachte, die Herausforderung würde nicht größer sein als bei einem Spaziergang in den Hügeln. Ich sollte mich irren.

4

Ich bat Joan, meine Sekretärin, die Fotos vom Hintergrund des Leichenfundorts vergrößern zu lassen. Das ist nicht ungewöhnlich. Als Coroner bitte ich immer wieder um Vergrößerungen von Fotos, um Todesfälle besser beurteilen zu können. Erst als ich mir die Bilder zu diesem Zweck noch einmal ansah, entdeckte ich, dass zwei fehlten. Auf der Rückseite jeder Aufnahme befanden sich Echtheitsstempel der Polizei, eine fortlaufende Nummer und die Kurzbeschreibung. Bild 1 der Leiche. Bild 2 der Leiche. Bild 1 der Waldlichtung usw. Außerdem gab es eine Liste aller Materialien in der Akte. Zeugenaussagen mit Namen, Adressen, Telefonnummern und Umfang der Zeugenaussagen. Genauso wurde mit allen Unterlagen verfahren, ob sie nun von der Polizei, der Kriminaltechnik oder aus der Toxikologie stammten. Alles wurde einzeln aufgeführt und verzeichnet. Laut dieser Liste hätten sich zwanzig Fotos in Patrick Dowlings Dossier befinden müssen. Ich zählte sie noch einmal und legte jedes einzeln zur Seite, um nicht durcheinanderzukommen. Es waren achtzehn. Zwei fehlten, Nummer 11 und 12. Bei der Überstellung verlorengegangen? Verlegt? Oder gestohlen?

Die Uhr auf meinem Schreibtisch sagte mir, dass mir bis zum ersten Sitzungstermin des Nachmittags noch eine Viertelstunde blieb. Genug Zeit, um mich noch mit einer weiteren Sache zu beschäftigen.

Ich warf die Reste des Sandwichs in einen Abfalleimer. Fast hätte ich ein paar Rennies hinterhergeworfen, damit er kein Sodbrennen bekäme. Dann trank ich einen Schluck kalten Tee und griff zum Telefon. Ich wollte im Büro des County Coroners nachfragen, ob sich die fehlenden Fotos vielleicht noch bei den Unterlagen des verstorbenen Harold Rafferty befanden. Er hatte die Akte Dowling vor mir gehabt. Vielleicht waren sie immer noch dort.

»Andrew Styles hier. Was kann ich für Sie tun, Dr. Wilson?« Styles leitete das Büro des County Coroners. Er arbeitete seit mindestens zehn Jahren dort, und er würde meine Besorgnis verstehen. Ich hatte ihn einmal bei einer Konferenz im Burlington Hotel kennengelernt. Er war ein hochgewachsener, schlanker Mann, der ein ständiges Unbehagen verströmte. Als Erstes sprach ich ihm mein Beileid angesichts von Harold Raffertys Tod aus. Ich hatte nach der Ermordung ein offizielles Schreiben an das Büro des County Coroners geschickt, in dem ich meinen Schock, mein Entsetzen und meine Abscheu über die Tat zum Ausdruck gebracht hatte. Ich hatte Raffertys Arbeit und sein Pflichtgefühl gelobt und die Hoffnung geäußert, man möge die Täter der Gerechtigkeit zuführen. Seine Beerdigung war ein großes Ereignis gewesen, zahlreiche Vertreter aus Polizei, Justiz und Verwaltung hatten daran teilgenommen. Sämtliche Coroner, die ich kannte, waren anwesend gewesen, und alle hatten so bekümmert ausgesehen, wie auch ich mich fühlte. Die graue Granitkirche in Rathfarnham war zum Bersten gefüllt gewesen an jenem böigen, für die Jahreszeit ungewöhnlich kalten und feuchten Maimorgen. Düster dreinblickende Trauergäste hatten gedämpfte, beklommene Gespräche geführt und sich dabei ob der steifen Brise die Hände über die Ohren gehalten. Schirme waren umgestülpt worden. Wimperntusche war zerlaufen, da die Augen im Wind und vor Schmerz getränt hatten. Während der Messe waren anklagende Töne von der Kanzel gekommen. Der Priester, der die Messe las, forderte härtere Strafen für Verbrecher und verurteilte das rasche Durchschleusen von Gefangenen in staatlichen Gefängnissen. Die Vertreter der Opposition nickten zustimmend. Die Vertreter der Regierung sahen mehr und mehr wie die Marionetten aus, die sie waren: steif und emotionslos. Raffertys Frau und die beiden erwachsenen Kinder riefen zur Mithilfe bei der Aufklärung des Mordes auf. Der Polizeichef weigerte sich, mehr zu den Ermittlungen zu sagen, als dass sie »Fortschritte« machten. Niemand glaubte ihm.

Harold Raffertys Begräbnis war ein schwarzer Tag für die Gerichte und Coroner. Für manche Politiker indes war es ein guter Tag. Die Regierung befand sich aufgrund ihrer Handhabung der Wirtschaftskrise bereits in völligem Zerfall. Raffertys Begräbnis dominierte die Schlagzeilen und lenkte die Aufmerksamkeit der Wählerschaft von Finanzthemen hin zur Kriminalität. Der Justizminister bekam den Großteil des Medienzorns ab. Der Finanzminister hingegen verschwand aus dem gleißenden Licht der unliebsamen Publicity. Doch seine Atempause dauerte nicht lange. Schon nach wenigen Tagen kam ein weiterer Bankenskandal ans Licht, und sein Gesicht kehrte auf die Titelseiten sämtlicher Zeitungen zurück: missmutig und verunsichert, defensiv, nicht greifbar. Er erklärte dieses und jenes und das Gegenteil. Die Wirtschaft wäre gesund. Wir hätten einen Wendepunkt erreicht. Die Exporte schössen in die Höhe. Die Arbeitslosenzahlen stabilisierten sich. Niemand glaubte ihm.

Ich erzählte Styles von den fehlenden Fotos. Am anderen Ende der Leitung herrschte Schweigen.

»Sind Sie noch da, Andrew?«, fragte ich.

»Ja, Dr. Wilson.«

»Gibt es ein Problem?«

»Nein, nein.« Styles schien daran gelegen zu sein, mich zu beruhigen. »Nicht wirklich. Nichts, was sich nicht klären ließe.«

Was zum Teufel sollte das bedeuten? »Was sich nicht klären ließe?«, wiederholte ich. »Was ließe sich klären?«

»Wir reden von derselben Akte, ja? Die gerichtliche Untersuchung von Patrick Dowlings Tod?«

»Ja.«

»Wenn irgendetwas aus der Akte fehlt, ist es wahrscheinlich bei der Polizei.«

»Bei der Polizei?« Ich konnte meine Überraschung nicht verhehlen.

»Bei dem Team, das den Mord an Dr. Rafferty untersucht. Sie haben über sämtlichen Akten gebrütet, mit denen er sich im letzten halben Jahr vor seiner Ermordung beschäftigt hat. Am Dowling-Fall schienen sie ganz besonders interessiert zu sein.«

Bei mir schrillten die Alarmglocken. Meine Gedanken rasten so schnell wie mein Puls.

Doch plötzlich wurden meine surrenden Antennen abgelenkt. Meine Sekretärin klopfte an und steckte den Kopf herein. »Alles bereit zur Verhandlung«, formte sie mit den Lippen.

Joan war eine attraktive Neunundzwanzigjährige mit außerordentlichem Organisationsgeschick. Eins fünfundsiebzig groß, mit einer Figur wie ein Stundenglas, hatte sie die blauesten Augen, die ich je gesehen hatte, und einen Schmollmund, der den von Angelina Jolie übertraf. Ihr langes, dunkles Haar frisierte sie je nach Stimmung: geflochten bedeutete rein geschäftlich, über die Schultern fallend wies darauf hin, dass sie auf einen Mann aus war, im Nacken zusammengebunden hieß schamlos flirten. Gerade war es zusammengebunden, aber sie flirtete nicht, sondern sah mich lediglich tadelnd an. Ich streckte fünf Finger in die Höhe. *Ich brauche noch ein paar Minuten.* Ihr Blick drückte Missbilligung aus. Ich setzte ein starres, falsches Lächeln auf. Die Missbilligung wurde stärker. Ich scheuchte sie mit einer Handbewegung fort.

»Haben Sie eine Ahnung, warum sich die Polizei so für den Fall Dowling interessiert?« Ich ließ es nach einer harmlosen Frage klingen. Fast als wäre ich auf ein bisschen Klatsch aus.

Erneut beunruhigendes Schweigen.

»Andrew?«

»Ich darf Ihnen nichts sagen, Dr. Wilson. Ich bin zur Geheimhaltung verpflichtet.« Styles klang jetzt verschlossen, ängstlich, gerade so, als hätte er einen Killer im Gerichtsgebäude herumschleichen sehen.

»Oh, tut mir leid«, sagte ich. »Ich wollte Sie nicht in Bedrängnis bringen.« Ich war schon im Begriff, das Gespräch zu beenden, als mir einfiel, warum ich überhaupt angerufen hatte. »Dann sind die Fotos, die ich suche, also beim Ermittlungsteam der Polizei?«

»Ich würde es als Erstes dort versuchen, Dr. Wilson.«

Styles legte so schnell auf, dass mir klar war: Ich hatte ihn aus der Fassung gebracht. Was zum Teufel war hier los? Wieso war die Polizei derart am Fall Dowling interessiert? Waren sie dabei, ihren Standpunkt hinsichtlich seines Todes zu überdenken? Dann begann ein Groschen nach dem anderen zu fallen. County Coroner Harold Rafferty war ein scharfsinniger Mann gewesen, der unbequeme Fragen gestellt hatte. Er war bekannt gewesen für seine Liebe zum Detail. Kaum ein Fehler war seiner sorgfältigen Prüfung entgangen. Er musste in Dowlings Akte dieselben Mängel entdeckt haben wie ich. Und genau wie ich hätte Rafferty die Anhörung zur Todesursache sicher nicht stattfinden lassen, ehe er sich Klarheit über die strittigen Punkte verschafft hatte. Er hätte seine Bedenken zum Ausdruck gebracht. Hatte man ihn etwa deshalb getötet? Hatte Harold Rafferty zu tief in Patrick Dowlings vermeintlichem Selbstmord herumgestochert? Wie ich es gerade tat?

Ich lehnte mich zurück und sah zur Decke empor. Die Geschichte wurde allmählich ungemütlich. Am liebsten hätte ich sofort Detective Jack Matthews angerufen und ihn so lange gelöchert, bis er ins Schwitzen gekommen wäre. Aber dafür hatte ich keine Zeit. Stattdessen bat ich einen Freund bei der Polizei, in Erfahrung zu bringen, wer die Ermittlung im Fall Rafferty leitete, und möglichst schnell ein Treffen mit diesem Mann zu arrangieren. Mein Freund versprach mir eine rasche Antwort.

Ich musste Patrick Dowling fürs Erste vergessen. Ich musste aufhören, weiter herumzustochern. Ich schloss den obersten Knopf meines Hemds, rückte die Krawatte zurecht und zog mein Sakko an. Ich wurde wieder zum Coroner der Stadt Dublin.

Die Toten warteten auf mich.

5

Der Coroner's Court ist in einem dreistöckigen Ziegelbau in der Store Street untergebracht, direkt am nördlichen Liffey-Ufer im Stadtzentrum. Eine zerkratzte und abgenutzte blaue Tür trennt den Gehweg von der Eingangshalle. Geflieste Gänge führen den Besucher links zum Empfang. Gleich rechts steht man vor dem Hauptgerichtssaal, in dem die Anhörungen stattfinden. Schon bald nachdem ich ein Gefühl für meine neue Arbeitsstelle entwickelt hatte, taufte ich diesen Raum die »Geisterkammer«. Paul Crossan, der Coroner, den ich ersetzte, hatte die dortige Atmosphäre bei unserem Telefonat sehr treffend beschrieben: In diesem Saal befindet sich ein Geist, der sich verzweifelt Gehör verschaffen will. Es ist nicht schwer, Geister in dem Raum wahrzunehmen. Sie sind nie feindselig, bedrohlich oder furchteinflößend, sondern verhalten sich vielmehr passiv und fügsam und sind leicht gebeugt. Sie alle warten auf die endgültige Antwort hinsichtlich ihrer Todesursache. Das ist Einbildung, natürlich, aber eine, die einem nichtsdestoweniger das Herz zerreißt.

Der Rest des Gebäudes umfasst einen Keller voll Akten, die Jahrzehnte zurückreichen, Toiletten sowie Büros und Lagerräume in den Obergeschossen. Das Gebäude ist über hundert Jahre alt und müsste dringend renoviert werden. Ich fühle mich nie uneingeschränkt wohl darin.

Während eines Gerichtsverfahrens sitze ich an einem

hohen Mahagonischreibtisch an der Stirnseite des Raums und habe einen ungehinderten Blick auf die Anwesenden. An der Wand hinter mir befindet sich das Wappen der Stadt Dublin: die Wachtürme dreier identischer Burgen, zwei Schwertgriffe und der lateinische Sinnspruch *Obedientia civium urbis felicitas.* Der Gehorsam der Bürger ist das Glück der Stadt. Das ist ein ziemlicher Witz, denn eine aufsässigere Bürgerschaft lässt sich nur schwer irgendwo finden. Das Wappen erinnert alle daran, dass dies der einzige Anhörungssaal für die Untersuchung von Todesfällen im Großraum Dublin ist. Es ist außerdem der älteste Gerichtssaal im ganzen Land. Links von mir stehen die Jury-Bänke – Kirchenbänken nicht unähnlich, nur ohne die Leiste zum Niederknien. Das Holz ist dunkel und abgewetzt. Unmittelbar rechts befindet sich der Zeugenstand, ein enges Abteil aus Mahagoni mit einem Mikrofon darin, damit auch leise vorgetragene Aussagen zu hören sind. In der Mitte und direkt unterhalb meiner Bank steht ein langer Schreibtisch aus dunklem Holz mit Stühlen für das Gerichtspersonal und die juristischen Vertreter. Die Wände sind im Weiß eines Wintermonds gestrichen. Bogenförmige Balken stützen ein hohes, spitzes Dach. Zwischen ihren Streben huschen fette Spinnen über Netze, wohlgenährt von einem ständigen Nachschub an fliegenden Insekten. An der Rückseite des Raums befindet sich ein großes Fenster, das Tageslicht noch in die dunkelsten Nischen des Saals fallen lässt. Unter diesem Fenster ist die Besuchergalerie: lange, ansteigend angeordnete Bänke aus dunklem, abgenutztem Holz. Es glänzt von den beständig hin- und herrutschenden Gesäßen der Angehörigen. Schnitte man in dieses Holz, würde es weinen. Keine anderen Bänke haben so viel Trauer und unerträglichen Schmerz gesehen.

Allein die Geräusche von außen machen die überwältigende Atmosphäre von Elend in diesem Raum erträglich. Möwen, die kreischend am Fluss entlangfliegen. Flüche, Rufe und Gelächter von der Straße. Das Klingeln der Straßenbahn. Die Bremsen der Züge in der nahen Connolly Station. Autohupen. Das tiefe Tuckern der Busmotoren vom zentralen Busbahnhof gegenüber. Sämtliche Geräusche des menschlichen Lebens sind hier in der nördlichen Innenstadt Dublins zu hören.

Zwei Türen weiter befindet sich das Polizeirevier Store Street, die geschäftigste Dienststelle im ganzen Land. Nebenan ist eine Baustelle, früher stand dort das Leichenschauhaus der Stadt. Es wurde rund sieben Kilometer weiter nördlich nach Marino verlegt. Schade eigentlich. Jetzt müssen die Geister einen längeren Weg vom Leichenschauhaus zum Coroner's Court zurücklegen. Bis vor wenigen Jahren hatten sie es nur ein paar Meter weit.

In der Vorwoche hatte ich zehn Verfahren zur Untersuchung der Todesursache geleitet. Zwei waren Mordopfer gewesen und zwei Selbstmorde, während man bei dreien eine versehentliche Überdosis Drogen annahm. Der Rest verteilte sich auf unterschiedliche Ursachen. Am Abend zuvor hatte ich die Zahlen zusammengezählt, und ein Reporter des Boulevardblatts *Evening Herald* hatte das Gleiche getan. Sieben der zehn Todesfälle hatten mit Drogen zu tun; Bandenmorde, Selbstmord, Überdosis.

MASSIVER ANSTIEG DER DROGENKRIMINALITÄT, posaunte das Blatt daraufhin.

Als Vater von zwei Kindern bereitete mir das große Sorgen. Jennifer, meine Älteste, ist fünfzehn und ihrer Mutter wie aus dem Gesicht geschnitten. Mein Sohn Gregory ist elf und ein Wilson, wie er im Buche steht. Meine Frau nennt ihn Mini-Mike. Gregory hasst diese Bezeichnung und schreit Sarah jedes Mal an, wenn sie ihn so nennt. Insgeheim freue ich mich natürlich darüber, dass er mir so ähnelt. Mein Junge. Ich bin ein Familienmensch durch und durch und von Fürsorge für meine Frau und meine Kinder getrieben. Ich selbst bin mit zwölf zur Waisen geworden und verbrachte meine Jugendjahre in einem abgelegenen und trostlosen Internat an der Küste der nordirischen Grafschaft Antrim. Der Wind heulte und pfiff dort zu jeder Jahreszeit. Wenn es nicht regnete, dann sah es nach Regen aus. Wenn es nicht fror, dann nur, weil es regnete. Wenn es schneite, dann schneite es länger und heftiger als überall sonst. Das Tauwetter zog sich über Wochen hin. Die Sonne gönnte uns keine Wärme und versteckte sich ständig hinter dunklen Wolkenbänken. Es war normal, im Sommer Wollpullover zu tragen, um sich keine Lungenentzündung einzuhandeln. Wer den Winter im nördlichen Antrim überlebte, konnte auch in Jeans und T-Shirt zum Nordpol wandern. Und wieder zurück.

Meine Herkunft ist der Grund, warum ich niemandem außer meiner Frau traue, und sie erklärt auch, warum ich meine Familie so sehr schätze.

Und warum mir manch eine Untersuchung eines Todesfalls schier das Herz bricht.

Heute beispielsweise hatte die erste Anhörung des Nachmittags aus einem quälenden Bericht vom Ende eines jungen Lebens bestanden.

Eine zwanzigjährige Frau war bei der Erinnerung daran, wie sie von einem Moment auf den andern mit dem geheimen Leben ihrer Schwester konfrontiert worden war, immer wieder in Tränen ausgebrochen. »Sie ging auf den Strich, um Drogen kaufen zu können, Coroner. Niemand von uns wusste es. Ich nicht, meine Brüder nicht, unsere Eltern nicht. Sie war erst siebzehn. Ich ahnte, dass sie irgendwas nahm, ich dachte, sie kifft vielleicht oder schnüffelt Kleber, irgend so ein Blödsinn. Aber doch nicht Heroin! Damals in dieser Nacht habe ich die Badezimmertür aufgebrochen, und da lag sie auf dem Boden mit einer Nadel im Arm. Ich stand da, zitterte wie verrückt und weinte mir die Augen aus. Sie war meine einzige Schwester, und ich habe sie geliebt. Ich liebe sie immer noch. Und noch während ich versuchte, die Situation zu begreifen, klingelte ihr Handy. Ich weiß auch nicht, warum ich rangegangen bin, ich hab es einfach getan. Und da war so ein Typ, der wissen wollte, wie viel es kosten würde, wenn sie ihm einen bläst. Und sie lag tot vor mir auf den kalten Fliesen.«

Als sie fertig war, versuchte ich, meine Gefühle für mich zu behalten, und dankte ihr für ihre Aussage und ihre Aufrichtigkeit. Ich drückte der Familie mein Mitgefühl aus – einer erschöpften und verzweifelten Gruppe auf der Besuchertribüne. Einer nach dem andern ging langsam hinaus und wischte sich die Tränen aus den Augen, mit Taschentüchern, die nicht annähernd dick genug waren, um diese Tränen aufzusaugen.

Siebzehn. Das tote Mädchen war erst siebzehn gewesen. Zwei Jahre älter als meine eigene Tochter. Und die betrachte ich immer noch als Kind. Ich weiß, dass sie mittlerweile fast eine Frau ist. Aber Väter sehen es nicht gern, wenn ihre Töchter erwachsen werden. Zumindest nicht dieser Vater.

Mein Kopf hämmerte von dem Schmerz, dessen Zeuge ich soeben geworden war. Bilder von Teenagern gingen mir durch den Kopf, die sich in Toiletten einen Schuss setzten und ihren Körper für Heroin verkauften. Ich war wütend, wenn ich an die Menge illegaler Drogen dachte, die dieses Land überflutete. Ich verfluchte die Verbrecher, die mit Betäubungsmitteln handelten. Ich schäumte regelrecht vor Wut, als meine Sekretärin eine handschriftliche Notiz vor mich hinlegte. »DI Pamela Roche spricht mit Ihnen, sobald Sie Zeit haben.« Darunter stand eine Handynummer. Mein Freund bei der Polizei war also für mich aktiv geworden. Die Ermittlung im Mordfall Harold Rafferty wurde also von einer Frau geleitet, nicht von einem Mann. Doch auch sie schien über die Maßen an Patrick Dowlings Akte interessiert zu sein.

Vermutlich wusste sie bereits von meinem Interesse daran. Ohne Frage hatte ihr Andrew Styles vom Coroner-Büro der Grafschaft von meinem Anruf erzählt. Er mochte zur Geheimhaltung verpflichtet sein, aber nicht zur Loyalität.

Zwischen zwei Sitzungsterminen rief ich Pamela Roche an. Sie klang überrascht über meine Bitte, sich mit mir zu treffen. Stimmte etwas nicht? Fehlende Unterlagen? Polizeibeamte, die nicht kooperierten? Ich sagte, es sei nichts, was ich am Telefon besprechen wollte. Ob wir vielleicht einen Kaffee trinken gehen könnten? Heute nach der Arbeit? Wir einigten uns auf ein nahegelegenes Café. *Bongos on the Quay*. Es heißt wirklich so. So etwas kann man sich nicht ausdenken.

6

Detective Inspector Pamela Roche sah nicht aus wie die Detectives, mit denen ich sonst zu tun habe. Kein aufgeschürftes oder narbiges Gesicht. Keine gehetzten oder verkniffenen Züge aufgrund des Schlafmangels, der bei der Polizei weit verbreitet ist. Kein finsterer, misstrauischer Blick unter dichten Augenbrauen. Keine tabakfleckigen Finger, abgekauten Nägel oder struppigen Haare. Ich weiß nicht, was ich erwartet hatte, aber sicherlich nicht diese Rothaarige in engen Jeans und einer weißen Leinenbluse, die sich mir gegenübersetzte. Drei offene Knöpfe ließen ein ansehnliches Dekolleté und einen Spitzen-BH erahnen. In der Brusttasche steckte eine Sonnenbrille. Ich schätzte sie auf Anfang dreißig, eher niedlich als hübsch. Sie hatte gute Haut, brauchte wenig kosmetische Tarnung, hatte Grübchen in den Wangen, eine kecke Nase und schmale Lippen. Ein Hauch von Parfüm. Sie trank einen Cappuccino und stocherte in einem lachhaft üppigen Stück Kuchen herum. Das *Bongos* war ein Flachbau mit Terrasse am Kai. Es hatte Panoramafenster auf drei Seiten mit Blick auf die Straße und auf den Fluss. Ich bestellte mir einen Smoothie und sah dem Verkehr nach. Sonnenlicht spielte auf der Liffey, es blendete erst und verblasste dann, als eine Bank flauschiger weißer Wolken vorüberzog. Möwen stießen auf potenziellen Fang hinab; ohne viel Glück, soweit ich es sehen konnte. Fünfzig Meter entfernt kreiste ein Polizeiboot um einen Lastkahn. Eine Person auf dem Kahn (es sah nach einem Mann im Taucheranzug aus) zerrte an einem Tau. Auf den Wellen tanzte etwas, das mit einer roten Flagge markiert war und langsam an den Kahn herangezogen wurde. Ich hoffte, es wäre keine Leiche. Ich hoffte, es wäre nicht ein weiterer toter Mensch im Fluss. Eine weitere Untersuchung zur Todesursache, ein weiterer Geist.

Auf der anderen Seite des Tischs seufzte Roche und schob den Kuchen beiseite. Ich lächelte mitfühlend. »Zu viele Kalorien?«

»Zu viel Mandel«, murmelte sie. Dann nahm sie einen Schluck Kaffee, tupfte sich den Mund ab und sah mich an. »Was haben Sie auf dem Herzen, Dr. Wilson?« Sie wischte sich eine Haarsträhne zur Seite, als würde sie ihr die Sicht behindern. Es war vorn kurz, hinten lang und an den Seiten stufig geschnitten. Aus irgendeinem albernen Grund erinnerte es mich an einen Teepottwärmer.

Ich sah mich um, um sicherzugehen, dass uns niemand belauschen konnte. Die nächsten Gäste waren zwei Tische entfernt: drei Mädchen im Teenageralter, die aufgeregt miteinander sprachen und währenddessen SMS verschickten. Der zischende Dampf einer Kaffeemaschine übertönte ihr Geplapper größtenteils. Draußen fuhr ein Betonlaster vorüber, der Holzboden bebte. Ich konnte sprechen.

»Patrick Dowling«, sagte ich.

Mir war klar, dass sie das bereits wusste. Und vermutlich war ihr klar, dass ich wusste, dass sie es wusste. So oder so blieb ihr Gesichtsausdruck unverändert.

»Was ist mit ihm?« Sehr beiläufig.

Jetzt musste ich vorsichtig sein. Noch waren meine Bedenken zur Akte Dowling nur Spekulation. Ich beantwortete ihre Frage mit einer Gegenfrage.

»Gibt es einen Zusammenhang zwischen seinem Tod und dem Mord an Harold Rafferty?«

Sie nahm einen weiteren Schluck von ihrem Cappuccino, ich einen langen Zug von meinem Smoothie. Sie runzelte leicht die Stirn. Schwer zu sagen, ob der Kaffee daran schuld war oder die Art, wie unsere Unterhaltung verlief.

»Dazu darf ich mich nicht äußern, Dr. Wilson. Alles, was ich sagen kann, ist, dass wir im Fall der Ermordung von Dr. Rafferty in eine bestimmte Richtung ermitteln.«

»Ersparen Sie mir die Phrasen«, sagte ich. »Ich habe ernsthafte Zweifel, was den Fall Dowling betrifft, und ich vermute, Harold Rafferty hatte sie ebenfalls. Ich mache mir Sorgen, er könnte getötet worden sein, weil er diesen Unstimmigkeiten nachspürte.« So, damit war es auf dem Tisch. Jetzt hatte es keinen Sinn mehr, sich zurückzuhalten. »Wie ich höre, haben Sie beträchtliche Zeit darauf verwandt, die Dowling-Akte durchzugehen.« Ich hielt nach Zeichen für Überraschung Ausschau. Es gab keine. Sie wusste tatsächlich, dass ich Bescheid wusste. »Sein Selbstmord wird von Ihrem Team gerade überprüft. Und Ihr Team sucht auch nach Raffertys Mördern. Dowling und Rafferty hängen zusammen.« Ich lehnte mich zurück und sah ihr ins Gesicht. »Was halten Sie bis hierher von meiner Logik?«

Überraschenderweise nahm sich Roche nun doch eine Gabel voll Kuchen. Sie kaute so bedächtig darauf herum, als wollte sie ihn für mich beurteilen. Ein Schluck Cappuccino zum Hinunterspülen. Ein Tupfer mit der Serviette. »Was insbesondere bereitet Ihnen Kopfzerbrechen?« Ihre Stimme war weich und einschmeichelnd mit einem leichten südirischen Akzent. Sie deutete tausend Absichten an, und keine davon war angenehm. Bestimmt brachte sie

Verbrecher eher mit weiblicher Tücke zum Reden als mit brutaler Gewalt und Drohungen.

Ich bot ihr einen Handel an. »Medizinischen Sachverstand und Erkenntnisse gegen den Stand Ihrer Ermittlungen.« Ich zog an meinem Hemdärmel und drehte einen Manschettenknopf gerade.

Roche schien darüber nachzudenken. Dann nickte sie: Fahren Sie fort.

Ich räusperte mich. »Zunächst einmal ist die Akte voller Unstimmigkeiten. Zeugen widersprechen sich, einige Schlussfolgerungen sind geradezu lächerlich. Nicht einmal der forensische Bericht stimmt mit Dowlings Lebensweise überein.«

Roche schob ihren Teller zur Seite. Der Cappuccino war leer. »Wollen Sie das näher erläutern?« Sie sah mich direkt an, ihre Augen waren schmal, ihr Blick konzentriert. Das Interesse an dem Kuchen hatte sie verloren.

Ich hielt meine Hände vor mich, als würde ich sie auf Schmutz untersuchen. »Eine Sache, die beispielsweise ins Auge springt, wäre folgende«, sagte ich. Roche rutschte auf ihrem Stuhl vor, um ja nichts zu verpassen. »Ich habe die Fotos von der Autopsie studiert. Ich habe den Bericht des Pathologen gelesen. Dowling war ein körperliches Wrack. Er hatte kaum mehr ein Gramm Körperfett am Leib. Er war unterernährt und ausgezehrt. Tests auf Hepatitis A und B waren positiv. Seine Unterarme wiesen Anzeichen intravenöser Verabreichung von Drogen auf, er hatte thrombotische Adern …«

»Erklären Sie das bitte«, unterbrach mich Roche.

»Er hatte sich so oft etwas gespritzt, dass sich die Adern entzündeten und verstopften. Das ist normal bei Süchtigen. Und es spiegelt die Verzweiflung wider, den echten

Hunger nach der Droge. Sie sind so abhängig, dass sie sich schmutzige Nadeln in jedes beliebige Blutgefäß schieben, das den Stoff nur einigermaßen transportiert.«

»Was haben Sie noch aus dem Obduktionsbericht geschlossen?«

»Dowling war kein kräftiger Mann. Er war achtundzwanzig, als er starb, theoretisch in der Blüte seiner Jahre. Aber er wog bei einem Meter achtundachtzig Körpergröße keine sechzig Kilo mehr. Sie werden mir recht geben, dass das nicht viel ist, oder? Und doch folgert man, dass er mit seinem Wagen in dieses abgelegene Waldstück fuhr, mit einem mitgebrachten Barhocker fünfzig Meter weit in den Wald stapfte, ein Seil über einen Ast warf und eine Schlinge zustande brachte. Dann kletterte dieses mit Drogen vollgepumpte körperliche Wrack auf den Hocker, legte sich die Schlinge um den Hals und trat den Stuhl zur Seite.« Ich machte ein langes Gesicht. »Das klingt für mich nicht sonderlich wahrscheinlich.«

»Sie glauben nicht, dass er dazu in der Lage gewesen wäre?«

»Nicht allein.« Wieder hielt ich nach einem Anzeichen für Überraschung Ausschau. Es gab keins. Offensichtlich ging die Polizei von ähnlichen Annahmen aus wie ich.

Roche betrachtete mich aufmerksam. »Was meinen Sie mit ›nicht allein‹?«

Ich zuckte mit den Schultern. »Ich habe absolut nichts in der Hand, um diese Theorie zu stützen. Nur meine Interpretation der Akte. Ich glaube nicht, dass dieser kaputte, ausgemergelte und unter Drogeneinfluss stehende Mann, den man erhängt in einem einsamen Wald gefunden hat, sich selbst hätte töten können. Es ist ja nicht nur, dass er körperlich geschwächt war. Sich selbst zu töten, das erfordert überdies Konzentration und Entschlossenheit. Er hatte Spuren von Kokain, Heroin und Amphetaminen im Blut. Das ist ein Cocktail, der nicht eben zu dem tatkräftigen Entschluss führt, in einen Wagen zu steigen und meilenweit aus der Stadt hinauszufahren. Es ist einfach nicht plausibel. Da muss noch jemand anderes im Spiel gewesen sein.«

»Wollen Sie auf eine Art Beihilfe zum Selbstmord hinaus?«

»Das ist eine Möglichkeit.« Tatsächlich hatte ich darüber nachgedacht, die Möglichkeit dann jedoch verworfen. Ich eröffnete Roche, was ich wirklich dachte: »Die Alternative wäre Mord.«

Sie erstarrte. »Aber hätte der Pathologe das nicht bemerkt? Das Obduktionsergebnis war eindeutig.«

»Es ist durchaus schon vorgekommen, dass so etwas unbemerkt bleibt. Nicht oft, aber es ist passiert. Man kann einen Selbstmord auch inszenieren.«

Roche sah mich merkwürdig an, als wäre ich nicht ganz zurechnungsfähig. »Diese Aussage hat es aber ganz schön in sich, Dr. Wilson.«

»Dieser Fall hat es ganz schön in sich.« Ich ignorierte den fragenden Blick. »Pathologie ist mein Spezialgebiet. Ich weiß, wie man zweifelhafte Befunde auseinanderdröselt.« Ich ließ die Bemerkung auf sie wirken. »Der Fall Dowling ist auf meinem Schreibtisch gelandet. Ich werde ihn nicht ohne weitere Zeugenbefragungen durchwinken. Das betrifft die Polizei, den Pathologen, die Familie, Freunde. Irgendjemand lügt, und ich werde herausfinden, wer und warum.«

Roche hob ihre Handtasche vom Boden auf. Sie war schwarz, mit silberfarbenem Futter und prall gefüllt. Sie wühlte darin herum und zog schließlich ein Notizbuch hervor. Schrieb sich etwas auf. Ein Bettler tauchte überraschend an einem der Fenster auf. Er war ungepflegt, mit einem verfilzten, schmutzigen Bart, der seine Züge verbarg. Langer Mantel, die Schuhe mit Zwirn zugeknotet. Er sah herein und schüttelte den Kopf angesichts der mageren Aussichten. Dann schlurfte er mit seiner Mütze in der Hand weiter den Kai entlang und wurde allenthalben abgewiesen.

»Noch irgendetwas?«

»Harold Rafferty dürfte dies alles ebenfalls entdeckt haben«, sagte ich. »Er hätte es sicher nicht zu einer Anhörung kommen lassen, ehe seine Zweifel ausgeräumt waren.«

»Er hat sie zweimal verschoben«, sagte Roche. »Obwohl Familie Dowling mächtig Druck ausgeübt hat.«

Endlich tauschten wir nützliche Informationen aus. Ich wollte gerade eine Bemerkung dazu machen, als drei Glatzköpfe – über und über tätowiert, hässliche Visagen und Designersonnenbrillen – ins Café stolzierten. Sie musterten Roche von Kopf bis Fuß, murmelten einander etwas zu und zogen sich an einen Ecktisch zurück. Kaffees wurden bestellt, die Sonnenbrillen abgenommen. Erneutes Gemurmel. Ich sah zu ihnen hinüber, und sie starrten feindselig zurück.

»Kennen die Sie?«, fragte ich.

Roche konzentrierte sich weiter auf mich. »Wahrscheinlich. Das hier ist Drogendealer-Territorium. Die Typen riechen einen Polizisten, lange bevor sie ihn sehen.«

Plötzlich drang lautes, höhnisches Lachen von den Glatzen herüber. Gejohle, als eine SMS laut vorgelesen wurde. Dann steckten sie die Köpfe zusammen und flüsterten.

Die Teenager beachteten die Neuankömmlinge nicht. Sie waren zu sehr mit sich selbst beschäftigt.

»Der Fall Dowling interessiert uns tatsächlich«, fuhr Roche fort, »allerdings nicht in der Weise, die Sie andeuten. Es ist das erste Mal, dass jemand den Autopsiebericht infrage stellt. Ja, wir suchen eine Verbindung zu Raffertys Ermordung. Junge, Junge, wir haben ganz schön Probleme, das alles miteinander zu verknüpfen.«

»Wie meinen Sie das?«

Roche seufzte. Sie hob den Löffel vom Unterteller an und fuhr damit durch den verbliebenen Schaum in ihrer Kaffeetasse. Beinahe geistesabwesend steckte sie ihn in den Mund. Die Tür ging auf, und ein Mann mit einer Sonnenbrille auf der Nase kam herein. Sein schwerer grauer Tweedmantel war trotz der Nachmittagswärme bis zum Hals zugeknöpft. Darunter trug er Jeans und weiße Turnschuhe. Die Kombination von förmlich und lässig kam mir eigenartig vor, andererseits befanden wir uns in einem eigenartigen Teil der Stadt. Wäre jemand in der Aufmachung eines römischen Gladiatoren einschließlich Helm hereinspaziert, hätte man ihn ebenso wenig beachtet. In dieser Gegend galt das Motto »Leben und leben lassen«.

Der Fremde warf einen Blick in die Runde und suchte sich einen freien Tisch aus, drei Tische von unserem entfernt, zwei von den Glatzköpfen und direkt neben den Teenagern. Keiner der anderen Gäste blickte auch nur auf. Roche hatte ihm den Rücken zugewandt, daher war ich der einzige neugierige Beobachter. Der Neuankömmling trug eine Laptoptasche über der linken Schulter. Er stellte sie vorsichtig neben sich auf den Boden und nahm die Speisekarte zur Hand. Ich konnte sein Gesicht einigermaßen erkennen. Eine tiefe Narbe verlief vom linken Ohr zum Hals. In dem hellen Haar blitzten blondierte Strähnchen auf. Große Ohren mit Steckern. Hohe Stirn. Vorstehendes Kinn. Seine Augen konnte ich hinter der Sonnenbrille nicht erkennen, aber ich spürte, dass sie hin und her huschten, als würden sie das Terrain sondieren. Er machte mich nervös.

»Dowling hatte Verbindungen zum organisierten Verbrechen.« Roches Bemerkung lenkte mein Interesse schlagartig wieder auf unser Gespräch. »Er hatte enge Kontakte zu einem Drogenboss namens Jonathan Redmond. Redmond kontrolliert den größten Teil des Mittelschichtmarkts hier in Dublin. Er verhökert nur Kokain und Amphetamine, kein Heroin. Er sagt, das sei unter seiner Würde und außerdem gefährlich. Heroin ist nach seiner Überzeugung nur etwas für den Bodensatz der Gesellschaft, und er will am Leben bleiben. Die meisten Drogenmorde haben mit Heroin zu tun.«

Wie wahr. Die Anzahl meiner Fälle, bei denen Heroin im Spiel war, hatte sich in den vergangenen zwei Jahren verdoppelt. Ich wusste, dass dies ein Trend war, der der Polizei in der ganzen Stadt Sorgen bereitete.

»Am Tag, an dem Patrick Dowling sich erhängte …« Roche hielt inne. »*Falls* er sich erhängte …«

»Allerdings, *falls*!«, bekräftigte ich meine Position.

»… war er in eine Schlägerei mit einem gewissen Noel Carty verwickelt.«

»Wie groß ist Carty?«

»Über eins achtzig, breitschultrig und sehr stark. Nimmt Steroide zum Muskelaufbau. Bei seiner letzten Verhaftung waren vier Beamte nötig, um ihn festzuhalten.«

Ich schnaubte verächtlich. »Dann hat sich der ausgemergelte und dahinsiechende Dowling also mit dem Gegenstück zu Attila dem Hunnenkönig angelegt? Warum sollte er das wohl tun? Er mag high gewesen sein, aber er muss doch gewusst haben, dass er dabei nicht gewinnen konnte.«

»Das haben wir uns auch gefragt, Dr. Wilson. Ich gebe lediglich die Folge der Ereignisse wieder. Dowling und Carty gerieten jedenfalls in eine Schlägerei, und tags drauf wurde Dowling tot aufgefunden. Augenscheinlich ein Selbstmord. Es gab eine umfangreiche polizeiliche Untersuchung.« Roche beugte sich verschwörerisch zu mir vor. »Immerhin war er der Sohn eines hochrangigen Ministers. Also wurde viel Wirbel darum gemacht. Doch sobald der Pathologe zu dem Schluss kam, dass es sich um Selbstmord handelte, wurde die Akte geschlossen und die Ermittlung eingestellt.«

Ich dachte kurz darüber nach. »Was wissen Sie über diesen Carty?«

»Er ist Redmonds rechte Hand.«

Das ließ mich aufhorchen. »Die rechte Hand desselben Redmond, mit dem Dowling enge Kontakte hatte?«

»Ja. Redmond verbringt den größten Teil seiner Zeit in Marbella, um seine Drogengeschäfte und Lieferungen von dort aus zu organisieren. Carty kümmert sich um das Material, sobald es Irland erreicht. Er ist Redmonds Stellvertreter hier vor Ort.«

Der Mann im Mantel studierte immer noch die Karte. Ich warf selbst einen Blick hinein. Die Auswahl war nicht allzu groß. Kaffee (vier Sorten: Cappuccino, schwarz, Espresso, Americano) und Tee (heiß oder Eistee). Drei Sorten Smoothies. Verschiedene Kekse und Kuchen. Softdrinks. Das hier war kein Gourmettempel. Sich für ein Getränk zu entscheiden konnte gar nicht lange dauern. Doch der Fremde studierte die Karte, als wollte er sie auswendig lernen. Ich sah, wie er sich bückte und die Laptoptasche zurechtrückte; umständlich drehte er sie so, dass sie zwischen seinen Füßen stand. Dann sah er zu den Glatzköpfen hinüber. Sie ignorierten ihn. Er riskierte einen Seitenblick auf die Teenager. Er war immer noch nicht auf ihrem Radar. Dann sah er zu der einzigen Angestellten, einem rundlichen schwarzen Mädchen mit einem dichten Lockenkopf. Sie platzte schier aus ihrem dunkelblauen Hosenanzug mit dem gelben Logo. Als ich zu ihr hinübersah, trocknete sie gerade Tassen ab und starrte ins Leere, irgendwo weit weg in ihrer eigenen Welt. Der Fremde konzentrierte sich jetzt auf unseren Tisch, und ich verfluchte die dunkle Brille. Ich konnte seine Augen nicht erkennen. Er gefiel mir nicht, wer immer er war. Mit jeder Sekunde machte er mich nervöser. *Jetzt bestell schon was, Herrgott noch mal.*

»Haben Sie eine Ahnung, worum es bei der Auseinandersetzung zwischen Dowling und Carty ging?«

»Nein. Carty streitet ab, je etwas mit Dowling zu tun gehabt zu haben. Er behauptet, er sei den ganzen fraglichen Tag am anderen Ende der Stadt gewesen. Und er hat Zeugen, die das bestätigen.«

»Verlässliche Zeugen?«

Roche sah mich an, als wäre ich ein bisschen einfältig. »Verlässliche Lügner.«

»Woher wissen Sie dann überhaupt, dass es einen Streit gab?«

»Ein Freund von Dowling namens Harry Malone war bei ihm. Wir haben seine Zeugenaussage. Sie haben sie ebenfalls.«

Ich merkte mir im Geist vor, den entsprechenden Abschnitt der Akte mit Harry Malones Aussage noch einmal zu lesen. Bei unserem Gespräch, das spürte ich, waren wir an einem toten Punkt angekommen, und mir fiel nicht ein, wie wir weiterkommen sollten. Ich kniff die Augen zusammen, spähte gedankenverloren auf die geschäftige Straße hinaus und wünschte mir, ich hätte eine Sonnenbrille zum Schutz gegen das grelle Licht dabei. *Was ist die Verbindung? Wie kann ich Dowlings Tod mit dem Mord an Rafferty zusammenbringen?* Doch es gab noch eine Frage, die nach einer Antwort verlangte. »Warum unterhielt Redmond, ein großer Dealer, wie Sie sagen, so enge Verbindungen zu einem mickrigen, kaputten Drogensüchtigen?«

Ich nahm den Fremden wieder ins Visier. Die Bedienung bewegte sich auf ihn zu, lächelte und summte eine Melodie. Aus dem Augenwinkel sah ich, wie Roche mich prüfend musterte. Ich spürte, dass sie mir etwas vorenthielt. »Keine Ahnung, Dr. Wilson«, sagte sie schließlich. »Wenn ich es wüsste, würden wir vielleicht verstehen, warum Rafferty erschossen wurde.«

»Was hindert Sie daran, die Fakten zusammenzubringen?«

Roche beugte sich wieder zu mir vor. Ich sah ihr direkt in die Augen. Grau und gesprenkelt. Und todernst. »Irgendjemand will offenbar nicht, dass wir diesen Zusammenhang erkennen. Irgendjemand gibt sich allergrößte Mühe, die Ermittlungen zu behindern.«

Ich lehnte mich zurück und dachte über diese Aussage nach. Die Kaffeemaschine zischte. Vom Tisch der Glatzen schnappte ich das Ende irgendeiner zotigen Geschichte auf. Die Bande brach in überschwängliches Gejohle aus. Der Fremde hatte den Kopf in den Händen vergraben, als versuchte er, es nicht mit anhören zu müssen.

Roche erklärte mir ihr Problem. »Akten sind verschwunden. Zeugenaussagen werden zurückgezogen, Leute können sich auf einmal an nichts mehr erinnern. Ich vermute, Redmond hat einen Maulwurf in unseren Reihen.«

Das schockierte mich. »Aber was soll denn da vertuscht werden?« Es fiel mir schwer, all diese Informationen zu verarbeiten.

Roche zuckte wieder mit den Schultern. Dann wurden ihre Augen mit einem Mal schmal, sie schnippte sich erneut eine Haarsträhne aus der Stirn, lehnte sich zurück und sah mich mit einer fast beängstigenden Intensität an. »Sie wollen der Geschichte unbedingt auf den Grund gehen, oder?«

Es war eine merkwürdige Frage, und ich fühlte, dass mehr dahintersteckte.

»Ja, natürlich«, antwortete ich. »Ich bin der zuständige Coroner. Es handelt sich um einen unnatürlichen, ungewöhnlichen, sogar gewaltsamen Todesfall, und es ist meine Aufgabe, die Wahrheit herauszufinden.«

Roche beugte sich wieder über den Tisch. »Wie weit werden Sie dafür gehen?« Sie flüsterte, als wären wir dabei, unsere eigene Verschwörung zu starten. »Harold Rafferty war Ihr Kollege. Sie sind es ihm und seiner Familie schuldig.«

Ich sah Roche an, überrascht von ihrem dreisten Versuch der moralischen Erpressung. »Sie brauchen mich nicht an meine Verpflichtungen zu erinnern«, entgegnete ich. »Sagen Sie mir einfach, was Sie auf dem Herzen haben.«

Sie lehnte sich wieder zurück, ließ mich jedoch keine Sekunde lang aus den Augen. »Der Coroner's Court ist Ihr Territorium. Dort spielen alle nach Ihren Regeln. Wenn die Akte Dowling Pfusch sein sollte, können Sie im Zuge des Verfahrens bei der Anhörung alles infrage stellen.«

»Ja, und ich sagte Ihnen bereits, dass ich genau das vorhabe.«

Roches Züge wurden härter. »Die Dowlings haben auf einen frühen Termin gedrängt. Rafferty lehnte ab. Warum setzen Sie die Anhörung nicht so früh wie möglich an? Mal sehen, ob wir die Hurensöhne unvorbereitet erwischen.«

Ich war vor Begeisterung derart in den Bann geschlagen, dass ich beinahe nicht mitbekommen hätte, wie der Fremde im Mantel aus dem Café eilte. Ich sah nur noch grauen Tweed und das Weiß der Turnschuhe davonhuschen. Er schien es plötzlich überaus eilig zu haben.

Roche stützte beide Ellbogen auf den Tisch und legte das Kinn in die Hände. Immer noch ließ sie mich keine Sekunde aus den Augen. »Überlegen Sie es sich. Unsere Ermittlungen sind in einer Sackgasse gelandet. Wir haben es mit jedem erdenklichen Ansatz versucht, aber wir finden einfach keinen Zugang. Harold Rafferty ist auf dieselben Hindernisse gestoßen.«

»Woher wissen Sie das?«

»Seine Mitarbeiter haben es uns erzählt. Es ist kein Geheimnis, dass er Zweifel an der Akte hatte. Und es ist kein Geheimnis, dass er Probleme hatte, die Sache zu klären.«

»Wer hat ihn auflaufen lassen?«

»Die Familie hauptsächlich. Sie haben ihm ständig zugesetzt, die Untersuchung endlich abzuschließen. Wenn er Fragen stellte, machten sie dicht. ›Unser Sohn ist tot‹, sagten sie. ›Nichts wird ihn wieder lebendig machen. Hören Sie endlich auf, uns zu belästigen. Halten Sie den Gerichtstermin ab, damit unser Elend ein Ende hat. Reicht es nicht, dass wir Patrick verloren haben?‹«

»Aber Rafferty glaubte ihnen nicht.«

»Nein, vermutlich nicht. Auffällig ist überdies, dass er diverse offizielle Kanäle umgangen hat, um an Informationen zu kommen. Als hätte er auch uns nicht über den Weg getraut.«

Rafferty schien mir sehr ähnlich gewesen zu sein. Ich traue ebenfalls keinem Fremden. »Und, lag er mit seinem Verdacht richtig?«

»Die Antwort kann nur Ja lauten. Warum hätte man ihn sonst erschossen? Für den Geschmack einiger Leute hat er zu tief gegraben.«

Ich zog mein Sakko aus. Es war mittlerweile unangenehm warm in dem Café, und ich spürte, wie sich der Schweiß in meinen Achselhöhlen sammelte. Für einen kurzen Moment fragte ich mich, warum der Fremde im Tweedmantel bis zum Hals zugeknöpft gewesen war. Musste er nicht halb umgekommen sein vor Hitze? Oder – und bei der Erkenntnis fröstelte ich selbst in dem warmen Café – hatte er etwas zu verbergen gehabt?

Meine Gedanken kehrten ins Hier und Jetzt zurück. Mir schwirrte der Kopf vor Fragen, die nach Antworten verlangten. Ich wollte wissen, warum Roche die Fotos 11 und 12 zurückhielt – bis jetzt war ich dazu noch nicht gekommen. Ich wollte sie außerdem fragen, was sie von Jack Matthews hielt, dem für den Fall Dowling zuständigen Detective. War er vertrauenswürdig? Mochte er an dem Vertuschungsmanöver beteiligt sein? Hatte sie die Autopsiefotos studiert? Hatte sie das verschwommene rote Auge bemerkt, das mir Kopfzerbrechen bereitete? Ich sah auf die Uhr. Es war kurz vor sechs. »Vielleicht«, sagte ich, »läuft alles auf Dowlings Verbindung zu dem Drogenhändler hinaus.«

Roches Handy schrillte, und sie stellte es auf stumm.

Zum ersten Mal fiel mir auf, dass sie die langen, schlanken Finger einer Pianistin hatte. Keine Ringe, kein Armreif, nur eine schmale goldene Uhr an einem schwarzen Lederband um ihr linkes Handgelenk. Sie zupfte an ihrem Haar. Dann sah sie sich im Café um. Die Glatzköpfe waren ins Gespräch vertieft. Die Teenager plauderten immer noch und schrieben SMS. Ich spürte, dass Roche mir noch etwas Wichtiges sagen wollte, aber nach wie vor mit sich rang, ob es richtig war, mich einzuweihen. Sie sah nach links und nach rechts und drehte nervös an den Knöpfen ihrer Bluse. Der Holzboden unter uns bebte erneut.

»Noch einen Cappuccino?« Die Kellnerin war an unseren Tisch getreten.

»Nein, danke«, erwiderte Roche.

»Einen Smoothie für Sie?«

»Nein«, sagte ich. »Ich muss bald gehen.«

Die Kellnerin begann daraufhin, Stühle zusammenzuschieben und Tische abzuwischen. Als sie wieder außer Hörweite war, legte Roche die Handflächen auf den Tisch und sah mich an. »Was ich jetzt sage, bleibt unter uns. Verstanden?«

»Natürlich.«

Wieder die Haarsträhne. Doch dann legte sie los. »Dowlings Vater ist Wirtschaftsminister …«

»Ich weiß.« Albert Dowling war für die wirtschaftliche Entwicklung in einem Land verantwortlich, das jede Art von Aufschwung dringend nötig hatte, sei es wirtschaftlich oder anderweitig.

»Auch er unterhält Verbindungen zu Jonathan Redmond, dem Drogenhändler.«

Jetzt war ich ganz Ohr. Ich öffnete die oberen Knöpfe

meines Hemds und fächelte mir mit der Speisekarte Luft zu.

»Wir wissen nicht, welcher Art diese Verbindung ist, aber irgendetwas läuft da. Redmond verlässt Marbella nur selten. Letztes Jahr jedoch hat man ihn regelmäßig in Dublin im Gespräch mit Patrick Dowling gesehen. Bis unmittelbar vor seinem Tod. Redmond verschiebt seinen Stoff nicht selbst, Dowling kann seine Drogen also nicht direkt von ihm bezogen haben. Und überhaupt nahm Dowling ja vor allem Heroin.«

»Aber Redmond verkauft kein Heroin«, wiederholte ich ihre Aussage von zuvor.

»Genau.«

»Was also verband ihn wirklich mit Redmond?«

»Minister Albert Dowling kann sich in Gesellschaft dieses Gangsters nicht sehen lassen. Sein Sohn jedoch war drogenabhängig und verkehrte in derlei Kreisen ohnehin. Vielleicht war er ein Mittelsmann? Vielleicht hat er seinem Vater Nachrichten von Redmond und umgekehrt die Antworten überbracht? Damit wären schriftliche oder telefonische Kontakte, die sich eventuell zurückverfolgen ließen, überflüssig.«

Roches Argument leuchtete mir ein. Ich wollte eben etwas anfügen, als ihr Handy erneut klingelte. Sie entschuldigte sich knapp, um das Gespräch entgegenzunehmen, zog sich leise murmelnd in eine Ecke des Cafés zurück und überließ mich meinen eigenen Gedanken. Harold Rafferty hatte Unstimmigkeiten in der Akte Dowling entdeckt. Hatte er geglaubt, dass Dowling ermordet worden war? So oder so hatte ihn die Suche nach der Wahrheit das Leben gekostet. Die polizeiliche Untersuchung verlief im Sande, und jetzt wollte die leitende Ermittlerin auch noch, dass ich es vor meinem eigenen Gericht mit diesem Lügengebäude aufnahm. Was ich tatsächlich zu tun gedachte – wenn auch vielleicht nicht so, wie sie es sich vorstellte. Der Coroner's Court ist schließlich kein Strafgericht. Niemand wird irgendwelcher Vergehen beschuldigt und verurteilt. Es ist lediglich ein Forum für die Wahrheit, in dem die Toten geduldig darauf warten, den genauen und endgültigen Bericht ihrer letzten Stunden zu vernehmen.

Doch je mehr ich darüber nachdachte, umso klarer wurde mir, dass ich durchaus tun konnte, was Roche sich von mir erhoffte. Ich würde dafür mehr Informationen brauchen, aber möglich war es. Wenn in meinem Gerichtssaal gelogen wurde und ich die Täuschung aufdeckte, würde das Rätsel um Dowlings Tod am Ende doch gelöst werden. Und danach wäre es Sache der Polizei, die potenzielle Verbindung zum Mord an Harold Rafferty zu verfolgen. Das gefiel mir. Das gefiel mir sogar sehr. Ich dachte bereits über ein Datum für die Anhörung nach, als ich erneut den Mann im grauen Mantel entdeckte. Er drückte die Stirn an ein Seitenfenster des Cafés und spähte ohne Sonnenbrille hinein. Er sah angespannt aus. Ich drehte mich um. Einer der Skinheads hatte ihn ebenfalls bemerkt und schien urplötzlich wütend zu werden. Dann, fast wie in Zeitlupe, sah ich zu dem Tisch hinüber, an dem der Mann im Mantel eben noch gesessen hatte. Dort stand immer noch seine Laptoptasche. Ich fuhr herum und sah ihm direkt ins Gesicht. Für ein, zwei Sekunden trafen sich unsere Blicke, und sein Gesichtsausdruck machte mir Angst. Dann drehte er sich um und rannte davon. Im Laufen streifte er den Mantel ab und ließ ihn einfach zu Boden fallen. Jetzt konnte ich auch sehen, wie er darunter gekleidet war:

weißes T-Shirt, blaue Jeans und weiße Turnschuhe. Perfekt für eine schnelle Flucht.

O Gott, nein! In meinem Gehirn spielte sich das Äquivalent eines Vulkanausbruchs ab. *Er hat eine Bombe gelegt!*

»Raus hier!«, schrie ich. Ich sprang auf und warf mich in Richtung Roche. Sie fuhr mit dem Telefon am Ohr herum und sah mich an, als hätte ich den Verstand verloren. Ich taumelte seitwärts zu der Teenagergruppe, packte eins der Mädchen und stieß es zu Boden. »Raus hier!«, brüllte ich die anderen an. »Da ist eine Bombe!«

Tumult brach los. Die Skinheads rempelten einander fast um, als sie versuchten, so schnell wie möglich zur Tür zu kommen. Die rundliche Bedienung stand mit einer Tasse in der einen und einem Geschirrtuch in der anderen Hand wie angewurzelt hinter der Theke. Ihr Gesicht war in Verwirrung erstarrt. »Raus hier, raus!«, schrie ich wieder. »Um Himmels willen, raus hier!«

Zu spät.

Erst hörte ich eine gedämpfte Explosion, dann plötzlich stand die Laptoptasche in Flammen. Ich sprang auf Roche zu und riss sie zu Boden. Sie schlug mit dem Kopf auf, und ich hörte ein schmerzerfülltes Stöhnen. Das Telefon fiel ihr aus der Hand und schlitterte unter einen Tisch. »Runter, runter!«, schrie ich wie ein Verrückter.

Eine Sekunde später erschütterte eine weitere Explosion den Raum, und die Fensterfront zerbarst. Für einen Moment war ich taub, dann hörte ich ein lautes Klingen in beiden Ohren. Ich spürte, wie Glasscherben und Mauerwerk um mich herum niedergingen. Roche zuckte heftig zusammen, als sie von einem Stück Schutt getroffen wurde. Sie fluchte und versuchte, sich mir zu entwinden, aber ich hielt sie fest. Ich hörte Schreie, gedämpfte, erstickte

Schreie. Ich vergrub mein Gesicht in Pamela Roches weichem Busen und fragte mich, wie ich das später meiner Frau erklären sollte. Falls es ein Später gäbe. Weiteres Mauerwerk stürzte ein, und Zementstaub rieselte auf mich nieder. Von der Straße ertönten Hupen, und ich glaubte, die Sirene eines Rettungswagens zu hören. Vielleicht war das aber auch nur Wunschdenken, denn sie verstummte sofort wieder.

Nach einer gefühlten Ewigkeit hörte ich Weinen und Stöhnen und riskierte es, den Kopf zu heben. Ein Fremder sah auf mich herab. Raue Hände packten mich unter den Achseln und zerrten mich aus dem zerstörten Café. Roche wurde neben mir auf den Gehweg geschleift. Ich sah sprechende Münder und glaubte zu hören, wie jemand fragte, ob ich in Ordnung sei. Ich nickte und deutete zu dem Café zurück. »Hinter der Theke ist ein Mädchen.« Mein Mund war voll Staub, und die Worte kamen wie eine unverständliche Fremdsprache heraus. Verwirrt und benommen setzte ich mich auf. Einer der Glatzköpfe lag bewusstlos in seinem Blut. Von den anderen war nichts mehr zu sehen. Die Teenager standen sichtlich unter Schock und waren von Helfern umringt, aber sie schienen nicht allzu schwer verletzt zu sein. Ich schüttelte den Kopf, um wieder klar denken zu können, als plötzlich leuchtend rotes Blut auf mein Hemd tropfte. *Das ist ein neues Hemd! Ich habe es erst letzte Woche gekauft!* In meinem benebelten Zustand war dies mein erster Gedanke. Ich tastete vorsichtig über meine Kopfhaut. Aus einem kleinen Schnitt quoll frisches Blut. Dann sah ich zu Roche hinüber. Sie lehnte an einem Auto, von verschreckten Fremden umringt. Ihre Kleidung war zerrissen und von Staub und Glassplittern übersät. Ihre Frisur war völlig durcheinandergeraten und schmutzig, ihr Haar aus irgendeinem Grund nass. Durch ihre zerfetzten Jeans sah man nackte Haut; blass, aber unversehrt. Sie hatte einen Schnitt über der Stirn und Blut auf der linken Wange. Durch ein Gewirr von Beinen fing ich ihren Blick auf. Sie sah mich wie betäubt und ungläubig an. Und ich wusste, was ihr durch den Kopf ging.

Hatte diese Bombe uns gegolten?

7

Die Medien meinten: Nein.

»NEUER TIEFPUNKT IN BANDENFEHDE!«, »ES IST KRIEG!« und »EXPLOSION BEI REVIERKAMPF!«

Die Boulevardpresse hatte sich festgelegt. Das Ziel, so hatten sie entschieden, waren die Skinheads gewesen. Reporter behaupteten, bei dem Trio handelte es sich um eine berüchtigte Bande von Kriminellen, die mit einer rivalisierenden Gang um die Vormacht im Heroinhandel in der City kämpfte. Zweien von ihnen war es gelungen, vom Schauplatz der Explosion zu fliehen, obwohl sie blutüberströmt gewesen sein mussten. Der dritte hatte schwere Schädelverletzungen und Knochenbrüche erlitten und war ins Krankenhaus gebracht worden. Die Teenager waren mit einem Schock, kleineren Schnittwunden und dem Verlust ihrer Smartphones davongekommen. Sie waren untröstlich. Die Kellnerin hatte Schnittwunden und leichte Verbrennungen erlitten, weil ihr heißes Wasser aus der Kaffeemaschine auf die Beine gespritzt war.

Auch DI Roche hatte Glück gehabt. Die Explosion hatte lediglich eine klaffende Stirnwunde sowie ein paar Kratzer hinterlassen. Die Stirnwunde musste genäht werden, für den Rest jedoch genügten ein Antiseptikum und Pflaster. Ihre Sonnenbrille war entzweigegangen und das Handy nicht mehr auffindbar. Ihre Kleidung war im Eimer, die Frisur gleichermaßen, ihre Psyche erschüttert. Am Hinterkopf hatte sie von meinem heldenhaften Einsatz eine Schwellung so groß wie ein Golfball zurückbehalten und auf der Brust blaue Flecke von meinem Gewicht. Diese Einzelheiten erfuhr ich jedoch erst tags darauf von einer Polizeiquelle. Mein Kontakt versicherte mir, die Sache mit meiner Nase in Roches Ausschnitt werde nicht weiter publik gemacht. Insbesondere nicht, sobald meine Frau ins Spiel kam. Das Gleiche galt für Roches Lebensgefährtin, eine polnische Ärztin namens Danuta, die in seinen Worten »umwerfend schön« war. Ich revidierte auf der Stelle meine klischeehaften Ansichten über die irische Polizei.

Ich selbst war mit ein paar Kratzern und klingenden Trommelfellen davongekommen, doch mein Anzug war mit Glassplittern gespickt und nicht mehr zu reparieren, und auch aus meinem Hemd ließen sich die Blut- und Schmutzflecken nicht mehr herauswaschen. Es landete in der Recyclingtonne. Mein Handy hatte überlebt.

Sarah fiel aus allen Wolken, als ich in einem Streifenwagen zu Hause eintraf. Sie hatte keine Ahnung gehabt, dass ich in die Explosion geraten war, das *Bongos* gehörte schließlich nicht zu den Orten, an denen ich für gewöhnlich noch etwas trinken ging. Ich hatte sie angerufen, um Bescheid zu sagen, dass ich später heimkommen würde, ohne jedoch näher auf mein Vorhaben einzugehen. Ich hatte auch nicht erwähnt, mit wem ich mich noch hatte treffen wollen und warum. Ich hatte sie nicht unnötig beunruhigen wollen. Jetzt stand ich mit einem einfältigen Lächeln, staubig und in einem blutverschmierten Hemd vor der Tür. Aber ich lebte, konnte reden (auch wenn es nicht viel Sinn ergab) und sämtliche Gliedmaßen bewegen.

Es hätte schlimmer ausgehen können, wie ich behauptete. »Ich war einfach zur falschen Zeit am falschen Ort, gerade als Dublins Unterwelt beschloss, ihr Kampfgebiet auszuweiten.« Dies und vieles andere sagte ich zu ihr, um die Angst zu zerstreuen, und schließlich beruhigte sie sich. Meine Kindermädchen von der Polizei hingen in der Zwischenzeit gelangweilt herum und konnten es kaum erwarten, wieder fortzukommen. Ihr Auftrag hatte gelautet, den Coroner nach Hause zu bringen, sich zu vergewissern, dass alles in Ordnung sei und dass seine Frau sich keine Sorgen mache. Sie gingen um kurz nach acht, während Sarah und ich in der Küche zurückblieben und uns ansahen.

Ich halte mich für einen starken Mann. Ich meine nicht den muskelbepackten Kneipenschlägertypen, der keine spitze Bemerkung unerwidert stehen lassen kann und jede Auseinandersetzung mit einem Kinnhaken beendet. Ganz gewiss nicht. Ich halte mich vielmehr für geistig gut gerüstet und emotional gefestigt. Ich werde mit den meisten Situationen fertig. Ich habe keine andere Wahl; ich war schon sehr früh auf mich allein gestellt.

Anfang März 1976, als ich zwölf Jahre alt war, packte ich all meine Besitztümer in drei Koffer und vier Pappkartons. Bücher, Spiele, Fußballtrikots und -schuhe, Hemden, Hosen, Jacken, Unterwäsche, Schuhe. Fotos, auf denen meine Mutter mich als Kleinkind auf dem Arm hielt, auf einer Schaukel anstieß, mit mir auf einem Rummelplatz in einem Autoscooter saß. Fotos von mir beim Rugbyspielen. Aufnahmen von Ausflügen ans Meer, wo ich meinem Vater Wasser ins Gesicht spritzte. Erinnerungen an gute Zeiten.

Ich war während der Terrorjahre an der Grenze zwischen Nord- und Südirland aufgewachsen. Zwei IRA-Killer, der neunundzwanzigjährige Dermot McKeever und der dreißigjährige Morgan Cusack, führten damals eine

Art ethnische Säuberung unter protestantischen Farmern in dieser Gegend durch. Mein Vater schlief mit einer Flinte und einer Handfeuerwaffe neben sich im Bett, und ich hatte eine Glock unter dem Kopfkissen. Ich würde gern behaupten, dass ich der einzige Zwölfjährige in der Gegend gewesen wäre, der das tat, aber ich bezweifle es. Unser Haus war bereits zweimal erfolglos angegriffen worden. Im Morgengrauen des 31. Januar 1976 hatten die Terroristen schließlich Glück. Sie ließen ein Trommelfeuer mit panzerbrechender Munition los, das die Ziegelwände unseres Zuhauses durchschlug. Meine Mutter war sofort tot. Die britische Armee entdeckte mich eine Stunde später im Schlafzimmer meiner Eltern. Ich hielt ihren blutigen, unkenntlichen Kopf in den Armen und weinte und stöhnte vor mich hin, unfähig, den Albtraum zu begreifen, in den ich geraten war.

Mein Vater erlag eine Woche später seinen Kopfverletzungen.

Zweimal stand ich in jenen ersten Februarwochen 1976 an einem offenen Grab, in das ein Sarg hinabgelassen wurde. Zweimal schrie mein Verstand vor Entsetzen. Zweimal fror ich meine Gefühle ein und hielt die Tränen beim Begräbnis eines Elternteils zurück. Mein Vater hatte Anweisungen für den Fall seines Todes hinterlassen. Die Farm sollte verkauft und der Erlös treuhänderisch zur Finanzierung meiner Ausbildung angelegt werden. Weitere vorhandene Ersparnisse sollten die Ausgaben während meiner Teenagerjahre decken. Nahe Verwandte waren als Vormund vorgeschlagen worden, aber sie waren samt und sonders schon älter und trauten sich nicht zu, einen lebhaften Jungen an der Schwelle zur Pubertät großzuziehen. Also wurde ich in ein Internat gesteckt. Ich sehe noch immer vor mir, wie der zerbeulte alte Ford Cortina in einer Abgaswolke davonratterte. Als er aus meinem Blickfeld verschwunden war, wusste ich, dass meine Kindheit zu Ende war. Binnen Tagen fegte ein bitterkalter Ostwind alle Reste davon fort, und zurück blieb nur noch ein Gefühl überwältigender Einsamkeit.

In der Schule unterwies man mich in Mathematik und Naturwissenschaften, in Sprachen und Literatur. Ich lernte, unabhängig und mein eigener Herr zu sein und auf meine Freunde Acht zu geben. Ich lernte, mich von niemandem schikanieren oder einschüchtern zu lassen. Durch Umstände, auf die ich keinen Einfluss gehabt hatte, auf mich allein zurückgeworfen, verstand ich bald, wie wichtig es war, sein Schicksal selbst in die Hand zu nehmen. Ich klammerte mich an zwei grundlegende Überzeugungen: Sorg immer für dich selbst und traue niemandem, der dir anbietet, dir genau dieses abzunehmen.

Kollegen im Krankenhaus zogen mich immer wieder damit auf. »Du bist ein Kontrollfreak«, hieß es immer wieder. Und sie hatten recht. Ich musste immerzu Herr der Lage sein, und meist gelang mir das auch. Außer in Herzensangelegenheiten. In dem Moment, da ich meine Frau kennenlernte, war es mit der Beherrschung meiner selbst vorbei. Ich fiel um wie ein Kegel. Es kam wirklich überraschend. Ausgerechnet während eines medizinisch-juristischen Kongresses im Frühjahr 1993.

Ich sah sie im Gespräch mit Freunden um eine Kaffeemaschine im Vortragssaal der Konferenz stehen. Ärzte und Anwälte schlenderten umher, plauderten höflich miteinander, tauschten Visitenkarten, knüpften Kontakte – das übliche Treiben bei derlei beruflichen Zusammenkünften. Sie wirkte geistesabwesend und irgendwie verletzlich und aus der Ferne sehr, sehr hübsch. Ich revidierte diesen Eindruck zu wunderschön, nachdem ich mich durch die Menge geschoben hatte, um sie genauer in Augenschein nehmen zu können. Ihr Namensschild wies sie als Sarah Ross aus. Wir plauderten eine Weile miteinander. Über die Vorträge, die Vortragenden – wir waren uns einig, dass sie langweilig waren. Ärzte contra Anwälte; das wiederum entfachte eine lebhafte Diskussion.

Man rief zum nächsten Programmpunkt. »Wie wär's, wenn wir diesen ausfallen ließen und stattdessen raus in die Sonne gingen?«, schlug ich vor. Mein Herz pochte so laut, dass ich davon überzeugt war, alle Leute müssten es hören. Ich war unbeholfen und schüchtern, unsicher, wie ich ihre Aufmerksamkeit weiter aufrechterhalten sollte, ohne dabei eine taktlose Bemerkung zu machen. Sarah zögerte zunächst und sah sich im Eingangsbereich um. Die Menge strömte zurück ins Auditorium. Sie fing den Blick einer ihrer Kolleginnen auf und nickte in meine Richtung. Ein Augenzwinkern hieß die Entscheidung gut. Sie stellte ihre Kaffeetasse ab, hängte sich ihre Tasche um und musterte mich. »Wenn Sie Ärger machen, werden Sie es büßen.« Mit einer Geste deutete ich meine sofortige Kapitulation an. Und nur Minuten später schlenderten wir an den Kais der Innenstadt entlang und sprachen über Dinge, die wir mochten oder nicht mochten. Sie war U2-Fan, ich konnte die Band nicht ausstehen. Sie liebte das Theater, während ich das Kino bevorzugte. Damit verbrachten wir weitere zwanzig Minuten des gegenseitigen Abtastens. Dann wechselte sie überraschend das Thema. »Was ist Ihr Spezialgebiet?«

»Pathologie.« Wir setzten uns auf eine Bank an der Liffey, Dublins größter Wasserstraße.

»Warum ausgerechnet Pathologie?«

Ich streckte die Beine aus und zupfte nicht vorhandene Fussel von meiner Hose. »Weil darin die Wahrheit liegt. Dort wird Detektivarbeit verrichtet. Wenn die Polizei scheitert, ist es an mir, den Killer zu finden.«

»Eine sonderbare Art, es auszudrücken«, sagte sie.

Ich grinste linkisch. »So bin ich leider. Kein rhetorisches Genie.«

»Aber ein Denker und Macher«, wandte sie ein.

»Das liegt an meiner Erziehung. Worte können alles bedeuten, je nachdem, wer sie ausspricht. Wenn du die Wahrheit wissen willst, sieh dir den Menschen und seine Taten genau an.« Ich zuckte mit den Schultern. »Das hat mein Vater immer gesagt.«

Ich spürte, wie Sarah ihren so unvermittelt aufgetauchten Begleiter analysierte. Seinen Akzent, seine Befangenheit.

»Sie sind sehr schön«, platzte es aus mir heraus. Es war mir sofort peinlich, und ich drehte mich zur Seite, um mein Unbehagen zu verbergen.

Sie drückte mir einen Kuss auf die Wange und hakte sich bei mir unter. »Gehen wir lieber zurück«, sagte sie, »bevor man uns noch suchen kommt.«

Wir hielten uns auf dem ganzen Rückweg bei den Händen. Keiner von uns sagte etwas. Für mich war es ein besonderer Moment. War das Liebe? Das konnte doch nicht sein – nicht so schnell. Aber falls es noch keine Liebe war, so folgte diese jedenfalls im Eiltempo. Fast auf den Tag genau ein Jahr nach unserem Kennenlernen heirateten wir. Jennifer kam 1995 zur Welt, und Gregory folgte vier Jahre später.

In den Jahren danach wurden meine Gefühle für Sarah

so intensiv, dass es mir regelrecht Angst machte. Die Unsicherheit aus Kinderzeiten bemächtigte sich meiner Fantasie, und ich geriet in Panik, wenn ich daran dachte, was wäre, wenn sie mich verließe oder bei einem furchtbaren Autounfall ums Leben käme. In dieser entsetzlichen Vorstellung sah ich mich selbst, wie ich Jennifer und Gregory tröstete und ihnen unseren Verlust zu erklären versuchte. Es endete immer damit, dass ich mich fragte: Wie werde ich je damit fertig? Wie werde ich diese Kinder großziehen? Wie könnten wir nur ohne ihre Mutter weiterleben? Zum Glück gelang es mir immer, diese Bilder aus meinem Kopf zu vertreiben, aber ich war im Nachhinein jedes Mal vollkommen erschöpft und ausgelaugt. Und jedes Mal sah ich Sarah danach an, als würden wir uns zum ersten Mal begegnen.

Genauso fühlte es sich jetzt wieder an. Ganze siebzehn Jahre später wurde ich in der Diele unseres Hauses von denselben Gefühlen für diese wunderschöne Frau überwältigt wie damals. Sie sah mich mit besorgtem Blick an. Sie trug ein weites Baumwollshirt und eng sitzende Jeans, die sie wesentlich jünger aussehen ließen. Das lange blonde Haar war nach hinten gekämmt und gab den Blick auf ihr Gesicht frei. Wache Augen, hohe Wangenknochen, volle Lippen. Nur eine vage Andeutung von Stirnfalten und Krähenfüßen. Ich messe barfuß einen Meter neunzig und bin fast hundert Kilo schwer. Weibliche Reporter haben mich als »auf raue Art gut aussehend« beschrieben (wobei eine boshafte Hexe angefügt hatte: »eher rau als gut aussehend«). Sarah ist zweiundvierzig, eins fünfundsiebzig groß und schlank. Trotz zweier Schwangerschaften hat sie eine Traumfigur. Sie hat Rundungen, wo ich Rundungen mag, und Kurven, die mir den Atem rauben. Und jetzt gerade raubte sie mir den Atem. Womöglich steigerte die Tatsache, dass mich der Tod gestreift hatte, mein Empfindungsvermögen, aber am liebsten hätte ich sie gepackt und ohne Umwege ins Bett getragen. Doch mein Magen knurrte.

»Ich bin am Verhungern«, sagte ich.

Sarah strich mir mit den Fingern durch das staubige Haar. Ich küsste ihre Fingerspitzen. Dann sah sie mir forschend ins Gesicht. Ihre haselnussbraunen Augen suchten nach einer Erklärung. Die Stirn lag in Falten, die Unterlippe bebte. Ich hatte sie noch nie derart verängstigt gesehen. »Mike Wilson«, sagte sie mit zittriger Stimme. »Komm mir niemals tot nach Hause.«

Ich setzte zu einer beruhigenden Antwort an, doch sie erstickte meine Worte mit einem langen, innigen Kuss, der kein Ende zu nehmen schien. Als wir schließlich voneinander abließen, schlüpfte sie aus meiner Umarmung und marschierte in Richtung Küche davon.

»Dann essen wir erst mal«, rief sie über die Schulter. »Die Kinder sind bei Freunden, wir haben das Haus für uns. Vielleicht hast du ja später Glück.«

Nichts ist besser, als bei Sarah Glück zu haben. Unser Liebesspiel ist langsam, leidenschaftlich und explosiv. Sie schafft es, dass mir schwindlig wird und ich Sternchen sehe. Mein Herz rast, mein Haar ist klatschnass vom Schweiß des Verlangens.

In dieser Nacht jedoch schlief ich ein, kaum dass mein Kopf das Kissen berührt hatte. Kein Schwindel, keine Sternchen und kein Herzklopfen. Nur ein Versprechen.

Jennifer und Gregory erfuhren am nächsten Morgen, als sie nach Hause kamen, von der Explosion. Sarah hatte mit den Eltern ihrer Freunde Stillschweigen vereinbart, um sie nicht zu beunruhigen. Bis dahin war ich wieder sauber und erholt und hatte meine Schrammen verarztet.

Kein Krümel Mitleid wurde mir zuteil. Merkwürdige und verwirrte Blicke, ja, aber Mitleid? Nein.

Ich nahm mir den Tag frei, um mich auszuruhen und meine Gedanken zu sammeln. An Freitagen geht es häufig ein bisschen gemächlicher zu im Büro. Ich verbringe diese Tage hauptsächlich mit Papierkram, jage Berichten von Labors, Polizei und Kriminaltechnik hinterher, suche Krankenhausärzte heim, damit sie mir ihre Behandlung erklären, und berate Hausärzte hinsichtlich des gerichtlichen Protokolls, wenn sie als Zeugen auftreten sollen.

Ich rief Joan an und bat sie, mir einen Stapel Akten per Kurier zu schicken; ausdrücklich bat ich sie um die Akte Dowling. »Ich arbeite zu Hause, bis ich mein Gesicht wieder in der Öffentlichkeit zeigen kann«, erklärte ich. Ich dankte ihr und den übrigen Mitarbeitern für ihre teilnahmsvollen Anrufe. Sogar ein Blumenstrauß war eingetroffen. »Am Montag bin ich bestimmt wieder so weit. Ich brauche nur das Wochenende zur Erholung.« Genau so stellte ich es mir vor. Am Montag würde ich meine Bekanntschaft mit den Geistern im Coroner's Court wieder auffrischen.

Beim Studium der Morgenzeitungen schüttelte ich verwundert den Kopf. Fotos zeigten das Café mit einem teilweise eingestürzten Dach und zersprungenen Glasfenstern. Experten bezeichneten die Sprengvorrichtung als klein. Wenn so das Ergebnis einer kleinen Bombe aussah, beschloss ich, würde ich in absehbarer Zeit keine Erfrischungen am Kai mehr zu mir nehmen. Trotz meiner detaillierten Beschreibung hatte der Bombenleger noch nicht identifiziert werden können. Der Glatzkopf im Krankenhaus wurde namentlich genannt, seine beiden Kumpel nur als »Komplizen« bezeichnet. Auch die Teenager tauchten namentlich auf, zwei von ihnen wurden sogar zitiert. Ciara aus Drumcondra: »*Gott, es war so schrecklich! Ich weiß nur noch, wie dieser Mann geschrien hat. Dann wurde es total crazy.*« Und Sorcha aus Clontarf beschrieb, wie ihnen größere Verletzungen erspart geblieben waren: »*Der Tisch ist umgekippt, und wir haben uns dahinter versteckt. Die ganzen Glassplitter sind von ihm abgeprallt. Wir hätten tot sein können! Komme ich jetzt im Fernsehen?*«

Die Bedienung wurde als eine junge Nigerianerin beschrieben, die erst sechs Wochen zuvor in Irland eingetroffen sei. Sie war dort vor gewalttätigen Stammesauseinandersetzungen geflohen. Mal hat man Pech, und mal hat man Pech. Aber vor dem Blutvergießen aus einem Land zu fliehen, um dann andernorts mitten in einen Bandenkrieg zu geraten, das ist nun wirklich wie verhext.

Weder DI Pamela Roche noch ich wurden namentlich erwähnt. Wir kamen lediglich als »zwei weitere unbeteiligte Gäste« vor. Da war vermutlich die Polizeizentrale am Werk gewesen. Der Polizeichef hatte wohl nicht gewollt, dass unsere Namen in der Presse auftauchten.

Sämtliche Berichte stellten den Vorfall als eine weitere Eskalation in einem brutalen Revierkrieg dar. Als Roche am Vormittag gegen elf anrief, um diese Deutung zu bestätigen, seufzte ich erleichtert. Seit dem Moment, da der Bombenleger mir direkt in die Augen gesehen hatte, war meine Befürchtung gewesen, Harold Raffertys Mörder könnten nun auch mich ins Visier genommen haben. Deshalb beruhigten mich Roches Worte – bis zu einem gewissen Grad. Dennoch fand ich keine Ruhe. Irgendetwas ließ mich an dieser Erklärung zweifeln. Sicher, es hatte ausgesehen wie ein Anschlag in einem Bandenkrieg. Es war inszeniert gewesen wie einer, und ja, alle waren überzeugt davon, dass es sich um genau das gehandelt hatte. Selbst Polizeireporter, die dafür bekannt waren, dass sie unkonventionell dachten, hielten das Ganze für eine Drogenfehde. Warum also war ich nicht restlos überzeugt? Weil man Harold Rafferty dafür ermordet hatte, dass er so ziemlich die gleichen Fragen gestellt hatte wie ich jetzt? Irgendjemand hatte verhindern wollen, dass er seine Nase zu tief in gewisse Dinge steckte. Am Ende war er erschossen worden. *Wenn es dieselbe Bande wäre,* dachte ich im Stillen, *würden sie natürlich nicht zweimal dieselbe Vorgehensweise wählen. Das fiele auf. Sie würden stattdessen versuchen, mich auf andere Weise aus dem Weg zu räumen.*

Roche gegenüber sagte ich nichts davon. Ich erkundigte mich höflich nach der Beule an ihrem Hinterkopf (»Tut weh, aber heilt.«) und brachte die Sprache dann schnell wieder auf unser Gespräch im *Bongos*. Der Fall Dowling beschäftigte mich immer noch. Trotz des Schocks vom Vortag forderte er meinen Pathologenverstand heraus. Wie war er wirklich gestorben? War jemand bei ihm gewesen? Deshalb bestand ich darauf, dass wir uns auf ihren Vorschlag eines frühen Anhörungstermins konzentrierten. Und ich sagte ihr, dass ich mehr Informationen benötigte. »Warum haben Sie die Fotos 11 und 12 zurückgehalten?«

»Es sind Aufnahmen vom Wald«, sagte sie. Ihre Stimme war nicht annähernd so kräftig, wie ich sie in Erinnerung hatte. Der Bombenanschlag musste sie doch ein wenig mitgenommen haben. Er hatte weiß Gott auch bei mir Wirkung gezeigt, aber vielleicht nicht allzu sehr. Ich bin an Bomben gewöhnt. Bomben ohne Vorwarnung hochgehen zu lassen war die Lieblingstaktik der IRA gewesen.

»Wir wollten, dass ein CSI-Spezialist sie sich ansieht.«

Das überraschte mich. »Wieso? Sagten Sie nicht gestern, die Schlussfolgerung aus Dowlings Obduktion stünde nicht infrage?«

»Es gab Zweifel hinsichtlich der ersten Ermittlung. Für meinen Geschmack endete sie zu abrupt.«

Es stimmte also. Ich war nicht der Einzige, der nicht glücklich darüber war, wie Matthews den Fall gehandhabt hatte.

»Ich wollte überprüfen, ob irgendetwas übersehen wurde.«

»Und zu welchem Ergebnis kam der CSI-Spezialist?« Oder war es eine Sie? Die forensische Abteilung war zu knapp siebzig Prozent weiblich.

»Er hat nichts gefunden, was eine Revision des Obduktionsbefunds erzwingen würde.«

»Darf ich die Bilder sehen?«

»Natürlich. Ich maile sie Ihnen auf Ihren privaten Rechner.«

Ich gab ihr die Adresse. »Sehr schön. Es gibt da allerdings noch zwei weitere, die mich interessieren.« Ich ging nicht näher darauf ein. Ich wusste immer noch nicht, was es mit dem roten Auge auf sich hatte, und solange das so war, wollte ich es lieber für mich behalten. »Ich sage Ihnen Bescheid, ob ich irgendwie schlauer bin, sobald ich sie mir angesehen habe.«

8

Die Akte Dowling wurde mir am Nachmittag per Kurier zugestellt. Kurz danach trafen die Polizeifotos 11 und 12 als E-Mail-Anhang ein, zusammen mit ein paar Spam-Nachrichten, wie ich am einfachsten meinen Penis um zehn Zentimeter vergrößern könne, und der persönlichen Mitteilung eines Mädchens namens Lil, das ich zwar nicht kannte, das aber gern ihr Leben mit mir verbringen wollte.

Zumindest musste ich darüber lächeln, und das ist etwas, was in meinem Beruf nicht allzu häufig passiert. Zwar habe ich durchaus Humor, komme aber schlicht und ergreifend zu selten dazu, davon Gebrauch zu machen. Die Toten sind da kein allzu begeistertes Publikum. Kein schallendes Gelächter und kein Schenkelklopfen, wenn mir ein witziger Spruch eingefallen ist. Kein Geist hält sich den Bauch und keucht: »Stopp, aufhören, ich kann nicht mehr!«

Als ich noch in der Pathologie der Uniklinik arbeitete, nutzte ich jede Gelegenheit, die düstere Stimmung in dem gekachelten Untergeschoss aufzuhellen. Ein beliebter Zeitvertreib war das Studium von Krankenakten. Die Verstorbenen trafen in der Regel mitsamt einem dicken Ordner ärztlicher Aufzeichnungen zur Autopsie ein, und in diesen Aufzeichnungen fand sich so manche Perle von Nachwuchskräften aus den Stationen über mir. Zwei meiner Favoriten waren: »Der Patient verweigerte eine Autopsie und verlangte stattdessen, behandelt zu werden« und »Der Patient hatte Brustschmerzen beim Sex. Dies setzte sich in der Notaufnahme fort.«

Solcherlei Dinge erleichterten uns die Arbeit und verkürzten den Tag. Es nahm der Tatsache, dass wir vom Tod umgeben waren, die Schärfe.

Doch jetzt, in meinem häuslichen Arbeitszimmer, widmete ich mich wieder dem Rätsel eines ganz bestimmten und verdächtigen Todesfalls.

Auf meinem Computer öffnete ich Roches Digitalbilder. Nummer 11 zeigte die Lichtung, auf der man Patrick Dowlings Leiche entdeckt hatte. Es war eine Aufnahme aus einiger Entfernung – mindestens sieben Meter. Das Seil war um einen kräftigen Ast geschlungen, das Ende straff um den Baumstamm gebunden. Wie zum Teufel hätte er das schaffen sollen? Zum x-ten Mal stand mein Pathologenverstand ratlos davor. Dowling hatte einen Drogencocktail im Blut gehabt, der ihn planlos und wirr gemacht haben musste. Unmöglich hatte er noch in der geistigen Verfassung sein können, um ein derartiges Selbstmordkonstrukt zu verwirklichen. Oder? Es ergab einfach keinen Sinn. Ich sah mir den Rest des Fotos an.

Am Bildrand kauerte ein Polizeibeamter in der Hocke und untersuchte offensichtlich den Boden. Er hielt den Kopf gesenkt. Er hatte eine Glatze, trug Ölzeug, Gummistiefel und Latexhandschuhe. An den Stiefeln und Handschuhen klebte Schlamm. In der linken Hand hielt er einen Beweismittelbeutel. Auch dieser war voller Schlammspritzer.

Der Rest des Bilds zeigte nichts Neues. Bäume, abgebrochene Zweige, sich abschälende Rinde. Nichts, was ich nicht auch auf den anderen Fotos gesehen hätte.

Nummer 12 war eine Aufnahme aus geringerer Entfernung. Aus irgendeinem Grund hatte der Fotograf oder die Fotografin die Kamera zu Boden direkt unter die baumelnden Füße gerichtet. Auf dem oberen Teil des Bilds wiesen zwei braune, schlammige Straßenschuhe nach unten. Ein Absatz war dreckiger als der andere. Ein hölzerner Barhocker, dreibeinig mit Querstreben, lag dort, wo man ihn vermuten würde, sofern wirklich Dowling selbst sich daraufgestellt und ihn umgestoßen haben sollte, um sich das Leben zu nehmen. In anderen Worten: unmittelbar seitlich der Leiche. Daneben Laub, Zweige und Kiefernzapfen. Egal, wohin ich zoomte oder wie auch immer ich das Bild drehte: Nirgends war ein Fußabdruck erkennbar. Warum hatte Roche ausgerechnet diese beiden Fotos zur näheren Begutachtung ausgesucht? Ich musste an unser Telefonat vom Vormittag denken. »Es gab Zweifel hinsichtlich der ersten Ermittlung. Für meinen Geschmack endete sie zu abrupt.« Und dann hatte sie noch hinzugefügt: »Ich wollte überprüfen, ob irgendetwas übersehen wurde.«

Meine Chance, Roche auszufragen, hatte mit der Bombe im *Bongos* ein Ende gefunden. Unsere Unterhaltung war damit gewissermaßen mausetot gewesen. Erst jetzt erkannte ich, dass sie Dowlings Tod unter einem vollkommen anderen Aspekt betrachtete, als ich es tat. Sie nahm an, dass das Obduktionsergebnis zutreffend war und Dowling tatsächlich Selbstmord begangen hatte. Sie suchte nicht nach einem Mörder; sie versuchte stattdessen, den Toten mit Noel Carty in Verbindung zu bringen. Carty, dem Verbrecher, mit dem Dowling noch an seinem Todestag eine Auseinandersetzung gehabt hatte. Die rechte Hand des Drogenhändlers Jonathan Redmond. Roche zufolge gab es überdies eine Verbindung zwischen Redmond und Patricks Vater, dem Minister Albert Dowling. Doch welcher Art sollte diese Verbindung sein? Und wie hing das alles mit dem Tod seines Sohns zusammen? War der für die wirtschaftliche Entwicklung zuständige Minister in das organisierte Verbrechen verstrickt? Waren das die Punkte, die Roche noch fehlten, um eine Verbindungslinie ziehen zu können?

Endlich verstand ich auch, warum meine Mordbehauptung sie derart überrascht hatte. Mein Verdacht würde ihre Ermittlung auf noch schwierigeres Terrain führen. Und jetzt verstand ich auch, warum sie so versessen darauf war, mich an Bord zu holen und die Schnüfflerarbeit vom Amt des Coroners aus leisten zu lassen. Sie hatte erkannt, dass mein medizinischer Sachverstand und mein hartnäckiges Hinterfragen womöglich eine Vertuschung aufzudecken vermochten. Doch egal, welche Ziele sie verfolgte, ich hatte meine eigenen Gründe, die Wahrheit herauszufinden. Nun, da ich der zuständige Coroner war, oblag mir die Feststellung von Patrick Dowlings Todesursache. Das war mein Territorium, und ich würde keine schlechte und schlampige Ermittlung durchwinken.

Sarah hatte Gregory zum Fußballtraining gebracht. Er hatte am nächsten Tag ein großes Spiel, und da würde es meine Aufgabe sein, ihn zum Fußballplatz und wieder zurück zu befördern. Ich würde dort bleiben, zusehen und ihn anfeuern, wie es die anderen Väter an Wochenenden ebenfalls taten. Jennifer war mit ein paar Freundinnen ins Kino gegangen. Ich war also allein und brütete über Akten von Todesfällen – wie immer. Diesmal jedoch noch gründlicher als sonst. Die Dowling-Akte enthielt mögliche Verbindungen zu einem mächtigen Drogendealer. Und ich hasste Drogendealer. Wenn sich darin etwas finden ließe, um Jonathan Redmond mit Patrick Dowlings Tod in Verbindung zu bringen, würde ich Himmel und Hölle dafür in Bewegung setzen.

Es war mittlerweile fast fünf Uhr. Nachmittagsschatten schlichen sich in den Garten – zusammen mit einer rötlich braunen Katze. Sarahs Rosen, ihr ganzer Stolz, blühten noch immer. Rosafarben und weiß würzten sie die Luft. Blütenblätter lagen immer noch dort, wo sie zu Boden gefallen waren, und der Rasen musste gemäht werden. Ich würde Gregory morgen fünf Euro dafür anbieten, sofern er nach dem Spiel noch in der Lage dazu war. Ich öffnete ein Seitenfenster, holte tief Luft und genoss die Gartengerüche. Von irgendwoher erklangen ein Rasenmäher, Straßenverkehr in der Ferne, Vogelgezwitscher. Die rotbraune Katze schlich an der Hecke zum Nachbargrundstück entlang. Dort wohnte ein Köter, der gar nicht mehr aufhörte zu kläffen, wenn er merkte, dass sich irgendetwas – Mensch oder Tier – auf unserem Grundstück bewegte. Ich wartete nur darauf, dass es wieder losging. Die Katze scharrte kurz über den Boden – und prompt ging das Gekläffe los. Ich grinste, als ich die Katze fliehen sah, als wäre der Teufel hinter ihr her. Dann musste ich das Fenster schließen, um das Getöse des Hundes auszublenden. Es gab Tage, da hegte ich Mordgedanken in Bezug auf dieses Tier.

Wieder inspizierte ich die Fotos 11 und 12 und benutzte wiederholt die Vergrößerungsmöglichkeiten auf meinem Rechner, um die Szenerie besser zu erfassen. Doch wie Roches CSI-Kollege fand auch ich beim besten Willen nichts, was die Vermutung erhärtete, dass noch jemand bei Dowling gewesen sein könnte. Nicht in diesen Aufnahmen und nicht in den anderen, die ich unter die Lupe genommen hatte. Das erschütterte keineswegs meine Ansicht, dass der Achtundzwanzigjährige nicht allein gestorben war. Ich glaubte immer noch daran, dass ihn jemand getötet hatte. Doch die Fotos vor mir stützten diese Annahme nicht. Sie waren wohlgemerkt am Tag nach Dowlings Tod aufgenommen worden. In der Zwischenzeit hätte auf dem Gelände alles Mögliche passiert sein können.

Ich rief die Website des irischen Wetteramts auf und recherchierte die Wetterbedingungen von Patrick Dowlings Todestag, dem 29. November 2009. In jener Nacht hatte ein Unwetter mit kräftigem Wind aus westlicher Richtung und mit starkem Regen knapp zwei Stunden gebraucht, um über die östlichen Grafschaften auf die Irische See hinauszuziehen. Genug, um alle möglichen Hinweise auf der Lichtung zu vernichten. Vielleicht sogar genug, um Fußspuren fortzuspülen.

Ich wechselte zu den Vergrößerungen, die Joan mir besorgt hatte. Die Fotos waren mit Blitzlicht aufgenommen worden, was eine gespenstische Wirkung erzeugte. Wenn Licht auf die Netzhaut eines Auges trifft, entsteht der sogenannte Fundusreflex. Ich besaß unzählige Familienfotos, die durch diesen Effekt unschön aussahen.

Ich rief Foto Nummer 10 auf. Es fing die reflektierenden Augen eines Waldtiers ein. Ganz unten – ein mittelgroßer Hund oder ein Fuchs, zwei stecknadelkopfgroße rote Netzhäute, die in die Kamera starrten. Sie lagen nahe beisammen, getrennt lediglich durch eine schmale Schnauze. Es musste ein Fuchs gewesen sein. Das passte zum Gelände, zur Entfernung vom Boden und zur Augenform. Das Tier hatte sich rund zwölf Meter von der baumelnden Leiche entfernt im Unterholz befunden.

Doch Foto Nummer 20 hatte ein entfernteres Leuchten aufgefangen. Ich mochte es nicht mit Bestimmtheit sagen, aber es sah ebenfalls nach einem Fundusreflex aus – allerdings nur der eines einzigen Auges inmitten einer unscharfen, wie durch Bewegung verwackelten Stelle. Der Kopf oder eine Schulter, vermutete ich. Und wenn das stimmte, dann handelte es sich um eine relativ hochgewachsene Person.

Ich nahm mir diejenigen Fotos vor, auf denen Polizisten zu sehen waren. In der Annahme, dass die durchschnittliche Größe eines Polizeibeamten eins achtzig betrug, zählte ich die Zahl der Äste an einem bestimmten Baum hinter einem der abgelichteten Beamten. Vom Boden bis auf Kopfhöhe waren es acht. Nun tat ich das Gleiche bei dem unscharfen Rote-Augen-Bild. Neun. Falls es denn wirklich ein Auge war, musste es sich in einer Höhe von mindestens einem Meter achtzig befinden. Kein Waldtier ist so groß. Und in den Wäldern von Dublin und Wicklow gibt es keine Yetis. Wenn meine Vermutung also stimmte, hatte jemand am Tag nach Patrick Dowlings vermeintlichem Selbstmord die Bergungsarbeiten aus dem Wald heraus beobachtet. Doch das ergab keinen Sinn. Wer sollte sich um diese Tageszeit und zu dieser unwirtlichen Jahreszeit dort aufhalten? Vor allem, da jede Menge Polizei durch die Gegend streifte? Ging vielleicht nur meine Fantasie mit mir durch? Ich prüfte die anderen Bilder von Neuem. Auf keinem weiteren war der Schatten oder das Auge zu erkennen.

Ich hielt das Bild wieder ins Licht und drehte es hin und her. Dann studierte ich es durch eine Lupe. Ich schätzte, dass die Gestalt sich etwa dreißig Meter von der Leiche entfernt versteckt gehalten hatte. Möglicherweise handelte es sich aber auch um eine optische Täuschung oder irgendeinen von Menschen gefertigten Gegenstand. Trotzdem war es ungewöhnlich. In den Akten der Polizei hatte niemand das Bild erwähnt, und auch Roches CSI-Kollegen hatten ihm keine besondere Aufmerksamkeit gewidmet.

Ich lehnte mich zurück und gähnte. Mein rechtes Ohr war immer noch leicht taub von der Explosion, und ein Brummen setzte ein. Mein Rücken schmerzte. Ich fühlte mich körperlich erschöpft und mental ausgelaugt. Die Akte Dowling setzte mir zu. Wieder nahm ich eine der Vergrößerungen zur Hand und betrachtete sie. Irgendwer war an jenem Tag im Wald gewesen, ich wusste es einfach. Irgendwer. Aber wer? Und warum?

9

Im Schlaf hörte ich das Telefon klingeln. Ein langes, hartnäckiges und forderndes Schrillen. Dann hörte es wieder auf. Ich drehte mich zur Seite und zog mir das Kissen unter den Kopf. Neben mir regte sich Sarah. Ich hatte am Abend keine Todesakten mit heimgebracht und durfte deshalb das Bett mit ihr teilen. Sie murmelte im Schlaf, dann trat sie mit einem Bein aus, um sich mehr Platz zu verschaffen. In meinem halb wachen Zustand rutschte ich näher an sie heran und legte meinen Arm um ihre Taille. Sie stieß ihn weg und drehte sich auf die andere Seite. Dann fing sie an zu schnarchen. Ich schlief wieder ein.

Irgendwann später, ich weiß nicht wann, läutete das Telefon erneut. Es war das Festnetz, das klingt wie eine altmodische Feueralarmglocke. Der Festnetzapparat ist mit zwei schnurlosen Geräten verbunden. Um die beiden Mobilteile herrscht bei uns ein ständiger Kampf. Eins sollte rechtmäßig in der Küche liegen, das andere im Elternschlafzimmer. Normalerweise hat Jennifer sie beide. Tatsächlich hat Jennifer so viele Kommunikationsmittel, dass mich ihr Zimmer allmählich an den Kontrollraum der NASA erinnert. Es kommt nicht selten vor, dass man nach einem Telefon sucht und beide davon – sowie ein Handy und einen laufenden Computer – bei ihr findet. Sie selbst sitzt auf dem Bett und bearbeitet die Tastatur ihres Laptops. Sie kann gleichzeitig E-Mails verschicken, ihr

Facebook-Profil aktualisieren, SMS schreiben und ein Gespräch übers Festnetz im Lautsprechermodus führen. Ich weiß, dass Frauen stolz auf ihre Fähigkeit zum Multitasking sind, aber bei Jennifer erreicht das Ganze völlig neue Dimensionen. Deshalb war ich nun in meinem Halbschlaf überzeugt, das Klingeln werde sie wecken. Ich wollte schon aufstehen, das Gespräch annehmen und ihr die Unterbrechung ihres Schlafs ersparen. Doch ich war so erschöpft, dass meine Gliedmaßen die Anstrengung verweigerten. Ich wartete, überzeugt davon, es würde bald aufhören. Mein müder Blick ging zum Digitalwecker auf dem Nachttisch. 4.20 Uhr. Wer zum Teufel rief da überhaupt an? Nur selten wurde ich zu so früher Stunde gestört.

Das Klingeln hielt an. Ich drehte mich so um, dass mein gesundes Ohr hinhören konnte. Die andere Seite war noch immer halb taub von der Bombe. Ich merkte, dass das Klingeln von unten kam, also nicht aus Jennifers Zimmer. Wenigstens würde sie nicht davon aufwachen. Gregory schlief so fest, dass ihn selbst ein Erdbeben nicht wecken würde. Ich hörte meine Frau langsam und stetig atmen. Sie schlief tief. Immer noch klingelte das Telefon und heischte nach Aufmerksamkeit. Als ich einen Fuß auf den Boden stellte, um aufzustehen, hörte es schließlich auf. Ich seufzte erleichtert und sank in die Kissen zurück. Nunmehr halb wach, riskierte ich einen Blick auf Sarah. Ihr langes blondes Haar war zerzaust und lag wie ein Fächer ausgebreitet auf dem Kissen. Ihre Lippen waren leicht geschürzt, und sie schnarchte leise. Ich beuge mich über sie und küsste sie sanft auf die Stirn. Sie rührte sich nicht. Dann machte ich es mir auf meiner Seite wieder bequem und döste ein.

Ich träumte von Eiskrem, als das Telefon erneut zu klingeln begann. Aus irgendeinem Grund war ich wieder Kind, saß auf der Mauer, die unser Haus umgab, und aß Eis. Mein Mund bewegte sich, meine Zunge kribbelte und genoss die weiche Struktur aus eiskalter Milch, Eischnee und Zucker. Das Eis hatte meine Mutter selbst gemacht. Ich sah hinüber auf das Farmhaus mit seinen beiden vorderen Erkerfenstern, den steinernen Tür- und Fensterstürzen und dem weißen Verputz. Ich konnte meine Mutter sehen, die hohe Stirn unter dem nach hinten gekämmten, ergrauenden Haar, die Stupsnase und ihr Lächeln, als ihr Blick auf mich fiel. Ich winkte ihr mit der freien Hand zu, und sie winkte zurück. Ich wollte ihr gerade etwas zurufen, als das verdammte Telefon dazwischenkam.

Verwirrt und benommen setzte ich mich auf. Der Traum war immer noch frisch, ich musste Tränen zurückdrängen und hatte einen Kloß im Hals. Nach der Ermordung meiner Eltern hatten mich solche Träume jahrelang verfolgt. Schreckliche Bilder vom blutigen Kopf meiner Mutter in meinen Armen, meine Tränen, die sich mit ihrem Blut vermischten. Bilder vom Zucken ihres Körpers im Todeskampf. Oft träumte ich auch von den Klagen und zornigen Flüchen unserer Verwandten, die Gerechtigkeit forderten. Allmählich ließen diese Träume zwar nach, aber hin und wieder, meist in Stressphasen, kehrten sie wieder. Als mir beispielsweise das Examen an der Universität bevorgestanden hatte, waren meine Albträume reger und häufiger geworden. Dann wieder bei jedem neuen Schritt auf der medizinischen Karriereleiter. Es war, als würde ich in meinen Träumen nach Bestätigung suchen. *Es ist gut, Michael, es ist gut.* Fast konnte ich die beruhigende Stimme meiner Mutter hören. Sie war hell und freundlich, mit dem weichen Singsang des südlichen Derry, wo sie gelebt hatte, bevor sie mit meinem Vater nach Tyrone gezogen war. *Du weißt, du schaffst es. Dad und ich werden immer für dich da sein.* Doch sie waren nicht mehr da. Sie lagen in einem gemeinsamen Grab auf dem Dorffriedhof.

Als ich diese Träume erstmals hatte, machten sie mir zunächst Angst. Oft wachte ich verwirrt und schweißgebadet auf – und in Tränen, obwohl ich längst erwachsen wurde. Mit den Jahren beunruhigten sie mich immer weniger, bekamen sogar etwas Tröstliches. Es war, als fühlte ich, wie meine Eltern auf mich Acht gaben. Einen derart intensiven Traum wie diesen hatte ich jedoch seit Jahren nicht mehr gehabt.

Während ich mit klopfendem Herzen und feuchten Augen im Bett saß und versuchte, den Kloß in meiner Kehle hinunterzuwürgen, klingelte das Telefon immer weiter. *Ring-ring, ring-ring, ring-ring.* Das Schrillen bohrte sich regelrecht in mein Gehirn. Ich sah wieder auf den Wecker. 5.10 Uhr. Ich musste aufstehen. Irgendjemand brauchte mich. Vermutlich ein Krankenhausarzt auf der Suche nach Rat in einem überraschenden, verdächtigen Todesfall. Nur mit einer kurzen Pyjamahose bekleidet, tapste ich leise durchs Schlafzimmer, um Sarah nicht zu wecken. Es war warm, und das schwache Leuchten einer frühen Morgendämmerung war bereits hinter den Vorhängen zu erahnen. *Ring-ring, ring-ring, ring-ring.* Ich warf einen Blick in den Spiegel. Die Schnittwunde, die die gestrige Bombe auf meiner Wange hinterlassen hatte, war inzwischen rosa. Über meine Arme verliefen hellrote Kratzer. Sie würden heilen.

Auf Zehenspitzen schlich ich die Treppe hinunter. In der Küche klingelte das Telefon immer weiter. *Ring-ring, ring-ring, ring-ring.* Ich stellte mir vor, wie ein erschöpfter und schweißnasser Jungmediziner in irgendeiner Notaufnahme Dublins am Apparat wäre: *Es tut mir wahnsinnig leid, dass ich Sie mitten in der Nacht anrufe, Dr. Wilson, aber wir haben hier einen plötzlichen Todesfall, und ich brauche Ihren Rat, wie ich damit umgehen soll.* Das waren meist die einleitenden Worte. Und ich würde zuhören, Gähnen und Müdigkeit unterdrücken und die nötigen Anweisungen erteilen. Dazu gehörten in der Regel eine Obduktion, eine Beurteilung der klinischen Aufzeichnungen und ein Gespräch mit dem ranghöchsten zuständigen Arzt.

Ich fand den Apparat schließlich in einem Korbsessel halb unter einem Kissen versteckt und nahm das Gespräch entgegen. »Hallo?« Ich hörte ein scharfes Einatmen, dann war es still. Die Leitung war tot. Verwirrt starrte ich vielleicht eine halbe Minute lang auf den Hörer. Dann drückte ich den Rückrufknopf und wartete. Ich hörte ein Besetztzeichen. Möglicherweise hatte der Anrufer bereits eine neue Nummer gewählt. Ich sah in der Anrufliste nach, ob die beiden Anrufe von derselben Nummer gekommen waren. Zweimal hieß es UNBEKANNTER ANRUFER. Das musste nichts bedeuten. Doch hier im Morgengrauen in der Küche ließ es mich plötzlich frösteln. Ich wusste, es war warm draußen. Die Temperaturanzeige auf der Terrasse zeigte vor 6.00 Uhr morgens bereits vierzehn Grad an. Warum zitterte ich also? UNBEKANNTER ANRUFER bedeutete rein gar nichts. Ich redete es mir laut ein, um mich zu beruhigen. Aber hatte ich wirklich dieses scharfe Einatmen gehört, oder hatte ich es mir nur eingebildet? Vielleicht war es nur mein eigener erschöpfter Atem gewesen. Aber weshalb war die Leitung dann plötzlich tot gewesen? Ich quälte mich selbst, das wusste ich. *Es hat nichts zu bedeuten. Geh wieder ins Bett.*

Aber ich tat es nicht.

Ich setzte mich in den Korbsessel und starrte ins Leere. *Setz deinen gesunden Menschenverstand und deine Logik ein, Mike. Lass deiner Paranoia keinen Raum. Dieser Anruf kam von einem Krankenhaus oder von der Polizei, weil sie deinen Rat brauchten.* Doch meine Paranoia schien etwas anderes sagen zu wollen: Harold Raffertys Mörder rückten mir auf den Leib. Dann fiel mir mein Traum wieder ein. Ich leckte mir über die Lippen, als könnte ich die Süße der Eiskrem wieder heraufbeschwören, aber ich schmeckte nur Bitternis und Angst. War der Traum ein Omen gewesen, ein Vorzeichen eines Ereignisses, das bald eintreten würde? Wollten meine toten Eltern mich aus dem Grab heraus vor einer Gefahr warnen? Ich ahnte, dass mein Hirn überlastet sein musste. Meine Überlegungen jagten auf einen Strudel unvernünftiger Angst zu. Ich legte den Kopf in die Hände und starrte auf meine Zehen hinab. Zählte die Muttermale an meinen Beinen und rieb ein paar davon, um mich zu vergewissern, dass sie sich nicht zu Hautkrebs verändert hatten. Ich untersuchte die Schnitte an meinen Armen. Dann presste ich die Fäuste kräftig an die Brust, hielt den Atem an und versuchte, bis vierzig zu zählen, bevor ich wieder ausatmete. Ich kam nur bis zweiundzwanzig. Ich versuchte, mich abzulenken, aber es gelang mir nicht. Patrick Dowlings Tod hatte mich zu fest im Griff.

Ich ging in mein Arbeitszimmer, öffnete die Akte des Toten und blätterte darin, bis ich die Aussage von Harry Malone gefunden hatte. Malone war ein enger Freund von Dowling und an seinem Todestag bei ihm gewesen. Er war außerdem dabei gewesen, als Dowling sich mit Noel Carty, dem Handlanger des Drogendealers Redmond, geprügelt hatte. Ich las seine Aussage aufmerksam durch und stellte fest, dass ich ihr bislang offensichtlich nicht ausreichend Beachtung geschenkt hatte. Tatsächlich hatte ich diesen Abschnitt nur überflogen und mich mehr auf die forensischen Beweise konzentriert, wie es meinem Pathologenverstand nun mal entsprach.

Auf Seite 55 beschrieb Malone, wie er Dowling zu einem Pub in Stepaside, einem Vorort im Süden Dublins, gefahren hatte. Auf dem Parkplatz war es zu der Auseinandersetzung mit Carty gekommen. Ich versuchte, mir vorzustellen, wie der ausgemergelte, geschwächte Dowling vor Carty in Boxerstellung ging. DI Roche hatte Carty als groß, breitschultrig und kräftig beschrieben und berichtet, dass vier Polizisten nötig gewesen seien, um ihn in Gewahrsam zu nehmen.

Auch Malone hatte diesbezüglich ein paar Bemerkungen gemacht und Details angegeben, doch insgesamt war die Aussage von zweifelhaftem Wert. Schon allein beim Lesen spürte ich die Zögerlichkeit. Es war, als hätte er irgendetwas zurückgehalten.

Als ich umblätterte, stolperte ich über den Bruch zur vorherigen Seite. Ich hatte versehentlich eine Seite ausgelassen. 56 und 57 klebten zusammen. Als ich die beiden Blätter vorsichtig voneinander löste, fiel mein Blick auf eine an den Rand gekritzelte Notiz.

Malone lügt.

Es war die krakelige Handschrift des verstorbenen Harold Rafferty. Ich hatte schon eine ganze Reihe seiner Akten in Händen gehalten und erkannte seine Schrift sofort wieder. Rafferty hatte Malone also nicht geglaubt. Hatte er ihn selbst befragt? Was mochte er in Erfahrung gebracht haben?

Ich dachte über dieses und hundert andere Probleme

nach, bis ich bemerkte, dass Sarah auf einmal in der Tür stand und mich anstarrte. In ihren haselnussbraunen Augen lag Erstaunen, das lange blonde Haar war noch immer zerzaust. Sie trug ein weites weißes Leinennachthemd, das ihre Nacktheit kaum verbarg. Ein Träger war ihr von der Schulter gerutscht und ließ mehr Haut erkennen, als für einen Mann meines Alters gut war.

»Was tust du um diese Zeit hier unten?« Sie wollte schon nach meiner Akte greifen, doch ich packte sie am Arm und zog sie auf meinen Schoß. Ihr Nachthemd rutschte nach oben und gab den Blick auf ihre wundervollen, langen Beine frei. Bis zu dem schwarzen Höschen. Meine Hände fanden ihre Brüste, mein Mund fand ihren. Wir küssten uns gierig, mit forschenden Zungen. »Du hast neulich Abend gesagt, ich würde vielleicht Glück haben …« Meine Stimme war heiser vor Verlangen.

Sarah gab vor, Widerstand zu leisten, doch ihr Kampfgeist erlahmte schnell. »Aber du warst ja soooo müde«, neckte sie mich. Dann sprudelten die Fragen aus ihr heraus. »Warum bist du so früh hier unten? Liest du schon wieder diese schrecklichen Dossiers?« Ich brachte sie mit einem weiteren leidenschaftlichen Kuss zum Schweigen, und sie gab auf. »Erzähl es mir später.«

Ich hob sie in meine Arme, und sie fuhr mir mit der Hand durchs Haar und zupfte sanft daran. Dann strich sie mir über die verletzte Wange. Ich trug sie behutsam und vorsichtig nach oben. Sarah knabberte an meinem Hals. »Ich habe immer noch nicht Ja gesagt«, murmelte sie, doch unter ihren Worten spürte ich die Lust.

»Stimmt«, flüsterte ich, »aber du hast auch nicht Nein gesagt.«

Im Vorbeigehen warf ich einen raschen Blick in Jennifers Zimmer. Sie schlief tief und fest. Dann Gregory. Er hatte sich fast zu einer Kugel zusammengerollt, und seine Brust hob und senkte sich bei jedem Atemzug. Ein Dielenbrett knarzte. »Psst«, zischte Sarah und kicherte.

Ich drückte unsere Schlafzimmertür mit dem Absatz zu, legte Sarah aufs Bett und ließ meinen Blick über ihren Körper wandern. Sie schob beide Träger von den Schultern und streifte das Nachthemd ab. Sie tat verschämt, lächelte dabei aber auffordernd, und ich stöhnte vor Lust auf.

»Mike Wilson«, sagte sie mit heiserer Stimme. »Ins Bett mit dir, bevor die Kinder aufwachen.«

Ich legte mich neben sie, strich ihr übers Haar und fuhr mit einem Finger die Kontur ihrer Lippen nach. Ihre Hand wanderte nach unten. Ich war bereit.

»Langsam«, flüsterte sie. »Und leise.«

10

»Spiel ab, Anto! Spiel ab! Oh Mann, das sieh sich einer an! Anto, Anto. Eine Ballberührung – weißt du noch, was ich gesagt habe? Direktpass! Es ist doch zum Heulen!«

Fußballspiele von unter Zwölfjährigen fördern die dunkelsten Seiten bei manch einem ihrer Trainer zutage. Ich stand an der Seitenauslinie des Fußballplatzes in Ballybrack im Süden Dublins und feuerte Gregory und seine Mannschaft an. Es war kurz nach eins, und nicht eine Wolke stand am Himmel. Eine leichte Brise von der Küste brachte ein wenig Abkühlung, doch die Luft war feucht. Ganz untypisch genossen Dublin und seine Vororte einen warmen, sonnigen Sommer. Der Wetterbericht hatte sogar eine noch länger anhaltende ruhige Phase vorausgesagt, dabei war es noch immer erst Anfang Juni. Geradezu unerhörte Verhältnisse für dieses Land. Trotzdem fingen manche Leute bereits an, sich zu beschweren. Die üblichen Verdächtigen, die nie zufrieden waren. Denen es entweder zu warm war oder nicht warm genug. Der Garten könnte ein bisschen Regen vertragen. Der Garten steht unter Wasser. Die Sonne brennt dir die Haut vom Schädel. Wäre ein bisschen blauer Himmel zur Abwechslung nicht ganz nett?

Das Gras auf dem Spielfeld war üppig grün, der Boden darunter hart. Die Fans standen in Grüppchen beisammen. Die Seitenlinien waren gesäumt von Sporttaschen, aus denen Handtücher, Reservesocken, Hosen und Trikots quollen. Die Unterstützer von Gregorys Team Glasthule United warfen den Spielern Wasserflaschen zu, trotz der Anweisung des Schiedsrichters, dies bitte zu unterlassen. Rufe mischten sich mit Flüchen und heftiger Kritik. Ein Hund drohte aufs Spielfeld zu laufen und wurde mit angetäuschten Tritten verscheucht. Aus sicherer Entfernung bellte er und schnappte dann nach den kleineren Kindern, die ihm zu nahe kamen. Irgendjemand jagte ihn schließlich mit einem Gehstock davon.

Die gegnerische Mannschaft, Shankill Rovers, sah größer und kräftiger aus als unsere Jungs. Sie wiesen sämtliche Angebote, etwas zu trinken, mit verächtlicher Miene zurück. »Wasser ist für Weicheier.«

Das Spiel selbst war ausgeglichen, zwei Tore auf beiden Seiten bei verbleibenden zehn Minuten Spielzeit. Es war ein wichtiges Spiel. Nicht gerade ein WM-Finale, aber es ging immerhin um den Aufstieg in eine höhere Liga. Wenn Glasthule gewänne, würden sie in der kommenden Saison eine Klasse höher spielen. Shankill reichte dafür bereits ein Unentschieden. Es lag also eine gewisse Aggressivität in den Zweikämpfen, und manch ein Tackling überschritt die Grenze des Erlaubten. Dem Schiedsrichter machten die Anhänger beider Seiten das Leben schwer. »Arschloch!«, war noch eine der harmloseren Beschimpfungen. Andere stellten seinen sozialen Rang sowie sein Sehvermögen infrage und äußerten in überaus unverblümten Formulierungen ihre Mutmaßungen über die Art der Erwerbstätigkeit seiner Mutter, als sie ihn zur Welt gebracht hatte. Im Grunde das ganz normale Geplänkel unter Eltern von Jugendfußballern.

Gregory war ins Mittelfeld zurückbeordert worden, nachdem sich ein Spieler aus seiner Mannschaft den Knöchel verstaucht hatte. Er war der Topstürmer des Teams und hatte während der ganzen Saison durchschnittlich ein Tor pro Match erzielt. Tatsächlich hatte er gerade einen Lauf. Zwei Abende in der Woche und jeden Samstagvormittag wurde er zum Training und zu Spielen kutschiert. Ich versuchte zu helfen, so gut es ging, aber noch häufiger war es Sarah, die ihm von der Seitenlinie aus nachrief, während ich zu Hause saß und Aussagen über mir unbekannte Tote studierte. Heute, an diesem Samstag und nicht einmal vierundzwanzig Stunden, nachdem ich knapp einem Bombenanschlag entronnen war, war ich an der Reihe, ihn anzufeuern.

Ich weiß nicht, woher Gregory sein Talent hat. Von mir sicherlich nicht. Ich hätte in der Schule keinen Ball ins Tor schießen können, selbst wenn es um mein Leben gegangen wäre. Sarah hat Hockey auf Regionalliganiveau gespielt und dafür gesorgt, dass Jennifer sowohl im Schulteam als auch im Verein spielte. Insgeheim versuchte sie auf diese Weise, Jennifer von ihren komasaufenden, allzu leichtlebigen Altersgenossen fernzuhalten. Nicht wenige junge Mädchen in Dublin nahmen beispielsweise die Antibabypille »gegen Menstruationsbeschwerden«. Nur merkwürdig, dass diese Menstruationsbeschwerden vor den Sommerferien und großen Musikfestivals verstärkt auftraten. Nur wenige Ärzte glaubten ihnen.

Es ist nicht leicht, Teenager großzuziehen. Das ist es noch nie gewesen – auch nicht vor den Boomjahren. Doch während dieser verrückten Dekade ging es mit Irlands gesellschaftlicher Moral steil bergab.

Ich scharrte mit den Füßen und plauderte mit anderen Eltern. Auf der anderen Seite der Stadt sah Sarah Jennifer bei einem Freundschaftsspiel zu.

Der Coach von Glasthule war ein untersetzter Mann mit schütterem grauem Haar und einem Gesicht wie ein Donnerschlag. Sein Blutdruck bereitete mir Sorgen. In seinem grünen Trainingsanzug pirschte er wie ein Raubtier an der Seitenauslinie auf und ab und rief in einem ausgewogenen Verhältnis taktische Anweisungen und Beschimpfungen auf den Platz. Hin und wieder blieb er stehen, um eine wichtige Beobachtung auf einen Notizblock zu kritzeln, den er sich auf das angewinkelte Knie legte. Er war außerdem Antos Vater (Gott sei Anto gnädig) und von wildem Wettkampfgeist beseelt. Jedes Spiel wurde mit leidenschaftlicher Intensität bestritten, jedes Ergebnis anschließend in der Kabine an einer Kreidetafel analysiert. Er war eine Mischung aus Dschingis Khan, Mike Tyson und Roy Keane: kämpferisch, wutschäumend und unflätig.

Gregory trug das blaue Auswärtstrikot, weiße Shorts und blaue Stutzen. Woodys, ein örtlicher Baumarkt, sponserte den Club. Ihr Logo prangte auf jeder Jungenbrust. Ich jubelte und feuerte sie an und klatschte dank meiner guten Manieren zunächst, selbst wenn der gegnerischen Mannschaft ein guter Spielzug gelang. Das kam bei dem lebhaften Trainer jedoch nicht allzu gut an, und so hielt ich mich zurück und brüllte nur noch dann, wenn die Blauen am Ball waren. Ich freute mich an der Gesellschaft und war froh über die Ablenkung. Ich plauderte mit den anderen Eltern, lachte über die Ausbrüche des Trainers und gestand ein, dass ich der Letzte wäre, der sich ihm in den Weg stellen wollte. »Klar, wenn es ihn glücklich macht und es den Jungs gefällt, was soll's?« Und schon bald dachte ich nicht mehr an Patrick Dowling. Oder an Harry Malone. Und auch nicht an Harold Raffertys Notiz: *Malone lügt.* Meinen Sohn in der warmen Mittagssonne anzufeuern lenkte mich von all dem ab, einschließlich der Bombe vom Donnerstag. Sogar die nächtlichen Anrufe vergaß ich völlig.

Gregory, der seine Socken nach unten geschoben hatte und dessen dürre Beine wie Motorkolben arbeiteten, fing einen Fehlpass der Shankills ab und steuerte geradewegs auf das gegnerische Tor zu. Ein Bursche von der Größe eines Hauses stellte sich ihm in den Weg, doch er umspielte ihn gekonnt und behielt den Ball am Fuß. »Helft ihm, Glasthule! Helft ihm, verdammt noch mal!« Antos Vater hatte sich in schiere Raserei hineingesteigert. In Gedanken war er schon fast in die nächste Liga aufgestiegen.

Ein blasser Verteidiger, groß und schlaksig mit kurz geschorenem Haar, stürzte sich auf Gregory. Der täuschte ein Abspiel nach rechts an, spielte den Ball jedoch nach links. Die Grätsche des Verteidigers zog ihm fast die Beine unterm Körper weg, und er stolperte. Ich sprang auf und ab vor Aufregung. »Los, Glasthule, los! Ihr schafft es!« Und Gregory blieb auf den Beinen und am Ball.

»Spiel ab, Grego, abspielen!« Der Coach sah aus, als stünde er kurz vor einem Herzinfarkt.

Gregory legte den Ball präzise einem Mitspieler auf, der auf gleicher Höhe mitgelaufen war, und bekam ihn sofort wieder zurückgespielt. Ein Doppelpass. Der Trainer war entzückt. Jetzt musste Gregory nur noch den Torwart überwinden, und der wirkte wie ein Zwerg in dem regulär großen Tor. Gregory schien unendlich viel Platz zu haben, um den Ball im Netz zu versenken.

»Schieß, Grego, schieß!« Das Gesicht des Trainers war inzwischen feuerrot, er stieß die Fäuste in die Luft, und auch die Glasthule-Eltern brüllten unisono: »Schieß, schieß!«

Der Ball ging so weit über die Latte, dass er hinter dem Platz über einen Abhang hinweg und außer Sicht verschwand. Die Flüche und Verwünschungen, die folgten, waren meilenweit zu hören.

Ich schlug die Hände vors Gesicht und fluchte leise. Nachdem ich eine Weile den Boden begutachtet hatte, hob ich wieder den Kopf und sah in die enttäuschten Gesichter entlang der Seitenlinie. Man lächelte sich bedauernd zu, Lippen formten sich zu lautlosen Flüchen.

Nach dem Schlusspfiff konnte ich nicht schnell genug fortkommen. Der Stürmerstar hatte danebengeschossen. Gregory hatte ein leeres Tor nicht getroffen. Sie würden in dieser Saison nicht aufsteigen. Glasthule United war zutiefst enttäuscht, die Shankill Rovers jubelten. *Olé, olé, olé, olé.* Gregory war am Boden zerstört, und ich wusste nicht, was ich zu ihm sagen sollte, um seinen Schmerz zu lindern. Wie die meisten Väter sagte ich deshalb gar nichts. Das ist oft die klügste Variante.

Auf der Heimfahrt legten wir einen Zwischenstopp bei McDonald's ein, wo Gregory einen Big Mac mit Pommes verschlang, den er mit zwei Schoko-Milchshakes hinunterspülte. Ich schlürfte einen Kaffee. Wir plauderten über die Schule, die Sommerferien, Freunde. Ich bemerkte, wie er mein zerschrammtes Gesicht musterte, aber er sagte kein Wort dazu. Es hatte keinen Sinn, den Jungen unnötig zu beunruhigen. Doch jetzt hatte ich Zeit, mir ihn richtig anzusehen. Normalerweise waren wir wie zwei Untermieter im selben Haus, ich eilig auf dem Weg zur Arbeit, er unterwegs zur Schule. Wenn ich spät nach Hause kam, war er häufig beim Training, mit seiner Spielkonsole beschäftigt oder machte Hausaufgaben. Er wuchs, aber langsam, und maß mit elf erst knapp über eins fünfzig. Er hatte mausbraunes, unordentlich gelocktes Haar, das er gelte, wenn er daran dachte. Er hatte kaum ein Gramm Fett am Leib, seine Kleidung war ihm zu weit. Wenn er lächelte, erinnerte er mich an seine Mutter. Wenn er die Stirn runzelte, sah ich mich selbst in ihm. Er hatte eine schmale Nase, große blaue Augen und ungewöhnlich lange Wimpern für einen Jungen. Mitten auf der Stirn hatte er ein verblassendes Muttermal, das ein wenig zu leuchten schien, wenn er wütend war oder sich verausgabte. Seine Lieblingskleidung außerhalb der Schule waren ein Chelsea-Trikot und Jogginghosen. Er hatte vier Paar »vernünftige« Schuhe, die er allerdings kaum je trug, weil er lieber seine Adidas-Laufschuhe anzog.

Nachdem er sein Essen verschlungen hatte, war seine Laune wieder besser. Während der gesamten Heimfahrt unterhielten wir uns wie alte Kumpels. Gegen 16.00 Uhr fuhren wir zu Hause vor. Sarah und Jennifer waren bereits da. Jennifer und drei ihrer Mannschaftskameradinnen saßen auf Holzbänken um den Picknicktisch im Garten. Sie trugen immer noch ihren Vereinsdress: weiße Tops über olivgrünen Röcken. Die olivgrünen Socken waren bis auf die Knöchel hinuntergerutscht, die Hockeyschuhe hatten sie ausgezogen. Sie plauderten, lachten, kicherten und steckten die Köpfe zusammen.

Sarah war dabei, die Rosen zu schneiden. Sie wanderte mit einem Weidenkorb voller Unkraut und welker Blüten durch den Garten. Ich sah sie aus der Ferne bewundernd an. Sie trug weiße Shorts und ein dunkelblaues Oberteil, weiße Socken in weißen Turnschuhen. Lange, gebräunte, straffe Beine. Der Gesamteindruck wurde lediglich durch ein Paar wenig sexy aussehender Gartenhandschuhe geschmälert.

Gregory schlich sich in seinem verschwitzten und dreckigen Glasthule-United-Outfit zu ihr und murmelte ihr etwas zu. Sarah zerzauste ihm das Haar, dann beugte sie sich zu ihm hinab und drückte ihm einen Kuss auf die Wange. Er zog sich zurück. Ich vermutete, dass sie beide soeben eine Vereinbarung hinsichtlich des Rasenmähens geschlossen hatten. Er hatte wohl eine Schonfrist bis morgen bekommen, um über seine Enttäuschung hinwegzukommen.

»Gerade hat jemand für dich angerufen«, sagte Sarah zur Begrüßung, als ich zu ihr trat. Ich schirmte die Augen gegen die Sonne ab.

»Ach ja, wer denn?« Ich nahm an, es war der frühmorgendliche Anrufer, der nun endlich durchgekommen war.

»Er hat seinen Namen nicht genannt«, antwortete sie. »Er sagte nur, ich solle Coroner Wilson grüßen.«

»Dann muss es jemand sein, den ich kenne.« Der Nachbarhund fing an zu bellen, und ich murmelte eine Reihe von Verwünschungen vor mich hin. Dieser Köter musste definitiv verschwinden.

»Er hatte eine merkwürdige Stimme.« Während Jennifer und ihre Freundinnen inzwischen ins Haus gegangen waren, war Gregory wieder herausgekommen, und Sarah flüsterte, damit er nicht hören konnte, was sie sagte.

»Inwiefern merkwürdig?« Ich scheuchte eine Schmeißfliege davon und fragte mich, was wohl der Grund für Sarahs Besorgnis sein mochte. Denn ihre Augen verrieten sie. Sie zeigten all ihre Gefühlsregungen.

»Ich weiß nicht genau … Der Mann hatte so einen blasierten Süd-Dublin-Akzent, du weißt schon.« Sie nannte ein paar Bekannte von uns zum Vergleich. »Aber er war unfreundlich. Er klang irgendwie bedrohlich.«

Ich trat einen Schritt zurück und nahm sie ins Visier. »Was?«

Sie zuckte mit den Schultern, wie um den Gedanken zu verwerfen. »Vielleicht bilde ich es mir auch nur ein. Seit Harold Raffertys Ermordung und dieser Bombe bin ich ein bisschen nervös.« Sie versuchte sich an einem Lächeln, aber es lag keine Wärme darin. Nur Anspannung. »Du passt auf dich auf, Mike, ja?«

Mir war, als wäre ich mit einem Eimer Wasser übergossen worden. Sarah war nicht der ängstliche Typ. Sie war eine umsichtige und vernünftige Frau. Nur wenige Dinge brachten sie aus der Fassung. Doch ihre sorgenvolle Miene verriet mir, dass der Anruf sie erschüttert hatte.

Ich nahm sie in die Arme. »Keine Sorge, Sarah«, sagte ich. »Mir passiert schon nichts.«

Ihre steife Umarmung bedeutete mir, dass sie alles andere als überzeugt war.

Ich fragte mich, wer da wohl angerufen hatte. Und warum sollte ein Unbekannter »Grüße an Coroner Wilson« ausrichten lassen wollen? Und wer rief überhaupt mitten in der Nacht an?

11

Ich musste der Sache auf den Grund gehen. Denn es war in der Tat eine merkwürdige Begebenheit. »Grüßen Sie Coroner Wilson.« Welcher Freund, Nachbar, Arbeitskollege oder beiläufige Bekannte würde anrufen und eine derartige Nachricht hinterlassen, ohne seinen Namen zu nennen und mit Sarah Konversation zu betreiben? Die Antwort lautete: Keiner. Wollte uns der Anrufer zu verstehen geben, dass er wusste, wie man uns erreichen konnte? Dass er wusste, wo wir wohnten? Und woher zum Teufel kannte er meine Telefonnummer?

Intuitiv wollte ich als Erstes DI Roche anrufen. Doch als ich meine Kontaktlisten durchsuchte, fiel mir wieder ein, dass sie ihr Handy bei der Explosion im *Bongos* eingebüßt hatte. Also rief ich im Polizeirevier an und schilderte meine Notlage. Und entschuldigte mich prophylaktisch. »Wahrscheinlich bin ich übervorsichtig«, sagte ich. »Aber nach dem, was dem County Coroner zugestoßen ist, und nach der Bombe vom Donnerstag will ich auf Nummer sicher gehen. Ich hoffe, Sie verstehen.« Das taten sie.

Bereits eine Viertelstunde später rief mich ein Superintendent aus der Polizeizentrale zurück. Er bestand darauf, dass ich Wort für Wort wiederholte, was ich schon dem ersten Beamten erzählt hatte. Dann erkundigte er sich nach den Sicherheitsvorrichtungen unseres Hauses: Alarmanlage, Panikknopf und dergleichen.

»Ich schicke sofort einen Streifenwagen, Dr. Wilson«, sagte er, »und sorge dafür, dass Ihr Haus übers Wochenende beobachtet wird. Und wir sollten Ihre Sicherheitsvorkehrungen überprüfen. Ich rede mit ein paar Leuten und melde mich dann wieder bei Ihnen.«

Ich dankte ihm. Ich hatte gehofft, er würde lachen und mir versichern, dass ich vollkommen überreagierte. Ich hatte gedacht, er würde keinerlei Verbindung zwischen dem Mordanschlag und meiner Familie sehen. Doch das Gegenteil war der Fall. Dass er eine Streife für uns abstellen wollte, war daher wirklich beruhigend. Dass er dies allerdings für notwendig hielt, war alles andere als das.

»Wir schalten uns auf Ihre Privatnummer auf und lassen den Anruf zurückverfolgen«, schloss er.

»Danke«, murmelte ich. Aber ich war nervös. Er nahm die Geschichte ernst.

Ich beschloss, zusammen mit meiner Familie das Haus zu hüten. Solange ich nicht wusste, was hier überhaupt vor sich ging, wollte ich jedoch den Kindern gegenüber mein Unbehagen nicht äußern. Ich wollte kein Haus voller Angst.

Nicht ganz unerwartet bescherte Jennifer mir die erste Herausforderung. Ihre Freundinnen waren zwar mittlerweile gegangen, aber sie hatten sich für den Abend verabredet. Sie eröffnete uns, dass sie bei einer aus der Gruppe übernachten wolle. Das mochte ihr ungefährlich vorkommen – mir aber nicht. Ich sah gerade überall Gefahren. Also griff ich zu einer Notlüge: Ich würde meine Tochter nicht mehr ausreichend zu Gesicht bekommen, immerzu hinge sie nur am Telefon und hätte überhaupt keine Zeit mehr für ihren Dad.

»Ich gehe doch nur zu Juliet rüber«, beschwerte sie sich.

»Das sind gerade mal zehn Minuten zu Fuß.« Sie trug ein schwarzes T-Shirt, schwarze Baumwollshorts und Segeltuchschuhe. Jennifer hatte jetzt schon viel von einer jungen Frau: zwei, drei Zentimeter größer als Sarah, mit den gleichen haselnussbraunen Augen, das aschblonde Haar jedoch kurz geschnitten. Sie hatte eine reine Haut, von ein paar Teenagerpickeln mal abgesehen, und ihre Figur formte sich zusehends aus. Sie würde genauso schön werden wie ihre Mutter. Und sie vertraute sich eher Sarah an als mir. Ich kannte kein einziges ihrer Geheimnisse.

»In ein paar Jahren wirst du zur Universität gehen wollen.« Jetzt trug ich wirklich dick auf. »Und dann werden wir dich noch seltener zu sehen bekommen.« Ich hob die Hand, um ihrem Widerspruch zuvorzukommen. »Und du fährst dieses Jahr nicht mehr mit uns in den Urlaub. Lieber fährst du mit deinen Schulfreundinnen nach Frankreich.« Mein Gesicht drückte ein übertriebenes Verlustgefühl aus. »Du wirst so schnell erwachsen, dass du mir bald völlig fremd sein wirst.«

Jennifer durchschaute mich sofort. Sie zog die Beine aufs Sofa, verschränkte trotzig die Arme vor der Brust und fixierte mich. In diesem Moment war sie das Ebenbild ihrer Mutter. Es brach mir das Herz. Wenn ihr wegen meiner Arbeit irgendetwas zustoßen würde … Ich verdrängte den Gedanken sofort wieder.

»Dad!« Ihre ganze Körpersprache drückte Gereiztheit aus. »Erstens bist *du* derjenige, der nie zu Hause ist. Und *wenn* du da bist, verkriechst du dich mit diesen schrecklichen Akten in deinem Arbeitszimmer. Du schließt sogar die Tür hinter dir ab.«

Das stimmte, ich schloss tatsächlich die Tür hinter mir ab. Der Inhalt meiner Akten war so grausam, dass ich sie nicht in die Hände neugieriger Teenager fallen lassen wollte. Manche Tatortfotos konnten selbst den abgebrühtesten Erwachsenen in Angst und Schrecken versetzen.

Sarah hörte uns zu, und ein amüsiertes Lächeln spielte um ihren Mund. Nach ihrem Gesichtsausdruck zu urteilen war dies eine Standpauke, die sie selbst mir schon seit Längerem hatte halten wollen, und sie genoss es sichtlich, dass sie nun aus dem Mund unseres ältesten Kindes kam. Gregory hielt sich eine Hand vors Gesicht, um ein Grinsen zu verbergen. Er quetschte sich neben Sarah aufs Sofa. Seine Augen funkelten schelmisch, weil sein Vater die Leviten gelesen bekam.

»Ich bin fünfzehn, falls du es noch nicht bemerkt hast. Und ich bin über das Alter hinaus, in dem ich an einem Samstagabend bei meinen Eltern daheim sitze und mit ihnen Scrabble oder Monopoly spiele.«

Ich sah Sarah hilfesuchend an, bekam aber keine Unterstützung. Sie hatte einen Arm um Gregory gelegt und zog ihn an sich. Sie sahen aus wie Verschwörer.

»Nur dieses Wochenende«, flehte ich Jennifer an. »Das Wetter ist so schön, wir könnten heute Abend grillen und morgen früh an den Strand fahren. Nächste Woche habe ich wieder alle Hände voll zu tun, und dann kannst du deine ganze Freizeit mit Juliet verbringen.«

»Juliet ist nächste Woche weg.«

»Na gut, dann vielleicht mit Danielle?«

Jennifer verdrehte die Augen. »Danielle wohnt nicht mehr in Dublin. Ihre Familie ist vor einem halben Jahr nach London gezogen.«

Autsch, dachte ich. *Eiskalt erwischt.*

»Ich wette, du kennst nicht mal die Hälfte meiner Freundinnen mit Namen.«

Das stimmte, aber ich hatte nicht vor, mich in diese Falle locken zu lassen. Ich versuchte, die Sprache auf das Hockeyspielen zu bringen.

Die Auseinandersetzung ging trotzdem weiter wie ein Pingpong-Match. Ich spielte den Ball »vernachlässigter Daddy«, und Jennifer returnierte mit »Ich habe mich weiterentwickelt, vielleicht solltest du es auch tun«. Sarah behielt die ganze Zeit ihre neutrale Schiedsrichterhaltung bei. Gregory freute sich diebisch angesichts der Kabbelei. Und mir wurde allmählich klar, dass dies die längste Unterhaltung war, die wir seit geraumer Zeit als Familie geführt hatten. Jennifer war so oft mit anderen Leuten beschäftigt, dass sich unsere Wege manchmal erst spätabends kreuzten.

Am Ende gab sie nach. Sie umarmte mich sogar. »Trotzdem, es stimmt, was ich gesagt habe, Dad. Du bist der Fremde in diesem Haus, nicht ich. Manchmal, wenn du aus deinem Arbeitszimmer kommst, ist es, als würden dir Gespenster folgen.«

Das war eine außerordentlich scharfsinnige Bemerkung, zumal es genau dem Gefühl entsprach, das ich selbst manchmal hatte. Die Arbeit folgte mir nach Hause und bis ins Schlafzimmer hinein. Jennifer hatte recht. Es gab Nächte, in denen ich mit Gespenstern schlief.

»Unsinn.« Ich hielt sie immer noch so fest in den Armen, dass ich ihr die Luft abzudrücken drohte. »Ich glaube, du hast meine Fantasie geerbt.«

Jennifer verzog zur Antwort das Gesicht.

Dann klingelte ihr Handy, und sie war auf und davon. Ich war erleichtert. Doch ihre Einsichten waren zutreffender, als mir angenehm war.

Am Abend grillten wir im Garten. Sarah überließ Jennifer und Gregory den größten Teil der Vorbereitungen. Sie sah ihnen zu, gab ihnen Tipps und koordinierte das Wenden der Steaks. Eine Flasche Rotwein und zwei Gläser standen auf dem Tisch. Da mir daran gelegen war, bei klarem Verstand zu bleiben, trank ich nicht allzu viel davon. Sarah hielt sich an eisgekühltes Wasser. Zweimal trafen sich unsere Blicke, und zweimal lächelte ich ihr aufmunternd zu. Es funktionierte beide Male nicht.

Dann spielte ich zur lautstarken Begleitung unseres kläffenden Nachbarhunds mit Gregory Frisbee. Wir jagten einander barfuß rund um den Garten. Als es dunkel wurde, gingen wir hinein. Gemeinsam mit Sarah und Jennifer versuchte ich, mir irgend so einen Frauenfilm mit Sandra Bullock anzusehen, verlor aber recht schnell das Interesse. Nebenan spielte Gregory Computerspiele. Er wollte dabei ungestört sein. Ich entschuldigte mich und inspizierte währenddessen die Schlösser an sämtlichen Fenstern im Haus. Ich spähte zur Straße hinaus, sah ein paar Fußgänger und Autos, aber keine Spur von einem Streifenwagen. Ich nahm jedoch an, dass einer in der Nähe war.

Als wir schließlich ins Bett gingen, umarmte Sarah mich, als suchte sie an mir Halt. »Michael«, flüsterte sie. Mir sank der Mut. Während unserer gesamten gemeinsamen Zeit hatte Sarah mich immer Mike genannt. Bei zwanglosen Unterhaltungen, unter Freunden, vor den Kindern: Immer hieß ich Mike. Vor allem hieß ich Mike, wenn wir uns liebten. Michael war für Streit, Meinungsverschiedenheiten und wichtige Diskussionen reserviert. Wenn dies nun ein Michael-Moment war, stand uns ein ernstes Gespräch bevor.

»Ja?«

»Die ganze Geschichte macht dir Sorgen, nicht wahr?«

Ich holte tief Luft und atmete langsam aus. »Ja. Vielleicht überreagieren wir beide, aber das alles war schon ein bisschen ungewöhnlich, oder?«

»Glaubst du, der Mord an Harold Rafferty war der Anfang von einer Art Feldzug?« Sarah stützte sich auf die Ellbogen. Zum Glück konnte sie im Halbdunkel meine sorgenvolle Miene nicht erkennen. Und ich nicht die ihre. »Ich verstehe einfach nicht, warum irgendwelche Gangster einen Coroner ins Visier nehmen sollten. Ihr seid doch schließlich keine Richter oder Polizeibeamte, die sie hinter Schloss und Riegel bringen.«

Ich zog sie an mich, und sie schmiegte den Kopf an meine Brust. »Die Polizei nimmt Raffertys Verfahren derzeit noch mal genau unter die Lupe. Vielleicht ist dort eine Antwort zu finden«, flüsterte ich.

Was ich nicht sagte, war, dass ich die gleichen hartnäckigen Fragen stellte, wie Rafferty es getan hatte, und dass genau diese Fragen vielleicht zu seiner Ermordung geführt hatten. Ich wollte diese Nacht einfach nur gut überstehen. Morgen jedoch würde ich ihr gegenüber ehrlich sein und ihr den ganzen Hintergrund schildern müssen, so beängstigend er auch sein mochte. In dieser Nacht berichtete ich ihr lediglich von meinem Telefonat mit der Polizei und hoffte, das würde sie beruhigen. Stattdessen löste ich aber eine mittelschwere Krise aus.

Sarah stieß sich von mir weg und setzte sich auf. Dann knipste sie eine Nachttischlampe an, um mich besser sehen zu können. »Wieso hast du dort überhaupt angerufen?«

»Um auf der sicheren Seite zu sein.«

»Und was haben sie gesagt?« Sie sah mir direkt in die Augen, ihr Gesicht war voller Sorge.

»Sie haben einen Streifenwagen geschickt und behalten das Haus im Auge. Und am Montag will die Polizeizentrale unsere Sicherheitsmaßnahmen überprüfen.«

»Dann nehmen sie das Ganze also ernst.«

»Auch sie wollen nur auf Nummer sicher gehen, das ist alles.« Ich versuchte, ihre Bedenken zu zerstreuen. Immerhin hatten wir es lediglich mit einem merkwürdigen Anruf zu tun. Es hatte keine Drohungen gegeben, keine versteckten Warnungen. »Eine Polizeistreife passt das ganze Wochenende auf uns auf, es kann uns also gar nichts passieren. Warum machst du nicht das Licht wieder aus, und wir schlafen ein bisschen? Ich will morgen an den Strand.«

»Na gut«, sagte Sarah und gähnte. Dann knipste sie das Licht aus. »Hoffentlich klärt sich das alles bald auf. Ich will mir keine Sorgen um deine Sicherheit machen müssen. Und ich will nicht, dass Fremde bei uns anrufen und uns Angst machen.« Sie küsste mich sanft auf die Wange und drehte sich dann auf die andere Seite. »Versuch zu schlafen, Mike. Du siehst abgespannt aus in letzter Zeit. Dieser Job setzt dir ganz schön zu.«

Ich beugte mich hinüber und küsste sie im Nacken. Nur einen kurzen Augenblick später hörte ich, dass sie bereits eingeschlafen war.

Ich selbst fand keinen Schlaf. Ich wälzte mich im Bett herum und schlich fast jede halbe Stunde nach unten, um nach Einbrechern Ausschau zu halten. Einmal sah ich dabei einen Streifenwagen vorbeifahren. Er blieb stehen, und zwei Beamte stiegen aus. Sie verbrachten einige Zeit damit, sich umzusehen. Als der Wagen wieder anfuhr, blieb einer der Polizisten zurück. Er zündete sich eine Zigarette an und ging in die Hocke. Ich sah das Ende seiner Zigarette im Dunkeln glimmen.

Ich ging wieder ins Bett und starrte an die Decke. Ich musste meine Frau und meine Kinder beschützen. Sarah war mehr als eine Partnerin und die Mutter meiner Kinder, sie war meine beste Freundin und meine Vertraute. Jennifer war ein schelmischer und intelligenter Teenager und wurde ihrer Mutter mit jedem Tag ähnlicher. Sie war zu außerordentlichen Einsichten fähig, wie ich am Nachmittag am eigenen Leib hatte feststellen müssen. Gregory dagegen war erst elf Jahre alt. Und wie die meisten Jungen reifte er langsamer als seine Schwester heran. Geistig ebenso wie körperlich. Er vergötterte Sarah, und sie bemutterte ihn mehr als nötig. Aber er war nun mal unser Jüngster, und ich hegte insgeheim den Verdacht, dass Sarah sich davor fürchtete, ihn zu verlieren. Viel zu bald würde er ein Teenager sein und sich lieber mit seinen Freunden herumtreiben und den Mädchen nachlaufen, als unsere Nähe zu suchen.

Der Gedanke, meine Familie könnte in Gefahr sein, erinnerte mich an meine eigene furchtbare Vergangenheit. Mit zwölf hatte ich mit einer geladenen Glock unter dem Kopfkissen geschlafen. Ich hatte gelernt, mit ihr umzugehen, und man hatte mich ausdrücklich angewiesen, wann ich sie benutzen sollte.

Im Augenblick wünschte ich mir, ich hätte sie noch.

12

Erstes Morgenlicht fiel ins Schlafzimmer. Es war gegen fünf. Ich hatte ein bisschen vor mich hingedöst, aber mittlerweile war ich hellwach. Schon jetzt war es stickig im Schlafzimmer, Schweiß sammelte sich in meinen Achselhöhlen und auf der Brust. Sarah war die ganze Nacht unruhig gewesen und hatte irgendwann im Schlaf die Decke zurückgeschlagen, um es kühler zu haben. Ich öffnete eine Seite des Fensters, gähnte, kratzte mich und inspizierte währenddessen die Straße. Von einem Streifenwagen keine Spur. Vielleicht waren sie der Ansicht gewesen, die Gefahr sei bei Tageslicht nicht mehr allzu groß. Ich schlenderte über den Flur und warf einen Blick in die Zimmer der Kinder. Jennifers Zimmer ging nach Südwesten und bekam das letzte Sonnenlicht ab. Sie lag zusammengekauert in ihrem Bett, der Kopf ruhte auf ihrer offenen Handfläche. Ihr Bettzeug lag in einem unordentlichen Haufen auf dem Boden. Ein Lächeln huschte über ihr Gesicht, und sie murmelte im Schlaf. Angenehme Träume. Ich drückte ihr einen Kuss auf die Wange und öffnete ein Fensterviertel, um Morgenluft hereinzulassen. Irgendwo in der Ferne hörte man die Fehlzündung eines Automotors. Dann war alles wieder still.

In Gregorys Zimmer war es unangenehm stickig. Die Wände waren mit Chelsea-Postern vollgeklebt. Didier Drogba blickte finster auf ihn herab. Ich hätte keine Freude daran, dieses mürrische Gesicht die ganze Nacht über mir zu wissen.

Auf dem Boden herrschte ein heilloses Durcheinander von Kleidungsstücken und Fußballzeitschriften. Es roch nach ungewaschenen Füßen. Das Zimmer ging auf den angrenzenden Garten hinaus, wo sich der Kläffer der Nachbarn aufhielt. Er lag mit der Schnauze auf den Vorderpfoten da und sah schläfrig aus. Eine Schüssel Wasser stand in der Nähe. Normalerweise schlief er in einer Hütte, heute aber lag er schlaff auf dem Rasen. Wahrscheinlich setzte ihm die Hitze ebenfalls zu. Ich öffnete Gregorys Fenster vorsichtig einen Spaltbreit, um ihn und den Köter nicht zu wecken. Gregory beschwerte sich oft, dass das Gebell ihn wach hielt. Ich warf einen prüfenden Blick in unseren Garten. Kleine Vögel hüpften über die Rosenbeete, und eine schwarze Katze streifte an der Hecke entlang. Ich hoffte, dass sie den Hund nicht aufweckte, denn wenn das geschähe, würde keiner von uns mehr schlafen können.

Unten waren die Fenster hinter zugezogenen Gardinen fest verriegelt. Ich ging von Zimmer zu Zimmer und überprüfte auch die Schlösser an den Türen. Sie waren allesamt intakt. Der Zeiger der Küchenuhr schnellte auf 5.16 Uhr, als ich wieder die Treppe hinaufstieg. Ich schlüpfte neben Sarah ins Bett und legte mir zum Schutz vor der Helligkeit einen Arm über die Augen. Erschöpfung lähmte mein Gehirn. *Nur ein paar Stunden Schlaf,* dachte ich. *Das würde helfen.* Ich war beinahe wieder eingeschlafen, als mich plötzlich eine Hand an der Schulter packte.

»Dad, Dad, wach auf! Da ist ein Mann draußen.«

Im Nu war ich aus dem Bett. Gregory stand mit der Bettdecke um die Schultern da und zitterte trotz der hohen Temperaturen. Er runzelte die Stirn, ganz genau wie ich selbst es tat, wenn mich irgendetwas beunruhigte. Dann hörte ich den Nachbarhund bellen. So früh am Morgen hatte er noch nie angeschlagen.

»Wo, Gregory? Wo hast du den Mann gesehen?« Ich zog mir ein T-Shirt über.

»Im Garten.« Trotz des schlechten Lichts sah ich, wie blass und verängstigt Gregory war. So hatte ich ihn noch nie erlebt.

Ich konnte mich kaum noch beherrschen. Ich packte ihn an den Schultern und schüttelte ihn. »Wo im Garten, Gregory? Es ist wichtig!«

Inzwischen war auch Sarah aufgewacht und bemühte sich, aus uns schlau zu werden. »Was ist denn los?«, fragte sie.

Ich brachte sie mit einem wütenden Zischen zum Schweigen, was Gregorys Besorgnis allerdings nur noch verstärkte. »Was ist los, Dad? Warum bist du denn so wütend?« Seine Stimme klang heiser.

Mein Puls raste, ich dachte fieberhaft nach und zwang mich dennoch zur Selbstbeherrschung. »Ich bin nicht wütend, Gregory«, flüsterte ich. »Ich muss nur wissen, wo du diesen Mann entdeckt hast.«

»Welchen Mann?« Jetzt war auch Sarah aufgesprungen und warf sich ihren Morgenmantel über.

Zähneklappernd wandte Gregory sich seiner Mutter zu. »Der Nachbarhund hat mich geweckt, da hab ich aus dem Fenster geguckt. Da ist ein Mann in unserem Garten.«

»O mein Gott!« Sarahs Hand schnellte an die Kehle. Unsere Blicke trafen sich, und ich schickte ihr eine stille Warnung. *Sag nichts!*

»Bleibt hier, alle beide«, befahl ich. »Ich gehe mal nachsehen.«

An der Tür warf ich einen Blick zurück. Sarah hielt Gregory tröstend im Arm. »Bist du dir ganz sicher, dass du einen Mann gesehen hast?«, fragte sie ihn.

»Ja, Mum. Ich habe jemanden gesehen.«

»Und hat er dich auch gesehen?«

»Ich glaube nicht. Er hatte eine Art Maske auf.«

Mein Magen krampfte sich zusammen.

Barfuß stolperte ich die Treppe hinunter. Ich verfehlte die letzten beiden Stufen, stieß mir einen Zeh an und fluchte laut. Mein Mund war trocken, mein Herz schlug wie wild. Mit zitternden Händen suchte ich nach einer Waffe. Ich fand einen Baseballschläger in einem Schrank und stürzte auf die Tür zu.

Eine alte, gewalttätige Erinnerung blitzte in meinem Geist auf. Der zweite Angriff auf unser Farmhaus. In jener Nacht hatte unser Wachhund uns vor dem Anschlag gewarnt. Sein Bellen hatte meine Eltern geweckt. Meine Mutter hatte mich aus dem Bett gezerrt – ich hatte tief geschlafen. Ich hörte den Hund knurren – und nur Sekunden später einen einzigen Schuss. Aus dem Knurren wurde verzweifeltes Jaulen, dann ein schmerzerfülltes Wimmern. Dann Stille. Und auf die Stille folgte die erste Salve aus einem schweren Maschinengewehr.

Jetzt gerade – viele Jahre später – kehrte die Angst von damals zurück. Diesmal hatte ich keine andere Waffe als einen Baseballschläger zur Hand. Wenn sich bewaffnete Männer auf unserem Grundstück befanden, würde der Baseballschläger meine Familie und mich nicht schützen. Vor allem dann nicht, wenn es dieselben beiden Killer waren wie bei Harold Rafferty.

Ich rannte von der Vordertür zum Nebeneingang und weiter zur Hintertür und hielt dabei den Schläger hoch über meinen Kopf erhoben. Nirgends war eine Tür aufgebrochen. Ich zog den Vorhang im Wohnzimmer vorsichtig ein Stück zurück. An der Haustür war alles ruhig. Unsere Autos standen auf dem Kies, die Geranien blühten in ihren Töpfen. Das schwarze schmiedeeiserne Tor zur Straße war geschlossen. Ich eilte in den nächsten Raum und riskierte auch dort einen Blick aus dem Fenster. Vor mir lag der Platz für die Mülltonnen – sonst nichts. Jetzt das Arbeitszimmer mit guter Sicht auf den Garten. Ich kroch auf allen vieren zum Fenster und duckte mich in die hinterste Ecke, von wo aus ich zwar den besten Blick haben würde, aber von der unbequemen Haltung bekam ich einen Krampf im Rücken. Ein rascher Blick – nichts. Der Rasen lag verwaist da, der Picknicktisch und die Stühle standen genau so, wie wir sie am Vorabend zurückgelassen hatten. Ich ließ mich zurücksinken und starrte auf meine Füße. In meinem Kopf kreisten die Gedanken. Vielleicht hatte Gregory einen Albtraum gehabt, und es war gar niemand im Garten gewesen. Das war schon vorgekommen, als er einmal hohes Fieber gehabt hatte. Damals hatte er Ungeheuer und Spinnen gesehen.

Allmählich begann meine Angst nachzulassen. *Das ist es,* dachte ich. *Die Hitze hat ihm zugesetzt.* Doch kaum war ich wieder ein wenig ruhiger, als mir wieder einfiel, dass der Hund gebellt hatte. Das war keine Halluzination gewesen, ich hatte ihn schließlich ebenfalls gehört. Und in diesem Augenblick wurde mir klar, dass der Hund irgendwann aufgehört hatte zu bellen. Mein Magen zog sich so fest zusammen, dass ich glaubte, schreien zu müssen.

»Dad, was machst du da auf dem Boden?«

Jennifer stand im Nachthemd in der Tür. Sie war barfuß und sah vollkommen verwirrt aus. »Und warum weint

Gregory?« Sie trat auf mich zu. »Und wieso hat Mum mich angeschrien, ich dürfe nicht nach unten gehen?«

»Hoch in dein Zimmer!«, fuhr ich sie an. »Du hast hier unten nichts verloren!«

Da plötzlich hörte ich das Geräusch von zerberstendem Glas. Irgendwo im Erdgeschoss. Ich sprang auf, schweißnass und von Angst verzehrt. Ich riss Jennifer von den Füßen und stellte sie beinahe in ein und derselben Bewegung am Fuß der Treppe wieder ab. Als ich den Kopf hob, sah Sarah angsterfüllt zitternd zu mir herunter. Sie rief Jennifer zu sich. Wieder hörte ich Glas zerbrechen, und dann drückte jemand eine Türklinke. Ich rannte zurück in die Küche und riss hektisch eine Schublade nach der anderen auf, fand schließlich ein Steakmesser, das ich in die linke Hand nahm, während ich mit der rechten immer noch den Baseballschläger schwang. Die Geräusche kamen aus dem Zimmer, in dem Gregory seine Spielekonsole aufbewahrte. Als ich an der Tür innehielt, bewegte sich der Vorhang leicht. Mein Mund war knochentrocken. Ich musste dringend pinkeln. Dann schoben sich die Finger eines Lederhandschuhs vor und zogen den Vorhang langsam beiseite. Wer immer dort draußen war, versuchte, nach drinnen zu sehen. Alles, was ich von hier an tat, ging auf die Erfahrung von vor vielen Jahren zurück – auf all das, was man mir für den Fall eingeschärft hatte, dass ich es mit Eindringlingen vonseiten der IRA zu tun bekäme.

Ich hielt den Baseballschläger mit der rechten Hand hoch über den Kopf und drückte mich an die Wand. Mit der Linken raffte ich vorsichtig den Vorhang zusammen. Ich wartete, bis sich die Finger wieder bewegten. Dann holte ich tief Luft und riss den Vorhang auf.

Das Doppelglasfenster war mit einem Glasschneider geöffnet worden. Zwei Männer mit Sturmhauben standen draußen. Einer hatte bereits seine Hand durch das Loch gesteckt. Der andere stand mit einer Waffe in der Hand unmittelbar dahinter. Einer war etwa eins achtzig groß, der andere ein ganzes Stück kleiner. Augen blickten mich erschrocken durch die Schlitze der Sturmhauben an. Ich ließ den Baseballschläger mit aller Kraft auf den Unterarm des vorderen Mannes krachen und hörte das widerliche Geräusch brechender Knochen, dann ein schmerzerfülltes Jaulen.

Ich ließ den Schläger fallen, packte die behandschuhte Hand und riss sie zu mir heran. Knochen knirschten. Nach einem weiteren durchdringenden Schmerzensschrei folgte eine Reihe von Verwünschungen. Der zweite Mann versuchte, auf mich zu schießen, aber ich hielt mich hinter dem ersten wie hinter einem Schutzschild. Dann stieß ich ihm das Steakmesser in die Schulter, bis ich spürte, wie es auf einen Knochen traf. Als ich es wieder herauszog, spritzte Blut gegen die Fensterscheibe. Ich rollte mich seitwärts außer Sichtweite der beiden. Weitere Schüsse fielen. Glas zerbarst, und Putz bröckelte von den Wänden. Auf den Boden rieselte Ziegelstaub. Ich hörte Schreie von oben, und dann ging der Alarm los.

Der Lärm war ohrenbetäubend. Ich hob den Baseballschläger vom Boden auf und schwang ihn gegen das Fenster. Das würde die Doppelverglasung splittern, aber nicht brechen lassen. Doch wenn der Schütze nichts mehr sähe, könnte er auf nichts mehr zielen. Schreie und wütendes Gebrüll ertönten. Noch mehr Kugeln schlugen in dem Zimmer ein, und ich kauerte mich zusammen. In der nächsten kurzen Feuerpause robbte ich zur Tür. Der Alarm schrillte weiter und hallte von den Wänden wider.

Ich hielt immer noch den Baseballschläger in der Hand. Rasende Wut trieb mich dazu, die Haustür aufzuschließen und barfuß hinaus ins Freie zu rennen. Einen Moment lang stand ich schwitzend und keuchend vor dem Haus. Dann hörte ich Reifen quietschen, Autotüren wurden geöffnet. Wütende Schreie. Ich riskierte einen Blick um die Ecke. Ein Mann wurde auf den Rücksitz eines Wagens gezerrt. Er zog eine Blutspur hinter sich her, stöhnte und fluchte. Der zweite Maskierte wich rückwärts vom Haus zurück, blieb dann abrupt stehen, umfasste die Waffe mit beiden Händen und zielte damit nach oben. Auf das Zimmer, in dem Sarah und die Kinder Zuflucht gesucht hatten. Hatte einer von ihnen sich ans Fenster gewagt? Ich reagierte instinktiv. Mit irrem Gebrüll und dem hoch erhobenen Baseballschläger in der Hand stürzte ich über den Rasen. Der Bewaffnete fuhr zu mir herum. Ich erwischte ihn mit einem Schlag seitlich am Kopf, und er taumelte rückwärts. Ein weiterer Mann aus dem Fluchtwagen tauchte auf. Auch er hatte eine Waffe gezogen und stützte sich auf dem Wagendach ab, um zu zielen. Ich erkannte ihn sofort wieder. Es war der Bombenleger vom *Bongos*. Die Narbe vom Ohr bis zum Hals. Das helle Haar mit den blonden Strähnen. Die hohe Stirn, das vorstehende Kinn. Er war hier in meiner Straße. Die Bombe war also doch für mich gedacht gewesen. Ich hechtete zur Seite, als mir die ersten Kugeln um die Ohren pfiffen.

Keine Zeit für Heldentum. Ich sprang über eine niedrige Hecke und lief im Zickzack zum Haus zurück. Weitere Schüsse zerrissen die morgendliche Stille. Ich hörte Schreie aus dem Elternschlafzimmer und rannte nach oben. *Bitte, lass meiner Familie nichts geschehen sein!*

Ich fand Sarah, Jennifer und Gregory auf dem Boden

vor. Sie waren unverletzt, hatten jedoch panische Angst. Vier Kugeln hatten das Fenster durchschlagen, zwei davon steckten in unserem Massivholzschrank, die anderen hatten Putz von der Decke gerissen. Weißer Staub bedeckte den Boden und war auch auf Jennifers Haar gelandet.

Über den Lärm des Alarms hinweg hörte ich einen Motor aufjaulen. Jennifer und Gregory sahen zitternd zu mir auf. Ich warf einen Blick nach draußen. Der Fluchtwagen war verschwunden.

»Es ist wieder gut«, sagte ich. »Sie sind weg.«

Sarah starrte mich an. Sie war vor Angst aschfahl im Gesicht und hatte ungläubig die Augen aufgerissen.

13

Binnen Minuten traf Hilfe ein. Ein Streifenwagen mit zwei unbewaffneten Beamten hielt um 6.10 Uhr vor unserem Haus. Ein großer, massiger Mann mit einem buschigen Schnauzbart rief sofort in der Polizeizentrale an, um eine Straßensperrung und die Fahndung zu veranlassen. Er schwitzte, während er mit dem Handy am Ohr hin- und herlief und zu erfassen versuchte, was hier überhaupt geschehen war. Ich lief barfuß und nur mit Boxershorts und mit einem T-Shirt voller Blutspritzer bekleidet auf dem Gehweg auf und ab, zitterte vor Wut und sann auf Rache. Der Schnauzbärtige bellte Befehle. Immer wenn ich versuchte, ihn zu unterbrechen, wurde ich verärgert fortgescheucht. Als das Haus endlich gesichert war, fuhr ich ihn an: »Wer hat die Überwachungsmannschaft abgezogen? Warum war nicht die ganze Nacht jemand hier?«

»Es hat anscheinend einen Zwischenfall gegeben, zu dem sie abkommandiert wurden«, murmelte er. »Tut mir leid.«

»Tut Ihnen *leid*?«, brüllte ich. »Könnte es vielleicht sein, dass dieser *Zwischenfall* ein Ablenkungsmanöver war? Was bitte schön ist der Sinn einer Bewachung, wenn sie so mir nichts, dir nichts abzieht?«

Ich bekam keine Antwort.

Wir sammelten uns in der Küche, und ein zweiter Beamter, dessen Namensschild ihn als Maurice Harte auswies, bombardierte uns mit Fragen. Er trug seine Dienstuniform: marineblaue Hose, hellblaues Hemd und dunkelblaue, lose sitzende Krawatte. Sein Gesicht war von Aknenarben zerfurcht, er hatte einen starken Dialekt und einen unangenehm barschen Tonfall. Was war passiert? Wie viele Männer waren es gewesen? Wer hatte sie genauer gesehen?

Gregory war sehr tapfer, als er stammelnd von seiner Entdeckung berichtete. Dann war ich wieder dran. Wie groß oder klein, dick oder dünn waren sie gewesen? Hatten sie alle Masken getragen? Haben Sie das Auto gesehen? Marke und Modell? Nummernschild? Ich platzte damit heraus, dass ich einen der Angreifer als den *Bongos*-Bombenleger wiedererkannt hätte. Das brachte den Beamten schlagartig zum Schweigen.

»Warten Sie.« Harte sah plötzlich sehr beunruhigt aus. »Ein zweiter Wagen ist auf dem Weg.«

Er zog sein Handy hervor und tippte hektisch eine Nummer ein. Dann wölbte er die Hand über das Gerät und begann das erste aus einer ganzen Reihe von Gesprächen.

Trotz des warmen Morgens konnte ich nicht aufhören zu zittern. War das alles nur ein böser Traum? Würde ich gleich aufwachen, lachen und den anderen amüsiert von meinem Albtraum erzählen, in dem unser Haus von bewaffneten, maskierten Männern angegriffen worden war? Doch wie oft ich auch den Kopf schüttelte, um die Bilder zu vertreiben – ich hatte die furchtbare Wahrheit sofort wieder präzise vor Augen: Jennifer und Gregory, die sich bleich und mit vor Entsetzen geweiteten Augen an ihre Mutter geklammert hatten. Es war kein böser Traum gewesen. Es war die schreckliche Realität.

Draußen wurde es immer heller und schwüler, und

Nachbarn kamen in Morgenmänteln auf die Straße. Die Schüsse und das Geschrei mussten in der ganzen Straße zu hören gewesen sein. Sie standen flüsternd in Gruppen beisammen, deuteten hierhin und dorthin und schüttelten die Köpfe.

Als das zweite Team der Polizei eintraf, war ich schweißgebadet. Bei Jennifer und Gregory sah es nicht viel anders aus. Ihre Schlafanzüge klebten auf ihrer Haut. Sie waren blass und abgespannt. Sarah tupfte sich mit einem Küchenhandtuch den Schweiß vom Hals. Ihr fragender Blick verfolgte mich überallhin. *Was ist eigentlich los? Was geht hier vor?* Doch ich konnte nicht mit ihr reden, ehe ich alle Fakten kannte. Ich wusste, die Erklärung würde unser aller Leben für immer verändern.

Schließlich traf DI Roche ein. Nicht die Rothaarige in enger Jeans und weißer Leinenbluse, die ich vor zwei Tagen kennengelernt hatte. Von der lockeren Kriminalbeamtin, die langsam an einem Cappuccino nippte und die Wahl ihres Kuchens bereute, war nichts mehr übrig. Sie trug einen ausgebeulten dunkelblauen Trainingsanzug mit dem Schriftzug POLIZEI auf dem Rücken. Um die Taille hatte sie sich eine Handfeuerwaffe geschnallt. Ihr Haar war nass und streng nach hinten gekämmt, als hätte sie sich gerade erst einen Eimer Wasser über den Kopf gekippt, um wach zu werden, sich dann eilig angezogen und wäre hierhergerast. Für Make-up war offenkundig ebenfalls keine Zeit gewesen. Der Riss über ihrem linken Auge war immer noch geschwollen und hässlich und wurde mit einem schwarzen Faden zusammengehalten. Am Kinn und am Hals hatte sie kleinere Kratzer. Doch von versäumtem Schlaf war in ihrem Gesicht keine Spur. Sie wirkte hellwach und konzentriert, und ihr Blick erfasste im Handumdrehen das

Chaos, das hier herrschte. In den schlanken Händen hielt sie ein neues Handy und einen Notizblock.

Ich führte sie von Raum zu Raum, erklärte ihr den Hergang der Ereignisse und zeigte ihr die Schäden, die durch die Schüsse und den Einbruch entstanden waren. Wir verhielten uns wie zwei vollkommen Fremde. Kein Hinweis darauf, dass wir drei Tage zuvor über ein Gerichtsverfahren zur Feststellung einer Todesursache und dessen Verbindung zum Mord an Harold Rafferty gesprochen hatten. Vor allem kein Hinweis darauf, dass ich sie zu Boden gerissen hatte, um sie vor dem herabfallenden Glas und Schutt zu schützen. Und dass sie sich andernfalls vielleicht einige Narben mehr eingehandelt hätte. Hier und jetzt verrichtete sie professionelle Polizeiarbeit. Name, Adresse, Geburtsdatum. Wo waren Sie am Abend des 21.? Solche Dinge. Ich fand es beruhigend. Vor allem, da ich selbst noch nicht wieder richtig funktionierte, noch zu verwirrt und aufgewühlt war und wütend darüber, dass man meine Familie derart skrupellos überfallen hatte. Die Männer, die Harold Rafferty ermordet hatten, hatten auch mich töten wollen. Und anscheinend war es ihnen egal gewesen, wenn dabei Unbeteiligte zu Schaden gekommen wären. Die Bombe im *Bongos* war offenbar für mich bestimmt gewesen und nicht für die Skinheads. Denn heute Morgen war dieselbe Bande mit Feuerwaffen angerückt und hatte das Zimmer unter Beschuss genommen, in dem meine Familie sich ängstlich zusammengekauert hatte. Das war also ihr zweiter erfolgloser Anlauf gewesen. Ich war davon überzeugt, sie würden es wieder versuchen.

Gregory, der immer noch seine Bettdecke umklammerte, wurde in das Zimmer gebracht, in dem er für gewöhnlich seine Computerspiele spielte. Seine Zähne klapperten, und seine Hände zitterten. Er versuchte, die Fragen einer einfühlsam lächelnden Polizistin zu beantworten, die ebenfalls einen dunkelblauen Polizeitrainingsanzug trug und Roche nicht von der Seite wich. Ich blieb an der Tür stehen, um ihm Mut zu machen. Doch sein Blick wanderte immer wieder zu dem zerborstenen, blutverschmierten Fenster und zu den Einschusslöchern in den Wänden. Irgendwann fiel er vollends in sich zusammen und konnte gar nicht mehr aufhören zu weinen, und die Befragung wurde abgebrochen. Ich hielt meinen Sohn in den Armen, strich ihm übers Haar und murmelte tröstende Worte. Er wurde von Weinkrämpfen geschüttelt. Schließlich bat ich Sarah, sich um ihn zu kümmern. Seine Not erinnerte mich so sehr an meine eigenen Qualen vor vielen Jahren, dass sich der Kloß in meiner Kehle so groß anfühlte wie ein Golfball.

Irgendwann bat Roche darum, unter vier Augen mit mir sprechen zu dürfen, und ich schob sie in mein Arbeitszimmer.

»Von nun an«, sagte sie, »bin ich für Ihre Sicherheit zuständig.« Sie klang fest entschlossen. Ihre Aussage war unmissverständlich. »Ich habe jetzt hier das Sagen«. *Sie mögen Coroner sein,* lautete die unterschwellige Botschaft, *aber Sie haben sich in mein Revier verirrt.*

Ich sah sie an. »Es ist nicht meine Sicherheit, um die ich mir Sorgen mache. Meine Frau und die Kinder müssen beschützt werden.«

»Haben Sie Verwandte, bei denen sie unterschlüpfen könnten?«

Ich dachte einen Augenblick darüber nach. Ich war ein Einzelkind, daher gab es nur auf Sarahs Seite Verwandte. Sarahs älterer Bruder, der dreiundfünfzigjährige Trevor, lebte als IT-Berater in New York. Ihre jüngere Schwester Carol, eine vierzigjährige Bankerin, vergötterte Jennifer und Gregory. Tante Carol, wie die Kinder sie nannten, wohnte nicht weit entfernt von uns in Blackrock. Sie und Sarah verstanden sich prächtig. Sie würde ihnen mit Sicherheit und ohne zu zögern Unterschlupf gewähren, bis diese Sache ausgestanden war. Das sagte ich auch zu Roche, und sie schrieb es sich auf.

»Was ist gestern Abend passiert? Warum haben Sie auf dem Polizeirevier angerufen?«

Ich berichtete von dem Anruf, den Sarah angenommen hatte. *Grüßen Sie Coroner Wilson.*

Roche blätterte in ihrem Notizbuch. »Der Anruf kam aus einer öffentlichen Telefonzelle.« Sie zog die Hosenbeine ihres Trainingsanzugs hoch und präsentierte ein Paar schmutzige Laufschuhe. »Hat Ihre Frau die Stimme erkannt?«

»Nein, aber sie meinte, der Anrufer habe einen gebildeten Süd-Dubliner Akzent gehabt. Er erinnerte sie an einen meiner Freunde.«

Roches Mund zuckte, als hätte sie auf etwas Unappetitliches gebissen und wollte es ausspucken. Da erst wurde ich mir der Blutflecke auf meinem T-Shirt gewahr und riss es mir vom Leib. Doch ehe ich es auf den Boden schleudern konnte, nahm Roche es mir ab. Minuten später war es eingetütet und versiegelt, und ich trug ein frisches Oberteil.

Roche lehnte sich zurück, zog ihr Handy aus der Tasche und tippte eine Nummer ein. Ich nutzte die Gelegenheit, um nach Sarah und den Kindern zu sehen. Sie saßen in der Küche über Tee und Toast und blickten finster drein. Ich sah die Leckerbissen, die es sonst nur als besondere

Aufmunterung gab: Schokoladen-Brotaufstrich und Softdrinks. Sarah versuchte, Jennifer und Gregory per Zuckerzufuhr zu beruhigen. Sie drehten sich zu mir um, als ich in die Küche trat. Doch meine gerunzelte Stirn sprach wohl eine allzu deutliche Sprache, und sie senkten die Blicke wieder.

Als ich zu Roche zurückkehrte, empfing sie mich mit den Worten: »Das Rätselraten hat wohl ein Ende. Der Mann, mit dem Ihre Frau gesprochen hat, war wahrscheinlich Jonathan Redmond. Sein Akzent ist kaum zu überhören.«

Jetzt war es an mir, an Roches Lippen zu hängen. Im *Bongos* hatte sie aufmerksam zugehört, als ich meine Bedenken hinsichtlich der Akte Dowling dargelegt hatte. Ich hatte sie mit meiner Behauptung, der Sohn des Ministers habe keinen Selbstmord begangen, sondern sei ermordet worden, aus der Fassung gebracht. Doch die Bombe in der Laptoptasche hatte dieses Gespräch abrupt beendet und mich mit unzähligen Fragen zurückgelassen. Ich ahnte, dass ich nun zu hören bekommen würde, was damals nicht mehr zur Sprache gekommen war. Und ich ahnte überdies, dass es mir nicht gefallen würde.

»Redmond steckt hinter beiden Anschlägen«, sagte Roche.

Darauf war ich auch schon allein gekommen. Ich hatte schließlich bei der Schießerei den Bombenleger wiedererkannt. Es musste sich um dieselbe Bande handeln.

»Er hat offensichtlich seine Taktik geändert. Normalerweise versucht er, Gewalt zu vermeiden. Er bedient sich nur selten irgendwelcher Schläger, um seine Interessen durchzusetzen. Er weiß genau, dass Gewalt keine Einbahnstraße ist. Wenn du anfängst zu schießen, schießt früher oder später jemand zurück.«

Draußen puderte ein Team der Spurensicherung die Fenster ein, um Fingerabdrücke zu nehmen, und steckte Fetzen von Kleidungsstücken, die an den Rosendornen hängen geblieben waren, in Beweismitteltütchen.

Ich überlegte fieberhaft, was Roches Worte bedeuten mochten. Jonathan Redmond, der Dealer mit einer potenziellen Verbindung zu Minister Albert Dowling, war also entschlossen, mich zu töten. Fast sicher steckte Redmond auch hinter der Ermordung von County Coroner Harold Rafferty. Und beide waren wir wegen eines Gerichtsverfahrens zu einer Todesursache in Redmonds Visier geraten. Rafferty stellte keine Gefahr mehr dar, aber irgendwie musste Redmond erfahren haben, dass ich die gleichen Fragen hinsichtlich des Todes von Patrick Dowling stellte.

»Woher hat er meine Telefonnummer? Wie hat er herausgefunden, wo ich wohne?«

Roches Antwort kam postwendend. »Jemand, den Sie kennen, muss es ihm gesagt haben.«

Ich starrte sie eine halbe Minute lang an. Erst da begriff ich, dass sie anzudeuten versuchte, wie ernst die Sache geworden war. Redmond war zu allem entschlossen. Er würde jeden schmieren oder unter Druck setzen, um zu bekommen, was er wollte. Niemandem war mehr zu trauen. Weder Freunden noch Arbeitskollegen, selbst der Polizei nicht. Und obwohl Misstrauen ohnehin zu meiner seelischen Grundausstattung gehörte, fühlte ich mich plötzlich sehr allein. Und sehr verwundbar.

Doch ein Gedanke dominierte in diesem Moment alles andere: der an meine Familie und ihre Sicherheit.

14

Gegen elf sah ich zu, wie Jennifer und Gregory Kleidung und persönliche Gegenstände in ihre Koffer stopften. Tränen flossen, und ich versuchte, sie zu trösten, doch sie ignorierten mich. Sarah huschte um sie herum, zog Dinge aus den Koffern, die nicht notwendig waren, und bestand darauf, dass eingepackt wurde, was sie für wichtig hielt. Sämtliche Hilfsangebote meinerseits wurden zurückgewiesen.

Eine halbe Stunde zuvor hatte ich sie in mein Arbeitszimmer gerufen und die Lage grob umrissen. Sarah saß in demselben Sessel, auf dem auch Roche gesessen hatte. Sie trug einen weißen Frotteemorgenmantel, ihr Haar wurde von einer Klammer am Hinterkopf zusammengehalten, nur eine lose Strähne hing ihr in die Stirn. Sie sah mich beunruhigt an und versuchte, meinen Blick festzuhalten. *Erklär es uns, Mike, erklär es. Was ist hier wirklich los?* Jennifer und Gregory kauerten auf dem Boden und sahen mich ängstlich an, als ich die Sachlage zu schildern versuchte.

»Vor ein paar Tagen wurde eine Akte zur amtlichen Feststellung einer Todesursache an mich weitergeleitet«, fing ich an. »Ein Coroner namens Harold Rafferty hatte sich bereits damit befasst.«

»Das habe ich ihnen schon erzählt«, fiel Sarah mir ins Wort. »Du sagtest gestern Abend, die Polizei würde Raffertys Akten unter die Lupe nehmen. Was wir aber wissen wollen, ist, was hier und jetzt gerade vor sich geht. Warum versucht jemand, dich zu töten?«

In der darauf folgenden Viertelstunde legte ich ihnen also die Umstände von Patrick Dowlings Tod dar. Gewisse Einzelheiten behielt ich für mich, die Atmosphäre war ohnehin schon von Angst geprägt. Der Ausdruck auf ihren Gesichtern wandelte sich, als ihnen die Hintergründe allmählich klar wurden: Überraschung darüber, dass der Coroner des County dieselben Unstimmigkeiten entdeckt hatte, die auch mich störten. Entsetzen darüber, dass man ihn ermordet hatte, weil er versucht hatte, die Wahrheit hinter dem Vertuschungsmanöver aufzudecken. Schock und Ungläubigkeit darüber, dass nun ich das Ziel der Mörder war, und Bestürzung, weil sie einer nach dem anderen begriffen, dass auch ihr Leben in Gefahr war, solange ich der Wahrheit hinterherjagte.

»Die Männer, die uns überfallen haben, wollen verhindern, dass ich herausfinde, was wirklich mit Dowling passiert ist«, fasste ich es schließlich zusammen.

Sarah war wie betäubt. Alle Farbe war aus ihrem Gesicht gewichen. Sie formte Worte, die ihr jedoch nicht über die Lippen kommen wollten. Sie sah aus, als würde sie in jedem Augenblick zusammenbrechen, doch als ich aufstand, um ihr beizustehen, scheuchte sie mich mit einer raschen Handbewegung fort.

»Was ist denn nun wirklich mit ihm passiert?« Überraschenderweise war es Gregory, der diese Frage stellte.

»Das weiß ich noch nicht.«

»Wenn du es nicht weißt, wie kannst du dir dann so sicher sein, dass du deshalb angegriffen wurdest?« Jennifer hatte immer noch ihr Nachthemd an, und auf ihrem Gesicht stand nur noch Verwirrung statt Angst.

Ich seufzte. Suchte den Fußboden nach einer Antwort ab – vergebens. Ich blickte zur Decke hinauf in der Hoffnung, sie könnte mir eine Lösung einflüstern – vergebens. Ich biss mir so heftig in die Innenseite meiner Wange, dass sie anfing zu bluten. »Die Akte ist meines Erachtens nur Tarnung. Eine Tarnung für irgendwelche sehr wichtigen Leute.«

»Eine Tarnung wofür?« Jennifer wieder.

»Das weiß ich nicht.«

»Dad«, mischte sich Gregory ein, »warum suchst du dir nicht eine andere Arbeit? Wenn du nicht Coroner wärst, wären diese Männer nicht hinter dir her, oder?« Er hatte wieder das besorgte Wilson-Stirnrunzeln aufgelegt.

Oft sind die einfachsten Herausforderungen am schwersten zu bewältigen. Meine Erklärungen halfen meiner Familie nicht annähernd zu verstehen, was an diesem Morgen geschehen war. Und ich wusste ebenso wenig, welcher Wahrheit ich nachjagte oder welchen Verrat ich aufzudecken suchte. Und auch wenn ich fest davon überzeugt war, dass man Patrick Dowling ermordet hatte, wusste ich immer noch nicht, warum. Ich fand nicht die Worte, um all das zu erklären. Und ich konnte ebenso wenig erklären, warum ich mein Amt als Coroner nicht aufgeben wollte. Wie rechtfertigt man Halsstarrigkeit und die Weigerung, sich einschüchtern zu lassen, gegenüber einem Elfjährigen, der gerade miterleben musste, wie sein Haus, sein sicherer Hafen, angegriffen wurde? Wie erklärt man das einem unschuldigen Jungen, der sich vor Schüssen wegducken musste? Ich wollte Jennifer und Gregory nicht mit meiner kaputten Kindheit belasten.

»So einfach ist es nicht«, sagte ich.

»Warum nicht?« Jetzt nahm Sarah mich ins Verhör.

»Weil …« Ich rang um die richtigen Worte. »Weil sie wissen, dass ich die Untersuchung infrage stelle. Und diese Zweifel verfliegen schließlich nicht, nur weil ich mein Amt aufgebe. Sie müssen mich immer noch zum Schweigen bringen.«

Ich hoffte, Verständnis und Mitgefühl in den Gesichtern meiner Familie zu sehen, aber ich sah nichts davon. Sarah wirkte blass und ausgezehrt, und ihre Miene drückte eine Mischung aus Angst und Ungläubigkeit aus. Jennifer schüttelte nur wie benommen den Kopf, als versuchte sie, meine Worte zu verscheuchen. In Gregorys Augen standen Tränen. »Sie werden dich umbringen, Dad.«

Es war wie ein Schlag in die Magengrube.

»Das werden sie nicht. Aber du und Jennifer, ihr müsst vorübergehend umziehen. Erst wenn ich euch in Sicherheit weiß, kann ich weiter darüber nachdenken, wie ich mit ihnen fertigwerde.«

Von diesem Augenblick an lief das Gespräch vollkommen aus dem Ruder.

»Warum kannst du die Akte nicht einem anderen Coroner geben?«

»Du bist Coroner, nicht Detective!«

»Was ist eigentlich los mit dir, Dad? Was zwingt dich dazu, immer weiterzukämpfen?«

Dieser Haken von Jennifer haute mich fast um. Ich konnte ihr nicht antworten. Ich kam nicht zurecht mit den wunden, schockierten Blicken meiner Familie, mit ihren flehentlichen Fragen und ihrem Entsetzen angesichts meiner Erklärungen.

»Es ist nur für eine kurze Zeit«, wich ich ihr aus.

»Und woher willst du das wissen?« Erneut zweifelte Jennifer an meiner Behauptung.

Ich sprach erst wieder, als ich mich gesammelt hatte. »Weil ich nicht zulassen werde, dass man mich meiner Familie entfremdet.«

Gregory setzte dazu an, etwas zu sagen, doch Sarah brachte ihn zum Schweigen. »Wir sollten weiterpacken«, sagte sie. »Tante Carol richtet bereits eure Zimmer her.«

Carol hatte sich sofort bereit erklärt, den Kindern Obdach zu gewähren, als sie von dem Überfall gehört hatte. Ihr Haus würde von der Polizei bewacht werden, während die beiden dort wohnten.

Ich blieb allein in meinem Arbeitszimmer zurück. Die ersten Tränen flossen bei Gregory, als er noch nicht einmal halb die Treppe hinaufgestiegen war. Jennifers Zimmer lag direkt über meinem Arbeitszimmer. Ich hörte sie auf und ab gehen, Schubladen aufziehen, einen Koffer über den Boden ziehen. Für kurze Zeit herrschte Stille. Dann vernahm ich gedämpftes Weinen. Meine Brust verkrampfte, und in meinen Augen brannten Tränen. Ich starrte aus dem Fenster und nahm kaum noch die Polizisten wahr, die im Garten patrouillierten.

Zuletzt schluckte ich meine Gefühle hinunter. Darin bin ich ziemlich gut; ich habe es am Grab meiner Eltern gelernt und in kalten, öden Internatsschlafräumen. Ich ging nach oben, um ihnen beim Packen zu helfen, wurde jedoch erneut zurückgewiesen. Sarahs Gesicht spiegelte ihre Ungläubigkeit über den Verlust der Sicherheit wider, die unser Zuhause ihnen noch bis vor Kurzem geboten hatte. Diese Fassungslosigkeit war uns allen gemein. *Wie kann uns so etwas passieren?* Der Verlust saß tief. Unsere Familie war angezählt, unser normales Leben am Boden. Meine Kinder mussten in Sicherheit gebracht werden. Ich sah mich benommen um. Polizisten murmelten in Handys, Spurensicherungsexperten in weißen Schutzanzügen suchten nach Kugeln und Patronenhülsen. DI Pamela Roche, die Frau, die nun für meine Sicherheit zuständig war, lief mit grimmigem Gesicht im Erdgeschoss umher. Ich ging zurück in mein Arbeitszimmer.

Ich brauchte Ruhe, um nachzudenken.

15

»Erzählen Sie mir mehr über Redmond.« Ich hatte Roche am Eingangstor abgefangen, als Jennifers Koffer gerade in einen Streifenwagen verladen wurden. Auf der Straße wimmelte es von uniformierten Polizisten. Aus dem Augenwinkel sah ich, wie in den Nachbarhäusern Vorhänge zurückgezogen wurden. Immer noch stand eine kleinere Gruppe ein Stück abseits. Sie tauschten ihre Mutmaßungen untereinander aus und klagten über die Verkehrsbehinderungen. Die Straße würde gesperrt bleiben, solange die Polizei sich über ihre Strategie beriet. Vermutlich liefen in den Häusern die Telefonleitungen heiß, und die Nachricht von dem Überfall verbreitete sich in Windeseile. Erste Fotografen und Reporter der Boulevardpresse waren bereits aufgetaucht. Die Absperrung war um weitere fünfzig Meter ausgedehnt worden, um sie in Schach zu halten.

Roche beendete ein Gespräch auf ihrem Handy und bugsierte mich zur Seite. »Er stammt aus einer angesehenen Familie und hat eine gute Erziehung genossen.« Sie hielt inne, um zu verfolgen, wie nun auch Gregorys Habseligkeiten in das Auto verladen wurden. »Er fing in der Highschool an zu kiffen und fand schnell heraus, dass er eine Menge Geld verdienen konnte, wenn er selbst den Stoff lieferte. An der Universität konzentrierte er sich dann auf seine Mittelschichtfreunde und ihr Gefolge. Er war sich im Klaren darüber, dass er den großen Dealern besser nicht in die Quere kam. Obwohl er einen hervorragenden Abschluss machte, war der Drogenhandel seine eigentliche Karriere. Seine Eltern und Freunde wollten deshalb irgendwann nichts mehr mit ihm zu tun haben.« Sie griff in den Kofferraum ihres Autos und zog eine Aktentasche heraus. Nachdem sie eine Weile darin herumgekramt hatte, reichte sie mir schließlich ein Hochglanzfoto mit dem Stempel INTERPOL in einer Ecke. »Das ist er.«

Ich wischte mir mit dem T-Shirt den Schweiß von der Stirn und betrachtete das Bild. Redmond schien in den Dreißigern zu sein und war auf eine verwegene Art gut aussehend. Er trug ein Leinensakko über einem aufgeknöpften, dunkelblau gestreiften Hemd. Sein herzförmiges Gesicht war unter dem zurückweichenden Haaransatz braun gebrannt. Er hatte markante Wangenknochen und ein Grübchen im Kinn. Seine Augen konnte ich hinter der Sportsonnenbrille nicht erkennen, doch irgendwie kam er mir bekannt vor, und ich dachte angestrengt darüber nach, wo er mir zuvor schon mal begegnet sein mochte.

»Prägen Sie sich das Gesicht ein«, sagte Roche.

»Schon geschehen.«

»Redmond ist vor etwa acht Jahren nach Marbella gezogen. Er hatte damals eine Freundin namens Orlagh Bressan, ein dümmliches Partygirl in den Zwanzigern, die sich gern mit den richtigen Leuten an den richtigen Orten sehen ließ. Sie war hübsch, aber naiv und unreif. Redmond war groß, charmant und schwamm im Geld. Er kleidete sich geschmackvoll, und der Akzent verriet seine gute Herkunft. Er verdrehte einer ganzen Reihe von jungen Frauen den Kopf. Doch im Gegensatz zu den anderen war Bressan tatsächlich bis über beide Ohren verliebt und blieb bei ihm.«

Jennifer und Gregory tauchten an der Haustür auf, Sarah als Antreiberin direkt hinter ihnen. Gregory trug sein Chelsea-Trikot, eine Jogginghose und Laufschuhe. Er weinte immer noch und mühte sich unbeholfen mit seiner Spielekonsole und seiner Computerspielesammlung ab. Jennifer hatte sich ein T-Shirt und Jeans angezogen. Sie kämpfte mit den Tränen. Sarah war blass. Derart außer Fassung hatte ich sie noch nie gesehen. Ihre Augen waren rot geädert, die Gesichtszüge vor Kummer verzerrt. Ihre Hände zitterten, und sie stützte sich unsicher auf Jennifers Schulter auf. Ich trat Gregory entgegen, nahm ihm die Konsole und die Spiele ab und überreichte sie einem Polizisten. Dann schlang ich die Arme um seinen bebenden Körper. Ich fühlte sein Herz schlagen. Ich küsste ihn auf den Scheitel und flüsterte: »Mach dir keine Sorgen, Gregory. Alles wird gut. Tante Carol wird gut auf euch aufpassen, bis wir wieder zusammen sind.«

Er löste sich aus meiner Umarmung und sah mir ins Gesicht. Seine Unterlippe zitterte, er hatte die Fäuste geballt und blinzelte die Tränen weg. »Warum kommst du nicht einfach mit?«

Ich legte ihm die Hände auf die Schultern und sah ihm tief in die Augen. »Es wäre zu gefährlich. Ich rede später mit Mum, wir überlegen uns was.«

Er wischte sich die Nase am Ärmel ab und ging weiter. Ich wandte mich Jennifer zu. Sie wollte gerade etwas sagen, aber ich kam ihr zuvor. »Pass gut auf Gregory auf«, sagte ich. »Du bist seine große Schwester, und er braucht dich jetzt mehr denn je. Ich verspreche dir, wir finden eine Lösung.«

Jennifers Gesichtsausdruck versteinerte. Ich wusste, sie glaubte mir nicht. »Du verbringst zu viel Zeit mit den Toten, Dad. Eines Tages wird dir klar werden, dass die Lebenden genauso wichtig sind.«

Dankenswerterweise kam Sarah mir zur Hilfe. »Das ist nicht fair, Jennifer. Dein Dad hat schon genug mitgemacht. Wir stehen das als Familie durch. Aber jetzt bringen wir erst mal dich und Gregory bei Carol unter.«

Zwei kräftige Polizisten quetschten sich zu Jennifer und Gregory in den Streifenwagen. Sarah stieg vorne ein. Der Motor wurde angelassen, und das Fahrzeug rollte vom Gehweg. Ich sah ihm nach, bis es um die Ecke gebogen war. Es brach mir das Herz, dass niemand von ihnen sich umdrehte, um zu sehen, wie es mir ging. Wieder steckte mir ein Kloß in der Kehle, und ich biss fest die Zähne zusammen. Am liebsten wäre ich ihnen hinterhergerannt, hätte sie in die Arme geschlossen und zurückgeholt. Aber ich wusste, das durfte ich nicht tun. Solange mich eine Mörderbande im Visier hatte, war unser Zuhause nicht mehr sicher für sie.

Ich bat Roche ins Haus, und wir setzten uns wieder in mein Arbeitszimmer. »Was sollte ich noch wissen?«

An die Stelle meines Unglücks, weil ich hatte mit ansehen müssen, wie mir meine Eltern genommen worden waren, trat jetzt Zorn. *Diesen Scheißkerl,* dachte ich, *bringe ich zur Strecke, und wenn es das Letzte ist, was ich tue.*

»Redmond und seine Freundin bezogen mehrere Wohnsitze im Süden Spaniens. Er suchte den Kontakt zu einheimischen Gangstern, und die wiederum stellten ihn Leuten vor, die die größeren Rädchen drehten. Sein selbstbewusstes Auftreten beeindruckte alle. Er konnte einen marokkanischen Haschdealer und einen kolumbianischen Kokainhändler gleichermaßen in die besten Restaurants ausführen und sie wie erfolgreiche Geschäftsleute aussehen lassen. Anders als die meisten Gauner mit Geld bestellte er gute Weine und nicht einfach die teuersten. Er war geschmackvoll gekleidet und machte sich vor allem in der guten Gesellschaft der in Spanien lebenden Ausländer beliebt.« Roche suchte nach den richtigen Worten. »Er hatte Klasse.«

Wieder hörte ich den Hund von nebenan bellen. Er war also doch nicht erschossen worden.

»Redmond überflutete Irland und irische Communitys in Großbritannien mit Kokain und Amphetaminen. Ab 2006 gehörte er zu den ganz Großen. Er organisierte Kokain aus Kolumbien und Amphetamine aus Amsterdam. Er ließ Lieferungen nach Nordafrika schicken und sorgte dann dafür, dass sie in kleinere Einheiten verpackt an die Südküste Spaniens geschmuggelt wurden. Er bestach Polizei und Richter. Er war unantastbar.«

»Wie denn das?«

»Indem er sich selbst aus allem raushielt. Er hatte so viele gute Kontakte, dass es schier unmöglich wurde zu wissen, wo er gerade war und was er trieb. Er besaß eine Reihe von Luxusapartments und blieb selten irgendwo länger als ein, zwei Tage. Er hielt sich von den normalen Gangstern fern. Wenn er Leute für die Drecksarbeit brauchte, heuerte er Profikiller an. Er verhandelte nie mit ihnen direkt, sondern nur über Mittelsmänner. Von Angesicht zu Angesicht hat er nie auch nur einen von ihnen gesehen. Ich bezweifle, dass auch nur ein Einziger weiß, wie er überhaupt aussieht.«

In meinem Kopf tauchten plötzlich Bilder auf. Finger in Lederhandschuhen, die Vorhänge auseinanderspreizten, damit ihr Besitzer besser in das Zimmer hineinsehen konnte. Das grässliche Knirschen brechender Knochen nach meinem Schlag mit dem Baseballschläger. Das Knallen von Schüssen. Der Anblick meiner Familie, die in Todesangst in einer Ecke des Elternschlafzimmers kauerte.

Ein unkontrollierbares Zittern erfasste mich, und ich musste mich an den Armlehnen des Sessels festhalten, um meine bebenden Glieder zu beruhigen.

Roches Stimme unterbrach meine Gedanken. »Aber er hat einen schwerwiegenden Fehler begangen.«

Ich blickte auf. Roche hatte ihre Pianistinnenfinger aufeinandergelegt und stieß jetzt mit den Fingerspitzen spielerisch an ihr Kinn.

»Er hat der Polizei einen Konkurrenten namens Oliver Rooney ans Messer geliefert. Als Rooney eine Kokainladung in Empfang nehmen wollte, wurde er festgenommen.«

»Und was war der Fehler?«

»Dass Rooney auf Rache sann. Er tobte in seiner Zelle, und in seiner Wut und seinem Frust setzte er einen Killer auf Redmonds Freundin Bressan an. Er wusste, an Redmond selbst würde er niemals herankommen.«

Ich war mir nicht sicher, ob ich hören wollte, was als Nächstes geschehen war.

»Sie wurde in einem inszenierten Unfall mit Fahrerflucht getötet.«

Ich hob die Hand, um sie zu unterbrechen, weil ich das alles erst einmal verdauen musste. Aber Roche fuhr einfach fort.

»Unseren Quellen zufolge hat dieser Vorfall Redmond verändert. Plötzlich war ihm klar, wie verwundbar er wirklich war. Er beschloss, aus dem Drogenhandel auszusteigen und sein Vermögen in legale Geschäfte zu investieren. Aus diesem Grund haben wir seine Kontakte zu Albert

Dowling so aufmerksam verfolgt. Verhilft ihm der Minister gerade zur Seriosität?«

»Und ich bin dabei nur ein Hindernis, das aus dem Weg geräumt werden muss?«

Roche antwortete nicht, aber ich wusste, dass sie genau das Gleiche dachte, und da fiel es mir wie Schuppen von den Augen, dass ich mich offenbar in der Dubliner Version eines Kampfes von David gegen Goliath befand. Nur dass ich ein David ohne Schleuder war.

»Ich brauche eine Waffe«, sagte ich.

Roche runzelte die Stirn.

»Besorgen Sie mir eine Glock. Damit kann ich umgehen.«

Roche lehnte sich zurück und betrachtete mich aufmerksam. Ich konnte sie beinahe denken hören: *Wie kommt es, dass ein Mediziner mit einer Glock umgehen kann?* Ich ignorierte sie und griff stattdessen nach dem Telefon. Ich musste Sarahs Schwester anrufen, um mich zu vergewissern, dass meine Familie sicher bei ihr angekommen war. Während ich die Nummer eintippte, war Roche schon wieder an ihrem Handy. Ich hörte die Worte »Glock 17«, gefolgt von »sofort« und »scharfe Munition«. Dann sagte sie noch etwas von einem Schießstand.

Mit dem Hörer am Ohr dachte ich fieberhaft nach. Redmond war in Dublin, nicht in seinem üblichen Versteck in Marbella. Seine Anschläge waren gescheitert, das würde ihn mächtig verärgern. Ich durfte ihm nicht direkt gegenübergeraten. Es musste noch eine andere Möglichkeit geben. »Carol«, sagte ich, als sie das Gespräch endlich entgegennahm. »Hi, hier ist Mike. Wie geht's den Kindern?«

Carol versicherte mir, dass sie allmählich anfingen, sich wieder zu beruhigen. Sie sei schockiert gewesen, wie aufgewühlt die beiden bei ihrem Eintreffen gewesen waren, doch langsam würden sie ihre Fassung zurückgewinnen.

»Danke, Carol«, sagte ich. »Du bist ein Schatz. Kann ich kurz mit Sarah sprechen?«

Dann kam mir ein Gedanke. Was, wenn der Maulwurf bei der Polizei Jack Matthews war – der Detective, der Patrick Dowlings Tod untersucht hatte? Er hatte erst mit Harold Rafferty zu tun gehabt und war dann mit der Akte in meinen Zuständigkeitsbereich gewandert. Nur er und Roche wussten von meinen Zweifeln hinsichtlich des Falls.

16

Später am Nachmittag wurde mir zu meinem persönlichen Schutz eine Glock 17 im Halfter ausgehändigt. Sie hatte ein Magazin mit siebzehn Schuss, war metallic-schwarz, zerkratzt und abgenutzt. Sie sah gebraucht aus. Ein Reservemagazin wurde auch gleich mitgeliefert. Roche arrangierte für mich eine Übungseinheit am Schießstand in der Polizeizentrale, damit ich mich mit der Waffe vertraut machen konnte. Als sie mich dorthin fuhr, teilte ich ihr meinen Verdacht in Bezug auf Jack Matthews mit.

»Wir haben ihn im Visier«, antwortete sie, »und das schon seit Raffertys Ermordung. Ich persönlich glaube, dass er sauber ist. Aber er wird trotzdem überprüft.« Das beruhigte mich.

Auf unserer Fahrt an diesem sonnigen Nachmittag herrschte nur leichter Verkehr. Es schien, als wäre alle Welt ans Meer geflüchtet. Neidisch beobachtete ich, wie die übrigen Bürger Dublins ihren Freizeitbeschäftigungen nachgingen. Sie saßen faul vor den Restaurants in der Sonne und genossen ihren Lunch oder lümmelten mit einem Bier oder einem Glas Wein in der Hand vor Pubs herum. Sie spielten in öffentlichen Parks Fußball oder gingen am Wasser spazieren. Junge Mütter schoben Kinderwagen, Kleinkinder trippelten hinter ihnen her. Normale Alltagsaktivitäten. Ich fragte mich, ob ich sie jemals wieder würde genießen können.

In der Polizeizentrale in einem Kellerraum mit massiven Wänden überraschte ich die Anwesenden, indem ich mich im Umgang mit Feuerwaffen durchaus versiert zeigte. Ich erzählte ihnen nicht, dass ich bereits als Zwölfjähriger mit scharfer Munition geschossen hatte. Die Glock schmiegte sich wie ein gut sitzender Handschuh in meine rechte Hand. Der Rückschlag der leichten Waffe und der Geruch des Schießpulvers weckten Erinnerungen. Keine guten allerdings.

Dann verwirrte ich die Gruppe, indem ich erklärte, dass ich Waffen verabscheue. »Ich bin ausgebildeter Pathologe«, sagte ich. »Ich habe Dutzende von Menschen obduziert, die durch Schusswaffen ums Leben kamen. Ich weiß alles über Schusswunden.« Ich erzählte absichtlich nicht, wie meine Eltern ums Leben gekommen waren. Meine Zuhörer waren beeindruckt, und welche Zweifel sie auch gehabt haben mochten, als ich am Schießstand eintraf – ich spürte, dass ich sie jetzt auf meiner Seite hatte. Ich wollte nicht, dass sie mich für einen labilen, schießwütigen Rachefreak hielten.

Als Nächstes wurde ich meinem Leibwächter vorgestellt. »Das ist Tony Reilly«, sagte Roche, und wir gaben uns die Hand. Reilly war ein paar Zentimeter kleiner als ich, drahtig, mit einem faltigen Gesicht und misstrauischem Blick. Sein graues Haar war militärisch kurz geschnitten. Er trug Jeans und ein Hemd mit offenem Kragen.

Wir waren ein bemerkenswertes Trio. Roche trug immer noch ihren ausgebeulten blauen Trainingsanzug mit der Aufschrift POLIZEI auf dem Rücken. Ihr derangierter Zustand wurde minütlich erkennbarer. Ständig berührte sie ihre Stirnwunde, um sich zu vergewissern, dass sie nicht blutete. Die schwarzen Nähte sahen in meinen Augen okay aus, es würde ein bisschen Schorf geben, aber die Wunde war sauber. Ich selbst trug eine Freizeithose und ein verschwitztes T-Shirt, war zerkratzt und unrasiert. Für den flüchtigen Beobachter dürften wir wenig gesellschaftsfähig ausgesehen haben.

»Hallo«, sagte ich.

Reilly sagte nichts.

»Er weiß Bescheid über die Untersuchung von Dowlings Todesursache. Er kennt Ihren Verdacht. Und er weiß von der Ermittlung, die wir von Polizeiseite aus durchführen. Von nun an folgt er Ihnen überallhin. Er holt Sie morgens ab und fährt Sie zur Arbeit. Er bleibt den ganzen Tag im Coroner's Court und bringt Sie abends wieder nach Hause. Für die Nächte und fürs Wochenende stellen wir eine eigene Schicht zusammen.«

»Ich trainiere eine Rugbymannschaft«, erklärte Reilly. »An Samstagen und Sonntagen bin ich anderweitig unterwegs.«

Eine verlegene Pause entstand, weil ich nicht wusste, was ich darauf antworten sollte. Ich würde jedoch bald schon merken, dass sein raues Äußeres täuschte. Reilly würde sich mir gegenüber öffnen und mir von seiner Frau und den Kindern erzählen (vier Jungen im Alter von acht bis achtzehn). Er war ein angenehmer, geradliniger Typ, der bei dieser Sache keine eigenen Interessen verfolgte.

»Wunderbar«, murmelte ich, mir fiel nichts Besseres ein.

»Reilly steht in direktem Kontakt mit der Polizeizentrale und kann jederzeit unverzüglich Verstärkung anfordern.« Roche gab mir eine kugelsichere Weste, und ich probierte sie wegen der Größe an. Sie passte nicht allzu gut, andererseits wollte ich abends aber auch nicht damit ausgehen. »Er ist erfahren im Personenschutz.«

Ich lächelte schief. »Hoffentlich muss ich Ihre Dienste nicht lange in Anspruch nehmen.«

Reilly warf Roche einen Blick zu, deren Augen zur Vorsicht mahnten. »Das hoffe ich auch«, sagte er.

Auf der Rückfahrt von Glasthule unterhielten wir uns.

»Sie kommen aus dem Norden, nicht wahr, Dr. Wilson?«

Mein Akzent hatte mich verraten. »Ja.«

»Ihre Familie starb bei einem IRA-Anschlag.« Er drehte sich im Sitz herum, um mich ansehen zu können.

»Woher wissen Sie das?« Das war etwas, was ich nicht an die große Glocke hängte und worüber ich nicht gern sprach.

»Roche hat es mir erzählt. Ich bestehe immer auf ein detailliertes Briefing über die Leute, auf die ich aufpassen soll. Persönliche Gewohnheiten, Laster und Süchte. Einmal habe ich mich um einen Botschafter mit einer Schwäche für Huren gekümmert. Ich musste stundenlang vor Bordellen warten.« Wir rollten über die Merrion Road und hielten vor dem Four Seasons Hotel an einer Ampel. Eine Gruppe japanischer Touristen posierte dort für Fotos.

»Diesbezüglich brauchen Sie sich bei mir keine Sorgen zu machen«, sagte ich.

»Das will ich hoffen.«

Die Ampel sprang auf Grün um, und wir fuhren weiter. »Und wie kommt es, dass es einen Baptisten aus dem Norden mit einer so tragischen Geschichte nach Dublin verschlägt?«, fragte er. »Ist dies hier nicht Feindesland?«

Ich sah aus dem Fenster. Die prächtigen roten Ziegel des südlichen Dublin huschten draußen vorüber. Rechts kam das St. Vincent's Hospital in Sicht.

»Ich hab ein Mädchen kennengelernt.« Es hatte keinen

Sinn, eine andere Erklärung anzubieten. Ich war zum Studium nach Dublin gekommen, hatte Sarah kennengelernt und mich in sie verliebt. Der Rest war Geschichte.

»Sie ist sehr hübsch, wie ich höre.« Reilly senkte die Stimme um eine Oktave. Es war eine Unterhaltung um der Unterhaltung willen. Er beobachtete einen Wagen im Rückspiegel, ging vom Gas und ließ ihn überholen. Dann hielt er kurz an und sah ihm einen Augenblick lang nach. Schließlich fuhr er zufrieden weiter.

»Ja, das ist sie«, sagte ich. »Ein Glücksgriff.«

Der Wagen beschleunigte. »Hoffen wir, dass es so bleibt.«

Bis er mich zu Hause absetzte, fiel kein weiteres Wort. Er fuhr erst wieder, als seine Ablösung eingetroffen war.

Ich schlurfte in meiner kugelsicheren Weste und mit einer Handfeuerwaffe an der Hüfte in das leere Haus. Ich war erschöpft und todunglücklich. Ich wanderte von einem leeren Zimmer zum anderen und hob die Kopfkissen hoch, auf denen meine Kinder geschlafen hatten. Ich vergrub darin mein Gesicht und konnte nur mit Mühe meine Tränen zurückhalten. Dann sank ich auf das Bett im Elternschlafzimmer und wünschte mir, Sarah wäre hier, um mich zu trösten. Ich nahm ihr Nachthemd in die Hand und ließ den Seidenstoff durch meine Finger gleiten. Würde unser Leben je wieder so sein wie zuvor?

Dann rief Sarah an und teilte mir mit, dass sie über Nacht bei Jennifer und Gregory bleiben wolle, um ihnen ein wenig die Angst zu nehmen und ihnen zu helfen, sich mit den neuen, grässlichen Umständen zurechtzufinden.

»Michael«, sagte sie am Ende. Ich hasste es, wenn sie mich Michael nannte. »Ich will nicht mein Leben lang über die Schulter blicken und mich fragen müssen, ob mir ein

Killer folgt. Ich werde nicht zulassen, dass unsere Kinder bis zur Hysterie verängstigt werden. Und ich kann nicht mit der ständigen Angst leben, dass irgendein Gangster dich umbringen will. Ich bin zu jung, um Witwe zu werden. Wir müssen das Ganze besprechen, und zwar bald.« Sie legte auf. Mir blieb nur noch, den Hörer anzustarren.

Ich machte mir ein Abendessen aus Rührei und Toast und aß es in der Küche. Das Abendlicht verblasste, Schatten fielen in den Garten, die Sträucher verloren ihre Farbe. In meinem Kopf herrschte Chaos, ein Durcheinander aus Verlustgefühlen, Schmerz und Wut. Und immer noch beunruhigte mich das Rätsel um Patrick Dowlings Tod.

Es war schon spät, und eigentlich wollte ich nichts mehr mit dem ganzen Papierkram zu schaffen haben, doch Dowlings Akte zog mich wie magisch an, und nur kurze Zeit später lagen wieder Fotos auf dem Boden meines Arbeitszimmers verstreut, Aufnahmen von der Obduktion und der dazugehörige Bericht, Polizei- und Zeugenaussagen. Immer und immer wieder prüfte ich die Fotos vom Fundort des Toten. Dann sortierte ich den Inhalt des Dossiers in zwei Teile: in das, was ich für wahr erachtete, und das, was ich für Erfindung hielt. Ich kritzelte meine Gedanken auf ein paar lose DIN-A4-Blätter, kreiste die wichtigsten Notizen ein und musterte aus, was vermutlich belanglos war. Eine Stunde nach Mitternacht hatte ich ein klareres Bild gewonnen und mir einen Plan zurechtgelegt. Ich würde während des Gerichtsverfahrens folgende Punkte ins Visier nehmen:

Widerspruch zwischen den toxikologischen Befunden und Dowlings Fähigkeiten (Barhocker, Schlinge)

Abschürfungen an Dowlings Fäusten

Sauber gewischte Whiskeyflasche

Warum ließ Matthews die Gegend absperren? Vermutete er, dass doch noch jemand bei Dowling war?

Blutiger Fingerabdruck am Armaturenbrett von Dowlings BMW

Harry Malones windige Zeugenaussage

Ich schickte eine SMS an DI Roche: GERICHTLICHE ANHÖRUNG IM FALL DOWLING KOMMENDEN FREITAG.

17

Die Woche vom Montag, den 7. Juni, war hektisch, und sie war die Hölle.

In der Nacht von Sonntag auf Montag hatte ich unruhig geschlafen. Bereits um 6.00 Uhr morgens kroch ich aus dem Bett und machte Frühstück. Dann brütete ich wieder über der Dowling-Akte.

Ich rief Sarah an, um mich zu versichern, dass alles in Ordnung war. Jennifer und Gregory kamen mit den veränderten Umständen allmählich einigermaßen zurecht. Aber sie sehnten sich nach ihrem Zuhause, und Sarah hatte alle Mühe, ihnen begreiflich zu machen, dass dies noch für einige Zeit nicht möglich wäre. Wir waren uns darüber einig, dass wir uns diesbezüglich auf unsere Sicherheitsberater verlassen mussten. Sie würden entscheiden, wann wir gefahrlos versuchen konnten, wieder so etwas wie ein normales Leben aufzunehmen. Sarah klang argwöhnisch und angespannt und stellte wiederholt infrage, wie viel ich wusste.

»Was hast du noch alles vor mir geheim gehalten?«

»Nichts«, sagte ich. »Das alles ist erst letzten Donnerstag losgegangen. Ich habe erst den Ermittler wegen der Dowling-Akte befragt und dann ein Treffen mit Roche arrangiert. Keiner von uns wusste zu diesem Zeitpunkt, dass die Bombe für mich bestimmt gewesen war. Ich versuche immer noch zu begreifen, was da passiert ist. Ich bin genauso schockiert wie du.« Das war nicht einmal übertrieben.

Wir einigten uns darauf, unsere Differenzen hintanzustellen und uns auf die Sicherheit der Kinder zu konzentrieren. Sarah würde bei ihnen bleiben, bis sie ein gutes Gefühl dabei hatte, sie allein zu lassen.

Dann kam Reilly, um mich abzuholen. Er war angezogen wie ein Banker. Anthrazitfarbener Nadelstreifenanzug, gestärktes weißes Hemd, dezente Krawatte. »Ich darf unter den anderen Pendlern nicht auffallen«, erklärte er. Er ließ es wie einen Scherz klingen, aber er lächelte nicht. Genauso wenig wie ich. Anstatt auf kürzestem Weg von A nach B zu fahren, steuerte er den Wagen auf Umwegen über Nebenstraßen und durch kleine Gassen. Die Veränderung der Fahrtroute würde jeden geplanten Anschlag auf mein Leben vereiteln. Reilly konzentrierte sich auf den Verkehr, achtete auf verdächtige Überholmanöver und sprach kaum ein Wort. Das war mir nur recht. Ich hatte eine Menge Dinge gleichzeitig zu bedenken und brauchte einen klaren Kopf.

Als wir am Coroner's Court eintrafen, drängten sich dort bereits Journalisten und Fotografen. Die Morgenzeitungen hatten den Angriff in großen Lettern vermeldet und jede Menge mögliche Motive in den Raum gestellt. Irgendwer hatte herausgefunden, dass ich zum Zeitpunkt des Bombenanschlags im *Bongos* gewesen war, und das floss natürlich in die Spekulationen mit ein. Selbst eine Verbindung zu dem Mord an Harold Rafferty wurde gezogen. Es wimmelte nur so von Sicherheitsexperten, die alle ihre eigenen Theorien hatten, ihre eigene Meinung.

Ich versammelte das Personal zu einer Besprechung.

Das Gericht beschäftigte drei Sekretärinnen für den

Empfang und den Publikumsverkehr: Aoife, klein, pummelig und schwarzhaarig, Eleanor, mittelgroß und schmerzhaft dürr, mit einer so spitzen Nase, dass man sich daran schneiden konnte, und Mary, zurückhaltend elegant, mit einem Gesicht wie ein Engel und einem Vorrat an Flüchen, die einen Seemann erröten lassen würden. Sie alle waren in den Zwanzigern, gesellig und überaus sympathisch. Sie brachten Freude an diesen trüben Ort.

Die Besetzung der Jury war die Aufgabe von Arthur O'Leary, einem großen, näselnden und ernsthaft übergewichtigen Dreißigjährigen, der überdies ein Problem mit den Augen hatte. Er konnte nicht einmal bis zu seinen eigenen Schnürsenkeln sehen. Überall auf den Fluren hinterließ er Krümel und schmutzige Fußabdrücke. Seine Kurzsichtigkeit wurde jedoch durch exzellenten Scharfsinn kompensiert.

Daneben gab es noch meine Assistentin Joan Costello, die Männerjägerin, die stets den Mund zu einer kleinen Schnute verzog, und schließlich Larry Naughton, den rundlichen, immer müden und zerknautschten Nachtwächter. Tagsüber tauchte er nur selten im Gebäude auf.

»Wie Sie wissen, wurde meine Familie gestern angegriffen«, begann ich. Alle sahen mich bestürzt an. Derlei verbrecherische Übergriffe auf Coroner waren so selten, dass niemand es fassen konnte, dass es nun gleich zwei davon in so kurzer Zeit gegeben hatte. Wenn man dann noch die Bombe im *Bongos* dazurechnete, war die vorherrschende Reaktion eine vollkommene Ungläubigkeit.

»Die Polizei kümmert sich darum, und ich habe vollstes Vertrauen in sie.« Ich hörte mich an wie ein Politiker. »In der Zwischenzeit läuft alles wie immer. Unsere gerichtlichen Untersuchungen laufen weiter. Wir leben in einer zivilisierten Gesellschaft, und wie wir die Toten behandeln, ist genauso wichtig wie die Sorge um die Lebenden. Kein Verbrecher wird die Arbeit in diesem Haus torpedieren.« Ich betrachtete mein Publikum. Unter ihnen war kein Verräter. Und falls doch ein Informant unter ihnen war, dann verstand er oder sie es, sich keine Schuld anmerken zu lassen.

Am Ende meines kleinen Vortrags bat ich nur Joan zu bleiben. »Nehmen Sie mit der Familie Dowling Kontakt auf. Der Gerichtstermin ist auf diesen Freitag vorverlegt worden.« Joan sah überrascht aus. »Geben Sie es auch der Polizei und den Forensikern bekannt. Der Staat erkennt auf Selbstmord, und niemand hat es bislang infrage gestellt. Das Ganze könnte in einer Stunde vorbei sein.«

Joan hatte eifrig mitgeschrieben. Dann blickte sie auf. »Noch etwas?«

»Nein«, sagte ich.

»Geht es Ihnen gut?«

Ich seufzte. »Alles in allem, ja. Lassen Sie uns mit dem Tagesgeschäft weitermachen.«

Sie war schon im Begriff hinauszugehen, als ich sie noch einmal aufhielt. »Ich werde an diesem Donnerstagvormittag nicht im Büro sein. Was immer noch zu tun sein wird, erledige ich am Nachmittag.«

»Etwas Wichtiges?«, fragte sie.

»Ach was.« Ich zwang mich um einen beiläufigen Ton. »Ich brauche nur ein paar Stunden frei, weiter nichts.«

Sie legte mir die Hand auf den Unterarm und drückte ihn leicht. »Das glaube ich gern, Dr. Wilson. Das Ganze muss die Hölle für Sie sein.«

»Ja«, murmelte ich. »Das ist es allerdings.«

Dann gingen wir wieder an die Arbeit.

Die restliche Woche chauffierte Reilly mich ins Büro und wieder nach Hause. Nie fuhr er dieselbe Route. Nie entspannte er sich. Er kleidete sich tadellos, trug jeden Tag einen anderen Anzug und darunter versteckt eine Uzi-Maschinenpistole, während ich die Glock in meiner Aktentasche hatte.

Morgens führte ich in der Geisterkammer Anhörungen durch. Bis zur Mittagspause arbeitete ich dann im Seufzerzimmer. Ich las Zeugenaussagen, unterschrieb Totenscheine und führte vorbereitende Gespräche für die Anhörungstermine. Ich löcherte Hausärzte und Klinikmediziner, wenn wichtige Informationen fehlten. Ich entdeckte beunruhigende Entwicklungen in einem Pflegeheim. Die Einrichtung war im Besitz eines stadtbekannten Arztes und wurde auch von ihm geleitet. Die Anzahl der Alten, die dort innerhalb weniger Monate nach ihrer Aufnahme an Herzversagen gestorben waren, machte mich misstrauisch. Ich hegte den Verdacht, dass er womöglich Gott spielte und dem einen oder anderen mit einer Medikamentenüberdosis zu einem besseren Leben im Jenseits verhalf. Ich veranlasste eine Überprüfung durch die Gesundheitsbehörden.

Mein Schreibtisch quoll über von Akten mit Todesfällen. Selbstmorde, tödliche Verkehrsunfälle, Arbeitsunfälle, Kneipenschlägereien mit tödlichem Ausgang. Leute, die an Schuss- oder Stichwunden gestorben waren, Krankenhaustragödien. Mit alldem beschäftigte ich mich seit Jahren – und noch mit sehr viel mehr. Und immer war ich die letzte Stimme der Toten. Ohne mich würde niemand darauf beharren, die Umstände ihrer letzten Augenblicke auszuleuchten.

Am Dienstag fügte eine Zeugenaussage Irlands Beinahe-Staatsbankrott und der wirtschaftlichen Rezession eine neue Komponente hinzu. »Er war pleite, Coroner. Er hatte keinen Cent mehr. Auf dem Höhepunkt des Booms hatte er bis zu dreihundert Millionen besessen. Immobilien in Dublin, Cork und Waterford. Die Banken hofierten ihn. Sie luden ihn ein zu Golfreisen und großen Sportereignissen. Als die Blase platzte, hatte er fünf Projekte am Laufen. Sie gingen ein – niemand kaufte mehr etwas, jeder versuchte zu verkaufen. Er musste seine Arbeiter entlassen, weil er sie nicht mehr bezahlen konnte. Und dann begannen die Banken, auf die Rückzahlung ihrer Kredite zu pochen, obwohl sie wussten, dass er nichts mehr besaß. Dieselben Leute, die ihm nicht genug hatten nachwerfen können, als es bei ihm gut lief. Doch sobald sie Wind von seinen finanziellen Schwierigkeiten bekamen, wandten sie sich gegen ihn. Sie riefen ihn vier-, fünf-, sechsmal am Tag an. ›Wo ist unser Geld?‹ Er war am Howth Pier unterwegs, als er erfuhr, dass sie ihm im Zuge der Zwangsenteignung auch noch das Auto nehmen wollten. Er fragte, wie er denn ohne Auto nach Hause kommen solle, und sie deuteten zur nächsten Bushaltestelle. Daraufhin lief er bis ans Ende des Piers und sprang ins Wasser. Die Flut hat seine Leiche ins Meer hinausgetragen.«

Diese Art von Geschichten hörte ich nur allzu häufig.

Nach jenem Sonntagabend, den wir getrennt verbracht hatten, war Sarah wieder nach Hause gekommen und darangegangen, es wieder zu einem Heim zu machen. Sie entfernte alles, was durch die Schüsse kaputtgegangen war, und beauftragte Handwerker, die Einschusslöcher in den Wänden auszubessern und die zerschossenen Scheiben zu ersetzen. Abend für Abend fuhren wir bei Jennifer und Gregory vorbei. Über den Treffen lagen Spannung und

Schmerz, und die Kinder flehten uns an, wieder mit nach Hause zu dürfen. Ich war verkrampft und wütend angesichts meiner Machtlosigkeit. Sarah tat alles dafür, dass sie von unseren schlimmsten Befürchtungen nichts erfuhren, bestand aber darauf, dass sie weiterhin bei ihrer Schwester blieben, bis sich die Lage geklärt hatte. Die Rückfahrt nach Glasthule verlief stets in eisigem Schweigen. Keiner von uns brachte auch nur ein Wort heraus. Sarah ging in jenen Tagen immer sofort zu Bett, und ich hörte, wie sie sich in den Schlaf weinte.

18

Am Donnerstag, den 10. Juni, hüllte dichter Nebel Dublin und die Grafschaft ein. Die Morgensonne lag hinter einer grauen, nassen Wolkendecke verborgen. Die Temperatur fiel so rapide, dass es sich eisig anfühlte. Der Verkehr floss langsam, Nebelscheinwerfer mühten sich vergeblich damit ab, Orientierungspunkte hervortreten zu lassen.

»Ich fahre heute nicht ins Büro«, sagte ich zu Reilly, als wir in der Diele meines Hauses in Glasthule standen.

Er kniff die Augen zusammen und fuhr sich mit der Hand über seinen Bürstenschnitt, als wollte er sich vergewissern, dass er noch da war. »Was ist los?«, fragte er.

»Irgendwas stört mich.«

Bis jetzt hatte ich niemandem von dem roten Auge auf den Waldfotos erzählt. Weder Roche noch Reilly. Niemandem. Es gab einen Verräter bei der Polizei und möglicherweise einen zweiten in meinem eigenen Umfeld. Ich wollte nicht, dass mein Plan sabotiert würde, ehe ich daranging, ihn in die Tat umzusetzen.

»Was stört sie?«

»Mehr, als ich sagen kann.«

»Und was haben Sie vor?«

»Eine kleine Landpartie.«

»Ohne mich fahren Sie nirgendwohin.«

»Gut«, sagte ich. »Kann sein, dass ich Ihre Hilfe brauche.«

Reillys Unbehagen wuchs. »Was soll das heißen?«

»Ich weiß es noch nicht«, sagte ich, und ich meinte es ehrlich. »Kommt drauf an, was dort passiert.«

»Was wo passiert?«

Ich zog die Dowling-Akte aus meiner Tasche. »Dort, wo man diesen Mann erhängt aufgefunden hat.«

Reilly fluchte leise. Dann holte er sein Handy hervor und wählte eine Nummer.

»Wir verschwinden nur für ein paar Stunden vom Radar«, sagte ich. »Fordern Sie nicht gleich die Armee zur Unterstützung an.«

Wir verließen Glasthule in Richtung Stadtzentrum, bogen dann jedoch nach links ab und fuhren über Nebenstraßen durch Monkstown bis zur Newtonpark Avenue. In der Gegenrichtung standen die Autos Stoßstange an Stoßstange. Wir selbst kamen trotz der schlechten Sicht gut voran, durchquerten Leopardstown Heights und trafen kurz nach neun im beschaulichen Aikens Village ein. Hier gab es nur noch vereinzelte Nebelbänke. Im einen Moment war der Himmel klar, zwanzig Meter weiter jedoch steckte man wieder mitten im Dunst.

Reilly schaltete in den dritten Gang. Es herrschte kaum Verkehr, nur gelegentlich kam uns ein Lkw oder Traktor mit aufgeblendeten Lichtern entgegen. Reilly nahm jede Kurve äußerst vorsichtig. Ein einziger Idiot, der auf der Gegenfahrbahn zum Überholen ansetzte, und wir wären tot.

Schließlich erreichten wir die R117 nach Enniskerry. Die lebhafte Gemeinde lag bereits in der Grafschaft Wicklow. Nördlich davon hatte man Patrick Dowling erhängt im Wald gefunden.

Auf dem Rücksitz studierte ich eine Karte der Umgebung. »Eine Meile vor uns auf der rechten Seite beginnen der Wald«, sagte ich, »und ein Wanderweg, der die Hügel hinaufführt.«

Reilly stöhnte. Seine Hände umklammerten das Lenkrad, und er saß leicht nach vorn gebeugt da, um sich besser konzentrieren zu können.

Ich las den Bericht darüber, wie man Dowling gefunden hatte, noch einmal durch. Eine Suchmannschaft hatte seinen abgeschlossenen BMW in der Zufahrt zu einem Maisfeld gefunden. Er war schlampig abgestellt gewesen, als hätte es der Fahrer eilig gehabt, ihn zu verlassen. In dem Wagen hatten Zeugnisse von Downings Drogenmissbrauch gelegen, wohin man auch sah: Nadeln und Spritzen, Tütchen mit Heroin und geöffnete Päckchen Kokain. Eine Flasche Jameson Whiskey, zu einem Viertel voll, hatte im Handschuhfach gesteckt; später hatte man festgestellt, dass diese Flasche so sauber war, als wäre sie gerade erst vom Abfüllband gelaufen. Nicht ein einziger Fingerabdruck oder Schmierfleck auf dem Glas. Die Sitzpolster hatten nach verschüttetem Schnaps gestunken. Die Wagenschlüssel hatten in einer Bachsenke unweit des Fahrzeugs gelegen, als wären sie dort in der Eile hingeworfen worden.

Nicht ganz eine Stunde später war der Suchtrupp auf den Vermissten gestoßen. Seine Leiche hatte am Rand einer Lichtung an einem Baum gebaumelt; das andere Ende des Seils war um einen Ast geschlungen gewesen. Die Fundstelle lag keine zehn Meter von einem Wanderweg entfernt. Und Dowling war seit mindestens vierundzwanzig Stunden tot. Neben seinen herabhängenden Füßen lag ein Barhocker im Gras. Später fanden sich Dowlings Fußabdrücke auf der Sitzfläche des Hockers. Dowling hatte Freizeitkleidung an: einen dicken Strickpullover über einem Hemd, Jeans und braunen Straßenschuhen.

Der November war kalt und böig gewesen. Starke Winde und schwere Regenfälle hatten zahlreiche Bäume entlaubt. An jenem Tag waren die Bedingungen richtig schlecht, die Luft unter einer dichten Wolkendecke feucht. Das Gelände war von herabgefallenen Blättern und Zweigen bedeckt.

Als das Spurensicherungsteam eintraf, lautete ihre erste Einschätzung, dass Dowling sich erhängt hatte. Dies wurde durch die Obduktion bestätigt. Von da an gab es keinen Grund mehr, den Fall weiterzuverfolgen. Dowling wurde beerdigt, seine Akte an Harold Rafferty weitergeleitet. Normalerweise hätte der Coroner nun im Zuge der amtlichen Feststellung der Todesursache die Befunde des Staats bestätigt und den Totenschein ausgestellt. Nur dass die Dinge nicht ihren normalen Verlauf genommen hatten. Durch Raffertys Ermordung war auf einmal der Teufel los gewesen, und nun sah auch ich selbst mich einem Rätsel gegenüber, das ich lösen musste.

»Hier ist es«, sagte ich schließlich. Reilly hielt am Straßenrand an, und ich spähte durch den Nebel. Rechts von mir lag dichter Wald. Ich griff nach meiner Aktentasche und stieg aus. »Stellen Sie den Wagen irgendwo ab, wo er nicht im Weg ist. Ich suche in der Zwischenzeit diesen Wanderweg und warte dort auf Sie.«

Ich blieb neben einem Graben stehen und sah, wie die Hecklichter im Dunst verschwanden. Die Straße war jetzt wieder vollkommen verwaist. Hinter mir hörte ich in der Ferne einen Hund bellen, dann Schafe blöken. Irgendjemand stieß einen Pfiff aus, und der Hund kläffte. Das Rattern eines schweren Motors warnte mich vor einem herannahenden Lastwagen, und ich drückte mich an den Straßenrand, bis er vorbeigefahren war. Dann ging ich an der Straße entlang, bis ich den Zugang zu dem Wanderweg gefunden hatte. Am liebsten wäre ich sofort losgelaufen, aber ich wusste, das würde Reilly zur Weißglut treiben. Roches Anweisungen waren in dieser Hinsicht eindeutig gewesen. *Lassen Sie Wilson nicht aus den Augen*. Ich wartete, bis ich ihn aus dem Nebel auf mich zukommen sah.

»Was machen wir jetzt?«

»Ich will die Stelle finden, wo man Dowling entdeckt hat.«

»Weshalb?«

»Weil ich nicht glaube, dass er dort allein war.«

Falls das in Reillys Ohren überraschend klang, ließ er es sich zumindest nicht anmerken. Wieder strich er sich über das kurz geschorene Haar. »Was zum Teufel glauben Sie denn nach so langer Zeit hier noch zu finden?«

»Keine Ahnung. Aber zumindest suchen sollte ich.«

»Großer Gott«, murmelte er. »Das brauche ich so dringend wie ein Loch im Kopf.«

Trotzdem folgte er mir. Er meckerte zwar, aber er folgte.

Der Weg war trocken und hart, da es hier seit zwei Wochen nicht geregnet hatte. Jeder Schritt glich einer Erschütterung. Nach ein paar Minuten blieb ich stehen, um mich neu zu orientieren. Der Wald war dicht, Nebel waberte zwischen den Bäumen. Nur wenig Tageslicht fiel bis auf den Boden. Irgendwo gurrte eine Wildtaube. Getier raschelte im Unterholz. Die Umgebung wirkte noch unheimlicher als auf den Fotos vom Fundort.

Wir gingen weiter, und ich dachte über ein paar Details aus den Zeugenaussagen nach, die mir Sorgen bereiteten. Die Ermittler hatten sich vergewissert, dass der Barhocker in den BMW passte. Es war also durchaus möglich, dass Dowling selbst mit dem Hocker auf dem Rücksitz hierhergefahren war. Doch ich fragte mich zum hundertsten Mal, wie der geschwächte Junkie den Hocker diese Steigung heraufgetragen haben mochte. Und warum er sich eine so abgelegene Stelle ausgesucht hatte. Wenn er sich hätte umbringen wollen, warum hatte er das nicht zu Hause getan? Es war nicht wahnsinnig steil hier, aber ich spürte den Anstieg dennoch bereits jetzt in den Oberschenkeln. Selbst Reilly keuchte leicht, und er war durchtrainiert.

»Wie weit ist es noch?«, fragte er.

Wir blieben an einer ebenen Stelle stehen. Ich zog die Vergrößerungen der Fotos aus der Aktentasche. »Wir versuchen, diese Lichtung hier zu finden«, erklärte ich ihm. Beide spähten wir ins Dunkel, doch die Bäume waren vom Nebel verschluckt, und seit Patrick Dowling hier entlanggelaufen war, waren sieben Monate vergangen. Regen, Wind und das Frühjahrswachstum hatten das Laubwerk verändert. Unwillkürlich sank mir der Mut.

»Noch eine Viertelstunde«, sagte ich.

Reilly stöhnte und marschierte weiter. Ich ließ mich hinter ihn zurückfallen und suchte den Wald nach irgendetwas ab, was mich an die Fotos erinnerte.

Nachdem wir uns noch einige Minuten dahingeschleppt hatten, rief ich ihm zu: »Ich glaube, wir sind schon zu weit gegangen.«

Reilly erwiderte nichts, aber seine Miene sagte alles. *Ich bin stinksauer.*

Ich ging in die Hocke und breitete die Bilder vor mir auf dem Boden aus. Auf einer Aufnahme war ein Baum mit einem auffällig gegabelten Ast zu sehen, dessen linker Teil halb abgebrochen war. Der Stumpf sah aus wie ein riesiges Bündel Zahnstocher. »Halten Sie nach dem hier Ausschau.«

Wir gingen zurück. Wir müssen einen merkwürdigen Anblick geboten haben. Keiner von uns trug Wanderklamotten. Reilly hatte eine dunkelblaue Hose an, dazu ein Leinensakko, ein blau gestreiftes Hemd und Wildlederschuhe. Trotz seiner drahtigen Gestalt und dem faltigen Gesicht sah er wohlsituiert aus. Ich selbst war mit Anzug, Krawatte und schwarzen Lederschuhen fürs Büro gekleidet und trug eine Aktentasche unter dem Arm. Wer zum Teufel lief mit einer Aktentasche im Wald herum?

Hin und wieder hob sich der Nebel in der leichten Brise, dann sank er wieder herab. Die Sonne schien auf die Wolkendecke und löste sie allmählich auf, und die Luft wurde wärmer. Wir gingen am Waldrand entlang und sahen nichts, was auch nur ansatzweise nach dem gegabelten Ast auf dem Foto ausgesehen hätte. Außer unserem Keuchen und den schweren Schritten war kein Laut zu hören.

Dann roch ich etwas, was in einem Wald fehl am Platz war.

»Warten Sie«, flüsterte ich und packte Reillys Arm. Ich schnupperte. »Ich rieche Rauch.«

Er schnupperte ebenfalls. »Sie haben recht.«

Wir standen vielleicht drei Minuten lang an derselben Stelle. »Es ist weiter oben«, flüsterte ich. Ich wusste selbst nicht, warum ich flüsterte. Ich wollte niemanden erschrecken. Und ich wollte niemanden stören. Ich wollte nur sehen, woher der Rauch kam.

Wir marschierten weiter, langsamer jetzt, die Augen ins Unterholz gerichtet. Reilly blieb stehen. Er schnupperte wieder. »Da kocht jemand Essen.«

Ich roch es ebenfalls.

Reilly sah mich an. »Könnten Camper sein.«

»Warum so tief im Wald?«

Reilly antwortete nicht. Er lief bereits voraus, mit schnelleren Schritten als zuvor. Ich beeilte mich, ihm zu folgen. Fünfzig Meter weiter entdeckten wir die Rauchsäule eines Holzfeuers zwischen den Bäumen. Der Essensgeruch war jetzt stärker, man hörte Blechgeschirr klappern. Dann ein Murmeln. Reilly zog seine Waffe. Er wollte offenbar kein Risiko eingehen. Ich war unbewaffnet, ich hatte die Glock im Wagen gelassen, da ich nicht mit irgendwelchen Schwierigkeiten gerechnet hatte. Wir drangen tiefer ins Halbdunkel vor, kletterten über abgebrochene Äste und blieben an Brombeerranken hängen. Je weiter wir gingen, umso finsterer wurde es um uns herum. Der Geruch des Holzfeuers wurde zusehends stärker. Etwa zehn Bäume voraus stieg schließlich die Rauchfahne in die Luft, doch das Klappern von Geschirr hatte urplötzlich aufgehört, und auch die murmelnde Stimme war verstummt.

Reilly schwenkte nach rechts, ich hielt mich links. Spinnweben verklebten mir das Gesicht, ein Insekt flog mir ins Auge und ließ es brennen und tränen. Ich rieb das Insekt fort. Als ich wieder sehen konnte, war Reilly verschwunden. Ich hörte, wie Zweige unter seinen Füßen knackten, aber ich konnte nicht erkennen, wohin er gegangen war. Ich blieb stehen. Ich schwitzte, und mein Herz hämmerte. Ohne jeden Grund war ich nervös. *Das können nur Camper sein,* sagte ich mir. *Und Reilly hat eine Waffe.* Noch zwei Schritte, und plötzlich fühlte ich mich regelrecht in das Foto versetzt. Ich war davon überzeugt, etwa fünf dicke Stämme vor mir ein halbes Gesicht und ein Auge zu erkennen. Dann verschwand das verschwommene Gesicht wieder.

Langsam setzte ich einen Schritt vor den andern. Noch mehr Spinnweben, noch mehr Insekten. Ich scheuchte sie mit der Hand fort. Totes Holz knirschte unter meinen Schuhsohlen. Ich fluchte lautlos, blieb stehen und lauschte erneut. Inzwischen konnte ich Reilly weder sehen noch hören. Ich fühlte mich verwundbar. Das Ganze war vielleicht doch keine so gute Idee gewesen. Ich wischte mir den Schweiß von der Stirn, dann stellte ich die Aktentasche auf den Erdboden und zog die Fotos hervor. Ich sah mich nach allen Seiten um. Dies hier war nicht das Gelände, nach dem ich gesucht hatte. Ich sah zu dem Baum hinüber, wo ich das Gesicht gesehen zu haben glaubte. Nichts. Nichts zu sehen, nichts zu hören, nicht die geringste Bewegung, und doch hatte ich das Gefühl, beobachtet zu werden, und das machte mich nervös. Warum hatte ich die Waffe nicht mitgenommen?

Ich hob meine Aktentasche auf und machte noch einen Schritt, hörte ein Rascheln und drehte mich so schnell um wie noch nie in meinem Leben. Nichts. Kein Tier, kein Zittern im Laub, kein Flügelschlag. Der Nebel hing tief und verwirrend zwischen den Bäumen. Mein Mund war trocken, und meine Hand zitterte. Wo war Reilly? Ich räusperte mich. Nebel umwaberte mich. Ich nahm eine unscharfe Bewegung wahr und hatte plötzlich das unverkennbare Gefühl, dass Unheil bevorstand. Irgendjemand machte sich bereit zuzuschlagen. Ich hob die Hand, um einen Schlag abzuwehren, und drehte den Kopf nach links und rechts. Nichts. Als ich wieder geradeaus blickte, setzte mein Herz kurz aus, und ich schrie vor Schreck auf.

»Der Letzte, der mit 'ner Aktentasche unterm Arm hier rumgelaufen ist, war am Ende tot.« Die Stimme war tief und dunkel, heiser und wütend. »Was wollen Sie hier?«

Ein paar Schritte vor mir stand ein Mann, der aussah, als wäre er mindestens hundert Jahre alt. Er war in etwa so groß wie ich, über eins achtzig, mit langem, verfilztem Haar. Sein dichter Bart war ergraut. Er trug einen schweren Mantel, der selbst aus der Ferne nach Rauch, Zigaretten und Bier stank. Seine Finger waren tabakgelb, die Hände schmutzig. Seine Schuhe waren abgenutzt und wurden von einem Zwirn zusammengehalten. Ein typischer Stadtstreicher – jedoch nicht in einer typischen Stadtstreicherumgebung. Und anders als bei den meisten Pennern funkelten seine Augen hellwach. Er sah mich verstörend intensiv an.

Ich wäre am liebsten davongerannt, hielt aber die Stellung. »Wer sind Sie?«

Der Mann gab keine Antwort. Er starrte mich nur weiter an. Ich kam mir dumm vor. In meiner Bürogarderobe sah ich wahrscheinlich aus, als wollte ich ihm eine Versicherung andrehen.

Er kratzte sich an der Nase und zog sich dann die Hose hoch. Er drehte betont langsam seinen Kopf nach links, als wollte er einem Geräusch nachspüren, dann wandte er sich wieder mir zu. »Normalerweise sind hier nur Eichhörnchen, Füchse, Vögel und Dachse unterwegs.« Er gab ein Schnalzen von sich. »Andererseits hab ich hier auch schon Ratten gesehen. Und zwar nich' die pelzige Sorte auf vier Beinen und mit 'nem Schwanz.«

Endlich tauchte Reilly in meinem Blickwinkel auf. Er stand etwa fünf Meter entfernt an einen Baum gelehnt. Sein schickes Leinensakko hatte er über einen Ast gehängt. Er hielt die Waffe auf den Mann gerichtet.

»Sagen Sie ihm, er soll seine Scheißknarre runternehmen«, sagte der Stadtstreicher.

19

Sein Name war John Hobbs, und er war weder hundert noch älter. Er war ein dreiundsechzigjähriger Armeeveteran, der eine schwere Zeit durchgemacht hatte. Nachdem Reilly ihm seinen Ausweis gezeigt hatte, ließ Hobbs' Misstrauen ein wenig nach. Er erzählte uns, er habe im Kosovo, Tschad und Libanon gedient. Er sei beschossen und überfallen worden und habe einen Mörserangriff überlebt. Doch nach alldem habe er feststellen müssen, dass seine gefährlichsten Feinde zu Hause saßen: »Korrupte Politiker und die Scheißbetrüger von der Bank.« Aber das waren noch nicht alle. Es folgte eine wütende Tirade gegen Polizei, Anwälte, Sozialarbeiter und Priester. »Nutzlose Scheißkerle! Ich wollt was zu essen, und was sagen sie dir? Geh hin und bete.« Reilly und ich hörten ihm zu, ohne ihn zu unterbrechen. Wir hätten es ohnehin nicht geschafft, auch nur ein einziges Wort einzuwerfen. Hobbs war richtig schlechter Laune.

Als seine Wut endlich verraucht war, marschierten wir auf das Holzfeuer zu und kamen zu seinem Versteck. Hobbs hatte es aus Metallstangen und wasserdichter Plane zusammengebaut. Darin befand sich ein Feldbett mit einem Schlafsack darauf, Holzkisten und ein Bierfass, das ihm als Hocker diente. Den Boden bedeckte eine Wachstuchtischdecke. Er hatte einen Gaskocher für sein Essen und einen Holzofen zum Heizen. Beide funktionierten.

Er hatte sein Lager so tief im Wald aufgeschlagen, dass er vom Weg aus nicht sichtbar war. »Ich hab nich' gern Leute um mich«, fügte er als Erklärung hinzu.

Ein paar Meter von der Hütte entfernt lagen ein Bündel Zeitungen und Kleidungsstücke – beides von einer Abdeckplane geschützt. Außerdem stand dort eine ansehnliche Sammlung leerer Bierdosen und Whiskey- und Wodkaflaschen. In vernünftiger Entfernung hatte er außerdem eine Latrine ausgehoben. Hobbs hatte sich sorgfältig von der Welt abgeschottet. Und wir hatten ihn beim Frühstück gestört. Auf dem Kocher stand eine Pfanne mit Würstchen, es gab Brötchen aus einer Papiertüte und Tee aus einer schmutzigen Tasse. »Is' nich' genug da, dass es für euch auch reicht«, sagte er entschuldigend. »Ich hab keinen Besuch erwartet.«

Murmelnd brachten wir unsere Enttäuschung zum Ausdruck.

Er drehte die Hitze an dem Gaskocher auf, bis die Würstchen wieder zu brutzeln begannen. Langsam und liebevoll wendete er sie, bis sie knusprig braun waren. Dann angelte er sie mit einer Gabel aus der Pfanne, legte sie auf einen Blechteller und nahm auf dem leeren Bierfass Platz. Er pustete über ein Stück Wurst, bis es kalt genug war, um einen Bissen zu riskieren, und kaute dann zufrieden darauf herum wie ein Mann, der keine Sorgen im Leben kannte. Reilly und ich hatten in der Zwischenzeit unsere Sakkos und Krawatten abgelegt und die Hemden am Kragen geöffnet. Unsere Gesichter waren von Schweiß, Schmutz und toten Mücken verschmiert. Ich hatte tausend Fragen an Hobbs, wusste jedoch nicht, wo ich anfangen sollte. War er hier gewesen, als Patrick Dowling gestorben war? War es sein Gesicht gewesen, das ich verwackelt auf den Fotos vom Fundort der Leiche entdeckt hatte? Hatte er dabei zugesehen, wie Polizei und Spurensicherung den Toten abtransportiert hatten? Und hatte er gesehen, wie sich Dowling erhängt hatte?

Hobbs legte zwei Würstchen zwischen Brötchenhälften, fügte ein bisschen Ketchup hinzu und drückte die Hälften wieder zusammen. Ein Tropfen Ketchup fiel auf seinen Mantel. Hobbs schien das egal zu sein. Der Gestank, der von seinem Mantel ausging, war ohnehin schier überwältigend. Mit einem Stückchen Brot tunkte er das Fett aus der Pfanne auf. Dann wischte er sich die Finger an dem Mantel ab und nahm einen Schluck Tee. Seine Tischmanieren wären in einem besseren Restaurant alles andere als gut aufgenommen worden. Er ignorierte uns, als wären wir gar nicht da, und starrte stattdessen in den Wald und pfiff leise vor sich hin. Ich sah Reilly an, doch der zuckte lediglich mit den Schultern.

Schließlich brach Hobbs das Schweigen. »Was habt ihr denn nun hier zu suchen?«

Ich ging nicht auf seine Frage ein. »Sie sagten, jemand anderer sei hier gewesen?«

»Richtig.« Hobbs nickte. Er nahm noch einen Schluck Tee und gestikulierte dann in Richtung der Zeitungsstapel. »Eines Tages les ich dann, dass sie den armen Teufel erschossen haben.«

Das musste Harold Rafferty gewesen sein, der County Coroner.

»Er war 'n großer Mann.« Er sah zu Reilly hinüber. »Vielleicht zwei, drei Zentimeter größer als Sie. Kräftig gebaut, wie ein Rugbyspieler. Mitte sechzig vielleicht. Er hatte 'ne Aktentasche dabei, genau wie Sie.« Diesmal sah er mich an.

Er hatte definitiv Rafferty beschrieben. Der County Coroner war genau diesen Weg hier entlangmarschiert. Genau wie mich hatte ihn sein Verdacht zum Schauplatz von Patrick Dowlings Tod geführt. Und er hatte mit seinem Leben dafür bezahlt.

»Was hat er hier gemacht?«, fragte ich. Ich wusste es bereits, aber ich wollte hören, was Hobbs möglicherweise dazu zu sagen hatte.

»Keine Ahnung«, murmelte der Mann. »Ich hab ihn nur im Auge behalten.«

»Und wohin ist er gegangen?«

Hobbs sah mich an und begann zu grinsen. Eine Reihe schmutziger Zähne kam zum Vorschein. »Genau dahin, wo Sie auch hinwollen, würde ich sagen.«

Reilly trat verärgert einen Schritt vor. »Lassen Sie den Quatsch. Wir haben nicht den ganzen Tag Zeit.«

Hobbs schüttete den Rest seines Tees weg. Er schaltete das Gas aus und warf ein paar Holzscheite ins Feuer. Frischer Rauch stieg zu den Baumwipfeln auf. »Als ich von den Schüssen gelesen habe, ist mir klar geworden, dass er 'n Coroner war. Das wusst ich natürlich noch nich', als er hier war. Aber er war garantiert nicht zum Spazierengehen hier draußen. Mit 'ner Aktentasche und 'ner Karte in der Hand. Und tatsächlich bin ich ihm dorthin gefolgt, wo sie Paddy gefunden haben.«

Ich sah Reilly an, und er sah mich an. Ich wusste, wir dachten das Gleiche. Woher kannte Hobbs den Namen? Und der Gebrauch des Spitznamens »Paddy« ließ darauf schließen, dass er und Dowling sich gekannt hatten.

»Sie meinen Patrick Dowling?«, fragte ich sicherheitshalber nach.

Hobbs sah mich an. »Ja.«

Mein Magen zog sich zusammen. Würde ich endlich die Lösung des Rätsels erfahren?

»Woher kannten Sie sich?«

Hobbs war um einiges älter als Dowling, und sie hatten wohl kaum in denselben gesellschaftlichen Kreisen verkehrt.

Hobbs' Augen funkelten, diesmal vor Zorn. »Früher mal, Mister, da hab ich auf mich geachtet. Ich hab mich gewaschen und saubere Sachen getragen.«

Er schnäuzte sich die Nase, ein Nasenloch nach dem anderen. Dann wischte er sich die Finger an seinem Mantel ab. Das Stück bekam ganz schön was ab.

»Aber mit dem Crash auf 'm Bau fand ich keine Arbeit mehr. Ich hatte keine Einnahmen mehr. Ich hab jeden verdammten Penny verzockt und alles verloren. Ich konnt mir keine Wohnung mehr leisten und musste auf der Straße pennen. Dann fing ich an zu saufen. Alles, was ich in die Finger bekam. Bier, Wodka, Gin – ich hab's in mich hineingeschüttet. Hauptsache, es ließ mich mein Elend vergessen. Dann hab ich Paddy kennengelernt. Wir waren beide in der Gosse gelandet, nur dass er nie mehr aus eigener Kraft da rauskommen würde. Wir saßen immer unter der Baggot Street Bridge und haben über dies und jenes geredet. Paddy hat gefixt, und ich hab billigen Wein gesoffen. Paddy hat Sachen gesagt, die hätt er nich' sagen dürfen.« Er spuckte ins Feuer. »Sehen Sie mich an.« Hobbs' Versteck war nicht übel, aber das Ritz Carlton war es nicht gerade. »Ich hab nich' einen einzigen Scheißpenny. Ich bettle und stehle.«

Er torkelte auf mich zu, und ich roch seinen Atem – den Alkohol der letzten Nacht und die Würstchen vom Morgen.

»Ich wusste, dass Paddys loses Mundwerk eines Tags Probleme machen würde. Und so kam es dann auch. Deshalb hab ich mich hier versteckt, und ihn haben sie unter die Erde gebracht.«

»Was hat er Ihnen erzählt?«

Hobbs verstummte schlagartig. Er verschwand in seine Hütte, rumorte darin herum und kam schließlich mit einem Tabakbeutel und Zigarettenpapier wieder heraus. Er drehte sich eine, zündete sie an und blies Rauchkringel in die Luft. Dann betrachtete er seine Nägel, kratzte sich am Handrücken und massierte seine Schläfen.

»Kann ich nich' sagen.«

»Warum nicht?«

Noch mehr Rauchkringel. »Weil ich am Leben bleiben will. Ich hab Sachen gehört, die hätt ich nich' hören dürfen. Ich hab Leute gesehen, die ich besser wieder vergessen sollte.« Dann drehte er den Spieß um. »Wer sind Sie überhaupt?«

»Ich bin ein Freund des Mannes mit der Aktentasche.« Meine Antwort war ein wenig frisiert, aber er würde früh genug erfahren, wer ich war.

Hobbs saugte gierig an seinem Zigarettenstummel, dann schnippte er ihn zur Seite. »Seien Sie vorsichtig«, sagte er. »Sie haben es mit verdammt gefährlichen Arschlöchern zu tun.«

»Und wer sind diese Arschlöcher?«, meldete Reilly sich wieder zu Wort.

Hobbs sah ihn an. »Das müssen Sie schon selber rausfinden. Ich lass mich da nich' mit reinziehen.«

Ich spürte, dass Hobbs im Begriff war dichtzumachen. Was er bisher erzählt hatte, klang nachvollziehbar. Stadtstreicher versteckten sich nicht in abgelegenen Wäldern;

wie Füchse durchstreiften sie die Straßen. Doch ich hatte das Gefühl, je mehr wir ihn bedrängten, desto schwerer würde es werden, aufrichtige Antworten aus ihm herauszubekommen. Womöglich tischte er uns auch irgendein Märchen auf, um uns wieder loszuwerden. Ich versuchte es mit einem anderen Ansatz. »Glauben Sie, er hat die Wahrheit gesagt? Oder nur Lügen erzählt, wie es Süchtige so oft tun?«

»Er hat nich' gelogen«, sagte Hobbs mit Nachdruck. »Sonst wär ich jetzt nich' hier.«

»Woher hatte er das Geld für die Drogen?«

»Keine Ahnung.« Hobbs spuckte wieder in das Feuer, und es zischte. »Aber der Stoff ging ihm nie aus.«

»Hat seine Familie ihn finanziell unterstützt?«

Hobbs schnaubte verächtlich. »Kann sein.« Doch sein Tonfall war unmissverständlich. Er glaubte nicht daran.

»Hat er als eine Art Stricher gearbeitet, um an Geld zu kommen?« Ich klammerte mich an jeden Strohhalm.

Hobbs sah mich mit äußerster Verachtung an. »Da liegen Sie aber ganz weit daneben.« Er stand auf und schüttelte seinen Mantel aus. Tausende Flöhe fielen zu Boden.

Er war dabei, uns fortzuschicken. Doch ich hatte noch eine letzte Frage. »Haben Sie mit angesehen, wie sich Dowling erhängte?«

Hobbs ließ sich wieder auf seinem Bierfass nieder und starrte ins Leere. Er tastete mit der Zunge die Innenseite seiner Wange ab. Dann vergrub er den Kopf in den Händen. Als er wieder aufblickte, klang seine Stimme gedämpft. »Ich hab gesehen, was passiert ist«, sagte er. »Das ist alles, was ich zu Ihnen sagen werde. Finden Sie heraus, wieso er hier geendet is', und dann kommen Sie wieder. Dann verrat ich Ihnen, was noch fehlt.«

»Wir werden wiederkommen«, sagte ich.

Hobbs sah auf und fing meinen Blick auf. Ich spürte, dass es ihn danach drängte, alles zu erzählen. Doch ich sah auch, dass er Angst davor hatte, wohin ihn das führen würde. Er wusste, dass auch der County Coroner diesem Weg gefolgt war. Und er wusste, wie er geendet hatte.

»Das Ganze dreht sich nich' um Drogen«, sagte er. Er sah erst Reilly an, dann mich. »Wenn Ihnen das einer weismachen will, dann lügt er.«

Er kroch in seine Hütte zurück, ließ sich auf das Feldbett fallen und drehte uns den Rücken zu. »Es geht einzig und allein um Geld«, rief er über die Schulter. »Vergessen Sie die Drogen, folgen Sie dem Geld.« Er nickte in Richtung des Wanderwegs. »Gehen Sie dort entlang.« Er war kaum noch zu verstehen. »Gehen Sie fünfzig Meter in Richtung Straße, dann in den Wald rein. Dort ist die Stelle, wo Paddy gestorben ist.«

Wir kehrten auf den Wanderweg zurück. Ich umklammerte meine Aktentasche so fest, dass meine Knöchel schmerzten. *Vergessen Sie die Drogen, folgen Sie dem Geld.* Was wollte uns Hobbs damit sagen? Es gab noch immer mehr Fragen als Antworten.

Reilly zählte seine Schritte. »Achtunddreißig, neununddreißig, vierzig.« Pause. »Achtundvierzig, neunundvierzig, fünfzig.« Wir blieben stehen. Der Wald stand dicht, dunkel und still um uns herum. Nebel hing in den Baumwipfeln. Doch dann drang ein Sonnenstrahl durch den Dunst und beleuchtete eine Lichtung. Wir traten zwischen die ersten Bäume.

»Dort ist es.« Ich hatte den gegabelten Ast mit dem Zahnstocherbündel entdeckt.

Wir marschierten weiter, traten Zweige zur Seite und

stiegen über Brombeerranken. Ich schlug nach einem Schwarm Mücken, der mich attackierte. Plötzlich kam es mir falsch vor, diesen Ort des Todes zu betreten. Aber ich wusste, ich musste das alles mit eigenen Augen sehen.

Wir betraten die Lichtung. Der gegabelte Baum stand gleich zuvorderst am Waldrand. Ich machte den Ast aus, an dem Patrick Dowling gebaumelt hatte. Ich ging rund um die Lichtung und spähte ins Halbdunkel. Unter meinen Füßen knirschte totes Holz. Diesmal lauerte kein verschwommenes Gesicht hinter einem Baum. Es war absolut still im Wald.

Mein Instinkt hatte mich nicht getäuscht. Dowling war nicht allein gestorben. Hobbs hatte ihm dabei zugesehen. Das rote Auge auf den Polizeifotos musste seines gewesen sein. Und Feindseligkeit war ihm nicht fremd. Er war in Uniform beschossen und bombardiert worden. Er war nicht der Typ, der sich leicht einschüchtern ließ. Doch an jenem Tag war noch jemand anderes hier gewesen. Jemand, vor dem Hobbs so viel Angst hatte, dass er sich nicht in die Geschichte hineinziehen lassen wollte.

Ich schloss die Augen und lauschte. Ich hörte Waldgeräusche. Blätterrascheln, gurrende Waldtauben, das Ächzen der Bäume. Doch in meiner Vorstellung hörte ich auch Rufe; zornige, laute, gewalttätige Rufe.

20

»Glauben Sie ihm?«, fragte ich Reilly, als wir wieder im Wagen saßen.

»Ja. Bei der ganzen Sache springt für ihn nichts heraus. Er hat keinen Grund zu lügen.«

»Trotzdem. Es kommt mir schon wie ein Wahnsinnszufall vor, dass er Dowling kannte. Und dass er hier vor Ort war, als Dowling starb.«

Ich musste mir meiner Position sicher sein. Dass ich Hobbs' Aussagen akzeptierte, war eine Sache; andere Leute dazu zu bringen, es ebenfalls zu tun, war eine ganz andere. Ein Blick auf den Stadtstreicher, und es wäre vorbei mit der Glaubwürdigkeit.

»Ich hab ihn beobachtet«, sagte Reilly. Er ließ den Motor an, und wir rollten hinaus auf die Straße. Die Sonne hatte den Nebel endlich vertrieben, es war jetzt warm, der Himmel strahlend blau. In der Ferne schimmerten die Hügel von Wicklow unter einem purpurnen Schleier. »Er konnte nicht wissen, dass wir aus heiterem Himmel auftauchen würden. Plötzlich sind wir da und feuern Fragen auf ihn ab. Wenn er gelogen hätte, hätte er herumgedruckst und gestottert. Für meine Begriffe klang er sehr überzeugend.« Er warf mir einen raschen Blick zu. »Was mir aber nicht in den Kopf hineinwill, ist, woher Sie wussten, dass dort jemand sein würde.«

Ich legte ihm meine Bedenken aus der ersten Lektüre

der Dowling-Akte dar und führte aus, wie sie mit jedem Lesen größer geworden waren. Und warum ich das rote Auge im Wald bis jetzt für mich behalten hatte.

Wir fuhren in Richtung Dublin. Es war inzwischen schon 12.30 Uhr. Mein erster Gerichtstermin war für 14.00 Uhr angesetzt.

»Es überrascht mich, dass er überhaupt mit uns gesprochen hat.« Reilly überholte einen Traktor; ein schwarz-weißer Hirtenhund saß auf dem Schoß des Fahrers.

Ich stimmte Reilly zu. Wir hatten Hobbs' Zuflucht entdeckt, seine Einsamkeit gestört.

»Er ist ein Exsoldat«, sagte ich. »Wir sollten sein Dienstregister überprüfen.«

Wir verließen die R117 und steuerten die Autobahnumgehung Dublins, die M50, an. Ich blinzelte in die Sonne. Der Verkehr war dicht. Reilly blieb auf der langsamen Spur, sein Blick ging ständig zwischen Straße und Rückspiegel hin und her. »Das kann ich veranlassen«, sagte er.

»Aber von jemandem, auf den Verlass ist«, betonte ich.

Wir verließen die M50 und durchquerten auf der N81 die Vororte Templeogue, Rathgar und Harold's Cross. Ein Demonstrationszug gegen staatliche Sparmaßnahmen hielt uns zwanzig Minuten lang auf. Es war ein übellauniger Aufmarsch, die Menge skandierte wütend: »Weg mit euch, weg mit euch, weg mit euch!« Viele trugen Karikaturen von Politikern vor sich her. Ich streckte mich, um zu sehen, ob auch Albert Dowling darunter war. Doch falls ja, war sie so schlecht, dass ich ihn nicht wiedererkannte.

Reilly fuhr wieder kreuz und quer und wich von der direkten Route ab, um etwaige Verfolger abzuschütteln. Keiner von uns sprach, jeder hing seinen eigenen Gedanken nach. Ich spürte, dass Hobbs Reilly verunsichert hatte. Wie auch ich selbst fragte er sich garantiert, wer bei Dowling gewesen war, als er gestorben war. Und warum Hobbs solche Angst hatte. Was hatte er gesehen, das ihn zwang, sich so weit draußen zu verstecken? Er hatte sich zugegebenermaßen eine gute Stelle für sein Schlupfloch ausgesucht. Am Waldrand auf der Verbindungsstraße verkehrte ein Bus ins Zentrum von Dublin. Binnen einer Stunde konnte er an seinen gewohnten Plätzen in der Stadt sein. Und er konnte zu Fuß nach Enniskerry marschieren – ein wohlhabender Ort mit nur symbolischer Polizeipräsenz. Bestimmt ließ sich dort halbwegs anständig Beute machen.

Wir fuhren an den Kais entlang, überquerten die O'Connell Street und wechselten immer wieder die Spur, bis wir schließlich vor dem viktorianischen Ziegelbau des Coroner's Court ankamen. Reilly schirmte mich ab, bis ich sicher in der gefliesten Eingangshalle stand.

DI Pamela Roche – in Jeans und einem dunkelblauen T-Shirt unter einem Leinenblazer – erwartete uns bereits. Die Narbe auf der Stirn hatte sie mit Make-up kaschiert. Die Schwellung ließ sichtlich nach. Kaum zu glauben, dass erst eine Woche seit der Bombe vergangen war. So viel war in der Zwischenzeit geschehen.

Sie dirigierte mich in eine Ecke, und wir steckten die Köpfe zusammen, damit uns niemand hören konnte. »Die Lage verschärft sich. Dan Thornton, der Chef der Standard and Chartered Bank, wurde verhaftet. Er wird in diesen Minuten wegen Geldwäsche und Bilanzfälschung vernommen.«

Ich sah sie verständnislos an.

»Thornton pflegt enge Verbindungen zu Albert Dowling, unserem Minister für wirtschaftliche Entwicklung.«

»Und dem Vater des verstorbenen Patrick«, ergänzte ich.

»Die Anhörung zur Feststellung seiner Todesursache ist für morgen angesetzt.«

»Ganz genau.«

»Hat Thornton Dowling belastet? Hat er ihn mit Redmond in Verbindung gebracht?«

»Noch nicht. Er hat eine Armee von Anwälten um sich geschart und weigert sich, Fragen zu beantworten.«

Ich sah, dass Joan sich im Hintergrund herumdrückte und versuchte, meine Aufmerksamkeit auf sich zu ziehen. Ich formte mit den Lippen ein »Was?«, und sie antwortete mit: »Müssen reden!« Fünf Minuten, signalisierte ich ihr, und sie nickte. Aber sie ging nicht. Ich sah auf die Uhr. Es ging auf 14.00 Uhr und den ersten Termin des Tages zu, und ich hatte immer noch nichts gegessen. Mein Magen knurrte vernehmlich.

»Sobald ich was Neues erfahre, gebe ich Ihnen Bescheid.« Roche warf Joan einen Blick zu; irgendetwas Beunruhigendes lag darin. Hielt sie Joan für die Verräterin in meinem Team? Ich hätte gern Joans Reaktion überprüft, hielt mich aber zurück. Ich würde sie selbst im Auge behalten. »Halten Sie sich in der Zwischenzeit bedeckt und trauen Sie niemandem«, empfahl mir Roche. Dann war sie fort, und Reilly und ich sahen einander an. Ich hatte keine Zeit gefunden, ihr von John Hobbs und seinen Enthüllungen zu berichten.

Ich nahm mich zusammen und zwang mich zu einem neutralen Gesichtsausdruck. Dann winkte ich Joan heran. »Was gibt es denn?«

»Mary Dowling, die Mutter von Patrick Dowling, hat angerufen und sich für die Vorverlegung der Anhörung bedankt. Sie wird morgen mit ihrer Familie hier sein.«

»Gut.«

»Sie hat einen Anwalt hinzugezogen.«

Das gefiel mir nicht, aber daran war nun mal nichts zu ändern. »Das ist ihre Entscheidung. Der Staat plädiert nach wie vor auf Selbstmord und wird daher selbst keinen juristischen Vertreter entsenden.« Dass ich einen Frontalangriff auf die Beweise plante, die man mir vorgelegt hatte, verschwieg ich ihr. Stattdessen hoffte ich, dass der Anwalt der Dowlings nicht allzu erfahren sein würde.

Joan tippte auf ihre Armbanduhr. »Zeit für die erste Anhörung.«

Ich verzog das Gesicht. »Ich bin sofort da.« Ich würde das Mittagessen ausfallen lassen müssen.

Joan musterte mich von Kopf bis Fuß. »Ich denke, Sie sollten sich zuerst ein wenig frisch machen.«

Erst jetzt wurde mir bewusst, dass meine Hände schmutzig und meine Sachen verschwitzt waren. »Geben Sie mir noch fünf Minuten.« Ich eilte zum Waschraum.

Schließlich nahm ich meinen Platz auf der Richterbank in der Geisterkammer ein. Auf der Besuchertribüne saßen fünf Personen. Sie waren blass, trugen sorgenvolle Mienen zur Schau. Ich wusste nicht, ob sie Angehörige oder Freunde oder vielleicht beides waren. Wie die meisten Verwandten, die zu einer Anhörung kamen, waren sie in ihren Sonntagsstaat gekleidet. Zwei Männer in schlecht sitzenden Anzügen und Hemden, aus denen Hals und Bauch hervorquollen. Zwei Frauen mittleren Alters in abgetragenen Kleidern, eine dritte war in einem schwarzen Hosenanzug mit schwarzer Bluse gekommen. In einem Bestattungsinstitut wäre sie kaum aufgefallen. Ich schätzte sie auf Ende dreißig, vielleicht Anfang vierzig.

Ich ordnete meine Papiere und bereitete mich darauf vor zuzuhören. Bald würde von einem weiteren verpfuschten jungen Leben und einem tragischen Tod berichtet werden.

»Ihr Mann hat ihr nie auch nur einen einzigen Penny geschickt, Coroner. Er ist einfach gegangen und hat sie mit den drei kleinen Kindern sitzen lassen. Sie konnte gar nicht anders, als auf den Strich zu gehen. Wie sollte sie denn sonst etwas zu essen auf den Tisch bringen? Aber sie hatte nur an Werktagen Freier, während die Kinder in der Schule waren. Irgendwann fing sie mit dem Heroin an, um sich zu betäuben. Es half ihr, das zu tun, was sie für ihre Kunden eben tun musste. Sie wissen, was ich meine? Manche Sachen, die sie verlangten, waren einfach nur brutal. Widerlich. Ich weiß nicht, wie sie das überhaupt geschafft hat, Coroner, ehrlich. Ich weiß es nicht. Es überrascht mich nicht, dass sie sich am Ende vor diesen Zug geworfen hat. Ich hätte an ihrer Stelle das Gleiche getan. Gott sei ihrer Seele gnädig.« Die Frau hatte sich eine Woche vor ihrem einunddreißigsten Geburtstag das Leben genommen.

Die Zeugin in dem schwarzen Hosenanzug weinte die ganze Zeit. Alle hörten die zu Protokoll gegebene Aussage, und einer der Männer bestätigte ihre Richtigkeit. Niemand wollte die Befunde der Obduktion hören.

Ich warf einen Blick auf die Fotos von der verstümmelten Leiche. Ein Bein war vom Rumpf abgetrennt, der Kopf größtenteils vom Hals. Überall Blut. *Verdammt,* dachte ich. *Was ist dir in den letzten Sekunden durch den Kopf gegangen? Hast du die Gesichter deiner Kinder vor dir gesehen? Das Gesicht deines Mannes? Oder war da nur Schwärze und Verzweiflung? Dein Leben war die Hölle, aber war es wirklich so schlimm, dass du nicht einen Tag länger durchhalten konntest?* Niemand würde es je erfahren. Obduktionen enthüllten die körperliche Todesursache. So etwas wie eine seelische Obduktion gab es nicht. Ganz gleich, wie vorsichtig der Pathologe ein Gehirn untersuchte, in Scheiben oder Würfel schnitt – niemand vermochte aufzuspüren, was die verstorbene Person zum Zeitpunkt ihres Todes gedacht hatte.

Während einiger kürzerer Pausen zwischen den restlichen Anhörungen des Tages kaute ich an billigen Sandwichs und trank Wasser aus der Flasche. Um 18.00 Uhr abends hatte ich sowohl Sodbrennen als auch Kopfweh. Ich war erschöpft von allem, was an diesem Tag geschehen war, und sehnte mich danach, früh zu Bett zu gehen. Ruhe und Schlaf waren verlockender denn je. Denn für die Dowling-Anhörung brauchte ich einen klaren Kopf.

Reilly fuhr mich nach Hause, und dort wartete Sarah auf mich. Sie trug ein weißes Baumwollshirt und Jeans. Sie hatte ihr Haar im Nacken zusammengebunden, was ihre hohen Wangenknochen betonte. Ihr Lächeln war freundlich; ihre Augen waren es allerdings nicht. Sie schien sich nicht wohl in ihrer Haut zu fühlen, wirkte beinahe gequält. Sie hatte Abendessen gemacht, panierte Chicken Wings, Salat und Kartoffelspalten. Ich schlang es gierig hinunter. Wein lehnte ich dankend ab und trank stattdessen Eiswasser. Unsere Unterhaltung war angestrengt und übertrieben höflich. Kaum Augenkontakt. Den Kindern ging es gut, aber sie waren unglücklich. Das Wetter war heiß und zu schwül. Der Garten brauchte Regen. Bei der Regierung ging es drunter und drüber, aber wann wäre es je anders gewesen? Schließlich wechselten wir zum Hauptthema – unserem Leben. Jetzt ging es ans Eingemachte.

»Michael, was geschieht mit dir?« Es lag keine Wärme in ihrer Stimme, nur Besorgnis.

»Wie meinst du das?«

»Du hast dich verändert«, sagte sie. Sie schob ihren Arm über den Tisch, ergriff meine rechte Hand und drückte sie. »Du bist nicht mehr der Mann, den ich einmal kannte. Wo ist der lustige Mike Wilson geblieben? Der Mann, der mich mit einem Augenzwinkern zum Lachen bringen konnte und zehn Minuten später ins Bett beförderte? Deine Laune ist mittlerweile so trostlos wie diese Berichte, die du ständig liest.«

Vollkommen überrascht setzte ich mich auf. »Ich weiß nicht, was du meinst. Niemand von uns wird je wieder sein, was er zuvor gewesen ist. Dazu ist zu viel passiert. Es gibt zurzeit einfach nichts zu lachen.«

Doch Sarah war noch nicht fertig. »Diese Dowling-Sache nimmt dich vollkommen in Beschlag. Du bist geistesabwesend und läufst die halbe Zeit herum wie in Trance. Du verlierst den Kontakt zu mir und den Kindern. Wenn wir sie besuchen, kannst du es kaum erwarten, wieder wegzukommen.«

»Das ist doch lächerlich.« Jennifer und Gregory waren mir das Wichtigste im Leben. Ich würde alles für sie tun. Die Anschuldigung traf mich ins Mark.

»Nein, ist es nicht.« Sarahs Miene war hart, und ihre Augen loderten mittlerweile vor kaum bezähmter Wut.

Ich sah einen weiteren Streit auf uns zukommen und war nicht in der Stimmung dafür. Deshalb gab ich nach. »Wenn du das sagst, dann wird es wohl stimmen.« Ich blickte auf unsere verschränkten Hände hinab. »Aber ich kann die Uhr nicht mehr zurückdrehen. Ich bin für dieses Verfahren verantwortlich. Die Bande, die seitdem hinter mir her ist, muss eine Menge zu verbergen haben. Würde ich einknicken, ginge das Ganze beim nächsten Coroner einfach genauso weiter. Dann nähmen sie den aufs Korn und so weiter und so fort, bis eines Tages nur noch der Stärkste übrig bliebe …«

»Und wirst du derjenige sein, Michael Wilson?« Sie zog ihre Hand weg, lehnte sich zurück und sah mich an. »Und wenn nicht, wie, glaubst du, werden wir uns an dich erinnern? Mit Liebe und Zuneigung? Oder werden wir uns an einen starrköpfigen Nordiren erinnern, der so viel Ballast mit sich herumschleppte, dass er den Wald vor lauter Bäumen nicht mehr sehen konnte? Wie die meisten von diesem Völkchen dort oben.«

Es war das erste Mal, dass Sarah meine Landsleute als »Völkchen« bezeichnete.

»Sarah …« Ich holte tief Luft, um mich zu beruhigen. »Ich musste schon einmal vor Mördern davonlaufen, und meine Kindheit lag in Scherben. Ich werde nicht zulassen, dass …«

Da explodierte sie. »Das war damals, Michael Wilson!« Sie schlug so hart mit der Hand auf den Tisch, dass das Besteck klapperte. Ich hatte sie noch nie so aufgebracht erlebt. Ich wusste nicht, wie ich mit der Situation umgehen sollte. Wir bewegten uns auf neuem, sehr unerfreulichem Terrain. »Diese Geschichte hier spielt sich jetzt ab. Unsere Kindheit ist vorbei. Aber Jennifer und Gregory sind immer noch mittendrin! Willst du sie wirklich wegen irgend so einem verfluchten Todesfall leiden lassen? Dieser Dowling ist tot, Michael, verstehst du das nicht? Er ist tot, und egal, was jetzt noch passiert: Nichts wird ihn zurückbringen.« Sie zitterte vor Wut. »Willst du wegen irgendeines verqueren Begriffs von Stolz zu ihm in die Grube springen? Ist das dieser typisch nordirische Starrsinn, der nichts und niemandem nütze ist?«

Ich stand auf und verließ das Zimmer. Ich hörte Sarah weinen, aber ich konnte einfach nicht zu ihr zurückgehen. Nicht, solange sie in dieser Stimmung war. Es würde nichts Gutes dabei herauskommen. Ich stellte die Teller in die Spülmaschine und machte die Küche sauber. Sarah blieb, wo sie war. Und obwohl es mich schier zerriss, wollte ich auf Distanz bleiben. Noch mehr Zwietracht zwischen uns würde ich nicht ertragen.

Nach einer Weile schlich ich in mein Arbeitszimmer, um einen letzten Blick in die Akte Dowling zu werfen. Morgen war meine letzte Chance, am Verdikt des Staats zu rütteln.

Irgendwann kam Sarah zu mir. Sie hatte sich ein wenig beruhigt, aber ihr Atem ging immer noch schwer. Sie baute sich vor mir auf, streckte die Hand aus und schlug die Akte zu. »Du musst deine Familie über die Arbeit stellen, Michael.«

Ich stand auf, nahm sie in die Arme und küsste sie am Hals. »Es wird bald vorbei sein.« Wie sehr ich mich danach sehnte, dass wir alle wieder zusammen und glücklich waren. Mit Jennifer und Gregory.

Sarah drückte sich von mir weg und sah mir nachdenklich ins Gesicht. Ihr flossen noch immer Tränen über die Wangen, und ich küsste sie fort. »Ich wünschte mir, dass das stimmte«, schluchzte sie.

21

Ich schlief nicht gut. Sarah klammerte sich an mich, sobald wir in die Kissen sanken. Gegen Mitternacht spürte ich endlich, wie sich ihr Körper entspannte. Ich wartete noch ein paar Minuten, bis ich mir sicher war, dass sie schlief, dann schlich ich ins Gästezimmer. Dort wälzte ich mich stundenlang hin und her. Gegen vier fiel ich in tiefen Schlaf. Ich träumte von Leichen und Geistern, von Erhängten, Erschossenen und Opfern von Messerstechereien, von mit dem Auto tödlich Verunglückten, Ertrunkenen und Kindern, die aus Bäumen auf Asphalt krachten. Mein Herz raste, und ich war schweißgebadet, als der Wecker klingelte. Ich flüchtete mich unter die Dusche.

Um 8.00 Uhr wartete Reilly an der Haustür auf mich, und ich wusste sofort, dass irgendetwas nicht stimmte. Er hielt seine Uzi in beiden Händen. Das war nicht normal. Er trug seine Waffe nie offen zur Schau. Sein Bürstenschnitt wurde allmählich zu lang, und er sah unordentlich aus. Er war unrasiert. Auch das war merkwürdig. Reilly achtete sehr auf sein Äußeres. Und auch von seiner schicken Kleidung war heute nichts zu sehen. Er trug ein weißes T-Shirt und eine kugelsichere Weste unter einer Freizeitjacke. An seiner Schulter zeichnete sich ein Halfter mit einer Handfeuerwaffe ab. Als ich ihn ansah, vermied er meinen Blick.

»Haben Sie Ihre Glock?«

Seine Stimme verriet Anspannung. Ich fischte die Pistole aus der Aktentasche. Dann demonstrierte ich mit großer Geste, wie schnell ich sie aus dem Halfter ziehen konnte. Es beeindruckte ihn mitnichten.

»Kugelsichere Weste an?«

Ich nickte. Ich trug sie unter dem Sakko. »Wozu das Verhör?«, fragte ich.

Reilly sah nervös aus. Er wollte gerade zu einer Antwort ansetzen, als er abgelenkt wurde. Sarah war in den Flur getreten, aschfahl vor Angst und Sorge. Sie schien um Jahre gealtert zu sein. Sie kniff die Augen zum Schutz vor dem Morgenlicht zusammen, das durch die Buntglasfenster unserer Terrassentüren fiel.

»Halten Sie sie bereit.« Reilly nutzte die Gelegenheit, um mir nicht antworten zu müssen. »Es gibt eine Änderung im normalen Ablauf.«

Ich sah, wie Sarah erstarrte. Ich wandte mich von ihr ab. Ich wollte nicht, dass sie meine Besorgnis bemerkte.

»Draußen wartet ein schwarzer Ford Mondeo. Außerdem steht dort ein silberner Lexus. Niemand weiß, in welchem Wagen Sie sitzen werden. Der Plan sieht folgendermaßen aus: Im Lexus sitzt ein Helferteam. Wir beide steigen in den Mondeo. Der Fahrer wartet bereits mit laufendem Motor. Er wird losfahren, kurz stehen bleiben und dann rund hundert Meter weit rollen. Dann bleibt er erneut stehen, und alle außer den Fahrern tauschen die Autos. Wir wechseln in den Lexus, die anderen in den Mondeo.«

Ich nickte. Ich verstand, warum es sinnvoll war, den normalen Ablauf zu verändern, aber Reillys Ausführungen kamen mir doch reichlich übertrieben vor. Was mir aber noch mehr Sorgen bereitete, war, dass er schwitzte. Und so warm war es nicht.

»Wenn irgendetwas passieren sollte, ganz gleich, wie harmlos es Ihnen vorkommt, legen Sie sich auf den Sitz und bleiben Sie unten. Sei es ein Kind, das auf dem Schulweg vom Fahrrad gefallen ist, oder dass irgendwo ein platter Reifen gewechselt und so der Verkehr behindert wird, ganz egal.« Er sah mich an. *Hören Sie genau zu. Ich meine es ernst.* »Sie bleiben mit dem Kopf schön unten.« Das war nicht Reilly, der kumpelhafte Aufpasser, das war Reilly, der professionelle Bodyguard.

Ich nickte. So nachdrücklich war ich noch nie gebrieft worden. *Was zum Teufel ist hier eigentlich los? Ist über Nacht irgendetwas vorgefallen?* Ich hätte Reilly gern ausgequetscht, aber nicht, solange Sarah zuhörte.

»Der Lexus ist kugel-, aber nicht bombensicher, wir sind also nicht hundertprozentig außer Gefahr.«

Ich schwitzte unter der Schutzweste, und sie juckte im Nacken. »Können wir jetzt fahren?«

Reilly brummte etwas Unverständliches und tippte in die Tastatur seines Handys. Er führte ein kurzes Gespräch, kaum zehn Worte von seiner Seite. Dann packte er die Uzi fest mit beiden Händen und stieß die Haustür mit der Stiefelspitze auf. Sonnenlicht strömte in die Diele, und ich erhaschte einen Blick auf ein Stück blauen Himmel. Es würde ein schöner Tag für die Bürger Dublins werden.

Reilly stand auf der Eingangstreppe und legte eine Hand zum Schutz vor der Sonne über die Augen. Er ließ sich Zeit, die Straße abzusuchen. Ein stetiger Strom von Pendlern bewegte sich in Richtung Hauptstraße, von wo aus man per Bus und Bahn in die City fahren konnte. Für mein ungeübtes Auge sah es aus wie an jedem anderen Tag, die Leute wirkten wie immer und schienen keine Gefahr darzustellen.

»Das Helferteam bleibt im Wagen hinter uns.« Wir hatten den Mondeo erreicht und quetschten uns auf die Rückbank. Ich vergewisserte mich noch einmal, dass das Dowling-Dossier sich in meiner Aktentasche befand.

»Hi, Doc. Na, wie geht's?« Der Mondeo-Fahrer musterte mich im Rückspiegel.

Ich ließ seine plumpe Anbiederung an mir abprallen und wartete, bis Reilly im Wagen war, ehe ich zwischen den Zähnen hervorpresste: »Alles bestens.«

»Sehr schön.«

Der Mondeo fuhr los und beschleunigte leicht, bevor er unvermittelt scharf abbremste. Wir waren nicht weiter als zwanzig Meter gekommen. Reilly saß aufrecht da und suchte mit den Augen nervös die Straße vor und hinter uns ab. Er hielt die Uzi so, dass sie von außen nicht zu sehen war. Dann tippte er dem Fahrer an den Ellbogen, und der Wagen setzte sich erneut in Bewegung. Ein Stück voraus wartete ein silberner Lexus.

»Und ab mit Ihnen, Doc.«

Ich öffnete die rechte hintere Tür. Sobald ich den Fuß auf den Boden setzte, ging die Beifahrertür des Lexus auf, und eine schattenhafte Gestalt bewegte sich behände von einem Auto zum anderen.

Reilly nahm mir die Aktentasche aus der Hand, wartete, bis ich es mir auf dem Rücksitz des Lexus bequem gemacht hatte, und drückte sie mir dann demonstrativ in den Schoß. Dann tätschelte er die Stelle, an der ich die Glock versteckt hatte. »Ich wollte es nicht vor Ihrer Frau sagen, aber ich habe ein ungutes Gefühl.« Mir wurde flau im Magen. Er legte den Zeigefinger an die Lippen und flüsterte: »Möglicherweise will irgendjemand nicht, dass Sie heute zur Arbeit kommen.«

Noch ehe ich ein Wort sagen konnte, schlug er die Tür zu und stieg vorne ein. Er stellte kurz unseren Fahrer vor, einen beleibten Mann namens Devlin, der einen blauen Trainingsanzug trug. Er murmelte eine Begrüßung, ich murmelte ein Hallo zurück.

Der Lexus fuhr los und gewann rasch an Fahrt. Eine Gruppe Teenager spielte mitten auf der Straße Fußball. Sie stoben auseinander, als der Wagen auf sie zuraste. Einer der Jungs rief uns Obszönitäten nach. Ich achtete nicht darauf, ich hatte andere Dinge im Kopf. Ich sah durchs Heckfenster und stellte erleichtert fest, dass der Mondeo uns folgte. Mein Mund war trocken, und ich leckte mir über die Lippen, um sie zu befeuchten. Ich biss auf die Innenseite meiner Wange, bis ich Blut schmeckte.

»Wir haben dichten Verkehr auf der Strecke in die Stadt, Coroner.« Devlin war höflich und respektvoll, und das war mir nur recht. Ich war so nervös, dass ich mich auf keine Konversation einlassen konnte. Ich sah auf die Uhr. Es war 8.20 Uhr. Mit dem einen oder anderen freien Streckenabschnitt und ein bisschen Glück bei den Ampeln sollten wir den Coroner's Court bis 9.00 Uhr erreicht haben. Der Anhörungstermin im Fall Dowling war für 9.30 Uhr angesetzt. Die Familie Dowling würde in diesem Augenblick ebenfalls auf dem Weg zum Gericht sein. Dass auch sie Angst vor einem Mordanschlag hatten, bezweifelte ich.

Nach zehn Minuten Fahrt hatten wir das Ende der Blackrock-Umgehung erreicht. Es war viel los auf den Straßen. Busse, Taxis, Autos und Lkws konkurrierten mit Rad- und Motorradfahrern um Ausweichmöglichkeiten.

Dann schrillte Reillys Handy.

»Was?« Seine linke Hand ging zur Uzi. Das verhieß nichts Gutes.

»Wie viele?« Er drehte sich im Sitz herum und spähte aus dem Heckfenster. Sein Blick ging kurz zu mir, und ich sah ihm an, wie alarmiert er war.

»Stimmt etwas nicht?«, fragte ich. Devlins Knöchel am Lenkrad wurden weiß.

Reilly klappte sein Handy wieder zu. »Ein Motorradfahrer verfolgt uns.«

Ich fuhr gerade rechtzeitig herum, um es rot und schwarz aufblitzen zu sehen, als ein Motorrad links an uns vorbeiraste. Zwei Personen saßen darauf, beide in schwarzer Ledermontur und mit Schutzhelmen mit getöntem Visier. Für einen kurzen Augenblick wandte der Sozius den Kopf, um einen Blick in den Lexus zu werfen, doch schon eine Sekunde später, als wir gerade die Ballsbridge erreichten, waren sie schon um die nächste Kurve verschwunden. Ich sah nach hinten. Von dem Mondeo keine Spur. Dafür tat sich etwa fünf Fahrzeuge hinter uns erkennbar eine Lücke auf.

»Was ist denn aus unserer Unterstützung geworden?«

»Keine Ahnung«, murmelte Devlin, und sein Blick huschte zwischen Rückspiegel und Straße hin und her. »Vielleicht mussten sie an der letzten Ampel anhalten.«

Keine beruhigende Erklärung. Die plötzliche Veränderung im Verkehrsfluss bereitete mir mehr Kopfzerbrechen als das Motorrad. Reilly hatte gesagt, der Mondeo würde dicht hinter uns bleiben. Wie konnten sie nur abgehängt worden sein? Ich merkte, wie sich in meinen Achselhöhlen Schweißflecke bildeten, und lockerte meine Krawatte. Es war noch wärmer geworden, und das Innere des Lexus glich einem Backofen. Reillys Bemerkung klang in meinem Kopf nach. *Ich habe ein ungutes Gefühl.* Doch vielleicht gab es ja eine völlig harmlose Erklärung für das Motorradduo.

Waren es einfach nur Pendler auf dem Weg zur Arbeit? Mein Instinkt sagte Nein. Von Motorradfahrern war auch Harold Rafferty angegriffen worden.

Der Lexus wechselte abrupt auf die Busspur und beschleunigte. Ich verlor fast das Gleichgewicht und hielt mich für einen Moment an der Kopfstütze vor mir fest. Papiere ergossen sich in den Fußraum. Irgendwo in der Kühlerhaube sprang ein Alarm an.

Der Wagen raste die Busspur entlang und arbeitete sich laut hupend weiter, sobald ihm irgendetwas den Weg versperrte. Wir überholten Busse und Taxis, und deren Insassen verdrehten den Kopf, um uns nachzusehen. Mein Herz schlug heftig, mein Mund war staubtrocken, und dann schmeckte ich wieder Blut, weil ich unwillkürlich auf der Innenseite meiner Wange gekaut hatte. Reilly drehte sich halb im Sitz zu mir um. »Irgendetwas stimmt da nicht. Das gefällt mir alles nicht. Es gefällt mir kein bisschen.«

Sein Gesicht war leichenblass, die Augen waren zu schmalen Schlitzen zusammengekniffen.

22

»Geben Sie Gas!«

Reilly wählte eine Nummer auf seinem Handy.

»Wo sind sie jetzt?«

Pause.

»Wie viele, glauben Sie?«

Pause.

»Und wo ist unsere Unterstützung?«

Pause.

»Scheiße.« Er sah aus dem Fenster. »Wir biegen gerade auf die Shelbourne Road. Fahren wir eine andere Route?«

Pause.

»Verstanden.«

Er machte mir ein Zeichen, den Kopf einzuziehen. Ich umklammerte die Glock. Wenn sie kamen, wollte ich bereit sein. Bilder des letzten Angriffs rauschten mir durch den Kopf. Ich hörte die Schreie meiner Familie, als die Kugeln das Elternschlafzimmer durchsiebten. Ich schob die Dowling-Akte tiefer in meine Aktentasche und beförderte diese mit dem Fuß, so weit es ging, unter den Vordersitz.

Reilly beugte sich vor und suchte die Straße nach Anzeichen von Gefahr ab. »Biegen Sie rechts ab!« Der Lexus schleuderte in eine Einbahnstraße. Etwa siebzig Meter weit fuhren wir Slalom. »Dort wieder rechts!«

Er hatte sein Fenster geöffnet. Die frische Morgenluft, die hereinströmte, war eine Erleichterung.

Vor uns stand ein Müllwagen auf der Straße, und Arbeiter zogen Tonnen über die Straße. Der Klang der Sirenen scheuchte sie auf, sie witterten Gefahr und brachten sich in Sicherheit. Der Lexus polterte halb über den Bürgersteig, streifte dabei einen der Müllcontainer und schrammte haarscharf an dem Laster vorbei. Müll ergoss sich auf die Straße. Ich hörte zornige Rufe.

Drei Minuten später schlug Reilly mit der flachen Hand auf das Armaturenbrett. »Halten Sie am Straßenrand!« Wir waren in einer Nebenstraße irgendwo in Ringsend gelandet.

Trotz Reillys Ermahnung konnte ich mich einfach nicht auf den Rücksitz legen, ich musste sehen, was um uns herum vor sich ging. Ich hob den Kopf und spähte aus dem Fenster. Zwei ältere Frauen mit Kopftüchern standen vor der Eingangstür eines Reihenhauses. Reilly sprang aus dem Wagen, kauerte sich auf die Straße und lauschte angestrengt den Umgebungsgeräuschen. Die Frauen waren sichtlich irritiert; die Fremden in ihrer Straße verunsicherten sie. Ich sah eine von ihnen auf Devlin zeigen, der inzwischen weithin erkennbar einen Revolver in der Hand hielt. Die beiden Frauen fielen beinahe übereinander, als sie eilig ins Haus verschwanden. Wenige Augenblicke später tauchten ihre Gesichter hinter einem der Fenster wieder auf.

»Ich glaube, wir haben sie abgehängt.« Reilly sprach wieder in sein Handy. Er warf einen prüfenden Blick die Straße hinab. »Fahren wir.«

Der Lexus raste los, und bald schon hatten wir Ringsend hinter uns gelassen. Die Sirene trieb uns vorwärts, sie schlug eine Schneise in den Verkehr. Fünf Minuten später überquerten wir nach mehrmaligem Abbiegen den Grand

Canal Quay am Ende der Ringsend Road. Vor uns lag nun die Pearse Street. Bis zu meinem sicheren Stützpunkt in der Store Street waren es nur noch zehn Minuten.

Doch dann begriff ich, wie gefährlich die Lage wirklich war. Ganz gleich, welche Umwege wir gefahren hatten – am Ende würden wir doch immer im oberen Drittel der Pearse Street am Trinity College landen. Das waren etwa vierhundert Meter Straße. Wir würden von dort aus nach rechts auf die Tara Street abbiegen und die Liffey über die Butt Bridge überqueren. Von dort waren es keine drei Minuten mehr bis zum Coroner's Court. Im Gebäude nebenan, dem belebtesten Polizeirevier der Stadt, war die Polizeipräsenz so groß, dass kein Verbrecher, wie verrückt oder verzweifelt er auch sein mochte, einen Angriff wagen würde.

Ein wirklich cleverer Plan würde jedoch beinhalten, zuerst den Mondeo aufzuhalten und ihn von uns zu trennen. Eine zweite Gruppe würde sich dann auf den kurzen und verkehrsreichen Straßenabschnitt konzentrieren, der jetzt vor uns lag.

Es war kurz vor 9.15 Uhr, und es ging quälend langsam voran. Schnelle Ausweichmanöver waren hier nicht mehr möglich, ganz egal, ob nun mit oder ohne Sirene. Der Lexus steckte auf der mittleren Spur fest, gänzlich ohne Spielraum nach links oder rechts. Wir befanden uns auf einer Einbahnstraße in Richtung Stadtkern. Meine Nerven waren zum Zerreißen gespannt, während wir nur noch langsam vorwärtskrochen. Reilly saß mit dem Rücken zur Tür und hielt die Uzi bereit, wenngleich für Passanten außer Sicht. Sein Blick suchte die Umgebung ab. Jeder Fußgänger war für ihn jetzt ein potenzieller Killer. Die Mark Street, eine Seitenstraße zu unserer Rechten, war so lange eine

Gefahr, bis wir sie wohlbehalten passiert hatten. Nicht anders die Moss Street.

Die Stille im Wagen war zusehends unheilvoll. Ich hörte meinen eignen Herzschlag. Devlin warf mir im Rückspiegel immer wieder kurze Blicke zu. Er hatte Schweißtropfen auf der Stirn. Die Ampeln schienen ewig nicht umspringen zu wollen, und ich kochte auf dem Rücksitz und hielt meine Waffe mit beiden Händen fest umklammert.

Schließlich kam der Verkehr ganz zum Erliegen. Rund zehn Fahrzeuge vor uns war ein blauer Ford Transit stehen geblieben, der Fahrer war ausgestiegen und forderte die nachfolgenden Wagen auf, sich an ihm vorbeizuquetschen. Es handelte sich um einen drahtigen, nervös aussehenden jungen Mann in einem blauen Overall, der vorne hätte zugeknöpft sein sollen, der aber ein Stück offen stand. Wiederholt sah er zu unserem Lexus herüber, der keine zehn Meter mehr von ihm entfernt war.

»Wenn er die Hand in den Overall schiebt, springen Sie raus und legen sich flach auf die Straße«, befahl Reilly mir und öffnete die Beifahrertür. »Ich sehe mir das mal an.«

Und im nächsten Moment zog der Mann im blauen Overall eine Waffe.

»Fallen lassen!«, hörte ich Reilly rufen. »Lassen Sie die verdammte Waffe fallen, oder ich puste Ihnen den Schädel weg!«

Sekunden später war auch ich aus dem Wagen gesprungen und zwängte mich zwischen den Autos hindurch. Ich nahm verschwommen erschrockene und dann entsetzte Gesichter wahr, und ringsum brach Chaos aus. Die Hecktüren des Transit flogen auf, und zwei weitere Männer in blauen Overalls sprangen heraus. Sie trugen Feuerwaffen, einer rannte auf mich zu, während der andere seine Waffe auf Reilly richtete. Ich hörte Männer fluchen und Kinder hysterisch schreien.

Die ersten Schüsse kamen von Reilly. Eine kurze Salve aus der Uzi. Noch mehr panische Schreie erfüllten die Luft. Wagentüren gingen auf und wurden zugeschlagen, Fahrer rempelten einander grob an, als sie zu fliehen versuchten. Der erste blaue Overall hatte mich fast erreicht, wurde dann jedoch zwischen zwei Autos eingeklemmt. Er blieb stehen und zielte. Ich duckte mich und schwang meine Aktentasche wild in die Luft, trotzdem gab er mindestens drei Schüsse ab. Ich hörte, wie eine Kugel links an mir vorüberpfiff, und spürte, wie eine weitere Kugel meine Stirn streifte. Ich fuhr gerade rechtzeitig herum, um in ein hasserfülltes, wutverzerrtes Gesicht zu blicken – und die Waffe zu sehen, die der Mann mit beiden Händen genau auf mich gerichtet hatte. Ich schwenkte die Glock in seine Richtung und drückte ab, doch das verdammte Ding schien eine Ladehemmung zu haben. Im nächsten Augenblick war sein Gesicht blutbesprenkelt.

»Polizei, lassen Sie die Waffe fallen!«, ertönte es hinter mir. »Fallen lassen, verdammt!«

Dann krachten unzählige Schüsse.

Als die Schießerei endlich vorbei war, lagen zwei Tote auf der Pearse Street: einer mitten auf der Straße, der andere halb an den Ford Transit gelehnt, als würde er die Karosserie inspizieren wollen. Der dritte Attentäter wurde von Reilly in Handschellen gelegt. Er war blutig von Kopf bis Fuß, protestierte aber trotzdem lauthals. Reilly trat ihm in die Leiste, und die Proteste verstummten. Devlin saß auf der Kühlerhaube eines abgestellten Wagens und schrie in ein Handy. Er schien unverletzt zu sein. Ich befühlte meine Stirn und sah auf das Blut an meinen Fingern hinab, dann tastete ich weiter über die Schramme, um den Blutfluss zu stoppen.

»Alles in Ordnung, Dr. Wilson«, rief ein Detective im Kampfanzug zu mir herüber. Mit einem Mal war ich wieder umringt von Beschützern. »Wir sind bei Ihnen. Wir waren darauf vorbereitet. Wir hatten die Männer seit über einer Stunde beschattet.« Er hielt eine Maschinenpistole in den Händen.

Dann schlenderte er weiter, um ein paar Schaulustige zu vertreiben. Ich bemerkte kleine Gruppen von Zuschauern. Sie waren schockiert angesichts des Blutbads, sie flüsterten, zeigten hierhin und dorthin, wandten den Blick ab und sahen dann doch wieder hin. Gesichter drängten sich hinter Büro- und Ladenfenstern, neugierige Kinder wurden rasch außer Sichtweite gezerrt. Der Verkehr in der Straße war völlig zum Erliegen gekommen, manche Fahrzeuge standen quer auf der Fahrbahn, andere halb auf dem Gehweg. Alarmanlagen schrillten. Sanitäter kamen auf uns zugerannt. Eine Kakofonie aus Sirenen näherte sich. Und ich begann, heftig zu zittern. Ich drehte mein Gesicht zur Sonne, um ihre Wärme zu spüren. Hoch über mir zog ein Flugzeug seine Bahn über den strahlend blauen Himmel. Die Passagiere ahnten nichts von dem Drama, das sich hier unten abgespielt hatte.

Ich zog mein Handy aus der Tasche.

»Sarah? Ich bin's.« Ich sah auf die Uhr. Es war 9.37 Uhr. »Es hat wieder einen Zwischenfall gegeben, aber es geht mir gut.« Ich hörte, wie sie erschrocken die Luft anhielt. »Wir sind alle wohlauf, und das ist das Einzige, was zählt.«

23

Nach den Schüssen wurde ich eilig zum Coroner's Court gebracht. Eine Traube Journalisten drängte sich auf dem Gehweg vor dem Gebäude und rangelte um die besten Plätze. Sie waren zu einer Anhörung in einem Gerichtsverfahren zur Feststellung einer Todesursache erschienen und bekamen es nun unverhofft mit einem Gewaltexzess zu tun. Von allen Seiten kamen Fragen, Kameras wurden vor mein Gesicht geschoben. Pausenlos klickten Auslöser, und Scheinwerfer tauchten die Szenerie in gleißendes Licht. Aus dem Augenwinkel bemerkte ich Angestellte in den Fenstern eines angrenzenden Büroblocks. Dann bahnte mir der Sicherheitsdienst des Gerichts einen Weg ins Gebäude.

Joan wartete bereits auf mich. Mit zitternden Händen hielt sie mir einen Kaffee hin. »Dr. Wilson …« Sie hatte Mühe, ihre Tränen zurückzuhalten. »Ist alles in Ordnung mit Ihnen?« Sie konnte ihren Blick nicht von meiner Stirn abwenden, die ein Sanitäter am Straßenrand provisorisch verarztet hatte.

Ich leerte den Kaffeebecher mit zwei langen Zügen, legte ihr die Hand auf die Schulter und zwang mich zu einem Lächeln. »Es geht mir gut, und wir fahren fort wie geplant.« Ich spürte eine leichte Nässe auf der Stirn und tastete mit dem Finger über die Wunde. Blut sickerte daraus hervor. »Ein frischer Verband und noch ein Kaffee wären allerdings sehr hilfreich.«

Sie eilte zur Küche.

Minuten später rief DI Roche an. Wie es mir gehe? Ob ich ärztliche Betreuung benötige? Sie beruhigte mich, was meine Familie anging. Man hatte Jennifer und Gregory nach Hause zu Sarah gebracht, wo sie sich nun alle unter Polizeischutz befanden. »Können Sie die Anhörung denn durchführen?«

»Ich muss«, sagte ich. »Es steht zu viel auf dem Spiel.« Ich mochte mich beeindruckend tapfer anhören, aber innerlich bebte ich.

»Ich werde im Zuschauerraum sein und mir jedes Wort anhören«, sagte sie.

»Gut.« Ich fühlte mich schwach und hätte das Gespräch gern beendet. Aber Roche war noch nicht fertig.

»Wir müssen uns heute Abend treffen. Es gibt wichtige neue Informationen, über die Sie Bescheid wissen sollten.«

Ich murmelte ein Okay. Dann beendete ich das Gespräch und starrte ins Leere. Jetzt erst setzte der Schock ein. Mir war schwindlig, und ich musste mich hinsetzen. Meine Hände zitterten. Ich schaffte es gerade noch rechtzeitig zur Toilette neben meinem Büro und übergab mich, bis mein Magen vollkommen leer war. Eine Weile würgte ich trocken weiter. Als ich schließlich an meinen Schreibtisch zurückkehrte, war ich in kalten Schweiß gebadet.

Es klopfte an der Tür, doch ich bat darum, nicht gestört zu werden. Ich betrachtete die verblassten Fotos früherer Coroner. *Hat einer von euch so etwas durchgemacht?* Keine Antwort. Mein keuchender Atem war das einzige Geräusch im Seufzerzimmer.

Fünf Minuten vor Beginn der Anhörung betrat Charles McGrath, der Anwalt der Familie Dowling, mein Büro. Er war ein kleiner, dicker Mann mit leicht schütterem Haar. Er trug einen dreiteiligen Anzug, ein gestreiftes blaues Hemd und eine Fliege in blassem Schottenkaro.

Er stellte sich mir vor und überschüttete mich dann mit Worten der Anteilnahme. »Ich kann Ihnen gar nicht sagen, wie schockiert ich bin.« Doch ehe er damit fortfahren konnte, fiel ich ihm ins Wort.

»Lassen Sie uns einfach mit dem Termin beginnen.«

»Wie Sie meinen.« Er sah mich an, als wären mir zwei Köpfe gewachsen.

Um 11.30 Uhr nahm ich schließlich meinen Platz auf der Richterbank an der Stirnseite des Saals ein. Ich ließ meinen Blick durch den Raum wandern. Rechts von mir saß Jack Matthews, der mit der Dowling-Ermittlung befasste Detective. Er trug einen besser sitzenden Anzug als bei unserer ersten Begegnung und hatte einen Hauch mehr Farbe in seinem teigigen Gesicht. Wahrscheinlich auch mehr als ich selbst in diesem Augenblick. Er sah zu mir herüber, aber unsere Blicke trafen sich nicht. Er schien sich nicht wohl in seiner Haut zu fühlen und wirkte ganz so, als wäre er lieber weit, weit weg. In den dunklen, an Kirchenbänke erinnernden Reihen zu meiner Linken saß die Jury: vier Männer und fünf Frauen im Alter von Anfang zwanzig bis Ende sechzig. Einige von ihnen lehnten sich entspannt zurück, andere saßen nach vorne gelehnt da. Zwei lasen Zeitung. Als ich Platz nahm, sahen sie zu mir auf. Tauschten fragende Blicke. Niemand von ihnen hatte mit einem Coroner mit einer frisch bandagierten Kopfwunde gerechnet.

Auf dem Anwaltsplatz saß Charles McGrath. Er hatte den für Rechtsbeistände reservierten Tisch ganz für sich allein. Auf der Besuchertribüne im hinteren Teil des Saals wartete neben den Journalisten auch die Familie Dowling. Ich erkannte Albert sofort wieder. Aus dem Fernsehen erinnerte ich mich an einen hochgewachsenen, gut aussehenden Mann mit streng nach hinten gekämmtem stahlgrauem Haar. Ich musterte ihn eingehend. Er saß in sich zusammengesunken da, als wäre er gelangweilt oder wüsste nicht, was hier vor sich gehen würde. Er wirkte wesentlich älter als sechzig. Er hatte sichtlich an Gewicht verloren. Sein teures Hemd war ihm um den Kragen zu weit, und das Sakko schlotterte ihm um den Leib. Er und seine Frau Mary saßen Arm in Arm nebeneinander, aber es war unverkennbar, dass sie eher ihn stützte als umgekehrt. Sie fingerte an einem Rosenkranz herum. Ich sah ein botoxgeglättetes Gesicht, kosmetisch verdunkelte Augenbrauen und Wimpern und feste, rot glänzende Lippen. Ich wusste aus den Medien, dass sie fünfundfünfzig war, doch aus dieser Entfernung wäre sie glatt für Anfang vierzig durchgegangen. Die Wunder der Schönheitschirurgie.

Die beiden wurden von der Meute aus Presse, Funk und Fernsehen schier in die Ecke gedrängt. Auf drei Männer kam vielleicht eine Frau. Die meisten von ihnen trugen Alltagskleidung, Jeans und T-Shirts, was sie auf einen Blick von den trauernden Familien unterschied, die normalerweise als Besucher in meinem Saal saßen. Dann bemerkte ich auch DI Roche. Sie saß ebenfalls ganz am Rand und betupfte ihren Hals mit einem Taschentuch. Wir vermieden jeden Blickkontakt. Es war so warm in dem Raum, dass sich die Leute Luft zufächelten. Ärmel wischten über verschwitzte Stirnen. Notizblöcke, Aufnahmegeräte und Handys wurden bereitgelegt. Die Zeugenaussagen würden dokumentiert und die bemerkenswertesten Zitate per SMS an die Redaktionen geschickt werden. Aber alle Augen waren auf mich gerichtet. Unverkennbar herrschte nach den Ereignissen des Vormittags eine gewisse Fassungslosigkeit. Doch das durfte jetzt keine Rolle mehr spielen. Ich kam zur Sache.

»Wir sind hier, um die Ursache des Todes von Patrick Anthony Dowling zu bestimmen.« Ich ordnete meine Unterlagen, um meinen zitternden Händen etwas zu tun zu geben, und nahm noch einen Schluck Wasser. Dann wandte ich mich an die Jury. »Ihre Rolle ist es zu entscheiden, wie Patrick Dowling gestorben ist. Dann erst kann ich einen Totenschein ausstellen lassen.« Doch heute war nicht nur Patrick Dowlings Tag. Heute war auch mein Tag. Meine Chance, die Argumentation des Staats als das zu entlarven, was sie in Wirklichkeit war: ein Haufen Lügen.

Das Verfahren war eröffnet. Charles McGrath stand auf und hakte die Daumen in seiner Weste ein. Mein Plan sah vor, ihn an der langen Leine laufen zu lassen. Ich wollte sehen, wie er die Sache anging. Ohne Zweifel wünschten sich Albert und Mary Dowling, dass so schnell wie möglich auf Selbstmord erkannt würde. McGrath war hier, um ebendieses Ergebnis herbeizuführen.

Gerard Canny war der forensische Pathologe, der die Obduktion durchgeführt hatte. Er war ein regelmäßiger Gast in meinem Gerichtssaal: ein großer Mann Mitte vierzig mit vollem, dunklem Haar, dessen äußere Erscheinung durch ein zu schmales und pockennarbiges Gesicht ein wenig litt. Er trug ein Hemd mit offenem Kragen ohne Sakko. Sein Obduktionsergebnis stellte eines meiner Angriffsziele dar.

McGrath dirigierte Canny durch seine Zeugenaussage. »Hegen Sie irgendwelche Zweifel daran, dass Patrick Dowling Selbstmord begangen hat?« Der Tonfall des Anwalts legte den Schluss nahe, dass es keine andere Interpretation geben konnte.

Canny antwortete bedächtig. »Die forensische Pathologie ist keine exakte Wissenschaft. Obduktionsergebnisse sind stets interpretierbar. Doch aufgrund der Art und Weise, wie die Leiche vorgefunden wurde – aufgrund der Umstände und der Hilfsmittel sowie den Befunden der Autopsie – glaube ich, dass Patrick Dowling sich das Leben genommen hat, ja.«

»Sie wissen, dass es keinen Abschiedsbrief gab?«

»Das weiß ich. Aber nicht jeder Selbstmörder hinterlässt eine Erklärung.«

»In der Tat.« McGrath strahlte förmlich. Dann setzte er wieder eine nüchterne, nachdenkliche Miene auf. »Wäre denn auch eine andere Interpretation denkbar?«

»Also, die müsste schon der Verstorbene selbst liefern, doch der ist nun mal nicht mehr hier.«

»Danke, Dr. Canny«, sagte McGrath. Er hatte getan, was von ihm verlangt worden war. Wenn der Pathologe in der Folge nicht von seinem Standpunkt abwich, würde McGrath ihn nicht dazu drängen. Er ließ sich in seinen Sessel sinken und streckte die kurzen Beine aus. Dann verschränkte er die Hände über seinem stattlichen Bauch, um die weitere Anhörung zu verfolgen. Draußen hupte wiederholt ein Auto. Es klang wütend. Mit etwas sanfterem Klingeln und einem leisen Rattern fuhr eine Straßenbahn in die nahegelegene Connolly Station ein.

Canny machte Anstalten, den Zeugenstand zu verlassen, doch ich bedeutete ihm mit einer Handbewegung, noch zu bleiben. Es war Zeit, dass ich anfing herumzustochern. »Dr. Canny, gab es bei dem Verstorbenen Anzeichen von Drogenkonsum?«

Canny sah in seinem Bericht nach. »Es gab Nadelspuren in beiden Ellbogenbeugen. Dowling hatte außerdem eine perforierte Nasenscheidewand, wie sie mit regelmäßigem Kokainkonsum einhergeht. Der toxikologische Befund ergab eine beträchtliche Menge an Heroin sowie Spuren von Amphetaminen und Kokain in seinem Blut.«

Ich blätterte in der Akte. »Wie hoch war sein Blutalkoholwert?«

»Null Komma drei Promille.«

»Ist das hoch?«

»Nein.«

»Könnte die Kombination von Drogen und Alkohol sein Urteilsvermögen dennoch getrübt haben?«

»Das ist möglich.«

»Könnte es ihn unfähig zur Verrichtung einfacher Tätigkeiten gemacht haben, etwa dem Steuern eines Wagens?« *Komm schon,* hätte ich beinahe gerufen. *Natürlich hätte er nicht Auto fahren können! Er hätte verdammt noch mal kaum den Kofferraum aufbekommen!*

Charles McGrath löste die verschränkten Hände von seinem Bauch. Er blätterte hektisch in seinen Unterlagen und warf mir dabei fragende Blicke zu.

»Nicht unbedingt.« Canny ließ sich nicht beirren. »Kokain wirkt euphorisierend. Der Konsument fühlt sich möglicherweise wacher, und er hat mehr Energie, ein erhöhtes Selbstwertgefühl und den Eindruck, unbesiegbar zu sein.«

»Das ist mir bekannt.« Ich hatte nicht vor einzuknicken. »Aber können Sie sich angesichts des Drogencocktails, den Dowling konsumiert hatte, sicher sein, dass er noch geistesgegenwärtig genug war, um Selbstmord zu begehen?«

»Ich kann nur eine hinreichend wahrscheinliche Schlussfolgerung formulieren.«

»Nun«, hakte ich nach, »wenn ihn dieser Drogencocktail nicht sediert hätte, müsste er ihn dann nicht wenigstens orientierungslos gemacht haben?«

»Also, mich hätte er garantiert orientierungslos gemacht«, gab Canny zu. Auf der Rückseite des Saals grinsten ein paar Journalisten. »Doch bei chronischem Drogenkonsum muss man den Toleranzfaktor mit berücksichtigen. Einfach gesagt: Man braucht immer mehr Drogen, um das gewünschte High zu erzielen.«

Ich hatte die nächste Frage schon parat. »Aber hätte er mit einem Barhocker in der Hand von seinem Wagen über einen schmalen Pfad zu einer Lichtung gehen, ein Seil um einen Ast werfen und es am Stamm befestigen, eine einwandfreie Schlinge knüpfen und sie sich schließlich um den Hals legen können?« Ich warf einen Blick auf McGrath. Er sah mich vollkommen perplex an. Der Jurysprecher beugte sich ein Stück vor, um kein Wort zu verpassen.

»Ich führe regelmäßig Obduktionen von Drogensüchtigen durch«, sagte Canny. »Kokain kann Handlungen von geradezu übermenschlicher Kraft und Entschlossenheit bewirken. Was den Drogenmissbrauch angeht, sind Handlungen jedweder Spielart möglich.«

Mit dieser Bemerkung untergrub Canny meine Vernehmung auf ganzer Linie. Ich beschloss, es vorerst dabei bewenden zu lassen. Ich führte schließlich eine Untersuchung der Todesursache durch, keinen Strafprozess. Zwischen der Suche nach der Wahrheit und dem Verharren auf einer Mutmaßung verlief ein schmaler Grat. Ich würde zu gegebener Zeit darauf zurückkommen. Ich hatte noch mehr Asse im Ärmel. Ich reichte Canny einen Stapel Fotos von der Obduktion. Er sah sie aufmerksam durch.

»An Dowlings Knöcheln fanden sich Blutergüsse, nicht wahr?«, fragte ich.

»Blutergüsse und Abschürfungen.« Aus dem Augenwinkel bemerkte ich, wie sich DI Roche konzentriert und angespannt vorbeugte.

»Worauf lassen diese Wunden schließen?«

Canny wirkte jetzt argwöhnisch. So war er im Coroner's Court noch nie befragt worden. In einem Strafgerichtsprozess war es üblich, dass die als Zeugen aufgebotenen Experten die Befunde der Gegenseite in Zweifel zogen. Nicht so bei der vermeintlich routinemäßigen Feststellung einer Todesursache durch ein Coroner-Gericht.

»Auf wiederholte Schläge. Meines Wissens war der Verstorbene noch am selben Tag in eine Handgreiflichkeit verwickelt gewesen.«

»Ist es möglich«, fragte ich in höchst unschuldigem Tonfall, »dass es zwei Auseinandersetzungen gegeben hatte, zwischen denen mehrere Stunden lagen?«

Canny dachte darüber nach. »Natürlich. Bei Blutergüssen ist eine präzise Zeitangabe nicht zu leisten. Bei einer forensischen Obduktion kann der Pathologe noch Stunden, wenn nicht gar Tage nach der ersten Untersuchung tief sitzende Hämatome finden.«

»Allerdings«, murmelte ich. »Ich bin Pathologe, ich kenne das Problem.«

Canny errötete, und für einen kurzen Moment tat er mir beinahe leid.

Charles McGrath hatte mir inzwischen den Rücken zugewandt und den Blick aufwärts gerichtet, als hätte er ein imaginäres Publikum vor sich. Ich sah Hautwülste, die sich über den blauen Hemdkragen schoben und darauf Schweißspuren hinterließen. Er suchte den Blick von Albert Dowling. Doch der saß lediglich mit versteinertem Gesicht da. Neben ihm hielt seine Frau den Rosenkranz in beiden Händen. Ihre Lippen bewegten sich im lautlosen Gebet. Die Luft war inzwischen so stickig, dass sich ein weibliches Jurymitglied für alle sichtbar mit einem Taschenkalender Luft zufächelte. DI Roche sah mich aus ihrer Ecke an. Ihre Augen waren vor Überraschung geweitet. Ich führte sie und das ganze Gericht auf neues Terrain.

»Es gab auch Blutergüsse am Oberarm und unter den Achselhöhlen …«

Canny zog seine Aufzeichnungen zurate. »Ja.«

»Wie würden Sie diese interpretieren?«

»Mein Eindruck ist, dass Dowling von jemandem mit einem Griff unter die Achseln hochgehoben oder irgendwohin geschleift wurde. Man sieht derlei Blutergüsse oft bei Raufereien, wo eine Partei weggezerrt oder gewaltsam zurückgehalten wird.«

»Könnte es denn noch eine weitere Erklärung dafür geben? Könnte es sein, dass er gewaltsam festgehalten, zu der Schlinge hinaufgehoben und dann fallen gelassen wurde?«

Ein kollektives, entsetztes Aufmerken machte sich in dem Raum breit. Canny wirkte jetzt vollkommen verwirrt. Es war beinahe, als hätte er vergessen, wo er war, und bräuchte Anweisungen. Charles McGrath meldete sich zu Wort, doch ich bat ihn zu warten, bis ich Cannys Antwort gehört hatte. Auf der Besuchertribüne ließ sich Albert Dowling schwer nach hinten sinken. Seine Frau flüsterte ihm hektisch ins linke Ohr. Er gebot ihr mit einer verärgerten Geste zu schweigen. Und auch DI Roches Überraschung wurde mit jeder Frage offensichtlicher. Neben ihr tauschten Journalisten fragende Blicke. Einer war besonders auf mich konzentriert. Er saß eingezwängt in der obersten Reihe. Um seinen Hals hing ein Presseausweis. Ich hatte ihn noch nie zuvor gesehen. Ich massierte mir den Nacken, dann befühlte ich meinen Verband. Er war trocken. Als ich wieder hinaufblickte, starrte der Mann mich immer noch an. Ich nahm einen Schluck Wasser, dann schrieb ich etwas auf und steckte den Zettel Aoife zu, die auf der Bank unter mir saß. Sie las meine Notiz, runzelte die Stirn, blickte in den Zuschauerraum und schlüpfte dann aus dem Saal.

Canny hatte seine Fassung wiedergewonnen. »Bei einem Angriff in mörderischer Absicht, Coroner, kämpft das Opfer um sein Leben. Es schlägt mit Armen und Beinen um sich und setzt alles daran, um sich gegen den Angreifer zu wehren. Wirft vielleicht den Kopf hin und her. Dabei kommt es zu dem, was wir gemeinhin Abwehrverletzungen nennen: gebrochene Fingernägel, Blutergüsse, Abschürfungen, Schnitte, Kratzer am ganzen Körper vom Überlebenskampf. Dowling wies nichts dergleichen auf.«

Im Raum war es so ungemütlich geworden, dass einige Besucher aufstanden und die Fenster öffneten. Straßengeräusche, Rufe und laute Erwiderungen von draußen lenkten mich kurz ab. Ich sah wieder zu dem geheimnisvollen Mann an der rückwärtigen Wand auf. Er grinste höhnisch, als wüsste er etwas, wovon sonst niemand Kenntnis hatte.

Aoife kam mit einem Zettel zurück.

»Er benutzt den Presseausweis von Stephen Brady vom *Evening Herald*. Aber er sieht nicht aus wie Stephen Brady.«

Ich hob den Blick und studierte den Fremden. *Nein,* dachte ich, *du siehst kein bisschen aus wie Stephen Brady.*

Ich rief zur Pause.

24

Der geheimnisvolle Unbekannte, der Stephen Bradys Ausweis benutzt hatte, kam nach der Pause nicht wieder. Damit konnte ich mich wieder auf die Anhörung konzentrieren. Jack Matthews, der Detective, der Patrick Dowlings Tod untersucht hatte, wurde in den Zeugenstand gerufen. Zunächst befragte Charles McGrath ihn – überaus bedächtig und vorsichtig. Der Anwalt der Dowlings schien jetzt wie ausgewechselt zu sein. Selbst wenn Matthews' Antworten seiner Argumentation folgten, fragte er ein zweites Mal nach. Er schien mit aller Macht den verlorenen Boden aus der ersten Runde wiedergutmachen zu wollen. Nach einer Weile rüffelte ich ihn, weil er unser aller Zeit verschwendete. »Kommen Sie zur Sache.« Er sah mich böse an. Ich ging darüber hinweg. Mit ein paar schlichten Klarstellungen kam er schließlich zum Ende.

Nun war ich an der Reihe, den Detective zu befragen. Er wirkte ängstlich. Nachdem ich den forensischen Pathologen derart in die Mangel genommen hatte, hatte er auch allen Grund dazu. »Wieso haben Sie die ganze Gegend absperren lassen, wenn die Sache doch als Selbstmord betrachtet wurde?«

Matthews hüstelte in die geschlossene Faust, um seine Unsicherheit zu verbergen. »Wir hatten es mit dem Sohn eines hochrangigen Ministers zu tun. Ich wusste, die Ermittlung würde Aufsehen erregen.«

Ich täuschte Verwirrung vor. »Aber der Pathologe hatte doch auf Selbstmord erkannt.«

»Ja.«

»Wozu dann weitere Ermittlungen?«

Matthews umklammerte mit beiden Händen die Umrandung des Zeugenstands. »Auch wenn ein Verstorbener offensichtlich Selbstmord begangen hat, werden die Umstände festgehalten, der Schauplatz fotografiert und Zeugenaussagen für die nachfolgende gerichtliche Feststellung der Todesursache protokolliert.«

»Aber Sie haben persönlich eine genaue Untersuchung des Fahrzeugs, der Kleidung und so weiter angeordnet.«

»Wie gesagt, ich wusste, es würde ein aufsehenerregender ...«

»Das weiß ich bereits. Aber es steckte mehr dahinter, als sich einfach nur abzusichern, nicht wahr?«

»Ich weiß nicht, worauf Sie hinauswollen.« Matthews warf mir einen vernichtenden Blick zu.

»Ich will darauf hinaus, dass Sie Zweifel hatten. Sie waren nicht von Dowlings Selbstmord überzeugt. Vor allem, da Sie von der vorangegangenen Schlägerei wussten.«

Matthews antwortete nicht. Ich konnte sein Gehirn regelrecht arbeiten hören, während er nach einer geeigneten Erwiderung suchte.

Ich wies ihm die Richtung. »Dowling war an dem Tag, an dem er starb, in mindestens einen Faustkampf verwickelt, ist das richtig?«

»Ja.«

»Der andere Beteiligte war vorbestraft, nicht wahr?«

»Ja.«

»Und«, fuhr ich fort, »Sie wussten, er war nicht der Typ, mit dem man sich ohne Folgen anlegte.«

»Ja.«

»Dann kann man wohl mit Fug und Recht behaupten, das weckte bei Ihnen Zweifel, oder nicht?«

»Es ließ mich andere Erklärungen in Erwägung ziehen.«

»Es sind nur zwei Interpretationen möglich: Entweder hat Patrick Dowling Selbstmord begangen, oder er wurde ermordet.«

Im Saal herrschte verblüfftes Schweigen. Kugelschreiber verharrten über Notizblöcken, Münder blieben offen stehen. Ich sah selbst auf diese Entfernung, dass DI Roche blass geworden war. Albert Dowling vergrub den Kopf in beiden Händen, während seine Frau wie besessen vor sich hin betete.

Matthews' Antwort war fast ein Hilferuf. »Das Obduktionsergebnis war unmissverständlich, Coroner. Dr. Cannys Befund …«

Die Wut, die in mir kochte, brach sich Bahn. »Ich habe Dr. Cannys Befund mehrmals gelesen. Ich kenne seinen Bericht in- und auswendig. Was ich herauszufinden versuche, ist, ob Patrick Dowling sich selbst erhängt hat oder aber erhängt wurde.«

Erneut senkte sich Stille über den Saal. Ich schob Papiere von einer Seite des Tischs zur anderen. Aus dem Augenwinkel konnte ich die Jury sehen. Zweifel, Ungläubigkeit und Fassungslosigkeit standen in den meisten Gesichtern. Der Rest wirkte ratlos. Sie hatten mit einer routinemäßigen Feststellung der Todesursache gerechnet. Den Selbstmord schien man vorausgesetzt zu haben. Doch nun entwickelte sich das Ganze plötzlich hin zu einer Art Strafprozess. Dabei hatte ich selbst ihnen erzählt, das würde nicht der Fall sein.

»Lassen Sie mich noch etwas anderes ansprechen, was mir Kopfzerbrechen bereitet«, sagte ich. Matthews ließ die Schultern hängen. Ich hielt ein Blatt Papier in die Höhe. »Neben Drogenzubehör fand man in Dowlings Wagen eine Flasche Whiskey im Handschuhfach. Sie war zu etwa einem Viertel voll. Ist das richtig?«

»Ja.«

»Doch Dowlings Blutalkoholkonzentration betrug nur null Komma drei Promille.«

Matthews schwieg.

»Wenn Dowling allein gewesen wäre und eine Dreiviertelflasche Whiskey getrunken hätte, dann hätte sein Alkoholspiegel doch wohl sehr viel höher sein müssen, oder?«

»Eine beträchtliche Menge ist auf den Teppich und ins Sitzpolster geflossen«, erwiderte Matthews. »Außerdem lässt sich unmöglich schätzen, wie viel von vornherein in der Flasche war und wie viel davon er möglicherweise erst an jenem Tag getrunken hat.«

»Das verstehe ich.« Ich war jetzt der vernünftige Vorsitzende, der die Schwierigkeiten in dieser komplexen Ermittlung nur zu gerne eingestand. »Aber eine Sache ist mir doch ein Rätsel.«

Hätte Matthews laut stöhnen dürfen, er hätte es sicher getan. Seine ganze Körpersprache schien zu sagen: *Lassen Sie mich endlich in Ruhe!*

»Die Flasche war absolut sauber. Da war nicht ein einziger Finger- oder Handabdruck auf dem Glas. Ist das nicht merkwürdig?«

»Das ist korrekt. Die Flasche war abgewischt worden.«

»Hört sich das nach einem Mann an, der sich in geistiger Verwirrung das Leben nehmen wollte? Wozu sollte er sich die Mühe machen, die Flasche abzuwischen, wenn er doch vorhatte, sich umzubringen?«

Matthews schwieg erneut. Er runzelte die Stirn und rückte nervös die Manschetten seines Hemds zurecht.

»Darf ich etwas sagen, Coroner?«, warf McGrath ein.

»Natürlich.« Ich hätte nicht zuvorkommender sein können.

»Als Sie mit Dr. Canny sprachen, haben Sie mehr oder weniger die gleiche Frage gestellt.«

Er ließ sich die Mitschrift aushändigen. »›Kokain kann Handlungen von geradezu übermenschlicher Kraft und Entschlossenheit bewirken. Was den Drogenmissbrauch angeht, sind Handlungen jedweder Spielart möglich.‹ Halten Sie es für fair, von Detective Matthews eine Einschätzung zu Patrick Dowlings Geisteszustand zu verlangen?«

Ich ließ mich nicht aus dem Konzept bringen. »Ja. Warum sollte ein Mann, der wild entschlossen war, Selbstmord zu begehen, in seinem Vorhaben innehalten, um eine Flasche Whiskey sauber zu wischen?« Ich runzelte so heftig die Stirn, dass meine Narbe schmerzte. »Das ergibt in meinen Augen keinen Sinn.«

Matthews ging unter der Last meiner Widerspenstigkeit schier in die Knie. »Ich kann es doch auch nicht erklären«, sagte er schließlich.

»Aber ich«, entgegnete ich. Alle Anwesenden lauschten gespannt. »Die Erklärung ist, dass Dowling nicht allein war.« Jetzt war Roche kurz davor aufzuspringen. Sie reckte sich, um keine Silbe zu verpassen.

Matthews bat um ein Glas Wasser – eine Verzögerungstaktik, um sich zu sammeln. »Es könnte womöglich noch jemand im Wagen gewesen sein«, sagte er nach einer Weile.

Ein Raunen ging durch den Saal. Ein Reporter konnte sich nicht mehr zurückhalten und rief in seiner Redaktion an. Ich setzte sofort den Sicherheitsdienst auf ihn an. Sie schalteten sein Handy ab, und der Mann sah verlegen zu Boden.

»Ich habe mir die Liste des im Wagen gefundenen Materials angesehen«, fuhr ich fort. »Auf dem Armaturenbrett und am Lenkrad waren Fingerabdrücke, die nicht von Dowling stammten.«

Matthews bestätigte dies. »Da waren eine ganze Reihe von Abdrücken, ja. Der Wagen war drei Jahre alt. In dieser Zeit konnten eine Menge Leute in ihm gefahren sein.«

»Aber«, warf ich ein, »gab es da nicht auch einen besonderen Fingerabdruck?«

»Es gab einen blutigen Abdruck.«

»Und während Sie also vielleicht nie erfahren werden, wie und wann die anderen Abdrücke in den Wagen kamen, hatten Sie sehr wohl eine Erklärung dafür, wann der blutige Abdruck dorthin gelangte.«

»Ja.«

»Und würden Sie uns die verraten?«

»Er gehört dem Mann, mit dem Dowling zuvor eine handgreifliche Auseinandersetzung gehabt hatte.« *Noel Carty. Redmonds Mann fürs Grobe.*

»Woher konnten Sie sich da so sicher sein?«

»Seine Fingerabdrücke befinden sich in unserer Kartei. Die Spurensicherung hat überdies festgestellt, dass das Blut frisch war – es stammte von Dowlings Todestag.« Erneut machten sich Überraschung und Unruhe im Saal breit. Der Jurysprecher zog ein Notizbuch hervor und schrieb sich etwas auf. McGrath lockerte seinen Hemdkragen und zog an seiner Fliege.

»Detective Matthews.« Ich war wie ein Hund, der seinen Knochen nicht mehr losließ. »Sie stimmen mir zu, dass an dem Tag, als Dowling starb, noch jemand bei ihm im Wagen gewesen sein könnte.«

»Das ist durchaus möglich«, sagte Matthews. Er sah aus, als wünschte er sich tausend Meilen weit fort. Er hatte sich selbst in eine Ecke manövriert, und er wusste es.

Jetzt war es an der Zeit, die entscheidende Frage zu stellen. Ich formulierte sie langsam, deutlich und so laut, dass niemand im Saal sie überhören konnte. »Glauben Sie wirklich, dass Patrick Dowling Selbstmord begangen hat?«

Es wurde schlagartig still im Raum. Von draußen war nur das stetige Rauschen des Verkehrs zu hören. McGrath hatte mir den Rücken zugewandt, sein Blick suchte das Ehepaar, das ihn engagiert hatte. DI Roche blickte zur Decke, als fürchtete sie sich vor dem, was nun kommen würde.

Matthews runzelte die Stirn und schürzte die Lippen, holte tief Luft und atmete langsam wieder aus. Dann ballte er die Fäuste und löste sie wieder.

Als sie schließlich kam, klang seine Antwort entschieden. »Nein.«

McGrath fuhr vollkommen verblüfft herum. Ein weibliches Jurymitglied legte sich instinktiv eine Hand an den Hals und machte große, ungläubige Augen. Albert Dowling verbarg weiter den Kopf in den Händen. Seine Frau Mary starrte geradeaus, als hätte sie den letzten Wortwechsel überhaupt nicht mitbekommen. Unter den Reportern wurde aufgeregt diskutiert.

»Was ist Ihrer Meinung nach dann in jener Nacht passiert?« Ich beugte mich so weit über die Richterbank, dass ich beinahe über Matthews hing. Die Spannung im Raum war fast mit den Händen greifbar, es herrschte eine Mischung aus nervöser Erwartung und Ungläubigkeit.

Matthews massierte sich die Schläfen und wischte sich dann mit dem Ärmel den Schweiß von der Stirn. »Ich weiß es nicht.«

Natürlich, dachte ich, *der Einzige, der wirklich weiß, was in jener Nacht passiert ist, war Patrick Dowling selbst. Ist es sein Geist, der hier in der Ecke steht und darauf wartet, dass die Wahrheit endlich ans Licht kommt?*

»Wenn Sie nicht glaubten, dass Dowling Selbstmord begangen hat, warum ließen Sie dann zu, dass die polizeiliche Ermittlung mit diesem Ergebnis abgeschlossen wurde?«

»Die Entscheidung war nicht unumstritten. Mein Team hat sich den Fall stundenlang aus jeder erdenklichen Perspektive angesehen. Wir hatten eine Sitzung mit dem Pathologen. Die endgültige Entscheidung basierte auf dem Obduktionsbefund. Ich ermittle bis zu den Grenzen meiner Befugnisse, Coroner. Danach bewerte ich das gesamte Beweismaterial: die kriminaltechnischen Erkenntnisse, die Autopsie, die Tatumstände, Zeugenaussagen und so weiter. Die Todesursache selbst wird jedoch bei der Obduktion bestimmt.«

Es war das erste Mal, dass ich von einer genaueren Untersuchung von Dowlings Tod hörte. Bis jetzt war ich davon ausgegangen, dass das Obduktionsergebnis allem ein Ende bereitet hätte. Dann hatte irgendjemand also den Fall zu den Akten legen wollen, obwohl es Bedenken angesichts der Selbstmordtheorie gegeben hatte. Ich fragte mich, wer das gewesen sein mochte.

»Gab es in Ihrem Team Meinungsverschiedenheiten?«

»Ja. Aber der Pathologe wich nicht von seinem Befund

ab. Patrick Dowling hat sich erhängt, Punkt. Ende der Geschichte.«

»So einfach war das?«

Matthews erstarrte, dann biss er sich auf die Unterlippe, um seine Verärgerung zu verbergen. »Ich weise diese Bemerkung zurück, Coroner. An einem Selbstmord ist überhaupt nichts einfach.« Es war eine Erwiderung, die saß, und ich entschuldigte mich dafür umgehend, sowohl bei Matthews als auch bei den Dowlings.

Ich sah auf die Uhr. Es ging auf 13.30 Uhr zu, und ich wollte der Jury die Gelegenheit geben, zu Mittag zu essen. Doch dann schob mir Aoife einen Zettel zu, und ich sah an ihrem Gesichtsausdruck, dass sie keine guten Nachrichten für mich hatte.

Ich überflog den Text, und mein Herzschlag beschleunigte sich, als ich begriff, was da stand.

25

Ich erklärte die Anhörung für unterbrochen und teilte den Journalisten mit, das Verfahren würde heute nicht mehr fortgesetzt werden. Ich machte sie darauf aufmerksam, dass die Verzögerung erheblich sein könnte, und unterrichtete die Jury in gleicher Weise. Allenthalben herrschte Bestürzung, und man bedrängte mich mit Fragen. Doch die Ereignisse waren außer Kontrolle geraten. Ich erklärte den Anwesenden, es stehe mir nicht frei, die Umstände offenzulegen; es werde später dazu eine Pressekonferenz geben. Dann rief ich DI Roche an und berichtete ihr, was geschehen war.

»Ich habe es selbst gerade erfahren.« Sie klang genauso erschüttert, wie ich mich fühlte. »Wir sprechen heute Abend darüber.«

Dann bat ich Albert und Mary Dowling zusammen mit ihrem Anwalt in mein Büro.

Während ich auf sie wartete, musste ich mir im Stillen eingestehen, wie sehr sich in meinem Leben gerade alles rapide verschlechterte. Gestern noch hatte ich Sarah in den Armen gehalten und ihre Tränen weggeküsst, die sie vor Angst geweint hatte. Ich hatte sie beschworen und ihr versprochen, das alles werde bald vorbei sein, und ich hatte selbst daran geglaubt. Ich hatte ihr in die Augen gesehen und erkannt, wie verzweifelt sie sich wünschte, dass es stimmte. Doch stattdessen hatte es einen weiteren Anschlag auf mein Leben gegeben. Und als wäre dies alles noch nicht schlimm genug gewesen, hatte Jonathan Redmond einen weiteren Weg gefunden, um das Gerichtsverfahren zu Fall zu bringen. Er hatte mich auf ganzer Linie ausgetrickst. Er verfügte über Waffen, Auftragskiller und Geld. Er würde seinen Feldzug jahrelang fortführen können. Wie sollte ich das Sarah, Jennifer und Gregory erklären?

Meine trüben Gedanken wurden jäh unterbrochen, als Charles McGrath mit Albert und Mary Dowling hereinkam.

Tagelang hatte ich überlegt, wie ich ein Zusammentreffen mit den Dowlings am besten handhaben sollte. Bei unserem ersten Treffen hatte mir DI Roche erzählt, wie sie County Coroner Rafferty schikaniert hatten. *Sie haben ihm ständig zugesetzt, die Untersuchung der Todesursache umgehend abzuschließen. Und wenn er Fragen stellte, machten sie dicht. »Unser Sohn ist tot«, sagten sie. »Nichts wird ihn wieder lebendig machen. Hören Sie endlich auf, uns zu belästigen. Halten Sie den Gerichtstermin ab, damit unser Elend ein Ende hat. Reicht es nicht, dass wir Patrick verloren haben?«*

Ich hatte sie gefragt, ob Rafferty ihrer Ansicht nach den Dowlings vertraut hatte. Sie hatte es nicht geglaubt.

Dann hatte ich erfahren, dass Albert Dowling Verbindungen zu Jonathan Redmond erhielt. Und dass sein verstorbener Sohn regelmäßig mit Redmond in Kontakt gestanden hatte. Also hatte ich mich gefragt, ob Mary Dowling ebenfalls in die Geschichte involviert war. Wusste sie von den Verbindungen zwischen ihrem Mann und dem Drogenboss? Wusste sie, dass er sich mit ihrem Sohn getroffen hatte? Oder war sie nur die unschuldige Mutter und Ehefrau, die in ein Drama aus Täuschung, Intrigen und Korruption geraten war?

Jetzt hatte ich die Gelegenheit, es herauszufinden.

Albert Dowling, der einstmals große, gut aussehende Sechzigjährige mit dem stahlgrauen Haar, sah desorientiert und verunsichert aus. Das dunkelblaue Hemd war am Kragen aufgeknöpft, der Krawattenknoten gelockert. Sein Sakko sah aus, als wäre es ihm zwei Nummern zu groß. Mein erster Eindruck war der eines Mannes, der unter einem schweren Schock stand.

Im Gegensatz zu ihm wirkte Mary Dowling jünger, gefestigter – und streitlustig. Sie musterte mich aus stark geschminkten Augen. Während das Puder und das Rouge in ihrem Gesicht ein ganzes Jahrzehnt kaschierten, verrieten die Hände ihr wahres Alter. Sie waren faltig und von Leberflecken gesprenkelt. Doch weder Botox noch Make-up konnten ihre Stimmung verbergen. Ihr Lidschatten war von Tränen verschont geblieben, und ihre gestrafften Wangen und aufgespritzten Lippen hielten trotz der Anspannung die Form. Sie saß vor mir und hielt ihre Gucci-Handtasche wie einen Schild vor sich. Sie sah aus, als überlegte sie, wie sie bei dieser Begegnung am besten die Oberhand behielt.

Charles McGrath hatte seine Fliege abgenommen. »Was ist passiert?«, fragte er, nachdem er sich gesetzt hatte.

»Einer unserer Zeugen wird vermisst.«

Ich blickte von einem zum anderen und bemerkte die Leere in Albert Dowlings Gesicht. Er kam mir vor, als wäre er mit seinen Gedanken ganz woanders. Ich sah wieder weg und beobachtete ihn nur noch aus dem Augenwinkel.

»Patricks Freund Harry Malone sollte heute Vormittag aussagen.«

Laut seiner Aussage hatte Malone Patrick Dowling an

dessen Todestag von einem Faustkampf weggezerrt. Dann hatte er ihn, besorgt um seine Sicherheit, nicht mehr aus den Augen gelassen. Malone kannte den Ruf von Noel Carty, dem Gangster, mit dem Dowling aneinandergeraten war. Nach der Entdeckung von Dowlings Leiche hatte Malone mit der Polizei stundenlang über dessen letzte Stunden gesprochen. Er hatte sich bereit erklärt, an der gerichtlichen Untersuchung der Todesursache mitzuwirken und unter Eid seine Aussage zu wiederholen. Ich hatte beabsichtigt, sie in der öffentlichen Sitzung infrage zu stellen. Ich wusste schließlich, dass auch Coroner Rafferty Malone nicht geglaubt hatte. Doch Redmond hatte mich erneut gelinkt.

»Vermisst?« McGrath sah aus, als könnte er keine weiteren schockierenden Nachrichten ertragen.

»Er hat heute Morgen sein Haus verlassen und wurde seither nicht mehr gesehen. Er geht nicht an sein Handy, und keiner seiner Freunde weiß, wo er steckt.«

Der Anwalt verzog ungläubig das Gesicht.

»Und es kommt noch schlimmer«, fügte ich hinzu. »Einer der anwesenden Journalisten hat sich mit dem Presseausweis von Stephen Brady, dem Polizeireporter des *Evening Herald*, Zugang zu der Anhörung erschlichen.«

Ich konnte nicht sagen, ob der ängstliche Ausdruck in Mary Dowlings Augen mir zuliebe übertrieben war.

»Der richtige Stephen Brady wurde vor einer Stunde ermordet aufgefunden.«

Albert Dowlings Miene blieb ausdruckslos, fast leblos. Er bewegte die Lippen, aber es kam kein Ton heraus.

Mary Dowling bekreuzigte sich, wühlte in ihrer Handtasche und zog erneut ihren Rosenkranz hervor.

McGrath war erschüttert. »Das ist ja ungeheuerlich.« Er

war aufgebracht und fummelte nervös an den Knöpfen seiner Weste herum. Auf seinem rundlichen Gesicht spiegelte sich ein Durcheinander von Gefühlen.

»Die Polizei sucht nach Malone«, fuhr ich fort. »Sie werden diese Informationen zu einem späteren Zeitpunkt an die Medien weitergeben.«

McGrath schloss die Riemen seiner Aktentasche. »Es gibt nichts mehr, was ich hier noch tun kann.« Er fuhr sich abschließend über den Hemdkragen und ging. In der Eile vergaß er sogar, sich von seinen Mandanten zu verabschieden.

Mary Dowling sprach kurz in ihr Handy, klappte es dann zu und wandte sich an ihren Mann. »Albert, lass mich bitte mit Dr. Wilson allein. Ich glaube, du könntest eine Pause vertragen, du siehst erschöpft aus.« Albert Dowling setzte an zu widersprechen, wurde aber mit einer schnellen Handbewegung zum Schweigen gebracht. »Ich habe bereits einen Wagen kommen lassen. Fahr gleich nach Hause. Ich bin in einer Stunde bei dir.«

Ich blieb allein mit Mary Dowling. Unschuldige Gattin und Mutter oder Hexe? Mein spontaner Eindruck war, dass hinter der kosmetisch aufgehübschten Fassade eine Frau von eiserner Entschlossenheit steckte.

»Mein Mann ist im Begriff, den Verstand zu verlieren«, erklärte sie. »Er weigert sich, es von Ärzten bestätigen zu lassen, aber er zeigt deutliche Anzeichen von Alzheimer.«

»Wieso glauben Sie das?«

»Es fing mit kleinen Dingen an«, erklärte sie. »Er behauptete, seine Schlüssel verloren zu haben, obwohl sie die ganze Zeit in seiner Tasche steckten. Er tauchte in falschen Gebäuden zu Sitzungen auf und erinnerte sich nicht einmal mehr an die Namen seiner Berater.«

Ich hörte ihr zu, glaubte ihr aber kein Wort.

»Eines Tages begriff ich, dass es mehr war als nur Vergesslichkeit – er fragte, um welche Zeit seine Mutter nach Hause kommen würde.« Mary Dowling betupfte sich die Augen. »Und die ist seit zehn Jahren tot.«

»Wie kann er da noch arbeiten?« Ich beschloss, mich auf die Unterhaltung einzulassen und zu sehen, wohin sie führte. »Er ist immerhin amtierender Minister.«

»Den größten Teil der Arbeit erledigen Ministerialbeamte.« Ihre Stimme verriet ihr wahres Alter. Ein bedächtiges, misstrauisches weibliches Knurren. »Und sie wollen ihn raushaben.«

Dann griff sie in ihre Handtasche und zog einen Stapel Fotos hervor. »Das ist Albert, wie er Patrick im Arm hielt, als der Kleine gerade ein halbes Jahr alt war. Sehen Sie sich an, wie stolz er da war.«

Jetzt war ich bestürzt. Warum hatte sie Familienfotos mitgebracht? Ich schob meine Zweifel beiseite, als ich das Foto betrachtete. Albert Dowling musste um die siebenunddreißig gewesen sein, als es aufgenommen worden war. Sein Gesicht war schlank und straff, die Augen funkelten vor Freude. Das Baby war so dick eingemummelt, dass man es kaum erkennen konnte.

»Er hat dieses Kind geliebt.« Mary Dowling nahm mir das Foto aus der Hand und reichte mir ein anderes. »Das hier sind die beiden an Patricks erstem Schultag.« Albert Dowling von hinten, wie er in Sonnenlicht getaucht neben einem Schulgebäude die Hand seines Sohns hält. »Und hier tröstete er Patrick, als er aus dem Klassenzimmer flüchtete.« Dieses Mal sah man einen kleinen Jungen, der sich an seinen Vater klammerte.

Mrs. Dowling gab mir noch zwei weitere Bilder. Zeigte

auf eines. »Hier sieht man Patrick an seinem ersten Tag an der Universität.«

Patrick Dowling war zu diesem Zeitpunkt etwa achtzehn und seinem Vater sehr ähnlich geworden. Er hatte dunkles, gewelltes Haar und einen Stift überm linken Ohr. Seine Stirn war breit, er hatte hohe Wangenknochen und ein kräftiges Kinn mit einem Grübchen. Er grinste mit einer Reihe makelloser Zähne in die Kamera.

»Das hier war etwa einen Monat, bevor er starb.«

Jetzt war ich schockiert. Als man Patrick Dowling erhängt aufgefunden hatte, war er achtundzwanzig gewesen. Der Vergleich zwischen dem zuversichtlichen, hübschen und kräftigen Achtzehnjährigem und der eingefallenen und hohläugigen späteren Version war verstörend. Alle Lebensenergie, der Eindruck eines Lebens an der Schwelle zu Abenteuer und Aufregung, war verschwunden. Auf dem jüngsten Bild sah man einen Fremden im letzten Stadium des Verfalls.

Mary Dowling sah mich an. »Er wollte sterben, Dr. Wilson. Er hat es mir mehr als einmal gesagt.« Sie raffte die Fotos zusammen und verstaute sie wieder in ihrer Handtasche. »Ich weiß nicht, wie Sie glauben können, dass er ermordet worden sein könnte.« Ihre Stimme war belegt. »Diese Behauptung ist ungeheuerlich.« Sie hatte Mühe, die Fassung zu bewahren. »Er hat sich das Leben genommen. Er lebte ja ohnehin nicht mehr, er existierte nur noch. Er torkelte wie ein Zombie von einem Schuss zum nächsten. Ich weiß nicht mehr, wie oft ihn die Polizei in irgendeiner Gasse bewusstlos aufgefunden hat.« Die Gucci-Tasche schnappte zu. »Patrick hat Albert das Herz gebrochen. Seine Sucht hat meinen Mann zerstört, und ich bin überzeugt, dass sie zu seinem geistigen Verfall geführt hat.«

Entweder sie macht sich auf ganzer Linie etwas vor, dachte ich, *oder sie liefert hier soeben eine Oscar-reife Darbietung.*

Mary Dowling sah mir entschlossen in die Augen. »Mein Sohn war am Ende ein nichtsnutziger Junkie, der sich unter den Abschaum der Welt gemischt hatte. Er hatte zwar nur wenige Freunde, aber keine Feinde. Ich weiß, dass er mit einem Drogendealer Streit gehabt haben soll, aber ich kann mir nicht vorstellen, dass dieser Mann Patrick in den Wald geschleift hat, um ihn aufzuhängen. Ich weiß nicht, welche Absichten Sie verfolgen, aber sie sind schlecht. Alles, was Sie bewirken, ist, meiner Familie noch mehr Schmerz zuzufügen. Und das haben wir nicht verdient. Das haben wir kein bisschen verdient.«

Ich hörte Schritte draußen im Flur, Stimmen, und dann gingen Türen auf und wieder zu. »Lassen Sie mich Ihnen meine Rolle als Coroner erklären, Mrs. Dowling.« Ich beschloss, ihr die Grundzüge darzulegen. Mary Dowling konnte wettern, so viel sie wollte, ich würde trotzdem versuchen, die Wahrheit über den Tod ihres Sohnes herauszufinden, ob es ihr nun gefiel oder nicht.

Ich drückte auf die Sprechanlage und bat um Getränke. Als wir wieder allein im Zimmer waren, nahm ich einen Schluck von meinem Kaffee und gab einen Löffel Zucker hinzu. Mrs. Dowling rührte ihre Tasse nicht an.

»Vor einem Jahr«, fing ich an, »wurde ein zwölfjähriges Mädchen mitten auf einer Straße angefahren und getötet. Der Fahrer des Wagens behauptete hartnäckig, sie sei ihm vors Auto gelaufen. Es handelte sich um einen Mann mittleren Alters, der sich noch nie etwas hatte zuschulden kommen lassen und der weder unter Alkohol- noch unter Drogeneinfluss stand. Es gab keine Zeugen. Sein Wort gegen den Tod eines kleinen Mädchens.«

Ich hielt inne. Mary Dowling nickte mürrisch: *Sprechen Sie nur weiter.*

»Bei der Anhörung jedoch störte mich irgendetwas an der Haltung des Fahrers. Im Zeugenstand antwortete er ausweichend und zögerlich. Also suchte ich mir einen Vorwand, die Sitzung zu vertagen, und ließ seine Handyverbindungen auswerten.«

Dowlings Blick blieb finster und mürrisch. Ich fuhr einfach fort. Es würde am Ende der Geschichte eine Pointe geben.

»Das tote Mädchen hatte ebenfalls ein Handy gehabt, das bei dem Unfall entzweigegangen war. Die Techniker konnten allerdings den exakten Zeitpunkt des Aufpralls ermitteln. Er wich um sechs Minuten von der Darstellung des Fahrers ab. Und die Uhren der Handys gingen synchron.«

Ich nahm einen weiteren Schluck Kaffee und gestikulierte in Richtung von Mary Dowlings unberührter Tasse.

»Nein, danke«, sagte sie.

»Es stellte sich heraus, dass der Fahrer genau zum Zeitpunkt des Zusammenpralls mit einem Freund telefoniert hatte. Die Polizei machte den Freund ausfindig. Er hatte sich bis dato bedeckt gehalten und auch nicht ausgesagt. Er hatte erhebliche Schulden bei dem anderen Mann und wollte sich nicht an der gerichtlichen Untersuchung der Todesursache beteiligen. Erst als man ihm mit strafrechtlichen Folgen wegen Behinderung der Ermittlungen drohte, knickte er ein und machte eine Aussage. Sie wurde vor Gericht verlesen. ›Mitten in unserem Gespräch hörte ich plötzlich einen Schrei, und dann: O Gott, ich glaube, ich habe gerade jemanden überfahren.‹ Damit war die Geschichte des Fahrers als ein Haufen Lügen entlarvt.«

»Was ist dann passiert?«

»Ich habe das Verfahren erneut verschoben, und die Polizei hat in dem Fall die Ermittlungen wiederaufgenommen.«

Sie gab vor, beeindruckt zu sein. »Ihr Pflichtgefühl ist bewundernswert.«

Ich stellte meine Tasse ab und vergewisserte mich, dass Mrs. Dowling mir genau zuhörte. »Darum ging es nicht. Ich habe meine Arbeit getan. Dieses Mädchen hat aus dem Grab heraus die Wahrheit verlangt.«

Es war still im Raum.

Mary Dowling stützte beide Ellbogen auf den Schreibtisch und musterte mich. »Was versuchen Sie mir damit zu sagen?«

»Die Anhörung heute hat Ungewissheiten aufgeworfen.«

Sie hob abwehrend die Hand. »Selbst wenn Patrick nicht Selbstmord begangen haben sollte: Nichts wird ihn mehr zurückbringen. Er ist tot, er hat endlich seinen Frieden gefunden. Ich habe ihn verloren, und jetzt drohe ich auch noch meinen Mann zu verlieren. Damit bleiben mir nur noch meine zwei anderen Söhne. Ich will sie nicht ebenfalls verlieren.«

Ich hörte ihr aufmerksam zu. Es gefiel mir nicht, was ich da hörte, aber ich hörte zu.

»Patrick hat sich mit Kriminellen eingelassen. Als ich ihn beerdigt habe, habe ich darum gebetet, dass diese Verbindung damit enden würde.« Sie schob sich die Gucci-Tasche unter den Arm. »Mein Sohn hat Selbstmord begangen, weil er keine Zukunft mehr für sich sah. Unsere Familie ist ohne ihn besser dran.«

Mary Dowlings Worte hingen, auch nachdem sie längst gegangen war, noch lange in meinem Zimmer. Und ich rätselte, wie ich sie deuten sollte.

Es war möglich, dass sie die Wahrheit sagte. Drogenabhängige wirkten in Familienverbänden wie Abrissbirnen. Sie brachten Geschwister gegen Geschwister auf, Kinder gegen Eltern, Väter gegen Mütter. Sie lösten Trauer, Not, Kummer und Verzweiflung aus. Sie betrogen, logen und stahlen, um ihre Sucht zu nähren. Sie brauchten Ersparnisse auf und verkauften dann, was noch übrig war, um an Geld für neue Drogen zu kommen. Mary Dowling wäre nicht die erste Mutter, die ihrem süchtigen Sohn den Tod gewünscht hatte. Und sie würde nicht die letzte sein, die es nicht interessierte, wie er gestorben war.

Oder …

Oder aber sie log wie gedruckt. Sie hatte ihren Mann fortgeschickt, weil sie seinem Urteilsvermögen unter Druck nicht traute. Dann war sie zurückgeblieben, um ihre Nebelkerzen zu zünden.

Die Alzheimer-Geschichte konnte ein Mittel zur Ablenkung gewesen sein, eine Erfindung, um alle zu beschwichtigen, die Albert Dowlings Aktivitäten überprüften. Vielleicht würde ich darüber später mehr von DI Roche erfahren.

Ich neigte beinahe schon dazu, Mary Dowling zu glauben, als mir etwas einfiel. John Hobbs' Worte, als Reilly und ich von seinem Versteck im Wald aufbrachen. »Vergessen Sie die Drogen, folgen Sie dem Geld.«

Wenn Hobbs recht hatte, dann hatte Mary Dowling gelogen. Und aus irgendeinem Grund wollte ich Hobbs lieber glauben als der Frau des Politikers.

Aber warum sollte sie lügen? Es gab nur eine plausible

Antwort: um zu vertuschen, wie ihr Sohn wirklich gestorben war. Und warum würde sie das vertuschen wollen? Weil es die Verbindung zwischen ihrem Mann und Jonathan Redmond offenlegen würde.

Und wer immer der Eindringling auf der Zuschauertribüne im Gericht gewesen war, er musste mit von der Partie sein. Wie sonst sollte er an den Presseausweis des ermordeten Stephen Brady gekommen sein? War er der Täter? Sein unentwegtes Starren und sein höhnisches Grinsen legten jedenfalls eine Komplizenschaft nahe.

Ich war erschöpft, fühlte mich ausgelaugt und zu keiner Gefühlsregung mehr fähig. Mein großer Tag im Gerichtssaal war sabotiert und meine Chance, die Wahrheit hinter Patrick Dowlings Tod zu finden, einmal mehr vereitelt worden. Redmond hatte einen weiteren brutalen Schachzug unternommen, um die Feststellung der Todesursache zu hintertreiben. Ich wollte nach Hause, um in meinem eigenen Heim zur Ruhe zu kommen. Und ich wollte halbwegs respektabel aussehen, wenn ich daheim ankam. Ich inspizierte auf der Toilette mein Gesicht und stöhnte beim Anblick meines Spiegelbildes. Die Narbe an meinem Haaransatz war fast so hässlich wie die auf DI Roches Stirn. Wir hätten ein tolles Paar abgegeben.

Ich klebte mir ein frisches Pflaster darauf und betrachtete das Ergebnis. Die Wunde war von einer beträchtlichen Schwellung und Verfärbung umgeben, aber zumindest der offene Teil war bedeckt. Ich seufzte, wurde von Mutlosigkeit erfasst. *So wirst du aussehen, wenn du zur Haustür hereinkommst. Kein schöner Anblick.* Ich ließ einen Wagen mit Leibwächter vorfahren.

26

»Daddy!«

Jennifer, meine wunderschöne, zauberhafte fünfzehnjährige Tochter fiel mir in die Arme und drückte sich fest an mich. Ihre Umarmung raubte mir beinahe den Atem, aber sie ließ nicht los, und ich hätte es auch gar nicht gewollt. Ich roch das Shampoo in ihrem Haar und spürte ihre weiche Haut an meinem Stoppelkinn. Ich drückte sie, als gäbe es kein Morgen.

Vom Flur aus sah der elfjährige Gregory zu uns herüber. Ich spürte seine Unsicherheit; wie die meisten Jungen in seinem Alter scheute er sich, Gefühle zum Ausdruck zu bringen. Es fiel ihm leichter, Sarah zu umarmen als mich. Ich blinzelte ihm zu und hob den Daumen. Er quittierte es mit einem halbherzigen Lächeln. Dann hakte er sich bei Sarah ein und zog sie an sich. Die Geste war vielsagend: ein Junge an der Schwelle zum Erwachsenwerden, der seine Mutter beschützen wollte.

Sarah trug Jeans und eine eng sitzende, figurbetonende Bluse. Sie hatte sich das Haar aus dem Gesicht gestrichen und versuchte zur Begrüßung zu lächeln, aber ich sah ihr an, wie sie sich dazu zwingen musste. Es brach mir das Herz. Ich löste mich sanft aus Jennifers Armen. »Ich muss noch Greg und deine Mutter begrüßen.« Langsam und widerstrebend ließ Jennifer los. Als ich ihr ins Gesicht sah, stellte ich fest, dass sie weinte.

»Sie haben gesagt, du wärst tot«, schluchzte sie. »Alle haben es gesagt, sogar die Reporter.«

Zorn wallte in mir auf, und ich hatte Mühe, mich zu beherrschen. Doch war es verwunderlich, dass sie meinen Tod vermeldet hatten? Immerhin war ich nur um Haaresbreite einer Kugel in den Kopf entgangen.

»Tja, ich bin aber noch da.« Ich legte alle Zuversicht in meine Worte, aber ich war mittlerweile selbst nahe dran zusammenzubrechen. Jennifers Schmerz und die Distanziertheit, die ich bei Gregory und Sarah wahrnahm, überwältigten mich. Ich zwang meinen Sohn zu einer Umarmung, aber er war steif in meinen Armen und stieß mich sofort wieder von sich weg. Dann sah er zu, wie ich die Arme um Sarah schlang und sie festhielt. Ich küsste sie auf die Haare und die Stirn und hätte am liebsten auch leidenschaftlich ihren Mund geküsst, doch derlei Intimitäten versagte ich mir vor den Kindern.

»Hi«, war alles, was ich herausbrachte.

»Hi.« Sie trat einen Schritt zurück und sah mir forschend ins Gesicht. Ich wusste, sie hatte Fragen an mich, die sie in diesem Moment jedoch nicht zu stellen wagte. Sie tippte mir mit dem Finger sanft an meine Kopfwunde. »Das muss wehtun.«

»Stimmt«, sagte ich.

»Lass uns essen.« Sarah nahm mich wie ein Kind an der Hand. »Wenn du noch weiter abnimmst, rutschen dir die Klamotten vom Leib.«

Der Abend war warm, Sonnenschein heizte die Terrasse auf. Es ging auf 18.00 Uhr zu. Ich fürchtete mich davor, es zu verkünden, aber für 21.00 Uhr war ich mit DI Pamela Roche verabredet. Ich saß mit Jennifer auf den Knien da und hatte keine Lust, das Haus erneut zu verlassen. Es war das erste Mal seit fünf Tagen, dass wir wieder als Familie beisammensaßen.

Sarah hatte beschlossen, das Abendessen im Garten herzurichten. In der Mitte des Tischs stand ein kleiner Strauß mit Stiefmütterchen und Wicken. Ihr Duft belebte meine Sinne. Eine Flasche gekühlter Sauvignon Blanc wurde entkorkt, und Sarah schenkte uns beiden großzügig ein. Sie küsste mich auf die Wange, als sie an mir vorbeiging, um den Grill anzuzünden. Ich konnte den Blick nicht von ihr abwenden. Irgendwie hatte die Begegnung mit dem Tod meine Sinne geschärft, und ich sah alles mit neuen Augen. Ich betrachtete voller Bewunderung die sanften Kurven ihrer Figur und erfreute mich daran, wie sie ihre Zuneigung zu Gregory zeigte. Sie brachte wieder Ruhe und Glück in unser Heim. Doch dann strich der Schatten einer unserer Polizeibewacher an der Hecke vorbei, und alles löste sich wieder in Luft auf. Ich war wieder Dr. Michael Wilson, Coroner der Stadt Dublin, und stand unter Polizeischutz.

Sarah stellte grünen Salat auf den Tisch. Gregory brachte frisch aufgebackene Brötchen. Er knabberte an einem und hielt sich die ganze Zeit in der Nähe seiner Mutter auf, während ich mit Jennifer plauderte. »Wie war dein Tag – von der furchtbaren Falschmeldung mal abgesehen? Was macht die Hockeymannschaft? Gibt es irgendwelche guten neuen Filme?«

Beim Geruch der Steaks auf dem Grill knurrte mir der Magen. Jennifer stieß mich in die Rippen. »Dad«, flüsterte sie. »Mum sagt, du nimmst ab, damit die Gangster nichts mehr haben, worauf sie schießen können.« Wir lachten beide. Aber unser Lachen wirkte gezwungen. Meine Verwundbarkeit war zu einem Familienwitz geworden.

Petersilienkartoffeln wurden herumgereicht, und ich

konnte mich nicht zurückhalten, die größte Portion zu nehmen. Gregory beschwerte sich und warf mir vor, ein Vielfraß zu sein. Ich blies als Reaktion die Backen auf. »Mir doch egal«, sagte ich. »Ich muss wieder Fett ansetzen.«

Gregory bestrich sein Steak mit Ketchup, schnitt ein Stück davon ab und begann zu essen. Aus dem Augenwinkel betrachtete er meine Wunde. Um Luft daran zu lassen, hatte ich das Pflaster abgezogen. »Bleibt dir davon eine Narbe?«

Ich steckte mir ein Stück Kartoffel in den Mund und nippte an meinem Wein. »Ja, aber damit wird mein Gesicht nur noch interessanter aussehen.«

Gregory goss sich ein Glas Cola ein und nahm einen großen Schluck. Er setzte dazu an, etwas zu sagen, aber ein warnender Blick von Sarah hielt ihn zurück. Er schnitt noch einen Bissen von seinem Steak ab.

Ich betrachtete ihn eingehend. Gregory war eine Spur fülliger geworden. Tante Carol hatte offenbar seinem Hang zu Süßigkeiten nachgegeben. Ich riskierte einen Blick auf Jennifer, die inzwischen eine Schale Himbeeren auslöffelte. Plötzlich wurde mir schmerzhaft bewusst, wie sehr ich in letzter Zeit meine Familie vernachlässigt hatte. Ich griff nach meinem Weinglas und schnippte mit dem Fingernagel gegen den Stiel. Ich spielte auf Zeit, um meine Gedanken sammeln zu können.

Sarah drückte meine Hand. Unsere Blicke trafen sich, und mir wurde im selben Moment klar, dass sie wusste, was ich dachte. »Jennifer und Gregory bleiben jetzt zu Hause«, sagte sie. »Sie müssen nicht wieder weg.«

Ich sagte nichts. In meinem Kopf wirbelten Gefühlsregungen durcheinander: Schuld, Verlust, Angst, Wut. Hauptsächlich aber Schuldgefühle.

Schließlich brach Jennifer das Schweigen. »Wir sind keine kleinen Kinder mehr, Dad. Wir wissen, was hier vor sich geht, und wir haben keine Angst. Wir lassen dich und Mum nicht allein. Dann streitet ihr euch nur.«

Vielleicht lag es am Wein, oder vielleicht waren Jennifers Worte einfach zu viel an diesem Tag, der überreich an Dramen gewesen war, aber ich kam mir in diesem Augenblick einfach nur noch unzulänglich vor. Ich murmelte eine Entschuldigung und stand vom Tisch auf.

27

Ich saß in unserem Sessel im Schlafzimmer und sah aus dem Fenster. Es war halb acht, die Sonne stand tief und warf lange Schatten auf die Straße. Eine Rotbuche in vollem Laub fing die letzten Strahlen ein und schimmerte in der leichten Brise. Ein graues Eichhörnchen sprang von Ast zu Ast und verharrte dann. Es nagte an etwas, ließ es fallen und hüpfte weiter. Auf der gegenüberliegenden Straßenseite mähte ein älterer Herr den Rasen vor seinem Haus. Die langsamen, sorgfältigen Runden des Motormähers hinterließen eine geradezu Kricket-taugliche Fläche. Wie ich ihn um seine Freiheit und seine sorglose Existenz beneidete! Vor meinem Haus parkten drei Polizeiautos, und in einem davon saß ein Einsatzteam mit genügend Feuerkraft, um eine Revolution anzuzetteln. Ich seufzte, stützte den Kopf in die Hände und versuchte nachzudenken.

Die Tür ging auf. Als ich aufsah, stand Sarah vor mir. »Ich habe den Kindern gesagt, dass ich allein mit dir sprechen will.«

Ich hätte es nicht tun sollen, aber ich sah reflexartig auf die Uhr.

»Ich weiß Bescheid wegen der Sicherheitsbesprechung«, sagte sie. »Reilly hat angerufen, um den Termin zu bestätigen. Ich weiß, dass du bald gehen musst.«

Ich versuchte, meine Erleichterung zu verbergen. Ich hätte nicht gewusst, wie ich es ihr hätte beibringen sollen.

»Du siehst furchtbar aus«, sagte sie, nachdem sie mich einen Moment lang intensiv gemustert hatte. »Dein Hemd ist fleckig.« Ich sah an mir hinab und rieb an einem Kaffeefleck. »Deine Hose schlottert dir um die Beine, und der Gürtel ist ein Loch enger.«

Ich kam mir vor wie ein Kind, das ob des Zustands seiner Schuluniform gemaßregelt wurde. »Es war ein schwieriger Tag …«

»Nein, Michael«, fiel Sarah mir ins Wort. »Es geht nicht nur um heute.«

Verdammt, dachte ich, *nicht schon wieder so ein Michael-Moment.* Ich wartete auf die Attacke.

»Heute war entsetzlich, keine Frage.« Sie strich sich das Haar aus dem Gesicht, damit sie mich besser sehen konnte. »Ich habe den Vormittag vor dem Radio verbracht. RTE hat das normale Programm unterbrochen und Augenzeugenberichte gesendet. Es war wirklich beängstigend. Dann hat die Polizei Jennifer und Gregory nach Hause gebracht. Kannst du dir vorstellen, wie das für die beiden gewesen sein muss? Von schwer bewaffneten Polizisten heimgefahren zu werden?« Ihre Stimme stieg um eine Oktave an. »Das haben sie nicht verdient.«

»Sarah«, sagte ich, »es ist nicht so, als wüsste ich nicht, was um mich herum vor sich geht. Es ist nur so, dass …«

Sarah wartete. »Was?« Sie verschränkte die Arme vor der Brust und nahm mich ins Visier. In ihrem Blick flackerte Wut. »Was bitte ist wichtiger als deine Familie, Michael Wilson?« Ihre Stimme war schrill, und ich hob die Hände, um sie zu besänftigen. Sie ging zur Tür, lauschte und riss sie dann abrupt auf. Der Flur war leer. Sie schloss die Tür wieder. »Sie wissen, dass sie uns besser nicht stören sollten, aber sie suchen ebenfalls nach Antworten, Michael.«

Ich zuckte mit den Schultern. »Was soll ich sagen? Nach diesem Treffen heute Abend werde ich schlauer sein.« Gestern Abend hätte ich allerdings fast das Gleiche gesagt.

»Glaubst du wirklich, deine Freunde von der Polizei können unsere Familie auf ewig beschützen? Auf welchem Planeten lebst du eigentlich?«

Ich war angezählt. Ich konnte es mit jedem Gauner im Land aufnehmen, aber ich konnte nicht zwei Tage hintereinander mit meiner Frau in den Ring steigen, wenn sie in dieser Stimmung war. Dabei zog ich den Kürzeren. Ich wählte den einfacheren Weg. Ich warf nicht das Handtuch, sondern spielte auf Zeit.

»Reden wir weiter darüber, wenn ich mir angehört habe, was Roche zu sagen hat. Es hat keinen Sinn zu streiten, ohne die Fakten zu kennen.«

»Und wenn du die Fakten kennst?«

»Dann besprechen wir unsere weiteren Schritte.«

»Schließt das einen Rücktritt von deinem Amt mit ein?«

»Wenn es nicht anders geht ...«

Sarah musterte mich argwöhnisch. Ich wusste, was sie dachte: *Sagt er nur, was ich hören will? Oder ist es die Wahrheit?* Sie setzte an zu sprechen, aber ich gebot ihr mit erhobener Hand Einhalt.

»Bitte belasse es vorerst dabei. Das Ganze ist furchtbar für uns alle und muss aufhören. Ich weiß das. Aber stell dein Kreuzverhör bitte vorerst hintan.« Ich massierte mir die Schläfen und berührte dann vorsichtig meine Wunde, um mich zu vergewissern, dass sie trocken war. Womöglich spiegelte diese Geste die gesamte missliche Lage wider, in der wir uns befanden, denn als ich erneut aufblickte, weinte Sarah. In ihren Zügen lagen Trauer und Verzweiflung,

Liebe und Wut, Angst und Trotz. Sie löste ihre wie zum Selbstschutz verschränkten Arme, kam zu mir und legte sie um mich. Sie fuhr mir mit den Händen durchs Haar und drückte meinen Kopf an ihren weichen Bauch. Dann küssten wir uns, langsam, sanft, auf den Mund. Ihre Zunge suchte meine, und wir schmeckten einander. Ich stand auf, wir hielten uns weiter in den Armen, und ich fühlte, wie sie sich allmählich entspannte.

»Sieh mich an, Mike Wilson«, sagte sie. Das zärtliche, liebevolle »Mike« war wieder da. Sarah legte ihre linke Hand mit gespreizten Fingern an meine Wange und fuhr mir mit dem Daumen über die Lippen. Mit der rechten Hand öffnete sie langsam die Knöpfe ihrer Bluse. »Sieh her, Mike Wilson«, flüsterte sie heiser.

Ich konnte meinen Blick nicht von ihr abwenden. Die Bluse war nun zur Gänze aufgeknöpft, und ich sah die weiße Spitze eines sehr sexy BHs. Ich zog den Reißverschluss ihrer Jeans auf und strich mit den Fingern über den oberen Rand ihres Höschens. Sie murmelte leise etwas Unverständliches und presste sich an mich. Die Jeans war bis auf ihre Knöchel hinuntergerutscht, und meine Hände streichelten ihren Po. Sie bewegte sich mit mir und drückte sich gegen meine Erektion. Unsere Blicke trafen sich. »Ich liebe dich, Mike Wilson.«

Genau das hatte ich so dringend hören wollen, und mein Herz setzte für einen Schlag aus. »Und ich liebe dich ebenfalls, Sarah Ross.«

Ich hob Sarah mit einer Hand hoch, schob ihr die andere unters Gesäß und legte sie aufs Bett.

Sie blickte voll unverhohlener Lust zu mir herauf. »Beweise es mir.«

Wir verließen das Bett erst, als es an der Haustür läutete. Tony Reilly, mein Leibwächter, war gekommen, um mich abzuholen.

Er trug eine Freizeithose und ein weißes Hemd mit offenem Kragen. Keine kugelsichere Weste diesmal, was ich beruhigend fand. Er besaß jedoch nicht den Anstand, sich ein anzügliches Grinsen zu verkneifen. »Ihr Hosenstall steht offen.«

Ich zog rasch den Reißverschluss zu.

»Und Sie haben Lippenstift am Hals.«

Ich errötete. Er schob mich aus der Haustür zu einem wartenden Wagen.

»Ich würde nur ungern annehmen, dass Sie sich gerade amüsiert haben.«

Ich ließ mich in den Rücksitz eines Zivilfahrzeugs fallen. Reilly stieg neben mir ein.

»Es interessiert mich nicht die Bohne, was Sie annehmen.«

28

»Stephen Brady wurde in den Kopf und die Brust geschossen.«

Mit diesen Worten eröffnete DI Roche die Sicherheitsbesprechung. Es war 21.30 Uhr, und wir befanden uns in einem kleinen Raum in der Polizeizentrale, der nur von einer einzigen Hundert-Watt-Birne an einem von der Decke hängenden Stromkabel erhellt wurde. Es war zu warm in dem Raum, und es roch nach abgestandenem Zigarettenrauch. In der Mitte stand ein runder Resopaltisch. Er war angeschlagen und zerkratzt. Außer Reilly und mir saßen noch zwei weitere Personen am Tisch: DI Roche in Jeans und Rugbyshirt und mit einem Pflaster auf der Narbe, genau wie ich. Wir gaben wirklich ein perfektes Paar ab. Sie stellte mir auch den vierten Mann vor: »Das ist Brendan McHugh.« Wir gaben uns die Hände. »Er ist vom Criminal Assets Bureau und Teil unseres Ermittlungsteams.«

Das Criminal Assets Bureau war Irlands Antwort auf das organisierte Verbrechen. Es spürte Erträge aus illegalen Aktivitäten auf und ließ Waren, Bargeld und Vermögen beschlagnahmen. Die Organisation spielte auch beim Sammeln nachrichtendienstlicher Erkenntnisse eine entscheidende Rolle.

McHugh wühlte in seiner Aktentasche. Er sah aus wie ein jüngerer, größerer, aber übergewichtiger Al Pacino: dunkles Haar, südländisches Aussehen und so nervös, dass es einen ganz kribbelig machte. Er trug Jeans und ein kurzärmeliges Hemd und fuhr mit den Knöcheln zweimal am Tisch entlang, bevor er sich setzte.

»Brady plante eine große Story über Patrick Dowling«, fuhr Roche fort. »Vermutlich wollte er die gerichtliche Feststellung der Todesursache abwarten, bevor er damit an die Öffentlichkeit gehen würde. Bei der Durchsuchung seiner Wohnung fehlten seine Notizbücher und sein Laptop.« Spätestens jetzt hörten alle gespannt zu. »Aber auf seinem Schreibtisch beim *Herald* lagen handschriftliche Notizen, Telefonnummern und so weiter.« Jetzt sah sie mich direkt an. »Darunter war auch ein an Ihr Büro adressierter Brief.«

Ich brachte es fertig, mich trotz meiner Müdigkeit zu konzentrieren.

»Er hatte eine Akte angefordert.« Roche reichte mir ein Ersuchen um Informationen nach dem Coroner's Act über den Tisch. Es enthielt Ausweisnummer und Name eines Verstorbenen – Timothy Cunningham – sowie das Datum des gerichtlichen Verfahrens zur Feststellung seiner Todesursache.

Ich legte das Schreiben vor mich hin. »Ich kann mir nicht erklären, warum er darum gebeten hat. Jedenfalls fällt mir auf Anhieb nichts dazu ein.«

»Es gab Anzeichen für einen heftigen Kampf in seiner Wohnung«, fuhr Roche fort. »Umgekippte Stühle und ein Tisch, zerbrochene Gläser, überall Blutspritzer. Ein furchtbares Durcheinander.« Dann sah sie mir in die Augen. »Die gute Nachricht ist, dass Harry Malone gesund und munter wieder aufgetaucht ist.«

Fast hätte ich einen Jubelschrei ausgestoßen. Ich nahm an, dass Harry Malone sehr viel mehr über Patrick Dowlings Tod wusste, als er in seiner ursprünglichen Zeugenaussage hatte durchblicken lassen.

»Er hat über einen Anwalt namens Fred Hodgins mit uns Kontakt aufgenommen.« Roche konnte ihre Verachtung nicht verbergen. »Hodgins behauptet, Malone habe seine Stellungnahme überdacht.«

Ich stöhnte.

»Er habe alles falsch dargestellt und entschuldige sich dafür, uns in die Irre geführt zu haben.«

Ich fluchte leise.

»Er hat eine neue Aussage gemacht.«

»Und wie sieht die aus?« Ich wusste, es würde ein Haufen Lügen sein.

»Er nimmt alles zurück: Er sei nur kurze Zeit mit Dowling zusammen gewesen, sagt er, nicht den ganzen Nachmittag. Er habe auch keinen Faustkampf mit angesehen. Und er kenne keinen Noel Carty.«

»Er wurde unter Druck gesetzt.«

»Davon können wir ausgehen.«

»Malone behauptet, dass Dowling davon gesprochen habe, seinem Leben ein Ende zu setzen. Es sei ihm so schlecht gegangen, dass er mehrfach geäußert habe, er wäre lieber tot.« Roche lehnte sich zurück und wartete offenbar auf eine Reaktion.

Also berichtete ich von meinem Gespräch mit Mary Dowling: »›Mein Sohn hat Selbstmord begangen, weil er keine Zukunft mehr für sich sah. Unsere Familie ist ohne ihn besser dran.‹ Ich glaube ihr allerdings kein Wort.«

Roches finsterer Blick sagte alles. Sie traute ihr ebenso wenig.

»Carty hat ein Alibi, demzufolge er an jenem Tag am anderen Ende von Dublin war«, fügte sie hinzu.

»Und was ist mit seinem Fingerabdruck in Dowlings Wagen?«, fragte ich.

»Er sagt, Dowling habe ihn wegen Getriebeproblemen um Hilfe gebeten. Carty ist Mechaniker und macht hier und da ein paar Reparaturen. Er hat sich angeblich an der Motorhaube verletzt und daher möglicherweise einen blutigen Abdruck hinterlassen.«

Ich starrte auf den Tisch, als bewunderte ich die falsche Maserung. *Wo wird das enden? Wie wird es enden?*

»Damit weiter zu Ihnen.« Roche nickte in Richtung McHugh.

McHugh öffnete seine Aktentasche. Er legte vier Fotos vor sich hin. »Das hier sind Jonathan Redmond, Albert und Patrick Dowling.« Er tippte mit dem Finger auf das vierte Bild. »Und Dan Thornton, der Vorstand der Standard and Chartered Bank.« Ich studierte die Porträtaufnahmen. Das Bild von Redmond, vermutlich jüngeren Datums, hatte ich noch nie gesehen. Er sah immer noch flott aus – Dreitagebart, modisch langes Haar, selbstbewusste Miene. Er trug einen gelben Pulli über einem dunkelblauen Hemd. Er sah vermögend aus, nach altem Reichtum, nicht nach neureichem Drogenbaron. Je länger ich das Bild betrachtete, umso mehr war ich davon überzeugt, dass ich ihn schon einmal irgendwo gesehen hatte. Aber ich war so erschöpft, dass ich das Foto schließlich zu Reilly weiterschob.

Albert Dowling hatte auf dem Bild ein paar Kilo mehr auf den Rippen, als er heute Mittag gehabt hatte. Patrick Dowling indes war hager und ausgezehrt. Ich nahm an, das Foto war in seinem letzten Lebensjahr gemacht worden. Ich gab auch diese Bilder weiter.

Dann betrachtete ich die Aufnahme von Dan Thornton.

Ich schätzte ihn auf Ende fünfzig. Er hatte eine hohe Stirn, feine graue Locken an den Seiten und schmale Lippen. Ein Durchschnittstyp. »Thornton hat eine Menge Geld in dieser Bank hin und her bewegt. Nicht Hunderttausende, nicht Millionen, sondern Milliarden von Euro. Er präsentierte gesunde Jahresabschlüsse, indem er kurzfristig Milliarden hin und her verschob, bis die Revision anstand und er sie wieder zurücküberwies. Er hat die Revisoren und die Finanzaufsicht im großen Stil betrogen.«

Nicht gerade eine Sensation, dachte ich. Irlands Wirtschaftskrise hatte massives Fehlverhalten vonseiten der Banken ans Licht gebracht. Ganz oben verschwor man sich, um die Fassade der Funktionalität aufrechtzuerhalten. Doch hinter den Kulissen zerbröselte Irlands Finanzindustrie unter der Last der in den Boomjahren leichtfertig vergebenen Immobilienkredite.

»Aber«, fuhr McHugh fort, »Thornton hat überdies Geld in diese Transfers gemischt, dessen Herkunft ungeklärt ist. Manchmal ging eine ganze Milliarde hin und her, meistens aber war es eine zusätzliche Million oder nur eine halbe oder Viertelmillion. Das Geld wurde für dreißig Tage zwischengebucht, ehe es unter der Hand auf ein Konto auf Jersey verschoben wurde. Dieses Konto gehört einer Holding von Redmond. Wir haben drei Vorratsgesellschaften identifiziert, über die er seine Drogenprofite wäscht.«

Es war 22.30 Uhr, und ich war mittlerweile vollkommen erschöpft. Roche hatte angedeutet, dass es relevante neue Erkenntnisse geben würde. Und es gab sie in rauen Mengen. Ich streckte mich und massierte mir die Nackenmuskeln.

»Redmond macht einen so hohen Umsatz mit seinem Drogengeschäft, dass er sein Geld ständig in Bewegung halten muss. Er hat Unternehmen aufgekauft, die hauptsächlich Bargeld umsetzen: Taxiunternehmen, Restaurants, Pubs und Wettbüros. Er besitzt eine ganze Limousinenflotte in Marbella, gibt dort ein sattes Einkommen an und zahlt seine Steuern dafür, und das Kapital fließt legal in das dortige Bankensystem. Und dann wird es für Investitionen in die Holdinggesellschaften transferiert.«

»Und« – ich gestikulierte in Richtung des Fotos – »Thornton hilft ihm dabei?«

»Wir vermuten, dass Thornton Redmonds Geld benutzt hat, um eine Reihe kränkelnder Investments zu stabilisieren. Das erlaubte ihm, einen gesünderen Cashflow auszuweisen. Das hat die Bilanzen ausgeglichen und ihm die Bankenaufsicht vom Hals gehalten.« McHugh ordnete seine Unterlagen. »Wenn wir richtig liegen, dann hat Thornton so einen Weg gefunden, wie Redmond Geld in unser Bankensystem einschleusen kann. Und er konnte sich von den Drogen augenscheinlich reinwaschen, indem er sich auf legale Geschäfte verlegte.«

»Und wie hängt Redmond denn nun mit Albert Dowling zusammen?«, fragte ich. Es fiel mir schwer, den Überblick zu behalten.

»Das weiß ich noch nicht«, sagte McHugh. »Es gibt definitiv eine Verbindung, aber wir haben sie nicht aufdecken können. Sowohl Redmond als auch Dowling haben ihre Spuren sorgfältig verwischt. Dowling hat immer schon mit gewissen kriminellen Praktiken geliebäugelt. Er wurde nie angeklagt, aber er steht im Ruf eines überaus windigen Zeitgenossen. Er gehört einer politischen Partei an, die sich gewohnheitsmäßig aus staatlichen Taschen bedient. Das Wort Korruption wird dem Treiben mancher ihrer Mitglieder nicht einmal ansatzweise gerecht.«

»Mary Dowling behauptet, ihr Mann habe Alzheimer«, warf ich ein.

Roche konnte ihre Verachtung nicht verbergen. »Sie lügt.«

Wenn ja, dachte ich, *dann hängt auch sie in der Sache mit drin. Warum sollte sie sich sonst so eine Geschichte ausdenken? Und wie hält ihr Mann das Verwirrspiel aufrecht? Er ist immerhin Minister für wirtschaftliche Entwicklung.*

»Wo kommt Patrick Dowling ins Spiel?«

»Das wissen wir immer noch nicht«, räumte Roche ein. »Wie ich bei unserem ersten Treffen schon sagte, war er vielleicht der Mittelsmann für Redmond und Albert Dowling.«

John Hobbs' Bemerkung kam mir wieder in den Sinn: *Vergessen Sie die Drogen, folgen Sie dem Geld.* Seine Worte hatten sich als wahr erwiesen.

Plötzlich bemerkte ich, dass mich sowohl Roche als auch McHugh anstarrten.

»Unsere Arbeit wird durch eine oder mehrere Lecks erschwert«, fuhr Roche zögerlich fort. Ihr Haar war ungekämmt und strähnig und sah furchtbar aus, aber das war vermutlich im Augenblick ihre geringste Sorge. »Redmond hat Polizei und Finanzaufsichtsbehörden infiltriert. Thornton wusste, dass das Betrugsdezernat ihm auf die Schliche kommen würde, und erwartete es bereits mit einer Armee aus Anwälten. Es könnte sich als schwierig herausstellen, ihm Verbindungen zum organisierten Verbrechen nachzuweisen. Zumindest könnte sich der Prozess jahrelang hinziehen. Wir brauchen einen anderen Ansatzpunkt.«

»Will heißen?« Wieso fragte ich überhaupt?

»Die gerichtliche Feststellung der Todesursache«, sagte Roche. »Was Sie heute aufgedeckt haben, war erstaunlich.

Es lässt ernsthaft an dieser Ermittlung zweifeln. Aber wir werden sehr viel mehr brauchen, um den Kreis zu schließen.«

Ich traf eine spontane Entscheidung: Ich würde John Hobbs' Existenz noch nicht offenlegen. Falls Verräter diesen Fall unterwanderten, wollte ich meinen Starzeugen nicht ins Fadenkreuz bringen.

Roche fasste die Lage zusammen. »Wir befinden uns in einer Rezession. Banken verleihen kein Geld mehr und brauchen staatliche Unterstützung, um zu überleben. Liquidität ist Trumpf. Redmond hat so viel Bares, dass er nicht weiß, wohin damit. Für ihn sind die Umstände ideal. Er möchte vom Drogenhandel in die Seriosität wechseln. Mit seinem Universitätsabschluss, seinem Charme und seinem selbstsicheren Auftreten könnte er diesen Übergang sogar reibungslos hinbekommen. Zu diesem Zweck hat er sich in ein korruptes und sieches Bankhaus eingekauft. Jetzt kann er Geld in legale Handelsinstitutionen umleiten. Es wird nie einen besseren Zeitpunkt für ihn geben, sich aus dem Staub zu machen.« Sie ließ ihre Worte einwirken. »Redmond weiß, dass im Drogengeschäft Leichen am Wegesrand zurückbleiben. Er hat seine Freundin bei einem inszenierten Unfall mit Fahrerflucht verloren, und jetzt zieht er weiter und will seine Vergangenheit möglichst weit hinter sich lassen. Stephen Brady wurde offenbar getötet, weil sein geplanter Artikel Redmond belastet hätte.«

Roche äußerte erneut ihre Vermutung über eine Verbindung zwischen Albert Dowling und Redmond. Den beiden war es allerdings bislang gelungen, ihre Geschäftsbeziehung geheim zu halten. Die angeblich beeinträchtigte geistige Gesundheit Albert Dowlings war nur ein Ablenkungsmanöver.

Den Kreis aus Täuschung, Intrige, Korruption und Kriminalität zu schließen würde letzten Endes mir zufallen.

Ich umriss meine Strategie. Wenn ich nur einen der Dowlings überrumpeln könnte, würde vielleicht etwas ans Tageslicht kommen. »Lassen Sie uns in kleinen Schritten vorgehen«, sagte ich. »Die Sache muss langsam aufgedröselt werden, nicht durch eine plötzliche Enthüllung.«

Die Besprechung war zu Ende. Ich dachte an John Hobbs' Worte. *Da liegen Sie aber ganz weit daneben*, hatte er gesagt. Und er hatte Patrick Dowling sterben sehen. *Finden Sie heraus, wieso er hier geendet is', und dann kommen Sie wieder. Dann verrat ich Ihnen, was noch fehlt.* Wenn ich Hobbs dazu überreden könnte, vor dem Coroner's Court auszusagen, wäre der Stein ins Rollen gebracht. Roches Verdächtige würden namentlich genannt, es würde mit dem Finger auf sie gezeigt werden. Und ich könnte mein altes Leben wieder fortsetzen.

Auf dem Weg zum Parkplatz nahm Roche mich beiseite. »Jack Matthews wurde nicht von Redmond gekauft. Wir haben ihn gründlich überprüft, und er ist sauber.«

»Gut.« Es freute mich, dass er nicht beteiligt war. »Er hat angedeutet, dass die Ermittlung abrupt beendet wurde. Wissen Sie, wer den Befehl dazu gegeben hat?«

Eine Sternschnuppe leuchtete am Himmel auf und verschwand. Unter unseren Füßen knirschte der Kies.

»Ein Mann namens Alan Hutchins«, sagte Roche. »Ein Tausendsassa, wechselt ständig seinen Posten. Nach meinen Informationen hatte er darum gebeten, dass ihm das Obduktionsergebnis zugefaxt werde, sobald es vorliegt, und dann hat er den Stöpsel gezogen.«

»Trauen Sie ihm?«

»Im Augenblick traue ich niemandem.«

Mir ging es nicht viel anders.

Roche sah sich um, ob jemand in Hörweite war. »Sobald wir Redmond in die Hände bekommen, werden wir versuchen, ihn festzunehmen.«

»Was meinen Sie mit ›versuchen‹?«

»Wir werden nicht allzu vorsichtig sein. Eine Waffe könnte versehentlich losgehen.« Es entstand eine verlegene Pause. »Er wird sich nicht in Handschellen abführen lassen. Ich sehe nicht, wie er sein Gesicht vor den Fotografen verbirgt. Eher wird er untergehen, als sich demütigen zu lassen. Niemand bereitet sich auf ein Handgemenge vor. Wenn man ihn entdeckt, wird es einen Unfall geben …«

Reilly schob mich auf den Rücksitz des Wagens, noch ehe ich Luft holen konnte.

Ich sah auf meinem Smartphone nach, ob ich in der Zwischenzeit irgendwelche Nachrichten bekommen hatte. Joan hatte geschrieben. »Hi, Dr. Wilson, habe die Presseerklärung vorbereitet, dass die Anhörung in der Sache Dowling bis auf Weiteres verschoben ist. Bye.« Dann eine kurze SMS von Sarah. »Ich halte das Bett für dich warm.«

Ich schaltete das Handy aus.

Wir nahmen die Route über die O'Connell Street – grell erleuchtet und herausgeputzt wie eine Hure. Menschenmengen ergossen sich aus Bars und Clubs und sammelten sich auf den Gehwegen. Taxis warteten in einer langen Schlange auf Fahrgäste. Ein Junggesellenabschied steuerte mit Feuerwerkskörpern und Gejohle auf seinen Höhepunkt zu. Niemand war mehr nüchtern. Die Ausgelassenheit stimmte mich milde, auch wenn Reillys Gesicht im Rückspiegel angespannt und besorgt aussah. Dies war keine geeignete Umgebung für gefährdete Personen.

»Warum sagten Sie heute Morgen, dass Sie kein gutes Gefühl gehabt hätten?«

Reilly ließ ein Taxi vorbei. »Roche nahm an, dass Redmond lokale Kräfte einsetzen würde. Sie hatte bestimmte Leute beschatten lassen. Heute Morgen dann machten sie sich daran, Waffen zu verteilen, und ihr Team folgte ihnen.«

Ich wusste nicht, ob ich erleichtert oder beunruhigt sein sollte. Es hätte nicht viel gefehlt, und sie hätten mich getötet.

»Ich will nicht, dass jemand von Hobbs erfährt.«

Reilly warf mir im Rückspiegel einen Blick zu. »Okay. Wir behalten es noch ein paar Tage für uns.«

Um mich abzulenken, ging ich die Unterlagen von der Besprechung durch. Redmonds Foto war das erste, das ich in die Hand nahm. Ich betrachtete es im Schein der Straßenlaternen. *Irgendwoher kenne ich dieses Gesicht,* dachte ich. *Aber wo habe ich ihn schon mal gesehen?* Dann befasste ich mich mit dem Ersuch, das der Reporter Stephen Brady an den Coroner's Court geschickt hatte. Der Name Timothy Cunningham sagte mir rein gar nichts. Die Anfrage stammte aus dem Januar dieses Jahres. War in jenem Monat irgendetwas Ungewöhnliches oder Dramatisches ans Licht der Öffentlichkeit gekommen? Ich erinnerte mich an nichts. Allerdings war ich aber auch so stehend k. o., dass mein Verstand nicht mehr richtig funktionierte. *Januar? Hatte es da nicht ein Problem bei einer Obduktion gegeben?* Und dann tauchten aus den Tiefen meiner Erinnerung ein Name, eine wütende Familie und ein Streit auf. Cunningham hatte dem offiziellen Befund zufolge Selbstmord begangen. Doch sein Bruder hatte mich beschuldigt, die Untersuchung übereilt abgeschlossen zu haben. Damals hatte es häufiger Beschwerden darüber gegeben, dass es so langsam voranging und die Fälle sich aufstauten. Und plötzlich legte sich in meinem Gedächtnis ein Schalter um, und es ließ mir die Haare zu Berge stehen.

Ich beugte mich im Sitz vor. »Fahren Sie mich zum Coroner's Court.«

»Jetzt?«

»Ja.«

»Es wird geschlossen sein.«

»Es gibt dort einen Nachtwächter.«

Reilly hielt mit laufendem Motor am Straßenrand und drehte sich zu mir um. »Alles in Ordnung mit Ihnen?«

»Ich habe meine Gründe.«

29

Falls Larry Naughton, der dicke Nachtwächter, überrascht war, mich zu sehen, so ließ er es sich jedenfalls nicht anmerken. Er öffnete alle drei Schlösser an der Eingangstür. »Werden Sie lange bleiben?«

Naughton hatte ein Gesicht wie der Löwe aus *Der Zauberer von Oz*: faltig mit schweren Hängebacken und buschigen Augenbrauen. Und er hatte den müden Blick eines Mannes mit tausend Sorgen. Er trug die Gerichtsuniform aus dunkelblauer Hose und Jacke über weißem Hemd und die Krawatte mit dem aufgeprägten Logo der Stadt Dublin. Die Krawatte war gelockert.

»Nein«, sagte ich, »ich habe nur etwas liegen gelassen.«

Reilly setzte sich in den Empfangsraum und griff wieder zur Abendzeitung. »Treiben Sie sich nicht allzu lange herum. Ich finde es unheimlich hier.«

»In einer Viertelstunde sind wir wieder weg.«

Ich ging zur Rückseite des Gebäudes und machte Licht im Büro meiner Assistentin. Joan bewahrte die Schlüssel für sämtliche Räume hier auf. Ich fand sie unter einem Kalender. Sicherheit wurde in meinem Amt nicht allzu groß geschrieben. Außer Computern und Druckern gab es hier schließlich auch nichts zu stehlen. Kein Bargeld, keine Wertsachen. Nur Geister und ihre Lebensgeschichten.

Ich stieg ins Untergeschoss hinab, wo regelmäßig Akten abgeholt und wieder zurückgebracht wurden. Es war ein unheimliches und nur schwach beleuchtetes Gewölbe, das man über eine dreiteilige Steintreppe erreichte. Ich tastete mich langsam nach unten. Die Luft war abgestanden, modrig und kalt. Ich musste husten. Nun kam eine eisenbeschlagene, über hundert Jahre alte Tür. Der Schlüssel drehte sich in dem geölten Schloss, die Tür ließ sich lautlos öffnen. Ich tastete nach dem Lichtschalter. Eine schwache Glühbirne ging flackernd an. Sie erzeugte dunkle Schatten, die mich kurz verwirrten. Ich ging weiter, verfluchte die düstere Beleuchtung und wünschte mir, ich hätte eine Taschenlampe mitgebracht. Hier unten war es noch kälter als auf der Treppe und roch nach Schimmel. Ich fröstelte, als ich mich an der Wand entlang zu den großen Stahlschränken vortastete, nach denen ich suchte.

Die Schränke enthielten Unterlagen über Bombenanschläge, Brandkatastrophen, brutale Morde, Selbstmorde, Unfälle und ärztliche Fehlleistungen. Sie enthielten die Akten von Männern, Frauen und Kindern, die man aus der Liffey gefischt hatte, von denen manche gesprungen und andere gestoßen worden waren. Es gab Akten über Menschen, die sich vor Züge und Lkws geworfen hatten. Oder gestoßen worden waren. Das Material reichte Jahrzehnte zurück.

In Kürze sollte mit der Verlegung der ältesten Akten an einen anderen, sichereren Aufbewahrungsort begonnen werden, weshalb man diese bereits zur Abholung nach vorn geschleppt hatte. Und das hieß, dass sich die aktuellsten Unterlagen in dem am wenigsten gut zugänglichen Teil befanden: an der hintersten Wand auf der rückwärtigen Seite des Kellers. Anders als der Rest des Ziegelbaus bestand diese Wand aus Granit. Darin befand sich eine schwere, metallbeschlagene Eichentür, die seit Jahren nicht geöffnet worden war: die alte Verbindungstür zum Leichenschauhaus der Stadt. Inzwischen ging sie auf das von Unrat übersäte Baugrundstück neben dem Coroner's Court hinaus. Früher hatte der Pathologe durch diese unterirdische Verbindung vom Leichenschauhaus zum Gericht gehen können. Er hatte seine Ergebnisse abliefern können, ohne über die Straße gehen zu müssen. Das ersparte Zeit und den Bürgern Dublins den Anblick eines Mannes, der in einer blutbespritzten Schürze von einem Gebäude zum anderen lief.

Im düsteren Licht sah ich Namen und Aktenzeichen: BOMBENANSCHLÄGE IN DER PARNELL STREET, TALBOT STREET, SOUTH LEINSTER STREET, 1974. Dann in einem anderen Abschnitt: BRAND IM STARDUST, 1981. Hier standen Reihe um Reihe Unterlagen zu quälenden, dramatischen Untersuchungen über die Toten Dublins.

Ich fand die Abteilung, die ich suchte, und ging die Karteikarten durch. Ein Stapel rutschte mir aus den verschwitzten Fingern, und ich renkte mir fast den Rücken aus, als ich ihn fluchend wieder aufklaubte. Schließlich fand ich den Schrank und die Aktennummern, auf die ich aus war.

Ich fummelte mit den Schlüsseln herum. Dieses verdammte schlechte Licht. Endlich fand ich den passenden Schlüssel. Eine vage Angst beschlich mich, auch wenn ich mir einredete, dass ich mich völlig irrational verhielt. In meinem Mund war wieder Blut, weil ich mir die Innenseite der Wange aufgebissen hatte. Aus irgendeinem Grund stand ich vor dem Metallkasten und fürchtete mich fast davor, ihn zu öffnen. Ich roch die Luft, sie war nasskalt, schwer und abgestanden. Sie schmeckte nach Tod. Ich steckte den Schlüssel ins Schloss und blickte mich um, als erwartete ich, hinter mir einen Geist zu erblicken. Meine Hände zitterten. Trotz der Kälte war meine Stirn feucht vor Schweiß, als ich darüberwischte. Ich fuhr mir mit der Zunge über die trockenen Lippen. Dann zog ich an der Tür, und im selben Moment wurde mir bewusst, dass ich den Schlüssel gar nicht umgedreht hatte. Der Schrank war nicht verschlossen gewesen. *Oh nein!* Sämtliche Aktenschränke mussten stets verschlossen sein, das war Vorschrift.

Und als ich nachsah, waren die Unterlagen zu Timothy Cunningham nicht mehr da. Ich sah noch einmal nach und verglich hektisch die Aktenzeichen mit dem Inhaltsverzeichnis. Ich zog andere Ordner heraus und legte sie unters Licht, um sicher zu sein, dass ich nichts übersehen hatte.

Bald war klar, dass die Akte nicht versehentlich verlegt worden war.

Der letzte Bericht über das Leben und den Tod von Timothy Cunningham war entwendet worden.

Nur Angestellte des Gerichts hatten Zugang zum Keller. Und jetzt wusste ich auch, dass irgendjemand aus meinem eigenen Team gegen mich und für jemand anderen arbeitete. Für Jonathan Redmond.

Was war so wichtig an Cunninghams Dossier? Nach welchen Informationen hatte Stephen Brady geforscht?

In meinem Kopf mischten sich Fragen, Verdächtigungen und Ängste zu einem fiebrigen Gebräu.

Ich schob die Schranktür zu und schloss sie ab. Und im nächsten Augenblick hörte ich Schritte. Leise, bewusst vorsichtige Schritte. Irgendjemand schlich die Treppe herunter. Mein Herz schlug heftig. Ich machte eine Bewegung – und die Schritte hörten auf. Ich wollte rufen, aber ich tat es nicht. Dann entfernten sich die Schritte wieder, ebenso langsam und bedächtig wie zuvor. Ich war kurz vor einem Herzinfarkt, Galle stieg mir in die Kehle, und ich hätte fast gewürgt vor Angst. Nur Reilly und der Nachtwächter waren im Gebäude. Oder war noch jemand anders hereingekommen? Fast traute ich mich nicht, wieder nach oben zu gehen, aber ich tat es schließlich doch. Nach jedem einzelnen Schritt blieb ich stehen, um zu lauschen. Nichts. Jetzt stand ich wieder vor der eisenbeschlagenen Tür. Sie stand halb offen, genau wie ich sie zurückgelassen hatte.

Reilly trank Tee und plauderte mit Naughton. Ich schlich an ihnen vorbei zum Gerichtssaal und setzte mich in den hinteren Teil, wo die Angehörigen und Freunde des Verstorbenen während der Anhörungen Platz nahmen.

Es gab sechs Angestellte am Coroner's Court. Sie alle hatten Zugang zum Keller. Täglich wurden Akten heraufgeholt und wieder hinuntergebracht, und jeder meiner Angestellten hatte berechtigte Gründe, sich dort unten aufzuhalten.

Ihre Gesichter blitzten vor mir auf: die Sekretärinnen Aoife, Eleanor und Mary. Gelegentlich wurden sie durch Zeitarbeitskräfte vertreten, wenn sie krank waren oder anderweitigen Verpflichtungen nachgehen mussten, was die Liste derer verlängerte, die Zugang zu den Akten gehabt hatten. Doch ich verwarf den Gedanken, dass irgendeine von ihnen damit zu tun haben mochte. Arthur O'Leary, der für die Rekrutierung der Jurymitglieder zuständig war, war so blind wie eine Fledermaus. Dann Joan, meine persönliche Assistentin. Nichts an ihrem Verhalten ließ darauf schließen, dass sich jemand an sie herangemacht hätte. Aber Roches beunruhigender Blick auf sie weckte in mir den Verdacht, dass die Ermittler sie möglicherweise im Visier hatten. Ich würde von nun an vorsichtiger sein müssen.

Schließlich war da noch der Nachtwächter. Naughton war dreiundsechzig und seit neun Monaten bei uns. Kurzfristig von seiner vorigen Stelle freigestellt, war er eines Tages hier hereinspaziert und hatte nach Arbeit gefragt. Er war verzweifelt gewesen. Seine Abfindung hatte sich auf ein besseres Almosen beschränkt und war im Nu aufgebraucht gewesen. Er hatte dringend Geld benötigt, um Essen auf den Tisch zu bringen. Er hatte den Job sofort angenommen.

Im Irland der Wirtschaftsflaute brauchten alle Geld. Einige mehr als andere. Und manche Leute würden bis zum Äußersten gehen, um an Geld zu kommen. Naughton hatte Geld gebraucht. Er arbeitete noch nicht lange genug bei uns, als dass sich ein festes Band der Loyalität mit dem übrigen Personal oder der Dienststelle hätte herausbilden können. Er war mein Hauptverdächtiger.

Ich saß in dem dunklen Saal und überlegte, wie ich mit der Sache umgehen sollte. Reilly sprach immer noch mit Naughton, ich hörte sie draußen murmeln, während nicht einmal mehr Straßengeräusche in die Stille des Saals drangen.

Ich saß auf den abgenutzten und unbequemen Bänken im hinteren Teil des Raums. Rechts vor mir waren die Juryplätze. Auf der linken Seite befand sich der Zeugenstand. Der Tisch und die Stühle in der Mitte waren für die Anwälte reserviert.

Darüber, höher als der Rest, stand die Bank des Coroners. Von dort hatte ich bei den Anhörungen einen ungehinderten Blick auf sämtliche Anwesenden. Es war ein merkwürdiges Gefühl, meinem üblichen Platz gegenüberzusitzen. Ich war noch nie auf der Besuchertribüne gewesen und fragte mich jetzt, wie ich wohl auf die Öffentlichkeit wirkte. Weise und fürsorglich? Teilnahmsvoll und tröstlich? Oder kalt und distanziert? War ich ein guter Coroner oder nicht? Ich war ein Arzt mit unzähligen Patienten, die allesamt tot waren. Niemand kam je, um mir zu danken, weil ich ihm Gerechtigkeit hatte widerfahren lassen.

Ich erinnerte mich wieder an ein Gespräch mit einem Krebsspezialisten, der selbst an Krebs erkrankt war. Er hatte mir erzählt, wie bedrückend es gewesen sei, sich auf der falschen Seite des Besprechungstisches wiederzufinden, und wie beängstigend, einen anderen Arzt dabei zu beobachten, wie er die Laborergebnisse studierte. War es ein schlechtes Zeichen, wenn der Kollege die Stirn runzelte? Ließ es darauf schließen, dass die Behandlung wirkte, wenn er gute Laune zu haben schien?

Nehmen mich so die Familien auf dieser Tribüne wahr?, fragte ich mich. *Hängen Sie an meinen Lippen und versuchen herauszuhören, welchen Spruch ich fällen werde?*

Ein Lichtstrahl huschte durch den Saal. Das Dröhnen eines Lkws ließ die Fenster klirren. Ich rieb mir die müden Augen. Erschöpfung überkam mich, und ich ließ den Kopf in die Hände sinken.

Fast intuitiv nahm ich eine Bewegung wahr. Ein Geist näherte sich aus dem Dunkel, dann noch einer, und schließlich erschienen immer mehr meiner Schützlinge zu ihrem Tag vor Gericht. Ich starrte reglos ins Leere. Aschgraue Finger zeigten auf mich. Die Geister glitten an mir vorbei auf die Tribüne, flüsterten und rangelten um die besten Plätze. Ich spürte ihren kalten Atem und roch den Verwesungsgeruch ihrer Bahrtücher. Ich verfolgte sie aus dem Augenwinkel. Ihre fleischlosen Gesichter zeigten weder Schmerz noch Sorge, weder Freude noch Fröhlichkeit. Nur Resignation. Es waren seelenlose Ghule, die murmelten und seufzten.

Das waren meine Kameraden, meine unsichtbaren und namenlosen Anhänger. Sie wussten, ich war ihr einziger Verteidiger. Sie waren gekommen, um mich zu unterstützen.

Ich war beruhigt, fast erleichtert. Ich hatte also noch Verbündete. Ich wusste die Toten Dublins hinter mir. Wer konnte mich da noch besiegen?

Ich gähnte, massierte mir noch einmal den Nacken und schloss die Augen. Als ich sie wieder öffnete, war der Saal wieder leer, die Geister nichts weiter als Halluzinationen eines erschöpften Verstands und eines müden Körpers.

Erst einen Augenblick später nahm ich die Gestalt wahr, die neben mir stand. Als ich aufblickte, war es der Nachtwächter.

»Sie sehen aus, als warteten Sie auf Ihren eigenen Spruch«, sagte er.

30

»Kommen Sie denn an eine Kopie der Cunningham-Akte?«, fragte Reilly.

»Es sollte eigentlich alles auf der Festplatte im Büro gesichert sein. Das System ist verschlüsselt und wurde meines Wissens auch nie geknackt.«

Reilly und ich parkten in meiner Straße in Glasthule. Es war ruhig, die massive Polizeipräsenz war verschwunden. In meinem Haus brannte kein Licht mehr. Kaum verwunderlich, da es mittlerweile fast 2.30 Uhr war.

Reilly drückte auf einen Knopf, und die Fenster glitten nach unten. Verkehrsrauschen konkurrierte mit einer Alarmanlage in der Ferne. Irgendwo bellte ein Hund, winselte und war dann wieder still.

Ich legte ihm meine Sorgen wegen des Personals dar und dass jeder Einzelne von ihnen sich Zugang zum Keller verschafft, die Akte herausgesucht und entfernt haben mochte.

»Trauen Sie von jetzt an keinem mehr«, sagte Reilly. »Wenn Sie nach der Akte fragen, wird das nur ein Vertuschungsmanöver auslösen.«

Ich hatte diese Möglichkeit auch schon in Betracht gezogen. »Vermutlich ist auch die Polizei im Besitz einer Kopie. Die könnten Sie sich ansehen, ohne Aufmerksamkeit zu erregen.«

»Das werde ich tun.«

Reilly öffnete die Tür, stieg aus und streckte sich. »Warum gehen Sie nicht schlafen?« Er sah mich durch das offene Fenster hindurch an. »Sie sehen völlig fertig aus. Es war ein Wahnsinnstag.«

Ich begann, Papiere in meine Aktentasche zu stopfen.

»Wir haben das Haus gegenüber besetzt. Der Besitzer ist ein Richter im Ruhestand und lässt es uns gern benutzen. Ihre Familie ist rund um die Uhr unter Beobachtung, eine Eingreiftruppe steht bereit.«

Ich kletterte vom Rücksitz und holte tief Luft. Die salzige Seeluft erfrischte meine Atemwege. »Ist denn noch irgendjemand in das Gebäude gekommen, während ich im Keller war?«

Reilly ging gerade die SMS-Nachrichten auf seinem Handy durch. »Nein.«

»Oder hat Naughton Sie zu irgendeinem Zeitpunkt allein gelassen, als ich unten war?«

»Nein.«

»Waren Sie selbst unten, um nach mir zu sehen?«

Reilly blickte von seinem Handy auf. »Worauf zum Teufel wollen Sie hinaus?«

»Ich habe Schritte gehört«, sagte ich. »Als ich im Keller war, habe ich Schritte gehört. Sie kamen halb die Steintreppe herunter, hielten an und entfernten sich dann wieder.«

Reilly fuhr sich mit der Hand über seinen Bürstenschnitt und sah mich an. »Das Ganze wird Ihnen zu viel. Sie sind übermüdet. Das nächste Mal erzählen Sie mir, dass Sie da unten Gespenster gesehen haben.«

Ich antwortete ihm nicht. Ich hatte im Keller keine Gespenster gesehen. Aber im Gerichtssaal waren sie gewesen. Vielleicht hatte ich mir die Schritte ebenfalls nur eingebildet. Vielleicht war es wirklich an der Zeit, dass ich einen Psychiater aufsuchte. Vielleicht sollte ich wieder einmal richtig ausschlafen.

Reilly wartete, bis ich wohlbehalten im Haus war, ehe er davonfuhr.

Ich legte meine Sachen ab und stellte mich unter die Dusche im Erdgeschoss. Ich schäumte mich kräftig ein und spülte mir Schweiß, Dreck, Geister, Verfall und Tod vom Leib. Ich griff zu Jennifers Shampoo und wusch mir dreimal die Haare. Dann trocknete ich mich ab und betrachtete mich im Spiegel.

Ich sah ausgezehrt aus. Ich hatte Stoppeln im Gesicht. Meine Augen waren eingesunken, rot gerändert und trüb. Die grauen Sprenkel, die mein Haar allmählich durchsetzten, wurden jetzt mit jedem Tag sichtbarer. Außer meiner Schramme auf der Stirn von dem Streifschuss hatte ich überdies einen Pickel am Kinn.

Ich befühlte meinen Bauch und überprüfte, wie viel Fleisch ich noch zwischen die Finger bekam. Es war nicht mehr viel.

Was musste Sarah von mir denken? Dann fiel mir ihre SMS wieder ein. »Ich halte dir das Bett warm.« Dies war keine Nacht, um allein zu schlafen.

Vorsichtig, um die knarzenden Stufen und die losen Bodenbretter zu vermeiden, schlich ich nach oben. Ich warf einen Blick zu Jennifer hinein, die tief und fest schlief und dabei ihren Lieblingsteddy im Arm hielt. Fünfzehn Jahre alt, und immer noch brauchte sie diesen Trost. Ich führte es auf die jüngsten Ereignisse zurück.

Dann sah ich nach Gregory. Noch immer blickte Didier Drogba finster auf ihn herab. Doch daneben hing inzwischen ein neues Poster, ein neuer Sportheld. Brian

O'Driscoll, der irische Rugbykapitän, in vollem Lauf, obwohl er gerade von drei Engländern attackiert wurde. Ich stieg über das übliche Chaos aus Kleidungsstücken und feuchten Handtüchern hinweg und strich Gregory über den Kopf. Er rührte sich nicht.

Auch Sarah schlief tief und fest. Ich betrachtete sie in der Dunkelheit; so gern ich sie gestreichelt hätte, ich wollte sie nicht wecken. Ich schlüpfte neben ihr ins Bett und streckte mich aus. In meinem Kopf brodelte es immer noch, doch irgendwann gewann die Müdigkeit Oberhand, und ich merkte, wie ich langsam eindöste. Meine Muskeln zuckten einmal, ich öffnete halb die Augen und schloss sie wieder. Dann schlief ich ein.

31

Ich erwachte zum Duft von gebratenem Speck und Würstchen. Dann hörte ich Stimmen. Sarah sprach unten mit jemandem. Ich sah auf die Uhr. Es war kurz nach elf. Im Schlafzimmer war es wegen der zugezogenen Vorhänge fast dunkel. Ich zog sie auf und sah, dass es ein weiterer schöner Sommertag war. Auf dem Rasen vor dem Haus jagte eine braun getigerte Katze eine Amsel. Der Vogel flog auf und setzte sich auf den Ast einer Birke. Die Katze stellte sich auf die Hinterbeine und sah ihm nach. Dann lief sie weiter, um nach neuen Abenteuern Ausschau zu halten.

Ich blickte die Straße hinunter. Sie war menschenleer bis auf zwei Polizeibeamte, die an einem Streifenwagen lehnten. Einer von ihnen winkte mir zu. Ich wusste nicht, was ich sonst tun sollte, also winkte ich ebenfalls. Dann wurde mir bewusst, dass ich nackt war, und zog mich vom Fenster zurück und schlüpfte in meinen Bademantel.

Das Frühstück war bereits fast fertig. Bacon, Würstchen und Tomaten türmten sich auf einer Servierschale. Toast sprang aus dem Toaster, Tee zog in der Kanne.

Ich ließ mich auf einen Stuhl fallen, zog den Bademantel um meine Beine und versuchte, meine Gedanken zu sammeln.

»Zieh dich an, Mike«, sagte Sarah. Sie trug weiße Baumwollshorts, Turnschuhe und ein weites blaues Top. »Du siehst aus wie eine verlorene Seele.«

Und genauso fühlte ich mich auch.

»Reilly ist draußen im Garten. Du könntest zu ihm rausgehen.«

Sie ließ einen Stapel Zeitungen vor mir auf den Tisch fallen. »Du machst heute die Schlagzeilen. Hauptmeldung in allen Blättern.« Ich schob die Zeitungen zur Seite. Ich konnte den Gedanken an gestern nicht ertragen.

»Wo sind Jennifer und Gregory?«

»Bei Freunden. Ich habe sie unter Polizeischutz hingefahren. Sie behalten sie im Auge, bis wir sie wieder abholen. Ich habe ihnen einen Tag am Strand versprochen, trotz des ganzen Theaters.« Sie beugte sich zu mir herunter und drückte mir einen Kuss auf die linke Wange. »Lass uns aufhören zu streiten und die Sache gemeinsam durchstehen.«

Ich nahm ihre Hand und drückte sie. »Danke.« Mehr bekam ich nicht heraus. Wir hatten Frieden geschlossen. Das war alles, was zählte.

Ich ging wieder nach oben, zog ein Hemd und Jeans an und kämmte mir die Haare. Dann kontrollierte ich im Spiegel meine Streifwunde. Sie verheilte gut. Selbst der Pickel an meinem Kinn sah nicht mehr allzu schlimm aus.

Reilly saß am Gartentisch, er trug eine schwarze Jogginghose und ein schwarzes T-Shirt und hatte eine Sonnenbrille auf der Nase. »Ich dachte, Sie haben samstags frei?«

»Bis diese Geschichte vorbei ist, weiche ich Ihnen nicht mehr von der Seite.« Er schob sich die Sonnenbrille in die Stirn. »Frühstücken Sie erst mal, dann machen wir uns an die Arbeit.«

Die Sonne wärmte, der Himmel war klar mit nur wenigen flauschigen Wolken. Eine Elster stolzierte über das Dach des Nachbarhauses. Von dem Hund war nichts zu hören. Vielleicht hatten ihn seine Besitzer in Sicherheit gebracht. Vielleicht waren sie überhaupt ausgezogen. Warum auch nicht? Die Wilsons als Nachbarn zu haben war schließlich ein Gesundheitsrisiko.

Ich schlang alles hinunter, was Sarah mir vorsetzte. Sie sah mir leicht amüsiert dabei zu und trank von ihrem Kaffee. Ich aß immer weiter. Ich wollte den Augenblick auskosten. Der nächtliche Schlaf hatte Wunder bewirkt. Ich fühlte mich erfrischt und bereit, es mit der ganzen Welt aufzunehmen.

Dann legte mir Reilly Timothy Cunninghams Akte vor mich auf den Tisch. Sarah verstand den Hinweis sofort. »Ich lasse euch zwei jetzt allein. Aber ich will, dass Mike später Zeit für die Kinder hat.«

Wenigstens war ich wieder Mike und nicht mehr Michael. Es war wieder besser um mich bestellt.

Ich trank eine Tasse Tee und überblickte voller Bewunderung den Garten: Petunien in allen Farben, blaue Lobelien, orangefarbene Stiefmütterchen und Hängegeranien. Sarahs kostbares Rosenbeet hatte gelbe, rote und weiße Blüten hervorgebracht. Ihr Duft schwebte in der Morgenluft.

»Timothy Cunningham war achtunddreißig, als er starb«, begann Reilly. »Ich habe mit dem ermittelnden Beamten gesprochen. Er hat diese Akte für mich aufgestöbert.« Er schlug sie auf. »Seine Leiche wurde letztes Jahr im Juli aus dem Royal Canal bei Blanchardstown gezogen.«

Bilder vom Ermittlungsverfahren blitzten wieder in meinem Kopf auf. »Sein Bruder behauptet, dass es kein Selbstmord gewesen sein kann.«

»Richtig.« Reilly schlug nach einer Fliege.

»Es gab hitzige Wortwechsel vor Gericht.«

Reilly klopfte auf das Dossier. »Steht alles hier drin.«

Weitere Erinnerungen stellten sich ein. Timothy Cunninghams betagte Mutter hatte während der gesamten Anhörung geweint. Sie war immer wieder auf seine Angst vor dem Wasser zu sprechen gekommen und hatte wiederholt von einem Vorfall aus seiner Kindheit berichtet, als er in einen Fluss gefallen war. Seitdem hatte er panische Angst vor tieferen Gewässern. Nein, beteuerte sie, wenn sich ihr Sohn das Leben hätte nehmen wollen, dann hätte er einen anderen Weg gewählt.

Reilly blätterte um. »Hier die Aussage eines Arbeitskollegen: ›Tim war deprimiert.‹« Und in einem weiteren Abschnitt las er: »Eine Zeugin sagte aus, er sei aus einem Pub in der Nachbarschaft gekommen und habe den Anschein erweckt, den Selbstzerstörungsknopf drücken zu wollen. Wissen Sie noch, was Sie die Frau gefragt haben?«

»Ja. ›Warum haben Sie ihn nicht aufgehalten?‹«

Reilly las die Antwort laut vor: »›Es ging mich doch nichts an. Er hat sich seltsam benommen, und ich wollte mich da nicht mit reinziehen lassen. Ich hatte genug mit meinem eigenen Leben zu tun.‹«

Es gab auch noch eine dritte Zeugenaussage von einem Unbeteiligten, der behauptet hatte, er habe Cunningham am Treidelpfad entlanggehen sehen. Cunningham sei irgendwann abrupt stehen geblieben, habe eine Weile aufs Wasser gestarrt und sei dann gesprungen. Bei der Autopsie wurden keinerlei Anzeichen für einen Kampf festgestellt. Er hatte eine geringe Menge Alkohol im Blut, aber keine illegalen Substanzen. Der Obduktion zufolge handelte es sich um Tod durch Ertrinken. Wenn man die Indizien und die Zeugenaussagen zusammennimmt, blieben zwei Möglichkeiten: Unfall oder Selbstmord im Zustand geistiger Labilität. Ich entschied auf Selbstmord. Doch die Familie des Toten ließ sich nicht beirren: Timothy war ihrer Ansicht nach nicht in den Kanal gesprungen. »Sein Bruder war am vehementesten«, erinnerte ich mich. »Er sagte, es sei alles gut gelaufen für Timothy. Guter Job, feste Freundin und eine Wohnung in bester Lage.« Ich zermarterte mir das Hirn, um mich genauer an den Wortwechsel zu erinnern. Dann tippte ich mit dem Finger auf die Akte. »Steht da drin, was sein Job war?«

Reilly antwortete nicht sofort. Er zerdrückte ein Insekt, das über den Tisch krabbelte. Schließlich sah er auf. »Standard and Chartered Bank. Er hat sich um die wohlhabenderen Kunden gekümmert.«

Unsere Blicke trafen sich. Schon wieder Standard and Chartered.

»›Vergessen Sie die Drogen, folgen Sie dem Geld‹«, erinnerte ich Reilly an John Hobbs' Worte.

Reilly fuhr sich mit der Hand übers Haar. Allmählich wirkte es unordentlich lang, aber offenbar hatte er keine Zeit, zum Friseur zu gehen. »Alles, was Hobbs gesagt hat, klingt inzwischen ziemlich plausibel.«

»Wenn wir ausreichend Material gesammelt haben, gehen wir noch einmal zu ihm«, sagte ich. »Er meinte doch, er würde dann für uns die Lücken schließen.«

Und plötzlich schlug mein Verstand einen Haken. Eine Erinnerung tauchte unvermittelt auf – das Foto von Jonathan Redmond. Ich eilte ins Haus, um meine Aktentasche zu holen, und stolperte dabei fast über meine eigenen Füße. Ohne auf Sarahs erstaunte Blicke zu achten, rannte ich wieder nach draußen und fing an, wild durcheinander Unterlagen und Akten aus der Tasche zu ziehen. Endlich fand ich das Foto, das Roche mir gegeben hatte.

»Ich wusste doch, dass ich ihn schon einmal gesehen habe!« Ich schrie beinahe.

Reilly sah mich verwundert an. »Und wo?«

»Er war bei Cunninghams Anhörung.«

»Wie bitte?«

»Er stach in seinem teuren Maßanzug sichtlich heraus. Er sprach die ganze Zeit kein Wort, sondern hörte einfach nur zu. Und nachdem ich die Entscheidung verlesen hatte, verschwand er sofort wieder.«

Reilly war verblüfft. »Was zum Teufel wollte er dort?«

32

Reilly stand auf, streckte sich und ging eine Weile auf und ab. Er zupfte verwelkte Blüten von den Rosen und zerdrückte Blattläuse. Mir bereitete diese neue Wendung bei der Verbindung zwischen Jonathan Redmond und meinem Gericht Kopfzerbrechen.

»Wir überprüfen Ihre Angestellten«, sagte Reilly schließlich und wählte eine Nummer auf seinem Smartphone.

»Gut.« Meine Gedanken waren jedoch woanders. War Redmond einer von Cunninghams reichen Kunden gewesen? Konnte es sein, dass der Vermögensverwalter zwielichtige Geschäfte bei seiner Bank aufgedeckt hatte, in die der Drogenhändler verwickelt gewesen war? Hatte er Redmond zur Rede gestellt, ohne zu erkennen, in welche Gefahr ihn das bringen würde?

Reilly sprach konzentriert am Telefon. Seine Züge verfinsterten sich, und er gestikulierte wild mit den Händen. Dann ging er in die Hocke und senkte den Kopf, so als dürfte niemand mit anhören, was er zu besprechen hatte, warf einen Blick in meine Richtung, aber seine Miene war ausdruckslos. Dann lief er wieder auf und ab, murmelte abwechselnd ins Telefon und lauschte der Stimme am anderen Ende der Leitung. Das schwarze T-Shirt war ihm aus der Jogginghose gerutscht. Er sah jetzt aus wie ein Straßenverkäufer, der eine Ware anpries.

»Was enthält eine Akte über die Untersuchung der Todesursache normalerweise?«, fragte er, als er sich endlich wieder zu mir an den Tisch setzte.

»Zeugenaussagen, Einzelheiten aus den polizeilichen Ermittlungen.«

»Zum Beispiel?«

»Eine Leiche wird aus dem Kanal gefischt, und man ruft die Polizei. Der Beamte, der am Schauplatz eintrifft, protokolliert, was er sieht, wie sich die gesamte Situation vor Ort darstellt. Er veranlasst den Transport ins Leichenschauhaus und wartet auf die offizielle Identifizierung. Solche Dinge.«

»Okay, was noch?«

»Aussagen von Angehörigen, die den Leichnam identifizieren. Die Bestätigung der Polizei, dass eine eindeutige Identifizierung vorliegt.«

Er bedeutete mir mit einem Nicken fortzufahren.

»Der Obduktionsbericht, Fotos der Leiche, Labor- und toxikologische Befunde.«

Reilly tat es mit einer Handbewegung ab. »Unwichtig.«

»Worauf wollen Sie hinaus?«

»Ich versuche herauszufinden, wonach Stephen Brady gesucht hat. Und warum Redmond es in seinen Besitz bringen wollte.«

»Namen und Adressen«, sagte ich. »Brady wollte vermutlich die Zeugen befragen. Einer von ihnen hatte behauptet, Cunningham sei depressiv gewesen. Und eine Passantin hat ausgesagt, er habe ausgesehen, als wollte er jeden Moment den Selbstzerstörungsknopf drücken. Und dann hat ihn auch noch jemand in den Kanal springen sehen. Brady muss Zweifel hinsichtlich dieser Aussagen gehabt haben.«

Aus dem Nachbargarten war lautes Kreischen und Miauen zweier kämpfender Katzen zu hören, und nur Sekunden später arbeitete sich eine große schwarze Katze durch die Hecke, sauste im Zickzack über das Rosenbeet und verschwand in die Freiheit.

Reilly trommelte mit den Fingern auf den Tisch. »Was verbindet Cunningham und Patrick Dowling?«

»Es muss mit der Standard and Chartered zu tun haben«, sagte ich. »Wir wissen, dass Cunningham dort gearbeitet hat. Wir müssen herausfinden, ob Dowling ebenfalls Kontakte zu der Bank hatte.«

»Redmond hat jemanden aus Ihrem Team bestochen, damit er Cunninghams Akte entwendet. Er wollte an die Namen und Adressen sämtlicher Zeugen kommen. Er geht ihre Aussagen durch. Vielleicht auch nur eine ganz bestimmte. Irgendetwas ging in dieser Bank vor sich, worüber er unbedingt Bescheid wissen wollte.« Er sah mich durchdringend an. »Ist das Ihre Interpretation?«

»Es wäre die logischste Erklärung.« Ich hörte Sarah aus dem Haus rufen, konnte sie aber nirgendwo sehen. »Mit wem haben Sie gerade telefoniert?«

»Mit dem für den Fall zuständigen Beamten. Ich würde gern in Erfahrung bringen, wo Cunninghams Bruder lebt. Er glaubte damals nicht daran, dass Timothy sich getötet hatte. Er muss Gründe für seine Zweifel gehabt haben. Und wusste er, dass ein einflussreicher Drogendealer neben ihm auf der Besuchertribüne saß?«

Sarah kam in den Garten marschiert und hielt mein Handy in die Höhe. »Das hier hat in den letzten fünf Minuten dreimal geklingelt.«

Ich nahm ihr das Handy ab und rief die Anrufliste auf. Die Nummer war nicht in meiner Kontaktliste. »Ich rufe sofort zurück.«

Sarah stand mit trotzig vor der Brust verschränkten Armen vor mir. »Und wenn du fertig bist, fahren wir. Ich habe Essen eingepackt und mit den Kindern gesprochen. Sie warten darauf, dass wir sie abholen.«

»Gib mir fünf Minuten«, sagte ich. Dann drückte ich auf die Rückruftaste und hörte das Freizeichen.

»Dr. Wilson«, meldete sich eine Stimme. »Hier ist Alex Johnston. Wie geht es Ihnen?«

Ich brauchte ein paar Minuten, bis mir der Name etwas sagte. Alex Johnston war kürzlich erst am University Hospital als Pathologe angestellt worden.

»Sie sind heute in allen Zeitungen.«

»Darauf habe ich es bestimmt nicht angelegt, Alex.« Ich kannte Johnston von diversen Kongressen. Er war ein rundlicher Mann mit einer hohen Stirn und Segelohren und wurde hinter vorgehaltener Hand »Dumbo« genannt. Wir waren nicht befreundet, hatten aber gelegentlich beruflich miteinander zu tun.

»Das glaube ich Ihnen gern.«

»Was kann ich für Sie tun, Alex?«

»Ich habe vier Tote hier im Leichenschauhaus.«

Die Leichen, auf die er sich bezog, konnten Todesfälle aus dem Krankenhaus, ambulante Fälle oder Leute sein, die in der Notaufnahme verstorben waren. Doch ich ging nicht von einem Routineanruf aus.

»Und?«

»Einer davon ist ein dreiunddreißigjähriger Mann. Er fiel von einem Balkon im obersten Stock eines Hochhauses. Er wurde mit der Ambulanz gebracht und war bereits tot, als er eintraf. Ich habe ihn soeben obduziert. Er hatte zahlreiche Brüche, einschließlich Becken und Schädel, und ein schweres Gehirntrauma.«

»Und?«

»Sein Name ist Noel Carty. Die Polizei sagt, er hat mit Ihrer gestrigen Anhörung zu tun.«

Mir stockte der Atem. »Sind Sie sicher, dass er es ist?«

»Die Polizei ist sich sicher.«

Ich schaltete sofort. »Untersuchen Sie ihn noch einmal auf äußere Spuren von Gewalt. Carty hat tatsächlich mit der Sache zu tun, und es hört sich ganz danach an, als wäre es mehr als nur ein Unfall gewesen.«

»Genau das dachte ich mir auch. Aber bisher habe ich keine Anzeichen für einen Kampf gefunden.«

»Sehen Sie noch einmal nach.«

»Sie sind der Coroner. Wird gemacht.«

Nachdenklich beendete ich das Telefonat. Meine Narbe begann zu schmerzen.

»Noch ein Problem?«, fragte Reilly. Ich erzählte ihm von Carty, und er schüttelte den Kopf. »Das musste ja so kommen. Ist er gesprungen, oder wurde er gestoßen?«

»Das steht noch nicht fest.«

»Je früher wir es wissen, umso besser.«

»Machen wir eine Pause«, schlug ich vor. »Wir ersticken in Details zu diesem Fall. Wir brauchen einen klaren Kopf. Ich fahre an den Strand, und Sie nehmen sich frei. Ich rufe Sie an, wenn ich neue Informationen habe.«

33

Wir fuhren tatsächlich an den Strand.

Reilly alarmierte gleich zwei verschiedene Polizeireviere, um sicherzustellen, dass die Familie Wilson in den Genuss von ein wenig Privatsphäre kam.

Wir entschieden uns für den Strand von Killiney ein Stückchen südlich von Glasthule. Es war drei Uhr nachmittags, und kein Wölkchen stand am Himmel. In der Bucht von Dublin versuchten Segeljachten den Hauch einer Brise zu erwischen, die sie von Dunlaoghaire im Süden in Richtung Howth im Norden bringen würde, doch die weißen Segel hingen lediglich schlaff herab. Mit einem Motorboot hatte man definitiv bessere Karten. Jennifer und Gregory schwammen und planschten im Wasser, bespritzten einander, stritten sich. Mitten an jenem Samstagnachmittag war um uns herum die Hölle los. Junge Mütter mit Babys und Kleinkindern zu allen Seiten. Sandburgen wurden gebaut, Eimer und Schaufeln waren im Dauereinsatz. Die Luft war warm, die Sonne schien direkt auf die Küste.

Sarah trug einen schwarz-weiß gestreiften Badeanzug, der sich perfekt um ihre Rundungen schmiegte. Sie rieb sich Arme und Beine mit Sonnencreme ein. Ich trug Shorts und ein T-Shirt und hatte Flip-Flops an den Füßen. Meine knochigen Beine leuchteten geradezu, so blass waren sie, und ich schlang befangen die Arme um die Knie.

Wir hatten in einem Korb Sandwichs, eine Thermoskanne Kaffee, Chips und Softdrinks mitgebracht. Und ganz zuunterst unter den Papierservietten lag meine Handfeuerwaffe. Ich hatte kein Risiko eingehen wollen – trotz Sarahs missbilligendem Blick beim Einpacken.

»Reilly ist ein echter Gentleman«, sagte sie.

»Ja. Er ist solide und zuverlässig.«

»Er hat vier Kinder, hat er mir erzählt. Lauter Jungs.«

»Das stimmt. Und alle ganz versessen auf Rugby.« Reillys einzige Ablenkung von der Arbeit war der Sport. Wie Sarah setzte auch er darauf, damit seine heranwachsenden Kinder nicht auf die schiefe Bahn gerieten.

Sarah drehte sich auf den Bauch und streckte sich aus. »Würdest du mir den Rücken eincremen?«

Jennifer lief den Strand auf und ab und versuchte, mit Gregory Schritt zu halten. An Tagen wie diesem tat sie ihm den Gefallen, seiner Lust auf Bewegung nachzugeben, spielte Ball mit ihm oder stellte sich in ein Tor aus zwei Schuhen, damit er Elfmeter üben konnte. Sie vergötterte ihren Bruder, verwies ihn aber vehement in die Schranken, sobald er ihr Territorium betrat.

Ich drückte ein bisschen Sonnencreme auf meine Fingerspitzen und rieb dann behutsam Sarahs Rücken ein. Ich ließ mir Zeit dabei, genoss das Ganze, als wäre es eine erotische Massage. »Vorsicht«, ermahnte sie mich. »Dein neuer Bodyguard sieht uns zu.«

Reilly hatte einen erfahrenen Bewacher für mich organisiert. Er war groß und schmal, in den Dreißigern und mit Shorts und einem Top mit V-Ausschnitt bekleidet. Das linke Handgelenk hatte er nach einem Sturz bandagiert. »Fang nichts an, was wir nicht zu Ende bringen können.«

Ich hielt mich also zurück. Ich hatte ohnehin begonnen,

Frühlingsgefühle zu entwickeln, und hätte mich, wenn es darauf angekommen wäre, nicht mehr ungezwungen bewegen können.

»Was hat Reilly noch gesagt?«

»Nicht viel. Ich bin mir sicher, er hat eine Menge für sich behalten, um mich nicht zu beunruhigen.«

Ich schwieg.

Sarah drehte sich auf die Seite, um den Strand im Blick behalten zu können. Jennifer und Gregory hatten sich ein ganzes Stück weit entfernt, steckten gerade die Köpfe zusammen und unterhielten sich offenbar angeregt. In ihrer Nähe spielten noch andere Kinder, sie rannten ins Wasser und kreischend wieder zurück. Eine umwerfend gut aussehende Brünette in einem viel zu knappen Bikini demonstrierte nicht weit von ihnen entfernt ihre Reize.

»Du hast mir noch gar nicht von gestern Abend erzählt.«

Doch ich war mit meinen Gedanken woanders. »Warte mal kurz.« Ich hatte jemanden in Jennifers und Gregorys Nähe entdeckt – einen untersetzten, breitschultrigen und langhaarigen jungen Mann. Die beiden jagten einander inzwischen rund dreihundert Meter weit entfernt über den Strand, und der Fremde war hinter einem Betonbunker aufgetaucht, der bei Hochbetrieb von den Rettungsschwimmern als Aussichtspunkt benutzt wurde. Er hielt irgendetwas in der rechten Hand – was, war unmöglich zu erkennen. Es erinnerte jedoch an eine Waffe. Mein Herz setzte einen Moment aus.

Ich warf Sandwichs und Chipstüten aus dem Picknickkorb und riss die Glock heraus. Dann stolperte ich über Steine und Geröll, bis ich endlich festen Sand unter den Füßen hatte.

»Halt!«, rief ich und rannte auf die Kinder zu. »Jennifer, Gregory, kommt zurück!«

Meine Stimme klang schrill. Die beiden blieben abrupt stehen und drehten sich zu mir um. Der Fremde ebenfalls. Ich stieß mir den Zeh an einem Stein, fluchte laut, rannte trotzdem weiter. Hinter mir hörte ich ängstliche Schreie von Sarah. Ich lief wie ein Besessener. »Halt!«, brüllte ich.

Um mich herum versuchten die Menschen, sich in Sicherheit zu bringen. Frauen und Kinder schrien erschrocken auf. Badende zerrten ihre Kinder aus dem Wasser. Aus dem Augenwinkel nahm ich wahr, wie eine regelrechte Welle der Panik über den Strand rollte.

Der Fremde hatte mittlerweile zu Jennifer und Gregory aufgeschlossen und starrte mir entgegen, während ich auf ihn zuraste. Seine rechte Hand zeigte in meine Richtung. *Großer Gott, er hat eine Waffe! Er wird schießen, bevor ich bei ihnen bin!* Ich rannte noch schneller und winkte und brüllte. Mein Herz hämmerte vor Anstrengung und Angst. *Bitte tu meinen Kindern nichts zuleide! Nimm mich, sie sind unschuldig!* Ein gut gebauter junger Mann machte Anstalten, sich mir in den Weg zu stellen. Ich richtete die Glock auf ihn, und er erstarrte.

Jennifer nahm Gregory an der Hand und zerrte ihn in meine Richtung. Sogar im Laufen nahm ich die Überraschung und den Schock auf seinem Gesicht wahr. »Schnell!«, rief ich. »Hierher!« Ich winkte sie zu mir.

Sekunden später hielt ich sie in den Armen. Jennifer liefen Tränen übers Gesicht, und Gregory zitterte und war ganz blass vor Angst. Sarah hatte uns inzwischen fast eingeholt. Sie war so schnell gelaufen, wie ich es noch nie erlebt hatte. Ihr dicht auf den Fersen war unser Leibwächter, der ein wenig gehemmt zu sein schien, weil er nicht noch einmal stürzen wollte. Er hatte nur noch eine funktionsfähige Hand, und in der hielt er seine Dienstwaffe.

Der Fremde stand wie angewurzelt da und wirkte vollkommen verdutzt. Er schien höchstens achtzehn zu sein. Seine Arme waren tätowiert, er hatte Piercings in Ohren und Lippen. In der rechten Hand hielt er eine Wasserpistole aus Plastik. »Herrgott noch mal, Mann«, rief er, »Was ist denn in Sie gefahren?« Da erst sah ich die Schachteln mit allem möglichen Strandplunder: Sonnenschirme, Eimer und Schaufeln, Softbälle, Windräder. Und Wasserpistolen.

Ich verfluchte mich innerlich. Der vermeintliche Killer war nichts weiter als ein Strandverkäufer.

Ich hatte mich zum Narren gemacht.

Ich hatte den ersten schönen Tag seit Langem ruiniert, den wir als Familie hatten genießen wollen. Ich hatte gründlich Mist gebaut. Und Sarahs Gesicht sah so finster aus wie ein Gewitter.

Sie nahm Jennifer und Gregory bei den Händen und schleifte sie an verängstigt dreinschauenden, misstrauischen Strandbesuchern vorbei zu unserem Picknickplatz zurück. Es hatten sich Grüppchen gebildet, Leute deuteten zu mir herüber und tuschelten. Handys liefen heiß, während das Spektakel überall in der Stadt herumerzählt wurde. Jennifer sah mich mit einem gequälten Gesichtsausdruck an. Wieder einmal.

»Tut mir leid«, sagte ich betreten zu dem jungen Mann.

»Werden Sie erwachsen!« Er betrachtete meine Narbe. Ganz sicher vermutete er einen Schlägertypen in mir. »Sie können hier doch nicht einfach so mit einer Knarre rumfuchteln! Da sind überall Frauen und Kinder, Mann!«

Ich drückte dem Leibwächter meine Glock in die Hand. Er schüttelte nur wortlos den Kopf über meinen Auftritt.

Ich machte mich auf den Rückweg, ohne nach links und rechts zu schauen. *Du Idiot,* sagte ich mir. *Du gottverdammter Idiot!*

34

An den Justizminister
Government Buildings
Upper Merrion Street
Dublin 2

12. Juni 2010

Sehr geehrter Herr Minister,

zu meinem großen Bedauern muss ich Sie von meiner Entscheidung in Kenntnis setzen, vom Amt des Coroners der Stadt Dublin zurückzutreten.
Sie wissen um die Ereignisse der jüngsten Zeit. Diese haben mich und meine Familie weitreichend in Mitleidenschaft gezogen. Ich glaube, es wäre unklug und egoistisch, würde ich auf meinem Posten bleiben. Es würde mein Leben und das meiner Frau und meiner Kinder in Gefahr bringen, und dies ist schlichtweg nicht hinnehmbar.
Um die Regelungen für ein Ausscheiden aus dem Amt einzuhalten und meine Pensionsansprüche zu wahren, werde ich weitere vier Wochen als Coroner amtieren.
Dies sollte Ihnen genügend Zeit geben, einen adäquaten Ersatz zu finden.
Es war mir eine Ehre, als Coroner der Stadt Dublin dienen zu dürfen, und ich danke Ihnen ausdrücklich für die Mög-

lichkeit. In besseren Zeiten hätte ich diese Arbeit, die mir so viel Freude bereitet hat, sehr gern fortgesetzt.
Mit freundlichen Grüßen
Dr. Michael Wilson

»Unterschreib.« Sarah stand mit einem Kugelschreiber in der Hand vor mir. Sie hatte den Brief eigenhändig getippt, und zwar in einem Furor, dass ich glaubte, die Tastatur würde unter ihren Fingern schmelzen.

Ich setzte meine Unterschrift unter das Schreiben, und Sarah riss es mir aus der Hand. Sie las es noch einmal durch und verschloss es dann in einem Kuvert. Unten wartete bereits der Stadtkurier. Er starrte auf die Adresse, hörte sich Sarahs Anweisungen an, starrte dann mich an. Ich verzog das Gesicht, und er grinste. Dann war er weg. Ich lauschte, bis das Knattern seines Motorrads nicht mehr zu vernehmen war.

Jennifer und Gregory sahen fern. Gregory knabberte die Chips, die für den Nachmittag am Strand gedacht gewesen waren – der aufgrund meiner Überreaktion auf eine dämliche Wasserpistole unerwartet schnell geendet hatte.

In vielerlei Hinsicht war das der Wendepunkt für uns gewesen. So konnte es einfach nicht mehr weitergehen. Der Druck war zu stark geworden. Und Sarah hatte eine Entscheidung getroffen.

»Ich und die Kinder oder dein Job – entscheide dich, Michael Wilson.« Sie hatte mir während der ganzen Rückfahrt von Killiney zugesetzt: Michael dies, Michael das. Entlang der gesamten Küstenstraße hatte ich ihren Zorn über mich ergehen lassen müssen. Noch nie hatte ich meinen Namen in einem derart beleidigenden, wütenden und frustrierten Tonfall vernommen. Michael. Ich fing allmählich an, den Klang meines eigenen Namens zu hassen. Und vom Rücksitz war nur Unterstützung für Sarah gekommen: »Das ist einfach nicht in Ordnung, Dad«, hatte sich Gregory beschwert, als wir die Sorrento Road entlanggefahren waren. »Ich hatte echt Angst – und zwar nicht vor dem Strandverkäufer, sondern vor dir! Ich dachte, jetzt hättest du den Verstand verloren.« Das hatte meine Stimmung nicht gerade gehoben.

»Er hat recht«, hatte Jennifer weitergemacht. »Wir haben uns endlich mal wieder amüsiert – bis du angefangen hast herumzuschreien. Und die ganzen Leute, die zugeschaut haben! Bestimmt war jemand dabei, den ich kannte. Jetzt kann ich mich wochenlang nirgends mehr blicken lassen.«

Für Sarah hatte es das Fass zum Überlaufen gebracht.

Wieder daheim, riefen wir die Kinder an den Küchentisch, und ich erklärte ihnen, wie es in Zukunft mit uns weitergehen würde. Sarah berichtete ihnen von dem Brief, den sie gerade abgeschickt hatte.

»Vier Wochen?« Gregorys Bestürzung brach sich Bahn. Seine Unterlippe zitterte, und er kämpfte gegen Tränen. »Nicht noch mal vier Wochen so wie jetzt!« Er sprang vom Tisch auf und rannte nach oben. Sekunden später hörte ich, wie seine Zimmertür zuschlug.

Jennifer blieb mit gesenktem Kopf sitzen und spielte mit dem Armband ihrer Uhr.

»Es tut mir leid, Jennifer«, sagte ich zu ihr, »aber einen so wichtigen Posten im öffentlichen Dienst schmeißt man nicht von heute auf morgen hin. Ich muss ihnen Zeit geben, einen Ersatz für mich zu finden.«

Sie sah mich nicht an. »Ich gehe zu Gregory, in Ordnung, Mum? Er ist fix und fertig.«

Sarah nickte, und wir blieben allein zurück. Es herrschte Schweigen. Keiner von uns wusste, was er noch sagen sollte. Ich war wie benommen. Es war einer der schlimmsten Momente in meinem Leben. Nach keiner nicht bestandenen Prüfung, keiner falschen Diagnose oder klinischen Entscheidung hatte ich mich je so elend gefühlt wie jetzt. In den Augen meiner Frau und meiner Kinder hatte ich versagt. Schlimmer noch: Ich war eine Gefahr für ihr Wohlergehen. Möglicherweise hielten sie mich sogar für geistig labil.

»Das ist das letzte Mal, dass wir über dieses Thema sprechen, Michael. Du hast vier Wochen Zeit, um am Leben zu bleiben. Ich habe vier Wochen, um meine Kinder zu beschützen. Danach wirst du dir irgendwo anders eine Stelle als Pathologe suchen. Wenn wir ins Ausland gehen müssen – sei's drum. Ich habe gehört, am Mater Hospital wird im August eine Stelle frei. Wenn du deine Bewerbung rechtzeitig abschickst, bist du sicherlich in einer starken Position. Vielleicht legt ja einer deiner Kumpels aus der Sicherheitsbranche ein gutes Wort für dich ein.«

Das schmerzte mich mehr als eine Ohrfeige. Aber ich nahm mich zusammen. Ich war an meiner Lage selbst schuld. Es waren verzweifelt harte Zeiten in Irland. Wirtschaftlich und politisch gesehen und in puncto Sicherheit ebenfalls. Andere Paare mochten wegen Geldes, der Scheidung, Arbeitslosigkeit oder einer Sucht in Streit geraten. In unserem Haus bestand die Herausforderung im nackten Überleben.

Doch mit der Unterzeichnung meines Rücktrittschreibens hatte ich Ereignisse in Gang gesetzt, die mein Leben für immer verändern würden. Wenn ich in vier Wochen noch lebte und meiner Familie nichts zugestoßen wäre, würde ich nicht mehr Coroner von Dublin sein. Ich würde mich wieder in Dr. med. Michael Wilson verwandeln. Ich würde mir eine Stelle in der Pathologie suchen. Ich würde wieder Obduktionen durchführen, um Todesursachen auf den Grund zu gehen, ärztliche Fehler aufspüren oder die Folgen fehlgeschlagener Operationen beleuchten. Ich würde Gewebeproben unter Mikroskopen studieren, nach bösartigen Zellen suchen oder nach solchen, die nicht dort waren, wo sie sein sollten. Ich würde Eimer mit Formalin herumschleppen, und in diesen Eimern würden Körperteile liegen: Lebern, Nieren, Hirne, Knochen, Eierstöcke, Hoden und so weiter. Wo immer ein Körperteil beschädigt oder krank sein mochte, würde ich es sezieren, in Formalin einlegen, hauchdünn zerschneiden und auf Zeichen von Anomalitäten untersuchen. Oder die Normalität bestätigen.

Doch insgeheim wollte ich nicht in die Krankenhauspraxis zurückkehren. Ich liebte die Herausforderung als letzte Stimme der Toten. Verwandte mussten bei jenen Todesfällen erfahren, was wirklich passiert war. Gelegentlich tauchten allerdings auch keine Angehörigen mehr auf; zumeist handelte es sich in solchen Fällen um einen Obdachlosen, den man in einer dunklen Gasse gefunden hatte, und im Obduktionsbericht stand dann vielleicht Herzversagen, Lungenversagen, Leberversagen, Nierenversagen. Die Organe versagten, als hätten sie unisono beschlossen aufzugeben. Als wollten sie den verwüsteten Körper, der sie umgab, nicht länger unterstützen.

Am Ende einer Anhörung verließen die Hinterbliebenen stets langsam, fast widerstrebend den Saal. Gelegentlich murmelte jemand einen Dank. Und jedes Mal – ohne Ausnahme – nahm ich abgesehen davon ein weiteres letztes Fortgehen wahr. Einen Geist, der wartete, bis sich der Raum geleert hatte, und dann erst auf Nimmerwiedersehen hinausschlurfte. Er hatte seinen Tag vor Gericht gehabt. Doch ehe diese Erscheinung verschwand, wandte sie sich mir zu und nickte. Einen Gruß aus dem Grab. Danke, Coroner.

Ich war ein gewöhnlicher Mensch, dem man eine außergewöhnliche Verantwortung übertragen hatte. Ich musste nach der Wahrheit suchen, selbst wenn sie noch so flüchtig zu sein schien.

Wie bei Patrick Dowlings Tod. Wenn ich die Untersuchung der Todesursache beendete und einen rechtmäßigen Spruch fällte, wäre dem mörderischen Feldzug nach meiner Überzeugung ein Ende gesetzt.

Etwas Ungewöhnliches war Dowling widerfahren. Etwas, das so seltsam, geheimnisvoll und gefährlich war, dass es sich für irgendjemanden gelohnt hatte zu töten, damit die Wahrheit nicht ans Licht kam.

Ich rief Reilly an. »Ich möchte Albert und Mary Dowling treffen. Morgen, wenn möglich.« Ich erzählte ihm von dem Vorfall am Strand. Er hatte bereits davon gehört. Schlechte Nachrichten sprachen sich schnell herum. Ich erzählte ihm auch, dass ich als Coroner zurücktreten wolle.

»Heute ist anscheinend der Tag der Rücktritte. Vor einer Stunde hat Albert Dowling den seinen bekannt gegeben.«

»Albert Dowlings politische Karriere interessiert mich gelinde gesagt einen Scheißdreck.« Ich konnte meine Verbitterung nicht verbergen. »Und ich möchte, dass Sie ein Treffen mit Timothy Cunninghams Bruder arrangieren. Ich muss wissen, wieso Redmond bei dieser Anhörung war.«

35

Am Sonntag, den 13. Juni, fuhr Reilly mich zum Haus der Dowlings. Er trug eine ordentlich gebügelte Hose, ein weißes Hemd und eine blau gestreifte Krawatte. Ich war mit einer Freizeithose und einem kurzärmligen Hemd bekleidet. Am Morgen hatten Wolken über der Stadt gehangen, aber dann war die Sonne herausgekommen. Es war warm und schwül, und ich wünschte mir, ich könnte einer angenehmeren Tätigkeit nachgehen. Doch der Fall Dowling und die Wahrheit hinter Patricks Tod waren nun einmal mein Los.

Ehe ich aufbrach, hatten Sarah und ich unser weiteres Vorgehen besprochen. Als Familie würden wir noch vier Wochen lang unter Polizeischutz stehen. Danach wären wir wieder auf uns gestellt. Ich hatte beschlossen, dass mein nächster Posten nicht mehr in Dublin sein sollte, und vorgeschlagen, das Haus zu verkaufen und womöglich sogar das Land zu verlassen. Wir würden die Kinder ein Jahr lang zu Hause unterrichten lassen, bis wir uns über unsere längerfristigen Pläne im Klaren waren. Ich konnte von Glück sprechen, dass mein medizinischer Sachverstand derart nachgefragt war. Ich würde überall auf der Welt Arbeit finden. Australien, Neuseeland oder Kanada waren attraktive Optionen. Ich würde mich neu beweisen müssen – was nicht schwer sein würde –, aber das Ganze würde auch mit sich bringen, sich neu irgendwo einzuleben und neue Kontakte zu knüpfen. Aber wenigstens würde niemand mehr auf mich schießen. Wir würden vielleicht nie wieder nach Dublin – oder überhaupt nach Irland – zurückkehren, und angesichts des Zustands, in dem sich das Land befand, war das womöglich nicht einmal schlecht. Wir würden unsere Kinder irgendwo großziehen, wo ihre Zukunft nicht von vererbten Schulden und religiöser Bigotterie vorbelastet war. Wo eine Anstellung und berufliches Fortkommen auf persönlichen Verdiensten beruhten und nicht darauf, welche Schule man besucht oder für welchen Rugbyverein man gespielt hatte.

»In der Zwischenzeit«, betonte ich, »bin ich weiter Coroner und muss meiner Arbeit nachgehen.«

Die Diskussion wurde, wie Politiker zu sagen pflegen, umfassend und offen geführt. Sarah wollte das Land zwar nicht für immer verlassen, doch wie viele andere auch war sie zermürbt von den nicht versiegen wollenden schlechten Nachrichten. Den Experten zufolge war das Land bankrott. Der IWF würde zu Hilfe gerufen werden müssen. Fernsehen und Hörfunk brachten täglich neue traurige Geschichten über Familien, deren Angehörige auswanderten. Auch wenn es keiner von uns aussprechen wollte, dachten Sarah und ich insgeheim das Gleiche: Würden Jennifer und Gregory in zehn oder fünfzehn Jahren immer noch bei uns sein? Oder würden sie sich andernorts ein besseres Leben eingerichtet haben?

Am Ende einigten wir uns auf einen Kompromiss. Sarah würde sich um die Kinder kümmern und sie ablenken, während ich vor meinem letzten Tag als Coroner noch alles Ungeklärte abschließen sollte.

Nachdem das geklärt war, brach ich zu meinem Zusammentreffen mit den Dowlings auf. Sarah wollte mit den

Kindern wieder an den Strand. Wir durften sie jetzt nicht sich selbst überlassen, egal wie erwachsen sich Jennifer schon fühlen mochte.

Auf der Fahrt erzählte mir Reilly, dass es nicht leicht gewesen sei, den Termin zu vereinbaren. Die Dowlings hatten gemauert. Da Albert Dowling gerade erst seinen Rücktritt bekannt gegeben hatte, war die Familie nicht in der Stimmung für vermeintlich feindlich gestimmte Besucher. Reilly hatte ihre Bedenken nur zerstreuen können, indem er erklärt hatte, dass dies ein Versuch sei, die Untersuchung zu einem Abschluss zu bringen.

»Ich habe ihnen gesagt, Sie würden höchstens eine Stunde bleiben.«

Auch Albert Dowlings schlechter Gesundheitszustand und die religiösen Verpflichtungen seiner Frau waren ins Feld geführt worden, aber am Ende hatten sie nachgegeben, und ich sollte nach der Messe erscheinen. Wir zögerten unsere Ankunft also bis elf Uhr hinaus. »Für den Fall, dass die Predigt ein bisschen länger dauert als gedacht«, wie Reilly höhnisch bemerkte.

Die Dowlings besaßen ein prächtiges rotes Ziegelhaus im edwardianischen Stil im Vorort Dartry. Es war ein wohlhabendes Viertel mit ruhigen, baumbestandenen Straßenzügen und großzügig bemessenen Bürgersteigen – das vornehme Dublin, reich und geschmackvoll, mit teuren Autos auf gekiesten Einfahrten.

Reilly parkte seinen Wagen an der Straße und ließ mich aussteigen. »Viel Glück.«

Ich sah mich auf der Straße um. Zum Schutz der Dowlings ließ die Polizei lediglich Anwohner hindurchfahren. Es war gänzlich ruhig, nur ein kleiner Junge in weißen Shorts und einem grünen Fußballtrikot schoss lustlos einen Fußball gegen eine Mauer und sah hin und wieder die Straße hinunter in der Hoffnung, dass Autos kämen. Er sah gelangweilt aus. Als ich auf ihn zuging, setzte er sich auf den Ball und sah mir erwartungsvoll entgegen. »Hallo, Mister.«

»Hallo.« Für mehr war keine Zeit, denn schon wurde die Dowling'sche Haustür geöffnet.

»Dr. Wilson?«

»Ja.« Ich kannte den Mann nicht. »Ich bin hier, um mit Albert und Mary Dowling zu sprechen.«

»Ich weiß.« Er streckte die Hand aus, und ich schüttelte sie. Sein Griff war zwar fest, aber unangenehm. »Ich bin Richard. Der Zweite in der Familie.«

Ich bemühte mich, sein Gesicht mit den Fotos des Dowling-Clans in Einklang zu bringen, die ich zuvor studiert hatte. Patricks frühe Fotos hatten einen gut aussehenden Mann gezeigt, der seinem Vater überaus ähnlich sah. Richard hingegen war klein und gedrungen, nur knapp über eins siebzig groß und rund hundert Kilo schwer. Er hatte grobe Gesichtszüge, eine große Nase und pockennarbige Haut. Er trug Jeans und ein weißes T-Shirt. Er zog die Tür nur einen Spaltbreit auf, sodass ich mich regelrecht hindurchzwängen musste. Mit Wucht schob er die Tür wieder hinter mir zu. »Dad schläft.«

»Ist er krank?«

»Er ist nur müde.«

Wir hatten uns immer noch nicht von der Tür fortbewegt. Dowling gab sich nicht die geringste Mühe, seine Abneigung mir gegenüber zu verbergen. »Dann werde ich in der Zwischenzeit mit Ihrer Mutter reden. Ich werde sie auch sicher nicht lange bemühen.«

Er musterte mich von Kopf bis Fuß, als würde er für

einen Anzug Maß nehmen. »Sie hat mir von Ihrem Gespräch erzählt.« Kein Wort zu meiner Narbe. »Sie ist immer noch sehr aufgebracht.«

»Tut mir leid, das zu hören.« Aus dem Augenwinkel sah ich eine prächtige Eingangshalle mit einem großen, goldgerahmten Spiegel. Ich schob mich an Dowling vorbei. Rechts lag ein Empfangszimmer. »Soll ich hier warten?«

»Nein, wir gehen in die Küche.«

Mary Dowling wartete bereits an einem langen Holztisch. Dieses Mal hatte sie keinen Versuch der kosmetischen Tarnung unternommen. Sie trug eine Jogginghose und ein weites Tennistrikot. Ihre Augen waren blutunterlaufen, die Schatten darunter tief dunkel. Ich ahnte, dass sie geweint hatte. Außerdem wirkte sie nervös. Ich bezweifelte, dass sie in der Kirche gewesen war. Nicht in diesem Aufzug.

»Tut mir leid, Sie am Sonntag stören zu müssen.«

»Was wollen Sie noch, Dr. Wilson?« Sie sah mir direkt in die Augen. »Ich dachte, es sei alles gesagt.«

Ich setzte mich ihr gegenüber an den Tisch. Ich hatte mir eine ganze Liste mit Gesprächsthemen zurechtgelegt und beschloss, mit einem möglichst unverfänglichen Thema anzufangen. Als ich meinen Stuhl näher an den Tisch heranzog, roch ich Whiskey in ihrem Atem. »Erzählen Sie mir von Patrick.«

»Darum kümmere ich mich, Mum«, mischte Richard sich ein. »Setz dich raus in den Garten, und ich führe Dr. Wilson in Patricks Zimmer. Dort können wir uns unterhalten.«

Ich sah durchs Küchenfenster hinaus auf den gepflegten Rasen vor einer akkurat gestutzten Hecke. Auf der angrenzenden Terrasse waren ein Sonnenschirm und eine Liege aufgestellt. Auf einem Tischchen standen eine Kaffeekanne, eine Tasse und ein Milchkännchen bereit. Mir war klar, dass ich ausgetrickst werden sollte. Während Albert Dowling schlief, würde man mir unter keinen Umständen erlauben, seine Frau zu befragen.

»Ich würde lieber mit Ihrer Mutter sprechen.«

Richard runzelte die Stirn. »Sie ist wirklich mitgenommen. Erst Patricks Tod und dann auch noch all diese unerfreulichen Dinge bei der Anhörung. Und jetzt der Rücktritt meines Vaters. Das alles setzt ihr sehr zu.«

Mit einem feuchten Schniefen bekräftigte Mary Dowling, was ihr Sohn gerade gesagt hatte.

Ich traf eine schnelle Entscheidung. Ich würde nichts erreichen, wenn ich hartnäckig bliebe. Also wollte ich mit Richard sprechen. »Na schön, in Ordnung.« Es war mitnichten in Ordnung, aber ich würde zumindest versuchen, ihm ein paar Informationen zu entlocken.

Er führte mich nach oben. Im Treppenhaus hingen Familienfotos aus besseren Tagen. Vor einem blieb ich stehen. »Wer ist das da?«

»Das ist unser Bruder Seamus.«

»Ihr Bruder?«

Seamus war eindeutig der väterlichen Seite der Familie zuzurechnen. Er hatte dunkles, gewelltes Haar, eine hohe Stirn und hohe Wangenknochen und ein kräftiges Kinn mit ebenmäßigen Zähnen.

»Er sucht gerade in London eine neue Wohnung. Er will wohl noch in dieser Woche umziehen. Er wollte während der Untersuchung der Todesursache nicht in Dublin sein.« Er öffnete eine Tür. »Das hier war Patricks Zimmer.«

Karg war gar kein Ausdruck. Der Raum war groß. Erkerfenster ohne Vorhänge gingen auf den Garten hinaus.

Auf dem Boden lag ein abgenutzter Teppich. Ein Einzelbett mit einer nackten Matratze stand in einer Ecke, nicht einmal ein Kopfkissen lag darauf. Die Türen zu den Einbauschränken waren verschlossen. Am Fenster stand ein Schreibtisch mit einem schwenkbaren Lampenschirm, davor ein schlichter Bürostuhl. Nichts lag auf dem Schreibtisch herum, an den Wänden hing kein einziges Bild. Keine Sporttrophäe aus der Jugend – nicht ein einziges Erinnerungsstück war von Patrick Dowling geblieben. Das Zimmer wirkte auf mich, als hätte man absichtlich versucht, jeden Hinweis auf seine frühere Existenz zu tilgen.

Ich blickte mich um. »Haben Sie Fotos von Patrick?«

Er sah mir forschend ins Gesicht. »Weshalb fragen Sie?«

»Ich versuche, mir ein besseres Bild von Ihrem Bruder zu machen.«

»Wozu?« Sein pockennarbiges Gesicht war hässlich, sein Ausdruck regelrecht provokant. Seine gesamte Haltung irritierte mich kolossal.

»Wollen Sie mir helfen oder nicht? Ich bleibe den ganzen Tag hier, wenn es sein muss.«

Dowling hielt meinem wütenden Blick stand. »Ich sage Ihnen alles, was Sie wissen müssen. Patrick war drogensüchtig. Ein hoffnungsloser Fall. Sich umzubringen war das einzig Gute, was er tun konnte. Es hat unserer Familie weiteres Elend und weiteren Schmerz erspart.«

»Waren Sie nicht bestürzt, als Sie hörten, dass er sich erhängt hatte?« Eine Andeutung von Bedauern, egal wie unaufrichtig, wäre nur angemessen gewesen.

»Es war mir egal.«

Der Hass und die Feindseligkeit, die Dowling mir entgegenbrachte, waren unübersehbar, und ich konnte nicht begreifen, was der Grund dafür sein mochte. Was hatte ich ihm oder seiner Familie getan? Doch hinter der ablehnenden Fassade lauerte auch Angst – und das war mir erst recht ein Rätsel.

Ich ließ mich nicht beirren, sondern setzte mich stattdessen ungefragt an den Schreibtisch des toten Bruders und begann, in einem Fotoalbum zu blättern, das ich aus der erstbesten Schublade gezogen hatte. Vom Flur klang lautes Schnarchen in das Zimmer herüber. Ich sah auf die Uhr. Es war 12.30 Uhr. Der zurückgetretene Politiker hielt ein bewundernswert langes Nickerchen.

»Patrick lebte am Limit.« Dowling musterte mich, während ich mir die Bilder ansah. »Er musste schon immer alles bis zum Exzess betreiben.«

Ich studierte ein altes Schulfoto. Es war auf dem Gelände des Mountbrook College aufgenommen worden, einer teuren Jesuitenschule.

»Wie kam er in Mountbrook zurecht?«

»Er war immer unter den Klassenbesten. Einmal gewann seine Mannschaft sogar den Rugby Senior Cup. Sie können sich vielleicht vorstellen, wie stolz Dad an jenem Tag war.«

Unter den Schulen Dublins galt der Rugby Senior Cup als der Gipfel sportlicher Leistungen. Erwachsene Männer prahlten noch Jahre später mit diesem Triumph, und Eltern sonnten sich in dem Ruhm, der auf sie abstrahlte.

»Haben Sie auch Schulsport betrieben?«

»Nein.«

Das war bei seinem Vater sicherlich nicht gut angekommen. Ich wusste jetzt, dass Patrick irgendwann ein talentierter Sportler und guter Schüler gewesen war. Sein Abstieg zum Drogenwrack schien damit umso dramatischer und tragischer, als mir zunächst klar gewesen war. Ich fragte mich, was den Drogenmissbrauch wohl ausgelöst haben mochte.

»Wie sieht es mit Seamus aus?«

»Er ist mehr Ästhet als Athlet. Er ist ein überaus talentierter Pianist und spielt außerdem Cello. Er will Schauspieler werden.«

Darüber musste ich nachdenken. Zu seiner besten Zeit war Albert Dowling ein Politiker gewesen, der seine Ellbogen einzusetzen wusste. Er hatte notorisch schlechte Laune bewiesen, wo er stand und ging, und sich grundsätzlich nie irgendwas gefallen lassen. Er war ein echter Kerl und hatte sicher seine Freude an Patricks Erfolgen gehabt. Möglicherweise war der Umgang mit seinen anderen Söhnen beschwerlicher für ihn gewesen. Richard war unattraktiv und unsportlich, und Seamus sah zwar gut aus, hatte aber eher eine künstlerische Ader. Das mochte zu Reibereien geführt haben.

Ich sah durchs Erkerfenster in den Garten hinaus. Mary Dowling lief dort draußen auf und ab. Sie wirkte nervös, besorgt sogar. Und sie befingerte schon wieder ihren Rosenkranz.

»Was meinen Sie damit, dass Patrick am Limit lebte?« Mein Handy klingelte. Ich warf einen kurzen Blick aufs Display – es war Reilly. Ich ließ die Mailbox rangehen.

»Er ließ es nicht bei einem Drink bewenden. Er kannte nur den Rausch.« Dowlings Stimme war monoton, als hätte er diesen Text zuvor einstudiert. »Er liebte Herausforderungen, aber es war ihm egal, auf welche Weise er ans Ziel gelangte. Hauptsache, er ging als Sieger hervor.« Er sah mich an. »Dad fand das wunderbar. ›Du würdest einen großartigen Politiker abgeben‹, hat er mal zu ihm gesagt …« Ein höhnisches Grinsen flackerte über sein Gesicht. »Ob sich das bewahrheitet hätte, werden wir nicht mehr erfahren.«

»Wie ist er an die Drogen geraten?«

»Wie gesagt, Patrick kannte nur Extreme. Wozu trinken, wenn man sich nicht betrank? Wozu Joints rauchen, wenn es auch Heroin gab? Wozu Kompromisse eingehen? Dad würde den Schaden schon richten.« Sein Tonfall war ätzend.

»Wissen Sie, wer ihn mit Drogen versorgt hat?«

»Nein.«

Ein weiteres Foto fiel mir ins Auge, und ich nutzte die Gelegenheit, um das Thema zu wechseln. »Wer ist das hier?« Ich zeigte auf eine Aufnahme von Patrick in T-Shirt und Shorts an einer Strandbar. Im Hintergrund brandete ein tropisch grünes Meer an einen weißen Strand. Neben ihm stand eine junge Frau im Bikini. Sie hatte tintenschwarzes Haar, das ihr in einem langen Zopf über die linke Schulter hing. Sie hielt einen Cocktail in der Hand.

»Niamh Shanahan.« Keine Silbe zu viel. Dowling stand auf, als wollte er gehen.

»War sie seine Freundin? Waren sie zusammen?«, hakte ich nach.

»Sie waren Freunde. Das ist alles, was ich weiß.«

Dowlings Haltung hatte sich urplötzlich verändert. Er wich mir aus, schien sich unwohl zu fühlen.

»Wissen Sie, wie ich sie erreichen kann?«

»Sie wohnte früher in der Nähe von Ranelagh. Meines Wissens ist sie aber ins Ausland gezogen. Ich weiß leider nicht, wohin.«

»Warum ist sie weggegangen?« Ich spürte, dass Dowling mehr wusste, als er mir erzählen wollte.

Er setzte sich aufs Bett. »Ich bin mir nicht ganz sicher …« Er zuckte mit den Schultern. »Aber ich habe gehört, dass Patrick Schwierigkeiten mit irgendeinem Dealer gehabt haben soll. Möglicherweise hat Niamh Reißaus genommen, weil es eine Drohung gegeben hat. Vielleicht wollte der Dealer ihr etwas antun, wenn er seine Schulden nicht begleichen würde.«

Ich rutschte auf dem Schreibtischstuhl hin und her und richtete den Blick zur Decke. Vom Flur her war immer noch Schnarchen zu hören. Es war 13.15 Uhr.

»Schläft ihr Vater oft so lange?«

Dowling gab etwas von sich, das wohl ein Lachen sein sollte, doch es hörte sich eher an wie ein Krächzen. »Nur wenn er in der Nacht wach war.«

»Und war er gestern lange wach?«

»Er ist bis 3.00 Uhr auf und ab gewandert. Dieser Rücktritt hat ihn wirklich fertiggemacht. Er isst, trinkt und atmet Politik. Und auf einmal hat er nichts mehr, wofür er leben kann.« Er blickte auf den abgetretenen Teppich, als überlegte er, ob er ihn entsorgen sollte.

Ich fand ein weiteres Foto. Darauf hatten Patrick und Richard Niamh Shanahan in ihre Mitte genommen. Ein rotes Band mit einer extravaganten Schleife hielt ihr Haar im Nacken zusammen. Sie trug ein schulterfreies Cocktailkleid. Ich hätte mich glatt selbst in sie verlieben können. Und nicht anders war es nach dem Gesichtsausdruck zu urteilen Richard Dowling ergangen. Patrick und Niamh blickten in die Kamera. Richard, der ein paar Zentimeter kleiner war als die junge Frau, hatte einen Arm um ihre Taille gelegt und sah zu ihr auf. Seine Augen sagten alles. *Ich will dich, Niamh.*

Ich hüstelte zur Ablenkung und tat anschließend, als

würde ich mein Handy auf neue Nachrichten kontrollieren. Dabei ließ ich das Foto in eine Tasche gleiten.

»Haben Sie seit ihrer Abreise noch einmal mit Niamh gesprochen?«

Dowling schüttelte den Kopf. »Nein. Ihr Vater bat uns, sie in Ruhe zu lassen.«

»Warum denn das?«

Dowling runzelte die Stirn. »Vielleicht hatte er von der Drohung gehört.«

»Wie hat Ihr Bruder seine Drogensucht finanziert?«

»Er hat sich von uns und von Freunden Geld geliehen. Er hat uns und seine Freunde bestohlen. Erst hat er alles verkauft, was ihm gehörte, und dann hat er verkauft, was uns gehörte … was immer er in die Finger bekam.« Dowling sah mir direkt in die Augen. »Soll ich fortfahren?«

»Ich ahne, worauf es hinausläuft.« Ich wollte mich schon bei ihm bedanken, aber die Worte blieben mir im Hals stecken.

Dann verkündete Dowlings Handy das Eintreffen einer SMS. Er las sie, runzelte die Stirn, dann stieß er mit dem Absatz die Tür fast ganz zu. Draußen im Gang hörte ich eine Bodendiele knarzen.

Ich stand auf, streckte mich und zwang mich zu einem Lächeln. »Zeit für mich zu gehen.« Doch als ich das Zimmer verlassen wollte, trat Dowling mir in den Weg.

»Werden Sie uns jetzt endlich in Ruhe lassen?«

Wie hässlich er aussah. Wenn er wütend war, ließ seine Hässlichkeit ihn aussehen wie einen gemeinen Flegel. Wie einen ungehobelten, ungehaltenen Halbstarken.

»Ja«, sagte ich.

Einen Teufel werde ich tun.

Schließlich gelang es mir, mich an ihm vorbeizuquetschen. Einmal mehr. Er hatte diese Art, Leuten den Weg zu versperren, bis es ihm passte, sie durchzulassen.

Wir waren beinahe unten, als ich feststellte, dass ich mein Handy in dem Zimmer hatte liegen lassen. Ich entschuldigte mich, ging noch einmal nach oben, um es zu holen und gleich auch noch die Toilette zu benutzen. Dowling wartete am Fuß der Treppe und sah mir argwöhnisch nach.

Ich war kaum oben angelangt, als ich ein wütendes Zischen hörte. Dann glaubte ich, eine Whiskeyfahne zu riechen. Albert Dowlings Schlafzimmertür schloss sich mit einem Klicken.

Ich ging also auf die Toilette und wusch mir die Hände. Die Tür des Spiegelschranks über dem Waschbecken war nur angelehnt. In der unteren rechten Ecke prangte ein Fingerabdruck. Ich zog die Tür vorsichtig auf und spähte hinein.

36

»Albert Dowlings schlechter Gesundheitszustand ist vollkommener Blödsinn. Sie verbergen etwas, ich weiß es genau.«

Reilly hörte mir aufmerksam zu. Er lehnte an der Kühlerhaube seines Wagens, sein Hemd war offen, seine Krawatte gelockert. Auf seiner Oberlippe standen Schweißperlen. Er schob sich die Sonnenbrille in die Stirn, um mich besser ansehen zu können. »Was wollen Sie damit sagen?«

Ich erzählte ihm von dem lauten Schnarchen, von der Tür, die zugezogen worden war, als ich die Treppe hinaufkam, und von der Whiskeyfahne. Ich war überzeugt, dass sich Mary Dowling nach oben geschlichen und auf die Schnelle den Medizinschrank geplündert hatte für den Fall, dass ich einen Blick hineinwerfen würde – doch sie hatte dabei einen Fingerabdruck hinterlassen. Und sie hatte ein Fläschchen übersehen. Dem Etikett zufolge nahm Albert Dowling ein Beruhigungsmittel, das stark genug war, ein Pferd zu sedieren. So etwas wurde bei Alzheimer nicht eingesetzt.

»Ich will eine Liste sämtlicher Medikamente, die Dowling einnimmt«, sagte ich. »Ich werde einen Gerichtsbeschluss dafür brauchen, aber das dauert Wochen. Kann einer Ihrer Leute den Computer der Apotheke hacken?« Ich notierte den Apothekernamen, den ich dem Etikett auf der

Flasche mit dem verschreibungspflichtigen Medikament entnommen hatte.

»Das ist zwar verboten, aber es wird erledigt.«

»Großartig.«

Wir stiegen in den Wagen. Reilly meldete sich bei der Zentrale und gab dort Bescheid, dass wir wieder unterwegs seien. Ein bewaffnetes Einsatzteam würde uns unauffällig folgen.

»Richard behauptete, sein Vater habe eine schlechte Nacht gehabt. Dann konnten wir das Wohnzimmer nicht benutzen, weil sein Vater angeblich genau darüber schlief. Was ihn jedoch nicht davon abhielt, die Tür lautstark zuzuschlagen.« Je länger ich darüber nachdachte, umso mehr ärgerte ich mich. »Er hat mich so lange hingehalten, wie es nur ging.«

»Aber warum?« Vor einer Straßensperre ging Reilly vom Gas. Er zückte seinen Ausweis, und wir wurden durchgewinkt.

»Um seine Mutter zu warnen.«

»Sie sind Ihretwegen hoch alarmiert. Sie stellen zu viele Fragen.«

Plötzlich fiel mir wieder DI Roches Bemerkung während der Sicherheitsbesprechung ein, als ich Mary Dowlings Behauptung erwähnte, ihr Mann habe Alzheimer. *Sie lügt.* Roche hatte das sehr bestimmt gesagt, und sie hatte recht behalten.

Ich folgte mit dem Blick einem streunenden Hund, der von Laternenmast zu Laternenmast wanderte. Dann kam mir ein neuer Gedanke. »Ihre Reaktion auf Patricks Selbstmord ist absonderlich.«

»Wie meinen Sie das?«

»Ich habe unzählige Stunden im Gespräch mit Angehörigen von Selbstmördern verbracht. In aller Regel sind sie am Boden zerstört. Selbstmord wirkt wie ein Tornado im Gehirn. Es ist ein letzter Hilfeschrei: ›Ich kann nicht mehr.‹ Das verursacht gewaltigen Schmerz bei den Hinterbliebenen. Und dafür gibt es kein Wort des Trostes.«

»Und Sie haben bei den Dowlings nicht ausreichend Schmerz angesichts von Patricks letztem Hilfeschrei feststellen können?«

»Da ist überhaupt keiner, rein gar nichts. Es ist, als wären sie geradezu erleichtert, dass er nicht mehr da ist.«

Wir fuhren am Grand Canal entlang in Richtung östlicher City. Es herrschte nicht viel Verkehr. Jeder, der Zeit hatte, nutzte die warme Junisonne für einen Ausflug ans Meer. Sarah war mit Jennifer und Gregory nach Brittas Bay gefahren, einem Strand an der Küste von Wicklow. Sie wurden von Freunden begleitet. Und weil ich nicht dabei war, konnten sie sich endlich entspannen. Sarah hatte einen bewaffneten Begleitschutz abgelehnt. Reilly hatte trotzdem einen organisiert.

An einer Ampel zeigte ich Reilly das Foto, das ich mir in die Tasche gesteckt hatte. Ich nannte ihm die Namen der Personen und erklärte ihm den Hintergrund. Dann lenkte ich seine Aufmerksamkeit auf Richard Dowling und Niamh Shanahan. »Was legt dieser Gesichtsausdruck nahe?«

»Dass er scharf ist auf die Kleine.« Er hupte, um einen Fahranfänger anzutreiben, der nicht vom Fleck kam. »Und er behauptet, sie habe das Land verlassen?«

»Ja.« Ich sah auf die Uhr. »Können wir die Shanahans ausfindig machen? Ich würde gern ihre Seite der Geschichte hören.«

»Haben Sie eine Ahnung, wo sie wohnen?«

»In der Nähe von Ranelagh«, antwortete ich vage.

»Das hilft natürlich …« Reilly fuhr in einen Kreisverkehr. Ein großer weißer Lkw neigte sich vor uns bedenklich zur Seite. »Das grenzt es nur auf rund vierzig-, fünfzigtausend Leute ein.« Hinter dem Kreisel steuerte er eine Haltebucht an und rief in der Zentrale an. Es gab eine lange Diskussion über Straßenverzeichnisse und Namen. Der Beamte am anderen Ende versprach zurückzurufen.

»Wieso haben Sie mich vorhin eigentlich angerufen?«, fragte ich.

»Ich habe etwas Neues in Erfahrung gebracht, während ich mir draußen die Beine vertreten habe.«

»Und zwar?«

»Noel Carty wurde wahrscheinlich von diesem Balkon gestoßen. Irgendjemand hat Schreie gehört, bevor man ihn durch die Luft fliegen sah.«

Ich atmete scharf ein.

Dann kam mir ein Gedanke. Harry Malone war mit Patrick Dowling an dessen Todestag zusammen gewesen. Er hatte seine Aussage vermutlich unter Druck zurückgezogen. Und der Mann, der diesen Druck höchstwahrscheinlich ausgeübt hatte, war niemand anderes als Noel Carty gewesen. Da Carty nun tot war, würde sich Malone eventuell dazu durchringen, endlich die Wahrheit zu sagen. Sicher davon ausgehen konnte man zwar nicht, aber einen Versuch war es doch wert. Ich merkte mir in Gedanken vor, mich darum zu kümmern.

Die Zentrale rief schließlich mit einer Liste von Shanahans zurück, die in der Nähe von Ranelagh wohnten. Es waren zwölf.

37

»Sie sind der Coroner?«

»Ja.«

»Der Mann, auf den gerade alle schießen?«

Ich zwang mich zu einem Lächeln, aber am liebsten hätte ich Niamh Shanahans Vater in diesem Moment einen Kinnhaken versetzt. Wir hatten ihn ausfindig gemacht, nachdem wir anderthalb Stunden lang an Haustüren in und um Ranelagh, einem Vorort im Süden Dublins, geklingelt hatten. Wir trafen große Shanahans und kleine, tätowierte Shanahans und kahlköpfige. Wir fanden sogar einen Shanahan, der so tuntig wirkte, dass Reilly die Flucht ergriff, sobald der Mann auch nur ein einziges Wort sprach. Um kurz nach fünf landeten wir schließlich bei demjenigen Shanahan, den wir gesucht hatten.

»Nicht alle.« Ich ließ mich nicht aus der Fassung bringen.

Er blieb ungerührt. »Zumindest ein paar ausgewählte Gesellen. Also, was wollen Sie?«

Declan Shanahan war ein großer Mann. Er sah muskulös und fit aus. Ich schätzte ihn auf Mitte sechzig. Er hatte sich für die Gartenarbeit angezogen: kariertes Hemd mit offenem Kragen, schmutziger Overall und lehmverschmierte Stiefel. In der rechten Hand hielt er eine Harke. Das buschige graue Haar war schweißnass, und er wischte sich mit dem Ärmel über die Stirn.

»Das Ganze ist nur ein Versuch, und vielleicht möchten Sie lieber nichts damit zu tun haben …«

»Kommen Sie zur Sache.«

»Es geht um die gerichtliche Untersuchung von Patrick Dowlings Todesursache.«

Shanahans Züge verhärteten sich. Er betrachtete mich aufmerksam, wobei er der Narbe auf meiner Stirn besondere Beachtung schenkte. Dann warf er einen Blick über meine Schulter. »Wer ist der Typ?«

»Mein Leibwächter.«

»Folgt er Ihnen überallhin?«

»Ja.«

»Ist er bewaffnet?«

Reilly schaltete sich ein. »Ich führe einen geladenen Revolver mit mir, und im Wagen liegt eine Automatikpistole.«

Shanahan sah die Straße entlang. Es war eine bescheidene Gegend, eine Mischung aus Reihenhäusern und pseudogeorgianischen Bauten. »Verstecken Sie die Dinger vor den Nachbarn.« Er streifte die Stiefel ab und ließ sie an der Haustür stehen. »Ich gebe Ihnen dreißig Minuten.« Ich murmelte einen Dank. »Ich habe von dem Angriff in der Pearse Street gehört. War es der dritte oder vierte?«

»Der dritte.«

»Sie haben sich dieses Leben selbst ausgesucht, Dr. …«

»Wilson.« Wir schüttelten uns die Hand. »Und das ist Tony Reilly.«

»Kann nicht behaupten, dass ich mich freue, Sie beide kennenzulernen. Aber ich kannte Patrick. Wenn ich helfen kann, werde ich es tun.«

Wir wurden in ein Wohnzimmer geführt. Dort standen ein großes Sofa, zwei Sessel, ein Plasmafernseher in der

Ecke und ein kleiner Kaffeetisch mit ein paar zerfledderten Zeitschriften darauf. Der Kamin war Fake und mit einer dicken Staubschicht überzogen. An den Wänden hingen Aquarelle. Shanahan unterließ es ungerührt, uns eine Erfrischung anzubieten, obwohl ich völlig dehydriert war und für ein kühles Bier fast schon einen Mord begangen hätte.

Reilly und ich setzten uns auf das Sofa, während Shanahan selbst sich in einen Sessel fallen ließ und seine langen Beine von sich streckte. Er hatte Löcher in den Socken, durch die schmutzige Zehnägel schauten. Sein Blick huschte misstrauisch zwischen Reilly und mir hin und her. Schließlich wischte er sich wieder über die Stirn, zog eine Armbanduhr aus dem Overall und legte sie demonstrativ auf den Tisch zwischen uns. »Dreißig Minuten, danach gehe ich wieder in den Garten.«

Ich kam also zur Sache. »Erzählen Sie mir, was Sie über Patrick Dowling wissen.«

»In welcher Hinsicht? Wie er mit seiner Familie zurechtkam? Wie er an die Drogen geriet? Seinen Abstieg zu einem hoffnungslosen, unrettbaren Junkie? Wo soll ich anfangen?« Er zeigte auf die Uhr. »Eine Minute ist schon rum.«

»Konzentrieren wir uns auf das, was wichtig ist.«

»Schießen Sie los.«

»Warum haben Sie die Dowlings gebeten, Ihre Tochter Niamh in Ruhe zu lassen?«

»Das habe ich nicht.«

Ich ließ mir meine Überraschung nicht anmerken. »Das hat man mir aber erzählt.«

»Wer hat das behauptet?«

»Richard Dowling.«

»Sie verkehren mit merkwürdigen Leuten. Glauben Sie nicht alles, was Sie hören.«

»Das müssen Sie mir genauer erklären.« Ich wollte keine Stichworte an ihm ausprobieren müssen. »Wenn die Uhr schon gegen uns tickt, dann erzählen Sie mir, was ich wissen muss.«

Shanahan runzelte die Stirn. »Niamh legte Wert darauf, dass wir nicht mit den Dowlings sprachen. Ich hatte nichts damit zu tun.«

»Es heißt, dass Niamh Patrick nahestand. Warum sollte sie Ihnen die Kommunikation mit seiner Familie untersagen?«

»Das habe ich selbst auch nie ganz verstanden. Aber es war mir nicht wichtig genug, als dass ich den Grund in Erfahrung hätte bringen wollen.« Er wackelte mit dem Zeh. »Patrick Dowling war früher einmal ein anständiger junger Mann gewesen. Wann immer er hierherkam, war er herzlich willkommen. Er kämpfte schon damals mit der Sucht, aber wir brachten es nie zur Sprache. Er hatte bei sich zu Hause schon genug Ärger deswegen. Nach einer Weile kam er nicht mehr vorbei, und ehrlich gesagt haben wir ihn auch nicht mehr ausdrücklich eingeladen. Niamh gab sich große Mühe, ihm zu helfen. Sie besuchte ihn in sämtlichen Einrichtungen, in die sein Vater ihn zwang. Meine Tochter ist ein wunderbarer Mensch. Für sie geht Freundschaft über alles, und sie lässt nichts unversucht, ihren Freunden zu helfen. Patrick war zwar nicht in ihrem Jahrgang, trotzdem hat sie ihn während des Studiums kennengelernt. Und deshalb hielt sie ihm auch bis zum Ende die Treue. Aber dieses Ende war so brutal, dass sie sich schließlich von ihm betrogen fühlte.«

»Waren die beiden ein Liebespaar?«

Shanahan hätte beinahe aufgelacht. »Sie wissen wirklich sehr wenig, was?«

»Deshalb bin ich hier.«

Shanahan zog die Beine an und beugte sich vor. »Niamhs Engagement für Patrick war beruflicher Natur. Stellen Sie es sich als ein Verhältnis zwischen Therapeutin und Patient vor. Sie waren ganz gewiss kein Liebespaar.«

»Ich habe Fotos von den beiden gesehen …«

»Und?« Ein Schweißtropfen beendete seine Reise von Shanahans Stirn zu seiner Nasenspitze. Er pustete ihn beiseite.

»Ich habe eins und eins zusammengezählt.«

»Und Sie sind auf drei gekommen.« Shanahan war jetzt in Fahrt. »Wo wurden die Bilder aufgenommen?«

Ich beschrieb die Strandszene mit dem weißen Sand und dem tropisch grünen Meer im Hintergrund. Dann zog ich die andere Aufnahme aus der Tasche und reichte sie ihm. »Sie wirken wie ein glückliches Paar, das sich an der Gesellschaft des jeweils anderen erfreut.« Shanahan sah lächelnd auf das Bild seiner Tochter hinab. Dann runzelte er die Stirn, als wäre in seinem Kopf irgendetwas eingerastet. »Wer hat dieses Foto gemacht?«

Ich war verdutzt. Über diesen Aspekt hatte ich noch überhaupt nicht nachgedacht. Ich sah Reilly hilfesuchend an, aber der inspizierte lediglich seine Fingernägel. »Ich weiß es nicht.«

»Mary Dowling hatte früher drei Söhne. Jetzt sind es nur noch zwei.« Er deutete auf das Foto. »Da sind alle drei anwesend. Einer von ihnen hat die Kamera bedient, und das war offensichtlich weder Patrick noch Richard.«

Ich fluchte innerlich. *Warum bin ich nicht allein darauf gekommen?* »Seamus?«

»Ich schätze mal, er war der Fotograf. Seine Mutter hat ihm zum achtzehnten Geburtstag eine schicke Nikon geschenkt, und er hat sie überallhin mitgeschleppt.« Er betrachtete das Bild. »Meine Tochter sieht auf dem Bild so glücklich aus, weil sie Seamus ansieht. Sie ist verliebt in ihn. Und wenn mich mein Urteilsvermögen nicht vollkommen im Stich lässt, ist er auch verliebt in sie.« Dann verzog er das Gesicht, als hätte er auf etwas Bitteres gebissen. »Richard Dowling ist ein sexistischer Idiot, der sich an Niamh herangemacht hat. Sie hat seine Annäherungsversuche zurückgewiesen. Sie kann ihn nicht ausstehen.« Shanahan grinste über meinen verblüfften Gesichtsausdruck. »Bin ich zu schnell? Oder ist das alles neu für Sie?«

Ich schluckte. »Ich habe das eine oder andere aufgeschnappt.« Doch mein Täuschungsversuch war allzu durchsichtig.

»Beleidigen Sie nicht meine Intelligenz. Sie haben keine Ahnung, was hier los ist.« Er sah auf die Uhr. »Ihre halbe Stunde ist fast um. Aber wir haben die erste Frage noch kaum angeschnitten: Was weiß ich über Patrick Dowling? Ich vermute, ich weiß verdammt viel mehr als Sie. Und mehr als ans Licht kommen sollte, sofern es nach seiner Familie geht.«

Man muss mir meine Verwirrung deutlich angesehen haben.

»Wie wär's mit einem Bier?«

38

Shanahans Garten war ein Postkartenidyll. Der kleine Rasen war sorgfältig gemäht, es war kaum Unkraut zu sehen. Es gab Blumenbeete mit einjährigen Blumen vorn und immergrünen Sträuchern im hinteren Teil. Die Fläche war nicht allzu groß, aber geschickt bepflanzt. Gelbe Sonnenblumen wetteiferten mit roten und weißen Gartenwicken. Rote Geranien hingen aus Terrakottatöpfen. Ich entspannte mich mit einem Glas kaltem Bier. Reilly trank Limonade.

»Niamh ist fünfundzwanzig, genauso alt wie Seamus.«

Wir saßen in Korbstühlen auf der Terrasse. Der Rest der Familie war ausgeflogen, und es sah nicht so aus, als würde Shanahan sie allzu bald zurückerwarten.

»Sie haben sich am Trinity College kennengelernt.«

»Was haben sie studiert?«

»Seamus war bei den Theaterleuten. Er wollte Schauspieler werden.« Wenigstens das stimmte mit dem überein, was ich zuvor gehört hatte. »Niamh hatte Psychologie belegt.«

»Und Patrick?«

»Er hatte bereits seinen Abschluss in Geschichte und Politik in der Tasche, wollte aber noch den Master in Politik draufsetzen. All das geschah auf Drängen seines Vaters. Patrick selbst hatte nicht das geringste Interesse daran. Er träumte davon, Schriftsteller zu werden, durfte das vor seinem Vater aber nicht laut aussprechen.« Shanahan nahm einen kräftigen Schluck von seinem Bier, fuhr sich mit der Zunge über die Lippen und seufzte. »Wunderbarer Nachmittag, nicht wahr?«

Ich murmelte Zustimmung. »Warum durfte er das vor seinem Vater nicht sagen?«

»Albert hatte für Patrick eine Politkarriere vorgesehen. Er hatte darauf bestanden, dass er dem Ortsverein seiner Partei beitrat, Versammlungen besuchte, Handzettel verteilte, vor den Wahlen Klinken putzte. In Alberts Vorstellung würde Patrick eines Tages das Land führen.«

»Er wurde also zu diesem Studiengang gezwungen?«

»Ja. Albert hat Patrick und Seamus terrorisiert. An Richard kam er nicht heran, der war Mummys Liebling. Mary sorgte dafür, dass Richard dem Zorn seines Vaters stets entkam.«

»Er schlägt ganz offensichtlich nicht nach der Dowling-Seite der Familie.«

Shanahan legte die Beine übereinander. »Richard kommt nach seiner Mutter. Er ist ein intrigantes, verlogenes Arschloch.« Er trank sein Bier aus und betrachtete den Boden des Glases. »Allerdings hat er auch ein paar Züge seines Vaters geerbt. Er kann brutal und skrupellos sein, um seinen Willen durchzusetzen.«

Wir schwiegen für einen Moment. »Sie sind uns eine große Hilfe«, sagte ich schließlich. »Darf ich Ihnen etwas anvertrauen?«

Shanahan sah auf die Uhr. Wir waren seit fast einer Stunde bei ihm. Er zog seinen Stuhl näher heran und legte den Kopf leicht schief. »Alles, was wir hier besprechen, ist inoffiziell. Ich will keine Klage am Hals haben, und ich will auf gar keinen Fall, dass meine Tochter in die Sache hineingezogen wird. Worüber wir uns unterhalten, bleibt unter uns. Okay?« Er bestand auf einen Handschlag. Sein Griff ließ mich zusammenzucken.

»Richard wusste nicht ein freundliches Wort über seinen Bruder zu sagen. Haben Sie eine Ahnung, warum?«

Shanahan lehnte sich zurück. »Eifersucht? Patrick sah früher verdammt gut aus. Er war charmant und hatte an jedem Finger ein Mädchen. Richard war immer schon hässlich und ein Trampel gewesen. Und er hatte nicht einen einzigen Freund auf der Welt – weder männlich noch weiblich.«

Mein Kopf war voll mit widersprüchlichen Informationen. »Ehrlich gestanden weiß ich nicht, was ich damit anfangen soll. Was immer ich über Patrick Dowling in Erfahrung bringe, scheint sich zu widersprechen. Was ist denn nun die Wahrheit?«

»Nach welcher Wahrheit suchen sie?« Shanahan schirmte die Augen zum Schutz vor der untergehenden Sonne ab. »Wie Patrick lebte? Wie er mit den Drogen in Berührung kam? Wie er starb? Wo liegt ihre Priorität?«

»Wie er starb«, antwortete ich.

Shanahan sah überrascht aus. »Er hat sich umgebracht. Hat das die Obduktion nicht ergeben?«

»Es gibt da Unklarheiten …«

»Davon will ich lieber nichts hören.« Shanahan stand auf, streckte sich und sah sich um. »Noch ein Bier? Eine Limonade?«

Ich sagte Ja, Reilly lehnte dankend ab. Er vertrug wohl nur eine gewisse Menge Limonade.

Ich wartete, bis mein Glas wieder gefüllt war und Shanahan sich gesetzt hatte. »Wie ist Patrick denn nun an seine Drogen gekommen?«, fragte ich.

»Sagt Ihnen der Name Jonathan Redmond etwas?«

Ich schluckte schwer. »Ja.«

»Redmond hat Patrick in die Drogenszene am Trinity College eingeführt. Der Junge war deprimiert. Er verabscheute das Fach, das er studierte, und kam nicht damit klar, dass sein Vater ihn derart unter Druck setzte. Laut Niamh hat ihm Redmond irgendwann Cannabis angeboten. ›Damit kannst du deine Probleme viel leichter ertragen.‹ Binnen eines Jahres war Patrick bei Heroin angelangt.« Eine fette Schmeißfliege summte um Shanahans Kopf herum, und er schlug sie weg. Die Fliege vollführte akrobatische Ausweichmanöver und setzte wie ein Kamikaze-Pilot zu einem letzten Angriff an. Shanahan erwischte sie mit dem Handrücken in der Luft. Er grinste, weil er eines der lästigen Dinger erledigt hatte. »Niamh hat Patrick während seines ersten Entzugs kennengelernt. Sie hat sich während ihres Studiums mit Suchtkrankheiten beschäftigt und ihn im Rahmen eines Praktikums als stationären Patienten interviewt. Danach hielt sie Kontakt zu ihm. Um diese Zeit hat sie auch seine Brüder kennengelernt.«

»Und sich in Seamus verliebt?«

»Nicht sofort. Sie waren eine Weile zusammen, trennten sich und versöhnten sich dann wieder.« Shanahans schiefes Grinsen erzählte einiges über die Einsichten eines Vaters von Kindern im heiratsfähigen Alter. »Es ist echte Liebe bei den beiden, Dr. Wilson. Nicht die kranke Lust, die ein Richard Dowling vielleicht verspürt.«

»Verstehe«, sagte ich. Und das stimmte. Die ersten Monate mit Sarah waren ganz ähnlich gewesen. Wir hatten uns wegen nichtiger Dinge gestritten und dann angespannt Tage verbracht, in denen wir beide darauf hofften, dass der andere den ersten Schritt machen würde. Schließlich leidenschaftliche Versöhnungen und Liebesschwüre. Und am Ende standen da zwei Menschen, die überzeugt davon waren, dass ihr Leben ohne den anderen nicht mehr lebenswert war.

»Glauben Sie, Richard Dowling hat gewusst, wer Patrick mit den Drogen versorgt hat?«

»Auf jeden Fall. Redmond hatte einen Konsumentenkreis aus Angehörigen der Mittelschicht um sich geschart. Die Spatzen pfiffen von den Dächern, wer der größte Dealer war.«

»Zu mir hat er gesagt, dass er es nicht wüsste.«

»Er lügt. Ich weiß nicht, warum, aber er lügt. Alle wussten, dass Redmond Patrick mit Drogen versorgte.«

Ich vermerkte es in Gedanken. »Wo steckt Niamh heute?«

Shanahan schwieg.

»Ich weiß, dass Seamus in London ist«, sagte ich.

»Die beiden sind gemeinsam dort. Niamh studiert forensische Psychologie, und er ist auf der Schauspielschule. Sie leben seit ein paar Monaten zusammen.«

»Angeblich will Seamus erst in dieser Woche eine neue Wohnung beziehen.« Ich ahnte, dass ich auch in dieser Hinsicht belogen worden war.

»Wer hat das behauptet?«

»Richard Dowling.«

Shanahan wandte den Blick ab.

Die Schatten der umstehenden Bäume fielen in den Garten. Nebenan war ein Grillfest in vollem Gange, Gläser klirrten, es wurde schallend gelacht. Der Duft von Grillwürstchen wehte auf Shanahans Grundstück. Mein Magen knurrte; ich hatte seit dem Frühstück nichts mehr gegessen. Ich fragte mich, wie es Sarah und den Kindern wohl ging. Hoffentlich waren sie für den entgangenen Nachmittag am Strand von Killiney entschädigt worden.

Ich wäre gern nach Hause gefahren, um den Rest des Tages daheim genießen zu können, und ich spürte, dass auch Reilly es kaum erwarten konnte, von hier wegzukommen. Er rutschte unruhig in seinem Sessel hin und her und rührte den Rest seiner Limonade nicht an. Declan Shanahan, der widerstrebende Gastgeber, wurde indes immer redseliger, was möglicherweise an dem Bier lag. Am besten, ich nutzte seine Stimmung weiter aus. »Wussten Sie bereits von Niamhs Beziehung zu Seamus, als Patrick starb?«

»Ja.«

»Wie konnten Sie Ihre Familien dann dauerhaft auf Abstand halten?«

Shanahan dachte über die Frage nach. »Die Dowlings, müssen Sie wissen, sind kein normaler Menschenschlag.«

Zu diesem Schluss war ich auch schon gekommen. Was ich jedoch herausfinden wollte, war, *wie* unnormal sie waren. »Erzählen Sie mir mehr.«

»Mary Dowling kann ihren Ehemann nicht ausstehen. Ihre Eltern können ihren Schwiegersohn nicht leiden. Konnten sie noch nie. Es war eine Vernunftehe. Mary stammt aus einer Familie von Bauunternehmern. Sie konnten sich keine grüne Wiese ansehen, ohne darauf im Geiste bereits eine Fabrik oder eine Wohnsiedlung zu bauen. Sie brachte Geld mit in die Verbindung, Albert den politischen Einfluss und Insiderinformationen. Sie profitierten voneinander. Marys Verwandte bekamen vorab Erschließungspläne für Bauland zugesteckt. So konnten sie frühzeitig beträchtliche Flächen kaufen und mussten dann nur noch abwarten. Wenn die Flächen schließlich zu Bauland deklariert wurden, verkauften sie sie und verdienten daran ein Vermögen. Ein Teil der Gewinne wurde darauf verwendet, Alberts Kriegskasse zu füllen. Er verlor nicht ein einziges Mal bei einer Wahl seinen Sitz. Sein Reichtum erkaufte ihm in jedweder Regierung einen hohen Posten. Er mag nie ganz nach oben gekommen sein, aber er war auch nie weit entfernt davon.« Shanahan grinste, weil ich den Mund nicht mehr zubekam. »Ich weiß das von meinem Bruder, und es ist die reine Wahrheit. Er ist Journalist und verfolgt Dowlings Karriere seit Jahren.«

Die nächste Frage stellte ich so beiläufig wie möglich. »Wissen Sie, ob sich Albert Dowling je mit Redmond getroffen hat – mit dem Mann, der Patrick mit Drogen versorgte?«

Shanahan musste nicht darüber nachdenken. »Nein.« Er sah mich an. »Sie meinen, ob er Redmond aufgefordert hat, Patrick keine Drogen mehr zu verkaufen? Oder ob er wissen wollte, wie viel Patrick ihm schuldete? Etwas in der Art?«

Ich zuckte mit den Schultern. »Etwas in der Art. War nur so ein Gedanke.«

»Ich bezweifle es. Er sitzt in der Regierung. Minister scheuen derlei Kontakte, egal wie harmlos so ein Treffen wäre – wenn die Medien davon erführen, würde dies das Ende seiner politischen Laufbahn bedeuten.«

»Da haben Sie wohl recht«, sagte ich. Aber ich war enttäuscht. Ich hatte auf einen Skandal gehofft.

Reilly stand auf und streckte sich. Er wollte fahren.

Ich trank den letzten Rest Bier aus und dankte Shanahan für seine Zeit, seine Geduld und die Informationen.

Wir gaben uns die Hände. »Wie ich hörte, hat Niamh das Land verlassen, weil sie von einem Drogendealer bedroht wurde. Patrick schuldete ihm wohl Geld, und sie hatte Angst, zum Ziel eines Racheakts zu werden, wenn er nicht zahlte.«

Shanahan öffnete uns die Haustür. »Wer immer ihnen das erzählt hat, ist ein Lügner.«

39

Ich rief Sarah auf ihrem Handy an. Jennifer meldete sich. Sie hatten eigentlich nur ihre Freunde zu Hause absetzen wollen und waren spontan dort geblieben. Laut Jennifer ging es ihnen fantastisch. Mich selbst stimmte das ein wenig traurig, aber ich war doch froh, dass es meiner Familie gut ging. Ich hatte heute viel in Erfahrung bringen können, und sie hatten trotzdem auf nichts verzichten müssen. Oder, wie ich betrübt feststellte, sie hatten sich gerade *wegen* meiner Abwesenheit amüsieren können.

»Hi, Mike.« Endlich war das Telefon an Sarah weitergereicht worden.

»Wie geht's?«

»Sehr gut. Wir hatten einen wundervollen Tag. Nicht ein Wölkchen am Himmel, und das Wasser war richtig warm. Keine blauen Lippen und klappernden Zähne wie sonst bei einem Picknick am Meer.«

»Und wie geht es jetzt weiter?«

»Wir sind bei Jennifers Freundin. Ihre Mutter hat uns eingeladen, zum Abendessen zu bleiben, und ich habe das Angebot gern angenommen.«

»Gute Idee«, sagte ich. »Du hast eine Pause verdient.«

»Was hast du vor?«

»Nicht viel. Ich hole mir irgendetwas von einem Imbiss, dann lege ich die Beine hoch und entspanne mich ein bisschen.«

»Bist du dir sicher?«

»Absolut. Auf diese Weise habe ich Zeit, mir meine Unterlagen noch mal anzusehen. Wir sehen uns später.«

»Na gut, wenn es für dich in Ordnung ist?«

»Natürlich. Bis später. Grüß die Kinder von mir. Ich liebe dich.«

Wir legten auf.

Sarah hatte nicht gesagt, dass sie mich liebte. Das brachte mich ins Grübeln.

Reillys Schicht war zu Ende, und ein anderer Detective fuhr mich nach Hause. Er sah aus wie ein Rugbystürmer: breite Schultern, platte Nase und Blumenkohlohren. Er lächelte ein einziges Mal, und alles, was ich sah, waren kaputte Zähne. Doch ich war zu müde, um ihm einen guten Zahnarzt zu empfehlen. Die Heimfahrt verlief folglich schweigend. Ein bewaffnetes Einsatzteam folgte uns.

Ich wies den Rugbystürmer an, bei einem indischen Imbiss anzuhalten, und bestellte mir Fischbällchen, Hähnchencurry mit Joghurt, Cashewnüssen und Mandeln, dazu Basmatireis, Papadams, Auberginen, Tomaten und ein Mango-Chutney. Ein Schlemmermahl für einen König – oder einen ausgehungerten Coroner. In einem Kiosk nebenan kaufte ich noch eine Flasche Chablis.

Zu Hause setzte ich mich in den Garten, schlug mir den Bauch voll und trank zu viel. Ich kleckerte Soße auf mein Hemd, ließ einen Hähnchenflügel auf meine Hose fallen und Papadambrösel ins Blumenbeet. Nach den vier Flaschen Bier zuvor auf leeren Magen war ich ohnehin schon schläfrig gewesen. Und eine Stunde später war kaum noch etwas von dem Wein übrig. Ich wanderte mit dem Glas in der Hand auf unsicheren Beinen umher und lauschte in den Abend. Lautes Gelächter zwei Türen weiter. Gelegentlich ein Kinderschrei oder ein bellender Hund. Vogelzwitschern. Dann weinte ein anderes Kind und jammerte über ein aufgeschürftes Knie. Ich war froh darüber, dass Jennifer und Gregory über diese Phase hinaus waren.

Ein Schwalbenschwarm sauste im Zickzack über mich hinweg. Ich ließ mich in einen Gartenstuhl fallen und döste vor mich hin. Ehe ich richtig einzuschlafen drohte, ging ich jedoch lieber ins Haus.

Ich schaltete den Fernseher ein. Die Abendnachrichten berichteten natürlich von Albert Dowlings Rücktritt aus gesundheitlichen Gründen. Es gab Rückblenden in seine parlamentarische Karriere. In einem Ausschnitt sah man den jungen Dowling nach seinem ersten Wahlsieg in die Kameras lächeln. Dann einen älteren, zynischeren und grauhaarigen Minister, der regelrecht zu feixen schien, nachdem ein Umfrageergebnis die Prognosen übertroffen hatte. Bilder von Dowling, der Krankenhäuser eröffnete, bei einem Straßenneubau das Band durchschnitt und den Grundstein zu einem Sozialwohnungsprojekt legte. Ein jüngerer Ausschnitt zeigte ihn als Minister für wirtschaftliche Entwicklung bei einer Debatte um die Schaffung neuer Arbeitsplätze, zu der er höchstpersönlich eingeladen hatte. Im Publikum saß eine Reihe von Vertretern der Finanzwelt, darunter auch Dan Thornton, der Geschäftsführer der Standard and Chartered Bank. Er schien wie hypnotisiert an Dowlings Lippen zu hängen. Der Rest der Nachrichten handelte von Arbeitslosigkeit, Auswanderung und dem fallenden Wert des Euro.

Mein Rückzug vom Amt wurde nicht erwähnt. Das war bisher nicht an die Medien weitergegeben worden. Schließlich warnte der Wetterbericht vor dem Ende der warmen Periode. Es bestand die Gefahr von Gewittern.

Ich schlief ein.

Es war bereits 22.00 Uhr und dunkel, als ich mit einem verspannten Nacken wieder aufwachte. Von Sarah und den Kindern keine Spur. Ich dachte darüber nach, ob ich sie anrufen und mich erkundigen sollte, ob alles in Ordnung sei, verwarf den Gedanken jedoch wieder. Wenn irgendetwas passierte, würde ich es erfahren, indem irgendein Detective an die Haustür hämmerte.

Ich machte Licht und taumelte zur Toilette. Beim Pinkeln musste ich mich am Handwaschbecken abstützen. Ich war betrunken, doch das war mir egal. Mein Mund war trocken, und in meinem Kopf drehte sich alles. Ich hatte immer noch den Geschmack von Curry im Mund. Ich grinste mich im Spiegel an. Stoppel am Kinn und Soße auf der Oberlippe. Meine Augen waren blutunterlaufen, mein Haar völlig zerzaust. Ich sah nach wie vor ausgezehrt aus, wenn auch nicht mehr ganz so gehetzt. Die Wunde von dem Streifschuss war fast vollständig verheilt.

Das Telefon klingelte. Ich ließ es klingeln. Ich war nicht nüchtern genug, um mich zu unterhalten. Irgendwann verstummte es wieder.

Ich ging vorsichtig die Treppe hinauf, um nicht zu stürzen und mir den Hals zu brechen. Als ich oben angekommen war, klingelte das Telefon erneut. Ich fluchte und ignorierte es. Ich torkelte um das Bett herum, ließ hier ein Kleidungsstück fallen, dort eines. Meine Hose landete auf dem Wäschekorb, das Hemd segelte in die Ecke. Boxershorts und Socken wurden in einem imaginären Basketballkorb versenkt. Ich stellte mich unter die Dusche und drehte das Wasser eiskalt. Bibbernd und tropfnass schlang ich mir anschließend ein Handtuch um die Mitte und ließ mich aufs Bett fallen.

Das Telefon klingelte ein drittes Mal. Wie zum Zeichen lag eines der Mobilteile auf dem Nachttisch statt in Jennifers Zimmer. Ich starrte darauf. Es hörte einfach nicht auf zu klingeln. Irgendwann war ich so genervt, dass ich den Hörer packte. »Ja?« Es war ein sehr knappes Ja.

»Dr. Wilson?«

»Ja.«

»Hier ist Jonathan Redmond. Ich glaube, Sie wissen, wer ich bin.«

Intuitiv suchte ich mit der Hand an der Bettkante Halt. Panik erfasste mich. Ich wusste nicht, was ich sagen sollte. Konnte es sein, dass irgendjemand mir einen Streich spielte? Aber die Stimme war genauso, wie Sarah sie beschrieben hatte. *Ein blasierter Süd-Dublin-Akzent.*

»Warum rufen Sie mich an?«

»Um Sie zu warnen. Hören Sie auf, sich in Dinge einzumischen, die Sie nichts angehen.«

»Wieso?« Er hatte offenkundig noch nicht von meinem Rücktritt gehört.

»Weil das alles bald vorbei sein wird.«

»Was wird vorbei sein?«

»Meine geschäftlichen Aktivitäten. Dann werde ich so weit weg sein, dass Sie mich nicht mehr zu fürchten brauchen.«

»Erwarten Sie wirklich, dass ich Ihnen glaube?«

»Es interessiert mich nicht, ob Sie mir glauben. Ich gebe Ihnen lediglich einen Rat.«

Er klang, wie Roche gesagt hatte, nach jemandem mit Klasse. Ruhig, kontrolliert, selbstbewusst.

»Halten Sie sich aus meinen Angelegenheiten heraus.«

Der Ton hatte sich geändert. Die Drohung war jetzt unüberhörbar.

»Und wenn nicht?«

Schweigen. Redmond war noch da, ich konnte ihn atmen hören. Ich konnte ihn beinahe riechen.

»Dann bringe ich Sie beim nächsten Mal eigenhändig um.«

Ich zählte bis zwanzig. In meinem Kopf herrschte ein Durcheinander aus Geräuschen und Bildern. Schüsse und Schreie. Jennifer und Gregory, die sich nach dem ersten Angriff an ihre Mutter klammerten, die Augen vor Angst weit aufgerissen.

»Das werden Sie nicht.« Ich zitterte, obwohl es warm im Zimmer war, und musste mich zusammenreißen, damit meine Zähne nicht klapperten. »Ich bin schon mit größeren Gangstern als Ihnen fertiggeworden.«

»Sie sind betrunken.« Das aalglatte Säuseln verblasste.

Ich ignorierte die Bemerkung. »Niemand sagt mir, wie ich meine Arbeit zu tun habe. Am wenigsten ein neureicher Drogenbaron, wie Sie einer sind.« Ich war über mein großspuriges Gerede selbst überrascht. »Und ich weiß, was Sie mit Patrick Dowling gemacht haben. Es war an jenem Tag jemand im Wald, der alles mit angesehen hat.« Jetzt musste ich meinen Vorteil offensiv ausspielen. »Und ich habe seine Aussage zu Protokoll genommen.« Das war gelogen, aber ich musste die Saat des Zweifels in seinem Hirn säen. »Er versteckt sich immer noch dort, bis ich ihm sage, dass er ein für alle Mal in Sicherheit ist. Also machen Sie sich nicht die Mühe, nach mir zu suchen, sondern passen Sie auf sich selbst auf.«

»Sie sind ein gottverdammter Lügner.« Sein Zischen war so bösartig wie das einer Schlange.

Ich weiß nicht, warum ich das alles sagte, aber die Worte sprudelten nur so aus mir heraus, bevor ich sie zurückhalten konnte. »Ihre Universitätsbildung hat Ihnen wirklich keine Manieren beschert, was?« Dann legte ich auf.

Und keuchte so heftig, dass ich kaum noch Luft bekam. Völlig erschöpft sank ich zu Boden. Unten hörte ich, wie die Haustür aufging und Sarah, Jennifer und Gregory hereinkamen.

Ich rief rasch ein Hallo nach unten und rang verzweifelt um meine Fassung. Dann rief ich Reilly an. Ich wusste, das Haus würde binnen Minuten von einer Eingreiftruppe umstellt sein.

Sarah kam hinauf ins Schlafzimmer. »Mike, hier riecht es wie in einer Brauerei. Was hast du denn getrieben?«

»Gar nichts.«

Ich vergrub den Kopf in den Kissen.

40

Das Wetter änderte sich über Nacht. Es fing mit einzelnen großen Regentropfen auf das Oberlicht im Flur an. Ein weiches Geräusch, als würde nasser Lehm daraufprasseln. Langsam steigerte sich das Tempo, und bald schon schüttete es ohne Unterlass.

Ich lag hellwach und wachsam neben Sarah. Ihr leiser Atem verriet mir, dass sie schlief und sich von dem Radau nicht stören ließ. Ich betete, dass ihr wegen meines alkoholbedingten Leichtsinns nichts geschehen würde. Ich küsste sie sanft auf die Wange. Sie rührte sich nicht. Der Tag am Strand hatte sie müde gemacht.

In der Ferne grollte Donner. Sekunden später wurde der Himmel im Westen von einem Blitz erhellt. Ich zog meinen Bademantel über und ging nach unten, wo ich mich im Wohnzimmer in die Dunkelheit setzte und das Gewitter betrachtete.

Unablässiger Regen trommelte aufs Dach. Im Schein der Straßenlaternen sah ich das Laub im Garten nass herabhängen. Sarahs Rosenbeet wurde schwer in Mitleidenschaft gezogen. Ich tappte barfuß durch das Erdgeschoss und hielt nach verdächtigen Bewegungen Ausschau. Draußen waren meine schattenhaften Bewacher zur Stelle. Ein Streifenwagen mit zwei Insassen stand am Straßenrand. Ein weiterer bewaffneter Beamter war an der Hintertür postiert und trat von einem Fuß auf den anderen, um die

Blutzirkulation anzuregen. Er hatte sich zum Schutz unter das Vordach gestellt. Zwei Polizisten patrouillierten auf dem Grundstück, sie trugen lange Mäntel, die im Regen glänzten. Ich hätte ihnen zu gern eine Zuflucht in unserem Haus angeboten, konnte es aber nicht riskieren. Sarah und die Kinder würden ausrasten, wenn sie Stimmen im Haus hörten, nach unten kämen und dort bewaffnete Polizisten vorfänden.

Ich sah, wie das Gewitter über die Ostküste zog, ehe es seine Wut über der Irischen See entlud. Ich sah die elektrischen Entladungen in seinem Gefolge und dachte über die Geschehnisse der letzten Zeit nach und wie sehr sich mein Leben verändert hatte. Und wie sehr es sich noch verändern würde, wenn noch mehr schiefginge. Eine Unachtsamkeit meiner Bewacher, und Redmond würde sich Zugang zu meinem Haus verschaffen. Eine Fehleinschätzung oder falsche Entscheidung, und ich würde durch eine Bombe oder Kugel ums Leben kommen.

Ich sah hinaus, bis am Horizont der Morgen heraufdämmerte. Der Regen hielt an, ein beständiges Gurgeln presste sich die Regenrinnen entlang. Im Garten bildeten sich kleine Tümpel.

Wie erging es wohl Hobbs unter diesen Bedingungen? Ich versuchte, ihn mir auf seiner Liege vorzustellen, in einen Schlafsack gehüllt, während der Regen von der wasserdichten Plane seiner Hütte abperlte. Donnerschläge, die durch den Wald hallten, Blitze hell wie lodernder Phosphor. Was für ein Ort, um sich zu verstecken! Wie beängstigend! Wie unheimlich. Wie gefährlich.

Um halb fünf saß ich noch immer im Wohnzimmer und sah nach draußen, wo aus dem Dunkel mittlerweile ein Schimmern geworden war und schließlich Licht. Kurz vor halb sieben riss die Wolkendecke endlich auf, und eine matte Sonne brach sich Bahn. Pfützen kräuselten sich im sanften Wind. Der Garten schüttelte den Regen ab und erwachte zu neuem Leben.

Um sieben Uhr rückte die Nachtschicht ein, und eine neue Einheit übernahm unsere Bewachung. Wir waren von einer kleinen Armee umgeben, und ich fragte mich, wie sich der irische Staat mit seiner fragilen Wirtschaft einen solchen Sicherheitsaufwand leisten konnte. Ich hoffte, der Richter, der gegenüber wohnte, bereute sein Angebot nicht. Er würde garantiert denken, dass die Polizei eine ständige Niederlassung in seiner Straße einzurichten gedachte.

Redmonds feindselige Bemerkung zum Abschied hallte noch immer in meinem Kopf nach. Am Anfang hatte er vernünftig und beherrscht geklungen, doch seine Drohung am Ende war unmissverständlich gewesen. Er würde mich töten, wenn ich mich weiter in seine Angelegenheiten einmischte. Aber was genau waren seine Angelegenheiten überhaupt?

Außerdem hatte ich in meiner Trunkenheit und Wut Hobbs in Gefahr gebracht. Ich hatte Redmond verraten, dass jemand an Patrick Dowlings Todestag im Wald gewesen war und sich immer noch dort versteckt hielt. Gut möglich, dass der Drogenbaron dort nachsehen gehen würde.

Um halb acht ging ich duschen und zog mich an. Ich sah nach Jennifer und Gregory und gab Sarah einen Kuss auf die Stirn. Wie die Kinder schlief auch sie immer noch tief und fest. Dann rief ich Reilly an. »Wir müssen Hobbs finden.« Ich berichtete ihm ausführlich von meinem gestrigen Telefongespräch. »Er ist in Gefahr.«

41

Ich machte mir Sorgen, während ich auf Reilly wartete. Redmond hatte mich vor neun Stunden angerufen. Er war ein intelligenter Mensch. Er hatte mehr als genug Zeit gehabt, um herauszufinden, ob ich gelogen hatte. Neun Stunden, um zu dem Schluss zu kommen, dass an jenem Tag wirklich noch jemand im Wald gewesen sein könnte. Neun Stunden, um Dowlings Freunde und gelegentliche Begleiter aufzuspüren. Neun Stunden, um in Erfahrung zu bringen, dass Hobbs sein übliches Stadtrevier aufgegeben hatte. Und sich tatsächlich in diesen Wäldern aufhielt.

Inzwischen hätte er sogar bereits drei Stunden Morgensonne gehabt, um nach ihm zu suchen. Hobbs Versteck lag tief im Wald verborgen, und vielleicht würde Redmond es nicht finden. Aber ich wusste, er würde danach suchen, bis er sich absolut sicher sein konnte.

Seine Killer würden diesmal nicht auf PS-starken Motorrädern kommen. Keine dröhnenden Motoren würden Hobbs ihr Kommen ankündigen. Wenn Hobbs schlief, würde er Redmond und seine Handlanger nicht durchs Unterholz streifen hören. Er würde erst wissen, was passierte, wenn der erste Schuss fiele.

Ich dachte auch darüber nach, woher Redmond meine neue Festnetznummer kennen konnte. Wir hatten sie nach seinem ersten Anruf bei Sarah ändern lassen. Nur wenige Personen bei der Polizei kannten sie – nur in meinem

Büro hatte ich sie all meinen Mitarbeitern gegeben. Er musste sie von dem Maulwurf am Coroner's Court bekommen haben.

Um 8.30 Uhr trafen Roche und Reilly zusammen ein. Reilly machte ein grimmiges Gesicht, Roche ließ nur mühsam beherrschte Wut erkennen. Und die schlechte Laune war ihr nicht zu verdenken. Ich hatte Mist gebaut. Warum nur war mir herausgerutscht, dass Hobbs sich noch im Wald befand und auf meinen Besuch wartete? Weil ich betrunken gewesen war und den starken Mann hatte spielen müssen. Ich hatte meinen Starzeugen – falls ich ihn denn je vor Gericht brachte – verraten. Ich hatte ihn praktisch zum Abschuss freigegeben.

Reilly und Roche waren gut vorbereitet. Sie führten Handfeuerwaffen, Elektroschock- und Maschinenpistolen mit sich. Sie trugen Regenkleidung über kugelsicheren Westen und Gummistiefel an den Füßen. Roche hatte sich das Gesicht mit Tarnfarbe bemalt, doch ihr Zorn war selbst unter der Kriegsbemalung deutlich erkennbar. Wir vermieden es, uns anzusehen.

Ich war ebenfalls abfahrtbereit. Ich trug eine Regenjacke über Jeans, Pullover und Sicherheitsweste. Klobige Wanderschuhe scheuerten an meinen Knöcheln. Meine Arbeitskleidung hatte ich in einen Plastiksack gepackt, den ich in den Kofferraum eines Zivilfahrzeugs der Polizei warf.

»Zeit, diese Sache zu beenden.« Roche war nervös. Wir bewegten uns auf gefährlichem Terrain. Sie saß mit mir auf der Rückbank, und ihre zierliche Gestalt ließ mir jede Menge Platz.

Sie gab mir die Glock wieder, die ich nach meinem desaströsen Strandtag abgegeben hatte, dazu ein Schulterhalfter. Ich legte es an, und es passte genau unter meinen linken Arm. Das Reservemagazin steckte ich mir in die Tasche.

»Reilly hat mir von Hobbs und der verschwundenen Akte erzählt.« Sie blickte starr geradeaus.

Ich schwieg.

»Falls Hobbs noch lebt, nehmen wir ihn diesmal mit.«

Am Himmel brauten sich graue Wolkenbänke zu einem weiteren Regenguss zusammen. Der Verkehr war zur anbrechenden Rushhour dichter als sonst. Ich hoffte inständig, dass es nicht zu Verzögerungen käme und Redmond nicht vor uns im Wald wäre.

»Dan Thornton, der CEO der Standard and Chartered, hat einen Deal mit der Staatsanwaltschaft ausgehandelt«, berichtete Roche. »Er sagt als Kronzeuge aus und wird dafür nicht strafrechtlich belangt. Er weiß, dass ihn andernfalls eine lange Gefängnisstrafe erwarten würde.« Ein heftiger Schauer prasselte auf die Windschutzscheibe nieder.

»Was hat er denn anzubieten?«

»Er wird über finanzielle Unregelmäßigkeiten aussagen, über Geldwäsche, illegalen Aktienhandel und Bilanzfälschung.«

Der Wagen blieb stehen. Wir steckten in einem Stau fest. Roche rutschte unruhig auf dem Sitz hin und her. Die Sicht war inzwischen so schlecht, dass ich nicht einmal feststellen konnte, wie weit wir schon gekommen waren. Dann erkannte ich eine Tankstelle wieder, und mir wurde klar, dass wir noch nicht einmal die Stadtgrenze erreicht hatten. Wir hätten inzwischen längst auf der R117 nach Enniskerry sein müssen. Wenn es in diesem Schneckentempo weiterginge, würden wir eine geschlagene Stunde für die Strecke brauchen, die sonst in zwanzig Minuten zu bewältigen war. Reilly schlug frustriert mit der flachen Hand aufs Lenkrad. Ich kaute auf der Innenseite meiner Wange. Ein Taxi war von der Straße gerutscht, und der Abschleppwagen blockierte teilweise unsere Spur. Schließlich hatten wir uns daran vorbeigeschoben. Ich sah auf die Uhr. Es war fast neun. Redmond konnte längst wieder weg sein, Hobbs tot, und mit ihm wäre jede Hoffnung gestorben, die Wahrheit über Patrick Dowlings Tod herauszufinden. Ich sah aus dem Fenster. Die Menschen an den Bushaltestellen versuchten, dem Spritzwasser von vorüberfahrenden Autos auszuweichen. Schirme wurden vom Wind umgestülpt. Leute suchten mit eingezogenem Kopf und hochgeschlagenem Kragen Schutz vor dem Regen. Ich rief bei meiner Dienststelle an, um Bescheid zu sagen, dass ich später kommen würde. Die erste Anhörung war für 15.00 Uhr angesetzt. Ich erklärte Joan, dass ich anschließend mit dem Personal zu sprechen wünschte, bevor alle wieder nach Hause gingen. Ich wollte sie über meinen Rücktritt informieren, bevor sie davon aus den Medien erfuhren.

Es goss jetzt wie aus Eimern, es war beinahe unmöglich, vor den Fensterscheiben noch irgendetwas zu erkennen. Reilly fuhr extrem vorsichtig und starrte nach vorn gebeugt zwischen den Scheibenwischern hindurch. Wir erreichten Aikens Village und die R117 gegen 9.30 Uhr. Bis zum Wald sollte es keine zehn Minuten mehr dauern, aber jede Kurve geriet zu einer Schlitterpartie. Der Pferdeanhänger an einem Range Rover rutschte auf unsere Fahrbahn und zwang Reilly, ins Bankett auszuweichen. Das Fahrzeuginnere dröhnte von unseren Flüchen.

»Irgendwas von Thornton, das wir sofort verwenden könnten?«, fragte ich Roche, um mich abzulenken. *Komm schon!* Es war fast 9.45 Uhr, und wir waren kaum eine halbe Meile weitergekommen.

»Die Spur von Redmonds Geld verläuft nach Jersey und Spanien. Seine Konten wurden für dreißig Tage eingefroren. Er kommt derzeit an keinen Cent ran. Aber wir müssen ihm eine kriminelle Tat nachweisen. Wenn wir das nicht schaffen, müssen die Konten wieder freigegeben werden, und er kann das Geld überallhin verschieben.«

Ich leckte mir über die trockenen Lippen. Ich war immer noch verkatert und durstig von letzter Nacht. Das Hähnchencurry stieß mir sauer auf.

Roche reichte mir ein Blatt Papier. »Um das hier haben Sie gebeten.« Die Liste der Medikamente, die Albert Dowling verschrieben worden waren. Sie hatten wirklich die Datenbank seiner Apotheke gehackt. Ich überflog sie und steckte sie dann in meine Tasche. Mein Herz raste. Ich kam der Wahrheit immer näher. Beinahe konnte ich Patrick Dowlings Geist neben mir spüren, der mich drängte weiterzusuchen.

Reillys Handy klingelte, und Roche griff danach. Sie erklärte, wer sie war, und erfand einen Vorwand, warum Reilly den Anruf nicht selbst entgegennehmen konnte. Nach einem kurzen, aber konzentrierten Gespräch klappte sie das Handy wieder zu und sah mich an. »Timothy Cunninghams Bruder wird sich um 13.00 Uhr in Ihrem Büro mit Ihnen treffen. Er will wissen, was wirklich passiert ist. Und er sagt, er habe Beweise für einen Meineid bei der gerichtlichen Untersuchung der Todesursache seines Bruders.«

Das Netz zog sich zusammen. Bald würde vielleicht klar sein, wieso Redmond bei Cunninghams Anhörung anwesend gewesen war.

Der Regen ließ allmählich nach, und wir konnten die Straße endlich wieder vor uns sehen. Doch auf einem schmalen Streckenabschnitt hingen wir sofort wieder hinter einem Traktor fest. Ich ließ das Seitenfenster herunter und sah hinaus. Eine Meile vor uns lag der Waldrand. Ich konnte die Baumwipfel bereits erkennen. Dann entdeckte ich eine Wiese und ein rostiges Tor. Ich erkannte das Gelände wieder.

»Noch ungefähr hundert Meter.« Ich beugte mich vor und streckte mich. Der Traktor fuhr auf einen Feldweg.

»Verdammt!« Reilly sah den Subaru-SUV als Erster. Er stand in einer schmalen Parkbucht, nicht weiter als fünfzig Meter von dem Waldweg entfernt. Wir hielten hinter ihm. Reilly gab das Kennzeichen durch. Roche stieg aus und blickte die Straße entlang. Es nieselte mittlerweile gleichmäßig. Ein Wagen raste vorbei und spritzte Schlamm auf. Roche spähte in den Subaru. Dann bekam Reilly die Rückmeldung aus der Zentrale. Die Kennzeichen waren gefälscht – und Roche erspähte den Griff eines Revolvers unter dem Beifahrersitz. Sie forderte umgehend Verstärkung an.

»Kann sein, dass wir zu spät kommen.« Ihr Gesicht war nass vom Nieselregen. Sie sah nervös aus.

»Wir gehen trotzdem«, sagte ich.

Wir überprüften unsere Waffen. Reilly hängte sich die Uzi um. Roche behielt ihre mit dem Lauf nach vorn in der Hand. Die Elektroschockpistolen steckten sie sich in den Hosenbund.

Zeit der Entscheidung. Würden wir Redmond festnehmen können, wenn wir ihn sähen? Oder würde Roches Automatikpistole »versehentlich« losgehen und dem Leben des Verbrechers ein Ende setzen, noch ehe ein einziges Wort gewechselt würde?

Oder wartete Redmond längst auf uns?

42

Der Waldweg war an diesem Morgen bereits betreten worden, das war unverkennbar. Vor vier Tagen noch war er staubtrocken gewesen. Mittlerweile war er schlammig. Das Licht unter dem bleiernen Himmel war nicht sonderlich gut, und doch waren die Fußabdrücke deutlich zu sehen. Sie schienen nicht älter als eine Stunde zu sein. Das stetige Nieseln hatte sie nur an den Rändern ein wenig aufgeweicht. Wie ein Fährtenleser kauerte Roche sich hin und untersuchte sie. Im Krebsgang bewegte sie sich vor und zurück und prüfte jeden einzelnen Stiefelabdruck. Dann studierte sie den Weg vor uns. Die Bäume standen hier dicht beieinander, Regen tropfte von den Blättern. Irgendwo im Dickicht plätscherte ein Bach. Eine Krähe flog aus dem Unterholz auf und versetzte uns kurz einen Schrecken.

Ich sah zu Reilly hinüber. Der Regen lief ihm übers Gesicht, seine Ausrüstung war tropfnass, die Stiefel voller Schlamm. Er hielt seine Uzi fest umklammert. Unsere Blicke trafen sich. Er sah besorgt aus. Ich war steif vor Angst. Auf diesem Weg waren keine Wanderer, sondern Killer unterwegs gewesen. Und sie waren noch nicht wieder zu ihrem Geländewagen zurückgekehrt. Es würde eine Konfrontation mit ihnen geben. Zwar mochten wir im Augenblick das Überraschungsmoment auf unserer Seite haben, aber wenn sie uns zuerst entdeckten, wären sie im Vorteil.

In der Ferne raschelte etwas, und Roche erstarrte. Sie

bedeutete uns, in Deckung zu gehen, und wir kauerten uns an den Waldrand. Reilly strich sich das Wasser aus dem struppigen Haar. Ein Fuchs äugte aus dem Unterholz hervor und schnupperte über den Boden. Er blieb stehen, sah auf, dann schlich er wieder rückwärts, ohne uns dabei auch nur eine Sekunde aus den Augen zu lassen. Blieb wieder stehen. Ich starrte ihm in die Augen. Keiner von uns bewegte sich. Als ich im linken Bein einen Krampf bekam und mein Gewicht auf das andere Bein verlagerte, stieß der Fuchs seine Schnauze ins Gebüsch und biss sich in etwas fest. Sekunden später tauchte er mit einem Kaninchen im Maul wieder auf. Das Kaninchen war noch nicht tot, aber es zuckte nur noch schwach. Der Fuchs beobachtete uns aus dem Augenwinkel, als er an uns vorbeihuschte. In sicherer Entfernung schlug er sich wieder in den Schutz des Waldes.

Wir einigten uns auf eine Vorgehensweise.

»Haltet per Handy Kontakt«, flüsterte Roche. »Stellt es auf Vibration und benutzt es nur im Notfall.« Sie zeigte auf die Fußabdrücke. »Drei Personen.« Mein Magen zog sich zusammen. Hobbs würde keine Chance gehabt haben. »Sie kennen sich hier aus«, sagte Roche und sah mich an. »Wo ist der Unterschlupf?«

Ich sah Reilly an, er erst den Waldweg, dann wieder mich. Wir hielten beide nach einem Orientierungspunkt Ausschau. Zweige hingen tief herab, Spinnweben spannten sich zwischen den Zweigen. In ihrem Netz zitterten Wassertropfen.

Ich versuchte, mich an die Zahl der Schritte zu erinnern, die wir von Hobbs' Versteck aus bis zu der Stelle gezählt hatten, wo Patrick Dowling erhängt aufgefunden worden war.

»Es ist weiter dort drinnen«. Wir rückten weitere zwanzig Meter vor, setzten jeden Schritt langsam und mit Bedacht. Jeder Meter brachte uns unseren Gegnern näher. Roche ging am Ende und achtete darauf, dass wir nicht verfolgt würden. Dann plötzlich streckte Reilly den Arm aus. Ich stellte mich auf die Zehenspitzen. Da waren frisches Unterholz, Moos und tropfendes Laub. Aber da war auch der Baum mit dem gegabelten Ast und der Bruchstelle, die wie eine Handvoll Zahnstocher aussah. Wir hatten die Lichtung erreicht.

»Fünfzig Meter von hier.«

Jetzt ging Reilly voran, ich ging in der Mitte, Roche blieb hinten. Ich hielt die Glock in der rechten Hand und vergewisserte mich erneut, dass das Reservemagazin in meiner Tasche steckte. Mein Gesicht war nass vom Regen, und meine Kleidung triefte. Ich schwitzte unter der kugelsicheren Weste. Jeder Schritt war anstrengend, da sich die Stiefel im Schlamm festsaugten. Und dann urplötzlich verschwanden die Spuren. »Sie sind hier hineingegangen«, flüsterte Roche. Tarnfarbe lief ihr übers Gesicht wie verschmierte Wimperntusche. Wir spitzten die Ohren, doch die einzigen Geräusche, die wir wahrnehmen konnten, waren das Tropfen von Wasser, das Gurren einiger Waldtauben – und das dumpfe Hämmern meines Herzens. Wie eine Trommel, die von einem Wahnsinnigen geschlagen wurde.

Reilly scheuchte uns zwischen die Bäume.

Ich stolperte über einen nassen Ast, fiel auf die Seite, auf der ich die Waffe in der Hand gehalten hatte, und bremste den Sturz unsanft mit dem Handgelenk ab. Lautlos fluchend, presste ich es an meine Brust und rührte mich erst wieder, als der heftigste Schmerz vorbei war.

Je tiefer ich in den Wald hineinging, umso dunkler wurde es, und je dunkler es wurde, umso schwerer wurden die Regentropfen. Der ganze Wald hatte sich in einen triefenden, rinnenden und raschelnden Schrecken verwandelt. Roche deutete nach rechts, Reilly zeigte an, dass er nach links gehen würde. Ich blieb weiter in der Mitte. Nasse Spinnweben legten sich auf meine Regenjacke. Ich hörte, wie unter Roches Stiefeln Zweige zerbrachen. Ich schwitzte, und mir war flau im Magen. Dann blieb ich wieder stehen. Ein weißer Schmetterling schwebte an mir vorüber. Ich sah mich in alle Richtungen um und entdeckte, dass Reilly seine Uzi auf Schulterhöhe angehoben hatte. Roches zierliche Gestalt spukte vage zwischen den Bäumen umher.

Ein wütender Schrei durchfuhr die Stille, dann fielen Schüsse. Eine Salve aus einer halb automatischen Waffe. Zwanzig Meter vor mir flogen kreischend Krähen auf. Ihr Schreien hielt noch eine Minute lang an, dann war es wieder still.

Ich stand reglos da und suchte mit dem Blick den Wald ab. Tropfende Bäume, nasses Unterholz. Als ich die Bäume hinaufspähte, sah ich ein graues Eichhörnchen von Ast zu Ast springen, als versuchte es, dem Chaos am Boden zu entkommen.

Ich war regelrecht starr vor Angst. Keine zwanzig Meter von mir entfernt war irgendjemand, der über eine Feuerwaffe verfügte. Verzweifelt versuchte ich, mich zu orientieren, aber überall sah es gleich aus. Ich glaubte, nicht weit von Hobbs' Unterschlupf entfernt zu sein, aber ich war mir nicht sicher. Dann knackste ein Ast, und ich sah Reilly vorwärtsschleichen. Ich warf einen Blick nach rechts. Von Roche keine Spur. Und dann auf einmal wurde der Wald von Automatikfeuer erfüllt. Ich warf mich intuitiv zu Boden, spähte in das Grün um mich herum. Moos und Farne, Baumschösslinge, Efeuranken. Käfer krochen über meine Stiefel. Mein Atem war schwer und ging in kurzen Stößen. Mein Mund war so trocken, dass ich einen Moment lang Regenwasser von den Blättern am Boden leckte.

Dann ertönten weitere zornige Schreie, dieselbe Stimme, die ich zuvor schon gehört hatte. Worte konnte ich nicht verstehen. Ich riskierte einen Blick. Nichts.

Ich tastete nach meinem Handy, aber es steckte zu tief in meiner Tasche, und meine Hände zitterten. Zweimal versuchte ich, es zu fassen zu kriegen, und zweimal entglitt es mir wieder.

Ich begann, über moosbedeckte Äste und an nassen Farnen und Efeu vorbei vorwärtszukriechen. Im Schatten des nächstbesten Baumes hielt ich inne, drehte mich auf den Rücken und sah nach oben. Von einer Buche fielen mir Tropfen ins Gesicht. Ich versuchte, sie mit der Zunge aufzufangen. Der leichte Wind ließ die Bäume knarzen. Meine Nerven waren zum Zerreißen angespannt. Ich lauschte angestrengt in die Stille. Das Schmatzen von Stiefeln im Waldboden. Ich hockte mich auf und sah mich vorsichtig um. Von Reilly oder Roche keine Spur. *Himmel, was tue ich hier eigentlich? Das ist doch Wahnsinn!* Dann vibrierte mein Handy. Ich angelte es aus meiner Tasche. Es war Reilly. »Ich sehe einen von ihnen. Er hat eine Pistole in der Hand.«

Die Verbindung wurde jäh unterbrochen. Eine Pistole, eine Halbautomatik. Wo war der dritte Mann, die dritte Waffe? Ich kroch auf allen vieren zum nächsten Baum hinüber. Jeder Meter erschien mir wie der Aufstieg auf einen Berg. Ich schwitzte, und in meinen Ohren rauschte das

Adrenalin. Schließlich war ich wieder unter einem stämmigen Baum angelangt und lehnte mich dagegen. Keuchte. Im Augenblick wäre ich überall auf der Welt lieber gewesen als ausgerechnet hier.

Dann hörte ich ein Murmeln und hielt die Luft an, bis mich mein Körper zum Ausatmen zwang. Das Murmeln wurde lauter, aus dem Augenwinkel nahm ich eine Bewegung wahr, Zweige knackten unter schweren Stiefeln. Sie kamen näher. Ich umklammerte meine Glock und machte mich bereit. Ich würde einen vorübergehen lassen und auf den zweiten warten. Erst wenn ich beide in einer Sichtlinie hatte, würde ich schießen. Ich fummelte an meinem Handy herum, wollte die anderen warnen, aber meine Finger zitterten zu stark und waren zu nass von Schweiß und Regen. Ich zog die Knie an den Körper. Die Schritte kamen näher. Das Gemurmel war immer noch nicht zu verstehen, aber deutlich lauter als zuvor. Schließlich tauchte eine Gestalt auf. Ich blickte auf. Es war ein hochgewachsener Mann in einem durchnässten grauen Trainingsanzug, der eine Automatikwaffe in den Händen hielt. Er war schlank und braun gebrannt und hatte längeres Haar. Ich konnte im Vorbeigehen seine Augen sehen. Sie waren misstrauisch und nervös. Mir blieb das Herz stehen, und alle Kraft wich aus meinen Gliedern. Jonathan Redmond stand über mir. Der Mann, der mich töten lassen wollte, der meine Frau und meine Kinder angegriffen und in lähmende Angst versetzt hatte. Der Gangster, der mich davor gewarnt hatte, mich in seine Angelegenheiten einzumischen. Wenn er nach unten blickte, würde er mich sehen und erledigen. Aber er sah nicht nach unten.

Ich hielt die Glock in der rechten Hand und richtete sie genau auf ihn. Mein Handgelenk schmerzte, und ich musste es mit der anderen Hand stützen. Mein Instinkt riet mir, ihn zu töten, doch mein Hirn rief zur Geduld. Wenn er den Kopf wandte, würde ich schießen und zusehen, dass ich von hier fortkam. Sein Komplize würde erst merken, was los war, wenn es zu spät wäre. Redmond murmelte etwas, ich hörte eine geflüsterte Antwort. Dann wich er zurück. Ich hörte, wie er sich weiterbewegte, Knirschen, Rascheln, wieder Murmeln. Ich wartete noch ein paar Sekunden, dann spähte ich aus meiner Deckung. Es war niemand mehr da. Mein Herz hatte nicht aufgehört zu schlagen. Im Gegenteil: Es raste wie ein Schnellzug. Und meine Lunge arbeitete ebenfalls noch, auch wenn sie dramatisch unter Sauerstoffmangel litt.

Die Kraft kehrte in meine Glieder zurück, und ich arbeitete mich auf den nächsten Baum zu. Ich wollte eine bessere Sichtposition haben. Während ich mit gesenktem Kopf und kurzen, schnellen Atemzügen vorwärtskroch, gruben sich meine Finger plötzlich in etwas, das nass, klebrig und warm war. Ich erstarrte. Ich kannte dieses Gefühl, und ich kannte auch den Geruch. Es war frisches Blut. Ich wollte nicht hinsehen, aber ich musste. Vor mir lag eine Leiche. Ich fluchte lautlos. Sie hatten Hobbs erwischt. Ich wartete, lauschte und wagte nicht aufzusehen. Schließlich kroch ich noch ein Stück vor. Die Leiche lag mit dem Gesicht nach unten. Ich drehte den leblosen Kopf herum und hätte beinahe vor Schreck laut aufgeschrien. Vor mir lag der Mann, der bei Patrick Dowlings Anhörung im Gericht gesessen hatte. Der Mann mit dem gestohlenen Presseausweis. Ich sah genauer hin. Seine Kehle war durchtrennt. Der Schnitt war so tief, dass Sehnen, Muskeln und Blutgefäße freilagen. Ich studierte die Wunde. Sie war sauber geschnitten, tief und tödlich. Professionell ausgeführt. Ich bettete den Kopf wieder auf den Boden und blickte vorsichtig auf. Nichts. Ich suchte den Wald ab. Redmond war verschwunden. Doch auch Reilly und Roche waren nirgends mehr zu sehen. Ich lauschte. Nur die Geräusche des Waldes. Das Tropfen des Regens, Bäume, die im Wind ächzten, gelegentlich das Brechen eines Asts. Ich schnupperte. Der weiche Geruch von Erde und frischem Laub. Natürliche Gerüche. Ich schnupperte noch einmal. Noch etwas anderes stieg mir in die Nase, etwas, das nicht hierhingehörte. Mein Herz setzte mehrere Schläge lang aus. Hinter mir raschelte etwas, und ich wollte mich gerade umdrehen, als mich eine raue Hand im Haar packte und meinen Kopf nach hinten riss. An meiner Kehle fühlte ich kalten Stahl.

»Keine Bewegung, oder du bist tot«, raunte John Hobbs.

Ich wollte meinen Namen krächzen, aber die Klinge schnitt in meine Haut. Ich zuckte zurück. Hobbs hatte mein Haar so gewaltsam gepackt, dass es an den Wurzeln riss. »Keine Bewegung.« Ich fühlte die Wärme seines Atems im Nacken.

Plötzlich hallte der Wald von Schüssen wider, zwei kurze Feuerstöße aus einer Uzi, drei Kugeln aus einer Handfeuerwaffe. Gebrüll, Gurgeln und Stöhnen. Ich hörte Reilly schreien und Roche antworten. Dann eine weitere ohrenbetäubende Salve.

43

Der Wald wimmelte nur so von bewaffneten Polizeibeamten. Spürhunde winselten und bellten. Kriminaltechniker in weißen Anzügen sperrten den Schauplatz ab. Es gab zwei Leichen. Beide nicht identifiziert, aber ich wusste Bescheid über sie. Als Reilly dem zweiten Toten die Sturmhaube vom Kopf zog, erkannte ich ihn als den Bombenleger aus dem *Bongos* wieder. Die breite Narbe, die vom linken Ohr zum Hals verlief, war unverkennbar. Ebenso die blonden Strähnchen und die großen Ohren mit den Piercings. Es war derselbe Mann, der vor weniger als achtundvierzig Stunden mein Haus beschossen hatte. Der andere war der falsche Reporter von der Anhörung gewesen. Die Mitglieder von Redmonds Bande wurden einer nach dem anderen aus dem Verkehr gezogen.

Hobbs war die ganze Nacht wach gewesen und hatte sich mit undichten Stellen in seiner Plane herumgeschlagen. Er hatte seit Tagen nicht mehr richtig geschlafen. Er hatte von dem Angriff auf mich gelesen und befürchtet, dass man nun auch ihn selbst aufsuchen würde. Jeder, der mit Patrick Dowling in Verbindung gebracht wurde, war jetzt gefährdet. Deshalb hatte er sich ein Frühwarnsystem gebastelt.

»Ich hab Angelschnur von einem Baum zum anderen gespannt. Die Schnüre waren alle miteinander verbunden. Alles, was größer wäre als ein Hirsch, würde sie zerreißen.

Wenn einer nachgab, lockerte er den nächsten, und immer weiter bis zu meiner Hütte. Dort hatte ich 'n paar leere Flaschen zusammengebunden und an die Schnur gehängt. Als sie klimperten, wusst ich, dass wer kommt.« Hobbs zog an seiner Zigarette. Er war aufgebracht und erregt. Seine Hände zitterten, und er hatte Mühe, die Zigarette in seinen nikotingelben Fingern zu halten. Sein Haar war wirr, sein Bart länger und struppiger als bei unserem letzten Besuch. Den langen Mantel hatte er abgelegt, was ein Segen war – er stank auch ohne ihn schon genug. »Wanderer und Läufer nehmen den Weg. Durch den Wald läuft keine Sau.«

Als die Bande aufgetaucht war, war er bereit gewesen. Er hatte sie herumtrampeln und stolpern, fluchen und schimpfen hören. Er erzählte, wie er durch das Halbdunkel geschlichen war und sich den falschen Reporter ausgesucht hatte, der sich von den anderen entfernt hatte. »Er war ein leichtes Ziel.«

Er hatte dem Mann mit einem Bowie-Messer die Kehle aufgeschlitzt.

Als die anderen gemerkt hatten, was passiert war, war die Hölle losgebrochen. Sie hatten auf alles geschossen, was sich bewegte. Auf Schatten. In die Luft, in den Boden. Sie hatten Hobbs' Unterschlupf gefunden und ihn zerstört. Sie hatten versucht, ihn zu verbrennen, aber dafür war es zu nass gewesen. Frustriert und wütend waren sie weiter durch den Wald gestreift. Und dann waren sie Roche und Reilly über den Weg gelaufen. Der *Bongos*-Bomber hatte versucht, sich den Weg freizuschießen. Er hatte es nicht geschafft.

Redmond selbst war es gelungen zu fliehen. Zuletzt war er gesehen worden, wie er im Zickzack zwischen den Bäumen auf die Hügel zulief. Er hatte genügend Munition gehabt, um das Feuer zu erwidern. Er war entlang eines Grabens verschwunden, der in dichtes Unterholz führte. Roche hatte nicht riskieren wollen, ihm nachzulaufen. Sie hatte stattdessen Unterstützung angefordert, und mittlerweile suchte ein Hubschrauber das Gelände ab.

Wir brachten Hobbs zum Wagen. »Wir bringen Sie an einen Ort, wo Sie sicher sind.« Ich schob ihn auf den Rücksitz. »Sie müssen uns erzählen, was Sie wissen.« Ich war aufgeregt und nervös. Ich hatte das Gefühl, alles ging dem Ende zu. »Sie sagten, wir sollten herausfinden, wieso Patrick Dowling hier im Wald gelandet ist, dann würden Sie uns den Rest erzählen.« Dass ich mit meinem betrunkenen Gerede sein Versteck verraten hatte, behielt ich lieber für mich.

Hobbs sah mich misstrauisch an. »Und Sie wissen jetzt alles?«

»So ziemlich.« Das stimmte zwar nicht, aber ich hoffte, ich wusste genug.

»So ziemlich? Drauf geschissen!«

Also erzählte ich ihm von meinem Besuch bei den Dowlings. Von den Lügen, die mir Richard Dowling aufgetischt hatte. Ich gab Declan Shanahans Version wieder. Ich berichtete ihm, dass die Standard and Chartered Bank in kriminelle Machenschaften verwickelt war und dass Patrick Dowling irgendetwas erfahren haben musste, was nicht für seine Ohren bestimmt war. Und ich nannte Redmond als den Drahtzieher.

Hobbs sank in seinem Sitz zusammen und starrte ins Leere. Dann schnalzte er mit der Zunge, kratzte sich und klaubte sich Läuse aus dem Haar. Es war mir egal. Er lebte.

»Sie sagten, dass sich alles um Geld drehe.« Ich versuchte, eine Reaktion zu provozieren. »Sie hatten recht.«

Aber Hobbs blieb stumm.

Reilly raste nach Dublin zurück. Roche telefonierte pausenlos. Das Wageninnere vibrierte schier vor Spannung. Wir näherten uns dem Ende einer höchst gefährlichen Reise.

Wir überquerten den Umgehungsring der M50 und erreichten um halb zwölf den äußeren Vorortgürtel. Reilly überfuhr drei rote Ampeln. Der nächtliche Regen hatte die Straßen rutschig gemacht. Eine matte Sommersonne kämpfte sich durch graue Wolken.

»Haben Sie Redmond erwischt?« Endlich sprach Hobbs wieder. Mein Herz schlug schneller. Vielleicht würden wir jetzt etwas von ihm erfahren.

»Nein, er konnte entkommen«, sagte Roche, die eben ein Telefonat beendet hatte. »Aber wir haben sämtliche Kräfte, die uns zur Verfügung stehen, auf ihn angesetzt. An den Fährhäfen und Flughäfen und an sämtlichen Grenzübergängen weiß man Bescheid. Wir werden ihn erwischen. Er kann sich nicht für alle Zeiten verstecken.«

»Sobald er festsitzt, erzähl ich Ihnen alles.«

Ich antwortete nicht, aber ich hoffte, Hobbs würde sich an sein Versprechen halten.

Wir fuhren über Seitenstraßen, auf denen ich noch nie unterwegs gewesen war. Ich sah Gebäude, von deren Existenz ich nicht einmal geahnt hatte.

Roche klemmte sich wieder an ihr Handy. Hobbs döste allmählich ein. Der Schlafmangel, die schlechte Ernährung und die Aufregungen des vergangenen Morgens hatten ihn zutiefst erschöpft.

Auch ich wollte einen Anruf tätigen und wählte die

Nummer von Dr. Stan Rowe, einem leitenden Arzt am University Hospital, wo ich gearbeitet hatte, ehe ich für den Coroner-Posten verpflichtet worden war.

»Ich brauche ein sicheres Zimmer.« Ich umriss knapp die Situation, spielte das Drama allerdings ein wenig herunter. »Ich habe hier einen Zeugen für eine Anhörung. Er kampiert seit Monaten im Freien. Er muss wieder zu Kräften kommen und gerichtstauglich aussehen, wenn es so weit ist.«

»Kein Problem.«

»Außerdem möchte ich, dass ein Lebertest bei ihm durchgeführt wird. Harnsäure, Elektrolyte – das ganze Blutbild. Und ich hätte gern einen Ultraschall seines Unterleibs, EKG, eine Röntgenaufnahme der Brust. Ein CT seines Gehirns. Ich brauche eine umfangreiche Beurteilung seiner kognitiven Fähigkeiten.«

»Wozu?«

»Seine Aussage ist von entscheidender Bedeutung. Ich muss wissen, ob er geistig voll auf der Höhe ist. Ich muss mir sicher sein, dass er über genügend Selbstkontrolle verfügt, um vor Gericht zu erscheinen.«

»Noch etwas?«

»Geben Sie ihm intravenös eine Vitamin-Nährlösung. Päppeln Sie ihn hoch. Behandeln Sie jede noch so geringe Infektion. Er ist mein Trumpf.«

Es gab eine kurze Pause. »Ist er gefährlich? Könnte er dem Personal gegenüber gewalttätig werden?«

Ich sah Hobbs an. Sein Kopf ruhte auf Roches Schulter. Ihre Regenkleidung war immer noch tropfnass, und im Wageninneren dampfte es bereits, doch Roche nahm es nicht wahr. Auch nicht den Geruch. Sie stritt mit jemandem in der Zentrale.

Hobbs sah entkräftet und abgehalftert aus. Er murmelte im Schlaf und zuckte bisweilen, als würde er sich gegen einen imaginären Feind wehren. Es hatte in letzter Zeit wohl ein bisschen zu viel Aufregung in seinem fragilen Leben gegeben. Ehe Coroner Rafferty aufgetaucht war, hatte er Monate der Einsamkeit genießen können. Doch dann hatten Reilly und ich ihn ausgefragt, und heute hatten ihn zu allem Übel drei Männer töten wollen. Sein Leben war auf den Kopf gestellt worden. Ich kam zu dem Schluss, dass er wohl keinen Ärger machen würde.

»Nein.«

»Dann ist es kein Problem.«

Wir näherten uns über die Dame Street dem Trinity College. Studenten und Touristen drängten sich vor dem Eingang. Wir bogen in die Westmoreland Street ab und kämpften uns mithilfe der Sirene durch den Verkehr.

»Ich brauche die Ergebnisse heute Abend. Ich sehe später nach ihm.«

»Besteht die Gefahr, dass wir Besuch von außen bekommen?« Rowes Tonfall veränderte sich. »Und ich meine nicht solchen, der mit Obstkörben und Blumensträußen kommt …«

»Seine Identität muss geheim bleiben.«

»Das hier ist die Uniklinik, Mike. Hier gibt es keine Geheimnisse.«

»Ich brauche das Zimmer nur für ein, zwei Tage.«

»Ich bringe ihn in der Quarantänestation unter.«

Wir bogen scharf von der O'Connell Street ab und zwangen einen Bus zu einem abrupten Ausweichmanöver. Ich sah das erschrockene Gesicht des Busfahrers, als er am Lenkrad kurbelte. Dann war er nur noch ein Punkt im Rückspiegel. Minuten später hielten wir vor dem Coroner's

Court in der Store Street. Ich schnappte mir die schwarze Plastiktüte mit meiner Bürokleidung aus dem Kofferraum und schlüpfte durch den Seiteneingang hinein. Ich duschte in dem kleinen Badezimmer hinter meinem Büro, überprüfte, ob ich vorzeigbar aussah, und befand, dass ich mich unter die Leute wagen konnte. Ich rief Joan herein und bat sie, das Personal nach der letzten Anhörung im Eingangsbereich zu versammeln.

»Ein gewisser Lorcan Cunningham möchte mit Ihnen sprechen«, fiel sie mir ins Wort. Sie wirkte nervös. »Er sagt, es sei wichtig. Angeblich haben Sie das Treffen heute Morgen telefonisch mit ihm vereinbart.«

Das musste Timothy Cunninghams Bruder sein. »Sagen Sie ihm, er soll in meinem Büro auf mich warten. Und könnte ich ein Sandwich und Kaffee bekommen?«

Joan machte sich eine Notiz und eilte davon. An der Türschwelle stolperte sie. Das war sonderbar. Sie war schon so oft in meinem Zimmer gewesen und nie gestolpert. Was zum Teufel hatte sie nur derart aus der Fassung gebracht?

Ich rief zu Hause an und erklärte Sarah in groben Zügen, was passiert war. Sie hörte zu, ohne mich zu unterbrechen.

»Die Radiosendungen sind voll davon«, sagte sie schließlich. »Alle wissen, dass Redmond auf der Flucht ist. Gott sei Dank ist diese Geschichte bald zu Ende.«

44

Lorcan Cunninghams Schädel sah aus wie eine Billardkugel, trotz des langen, scharf geschnittenen Gesichts, das überhaupt nicht zu dem kleinen, untersetzten Körper zu passen schien. Sein Kinn zierte ein Ziegenbärtchen. Er trug ein blau gestreiftes Hemd, eine Freizeitjacke und eine zu enge Hose, über deren Bund ein stattliches Bäuchlein quoll. Ich schätzte ihn auf Anfang vierzig. Er saß mir in meinem Büro gegenüber. »Sie machen eine harte Zeit durch«, sagte er. Seine Stimme war heiser und irgendwie weinerlich.

»Es lief schon mal besser, ja«, sagte ich zögerlich.

Er kam sofort zur Sache. »Warum hat die Polizei mich angerufen?«

»Weil ich Sie sprechen wollte.«

»Weswegen?«

»Ich habe Bedenken hinsichtlich der Todesursache Ihres verstorbenen Bruders.«

Jetzt brach sich seine Verärgerung Bahn. »Haben Sie etwa einen Fehler gemacht? Sie haben doch selbst entschieden, dass Tim Selbstmord begangen hat. An einem anderen Urteil waren Sie von vornherein nicht interessiert. Wieso haben Sie Ihre Meinung geändert?«

»Ich werde darüber nicht mit Ihnen streiten«, erwiderte ich entschlossen. »Es geht hier um den Austausch von Informationen.«

Er sah mich argwöhnisch an. »Was für Informationen?«

Dies war der Moment, an dem ich zu pokern begann. Und auch wenn ich es zu diesem Zeitpunkt noch nicht wusste: Ich würde den ganzen Tag weiterpokern.

»Ich biete Ihnen Hintergrundinformationen an. Im Gegenzug erzählen Sie mir, was Sie wissen.«

Cunningham rutschte unruhig auf dem Besucherstuhl hin und her, strich sich über den Bart und wartete darauf, dass ich mich näher erklärte.

Es klopfte an der Tür, und Joan brachte ein Tablett mit Sandwichs und Kaffee. Ich war am Verhungern. Ich bot Cunningham Kaffee an, den er jedoch ablehnte, und er war auch nicht an einem Schinken-Käse-Sandwich interessiert. Wunderbar. Mein Bauch knurrte nämlich gewaltig.

Reilly hatte mich beim Gericht abgesetzt und war mit Hobbs weiter zur Uniklinik gefahren. Ich hoffte inständig, dass Dr. Stan Rowe ihn mir fit und in vorzeigbarem Zustand zurückbringen würde. DI Roche hatte sich von einem Streifenwagen zur Polizeizentrale fahren lassen, von wo aus sie die Suche nach Redmond weiter koordinieren würde.

»Was können Sie mir erzählen?«, fragte Cunningham.

Ich überlegte, wie ich ihm am besten antworten sollte. Meine Zweifel basierten auf dem entwendeten Dossier und auf Redmonds Anwesenheit bei der Anhörung. Etwas Handfesteres hatte ich nicht anzubieten. Cunningham hatte behauptet, er sei selbst detektivisch tätig geworden. Er war überzeugt davon, dass irgendjemand einen Meineid geleistet hatte. Aber wie sollte ich ihm entlocken, was er herausgefunden hatte?

Ich spielte meinen einzigen Trumpf aus und schob ihm ein Foto von Redmond über den Tisch. »Haben Sie diesen Mann schon einmal gesehen?«

Cunningham betrachtete das Bild. »Ja. Er saß bei der Anhörung auf der Besuchertribüne. Ich nahm an, dass er von der Versicherung war. Sie stellen sich immer noch quer, was die Auszahlung von Tims Lebensversicherung angeht.«

Wenn es nur so einfach wäre. Ich erzählte ihm von Redmond und dass er hinter den Mordanschlägen auf mich steckte. Ich gab Informationen über seine Verwicklung in den Drogenhandel preis, und schließlich deutete ich auch noch seine Verbindungen zu Standard and Chartered an – der Bank, bei der Cunninghams Bruder bis zu seinem Tod gearbeitet hatte.

Cunningham hörte mir aufmerksam zu. Er strich sich immer wieder über den Bart, kratzte sich am Kinn und rieb sich die Augen. Bei jeder neuen Enthüllung machte er große Augen. Am Ende war er deutlich weniger aggressiv und nachdenklicher gestimmt.

»Warum könnte er die Anhörung zum Tod Ihres Bruders besucht haben?«

Cunningham schwieg. Die Enthüllungen über Redmond hatten ihn sichtlich erschüttert.

Mir kam eine Idee, und ich bat Arthur O'Leary zu mir ins Büro. O'Leary, der eigentlich für die Auswahl der Jurymitglieder zuständig war, half in ruhigeren Zeiten bei der Büroarbeit aus. Er war groß und übergewichtig, näselte unüberhörbar und war wahnsinnig kurzsichtig.

Er streckte seinen großen Schädel zur Tür herein. »Ja?«

»Würden Sie mir bitte diese Akte aus dem Keller holen?« Ich gab ihm die Aktennummer und studierte sein

Gesicht, wollte wissen, ob er eine Reaktion erkennen ließ. Doch O'Leary spähte lediglich durch seine dicken Brillengläser und sah ein zweites Mal hin, um sich die Nummer einzuprägen. »Geht in Ordnung«, sagte er und verschwand wieder. Nicht eine Spur von Unsicherheit.

Ich hatte nicht die Zeit, das Verhalten sämtlicher Mitarbeiter auf die Probe zu stellen. Ich wusste, dass Überprüfungen im Gange waren, die bisher jedoch nichts erbracht hatten. Dann fiel mir wieder ein, wie seltsam Joan sich zuvor verhalten hatte. Sie hatte jeglichen Blickkontakt gemieden und war an der Schwelle gestolpert, die für sie zuvor nie eine Hürde dargestellt hatte. Und das, während Cunningham auf mich gewartet hatte. Sie musste gewusst haben, wer er war und warum er hier war. Hatte seine Anwesenheit sie nervös gemacht? War sie der Maulwurf? Kannte Redmond von ihr meine neue Festnetznummer? Als meine persönliche Assistentin war Joan über sämtliche Veränderungen informiert. Und das bescherte mir noch mehr Kopfzerbrechen, als ich ohnehin schon hatte. Es war beinahe unmöglich, mich auf ein einzelnes Problem zu konzentrieren.

»Gestatten Sie mir eine kurze Pause, bis die Akte Ihres Bruders gebracht wird.« Ich biss in das zweite Sandwich und überlegte, ob es mir wieder Sodbrennen verursachen würde. Den Joghurt und die Früchte wollte ich mir für den Schluss aufheben. »Erzählen Sie mir, was Sie wissen«, forderte ich Cunningham mit vollem Mund auf.

Er beugte sich vor und stützte die Ellbogen auf den Schreibtisch. »Als Tim starb, kam die Polizei zu dem Schluss, dass er Selbstmord begangen hatte. Andere Möglichkeiten interessierten sie nicht. Ich erzählte ihnen von seiner Angst vor dem Wasser und flehte sie an, den Fall noch einmal aufzurollen, doch sie taten alles, was ich sagte, als Unsinn ab. Aber es war kein Unsinn, es war die Wahrheit.«

Sein weinerlicher Tonfall ging mir allmählich auf die Nerven.

Er erzählte lang und breit von dem Unfall seines Bruders, bei dem er als Kind fast ertrunken wäre und der seine Furcht vor Wasser ausgelöst hatte. »Ich habe zu Protokoll gegeben, dass meine Familie mit den Ermittlungen unglücklich sei und dass wir unsere eigenen Nachforschungen anstellen werden, doch man hat uns lediglich geraten, bis zum Abschluss des Gerichtsverfahrens zur Feststellung von Tims Todesursache keinen Kontakt mit den Zeugen aufzunehmen.« Er sah finster drein. »Ich war mir sicher, dass wir bei diesem Verfahren angemessen Gehör finden würden. Aber das war nicht der Fall. Das Verfahren wurde im Eiltempo abgeschlossen, und die Zeugenaussagen wurden dabei nicht ansatzweise infrage gestellt. Der für die Ermittlung zuständige Beamte erschien erst gar nicht. Nach zehn Minuten wurde bestätigt, was zuvor schon von der Polizei vermutet worden war.«

Es wurde stickig im Raum, und ich öffnete ein Fenster. Das ersparte mir außerdem vorübergehend die zornigen Blicke meines Gegenübers. Dublins Straßenlärm drang zu uns in den Raum. Autohupen, das Surren der Straßenbahn, Busmotoren und die üblichen Gesprächsfetzen, hauptsächlich Flüche.

»Ich habe das Urteil nie anerkannt. Also habe ich selbst noch mal alles überprüft.« Er zog ein abgegriffenes Notizbuch aus der Tasche. Die Seiten waren eng beschrieben.

»Drei Leute haben damals ausgesagt.« Er blätterte ein paar Seiten um, bis er gefunden hatte, wonach er suchte.

»Zwei davon haben bei Standard and Chartered mit Tim zusammengearbeitet. Als alles vorbei war, habe ich noch mal mit ihnen gesprochen. Sie waren zurückhaltend und rückten nicht mit der Sprache heraus. Aber sie blieben bei ihrer jeweiligen Geschichte. Tim war wegen einiger Praktiken der Bank besorgt gewesen …«

Ich biss in ein neues Sandwich. »Und weiter?«

»Er hatte einen Bekannten bei der State Irish Bank namens Malone …«

Ich hielt abrupt in der Bewegung inne. »Wie hieß dieser Malone mit Vornamen?«

»Harold. Er wird Harry genannt.«

Ich erstickte fast an meinem Sandwich, griff nach dem Kaffeebecher und trank ihn mit zwei großen Schlucken leer.

Cunningham sah mich verwundert an. »Alles in Ordnung?«

Ich legte meinen Imbiss auf den Teller zurück, schob ihn beiseite und wischte mir über den Mund. Meine Gedanken kreisten wie wild. Harry Malone, der Freund von Patrick Dowling, hätte bei der Anhörung aussagen sollen, zog aber im letzten Moment seine Aussage zurück – ziemlich sicher unter Druck. Es würden doch wohl nicht zwei unterschiedliche Harry Malones im Spiel sein?

»Einen Moment bitte.« Ich wühlte in meiner Tasche und zog die Akte Dowling mit den Unterlagen über Malone aus dem Fach, in dem auch meine Waffe lag.

Name, Adresse und eine Kontaktnummer bei der Arbeit. Ich nahm das Telefonbuch zur Hand und blätterte es hastig durch, bis ich den Eintrag für die State Irish Bank gefunden hatte. Die Nummern stimmten überein. Es war tatsächlich ein und derselbe Harry Malone. Was zum Teufel hatte er mit der Anhörung im Fall Timothy Cunningham zu tun gehabt?

»Sprechen Sie weiter.« Ich bemühte mich, unaufgeregt zu klingen. Sollten sich hier und jetzt etwa Dinge ergeben, die das Geheimnis um Dowlings Tod zu lüften vermochten? Oder würde ein neues Rätsel entstehen – der Tod von Timothy Cunningham?

»Ich suchte damals das Gespräch mit Malone, aber er weigerte sich, sich mit mir zu treffen. Immerhin gelang es mir irgendwann, ihn ans Telefon zu bekommen. Doch da sagte er zu mir, er hätte noch nie von Tim gehört.«

»Und?«

»Er log wie gedruckt. Nach der Anhörung habe ich Tims Smartphone durchgesehen. Er hat darin auch seinen Kalender geführt: Arzttermine, Besprechungen und solche Dinge …«

»Verstehe.«

»Malones Büronummer und seine Handynummer standen in der Kontaktliste. Und laut Kalender hatte es sogar ein Treffen mit Malone gegeben. Drei Tage vor Tims Tod.«

Er ließ seine Worte wirken.

»Und es gab noch einen Eintrag«, fuhr er fort. »Einen Tag, ehe Tim ertrank, telefonierte er eine Stunde lang mit Dan Thornton, dem Vorstandschef der Standard and Chartered Bank. Ich habe versucht, mit Thornton Kontakt aufzunehmen, wurde aber jedes Mal abgewimmelt. Unzählige Male habe ich dort angerufen und Nachrichten hinterlassen, doch er rief nie zurück. Ich schrieb ihm, bekam aber keine Antwort. Irgendwann habe ich ihm sogar ein Einschreiben geschickt.«

Er holte tief Luft. Versuchte, seinen Zorn zu mäßigen.

»Und … hat das Einschreiben zu einer Reaktion geführt?«

»Eine Woche später rief mich ein Anwalt der Bank an. Er sprach mir in Thorntons Namen sein Beileid aus. Wie alle irischen Banken, sagte er, stecke Standard and Chartered gerade in der Krise, und Mr. Thornton habe keine Zeit, mich zu treffen. Vielleicht ließe sich später mal etwas arrangieren …«

Mir war der Hunger vergangen. Ich bemühte mich verzweifelt zu verstehen, was dies alles mit dem Fall Dowling zu tun haben mochte.

Es klopfte an der Tür. O'Leary war wieder da, und er hielt den Cunningham-Ordner in der Hand. Er hatte die Brille auf die Stirn geschoben, die Gläser sahen feucht aus. *Wie und wann ist der denn wieder aufgetaucht?*, fragte ich mich. *Wusste die Person, die ihn mitgenommen hatte, dass ich die Akte gesucht und ihr Fehlen bemerkt habe?*

O'Leary legte die Akte vor mich auf den Schreibtisch und ging ohne ein weiteres Wort wieder hinaus.

»Mann, hat der große Füße …« Cunningham betrachtete einen schlammigen Abdruck von O'Learys Schuhen auf dem Teppich. Der Fußabdruck sah tatsächlich sehr groß aus, aber O'Leary war nun mal ein großer Mann.

Ich blätterte die Akte durch, um zu sehen, ob Unterlagen daraus fehlten, und bemühte mich, Cunningham nicht merken zu lassen, dass die Akte seines Bruders entwendet worden war – vermutlich zu verbrecherischen Zwecken. Doch es schien alles in Ordnung zu sein.

»Lesen Sie mal die Zeugenaussage von Matt Dillon«, sagte Cunningham.

»Wer soll das sein?«, fragte ich und blätterte weiter.

»Der Mann, der aussagte, er habe Tim in den Kanal

springen sehen. Dillon behauptet, er habe noch helfen wollen, aber es sei ihm nicht mehr gelungen. Er war es auch, der die Polizei und die Feuerwehr verständigt hat.« Sein Greinen klang jetzt fast schon sarkastisch.

»Ich hab's.« Ich überflog die Aussage. »Und Sie denken, dass Dillon einen Meineid geschworen hat?«

»Ja.«

»Wie kommen Sie darauf?«

»Tim hat den Pub an jenem Abend um fünf nach neun verlassen. Das haben die Leute bestätigt, die bei ihm gewesen waren. Vom Pub bis an die Stelle, wo er ins Wasser fiel, sind es fünfzehn Minuten, das habe ich abgemessen.«

Ich überflog den toxikologischen Bericht. Timothy Cunninghams Alkoholspiegel war nicht sonderlich hoch gewesen, und er hatte keine Drogen im Blut gehabt. »Worauf wollen Sie hinaus?«

»Dillon hat die Polizei und die Rettungsdienste um 21.55 Uhr angerufen. Das weiß ich aus den offiziellen Aufzeichnungen der Anrufe. Damit ergibt sich eine Lücke von einer halben Stunde.«

»Vielleicht hat er in der Zwischenzeit versucht, ihren Bruder zu retten.« Ich stellte Cunninghams Darstellung infrage, um sicherzugehen, dass er auch wirklich alle Eventualitäten berücksichtigt hatte.

»Ausgeschlossen.«

»Wieso?«

»Ich habe herausgefunden, dass er drei Wochen zuvor einen Unfall hatte. Er ging an jenem Tag an Krücken. Er hätte Tim nicht einmal helfen können, wenn er es tatsächlich gewollt hätte.«

»Was wollen Sie mir mit alldem sagen?«

»Dass er unter Eid gelogen hat.«

»Warum? Was hätte er davon gehabt?«

»Das weiß ich nicht. Ich komme an diesen Dillon nicht heran. Er ist verschwunden.«

Wir schwiegen beide. Ich massierte mir die Schläfen, als könnte mir das beim Denken helfen. »Wie kann er einfach so verschwinden?«, fragte ich schließlich.

»Wenn irgendjemand verschwinden soll oder will, lässt sich das problemlos einrichten.«

Ich griff zum Telefon. »Ich muss das überprüfen«, sagte ich und wollte schon eine Nummer wählen, doch Cunningham beugte sich über den Tisch und legte mir die Hand auf den Arm.

»Die Mühe können Sie sich sparen. Niemand wird ihn finden. Er ist verschwunden. Nicht einmal seine Familie weiß, wo er steckt.«

Ich legte das Telefon zurück, ohne hinzusehen, und verfehlte die Gabel. Der Hörer fiel auf den Boden und zerbrach. Ich hob ihn hoch und lauschte in die Hörmuschel. Tot. Bevor ich meinen Posten räumte, würde ich das Gerät ersetzen lassen müssen.

Ich griff nach dem nächsten Sandwich und nahm einen Bissen. Es schmeckte scheußlich, aber das war mir egal. Ich bedeutete Cunningham mit einem Nicken weiterzuerzählen.

»Matt Dillon hat mehr als zwanzig Jahre lang bei der Standard and Chartered gearbeitet«, fuhr Cunningham fort. »Er hat mit achtzehn dort angefangen. Er war so etwas wie der Troubleshooter des Unternehmens.« Cunningham sprach in der Vergangenheitsform von Dillon. »Er erledigte die Drecksarbeit. Er war hinter säumigen Kreditnehmern her und ermittelte gegen Kollegen, die im Verdacht standen, in die Kasse gegriffen zu haben. Er war der Mann, der andere Angestellte rausschmiss, ohne mit der Wimper zu zucken. Er war verhasst im Betrieb. Und er stand Dan Thornton sehr nahe.«

Ich fiel ihm ins Wort. »Thornton ist mittlerweile verhaftet worden.«

»Davon habe ich gehört.« Cunningham schien nicht allzu überrascht zu sein. »Ich fange selbst gerade erst an, es zu verstehen«, fuhr er fort. »Wenn man in Finanzkreisen den richtigen Leuten die richtigen Fragen stellt, antworten sie einem zumindest in Andeutungen. Selten hört man ein konkretes Ja oder Nein, meist so etwas wie ein Vielleicht oder: ›Das könnte zutreffend sein.‹ Irgend so ein vager Quatsch.«

»Was haben Sie also in Erfahrung gebracht?«

»Dass bei Standard and Chartered merkwürdige Dinge vor sich gingen. Ich weiß nicht, was, aber ich würde darauf wetten, dass es illegal war.«

Mein Gehirn konnte all diese neuen Informationen kaum noch verarbeiten. Trotzdem erzählte ich Cunningham, was ich bei der Sicherheitsbesprechung in Erfahrung gebracht hatte. Dass die Börsenaufsicht und das Betrugsdezernat gegen Standard and Chartered ermittelten und Dan Thornton mit Geldwäsche und Bilanzfälschung in Verbindung gebracht worden war. Und von seinem Deal: Straffreiheit gegen die Wahrheit. Cunningham nickte die ganze Zeit. Ich bestätigte ihm gegenüber lediglich, was er längst vermutet hatte.

»Dillon verkehrte auch mit Richard Dowling«, fügte er an, »dem Sohn von Albert Dowling, unserem unlängst zurückgetretenen Minister für wirtschaftliche Entwicklung.«

»Und Albert Dowling unterhält Verbindungen zu Jonathan Redmond«, ergänzte ich.

Cunningham runzelte die Stirn.

»Das war der Drogendealer«, erinnerte ich ihn, »der bei der Anhörung Ihres Bruders im Publikum saß.«

Wir starrten einander an. Dann sah Cunningham auf die Uhr. Es war kurz vor zwei.

»Mein Bruder hat sich nicht umgebracht.« Aus seinem Mund klang es wie eine Tatsache. »Irgendjemand hat ihn getötet. Und wer immer es war, hat damit versucht, diese betrügerische Bank zu schützen.« Er stand auf, stopfte sich das Hemd in die Hose, das am Rücken herausgerutscht war, und sah mir in die Augen. »Sagen Sie Ihren Freunden von der Polizei, dass noch verdammt viel Arbeit auf sie zukommt.«

45

Ich hatte bei Cunningham gepokert, um zu sehen, was ich möglicherweise in Erfahrung bringen konnte. Und während ich nur mit Bruchstücken und einem vereinzelten Treffer gerechnet hatte, war ich regelrecht überflutet worden mit Informationen. Zwischen Cunninghams Tod und dem von Patrick Dowling bestand ein Zusammenhang. Wie er genau aussah, wusste ich noch nicht, aber immer wieder tauchten dieselben Namen auf: Jonathan Redmond, Dealer mit Verbindungen zur Standard and Chartered Bank. Harry Malone, Patrick Dowlings Freund und widerstrebender Zeuge, Angestellter der State Irish Bank und Lügner, wenn man der Einschätzung von Coroner Rafferty und Lorcan Cunningham folgen wollte. Dan Thornton, CEO der Standard and Chartered Bank und mittlerweile der Geldwäsche und Bilanzfälschung bezichtigt. Und schließlich Albert Dowling selbst, zurückgetretener Minister mit möglichen Verbindungen sowohl zu Redmond als auch zu Thornton.

Es war an der Zeit, die Verbindungslinien zu ziehen. Es war an der Zeit, die Anhörung zum Tod von Patrick Dowling wiederaufzunehmen und die Wahrheit ans Licht zu bringen. Es war an der Zeit, erneut zu pokern.

Ich griff zum Telefon und sah erst, als ich es schon in der Hand hielt, dass es nicht mehr funktionierte. Ich zog also mein Handy aus der Tasche. Zuerst rief ich Charles

McGrath an, den Anwalt der Dowlings. »Teilen Sie Ihren Mandanten mit, dass ich die Anhörung am Mittwoch um 10.00 Uhr fortsetzen werde.« Ich betonte zur Sicherheit, dass ich kommenden Mittwoch meinte – übermorgen. McGrath beschwerte sich angesichts der kurzfristigen Terminierung, aber ich brachte ihn zum Schweigen: »Ich weiß jetzt, was wirklich passiert ist.« Dann legte ich auf.

Ich wusste natürlich nicht, was wirklich passiert war, aber ich hoffte, dass Hobbs es mir rechtzeitig verraten würde. Auf jeden Fall würde McGrath jetzt etwas zum Grübeln haben.

Dann rief ich Fred Hodgins an, Harry Malones Anwalt. Ich erklärte ihm, dass ich die Dowling-Anhörung wiederaufnehmen wolle. Es kam keine Reaktion. »Richten Sie Malone aus, dass neue Informationen aufgetaucht sind. Sagen Sie ihm, ich möchte ihn dabeihaben, damit er eine Aussage macht. Und sagen Sie ihm, es liege in seinem Interesse, dieses Mal die Wahrheit zu sagen.« Jetzt bestürmte mich Hodgins förmlich. Was genau ich damit meine? Ob ich etwa andeuten wolle, dass sein Mandant in Schwierigkeiten stecke? Ich hörte ihm nur mit halbem Ohr zu. Hodgins redete sich allmählich in Rage, daher brachte ich die Sache schließlich auf den Punkt: »Schaffen Sie ihn am Mittwoch her, sonst lasse ich ihn vorladen.« Ich legte auf. Auch das war hoch gepokert.

Als Nächstes nahm ich mit Gerard Canny Kontakt auf, dem Pathologen, der die Obduktion durchgeführt hatte. Ich fragte ihn, ob er kommen wollte, selbst wenn ich seine Ergebnisse erneut infrage stellen würde. Canny hörte mir höflich zu, erklärte sich zur Teilnahme bereit, machte mich aber darauf aufmerksam, dass er seine Meinung nicht geändert habe. »Patrick Dowling hat Selbstmord begangen.«

Schließlich rief ich Reilly an. Er war auf der Rückfahrt vom University Hospital. Stan Rowe hatte Hobbs persönlich in Empfang genommen. Er hatte ihn von Kopf bis Fuß gemustert, den Kopf geschüttelt und Reilly geraten, nicht vor 19.00 Uhr wiederzukommen. »So lange wird es allein schon dauern, ihn sauber zu schrubben.« Ich erzählte Reilly von meinem Gespräch mit Lorcan Cunningham. Er brachte seine Überraschung zum Ausdruck. Dann verkündete er eine positive Neuigkeit. Hobbs' militärische Zeugnisse waren gut. Ehrenhafte Entlassung, gute dienstliche Beurteilungen. Vielleicht ein bisschen zu trinkfreudig, wenn er mal frei hatte, aber er war nie in Schwierigkeiten geraten, solange er die Uniform getragen hatte. Das war von Vorteil.

Ich rief DI Roche an und erzählte ihr, was ich erfahren hatte und was ich nun zu tun gedachte. Sie machte sich Sorgen um Hobbs. Und sie machte sich Sorgen um Malone. Sie hatte Angst, ich könnte das Ganze überstürzen. Sie solle aufhören, sich Sorgen zu machen, riet ich ihr, und dass sie mir die Entscheidungen überlassen dürfe. »Gibt es irgendetwas Neues in Bezug auf Redmond?«

»Er hat rund eine Meile vom Wald entfernt ein Auto gestohlen. Ein Bauer wollte gerade nach seinem Vieh sehen, als Redmond ihn packte, ihn in den Kofferraum seines Saab zwang und davonfuhr. Der Wagen tauchte in einer Nebenstraße in Enniskerry wieder auf. Dort ist auch ein Honda Civic gestohlen gemeldet worden. Ein Mann, bei dem es sich der Beschreibung nach um Redmond gehandelt haben könnte, ist mit hoher Geschwindigkeit damit in Richtung Autobahn gefahren. Wenn er die Autobahn erreicht haben sollte, kann er inzwischen überall sein. Ich glaube, er wird versuchen, außer Landes zu kommen.«

Jetzt war es an mir, mir Sorgen zu machen. Und erneut zu pokern. Ich setzte darauf, dass Redmond keinen weiteren Angriff auf mich und meine Familie riskieren würde.

Anschließend führte ich die Anhörungen des Nachmittags durch. Ein unerwarteter Todesfall während einer Routineoperation in einem Krankenhaus. Der Absturz eines Ultraleichtflugzeugs. Ein Todesfall in einem Pflegeheim wegen falsch verabreichter Medikamente. Ein Ertrunkener.

Ich hörte zu, wie Zeugenaussagen verlesen, Experten befragt und Polizeiberichte bestätigt wurden. Ich sprach den Hinterbliebenen mein Mitgefühl aus. Ich gab Empfehlungen über die Wartung von Anästhesiegerätschaften, korrekte Verschreibungsmuster und die Sinnhaftigkeit von Flugvorführungen über Wohngebieten ab. Meine Worte wurden zur Kenntnis genommen, Urteile gefällt. Geister kamen und gingen.

Am Ende des Nachmittags war ich erschöpft. Doch die härteste Aufgabe des Tages stand mir noch bevor. Um halb sechs saß ich in meinem Büro und bereitete mich auf mein Treffen mit Hobbs vor. Ich packte Dokumente und Fotos zum Fall Dowling in meine Aktentasche. Aufnahmen vom Tatort und von der Obduktion sowie von allen Leuten, die in sein Leben und Sterben verwickelt gewesen waren. Wo ich keine Originalbilder zur Hand hatte, nahm ich stattdessen Zeitungsausschnitte. Ich musste sicherstellen, dass Hobbs' Bericht mit den Ergebnissen der Ermittlung übereinstimmte. Und ich wollte Material dabeihaben, das seinem Gedächtnis eventuell auf die Sprünge helfen konnte. Schließlich packte ich auch noch die Glock in ein Seitenfach um.

Die Cunningham-Akte lag immer noch auf meinem Schreibtisch. Ich beschloss, sie selbst in den Keller zurückzubringen. Die Schlüssel fand ich in Joans Posteingangsfach. Auf der Treppe nach unten entdeckte ich Schlammspuren. Die Luft im Keller erschien mir weniger muffig und abgestanden als sonst. Einen Grund hierfür konnte ich allerdings nicht benennen.

Die eisenbeschlagene Tür ging mühelos auf. Die schwache Glühbirne gab nicht viel Licht, aber es reichte, um die Schlammspuren verfolgen zu können. Ich ging ihnen nach. Der Schimmel in der Luft kam mir ein wenig erträglicher vor als zuletzt, als er meine Kehle gereizt hatte und mich hatte husten lassen. *Irgendetwas hat sich hier unten getan. Aber was?* Es war mir ein Rätsel. Mein Puls raste, wie er es bereits am Vormittag ständig getan hatte. Wenn dieser pausenlose Stress nicht aufhörte, würde ich noch einen Herzinfarkt bekommen.

Schließlich fand ich den Schrank, aus dem die Cunningham-Akte entwendet und in die sie wieder zurückgelegt worden war. Die Fußabdrücke liefen genau darauf zu. Ich stellte den Ordner zurück. Erst da bemerkte ich, dass die Fußabdrücke bis zur hintersten Wand verliefen. Die Wand bestand aus Granit, und ein Türsturz stützte Steine bis hinauf zur Decke. Die dazugehörige massive Tür bestand aus massiven Eichenbohlen mit Metallbeschlägen. Sie war seit Jahren nicht geöffnet worden. Die schlammigen Fußabdrücke hörten zwar vor der Tür auf, doch andere kamen aus der Gegenrichtung, von draußen herein. Dort jenseits der Wand auf dem Gelände des ehemaligen Leichenschauhauses war derzeit eine Baustelle. Ich drückte gegen die Tür. Sie bewegte sich nicht. Ich drückte noch einmal, kräftiger diesmal. Sie gab minimal nach. Nun stieß ich mit aller Kraft dagegen, sie schlug auf, und Tageslicht und ein leichter Wind drangen in den Keller. Ich betrachtete die Baustelle vor mir. Berge von feuchtem Schutt, hauptsächlich rote Ziegel und Beton. Platten, Dachziegel, rostige Rohre. Ein gelber Bagger, die Räder voll festgebackenem rötlichem Schlamm, die Windschutzscheibe verschmiert. Die Sonne kämpfte sich durch die Wolken. Der Wind blies Plastiktüten und anderen Unrat über die Baustelle, kleine Wirbel entstanden. In der Ferne schrillte eine Polizeisirene. Möwen flogen kreischend über das Gelände. Die Baustelle war auf zwei Seiten von hohen Gebäuden umgeben, was einen Windkanal erzeugte. Jede offene Tür würde einiges an Zugluft abbekommen. Jetzt wusste ich, warum es nicht mehr so stickig im Keller war. Irgendjemand benutzte diesen Eingang und ließ regelmäßig frische Luft herein.

Ich sah mich um. Die Baustelle war von einem Zaun umgeben, doch an einer Seite klaffte eine gewaltsam herausgebrochene Lücke. Der Regen der vergangenen Nacht hatte den Bauplatz in Morast verwandelt. Jeder, der hier hindurchging, würde roten Sand an den Schuhen haben. Ich ging in die Hocke und inspizierte die Fußabdrücke an der Schwelle. Auch sie hatten einen rötlichen Stich. Ich rieb etwas davon zwischen Daumen und Zeigefinger und roch daran. Es war definitiv Sand, keine Erde. Die Fußabdrücke in meinem Büro und im Keller stammten von großen Schuhen. Und der einzige Angestellte mit derart großen Füßen war Arthur O'Leary. Er war es, der die alte Tür benutzte, um in das Gebäude und wieder hinaus zu kommen. Dafür gab es keinen vernünftigen Grund, außer dass er sich jederzeit Zugang zu den Akten verschaffen wollte, ohne dabei gesehen zu werden.

Sein schlechtes Sehvermögen hatte ihn verraten. Er hatte nicht bemerkt, dass er eine Fährte gelegt hatte.

Jetzt hatte ich meinen Maulwurf.

Doch wie sollte ich mit ihm verfahren?

Um 18.00 Uhr warteten meine Mitarbeiter im Eingangsbereich auf mich. Aoife, Eleanor und Mary, die sonst immer zu Tratsch und Unfug aufgelegt waren, wirkten ernst, geradezu bedrückt. Joan hatte vor Nervosität die Arme um den Leib geschlungen. Sie trug einen dunkelblauen Rock und eine enge weiße Bluse und hatte Tränen in den Augen. Sie ahnte wohl, was ich gleich verkünden würde. Auch Larry Naughton, der dicke Nachtwächter, war da. So müde und verknittert wirkte er am Tage schlicht fehl am Platz. Er saß abwartend und skeptisch an einem Schreibtisch. Dann kam mein Maulwurf, Arthur O'Leary. Er kaute Kaugummi und warf einen Blick auf die Uhr, als hätte er noch einen anderen Termin.

Ich machte es kurz. »Ehe Sie es aus der Presse erfahren, möchte ich Ihnen mitteilen, dass ich mein Rücktrittsgesuch eingereicht habe.«

Ich sah mich um. Es gab kaum eine Reaktion. War es das, was sie erwartet, vielleicht sogar gehofft hatten? Mit einem Mal wurde mir klar, dass die letzten elf Tage auch von meinen Mitarbeitern einen hohen Tribut gefordert hatten. Sie mussten sich ebenso bedroht gefühlt haben wie ich. Ich machte ein paar Bemerkungen über die schwierigen Arbeitsbedingungen der letzten Zeit und betonte, wie wichtig ihre Unterstützung währenddessen gewesen sei. Blicke wurden gewechselt. War es Erleichterung? Bedauern? Ich konnte es nicht sagen.

»Ich danke Ihnen allen.« Ich schüttelte jedem Einzelnen die Hand. Joan konnte sich nicht zurückhalten und drückte mir einen spitzen Kuss auf die Wange. Dann sah ich O'Leary an. »Danke für Ihre Treue.«

»Keine Ursache, Dr. Wilson.« Er vermied jedoch, mich anzusehen. »Ich wünsche Ihnen einen glücklichen und sicheren Ruhestand.« Nicht nur einen glücklichen, sondern auch einen *sicheren*. Er schien mich warnen zu wollen. *Es ist noch nicht vorbei.*

Sie applaudierten mir, als ich das Gebäude verließ. Selbst O'Leary. Draußen wartete eine Traube Journalisten und Fotografen. Kameras klickten, Fragen wurden gerufen. Ich drückte mir die Aktentasche an die Brust und bahnte mir einen Weg durch die Menge. Dann quetschte ich mich auf die Rückbank von Reillys Wagen und erzählte ihm, was ich zuvor im Keller entdeckt hatte. Er fuhr los und kreuzte einige Minuten lang durch die engen Straßen, ehe wir erneut gegenüber dem Eingang zum Gericht anhielten. Die meisten Reporter hatten sich mittlerweile verzogen, nur ein paar Nachzügler standen noch rauchend und plaudernd beieinander. Nach kurzer Zeit eilte O'Leary aus dem Gebäude. Er hielt ein Taxi an und verschwand im abendlichen Verkehr.

Reilly gab in der Zentrale Bescheid. Dann fuhr er zum University Hospital.

46

Dr. Stan Rowe, der Chefarzt, kam mir am Haupteingang entgegen. Es war 19.30 Uhr. Rowe glich einer Giraffe: lang, mit dürren Beinen und federndem Schritt, einem langen, dünnen Hals und ständig geschürzten Lippen. Er trug einen grünen Kittel unter einem weißen Mantel, aus dessen Seitentasche ein Stethoskop baumelte. Die andere Tasche war vollgestopft mit Papieren und Kugelschreibern. Er stand sichtlich unter Strom und sah ständig auf seinen Pager, während wir durch die Flure eilten. Sicherheitspersonal patrouillierte in den Gängen, Mediziner standen in den Ecken beisammen und diskutierten über ihre Patienten. Jeder hier schien permanent die Stirn zu runzeln.

Rowe sprang die Treppe hinauf, statt auf den Aufzug zu warten. Behände kurvte er um Grüppchen herum, die uns im Weg standen. Meine Aktentasche behinderte mich, und ich hatte Mühe, mit ihm Schritt zu halten.

Schließlich kamen wir im obersten Geschoss an. Auch dort herrschte immer noch reger Betrieb. Schwestern eilten von Station zu Station. Pfleger schoben Patienten in Rollstühlen die Gänge entlang. Manche zogen Infusionsbeutel hinter sich her, andere atmeten durch Sauerstoffmasken.

»Hobbs ist in einem halbwegs vernünftigen Zustand, wenn man seine Lebensweise in Betracht zieht«, fing Rowe an. »Das Leben hat es nicht gut mit ihm gemeint, und er hat sich gehen lassen. Er trinkt und ernährt sich schlecht.«

Ich hörte zu und schickte ein Stoßgebet zum Himmel. *Bitte keine schlechten Nachrichten.*

Rowe fuhr mit dem Zeigefinger über eine Reihe von Laborergebnissen. »Seine Leberwerte sind katastrophal. Definitiv zu viel Alkohol. Aber er ist kein Dauertrinker. Er betrinkt sich, wann immer er Geld dafür hat. Dazwischen isst er, was er in die Finger bekommt. Das sollte ihn vor einer Entzugspsychose bewahren.« Anders ausgedrückt: Hobbs würde wahrscheinlich nicht komplett durchdrehen, wenn man ihm den Schnaps versagte.

Nicht weit entfernt klingelte ein Aufzug. Eine ältere Frau auf einer Bahre wurde herausgerollt. Sie hatte Schläuche in beiden Armen, und ein dritter lief an ihrem linken Bein hinab.

»Noch etwas, worüber ich Bescheid wissen sollte?«

Rowe blätterte in den Unterlagen. »Seine Nierenfunktion ist beeinträchtigt, deshalb haben wir ihm einen Liter Kochsalzlösung gegeben. Sein Blutbild ist okay. Kein Drogen- oder Medikamentenmissbrauch. EKG und Röntgenaufnahme der Brust sind unauffällig, bis auf eine alte infektiöse Vernarbung der Lunge. Der Unterleibs-Ultraschall zeigt eine mittlere Lebervergrößerung mit Fetteinlagerung. Die Computertomografie des Gehirns ergab einen leichten Schwund der weißen Masse und eine Ventrikelvergrößerung. Das spiegelt den Alkoholmissbrauch wider. Außerdem waren da ein paar verheilte Schädelfrakturen. Die Befunde sprechen jedoch für eine normale kognitive Funktionalität.«

Er bemerkte Reillys verwirrten Blick. »Die Tests besagen gar nichts, sofern der Patient plemplem ist. Aber Hobbs ist nicht plemplem. Er ist nur ein weiterer Pechvogel, den die Wirtschaftskrise zu Fall gebracht hat.«

Das hörte sich gut an. Zusammen mit den Beurteilungen aus seiner Militärzeit würde Hobbs einen erstklassigen Zeugen abgeben.

»Ich habe eine der Schwestern gebeten, ein Auge auf ihn zu haben. Sie ist erfahren und klug.« Er hielt erneut inne, um eine Nachricht auf seinem Pager zu lesen. »Sie sagte, er sei gesprächig gewesen und habe ihr von seinen Jahren bei der Armee erzählt, von Auslandseinsätzen, von seiner Ehe, die in die Brüche ging, weil er immer so lange fort gewesen war. Er hat keine Kinder und ist zu stolz, um mit seiner Familie wieder Kontakt aufzunehmen. Er schämt sich dafür, wie tief er gesunken ist.«

»Das zeugt von Einsicht und einem funktionierenden Verstand«, meinte ich.

»Ja. Aber als sie ihn weiter bedrängte, machte er plötzlich dicht. Sie glaubt, irgendetwas quält ihn.«

»Wie sieht es unterm Strich aus?« War Hobbs gesund genug, um als glaubwürdiger Zeuge präsentiert zu werden?

Rowe zögerte nicht. »Er ist vollkommen in Ordnung, Mike. Ich bin überrascht, wie gut er sich angesichts seiner Lebensweise gehalten hat.« Der Pager schrillte wieder. Rowe runzelte die Stirn. »Ich muss los. Ein Herzinfarkt.«

Er drückte mir eine Akte, auf der JOHN HOBBS und eine Kennnummer geschrieben standen, in die Hand. »Er gehört jetzt Ihnen. Sauber geschrubbt und in frischen Sachen. Zimmer 22.« Er machte sich auf den Weg, blieb dann aber noch einmal stehen und sah mich eindringlich an. »Ich habe ein paar üble Dinge über einen Kriminellen namens Redmond gehört. Es heißt, er stecke hinter den Angriffen. Und er sei auf der Flucht.«

»Da wissen Sie so viel wie ich, Stan. Ich weiß leider auch nicht mehr.«

»Bleiben Sie in Deckung, Mike.« Er warf noch einen Blick auf seinen Pager, dann war er fort.

Ich bemerkte, dass Reilly blass und nervös geworden war. »Es gefällt Ihnen nicht hier, oder?«

Er wischte sich über die Stirn. »Ich hasse Krankenhäuser.«

Ich hätte gelächelt, wäre ich nicht ebenfalls angespannt gewesen. Reilly mochte keine der Umgebungen, in der ich seit Jahren gearbeitet hatte. Der Coroner's Court war ihm unheimlich gewesen, und er hasste Krankenhäuser. Für mich jedoch waren diese Flure mit ihren Geräuschen und Gerüchen wohlvertrautes Terrain. Ich war früher Chefpathologe und König des Kellerdschungels gewesen. Wenn ich gebrüllt hatte, hatten die anderen Tiere aufgemerkt.

Wir betraten Zimmer 22 in der Quarantänestation. Reilly warf nervöse Blicke über den Korridor. Abgezehrte Gesichter starrten zurück. Essen stand unangetastet herum. Das Personal trug Masken und Schutzhandschuhe. Der Geruch von Antiseptikum brannte mir in der Nase.

»Ziehen Sie die Sache nicht unnötig in die Länge.« Schweiß stand auf Reillys Stirn. Er stellte einen Stuhl vor die Tür.

47

Der Mann in Zimmer 22 hatte nur noch wenig Ähnlichkeit mit dem Waldbewohner John Hobbs aus Enniskerry. Der Geruch seines Lebens unter freiem Himmel war von ihm abgewaschen. Verschwunden war auch die schmutzige und zerzauste Mähne. Man hatte ihm das Haar geschnitten und mit Gel zu einem ordentlichen Seitenscheitel geglättet. Er war rasiert, das Gesicht gewaschen. Man konnte mitnichten behaupten, dass er blendend aussah, aber zumindest einigermaßen anständig. Was ihn verriet, waren die verschrumpelte Haut und die nikotingelben Finger. Sie deuteten auf eine andere, härtere Existenz hin. Doch seine Augen waren wach – und misstrauisch.

Das Krankenhaus hatte ihm ein paar Jeans zur Verfügung gestellt, die um die Mitte zu weit und an den Beinen zu kurz waren. Er trug ein frisch gewaschenes T-Shirt mit einem Löwen-Logo auf dem Rücken und weiße Turnschuhe, die schon bessere Zeiten gesehen hatten und die ihm zu eng zu sein schienen. Die Schnürsenkel hingen offen herab.

Der Raum war karg: ein Stuhl, ein kleiner Tisch, ein Schrank und ein Bett. Die Wände und die Decke waren grau gestrichen, die Handtücher und das Bettzeug waren weiß mit einem Grauschleier.

Ich hielt ihm die Hand hin. Er nahm sie nicht. »Organisieren Sie mir 'ne Kippe, bevor ich den Verstand verlier.«

»Sie dürfen hier nicht rauchen.« Ich bemühte mich, nicht allzu belehrend zu klingen. »Wenn ich Ihnen eine besorge, dann rauchen Sie bitte aus dem Fenster.«

»Wenn ich nicht bald eine kriege, *spring* ich aus dem Scheißfenster!«

Ich griff zum Zimmertelefon und sprach mit der zuständigen Schwester. Nach einem kurzen Wortgefecht gab sie schließlich nach. Sie würde Hobbs eine Packung Benson & Hedges vorbeibringen lassen. Sie stammte aus ihrer eigenen Handtasche.

Minuten später beugte sich Hobbs aus dem Fenster und zog an seiner ersten Zigarette des Abends. Sie löste einen Hustenanfall aus. Er spuckte Schleim in die Nachtluft.

Vor dem Sonnenuntergang und über den Lichtern der Stadt blinkte an einem weit entfernten Funkmast ein rotes Signallicht. Das Heulen von Rettungswagensirenen drang nach oben. Ich musterte Hobbs, während er rauchte. Ich wusste, er war dreiundsechzig, aber er sah gut zehn Jahre älter aus. Er war rund eins achtzig groß, ließ jedoch die Schultern hängen. Und er war schmerzhaft dünn. Im Wald hatte der fleckige, übelriechende Mantel seine Gebrechlichkeit verdeckt. In seinen Nackenfalten hatte sich der Schmutz festgefressen. Entlang des nunmehr freigelegten Haaransatzes verliefen Narben. Er rauchte die Zigarette zu Ende und schnippte sie hinaus in den Abendhimmel. »Wie wär's jetzt mit ein paar Bier?«

Die Sache wurde langsam anstrengend. Gut möglich, dass ich jede einzelne Krankenhausregel brechen musste, um Hobbs bei Laune zu halten. Hoffentlich verlangte er als Nächstes nicht nach einer Nutte.

»Erst müssen Sie uns erzählen, was Sie wissen«, entgegnete ich. »Heute Abend kann ich Sie mit Kippen und Alkohol versorgen, aber das kann nicht ewig so weitergehen.«

Er sah mich finster an.

Ich ignorierte seine schlechte Laune. »Erzählen Sie mir von Patrick Dowling.« Ich brauchte mehr als das, womit er beim ersten Mal herausgerückt war.

Hobbs klopfte auf die Zigarettenpackung. Er nahm eine heraus, wollte sie sich schon anzünden, hielt dann aber inne. »Paddy wurde wer weiß wie oft bei sich zu Hause rausgeschmissen.«

»Weiter.«

»Er war schwer abhängig. Wenn er an Stoff gekommen war, setzte er sich seinen Schuss immer unter der Brücke, wo auch ich herumhing. Wir redeten stundenlang. Ich hab ihn gewissermaßen beschützt. Einer musste es ja tun. Wenn er einen von den anderen schief angeguckt hätte, hätten sie ihm den Schädel eingeschlagen.«

»Woher hatte er das Geld, um sich Drogen zu beschaffen?« Ich hatte die Frage schon einmal gestellt und keine Antwort erhalten.

»Er brauchte kein Geld. Er war immer gut versorgt.«

Das war schwer zu glauben. »Warum sollte ihm jemand einfach so Drogen geben?«

»Er wurde ausgenutzt. Er war der Sohn eines Ministers. Solange Paddy an der Leine lag, war der Minister nicht weit weg.«

Ich setzte mich an den Rand des Betts.

»Er fungierte als Bote.«

Das war genau, was Roche von Anfang an gedacht hatte. »Und wohin gingen die Botschaften?«

Hobbs inspizierte seine Finger und biss dann einen Fingernagel zurecht.

»An Noel Carty?«

»Carty war nur der Mann fürs Grobe. Redmond hat die Fäden gezogen.«

Hobbs' Gesicht verfinsterte sich. Ich spürte, dass sich etwas zusammenbraute. Ich hielt den Atem an und fragte mich, was jetzt kommen würde.

»Paddy ist nicht allein gestorben. An diesem Tag waren noch andere Leute dort.«

Ich atmete langsam aus und hüstelte, um meine Anspannung zu verbergen. Ich war den Antworten, nach denen ich suchte, quälend nahe. Doch ich musste wissen, warum Hobbs erst jetzt bereit war zu sprechen. Und ich würde andere von seiner Glaubwürdigkeit überzeugen müssen.

»Warum haben Sie uns das nicht schon früher erzählt? Über seinen Tod wurde ausgiebig berichtet. Wenn Sie etwas gesehen haben, warum haben Sie es der Polizei nicht gesagt?«

»Weil ich am Leben bleiben will. Ich wollte da nicht mit hineingezogen werden. Das sind echt fiese Typen …« Hobbs lief in dem kleinen Zimmer auf und ab und legte hier und da die Hand an eine Wand. Hin und her, hin und her. »Sie haben doch gesehen, was heute Morgen passiert ist. Von genau so was rede ich.«

Hobbs sah zur Decke. Er zündete sich eine neue Zigarette an und blies mir den Rauch ins Gesicht. Er wusste genau, man würde es draußen auf dem Gang riechen, und im Nu würde die Schwester an die Tür hämmern und fragen, was hier drinnen eigentlich los war. Ich nahm mich zusammen. Es würde ein weiterer langer Tag werden, aber ich war nicht in der Stimmung, irgendetwas zu überstürzen. Es stand zu viel auf dem Spiel.

Er drückte die Kippe aus, ging ans Fenster und starrte hinaus. Als er sich wieder umdrehte, klang seine Stimme verändert. Er war wütend. »Die Leute denken, Obdachlose wären wie der Dreck unter ihren Füßen. Sie sagen Sachen in unserer Gegenwart, die sie besser nicht sagen sollten. Und nur weil wir in der Gosse leben, glauben sie, wir würden sie nicht hören. Oder wir wären so verdammt nutzlos, dass es keine Rolle spielt.«

Er nestelte eine weitere Zigarette aus der Schachtel.

»Aber wir sehen und hören eine Menge. Sie würden sich wundern, auf welche Weise sich Neuigkeiten herumsprechen. Wir kennen die gefährlichen Ecken, wo sich die Junkies herumtreiben, wo die Dealer ihr Zeug verkaufen. Wir wissen, in welchen Kneipen es eine Razzia geben und welche Bordelle die Polizei durchsuchen wird. Wir sehen aus wie Kanalratten. Aber wir sind keine. Wir hören eine ganze Menge.«

»Was haben Sie gehört?«

»Redmond hat einen Politiker und 'ne Bank in der Hand.«

Die Geschichte ließ sich gut an.

»Er will seine Gewinne einsacken und verduften.«

Es wurde immer besser.

»War er in Patrick Dowlings Tod verwickelt?«

Hobbs antwortete nicht direkt. »Wollen Sie einen Beweis?«

»Ja.«

»Hier haben Sie was zum Nachdenken, Coroner.« Er legte sein zerknittertes Gesicht in Falten, und seine Augen wurden hart. »Paddy war nicht der Einzige, der in diesem Wald gestorben ist.«

Ich erlaubte Hobbs eine weitere Zigarette. Ich zündete sie ihm sogar mit einem Streichholz an. Meine Hände zitterten; seine waren bemerkenswert ruhig, wenn man die Umstände in Betracht zog.

Ich setzte mich auf die Bettkante und angelte ein Diktiergerät aus meiner Aktentasche. Dann zog ich den schmalen Tisch zwischen uns und legte den Rekorder darauf. Hobbs ließ sich auf dem einzigen Stuhl im Zimmer nieder. Er rauchte und sah mich abwartend an.

Ich entnahm meiner Tasche einen Stapel Fotos. Es waren Polizeifotos vom Fundort, Aufnahmen von Patricks Leiche aus verschiedenen Blickwinkeln und von dem Wald im Hintergrund.

Getrennt davon legte ich vierzehn weitere Bilder aus: zehn Hochglanzfotos und vier Zeitungsausschnitte. Ich legte sie auf das Fensterbrett und den Heizkörper. Als ich fertig war, hatte ich eine richtige Galerie beisammen.

Hobbs sah mir schweigend zu. Er hob ein Foto auf, das ich fallen gelassen hatte, blickte kurz auf das Gesicht hinab und runzelte die Stirn.

Ich war ein Nervenbündel. Würde es schiefgehen? Würde Hobbs im letzten Moment kalte Füße bekommen und dichtmachen?

»Wer war an jenem Tag dort draußen im Wald?«

»Was ist denn jetzt mit meinem Bier?«

Ich riss mich zusammen. Ich wusste, ich würde Hobbs woanders hinbringen müssen. Die Nachricht von dem Landstreicher im Isolationszimmer, der nach Zigaretten und Bier verlangte, würde sich in Windeseile herumsprechen, und Dr. Stan Rowe hatte einen Ruf zu verlieren. »Ich besorge Ihnen ein Sixpack, wenn ich kann.« Mir war klar, das würde Hobbs' Durst kaum lindern.

Es war trotz des offenen Fensters drückend heiß im Zimmer, und ich sehnte mich nach frischer Luft. Ich fragte mich, wie es Reilly draußen im Flur wohl ging. Hoffentlich war er nicht abgehauen. Oder ohnmächtig geworden.

Schließlich sah Paddy meine Fotosammlung durch. »Sie wollen wissen, wer dabei war, als Paddy starb?«

»Ja.«

Er betrachtete jedes einzelne Bild genau. »Der hier.« Ein nikotinfleckiger Finger tippte auf das Foto. »Und der hier.« Ich ließ mir mein Entsetzen nicht anmerken. Dann riss er einen Zeitungsausschnitt in zwei Hälften, zerknüllte die eine Hälfte und legte die andere vor mich hin. »Und der.«

Ich schob die Bilder in einen Ordner. Dann drückte ich den Aufnahmeknopf meines Rekorders. »Mein Name ist Dr. Michael Wilson, Coroner der Stadt Dublin.« Ich vermerkte Datum und Uhrzeit. »Diese Zeugenaussage bezieht sich auf die gerichtliche Untersuchung der Todesursache von Patrick Dowling.« Ich nannte die Aktennummer und gab zu Protokoll, wer Hobbs war, wo er gefunden worden und wie er im University Hospital gelandet war. Ich sprach einige medizinische Einzelheiten in mein Gerät und nannte Dr. Stan Rowe als behandelnden Arzt. Schließlich verwies ich noch auf eine zweite Untersuchung, die Hobbs' Erinnerungsvermögen bestätigen würde.

Hobbs kaute an den Fingernägeln, schlug die Beine übereinander, räusperte sich, starrte zu Boden. Er sah aus wie ein ungeduldiger Besucher im Wartezimmer eines Arztes.

»John Hobbs hat drei Personen identifiziert, die seiner Behauptung nach dabei waren, als Patrick Dowling starb.«

Ich nannte die Namen. Dann schaltete ich den Rekorder kurz aus. »Los geht's.«

Hobbs nickte.

Ich schaltete das Gerät wieder ein. »Erzählen Sie mir, was Sie am 29. November 2009 gesehen haben.«

48

Um 21.00 Uhr war Hobbs fertig. Er rauchte während der gesamten Unterhaltung. Zweimal unterbrach ich ihn, um mich zu vergewissern, dass er die Bedeutung seiner Aussage auch wirklich verstand, und das ärgerte ihn. »Wollen Sie nun wissen, was passiert ist, oder nicht?«

»Natürlich.«

»Dann halten Sie die Klappe und hören Sie mir zu.«

Nachdem er die Schleusen seiner Erinnerung geöffnet hatte, schossen die Worte in einer Sturzflut aus Wut und Rachedurst nur so aus ihm heraus. Am Ende war er erschöpft wie ein Gladiator, der bis zum Umfallen gekämpft hatte.

Als ich mit meinem Rekorder in der Aktentasche das Zimmer verließ, rief Hobbs mir nach: »Bringen Sie mir neue Zigaretten und ein paar Biere.«

Reilly war weder abgehauen noch ohnmächtig geworden. Doch unwohl schien er sich immer noch zu fühlen. Ich gab ihm eine Zusammenfassung dessen, was ich soeben erfahren hatte.

»Das ist jetzt Sache der Polizei«, sagte er.

»Erst wenn es vor Gericht zur Sprache gekommen ist.« So schnell kam ich aus der Nummer nicht heraus. Also legte ich ihm meinen Plan dar. »Ich setze die Anhörung am Mittwoch fort. Das ist zwar kurzfristig, aber ich weiß schließlich nicht, wie lange Hobbs nüchtern bleibt. Wir brauchen ihn möglichst schnell vor Gericht.« Dann rief ich Roche an. »Ich weiß alles«, eröffnete ich ihr.

»Erzählen Sie.«

In der nächsten Viertelstunde lieferte ich auch ihr eine Kurzfassung von Hobbs' Aussage.

»Sagen Sie die Namen noch einmal.«

Ich tat es.

»Und er weiß mit Sicherheit, wo die Leiche ist?«

»Ja.«

Roche konnte ihre Aufregung nicht mehr verbergen. »Dann sind wir im Geschäft.«

»Die Sache ist schier unglaublich«, sagte ich. »Ich bin immer noch wie benommen von all dem, was ich gehört habe.«

»Ich kann es auch kaum fassen. Aber wird Hobbs das alles im Zeugenstand wiederholen?«

»Überlassen Sie ihn mir«, sagte ich. Dann umriss ich meine Bedenken wegen seiner Forderungen nach Zigaretten und Bier. »Er kann hier nicht bleiben.«

»Wir bringen ihn im Haus des Richters gegenüber von Ihnen unter. Dort ist er von einer ganzen Armee von Sicherheitskräften umgeben.«

»Und was ist mit dem Richter?«

»Den quartieren wir in einem schicken Hotel ein, bis alles vorbei ist. Es wird ein Fest für ihn werden.«

Ich hoffte, sie würde recht behalten. So wie die Dinge liefen, bezweifelte ich, dass mir noch viele freundlich gesinnte Nachbarn geblieben waren.

»Keinem dieser Leute sollte erlaubt werden, das Land zu verlassen.«

»Sie werden überwacht. Sobald sie es auch nur versuchen, wird man sie festsetzen.«

»Ich führe die Befragung durch«, sagte ich. »Ich bekomme am meisten aus ihm heraus.«

»Das ist Ihre Entscheidung.«

»Was, wenn es danach zu Ihrer Sache wird?«

»Überlassen Sie die Polizeiarbeit mir, Dr. Wilson. Ich kümmere mich um alles, was danach passiert.«

Nichts konnte mir lieber sein.

Roche berichtete noch kurz, dass sie auf der Suche sei nach Arthur O'Leary. Seit er den Coroner's Court verlassen hatte, war er nicht mehr auffindbar gewesen. Er war nicht in seine Wohnung zurückgekehrt und auch nicht in eine seiner Stammkneipen, die seine Freunde der Polizei genannt hatten. Er war offensichtlich untergetaucht.

»Irgendwas Neues von Redmond?«, fragte ich.

»Nein. Aber er kann sich nicht ewig versteckt halten.«

Das kann er nicht, dachte ich. Aber es machte mich nervös, dass er immer noch auf freiem Fuß war.

Ich sah nach, ob die Glock immer noch in meiner Aktentasche steckte.

Reilly und ich tranken noch einen Kaffee in der Klinikcafeteria. Ich hätte Stan Rowe gern gedankt, aber er war beschäftigt. Er war zu einem neuen Notfall gerufen worden und durfte nicht gestört werden.

Gemeinsam gingen wir die Ereignisse des Tages noch mal durch. So vieles war geschehen, geschah gerade und würde noch geschehen, dass wir Mühe hatten, alles zu verarbeiten.

»Ich glaube, ich höre auf mit dem Personenschutz«, verkündete Reilly schließlich.

»Wieso?«

»Zu riskant. Ich habe seit Jahren keinen Schuss mehr in

der Absicht abgefeuert, jemanden zu treffen. Seit Sie aufgetaucht sind, nimmt die Aufregung kein Ende.« Er grinste zwar, aber es sah gezwungen aus. Wir waren beide erschöpft. Und wir hatten beide genügend Aufregung für ein ganzes Leben gehabt.

»Ich fahre wohl besser nach Hause«, sagte ich.

Reilly nahm die Küstenstraße in Richtung Glasthule, vorbei am Vogelschutzgebiet Booterstown und an den Stränden von Blackrock und Dunlaoghaire entlang. Bootslichter tanzten in der dunklen Bucht auf und ab. Der Leuchtturm von Howth Head blinkte in die Nacht. Die Luft roch salzig. Vereinzelt spazierten Leute an den Stränden entlang und genossen den warmen Abend. Vor den Pubs hatten sich Menschentrauben gebildet. Das Leben konnte so gut sein. Ich wollte nach Hause zu meiner Familie, und zwar so schnell wie möglich. Ich hatte genug.

Doch im selben Moment, da ich die Haustür öffnete, wusste ich, dass etwas nicht stimmte. Keine neuerliche Gefahr – aber eine häusliche Krise bahnte sich an. Jennifer und Gregory saßen im Fernsehraum und hatten das Gerät unverhältnismäßig laut gestellt. Es war eine Warnung: Bleib uns vom Leib. Sarah drückte sich im Obergeschoss herum und ignorierte meine Begrüßungsrufe.

Ich machte mir ein Omelett mit Tomaten und Pilzen, aß Toast dazu und trank mehrere Tassen starken Tee. Lange war ich allein in der Küche. Dann nahm ich eine Bewegung wahr. Der Fernseher wurde ausgeschaltet. Ich hörte geflüsterte Anweisungen, gedämpfte Schritte, als Jennifer zu Sarahs Zimmer schlich. Ich hörte Gregory etwas sagen. Zischend wurde er zum Schweigen gebracht. Dann hörte ich jemanden weinen und Türen, die sich schlossen. *Was geht hier vor?* Ich fürchtete mich davor, es herauszufinden, und ging nach draußen, um einen klaren Kopf zu bekommen. Es war dunkel. Der Mond versteckte sich hinter dichten Wolken. Die Straßenlaternen leuchteten gelb. Ein sanfter Wind kündigte weiteren Regen an. Irgendwo bellte ein Hund, und ein anderer antwortete. Als ich durch den Garten spazierte, sah ich, wie Sarah mich durch das Wohnzimmerfenster beobachtete. Ich erkannte selbst in dem schwachen Licht, dass sie aufgebracht war.

Ich ging in mein Arbeitszimmer. Nur kurze Zeit später kam Sarah herein und setzte sich. Sie warf einen Blick auf den Berg von Unterlagen, die ich auf den Schreibtisch gelegt hatte, nahm das oberste Blatt zur Hand und begann zu lesen. Denn legte sie das Papier beiseite, als würde es sie langweilen. Sie sah mich an. »Hi, Michael.«

»Hi, Sarah.« Ich wusste, wieder einmal stand mir ein Michael-Moment bevor.

»Ich habe die Nachrichten gehört.«

»Und?«

»Redmond ist immer noch auf der Flucht.«

»Sie werden ihn fassen.« Es hörte sich nicht einmal für mich selbst überzeugend an.

»Vor fünf Tagen hast du gesagt, die Sache würde bald vorbei sein.« Sarah sah müde und erschöpft aus. Ihre Haut war ungesund blass, die Augen lagen tief in den Höhlen. Ihre Hände zitterten, und ich spürte, wie sehr sie sich bemühte, sie unter Kontrolle zu halten. »Solange er auf freiem Fuß ist, ist keiner von uns sicher.«

»Unser Haus ist gut geschützt«, entgegnete ich.

»Das ist es in der Tat«, räumte sie ein. »Wenn wir den Rest unseres Lebens hier verbringen und uns nie mehr nach draußen wagen, wären wir hier tatsächlich sicher. Aber davon rede ich nicht.«

»Nein.«

»Ich kann so nicht weiterleben, Michael. Und ich werde es nicht zulassen, dass meine Kinder so leben müssen. Es ist einfach nur schrecklich, dass bewaffnete Polizisten in unserem Garten herumschleichen.«

Ich wollte etwas erwidern, schwieg aber.

»Jennifer hat reihenweise SMS von ihren Freundinnen bekommen. Sie dürfen sich nicht mehr mit ihr treffen. Gregory wollte vorhin zum Rugby, aber das Team lässt ihn nicht mehr in die Nähe des Platzes.«

Das war grausam. Aber ich verstand die Ängste der anderen Eltern. Die Nachrichten waren voll mit Meldungen über Redmond. Seine gewalttätige kriminelle Karriere wurde auf sämtlichen Kanälen ausführlich analysiert.

Sarah wischte sich eine Haarsträhne aus dem Gesicht. »Ich habe eine Entscheidung getroffen.«

Ich wollte sie nicht hören.

»Wir gehen weg. Ich habe mit Jennifer und Gregory gesprochen. Es bricht ihnen das Herz, aber sie sind auch erleichtert. Sie können nicht mehr ruhig schlafen. Sie haben Albträume. Ihre Freunde gehen ihnen aus dem Weg.«

Ich sah sie an, aber sie wich meinem Blick aus.

»Wir möchten, dass du mit uns kommst. Du musst endlich einsehen, dass dieser Kampf schon zu lange gedauert hat. Niemand kann an deinem Engagement irgendetwas aussetzen. Niemand kann dich kritisieren, weil du aufgibst, um am Leben zu bleiben. Du bist Arzt und ziviler Staatsdiener, Michael. Du solltest nicht mit einer Waffe in der Tasche herumlaufen müssen.«

Meine Wunde schmerzte, und ich massierte sie. »Es sind keine vier Wochen mehr, bis mein Rücktritt wirksam wird. Bis dahin bin ich Coroner der Stadt Dublin.«

In ihren Augen blitzte Wut auf. »Kommst du mit oder nicht?«

Ich brauchte Zeit, um nachzudenken. »Was hast du vor?«

»Mein Bruder Trevor hat eine Wohnung in London. Sie steht derzeit leer.«

Trevor war ein dreiundfünfzigjähriger Überflieger, der eigentlich als IT-Berater in New York lebte, aber ständig rund um die Welt reiste. Seine Firma stellte ihm Wohnungen in Paris, London und Sydney. Er sprach fließend Französisch und Deutsch – selbst sein verdammtes Englisch war auf BBC-Niveau. Trevor hatte stets alles im Griff. Ich verdiente nicht annähernd so viel wie er und sprach keine einzige Fremdsprache. Mein nordirischer Akzent schnitt gegen Trevors Sprachkünste denkbar schlecht ab. Und ich trug schwer an meinem emotionalen Gepäck. Trevor selbstverständlich nicht – worauf Sarah mich gelegentlich hinwies, wenn wir Streit hatten.

»Ich ziehe mit Jennifer und Gregory dorthin, bis die Sache hier ausgestanden ist. Ob es nun eine Woche, einen Monat oder den Rest meines Lebens dauert. Es ist mir egal. Ich kann nicht in ständiger Angst leben.«

Mir war schwindlig. Und doch war ich fest entschlossen. »Ich gebe nicht auf, ehe das alles vorbei ist.«

Sarahs Züge fielen regelrecht in sich zusammen. Tränen stiegen ihr in die Augen. Sie hatte nicht mit Widerstand gerechnet. Sie hatte mir einen handfesten Grund genannt, der keinen Widerspruch erlaubte. Wie konnte ich nur verkennen, wie recht sie hatte?

Sie zitterte am ganzen Leib, und Tränen liefen ihr übers Gesicht. Sie suchte nach einem Taschentuch und wischte sich schließlich mit dem Ärmel ihrer Bluse die Nase ab.

Ich streckte die Hand nach ihr aus, doch sie schlug sie fort. »Lass mich, Michael. Ich ertrage das gerade nicht. Ich liebe dich so sehr, dass ich mir einfach nicht vorstellen kann, wie ein Leben ohne dich aussehen soll.«

Sie stand auf und drückte meine Schulter. »Ich habe vier Tickets nach London für Freitagvormittag gebucht. Wenn du es dir anders überlegen solltest, dann komm mit.«

Sie schloss die Tür hinter sich.

Ich saß da und starrte auf die Akten von Toten.

Um Mitternacht schlich ich ins Gästezimmer hinauf, zog mich bis auf die Unterhose aus und kroch zwischen die kühlen Laken. Ich stellte die Weckfunktion meiner Armbanduhr so ein, dass sie mich zwei Stunden später wecken würde. Dann zog ich mir ein Kissen unter den Kopf und schloss die Augen.

Die Tür ging auf, und Jennifer kam herein. Sie schob mich zur Seite und kletterte zu mir ins Bett. Sie weinte. »Bitte komm mit, Daddy.«

Ich schluckte schwer. Meine Kehle war wie zugeschnürt. »Ich komme nach.«

»Hör auf zu lügen.«

Ich war bestürzt. Was sollte ich nur sagen, damit die Situation nicht noch schlimmer würde?

»Mum ist ganz krank vor Angst.«

Ich setzte mich auf, um meine Tochter besser ansehen zu können.

»Ich weiß. Es tut mir sehr leid, dass ihr das alles meinetwegen durchmachen müsst.«

»Sie kann nicht glauben, dass du hierbleiben willst.«

Ich murmelte etwas in der Art, dass Weglaufen keine Lösung sei, doch Jennifer konterte mit einem verbalen Kinnhaken: »Du bist ein großer Mann mit einer noch größeren

Überzeugung von seiner eigenen Bedeutung. Du glaubst, niemand könnte je ein so guter Coroner sein wie du. Niemand sonst könnte den Fall Dowling lösen.« Sie packte mich am Kinn und drehte meinen Kopf so, dass sie mir direkt in die Augen sehen konnte. »Aber der Fall Dowling interessiert uns nicht. Wir wollen am Leben bleiben.« Sie kletterte aus dem Bett. »Und wenn du dich umbringen lassen solltest, werde ich dir das nie verzeihen.«

49

Um zwei Uhr nachts klingelte mein Wecker. Ich schlich nach unten in mein Arbeitszimmer, wo ich das Licht anschaltete und die Tür hinter mir abschloss.

Ich fuhr den Rechner hoch, stellte das Diktiergerät vor mich auf den Schreibtisch und überprüfte die Klangqualität der Aufnahme. Sie war einwandfrei. Hobbs' Stimme war gelegentlich undeutlich und gedämpft, aber nie so sehr, dass seine Worte missverständlich waren. Meine eigene Stimme war klar und deutlich zu hören.

Ich öffnete ein Word-Dokument, begann mit »Mündliche Aussage von John Hobbs« und fügte Datum, Uhrzeit und Ort der Befragung hinzu. Ich lehnte mich zurück, beugte und streckte die Finger und drückte den Rücken durch, um es mir bequem zu machen. Ich sah auf die Uhr. Es war 2.15 Uhr. Normalerweise hätte die Abschrift jemand im Büro für mich erledigt, aber ich wollte nicht, dass irgendjemandem zu Ohren kam, was ich am Vorabend gehört hatte.

Ich setzte meine Finger auf die Tastatur und schaltete das Diktiergerät ein. Ich hörte meine eigene Stimme. »Erzählen Sie mir, was Sie am 29. November 2009 gesehen haben.« Ich hörte, wie Hobbs sich räusperte. »Sie haben auf Paddy gewartet.«

Ich fing an zu tippen.

Und tippte und tippte.

Wenn es mir zu schnell ging, stoppte ich die Aufzeichnung und spulte ein Stückchen zurück.

Um 2.45 Uhr klopfte es an der Tür. Ich dachte kurz darüber nach, ob ich sie öffnen sollte. Es war bestimmt Sarah, die einen letzten Versuch unternehmen wollte, mich umzustimmen. Oder Gregory, der einen Albtraum gehabt hatte? Oder Jennifer, die sich nicht wohlfühlte?

»Wer ist da?«

Ich hörte ein Murmeln, konnte die Stimme aber nicht erkennen. »Ich bin beschäftigt. Ist es wichtig?« Unter der Tür sah ich einen Schatten. »Bist du das, Sarah?« Der Schatten entfernte sich, hielt inne und kam wieder zurück, blieb erneut stehen. Ich wartete eine Minute, verärgert angesichts der Unterbrechung. Schließlich stand ich auf und öffnete die Tür. Es war niemand mehr da. Ich ging zum Fuß der Treppe und sah nach oben. Nichts. Ich stieg eine Stufe hinauf und reckte den Hals, um zu sehen, ob Licht in einem der Zimmer war. Gregorys Tür war verschlossen. Jennifers Tür stand ein Stückweit offen, aber nicht anders als sonst. Ihre Nachttischlampe war ausgeschaltet. Das Gästezimmer stand offen, war aber ebenfalls unbeleuchtet. Ich ging noch ein paar Schritte nach oben. Als ich mich dem Elternschlafzimmer näherte, ging dort das Licht unter der Tür aus. Also war Sarah gekommen, um nach mir zu sehen, und ich hatte sie derart abblitzen lassen, dass sie lieber geflohen war, als mit mir zu sprechen. Von Schuldgefühlen geplagt, wäre ich am liebsten hineingeschlichen und zu ihr ins Bett gekrochen, um sie in die Arme zu nehmen. Aber ich konnte mich nicht dazu überwinden. Ich musste Hobbs' Aussage festhalten, die Abschrift würde für alle Zeiten sein Zeugnis sein. Seine Geschichte *musste* erzählt werden.

Ich ging zurück ins Arbeitszimmer und verriegelte die

Tür. Ich überflog die letzten Sätze, die ich getippt hatte, und schaltete das Diktiergerät wieder ein. *»Paddy hat gezittert vor Angst.«*

Ich fing wieder zu tippen an.

Ich tippte immer weiter.

Ich tippte, auch als mir bereits die Finger wehtaten.

An einer wichtigen Stelle verhörte ich mich, spulte zurück, drückte auf Start und haute weiter in die Tasten.

Eine Stunde später machte ich eine Pause. Ich speicherte das Dokument auf der Festplatte und zusätzlich auf einen USB-Stick. Ich war müde, mir tat alles weh, und ich hatte Kopfschmerzen. Ich schlich zur Küche und stellte Kaffee auf. Dann wanderte ich im Wohnzimmer auf und ab. Draußen gaben sich meine Bewacher noch deutlicher zu erkennen als sonst. Ich stellte mich auf die Zehenspitzen und spähte hinaus. Auf der gegenüberliegenden Straßenseite vor dem Haus des Richters wimmelte es nur so von Polizisten. Ein weißer Lieferwagen mit der Aufschrift FORENSIC SQUAD fuhr vor. Spezialisten in weißen Overalls stiegen aus, begannen ein Gespräch mit den diensthabenden Polizisten, rauchten Zigaretten.

Ich ging zurück an den Computer und schaltete das Diktiergerät wieder ein. Wieder ertönte meine Stimme. *»Und daran besteht absolut kein Zweifel?«* Hobbs antwortete mit Nein. Er war so nachdrücklich, dass er es gleich noch ein zweites Mal herausbellte. Ich war inzwischen schweißgebadet, konnte mich aber nicht dazu durchringen, nach oben zu gehen und mich umzuziehen. Ich speicherte einen weiteren Textblock auf der Festplatte und auf dem USB-Stick, ehe ich wieder auf den Knopf des Diktiergeräts drückte. *»Es gab Geschrei und Gebrüll, es war das reinste Irrenhaus. Keiner schien zu wissen, was los war.«*

Ich stöhnte beim Gedanken an noch mehr Arbeit, doch bald schon tanzten meine Finger wieder über die Tastatur, als hätten sie einen eigenen Willen. Und obwohl ich die Geschichte mittlerweile zum zweiten Mal hörte, drehte sich mir erneut der Magen um. Hobbs' Erinnerungsvermögen war erstaunlich präzise, wenn man bedachte, was er alles durchgemacht hatte. Ich sprach einen stillen Dank an Stan Rowe und sein Personal aus. Sie hatten den verdreckten, verbitterten Exsoldaten Hobbs wieder in einen Menschen verwandelt.

Irgendwann musste ich eingedöst sein. Verwirrt schreckte ich auf, als mein Handy klingelte. Es war Roche.

»Ja?« Der Monitor leuchtete mir ins Gesicht, und vor meinen Augen wartete Reihe um Reihe einer Schauergeschichte auf ihre Fortsetzung. Es war 4.20 Uhr. »Was gibt es?«

»Wir fahren jetzt mit Hobbs in den Wald. Es dürfte nicht länger als vierzig Minuten dauern, bis wir dort sind. Es soll wieder anfangen zu regnen, und wir wollen so schnell wie möglich anfangen zu graben.«

»Okay.«

»Ich gebe Ihnen Bescheid, sobald wir etwas finden.«

Dann war die Leitung tot.

Ich schaltete den Rekorder wieder ein. Ich hörte, wie Hobbs weinte. Ich erinnerte mich nur zu gut an diesen emotionalen Moment. Die Geschichte näherte sich ihrem Ende.

Ich fuhr fort zu tippen.

Ich tippte wie besessen, und das war ich in diesem Moment wohl auch. Ich tippte, obwohl mir der Schädel schier zu bersten drohte, meine Nackenmuskeln schmerzten und mein Rücken steif war. Ich protokollierte Hobbs' Tränen, meine Zwischenfragen, seine Flüche und meine Beschimpfungen. Ich zeichnete jedes unserer Worte auf. Gute ebenso wie schlechte und entsetzliche. An einem gewissen Punkt hörte man Hobbs deutlich schluchzen. Er warf sich vor, dass er nicht eingegriffen hatte. Als der Morgen anbrach, tippte ich immer noch. Hobbs' Seelenpein war regelrecht überwältigend gewesen. »*Ich hätte irgendwas tun müssen. Ich hätte ihn nicht so zurücklassen dürfen.*«

Ich lief im Zimmer auf und ab, um meine Muskeln zu lockern, als mein Handy erneut klingelte. Ich war derart in Gedanken versunken, dass ich es zunächst kaum wahrnahm. Gerade noch rechtzeitig griff ich danach. »Ja?«

»Hobbs hatte recht.« Es war Roche. »Wir haben ein Grab gefunden. Eine Leiche.« Sie legte auf, bevor ich dazu kam, auch nur ein einziges Wort zu erwidern.

Ich war wie betäubt. Ich war erschöpft. Ich war in Hochstimmung. Ich hatte mit Hobbs gepokert, und es hatte sich bezahlt gemacht. Bis jetzt.

Ich tippte weiter.

Und tippte und tippte.

Bis John Hobbs nichts mehr zu sagen und ich keine Fragen mehr hatte.

Wieder speicherte ich den Text auf die Festplatte und auf den USB-Stick. Eine passwortgesicherte Version schickte ich an meine E-Mail-Adresse am Coroner's Court. Dann legte ich den Kopf auf den Schreibtisch und schlief sofort ein.

50

Gegen 7.00 Uhr wachte ich wieder auf. Ich war von Kopf bis Fuß schweißnass, und mir tat jeder einzelne Knochen weh. Weiches, gelbliches Tageslicht durchflutete das Zimmer. Draußen pirschte eine rotbraune Katze durch den Garten. Elstern stolzierten umher. Blumenknospen öffneten sich, um sich nach der Sonne zu strecken. Eine dicke Hummel flog gegen die Fensterscheibe. Zweimal. Ich schlich nach oben, trat an meinen Kleiderschrank und suchte frische Sachen heraus. Dann sah ich in den Schlafzimmern nach. Jennifer schlief. Ich hätte sie gern auf die Stirn geküsst, aber ich wollte es nicht riskieren, sie zu wecken und einen neuerlichen Streit auszulösen. Sarahs Tür war zu. Es war nur gut, wenn sie weiterschlief. Wenn sie denn schlief.

Sarah hatte natürlich recht: Ich hatte mich tatsächlich verändert. Der Fall Dowling hatte mich regelrecht ausgezehrt – fast bis zu dem Punkt, da ich alles andere vollkommen außer Acht gelassen hatte. Aber eben nur fast. Ich konnte einfach nicht kurz vor dem Abschluss der Untersuchung nach London fliehen. Nicht nach allem, was ich von Hobbs erfahren hatte. Nach allem, was dem achtundzwanzigjährigen Drogenabhängigen und Sohn eines Exministers zugestoßen war und worüber ich nun Bescheid wusste. Doch das hatte nichts mit nordirischem Starrsinn zu tun, wie Sarah glaubte, sondern mit Pflichtgefühl. Mein

Vorgänger, der pensionierte Coroner Paul Crossan, hatte mich vorgewarnt: *Sie sind allein den Toten Dublins verpflichtet und niemandem sonst. Stellen Sie sich das von Ihnen durchgeführte Verfahren als ihre letzte Berufungsinstanz vor. Nie wieder werden die letzten Stunden des Verstorbenen so sorgfältig untersucht.* Ich schuldete Patrick Dowling seinen Tag vor Gericht. Meine Familie war in Sicherheit, unser Haus wurde beschützt. Die Anhörung würde stattfinden. Mit Dr. Michael Wilson auf der Richterbank. Ich sah in Gregorys Zimmer, aber er lag nicht in seinem Bett. Einen Moment lang wurde mir flau im Magen. Tausend mörderische Bilder blitzten vor meinem inneren Auge auf. Hatte Redmond die Verteidigungslinien durchbrochen und meinen Jungen entführt? Doch dann hörte ich unten den Fernseher. Er musste aufgewacht und nach unten gegangen sein, ohne Guten Morgen zu sagen.

Ich rasierte mich, duschte und zog mich an. Dann machte ich mir ein Müsli, rief meine Bewacher an und gab Bescheid, dass ich zur Arbeit gebracht werden wollte. »Geben Sie uns fünf Minuten«, sagten sie.

Ich ging ins Arbeitszimmer und holte meine Aktentasche. Jeden einzelnen Gegenstand nahm ich daraus hervor und legte alles auf den Schreibtisch. Sorgfältig überprüfte ich, ob alles da war. Das Diktiergerät mit der Aufzeichnung von Hobbs' Aussage? Ja. Die Abschrift, die ich in der Nacht getippt hatte? Ja. Der USB-Stick mit dem gespeicherten Dokument? Ja. Ich sah im Postausgang meines Rechners nach. Die verschlüsselte E-Mail war verschickt worden. Wunderbar. Handfeuerwaffe mit Reservemagazin? Ja. Ich war bereit für den Tag. Nur die Geräusche aus dem Fernseher irritierten mich, und ich ging nachsehen.

Gregory lag auf dem Sofa und sah sich eine Folge der

Simpsons an. Er lag zusammengerollt unter der Bettdecke, den Kopf auf ein paar Kissen, genau wie ich es in seinem Alter gern getan hatte. Die Vorhänge waren zugezogen, und bis auf den Lichtschein des Fernsehgeräts war es dunkel im Raum.

»Hi, Greg.«

Er antwortete nicht.

Ich war in Eile, aber ich wusste, so konnte ich nicht gehen. Auf dem Bildschirm leerte Homer gerade einen Krug Duff-Bier, und Bart verschoss Kiesel mit einem Katapult. Der Familienhund sah aus, als hätte er Tollwut. Ich wäre gern geblieben, um zu sehen, worum es ging, aber mein Sohn war nicht in der Stimmung für Gesellschaft.

»Was ist los, Gregory?«

»Nichts.«

»Komm schon, du hast doch irgendwas.«

Homer wurde von einem Rudel zähnefletschender Köter einen Baum hinaufgejagt. Normalerweise hielt Gregory sich bei derlei Szenen den Bauch vor Lachen. Doch heute saß er nur stumm da und zeigte keine Reaktion.

Ich musterte ihn. Er hatte die Stirn in Falten gelegt und die Lippen geschürzt – ein Gesichtsausdruck, mit dem ich jahrelang herumgelaufen war. Er war ein Wilson wie er im Buche stand. Und aus irgendeinem unerklärlichen Grund tauchte eine ferne Erinnerung in mir auf. Als Gregory fünf Jahre alt gewesen war, hatte er einmal hohes Fieber gehabt. Er hatte halluziniert, hatte überall Spinnen gesehen. Hochrot und von Schüttelfrost gepeinigt, hatte er sich an Sarah geklammert. Wir hatten versucht, das Fieber zu senken, doch die Halluzinationen waren zusehends beängstigender geworden.

Jennifer, damals neun, hatte den Aufruhr mitbekommen und war herbeigelaufen, um zu helfen. »Was ist denn los?« Sie hatte ein Nachthemd angehabt und ihren Lieblingsteddy in der Hand gehalten. Mit zerzaustem Haar und sorgenvollem Gesichtsausdruck war sie auf Gregory zugestürzt, um ihn zu trösten.

Doch Gregory hatte zu seiner Schwester aufgeblickt und ein Monster in ihr gesehen. Er hatte mit Händen und Füßen um sich geschlagen, sodass Sarah alle Mühe gehabt hatte, ihn festzuhalten. Seine glasigen Augen hatten nach dem Gesicht seiner Mutter gesucht, er hatte sich in ihren Armen umgedreht und sie direkt angesehen. »Wo ist meine echte Mummy?« Dann war alle Spannung aus seinen Gliedern gewichen.

Es war wie ein Schlag in die Magengrube für Sarah gewesen. »Tu etwas, Mike!«, hatte sie geschluchzt.

Ich hatte die Dusche auf kalt gestellt, mich bis auf die Unterhose ausgezogen und mir Gregory geschnappt. Ich hielt ihn unter dem eiskalten Wasserstrahl an meine Brust gedrückt und trat von einem Bein aufs andere. Er schrie, bis mir die Ohren schrillten. Er wand und krümmte sich, doch ich hielt ihn fest. Wir waren ein ungleiches Ringerpaar in einem Hagelgewitter.

Irgendwann ließ sein Fieberwahn nach. Er schrie zwar immer noch, aber nicht mehr vor Angst. Er streckte die Hände nach Sarah aus. Sie war kein Ungeheuer mehr. Er hatte seine echte Mummy wieder.

Tropfnass und zähneklappernd stieg ich damals aus der Dusche, und wir krochen alle in ein Bett. Jennifer und Gregory schliefen binnen Minuten ein. Dann döste auch Sarah ein. Ich lag an der Bettkante und hatte einen Fuß auf den Boden gestellt, damit ich nicht aus dem Bett fiel.

Wo ist meine echte Mummy? Gregorys Worte hatten in

mir nachgehallt, während seine echte Mummy neben ihm gelegen hatte. Ich selbst hatte mir in meiner Jugend immer wieder eine ganz ähnliche Frage gestellt. Ich hatte natürlich gewusst, dass ein paar Terroristen sie mir genommen hatten, aber das hatte mich nie davon abgehalten, ihrem Geist nachzuspüren. Es hatte Abende gegeben, dunkle und einsame Abende, die ich am Grab meiner Eltern verbracht hatte. In den Schulferien war es stets meine erste Anlaufstelle gewesen. Ich hatte mich neben den Grabstein gekauert und die Arme um den Körper geschlungen, um nicht zu frieren. In dem Grab zur Linken lag ein kleiner Junge, der bei einem Unfall ums Leben gekommen war. Rechts lagen drei Angehörige derselben Familie, die im Verlauf von zwanzig Jahren verstorben waren. Eine Kirche mit einem hohen Turm überragte den Friedhof. Auf den Hügeln in der Ferne wuchsen Weizen und Gerste. Ich sprach leise mit meinen Eltern, als wären sie immer noch bei mir. Ich erzählte ihnen, wie es mir ging, wie sehr ich sie vermisste, warum ich so einsam war, warum ich mein Leben verabscheute. Lange, weitschweifige Gespräche voller Gefühle des Verlusts und voller Seelenqual. Und voller Hass für ihre Mörder Dermot McKeever und Morgan Cusack, die gekommen waren, um auch mir das Leben zu nehmen, und sich stattdessen mit meiner Seele aus dem Staub gemacht hatten.

Als ich nun bei Gregory auf der Couch saß, spürte ich eine Kluft zwischen meinem Sohn und mir. Er stand seiner Mutter näher als mir, und darauf war ich eifersüchtig. Mir war klar, dass das nur natürlich war, aber es störte mich trotz alledem. Ich würde nie eine derart innige Beziehung zu ihm haben können.

»Wenn das alles vorbei ist, reden wir«, sagte ich. »Du

bist gerade zu aufgewühlt, um dir anzuhören, was ich dir möglicherweise sagen will. Ich will dich nicht noch mehr aufregen.« Ich zerzauste ihm das Haar.

Er tat es mit einer wütenden Armbewegung ab.

51

Der Rest jenes Dienstags, jenes 15. Juni, verging wie in dichtem Nebel. Im Radio wurde ausführlich über die Jagd auf Jonathan Redmond berichtet. Die Öffentlichkeit erfuhr von seiner guten Herkunft, seiner Universitätsbildung und seiner beispiellosen Karriere als Drogendealer und war gleichermaßen erstaunt und empört. Seine Beteiligung an Coroner Raffertys Ermordung galt mittlerweile fast schon als erwiesen, und doch warnten verschiedene Anwälte vor der medialen Vorverurteilung. Erst müsse er ergriffen und dem Gericht vorgeführt werden. Ich wusste, es war mehr als fraglich, dass dies je geschehen würde. Roche selbst hatte es folgendermaßen formuliert: »*Sobald wir Redmond in die Hände bekommen, werden wir versuchen, ihn festzunehmen.*« Ich hatte sie gefragt, was sie damit ausdrücken wollte. »*Wir werden nicht allzu vorsichtig sein*«, hatte sie geantwortet. »*Eine Waffe könnte versehentlich losgehen.*«

Die Berichterstattung hielt den ganzen Tag lang an. Auch Redmonds Handlanger wurden erwähnt – die beiden Toten im Wald waren ehemalige Wehrsportler gewesen. Ihren Tod schien niemand zu bedauern. Später am Tag wurden ein Mann und zwei Frauen, frühere Komplizen Redmonds, in einem Reihenhaus in Rathmines festgenommen. Das Haus diente als Waffenlager, und im Scheinwerferlicht diverser Fernsehteams wurden Handfeuerwaffen, Granaten und Maschinenpistolen sichergestellt. Dass Redmond sich mittlerweile wieder alter Kontakte bediente, deutete darauf hin, dass er sich kaum noch anders zu helfen wusste. Sicherheitsexperten folgerten daraus, dass Redmonds Imperium vor dem Zusammenbruch stand.

Bis zur Mittagszeit gingen die Behörden auch gegen die Standard and Chartered Bank vor. Gelder wurden beschlagnahmt und das Institut offiziell der Korruption angeklagt. Die Presse wurde darüber in Kenntnis gesetzt, dass CEO Thornton sich zur Aufklärung sämtlicher Vergehen bereit erklärt habe. Zeitgleich wurden auch die Überseetöchter der Bank von den lokalen Behörden heimgesucht. Redmonds Konten auf Jersey und in Spanien wurden eingefroren, der Zugang versperrt. Um wieder an sein Geld zu gelangen, würde er Beweise erbringen müssen, dass es sich dabei nicht um Profite aus illegalen Geschäften handelte, was ihm kaum gelingen würde. Ein internationaler Haftbefehl war gegen ihn erlassen worden.

Währenddessen sollte ich in der Geisterkammer weitere Anhörungen durchführen. Ehe ich die erste Sitzung eröffnete, deponierte ich eine Kopie der Dowling-Akte im Safe und ließ die Glock und das Reservemagazin in die mittlere Schublade meines Schreibtischs gleiten. Dann war ich bereit für meine tägliche Ration Kummer und Leid. Meine persönlichen Befindlichkeiten zählten hier nicht. Am Coroner's Court warteten andere auf Aufklärung und hofften, einen wie auch immer gearteten Schlussstrich ziehen zu dürfen. Die Toten Dublins bildeten wie immer eine nicht abreißen wollende Schlange.

»Er war ein chronischer Trinker, Coroner. Er lieh sich Geld, stahl oder überfiel Leute, um an seinen Schnaps zu kommen. Es war erbärmlich. Er war ein großer, kräftiger

Mann, eins fünfundachtzig groß und in seiner Blütezeit knapp hundert Kilo schwer. Als er sich kurz vor seinem vierzigsten Geburtstag in den Fluss warf, wog er keine fünfzig Kilo mehr. Er konnte nicht mehr, es war kein Kampfgeist mehr in ihm. Ist es ein Wunder, dass er ins Meer hinausgespült wurde? Es überrascht mich, dass er überhaupt gefunden wurde. An ihm war ja nicht mehr allzu viel dran, das die Vögel und Ratten hätten aufpicken können.«

Nach der letzten Anhörung kehrte ich in mein Büro zurück, um den restlichen Papierkram zu erledigen. Ich ließ mich erschöpft auf meinen Schreibtischstuhl fallen. Bald würde dies alles ein Ende haben. Ich würde mich wieder mit meiner Familie versöhnen. Ich würde mich entspannen können – ein Wort, dessen Bedeutung ich kaum noch verstand.

Ich zog die Schreibtischschublade auf – und erstarrte. Die Glock war weg.

Ich zermarterte mir das Gehirn. *Bist du dir sicher, dass du sie in die Schublade gelegt hast? Ja. Vielleicht hat Reilly sie an sich genommen? Vielleicht hat er sich gedacht, ich könnte sie angesichts meiner derzeitigen Zerstreutheit bestimmt an einem ungeeigneten Ort liegen lassen.* Ich rief ihn vom Handy aus an. Das Telefon klingelte, aber er ging nicht ran. Ich hinterließ ihm eine Nachricht. Dann überdachte ich meine Möglichkeiten. Wie mochte die Waffe weggekommen sein? Mir fiel nichts ein, was meine wachsende Angst hätte besänftigen können. Ich saß da, grübelte und machte mir immer mehr Sorgen. Mein Blick fiel auf das Telefon auf meinem Schreibtisch. Der kaputte Hörer war ersetzt worden. Nein, es war ein komplett neues Gerät: die gleiche Farbe, aber mit einer Freisprechfunktion, die das alte nicht gehabt hatte.

Irgendetwas stimmte hier nicht. Ich hatte niemandem von dem kaputten Gerät erzählt. Warum also war es ausgewechselt worden? Mein Büro war meine Burg. Meine Mitarbeiter wussten, dass sie darin nichts zu suchen hatten. Und jetzt war auch noch eine Waffe verschwunden.

Ich stand auf und wanderte nervös auf und ab – und wollte mit einem Mal meinen Augen kaum glauben. Ich beugte mich vor. Am Boden prangte ein rötlich gefärbter Schmutzfleck. Der war zuvor noch nicht da gewesen, dessen war ich mir hundertprozentig sicher. Ich hätte ihn nicht übersehen. Ich sah draußen auf dem Flur nach. Rostfarbene Flecke vom Keller herauf und wieder zurück. Irgendjemand hatte die Baustelle durchquert, um unbemerkt in das Gebäude zu gelangen. Und hatte ein neues Telefon mitgebracht.

Ich fragte am Empfang nach. »War Arthur O'Leary heute da?«

Aoife hörte auf zu tippen und legte nachdenklich die Stirn in Falten. »Ich glaube, ich habe ihn vor etwa einer Stunde kurz gesehen. Ich frage mal nach …«

Wenig später war es bestätigt. O'Leary war hier gewesen. Doch alle waren so beschäftigt gewesen, dass niemand auf ihn geachtet hatte. Er hatte sich unter dem Vorwand, sich nicht wohlzufühlen, zurückgezogen, doch niemand konnte sich mehr daran erinnern, wann genau er gekommen und wann er wieder gegangen war. Allein sein schlechtes Sehvermögen hatte einmal mehr dazu geführt, dass er seine verräterischen Spuren selbst nicht bemerkt hatte.

»Stimmt irgendetwas nicht?« Aoife sah ängstlich zu mir auf. »Hoffentlich keine neuen Probleme?«

»Eigentlich nicht.« Ich legte meine Hand an ihren Ellbogen. Instinktiv zog sie den Arm zurück und sah mich unsicher und verwirrt an. Ich versuchte, sie zu beruhigen, fand aber nicht die richtigen Worte.

Ich gab ihr die Anweisung, niemanden mehr in mein Büro zu lassen. Dann durchzuckte mich ein Gedanke, und ich rannte los.

Raus hier, sofort!

Ich rief das Bombenräumkommando an. Eine Viertelstunde später war der Coroner's Court der Stadt Dublin verwaist. Nur die Geister blieben zurück.

Zwei Stunden später sah ich einem Sprengstoffexperten dabei zu, wie er das neue Telefon zerlegte. In dem Gerät fand sich eine kleine – aber hinreichend tödliche – Menge Semtex und eine aufgezeichnete Nachricht. Als ich Redmonds unverkennbare Stimme hörte, blieb mir beinahe das Herz stehen.

»Ich habe Sie davor gewarnt, sich in meine Angelegenheiten einzumischen, Dr. Wilson. Ich sagte, andernfalls würde ich Sie töten. Und genau das werde ich tun. Und zwar jetzt.«

Es hätte exakt acht Sekunden gedauert.

Die ersten Sekunden hätte ich überrascht sein sollen und mich fragen, was genau hier vor sich ging. Wahrscheinlich hätte es weitere vier Sekunden gedauert, die Bedeutung der Worte zu begreifen. Bis es in meinem Gehirn Klick machte, hätte auch die Sprengvorrichtung geklickt. Das Semtex wäre genau in dem Moment hochgegangen, als ich begriffen hätte, was passieren würde. Und Redmond hätte gewonnen.

52

Ich handelte sofort. Meine Familie musste in Sicherheit gebracht werden. Dann verlangte ich nach einer neuen Waffe zu meinem Schutz. Redmonds Entschlossenheit, mich zu töten, machte mir eine Höllenangst. Nicht nur meinetwegen, sondern vor allem wegen meiner Familie. Roche sorgte dafür, dass sie erst in die Polizeizentrale und dann in eine sichere Wohnung gebracht wurden, die der Staat mitunter für Zeugen im Schutzprogramm benutzte.

Ich sprach kurz mit Sarah. Zunächst war sie einfach nur sprachlos und wie betäubt. Als sie begriff, was hätte geschehen können, flehte sie mich an, sofort aufzubrechen und mit ihr und den Kindern das Land zu verlassen. Doch unser Gespräch wurde jäh unterbrochen. Im Hintergrund hörte ich, wie Polizeibeamte das Kommando übernahmen und sie zum Aufbruch drängten.

Meine Familie litt. Dieses Mal zogen sie nicht in die vertraute Umgebung von Tante Carols Haus. Jetzt wurden sie an einen der sichersten Orte gebracht, mit denen der Staat aufwarten konnte. Ich erfuhr von Tränen, blanker Angst und vollkommener Fassungslosigkeit.

Ich selbst verbrachte den Abend allein zu Hause. Ich fand genügend Brot, Eier und Speck, um mir ein Abendessen zuzubereiten. Ich lief im Haus auf und ab. Morgen würde das Verfahren zu Patrick Dowlings Tod abgeschlossen werden. Und die Hölle würde losbrechen. Für andere – aber auch für mich. Meine größte Sorge war, inwieweit die ganze Sache mich bereits von meiner Familie entfremdet hatte und wie ich das alles je wiedergutmachen konnte, wenn es erst einmal vorbei war.

Ich sehnte den Morgen herbei.

Schließlich forderte die Erschöpfung ihren Tribut, und ich fiel in einen tiefen Schlaf.

Am Mittwoch, den 16. Juni, weckte mich der Radiowecker um 6.30 Uhr. Ich blieb noch einen Moment liegen und starrte gedankenverloren zur Decke empor. Ich betete zu meinen toten Eltern um die Kraft, die Anhörung durchzustehen. Ich bat ihre Geister, neben mir auf der Richterbank Platz zu nehmen und mir dabei zu helfen, mit dem Aufruhr fertigzuwerden, der sich auftun würde. Als ich schließlich aufstand, fühlte ich mich merkwürdig gelassen, nicht im Mindesten nervös oder aufgeregt.

Heute war mein Tag.

Ich frühstückte, was vom Abendessen übrig geblieben war, duschte und sortierte meine Unterlagen.

Um 7.50 Uhr betrachtete ich mich im Spiegel in der Diele. Ich trug eine rot gestreifte Krawatte zu einem dunkelblauen Anzug und einem weißen Hemd. Meine Schuhe waren frisch poliert, meine Socken neu. Ein sauberes Taschentuch steckte in meiner Hosentasche. Mein Haar war zu krauser Ordnung gekämmt. Ich fand, ich sah gut aus, wenn auch ein wenig zu dünn, doch mein Gesicht hatte den gehetzten Ausdruck verloren, der es in den vergangenen Wochen gezeichnet hatte. Ich hielt die Schultern wieder gerade. Meine Augen funkelten entschlossen. Die Wunde auf der Stirn war inzwischen nur noch eine raue Stelle. Ich war ruhig und unerschüttert – fast zu gelöst, wenn man bedachte, was mir bevorstand. Aber ich wollte kein Risiko eingehen. Roche hatte eine neue Pistole für mich besorgt. Sie steckte in meiner Aktentasche. Und ich beschloss, das Gegenteil dessen zu tun, was man von mir erwarten würde.

»Ich lasse mich nicht zum Gericht chauffieren«, erklärte ich Reilly. Er war beim Friseur gewesen, sein Bürstenschnitt war wieder akkurat und kurz. Er trug Jeans und ein T-Shirt. Seine Designergarderobe hatte zugunsten der Bequemlichkeit weichen müssen.

»Warum nicht?« Er musterte mich argwöhnisch.

»Dies ist Redmonds letzte Chance, die Anhörung zu verhindern, und ich werde mich nicht zu einem leichten Ziel in irgendeinem Verkehrsstau machen. Wir machen es anders.«

Und genau das taten wir.

Zwei Zivilfahrzeuge der Polizei fuhren im Abstand von wenigen Minuten von meinem Haus los. In jedem saß ein Beamter in Anzug und Krawatte mit einer Aktentasche. Sie würden für einen potenziellen Attentäter gut und gerne als Dr. Michael Wilson durchgehen.

Ich selbst ging forschen Schritts zur nächsten Regionalbahnstation. Der Himmel war leicht bedeckt, gelegentlich schien ein Streifen Blau hindurch. Es war warm, doch eine kühle Brise, die vom Meer heraufwehte, verhinderte, dass ich schwitzte. Ich rief meine Assistentin Joan auf dem Handy an.

»Ist alles vorbereitet?«

»Ja.«

Sie wollte noch etwas sagen, aber ich fiel ihr ins Wort. »Jury ausgewählt und bereit, um 10.00 Uhr anzufangen?«

»Ja.«

»Haben die Anwälte ihre Teilnahme bestätigt?«

»Ja.«

Das schloss Charles McGrath mit ein, den Berater der Familie Dowling. Er war zu Beginn der Anhörung vor fünf Tagen ebenfalls anwesend gewesen. Ich fragte mich, welche Vorgehensweise er sich diesmal zurechtgelegt hatte.

Joan versuchte erneut, etwas zu sagen, aber ich war schneller. »Was ist mit Harry Malone?«

»Ich habe mit seinem Anwalt gesprochen, und er hat mir versichert, dass Mr. Malone erscheinen wird.«

Ich bog um eine Ecke und stieß heftig mit einem Jogger zusammen. *Umpf!* Mir blieb die Luft weg. Fast hätte ich die Aktentasche fallen lassen. Der Jogger fluchte, aber ich beachtete ihn nicht weiter. Ich setzte mir die Sonnenbrille auf die Nase und fuhr mit meinen Fragen fort. »Haben wir ein Kontingent für Journalisten?«

»Zwanzig Plätze. Wer zuerst kommt, ist drin.«

Ich blieb an einem Zebrastreifen stehen. Ein steter Strom von Pendlern arbeitete sich in Richtung Stadtmitte vor. Ich schlüpfte zwischen einem Lkw und einem Kastenwagen hindurch. »Ist Hobbs schon eingetroffen?«

Er war meine größte Sorge. Hobbs war zwar von Polizisten umgeben. Er durfte rauchen, so viel er wollte. Aber er hatte keinen Schluck trinken dürfen. Und das dürfte ihm kein bisschen gefallen haben.

»Seine Aufpasser sagen, er ist nüchtern und kann es kaum erwarten, die Sache hinter sich zu bringen.«

»Ausgezeichnet.«

Ich hatte veranlasst, dass eine Wohlfahrtsorganisation der Armee mit ihm Kontakt aufnahm. Ich hoffte, ein Reha-Programm würde ihm helfen, sein Leben wieder in den Griff zu kriegen. Insgeheim glaubte ich allerdings nicht, dass er es guthieß, dass ich mich in sein Leben einmischen wollte. Zu allem Übel hatte er außerdem dort draußen im Wald einen Mann getötet. Der Sachverhalt würde geklärt und eine Entscheidung über eine Strafverfolgung herbeigeführt werden müssen, aber ich war davon überzeugt, dass Roche irgendetwas einfallen würde, damit Hobbs nicht vor Gericht musste.

»Auf der Straße wimmelt es von Reportern und Fernsehteams. Ich habe zusätzliche Sicherheitskräfte organisiert.«

»Danke. Es wird ein ziemlicher Zirkus werden, aber wir stehen das durch.«

Jetzt endlich platzte Joan mit ihrer Neuigkeit heraus. »Albert Dowling wird nicht kommen.«

»Wie bitte?« Ich blieb abrupt stehen. Ein weiterer Jogger rannte beinahe in mich hinein. Ich sah mich um. Fand hier ein Rennen statt? Eine Art Wettbewerb, der Jogger in diese ansonsten so ruhige Straße lockte? Ich konnte nichts entdecken.

»Er hatte einen Nervenzusammenbruch. Er wurde letzte Nacht in die Psychiatrie eingeliefert und steht unter Beruhigungsmitteln.«

Plötzlich kamen mir Zweifel. Hatte Redmond mich erneut überlistet? Hatte er schon wieder einen neuen Plan? Oder bereitete Albert Dowling seine Verteidigungsstrategie für ein Strafverfahren vor? Wollte er auf unzurechnungsfähig plädieren?

»Wir ziehen es ohne ihn durch«, beschloss ich.

Ich musste nicht lange auf einen Zug warten. Um 8.15 Uhr saß ich an einem Fensterplatz und tat, als würde ich die Aussicht auf die Küste genießen. Meine rechte Hand steckte in der Aktentasche und umklammerte die Glock mit dem Zeigefinger am Abzug. Ich wusste, dass die beiden Arbeiter, die mir in Blaumännern gegenübersaßen, bewaffnete Polizisten waren. Sie stritten sich über Fußball, Frauen und die Bierpreise im Zentrum von Dublin. Man hätte sie glatt für echt halten können. Ich wusste auch, dass im Wagen nebenan acht weitere bewaffnete Beamte die zusteigenden Fahrgäste beobachteten.

Wir kamen gut voran, das Umsteigen ging zügig vonstatten. Um 8.40 Uhr stieg ich an der Connolly Station aus und folgte der Menschenmenge durch Tunnel und über Treppen. Niemand achtete auch nur im Geringsten auf mich. Oder auf meine Leibwächter in ihrer Arbeiterkluft.

Am Ende der Rolltreppe zur Amiens Street hinauf entdeckte ich eine Horde Medienvertreter an der Ecke zur Store Street. Ich schlängelte mich zwischen Fahrzeugen hindurch, die im Stau standen. Die Morgensonne durchbrach die Wolkendecke und beschien die Stahl- und Glasbauten des International Financial Centre. Im Hintergrund war das übliche Lärmen der Stadt zu hören. Ein Radfahrer raste knapp an mir vorbei und streifte meine Aktentasche. Dann holte ich tief Luft, drückte das Kinn auf die Brust und kämpfte mich durch die Pressemeute. Kameras richteten sich auf mich, Mikrofone wurden mir vors Gesicht geschoben. Ein Trommelfeuer von Fragen prasselte auf mich ein. Ich beachtete sie nicht.

Schließlich hatte ich es ins Gebäude geschafft.

Joan begrüßte mich mit einer Tasse Kaffee und einer geflüsterten Aufmunterung. Ihr Outfit sagte alles: ein schwarzer Rock, eine fast transparente elfenbeinweiße Leinenbluse und ein weißes Stirnband, das ihr dunkles Haar zurückhielt. Im Sekretariat war nichts von dem sonst üblichen fröhlichen Plaudern zu hören, nur das pausenlose Klingeln von Telefonen und die knappen Antworten meiner

Mitarbeiter, die mit dem Medienansturm fertig zu werden versuchten.

Ich warf einen Blick in den Gerichtssaal. Mary Dowling saß bereits dort und fingerte an ihrem Rosenkranz. Richard Dowling saß neben ihr und starrte ins Leere. Seine hässlichen Gesichtszüge wirkten angespannt. Eine Traube Journalisten hielt sich im hinteren Teil auf. Ich rief die Anwälte zur Vorbesprechung in mein Büro.

53

Das Seufzerzimmer ist nicht allzu groß, und der Schreibtisch und die Bücherregale lassen es noch kleiner wirken. Es gibt einen Schreibtischstuhl für mich und zwei weiche Sessel für Besucher. Die Decke ist weiß getüncht, müsste aber dringend neu gestrichen werden. An den beigefarbenen Wänden hängen Bilder früherer Coroner.

Um 9.30 Uhr war der Raum zum Bersten voll.

Charles McGrath trug einen dreiteiligen Anzug, dazu sein Markenzeichen, die Fliege. Heute war sie blau mit weißen Punkten. Fred Hodgins, Harry Malones Anwalt, lief nervös auf und ab. Er war nicht ganz eins achtzig groß, bullig, trug eine dicke Brille und einen dunklen Anzug. DI Roche und Reilly hatten sich in eine Ecke zurückgezogen. Roches Blick wanderte von einem Gesicht zum anderen, als versuchte sie, sich die Anwesenden einzuprägen. Detective Jack Matthews stand in der anderen Ecke. Er trug seine offizielle Uniform. Man sah ihm sein Unbehagen förmlich an.

»Der Coroner's Court ist kein Strafgericht«, hob ich an. »Ich führe eine Untersuchung zur Klärung einer Todesursache durch und keinen Strafprozess.«

Ich sah von einem zum anderen, um sicherzugehen, dass alle mich verstanden hatten.

»Meine Aufgabe ist es, die Ursache von Patrick Dowlings Tod zu bestimmen. Was immer heute sonst noch ans Licht kommen mag, geht mich nichts an.«

Das entsprach nicht ganz der Wahrheit. Es hätte mich nichts angehen dürfen, aber ein gewisser Drogendealer hatte dafür gesorgt, dass es mich sehr wohl betraf.

»Ich habe immer noch Bedenken hinsichtlich des Obduktionsergebnisses. Die Befragungen nehme ich selbst vor. Ich habe keinen Vertreter des Staats hinzugezogen.«

Die Anwälte tauschten Blicke. *Keine kluge Entscheidung, Dr. Wilson.*

Dann ließ ich die erste Bombe platzen. »Die Polizei ist an sämtlichem Beweismaterial überaus interessiert.«

Die Anwälte beäugten die Polizisten, die Polizisten beäugten die Anwälte.

»Anders als bei den meisten Selbstmordfällen gibt es heute einen Augenzeugen.«

Es war unangenehm heiß im Raum, und ich öffnete den obersten Knopf meines Hemds. McGrath lockerte seine Fliege und fuhr sich mit der Hand um den fleischigen Hals.

Ich setzte McGrath und Hodgins über Hobbs in Kenntnis: wie es dazu gekommen war, dass er im Wald lebte, und warum er sich nicht bei den Behörden gemeldet hatte. Ich berichtete von seinem Aufenthalt in der Uniklinik und dem Ergebnis seiner medizinischen Untersuchung.

»Hobbs' Erinnerung ist ungetrübt. Er hat auf der Lichtung, auf der man Dowling fand, noch jemanden gesehen.«

McGrath fluchte leise.

Ich wedelte mit einem sechsseitigen Fax, das ich erst wenige Minuten zuvor von der staatlichen Pathologie erhalten hatte.

»Forensikexperten haben die Gegend gestern noch einmal durchkämmt und ein verhältnismäßig flaches Grab mit einer männlichen Leiche darin gefunden. Sie liegt wohl schon einige Zeit dort; vielleicht einen Monat.«

Die beiden Anwälte sahen aus, als wünschten sie sich möglichst weit fort.

»Ich erwähne dies nur als Beleg für Hobbs' Zuverlässigkeit. Seine Erinnerung an jenes andere Ereignis wurde durch diesen Fund bestätigt, und daher können wir davon ausgehen, dass alles, was seiner Aussage nach Dowling zugestoßen ist, ebenfalls der Wahrheit entspricht.« Ich nahm McGrath und Hodgins ins Visier. »Bitte weisen Sie Ihre Mandanten darauf hin, dass heute die Wahrheit ans Licht kommen wird. Auf die eine oder andere Weise.« Dann sprach ich Hodgins allein an. »Harry Malone hat seine Aussage unter Druck widerrufen. Sagen Sie ihm, es liege in seinem Interesse, heute eine ehrliche Darstellung zu liefern.«

»Ich habe mit ihm bereits darüber gesprochen«, sagte Hodgins. »Und ich schlage für seine umfassende Kooperation vor, dass er straffrei bleibt.«

Ich sah Roche an. Sie zuckte mit den Achseln.

»Das habe ich nicht zu entscheiden«, sagte ich. »Aber ich vermute, Ihr Vorschlag wird wohlwollend aufgenommen werden.«

Hodgins machte sich eine entsprechende Notiz.

»Die Jury wird über frühere Zeugenaussagen informiert werden«, fuhr ich fort. »Sie weiß über unseren Augenzeugen Bescheid und darüber, dass sein Gesundheitszustand die Glaubwürdigkeit seiner Aussage in keiner Weise beeinträchtigt.«

McGrath fächelte sich mit einem Blatt Papier Luft zu. Er schien sich in jeglicher Hinsicht unwohl in seiner Haut zu fühlen.

»Der Pathologe weicht nach wie vor nicht von seiner Einschätzung ab. Er ist immer noch überzeugt davon, dass Dowling Selbstmord begangen hat.«

54

»Patrick wollte nicht sterben.«

Harry Malone war neunundzwanzig, etwa eins neunzig groß und hatte zerfurchte Gesichtszüge. Er trug eine Freizeitjacke, ein Hemd mit offenem Kragen und eine beigefarbene Hose. Sein hellbraunes Haar war im Nacken zu einem V rasiert.

Zuerst erläuterte er, wie er Dowling bei Rugbyturnieren in der Schule kennengelernt hatte und wie sie Freunde geworden waren. Sie waren zusammen verreist, per Interrail durch Europa gefahren und unzählige Male zusammen ausgegangen. Die beiden hatten ihre Freundschaft bis zum Ende aufrechterhalten.

»Aber es ging bergab mit ihm. Er war krank und völlig ausgezehrt von den Drogen.« Malones Stimme war ruhig und verriet keinerlei Emotion. Vielleicht hatte er seinen Text eingeübt. Oder aber er war einfach nur froh, sich endlich alles von der Seele reden zu dürfen. Jedenfalls schien er entschlossen zu sein, Haltung zu bewahren. Er stand gerade, hatte den Blick nach vorn gerichtet und sah nur gelegentlich in meine Richtung.

Ich hörte ihm von der Richterbank aus zu. Der Zeugenstand aus dunklem Mahagoni, in dem Malone stand, befand sich zu meiner Rechten. Auf der linken Seite saß die Jury. Es war eine neue Gruppe aus drei Männern und sechs Frauen im Alter von Anfang zwanzig bis Mitte vierzig. An dem breiten Schreibtisch, der die Zeugenbank von der Jury trennte, saßen Fred Hodgins und Charles McGrath. Mary Dowling hatte sich in eine Ecke der Besuchertribüne gequetscht. Sie trug einen Leinenblazer über einer grünen Bluse. Ihr Haar wurde am Hinterkopf von einer Klammer zusammengehalten. Ihr Gesicht glich immer mehr einer Maske. Neben ihr saß ein finster dreinblickender Richard Dowling in Jeans und offenem Hemd. Dann mein Leibwächter Tony Reilly und DI Roche, zusammengedrängt an der Rückwand, als hätten sie ein Rendezvous, nur dass sie nicht Händchen hielten. Den restlichen Platz nahmen Journalisten ein. Notizblöcke, Rekorder und Handys lagen bereit. Es war warm im Gerichtssaal, obwohl die Fenster offen standen. Straßenbahnen, Busse und Autos ratterten, dröhnten und schepperten die Straßen entlang.

»Wie war er an die Drogen gekommen?« Ich kannte Hobbs' Erklärung dafür und wollte hören, was Malone dazu zu sagen hatte.

»Von einem Dealer namens Jonathan Redmond.«

Hiermit war Redmonds Name erstmals öffentlich zu Protokoll genommen worden.

»Wie hat er dafür bezahlt?«

»Gar nicht. Redmond besorgte ihm, was immer er haben wollte.«

Wieder im Einklang mit Hobbs' Darstellung.

»Warum sollte ein Dealer seinen Kunden kostenlos mit Drogen versorgen? Das ergibt keinen Sinn.«

Aus dem Augenwinkel heraus spähte ich zur Zuschauertribüne. Mary Dowling betete. Richard Dowlings hässliches, pockennarbiges Gesicht war wutverzerrt.

»Redmond benutzte die Standard and Chartered Bank, um Geld zu waschen. Patrick war sein Mittelsmann. Er gab Nachrichten von Redmond an seinen Kontakt bei der Bank weiter. Faxe, E-Mails, Telefonate oder schriftliche Anweisungen gab es nicht.« DI Roches Vermutung wurde damit bestätigt. Genau das hatte sie bei unserem Treffen im *Bongos* gemutmaßt, ehe die Bombe explodierte.

Die Jury war hingerissen. Die Vorgehensweise eines Drogendealers wurde ihnen soeben aus erster Hand geschildert.

»Woher wissen Sie das alles?«

»Patrick hat es mir erzählt.«

»Wieso fungierte ausgerechnet er als Mittelsmann?«

»Redmond hatte Patrick schon an der Universität ins Visier genommen. Er wusste, dass sein Vater Minister war, und genau deshalb überschüttete er ihn regelrecht mit Drogen. Redmond verkaufte kein Heroin, aber er sorgte dafür, dass Patrick regelmäßig damit versorgt war. Und sowie Patrick an der Nadel hing, rief Redmond bei Albert Dowling an. Er kannte den zweifelhaften Ruf des Ministers. Die beiden handelten einen Deal aus. Redmond wollte eine Verbindung zum Kabinettstisch. Dafür würde er für Patricks Sicherheit sorgen.«

McGrath klappte der Kiefer herunter. Die Jury war wie benommen. Die Journalisten konnten ihr Glück kaum fassen. Ein paar von ihnen füllten wie besessen ihre Notizbücher, andere hielten Diktiergeräte in die Höhe, um die Befragung aufzuzeichnen.

»Inwiefern war ihm die Verbindung zur Regierung wichtig?«

»Redmond wollte sich Zugang zum Sicherheitsapparat des Staats verschaffen. Damit er wusste, wann er gefahrlos seine Drogenkuriere losschicken konnte. Und er lernte, wie er seine Profite über Scheinkonten waschen konnte.«

»Wollen Sie damit sagen, dass Albert Dowling vertrauliche Informationen an Redmond weitergab und seinen Sohn dabei als Mittelsmann benutzte?«

»Ja.«

Das verursachte neuerliche Unruhe im Saal.

»Aus welchem Grund sollte Patrick mit Ihnen darüber gesprochen haben?«

»Er war hin- und hergerissen zwischen seiner Familie und Redmond. Er musste sich jemandem anvertrauen.«

»Gab es noch jemanden, dem er sich anvertraute?«

Malone hustete in die Faust. »Ein Reporter beim *Evening Herald*, Stephen Brady, wusste ebenfalls Bescheid. Stephen schirmte ihn von einer Menge unangenehmer Publicity ab.«

»Warum?«

»Ich vermute, Brady hat anderen Journalisten Informationen zugespielt. Als Gegenleistung ließen sie Patrick in Ruhe.«

»Verfolgte Brady noch andere Ziele?«

Malone sah verwirrt aus.

Ich versuchte, ihm auf die Sprünge zu helfen. »Hat Brady vielleicht erkannt, dass er einer echten Sensation auf die Spur gekommen war? Indem er Patrick vor den schlimmsten Medienvertretern abschirmte, hätte er die Geschichte für sich allein gehabt.«

Malone dachte darüber nach. Falls er irgendetwas darüber wissen sollte, ließ er es sich jedenfalls nicht anmerken. Ich warf einen Blick hinauf zum Reporter des *Evening Herald*. Er hatte ein schiefes Grinsen aufgesetzt. Womöglich stimmte es also.

»Kann sein.«

Ich machte mir eine Aktennotiz, hauptsächlich um Zeit

zu gewinnen und mir mein weiteres Vorgehen zurechtzulegen.

»Hat Patrick noch mit anderen Personen über die ganze Sache gesprochen?«

»Er hatte eine Drogenberaterin namens Niamh Shanahan. Sie rieb sich schier auf bei dem Versuch, ihm zu helfen, aber Patrick fiel immer wieder in seine alten Verhaltensmuster zurück. Irgendwann verlor sie die Geduld mit ihm und stellte ihn zur Rede, und da schüttete er ihr sein Herz aus.«

Charles McGrath rutschte auf seinem Platz hin und her. Seine Mandanten waren auf gefährliches Terrain geraten. Er wirkte unsicher und warf wiederholt besorgte Blicke in Richtung der Zuschauertribüne. Im Gegensatz zu ihm saß Fred Hodgins still da, das Kinn auf die Hände gestützt. Sein Gesicht zeigte keinerlei Gefühlsregung. Ich nahm an, er war die Sache mit Malone im Vorfeld bereits durchgegangen. Er wusste, was nun kommen würde.

»Die Drogen dämpften den ganzen Irrsinn seiner albtraumhaften Existenz«, fuhr Malone fort. »Heroin, Kokain, Aufputsch- und Beruhigungsmittel – er nahm einfach alles. Als Shanahan die ganze Geschichte in Erfahrung gebracht hatte, war für sie klar, dass Patrick in Gefahr war. Und sie wusste, dass er auch sie selbst in Gefahr gebracht hatte, indem er ihr alles erzählt hatte. Genau aus diesem Grund wurde auch Stephen Brady ermordet. Er hatte zu viel in Erfahrung gebracht.«

Jetzt war mir klar, warum Niamh Shanahan geflohen war und warum sie die Kommunikation mit dem Rest der Dowlings verweigerte.

»Gab es noch irgendwas, das Patricks Existenz verschlimmerte?«

»Ja. Sein Vater spielte ein falsches Spiel mit Redmond.«

Überraschung breitete sich im Saal aus. Ich sah zur Tribüne. Mary Dowling betete in einem fort. Ihre Maske war nach wie vor intakt. Allerdings machte Richard Dowling jetzt Anstalten, sich zu verabschieden, doch Roche versperrte ihm den Weg und befahl ihm, sich wieder zu setzen.

»Die Familie hatte während des Baubooms ein Vermögen verdient. Dieses Vermögen investierten sie in noch mehr Land und Immobilien. Aber sie waren zu gierig. Sie wollten immer nur mehr. Sie waren genauso süchtig nach Geld wie Patrick nach den Drogen. Albert Dowling kannte die Regierungspläne zur Erschließung eines heruntergekommenen Geländes unweit der Docklands und beschloss, es zu kaufen. Aber er war nicht liquide genug. Allerdings hatte er enge Kontakte zu Dan Thornton, dem CEO der Standard and Chartered – derselben Bank im Übrigen, die Redmonds Drogenprofite wusch. Thornton verschob fünf Millionen Euro davon auf Albert Dowlings Konto. Dowling legte drei Millionen aus eigenen Mitteln obendrauf, um sich das Land gegen sofortige Barzahlung zu sichern. Was dessen Wert zudem in die Höhe trieb. Die Idee war zu verkaufen, sobald der Markt den Höchststand erreicht hatte, Redmonds Geld wieder zurückzuzahlen und den Überschuss einzubehalten. Alles verlief genau nach Plan – bis die Wirtschaft zusammenbrach. Die Immobilienpreise rauschten in den Keller, vor allem in den Docklands. Dowling versuchte verzweifelt zu verkaufen, aber es gab keine Käufer mehr. Er verlor ein Vermögen. Und schuldete Redmond fünf Millionen.«

Erregung und Unruhe erfassten den Saal. SMS wurden an Redaktionen geschickt. Die Jurymitglieder flüsterten einander zu. Eine Frau verdrehte den Hals, um einen Blick auf die Dowlings werfen zu können, und schüttelte dann angewidert den Kopf.

»Woher wissen Sie das?«

»Bei der Standard and Chartered arbeitete ein Mann namens Timothy Cunningham. Er entdeckte die Geldtransfers. Ich war damals bei der State Irish Bank angestellt und auf internationalen Handel spezialisiert. Eines Tages kontaktierte er mich und suchte meinen Rat.«

»Wieso das?«

»Weil er wusste, dass wir in etwa das Gleiche taten.«

»Sie verliehen Geld an Spezialkunden, um die Preise für Bauland in die Höhe zu treiben?«

»Ganz genau.«

»Und Sie hofften, dass sie wieder verkauften, einen Riesengewinn einstrichen und Ihrer Bank diesen speziellen Kredit inklusive Zinsen zurückzahlten?«

»Ja.«

Weitere Erregung im Saal. Krawatten wurden gelockert, Hemdkragen geöffnet. Schlagzeilen für den nächsten Tag wurden formuliert. Die Neuigkeiten nahmen kein Ende.

»Was haben Sie Cunningham geantwortet?«

»Ich riet ihm, damit nicht nach außen zu gehen. ›Reden Sie mit Ihrem Boss‹, sagte ich. ›Vermeiden Sie einen Skandal. Wenn sich die Sache herumspricht, wird das die Finanzindustrie kollabieren lassen.‹«

»Und ist er zu seinem Boss gegangen?«

»Ja.«

»Wie hat Thornton reagiert?«

Malone antwortete nicht. Jetzt geriet seine bislang gefasste Haltung ins Wanken. Er hielt sich am Geländer des Zeugenstands fest.

»Das habe ich nie erfahren. Am Tag nach dem Treffen mit ihm hat Cunningham Selbstmord begangen.«

Stille senkte sich über den Saal. Es war fast, als hätte der Verkehr draußen angehalten, um dem Geschehen ebenfalls zu lauschen.

»Kam Ihnen das nicht verdächtig vor? Erschien es Ihnen nicht sonderbar, dass Cunningham sich umbrachte, kaum dass er seinen Vorstandschef auf einen massiven Betrug aufmerksam gemacht hatte?«

»Ich glaubte nicht, dass er Selbstmord begangen hatte. Ich war überzeugt davon, dass er ermordet worden war. Und ich war mir sicher, ich würde der Nächste sein, wenn ich den Mund aufmachte. Auch bei meiner Bank gab es nicht ganz lupenreine Geschäftspraktiken. Wenn ich die Polizei gerufen hätte, wäre eine Menge Unrat an die Oberfläche gekommen.« Die Gründe, die Malone dafür anführte, warum er nicht die Polizei informiert hatte, klangen geradezu armselig. Und sie schadeten ihm selbst.

»Außerdem kannte ich Redmonds Ruf«, fuhr er fort. »Ich wusste, es würde Krieg geben, wenn er es herausfände.«

»Was geschah dann?«

»Na ja … Dann wurde Patrick tot aufgefunden.« Schweiß trat auf Malones Stirn. »Die Dowlings gerieten in Panik. Es gab erste Hinweise auf seine Verbindungen zu dem Drogendealer. Albert Dowling brach daraufhin völlig zusammen. Er wurde mit dem Druck nicht fertig, also setzte ihn die Familie unter Drogen.«

Charles McGrath sprang erregt auf. Die Geschichte hier lief mehr als schlecht für ihn. »Coroner, ich muss Einspruch erheben. Diese Anschuldigungen sind einfach nur geschmacklos.« Er öffnete seine Weste, nahm die Fliege ab und knöpfte den obersten Hemdknopf auf. »Ich verlange eine Pause, damit ich mich mit meinen Mandanten beraten kann.«

»Wie ich bereits sagte, ist dies hier ein Gerichtsverfahren zur Feststellung der Todesursache und kein Strafprozess, Mr. McGrath. Darüber haben wir vorhin erst gesprochen. Sie können sich später mit Ihren Mandanten beraten.« Ich wandte mich wieder Malone zu. »Was soll das heißen: ›Sie setzten ihn unter Drogen‹?«

»Sie gaben ihm Beruhigungsmittel und Antidepressiva.«

Das war korrekt. Vor mir lag Albert Dowlings Medikamentenliste, die einer von Reillys Computerspezialisten bei der Familienapotheke für mich besorgt hatte.

»Sie setzten das Gerücht in die Welt, er hätte Alzheimer, damit die Nebenwirkungen erklärbar waren. Damit blieb Albert aus der Schusslinie, während Richard und Mary berieten, wie sie mit den Vorkommnissen umgehen sollten.«

»Als solches betrachteten sie Patricks Tod also?«, hakte ich nach. »Als ein Vorkommnis?«

»Ja. Aus dem Mittelsmann Patrick war das Problem Patrick geworden.«

Von der Zuhörertribüne kam gedämpftes Murmeln. Zwei Reporter rückten von den Dowlings ab, als hätten diese eine ansteckende Krankheit.

»Wissen Sie, was mit Patrick an dem Tag geschah, als er starb?«

»Ich war am Ende nicht bei ihm. Aber ich weiß, wer bei ihm blieb, als ich ging.«

Während der gesamten Befragung war Malones Anwalt stumm geblieben. Er wusste genau, dass die einzige Hoffnung für seinen Mandanten darin bestand, die Wahrheit zu sagen, egal wie sehr es seiner beruflichen Karriere schaden mochte.

Ich verkündete eine zehnminütige Pause.

55

Bei einem Kaffee in meinem Büro dachte ich über all das nach, was ich soeben erfahren hatte.

Richard und Mary Dowling waren Lügner. Niamh Shanahans Vater hatte mich darauf hingewiesen, dass Richard nicht zu trauen war. Und er hatte recht gehabt. Richard Dowling war über kleine, unnötige Fehler gestolpert: Zum Beispiel hatte er behauptet, dass sein Bruder Seamus nach einer Unterkunft suchte, obwohl er in Wahrheit schon seit Monaten mit seiner Freundin in London lebte. Dann hatte er ausweichend auf meine Frage geantwortet, wer Patrick mit Drogen versorgt hatte. Dabei hatten laut Declan Shanahan die Spatzen von den Dächern gepfiffen, wer der Dealer gewesen war.

So nachlässig er in kleinen Dingen gewesen war, so sorgfältig hatte er jedoch die großen Brocken gehandhabt. Seine Familie hatte mit dem gewaschenen Profit aus Drogengeschäften Land gekauft, um in einem boomenden Markt schnelle Gewinne zu erzielen. Man kaufte Grundstücke, tat aber nichts damit. Man ließ nicht einmal eine Kuh darauf weiden. Nach zwölf Monaten verkaufte man sie wieder und strich den Gewinn ein. Viele Leute hatten genau das Gleiche getan und sich obendrein dabei für Finanzgenies gehalten. Doch fast alle waren am Ende schwer verschuldet gewesen. Irlands Immobilien- und Bankenkollaps war geradezu spektakulär schnell vonstattengegangen. Und nun wussten wir, dass die kriminelle Unterwelt ebenfalls ihre Finger im Spiel gehabt hatte. Jonathan Redmond hatte angeblich vor, sich vom Drogengeschäft abzuwenden. Doch dafür benötigte er das Geld, das er zuvor beiseitegeschafft hatte. Allerdings hatte Albert Dowling ihm in der Zwischenzeit in die Tasche gegriffen und mehr als nur ein bisschen Kleingeld abgezweigt.

Ich war bestürzt, wie Malone angesichts solcher Machenschaften hatte wegsehen können. Irlands Banken waren offenbar kollektiv der Inkompetenz, des Betrugs und der Vertuschung schuldig, und Gier war das Motiv, das sie dazu trieb und in dessen Gefolge sich Korruption ausbreitete. Und Timothy Cunningham war wahrscheinlich ermordet worden, weil er die Machenschaften seines Arbeitgebers hatte offenlegen wollen.

Ich rief Roche an. Es hatte auf keinen der falschen Konvois einen Angriff gegeben. Von Redmond oder O'Leary war immer noch nirgends etwas zu sehen. Ich solle die Glock trotzdem griffbereit haben, riet sie mir.

Es klopfte an der Tür. Charles McGrath wollte mich sprechen.

»Ich habe den Dowlings geraten, nicht länger an dieser Anhörung teilzunehmen, solange derlei wilde und abstruse Anschuldigungen erhoben werden.«

Ich seufzte. Ich war erschöpft von all den Vorkommnissen der vergangenen Wochen. Vom Überlebenskampf. Von der Angst um meine Familie. Der Versuch, die Hintergründe zu Patrick Dowlings Tod zu beleuchten, hatte mich mürbe gemacht. Ich hatte die Dowlings und ihre Lügen satt und war nicht in der Stimmung, ihnen in irgendeiner Weise entgegenzukommen. »Sie können diese Anschuldigungen ein andermal und vor einem anderen Gericht abstreiten. Und sie können sich mit so vielen Anwälten umgeben, wie sie wollen. Von mir aus können sie sich einmauern. Aber hier habe ich das Sagen, und diese Anhörung wird mit ihnen oder ohne sie fortgesetzt.« McGrath wollte schon etwas erwidern, aber ich ließ ihn nicht zu Wort kommen. »Wenn sie das Gebäude verlassen, werden sie verhaftet.« Ich war mir nicht sicher, ob Roche so schnell reagieren würde, aber ich nahm an, es juckte sie längst in den Fingern, das Finale so aufsehenerregend wie nur möglich zu inszenieren. »Das Gebäude ist umringt von Journalisten. Es würde nicht gut aussehen, wenn man Ihren Mandanten vor laufenden Kameras Handschellen anlegte.«

McGrath faselte etwas von ihren Rechten, doch die interessierten mich nicht, entgegnete ich und erinnerte ihn daran, dass einzig und allein die Klärung von Patrick Dowlings Tod für mich gelte. Und dass ich in diesem Punkt nicht nachzugeben gedachte.

»Dann bringen wir es jetzt eben hinter uns.« Er stürmte wütend aus dem Raum.

Ich ließ das Gericht wieder zusammentreten. Ich hörte die Jurymitglieder murmeln, als sie aus ihrem Zimmer gerufen wurden, und fragte mich, was sie besprochen hatten. Was für ein Skandal sich hier aufgetan hatte! Würden sie diesen Tag je vergessen?

Doch es sollte noch schlimmer kommen. John Hobbs' Zeugenaussage würde sie schockieren. Würden die beteiligten Personen ihre Beteiligung eingestehen? Oder würden sie alles weit von sich weisen? Ich war zu müde, um mir noch Gedanken darüber zu machen. Morgen, am Donnerstag, würde mein letzter aktiver Tag als Coroner sein. Am Freitag würde ich mit Sarah, Gregory und Jennifer nach London fliegen, wo wir Ruhe und Frieden finden würden. Das würde uns die Gelegenheit geben, die Vergangenheit hinter uns zu lassen und über unsere Zukunft nachzudenken.

Ich holte tief Luft und atmete langsam wieder aus. Dann rückte ich meine Krawatte zurecht und öffnete die Tür zum Sitzungssaal.

56

Der Raum flirrte vor gespannter Erwartung. Ich entdeckte Gerard Canny, den Pathologen, der die Obduktion durchgeführt hatte, an seinem für die offiziellen Teilnehmer reservierten Platz.

Sechs neue uniformierte Polizisten befanden sich nun im Saal. Es waren große, kräftige Männer mit Mienen, die nur allzu deutlich machten, dass mit ihnen nicht zu spaßen war. Sie drängten sich auf die bereits überfüllte Zuschauertribüne und ließen den Beobachtern noch weniger Raum, wofür sie finstere Blicke ernteten. Fred Hodgins und Charles McGrath saßen an ihrem Tisch zwischen Jury und Zeugenstand. McGrath war in diesem Augenblick wahrscheinlich der unglücklichste Anwalt im ganzen Land. Er hatte sein Sakko ausgezogen und die Weste geöffnet. Sein mächtiger Bauch war jetzt nicht mehr zu übersehen. Mit ein paar Unterlagen fächelte er sich Luft zu. Hodgins putzte sich mit dem Ende seiner Krawatte die Brille. Er hatte während der Zeugenaussage seines Mandanten kein einziges Wort gesagt. An einem anderen Tag würde er vor einem anderen Gericht alle Hände voll zu tun haben, um Malone zu verteidigen.

Die dicht gedrängte Journalistenschar wartete ungeduldig auf der Tribüne. Mary Dowling hatte neben ihnen aufgehört zu beten. Sie saß nur mehr stumm und reglos da. Doch ihre Maske begann, sich aufzulösen. Die Wimperntusche war verschmiert, das Make-up zerlaufen. Richard Dowling starrte zu Boden.

Malone kehrte in den Zeugenstand zurück. Dieses Mal wirkte er deutlich weniger gefasst, beinahe nervös.

»Gehen wir zurück zum 29. November letzten Jahres«, sagte ich. »Wann trafen Sie sich mit Dowling?«

Malone räusperte sich. »Er hatte mich an jenem Morgen gegen 10.00 Uhr angerufen. Er wirkte verstört und redete ohne Unterlass. Er solle einen Dealer namens Noel Carty treffen. Aber er verabscheute Carty und hatte Angst vor ihm.«

»Warum?«

»Carty war ein ätzender Bursche. Und er hatte Patrick auf dem Kieker. Es amüsierte ihn, Treffen mit ihm zu vereinbaren, zu denen er dann nicht erschien. Oder er bestand auf einer Bezahlung, obwohl er genau wusste, dass er nichts von Patrick verlangen durfte.«

»Aber warum war Patrick wegen dieses Treffens so besorgt?«

»Es war aus heiterem Himmel anberaumt worden. Und Carty war nicht der Typ für Höflichkeitsbesuche.«

»Wie ging es weiter?«

»Patrick bat mich, ihn zu begleiten. Ich sagte zu ihm, ich wolle mich nicht in die Sache hineinziehen lassen. ›Ich brauche nur jemanden, dem ich vertrauen kann‹, erwiderte er. ›Ich weiß einfach nicht, was der Scheißkerl von mir will.‹ Er war wahnsinnig nervös. Und ich glaube, er hat vor dem Treffen Speed eingeworfen. Seine Hände zitterten so sehr, dass ich den Wagen fahren musste.«

Ich sah aus dem Augenwinkel, wie Roche einen der Polizisten zum Ausgang hinüberschickte. Er überprüfte, ob die Tür verschlossen war.

»Wir trafen gegen 11.00 Uhr auf dem Parkplatz eines Pubs in Stepaside ein. Die Straße war menschenleer. Es hatte gerade wieder angefangen zu regnen.«

Stepaside war früher ein Weiler am südlichen Stadtrand Dublins gewesen. Während des Baubooms war das verschlafene Dörfchen im Speckgürtel von Dublin aufgegangen. Die Bewohner pendelten von dort in die City zur Arbeit. Außerdem war Stepaside nicht weit entfernt von Enniskerry und dem Waldstück, wo man Patrick gefunden hatte.

»Was ist dort passiert?«

»Carty saß in einem Range Rover mit getönten Scheiben. Er rief Patrick zu sich in den Wagen.«

Unter den Jurymitgliedern wurden argwöhnische Blicke gewechselt. Die Dowlings sanken immer tiefer in ihre Sitze. Charles McGrath schrieb hektisch mit. Seine ganze Körpersprache schrie Vergeltung.

»Wie lange blieb Patrick in dem Range Rover sitzen?«

»Etwa fünf Minuten.«

»Was geschah dann?«

»Er stieg aus. Er wankte und schien irgendwie unter Schock zu stehen. Ich lief zu ihm, um ihm zu helfen. Er hielt ein Tütchen Heroin und Kokain samt Nadeln und Spritzen in der Hand.«

Malone bat um ein Glas Wasser. Er wartete, bis man es ihm brachte, ehe er mit der Pointe herausrückte.

»Und außerdem eine Waffe.«

Charles McGrath fiel fast von seinem Stuhl. Ungläubig riss er die Augen auf.

»Hatte er die Waffe schon in der Hand, bevor er in den Range Rover stieg?«

Malone nahm einen Schluck Wasser. »Nein.«

»Wissen Sie das ganz genau?«

»Er hatte noch nie eine Waffe benutzt.«

»Also hat Carty ihm die Waffe gegeben. Warum?«

»Er sagte, er werde sie brauchen.«

Das Rauschen des Straßenverkehrs wurde mittlerweile vom Regen übertönt. Ein Wolkenbruch ging über der Stadt nieder.

»Wozu?«

»Um seinen Vater zu töten.«

Von der Pressetribüne kam ein kollektiver überraschter Aufschrei. Eines der Jurymitglieder beugte sich ruckartig nach vorn.

Ich blickte zu Mary Dowling hinüber. Für einen Sekundenbruchteil trafen sich unsere Blicke. Unverhohlener Hass schlug mir entgegen. Dann wandte sie den Blick ab.

»Warum?«

»Redmond hatte die Sache mit dem Geld herausgefunden. Er wollte Rache. Und er wollte, dass Patrick persönlich die Schüsse abgab.«

»Und was hat Patrick getan?«

»Nach ein paar Minuten schleuderte er die Waffe ins Gebüsch und ging auf Carty los. Sie schlugen aufeinander ein, aber es war ein ungleicher Kampf. Carty hätte ihn töten können, wenn er es gewollt hätte. Ich habe versucht, den beiden Einhalt zu gebieten, aber Patrick war regelrecht außer sich. Er sprang Carty von hinten an und versuchte, ihm einen Boxhieb zu versetzen. Carty schlug ihn einfach nieder. Patrick blutete, tobte und schrie.«

Im Saal war es jetzt totenstill. Die Journalisten hörten sogar auf, sich Notizen zu machen.

»Dann rief Carty: ›Entweder du oder dein betrügerischer Alter. Einen von euch beiden will Redmond tot sehen.‹«

Malone räusperte sich und nahm wieder einen Schluck Wasser. »Dann schob er Patrick in den BMW. Ich sah noch, wie er ihm ein paar Schläge verpasste, damit er endlich aufhörte zu schreien.«

Das stimmte mit den Befunden der Obduktion überein. Und es erklärte vor allem, wie der blutige Fingerabdruck auf das Armaturenbrett des BMW gekommen war.

»Was haben Sie dann getan?«

»Ich rief Richard an und erzählte ihm, was passiert war.« Sämtliche Blicke gingen in Richtung Besuchertribüne. Richard Dowling starrte stur geradeaus. Sein Gesicht war gespenstisch grau, die Wangen eingefallen. Seine Augen verrieten keine Regung.

»Wie hat er reagiert?«

Malone holte tief Luft. »Er sagte, ich solle Patrick ein bisschen Heroin geben. Er werde gleich vorbeikommen und sich um alles kümmern.«

»Haben Sie das getan?«

»Ich musste. Patrick zitterte so stark, dass er selbst keine Ader getroffen hätte.«

Auf der Tribüne brach Unruhe aus. Mary Dowling machte Anstalten aufzustehen. Ihr Sohn zerrte sie wieder auf ihren Platz. Es gab einen leisen, aber zornigen Wortwechsel. Dann sprang Charles McGrath von seinem Platz auf.

»Ist alles in Ordnung, Mr. McGrath?«, fragte ich höflich. Der Anwalt zwang sich zu einer neutralen Miene. »Ja, Coroner.« Auf der Tribüne ging die Unterhaltung weiter. »Meine Mandanten müssen nur ein Problem klären.«

»Können wir bitte weitermachen?«

»Natürlich, Coroner.«

»Danke sehr.« Ich hätte nicht freundlicher sein können.

»Um welche Zeit kam Richard Dowling schließlich zu dem Parkplatz?«, fuhr ich fort.

»Gegen Mittag.«

»War er allein?«

»Seine Mutter war bei ihm.«

»War Patrick erleichtert, sie zu sehen?«

»Er hat nicht einmal wahrgenommen, dass sie da waren. Er war vollkommen weggetreten.«

»Was ist dann passiert?«

»Ich trieb mich noch eine Weile dort draußen herum. Es regnete, und ich war total durchnässt. Richard nahm Patrick die Waffe ab und steckte sie ein. Danach hing er die meiste Zeit an seinem Handy.«

»Hat einer der beiden in der Zwischenzeit nach Patrick gesehen?«

»Nein, sie waren beide völlig aus dem Häuschen. Mary lief auf die andere Straßenseite zu einem Supermarkt und kam mit einer Flasche Whiskey wieder. Sie nahm einen kräftigen Schluck, wohl um ihre Nerven zu beruhigen.«

Ich warf einen Blick auf Jack Matthews. Daher hatte die Flasche Jameson also gestammt.

»Ich versuchte, Patrick sauber zu machen. Er hatte Blut an den Händen und an der Kleidung. Schließlich hielt ich ein Taxi an und fuhr nach Hause.«

»Waren Sie überrascht, als man Patrick am nächsten Tag tot auffand?«

»Ja.«

»Glaubten Sie, dass er Selbstmord begangen hatte?«

Jetzt war es an Malone, die Spannung zu halten. Er wartete lange mit seiner Antwort.

»Nein. Obwohl es bergab ging mit ihm, hatte er eine Heidenangst vor dem Tod.«

57

John Hobbs' Auftritt überraschte sogar mich. Er trug einen schwarzen Nadelstreifenanzug von Oxfam, ein dunkelblaues Hemd und eine cremefarbene Krawatte. Wenn man davon absah, dass der Anzug um seine dürre Gestalt schlotterte, sah er beinahe schon respektabel aus. Er wurde von zwei uniformierten Polizeibeamten begleitet – stämmige Kerle, die ihn an den Ellbogen hielten. Hobbs blieb vor der Besuchertribüne stehen und beäugte die Dowlings. Dann ging er geradewegs auf den Zeugenstand zu.

McGrath steckte mit seinen Mandanten die Köpfe zusammen. Mary Dowling packte den Anwalt am Hemd. Richard Dowling versuchte, etwas einzuwerfen, wurde aber mit einem Zischen zum Schweigen gebracht. Ich hörte nur: »Sagen Sie nichts!« Dann eilte McGrath zurück an seinen Platz.

Als Hobbs den Eid leistete, beobachtete ihn die Jury aufmerksam. Gerard Canny, der forensische Pathologe, blätterte in seiner Akte und warf mir immer wieder unruhige Blicke zu.

Im Zeugenstand schien sich Hobbs nicht wohlzufühlen. Er zupfte an den Aufschlägen seines Sakkos und kratzte sich am Hals, wo der Hemdkragen augenscheinlich juckte. Er wirkte verdrossen, als könnte er es kaum erwarten, wieder auf die Straße zu kommen und sich etwas zu trinken zu beschaffen.

Ich fing mit der Befragung an. »Wie kam es, dass Sie sich am 29. November 2009 im Wald aufhielten?«

»Ich hatte seit Monaten dort draußen kampiert, deshalb kannte ich das Gebiet. Und ich kannte jedes Geräusch. Als ich Schüsse hörte, bin ich losgelaufen, um nachzusehen, was da los war.« Hobbs blickte stur geradeaus, als würde er mit der Wand sprechen.

»Was haben Sie gesehen?« Seine Aussage lag vor mir, und ich kannte die Antwort.

»Es hatte geregnet. Der Wind hatte überall Laub und Zweige herumgeweht. Ich hatte Ölzeug an und versuchte, den herabfallenden Ästen auszuweichen. Die Bäume haben so laut geächzt und geknarzt, dass ich eine Weile gebraucht habe, bis ich den Schützen ausfindig machen konnte.«

»Wer war es?«

»Da waren zwei Männer.« Er streckte zwei Finger in die Höhe.

»Kannten Sie sie?«

»Ja.«

»Wer waren sie?«

»Noel Carty und Richard Dowling.«

Es war so leise im Gerichtssaal, dass man den Regen gegen die Fenster trommeln hörte.

»Woher wussten Sie das so sicher?«

»Ich hatte beide früher schon einmal gesehen.«

»Und wo?«

»Carty war Dealer. Auf der Straße war er allgemein bekannt. Wir gingen dem Schweinehund aus dem Weg. Unser Frühwarnsystem alarmierte uns immer rechtzeitig, wenn er irgendwo auftauchte.«

»Und wo hatten Sie Richard Dowling schon mal gesehen?«

»Ich war mal eine Nacht mit Paddy zusammen, als Richard ihn aus der Gosse zog.«

»Was machte er denn in der Gosse?«

»Da lag er herum.«

Es war eine dämliche Frage gewesen, und ich hatte die verdiente Antwort darauf bekommen.

»Waren beide bewaffnet oder nur einer von ihnen?«

»Nur Carty.«

»Und auf wen hat er geschossen?«

»Auf niemanden. Er schoss auf Zielscheiben. Na ja, eigentlich auf alles, was ihm ins Auge fiel.«

»Was geschah mit den Patronenhülsen?«

»Er hat jede einzelne wieder aufgesammelt.«

Das erklärte, warum keine Patronenhülsen gefunden worden waren. »Und was hat Richard Dowling getan?«

»Er hat eine Schlinge geknüpft.«

McGrath sprang auf. »Tut mir leid, Coroner, aber so kann das nicht weitergehen! Sie haben gesagt, dies hier sei kein Strafprozess. Aber ich habe noch nie eine Anhörung zur Feststellung der Todesursache erlebt, bei der solche Zeugenaussagen zur Sprache kommen und ich nicht die Chance zu einer Erwiderung erhalte.«

Hobbs sah zur Jury hinüber. Sie alle hielten unverwandt den Blick auf ihn gerichtet.

»Mr. McGrath«, sagte ich. »Auch ich habe noch nie eine Anhörung durchgeführt, bei der solche Dinge zutage kamen. Aber wir werden es uns anhören, ob es Ihren Mandanten nun gefällt oder nicht.« Dann wandte ich mich wieder an Hobbs. »Eine Schlinge geknüpft? Was wollen Sie damit sagen?«

Er lockerte seine Krawatte und öffnete den obersten Hemdknopf. »Richard Dowling hatte eine Schlinge in ein

Seil geknotet, das er dann über einen Ast warf. Das andere Ende zurrte er an dem Baumstamm fest.«

Charles McGrath war schon wieder auf den Beinen, aber ich verwies ihn mit einem zornigen Blick in die Schranken.

»Die Schlinge baumelte hin und her. Darunter standen ein Barhocker und eine Trittleiter.«

Kollektives Luftanhalten im Saal.

»Darf ich das noch einmal klarstellen«, sagte ich. »Sie haben eine Schlinge, einen Barhocker und eine kleine Trittleiter gesehen. Das ist ein überaus konkretes Arrangement.«

»Oh, sie wussten genau, was sie taten.«

»Um welche Uhrzeit war das?«

»Es wurde schon schattig im Wald, aber es war immer noch hell. Ich würde sagen, es war gegen drei. Der Wind hatte nachgelassen, und der Regen hatte aufgehört, als sie dann bereit waren.«

»Bereit wofür?«

58

Als Nächstes kam der offizielle Bericht zur Entdeckung von Patrick Dowlings Leiche am 30. November zur Sprache.

Ein Suchtrupp fand Dowlings verschlossenen BMW in der Zufahrt zu einem Getreidefeld. Er stand dort so ungeschickt, als hätte es der Fahrer eilig gehabt auszusteigen. Im Wagen fand sich Drogenzubehör: Nadeln und Spritzen, Päckchen voll Heroin sowie ein geöffnetes Päckchen mit Kokain. Eine Flasche Jameson Whiskey, zu einem Viertel voll, steckte im Handschuhfach. Die Sitzpolster stanken nach verschüttetem Schnaps. Die Wagenschlüssel lagen nicht weit vom Fahrzeug entfernt in einem Bachbett.

Eine knappe Stunde später entdeckte die Suchmannschaft den Vermissten. Er hing an einem Strick um den Hals an einem Baum auf einer Lichtung, weniger als zwanzig Meter entfernt von einem vorbeiführenden Wanderweg. Der Mann war seit mindestens vierundzwanzig Stunden tot. Seitlich neben seinen baumelnden Füßen lag ein Barhocker, seine Fußabdrücke fanden sich auf dessen Sitzfläche. Der November war kalt und böig gewesen, und heftige Winde und schwere Regenfälle hatten die umstehenden Bäume weitgehend entlaubt. Auch an jenem Tag herrschte schlechtes Wetter, die Luft war feucht, tiefe Wolken hingen am Himmel. Das Gelände war von herabgefallenen Blättern und Zweigen bedeckt.

Nun war es an der Zeit, das letzte Puzzleteil einzufügen.

»Was ist dann geschehen?«, fragte ich.

»Carty und Dowling schienen zu warten. Immer wieder haben sie in ihre Handys gebrüllt, und Carty lud seine Waffe neu.«

»Wie nahe sind Sie den beiden gekommen?«

Hobbs überschlug es rasch im Kopf. »Ungefähr so nahe, wie ich Ihnen jetzt bin.«

Vier Meter. »Wo haben Sie sich versteckt?«

»Es gibt in diesem Waldstück jede Menge Gebüsch. Ich hab mich einfach darin verkrochen.«

»Konnten Sie hören, worüber die beiden sich unterhalten haben?«

»Es ging um fehlendes Geld. Carty hat irgendwas in der Art zu Dowling gesagt, aber worum es genau ging, habe ich nicht mitbekommen.«

»Haben Sie etwas von Richard Dowlings Telefonaten mit anhören können?«

»Nur Bruchstücke. Er hat irgendwem befohlen zu warten …«

»Haben Sie eine Ahnung, mit wem er gesprochen hat?«

»Nein.«

Ich blätterte in meinen Unterlagen. Die Jury war mucksmäuschenstill. Furchtsamkeit lag über dem Saal, es war ganz so, als wollte niemand den Rest hören.

»Was geschah dann?«

»Dann kamen zwei Leute den Weg entlang.« Wieder schossen zwei Finger in die Luft.

Auf der Besuchertribüne entstand Unruhe, und McGrath eilte rasch hinüber. Mary Dowling stützte sich unbeholfen an der Wand ab. Sie sah verwirrt aus, als versuchte sie, aus einem Albtraum zu erwachen. Schließlich beruhigte Mc-

Grath sie so weit, dass sie sich wieder zurück auf die Bank setzte. Ihre Maske schien nun endgültig verrutscht zu sein, und dahinter kam die blanke Angst zum Vorschein.

Ich holte tief Luft. Ich wusste, was jetzt kommen würde. »Wer waren die beiden?«

»Paddy und seine Mutter.«

Jemand stöhnte.

»Sind Sie sich sicher, dass es seine Mutter war?«

»Ich hatte sie schon mal gesehen, deshalb wusste ich, wie sie aussah.«

»Wo hatten Sie sie zuvor schon mal gesehen?«

»Sie war eines Nachts in einem Auto vorgefahren, weil sie nach Paddy suchten. Er lag bewusstlos unter der Baggot Street Bridge. Sie hat damals alles organisiert, ich hab Paddy damals nur noch neben sie auf die Rückbank verfrachten müssen. Sie hat kein Wort gesagt, nicht einmal Danke.« Er klang verbittert. »Sie hat mich nur angesehen, als wäre ich der letzte Dreck.«

Ein Jurymitglied verbarg das Gesicht in den Händen.

»Was hat Mary Dowling getan?«

»Gebetet und Whiskey getrunken.« Niemand lachte. Die Sache wurde immer schlimmer. »Sie hatte einen Rosenkranz in der einen und 'ne Flasche Whiskey in der anderen Hand.«

»Wie hat sie reagiert, als sie das Seil gesehen hat?«

»Sie hat angefangen zu weinen. Trotzdem hat sie Paddy am Arm gehalten und immer weiter hinter sich hergezerrt.«

»Was taten die anderen?«

»Richard versuchte, sie zu beruhigen. Sie standen inzwischen so nah an meinem Versteck, dass ich jedes Wort verstehen konnte. Er sagte: ›Redmond weiß alles.‹«

»Und was hat Carty gemacht?«

»Er hat den Weg im Auge behalten.«

»Haben Sie versucht, sich zurückzuziehen?«

»Ich hatte zu viel Angst, um mich zu bewegen.«

»Also haben Sie alles mit angehört und gesehen?«

»Ich habe alles gesehen, aber nicht alles gehört.«

»War es immer noch stürmisch?«

»Der Regen hatte zwar nachgelassen, aber sie waren alle nass von Kopf bis Fuß. Paddy ist immerzu im Kreis gelaufen und hat vor sich hin gemurmelt. Jede Faser an seinem Leib war triefend nass. Seine Mutter war von oben bis unten voll Schlamm. Sie hat ausgesehen wie eine alte Lumpenpuppe. Richard hat die ganze Zeit versucht, sein Handy vor dem Regen zu schützen, das schien alles zu sein, was ihn interessierte. Dass sein Scheißhandy nicht nass würde. Carty war nervös wie 'n Rennpferd.«

»Wie ging es weiter?«

»Paddy war total weggetreten. Er kann gar nicht mitbekommen haben, was um ihn herum los war.«

Mary Dowling betete jetzt immer lauter. Die Augen hielt sie dabei geschlossen. Richard Dowling hielt sich mit beiden Händen die Ohren zu, als wollte er einfach nur alles um sich herum ausblenden.

»Was passierte dann?«

»Paddy und Richard fingen an, sich zu streiten. Richard hat seinem Bruder wirklich jedes nur erdenkliche Schimpfwort an den Kopf geworfen.«

»Ist er auch handgreiflich geworden?«

»Nein, es war alles rein verbal. Paddy verdiene es nicht, auf der Welt zu sein, er sei ein nutzloser Junkie – solchen Scheiß eben. Paddy hat versucht, ihm einen Kinnhaken zu verpassen. Carty zog die beiden schließlich auseinander.«

Canny, der Pathologe, nickte. Die Rangelei erklärte die Verletzungen, die er in seinem Obduktionsbericht festgehalten hatte und der zufolge es möglicherweise zwei Faustkämpfe an jenem Tag gegeben hatte. Wir wussten jetzt, was passiert war und wo es passiert war. Und wer beteiligt gewesen war.

»Carty hat Paddy schließlich am Hemdkragen gepackt, ihn über die Lichtung geschleift und neben der Trittleiter auf den Boden geworfen. Dann hat er ihn angeschrien, er solle auf den Barhocker steigen.«

»Hat er das getan?«

»Er musste.«

»Wieso?«

»Carty hatte die Waffe am Kopf seiner Mutter.«

Im Saal breitete sich Entsetzen aus.

»Ich glaube allerdings, dass Paddy auch da immer noch nicht begriff, was los war. Er ist zweimal ausgerutscht, allein als er versucht hat, einen Fuß auf die verdammte Leiter zu setzen. Carty hat ihn angebrüllt und ihn hinaufgeschoben. Er hat ihn gezwungen, auf die Leiter zu steigen und von dort auf den Stuhl und sich das Seil um den Hals zu legen. Paddy hat die ganze Zeit geweint. Es war ein komisches Weinen – wie das eines Kindes, das sich einen Horrorfilm ansieht und sich so sehr fürchtet, dass es nicht einmal mehr wegsehen kann.«

Eines der weiblichen Jurymitglieder kämpfte mit den Tränen.

Hobbs hielt inne und nahm einen Schluck Wasser. Ich blickte mich im Saal um. Die Dowlings schienen vor meinen Augen zu zerfallen. Sie sanken immer tiefer in ihre Sitze. Sie sahen blass und ängstlich aus. Sie wussten nur zu gut, was nun kommen würde.

»Richard Dowling telefonierte immer noch. Er brüllte … Es ging um Geld. Wo er dieses Geld herbekommen solle. Und wie schnell. Das war alles, was ihn interessierte. Geld.«

Die Dynamik der Angelegenheit lag damit vor allen Anwesenden offen. Albert Dowlings Schulden bei Redmond mussten beglichen werden. Dafür mussten die Dowlings jedoch Millionen auftreiben. Wenn ihnen das nicht gelänge, würde einer von ihnen sein Leben lassen. Und an diesem Punkt stand Patrick mit einer Schlinge um den Hals unter einem improvisierten Galgen, während seine Mutter mit einer Waffe an der Schläfe auf einer schlammigen Lichtung kniete.

»Es war ein furchtbares Geschrei und Gefluche. Paddy heulte aus Leibeskräften, und seine Mutter flehte um ihr Leben und um das von Paddy – es war ein beschissener, gottverdammter Albtraum.«

Niemand störte sich an Hobbs' Ausdrucksweise. Alle waren so schockiert von dem, was sie hier zu hören bekamen, dass ihnen die Wortwahl völlig egal war.

»Carty packte Mary Dowling an den Haaren und schrie: ›Er oder du!‹«

Hobbs' Augen waren jetzt rot gerändert, seine Stimme klang erstickt. »Keiner von ihnen hat auf Paddy geachtet.« Er machte eine Pause. »Nur ich.« Eine Sekunde lang herrschte benommenes Schweigen, dann fuhr Hobbs fort. »Er griff nach oben.« Hobbs hob unwillkürlich die Arme, als wollte er die Szene nachstellen. »Das Seil hatte noch Spiel, und er hat es gepackt und straffgezogen.« Noch immer hatte Hobbs die Hände in der Luft. »Währenddessen haben die anderen immer weiter gestritten und rumgebrüllt. Carty hatte Mary Dowling auf den Boden gezwungen, stellte ihr sogar den Absatz in den Nacken und drückte sie mit dem Gesicht in den Schlamm.«

Ich fing Roches Blick auf. Sie schüttelte ungläubig den Kopf.

»Dann hat Paddy den Barhocker mit der Ferse umgetreten. Er hielt sich immer noch an dem Seil fest. Ich weiß nicht, woher er die Kraft nahm. Er baumelte dort vielleicht zwanzig Sekunden – dann schrie er, dass es einem durch Mark und Bein ging.«

Hobbs nahm wieder einen Schluck Wasser. Als er fortfuhr zu sprechen, war es nur ein Murmeln.

»Das war nicht zu verstehen«, mahnte ich ihn. »Was hat er gerufen?«

Hobbs sah mit finsterer Miene zur Besuchertribüne. *»Gott, steh mir bei.«*

Es war fast vollkommen still im Saal. Nur das leise Rauschen des Verkehrs war von draußen zu hören.

»Dann ließ er los. Er ist gut einen halben Meter tief gefallen, bis die Schlinge griff. Vom Boden war er höchstens ein paar Zentimeter entfernt.«

McGrath vergrub den Kopf in den Händen und wiegte vor und zurück. Gerard Canny starrte zu Boden. Nicht einer der Journalisten rührte sich.

59

Ich fragte McGrath, ob er zu Hobbs' Aussage Stellung nehmen wollte. Er lehnte ab. Ich fragte die Dowlings, ob sie zu Hobbs' Aussage Stellung nehmen wollten. Sie ignorierten mich. McGrath knöpfte seine Weste zu und legte die Fliege wieder an. »Diese empörenden Anschuldigungen werden vor einem anderen Gericht verhandelt werden, Coroner.« Er zwang sich, entrüstet zu tun, aber es fehlte ihm erkennbar an Überzeugungskraft.

»Das bleibt Ihnen überlassen«, sagte ich nur.

Er murmelte etwas, aber ich hörte nicht mehr hin. Ich ahnte, was er sich gerade ausmalte: Hobbs würde womöglich nie wieder auftauchen. Und wenn er es täte, würde er vielleicht nicht mehr in einer so guten Verfassung sein. Dann würde McGrath seine Aussage aggressiv anfechten, und einer solchen Attacke würde Hobbs möglicherweise nicht standhalten können. Doch heute hatte er alles getan, worum ich ihn gebeten hatte. Die Wahrheit war endlich ans Licht gekommen.

Er wurde zu einem Seitenausgang hinausgeführt und zum Haus des Richters zurückgefahren.

Ich wandte mich an die Jury und erklärte, es sei nun ihre Aufgabe, sich zu entscheiden. Ich benannte erneut die wesentlichen Erkenntnisse: Patrick Dowling hatte zweifellos sein Leben selbst beendet, so wie Hobbs es beschrieben hatte. Aber war es wirklich ein Selbstmord gewesen? Man hatte ihn mehr oder minder mit vorgehaltener Waffe eine Leiter hinaufgetrieben. Die Schlinge hatte sein Bruder für ihn geknüpft. Daraus konnte man unmöglich einen Vorsatz vonseiten Patricks ableiten. Er hatte unter enormem Druck gestanden. Man hatte ihn genötigt, seinen Vater zu ermorden. Dann war seiner Mutter eine Waffe an den Kopf gehalten worden. Er oder sie – es war eine Entweder-oder-Entscheidung. Ein Leben würde beendet werden. War Patricks Handeln ein Akt äußersten Mutes gewesen, um seine Mutter zu beschützen? Oder hatten ihn die Drogen und der emotionale Aufruhr derart verwirrt, dass er nicht mehr wusste, was er tat?

Ich beschrieb auch die Grenzen der forensischen Obduktion. Der Pathologe konnte einen Körper sezieren und untersuchen, aber so etwas wie eine psychologische Obduktion gab es nun mal nicht. Wie sorgfältig man das Gehirn auch examinierte, es würden nie Gedanken, Gefühle oder Motive zum Vorschein kommen.

»Wir werden nie erfahren, was in seinem Kopf vorging.«

Die Jury zog sich zur Beratung zurück. Ich bat die Journalisten, den Saal zu verlassen und zu warten, bis der Urteilsspruch verkündet würde.

Nachdem endlich die letzten Medienvertreter hinausgeschlichen waren, übernahm die Polizei das Ruder. Roche verhaftete Richard und Mary Dowling. Sie wurden über ihre Rechte aufgeklärt, und Roche trug vor, was man ihnen zur Last legte. McGrath begleitete sie aus dem Saal. »Kopf hoch, Augen geradeaus, keine Fragen beantworten!«, hörte ich ihn rufen. »Tun Sie, als wäre nichts geschehen.« Was angesichts der Umstände ein ziemlich guter Rat war.

Ich wartete und dachte noch einmal über alles nach,

was heute ans Licht gekommen war. Die saubere Flasche Whiskey ließ sich jetzt erklären. Richard Dowling hatte sie wahrscheinlich in das Handschuhfach von Patricks Wagen gelegt, nachdem er sie abgewischt hatte. Vielleicht hatte er seinen Bruder zuvor sogar noch ermuntert, einen Schluck zu nehmen. Bei der Obduktion war festgestellt worden, dass Patrick Alkohol getrunken hatte, wenn auch nicht viel. Patrick Dowling war jedenfalls nicht allein und nur unter Drogeneinfluss zu der Lichtung im Wald aufgebrochen. Daran hatte ich schon bei der ersten Lektüre der Akte meine Zweifel gehabt. Und jetzt wussten wir auch, dass ihn seine Mutter gefahren hatte. Er hatte auch nicht selbst das Seil an einem Baum befestigt und die Schlinge geknüpft. Das hatte sein Bruder getan, noch ehe Patrick überhaupt eingetroffen war. Und er war nicht aus eigenen Kräften auf den Barhocker geklettert, sondern mithilfe einer Trittleiter.

Ich wusste von Hobbs, was danach passiert war. Carty hatte sich die Leiter geschnappt und war wie der Teufel davongerannt. Mary Dowling hatte neben ihrem toten Sohn gekauert und gebetet. Richard Dowling hatte eine geschlagene Stunde lang Äste über den morastigen Boden geschleppt, um Fußabdrücke zu verwischen. Er hatte Laub und Zweige aufgesammelt und alles auf der Lichtung verteilt. Zum Ende hin hatte es wieder heftig geregnet, und bis Einbruch der Nacht sah der Schauplatz in etwa so aus, wie ihn der Suchtrupp am nächsten Tag vorfand. Niemand vermochte mehr zu erkennen, was wirklich passiert war.

Hobbs hatte geweint, als er seinen toten Freund dort hängen sah. *»Ich hätte irgendwas tun müssen. Ich hätte ihn nicht so zurücklassen dürfen.«*

60

»Patrick Dowling nahm sich das Leben, um seine Mutter zu retten. Es war ein Akt außerordentlicher Tapferkeit.«

Die Jury war noch vor 13.00 Uhr zurückgekehrt. Die Augen der Männer und Frauen waren gerötet gewesen, sie hatten allesamt erschöpft und wütend gewirkt. Sie hatten zwei Stunden nervenaufreibender Zeugenaussagen hinter sich gebracht. Zuerst waren sie fasziniert gewesen zu hören, wie Jonathan Redmond über eine renommierte Bank Geld gewaschen hatte. Doch aus der Faszination war Entsetzen geworden, als der Rest der Geschichte offenbar wurde. Albert Dowling, ein hochrangiger Minister und Vater des Verstorbenen, hatte geheime Informationen an Redmond weitergegeben, damit dieser gefahrlos seinem Drogengeschäft nachgehen konnte. Und er hatte dabei seinen Sohn als Mittelsmann eingesetzt. Schließlich hatte Dowling mithilfe des korrupten Vorstandschefs der Standard and Chartered Bank Redmonds geheimes Konto geplündert. Der Plan, Brachland zu kaufen und in einem rasant wachsenden Markt mit Profit wieder zu verkaufen, ging schief, als die Wirtschaftskrise mit aller Gewalt zuschlug. Was wie ein cleverer Schachzug gewirkt hatte, verwandelte sich über Nacht in einen Schuldenalbtraum. Das Ergebnis war: Rache. Ein Mensch musste sterben, und geopfert wurde das verwundbarste Mitglied des Dowling-Clans, um den Zorn des geprellten Drogenbarons zu besänftigen.

Am Ende waren die Jurymitglieder erschöpft und fassungslos. Doch sie waren in der Lage, eine Entscheidung zu fällen. Als sie auf ihre Bänke zurückkehrten, hielten sie nach den Dowlings Ausschau und stellten überrascht fest, dass sie nicht mehr da waren. Nur eine Schar schadenfroh hochgestimmter Journalisten war geblieben.

»Die Jury erkennt auf Selbstmord.«

Der forensische Pathologe Gerard Canny klappte seinen Aktenordner zu, sah zu mir herauf und lächelte bedauernd. *Ich hatte recht,* schien er sagen zu wollen.

Ich dankte der Jury, erklärte, dass ich noch nie derart entsetzliche Aussagen vor dem Coroner's Court gehört habe, und entschuldigte mich dafür. Dann forderte ich die Anwesenden auf, den Saal zu verlassen. Murmeln und leise Verwünschungen ertönten, als die Jurymitglieder und Journalisten getrennt hinausmarschierten. Handys wurden eingeschaltet, Anrufe getätigt, SMS verschickt. Bald würde die Welt erfahren, was sich am Coroner's Court von Dublin zugetragen hatte.

Ich blieb allein auf meiner Bank zurück und stützte den Kopf in die Hände. Ich seufzte – ein tiefes und erschöpftes Seufzen. Ich war körperlich ebenso wie emotional vollkommen ausgelaugt. In den Fußstapfen von County Coroner Harold Rafferty hatte ich schließlich die Wahrheit hinter dem Tod von Patrick Dowling aufgedeckt. Aber zu welchem Preis? Es hatte mehrere Anschläge auf mein Leben gegeben. Ich hatte mich bewaffnen und mit der permanenten Überwachung leben müssen, mich von meiner Familie entfernt und als Coroner zurücktreten müssen. Ich fragte mich, ob es das alles wert gewesen war. Ich konnte von meinem Platz aus jeden Winkel des Saals sehen: den Zeugenstand, die dunklen Holzbänke, wo die Angehörigen saßen, um die Umstände des Todes ihrer Lieben zu erfahren, die Bänke der Jury zu meiner Rechten und den Tisch der Anwälte in der Mitte.

Ich saß da und wartete. Ich hörte das Rauschen der Stadt von draußen, Autohupen, das Rappeln der Straßenbahn, Züge, die quietschend in der nahegelegenen Connolly Station anhielten, das Rattern von Lkws und das Kreischen der Möwen.

Auf dem Korridor klingelten pausenlos Telefone. Ich hörte die Stimmen von Joan nach Aoife. Eine Tür fiel krachend ins Schloss. Und wieder Aoife, die irgendetwas rief.

Redmonds Imperium war zusammengebrochen, das stand außer Frage. In Unterweltkreisen würde man ihn meiden, weil man es für zu gefährlich halten würde, weiterhin mit ihm zu verkehren. Und er hatte Feinde. Es gab sicherlich genügend andere Gangster, die begierig darauf waren, in sein lukratives Revier vorzudringen. Es hatte bereits größere Drogen- und Waffenfunde gegeben. Die Polizei suchte in allen ihnen bekannten Schlupfwinkeln nach ihm. Er war schädlich fürs Geschäft geworden, und in seiner Welt war das ein ernsthaftes Vergehen. Nicht lange, dann würde ihn irgendjemand ans Messer liefern, um den Druck von der übrigen kriminellen Bande zu nehmen.

Wie also, fragte ich mich, würde er reagieren? Die Antwort war ganz einfach. Er würde nicht ruhen, bis er mich getötet hatte. Ich hatte nicht nachgeben wollen. Ich hatte zu tief gebohrt und alles offengelegt. Rache würde seine einzige verbliebene Antriebskraft sein. Er gegen mich, ich gegen ihn. Doch diesmal wollte ich ihm nach meinen Bedingungen begegnen. Aber dafür musste ich ihn zuerst aufspüren. Auf eine Verbindung konnte ich setzen: Arthur

O'Leary. Er mochte auf kurze Entfernung schlecht sehen, aber das würde ihn nicht davon abhalten, das Gebäude zu observieren und abzuwarten, bis ich es verließ. Dann würde er Redmond alarmieren. Und Redmond würde kommen, um Jagd auf mich zu machen.

Ich verließ den leeren Gerichtssaal. Draußen in den Fluren wimmelte es von Leuten. Kameras surrten, Blitze erhellten selbst die dunkelsten Ecken. Journalisten drängten sich vor dem Büro und riefen nach Abschriften der Anhörung. Jurymitglieder wurden um Kommentare und Statements gebeten. Telefone klingelten ins Leere. Die Sicherheitskräfte bemühten sich, alles im Griff zu behalten und die Meute aus dem Gebäude zu drängen. Ich hörte Joans schrille Stimme, die jemanden zurechtwies, weil er in unsere Büros hatte eindringen wollen. Dann forderte Aoife jemanden dazu auf, innerhalb des Gebäudes keine Fotos zu machen. Dennoch leuchteten weitere Blitze auf, was sie nur noch mehr erzürnte. Ich hörte Flüche, die ich seit Jahren nicht mehr gehört hatte.

Ich entfloh dem Gedränge über die rückwärtige Treppe und stieg zum obersten Stock des Gebäudes hinauf. Hier gab es ein Turmzimmer, das den Blick gen Osten, Westen und Süden freigab. Es war vielleicht dreißig Quadratmeter groß, staubig und vollgestellt mit Klappstühlen, alten Schreibmaschinen und defekten Diktiergeräten. Ich benutzte es gelegentlich, wenn ich dem Irrsinn und der Traurigkeit des Erdgeschosses entfliehen wollte.

Das Türmchen bot einen guten Blick auf die Stadt. Unmittelbar im Süden lag Busaras, der zentrale Busbahnhof. Ich sah die Busse nach Derry, Galway, Letterkenny und Waterford hinausfahren. Nach Osten lag das International Financial Centre, der erste Abschnitt des Renovierungsprogramms für Dublins Docklands. Hundert Meter weit entfernt im Norden lag die Connolly Station. Straßenbahnlinien kreuzten die Bahngleise. Unten auf der Hauptstraße bimmelten Straßenbahnen ostwärts, zu Haltestellen in den Four Knights, in Goldenbridge, Kylemore, Belgard und schließlich Tallaght. Im Westen befand sich das Polizeirevier Store Street, die meistbeschäftigte Polizeieinheit im ganzen Land.

Mittlerweile war es bewölkt und düster. Schwere Regenwolken hatten sich im Laufe des frühen Nachmittags zusammengeschoben. Ich sah auf die Menschen auf der Straße hinab. Irgendwo zwischen ihnen lauerte Arthur O'Leary auf mich. Davon war ich überzeugt.

Ich saß da und wartete. Ich überprüfte meine Glock, sah nach, ob das Magazin richtig eingerastet war. Es fasste siebzehn Schuss, mehr als genug für das, was ich vorhatte. Die Waffe war ein Leichtgewicht und problemlos zu verstecken. Ich würde mich überall frei bewegen können, ohne um mich herum Panik auszulösen.

Ich sah auf die Uhr. Es war 14.30 Uhr. Seit dem Spruch der Jury war etwa eine Stunde vergangen. Ich zog einen Stuhl näher an das Fenster heran, das nach Süden ging. Unter mir an der Store Street lag der Haupteingang des Coroner's Court. Selbst wenn ich mich heimlich zur Seitentür hinausschliche, würde ich früher oder später wieder auf der Store Street landen. Aus O'Learys Sicht musste er nur diese Straße im Auge behalten, und sobald ich auftauchte, würde er es Redmond melden.

Ich lehnte mich zurück und legte die Beine auf die Fensterbank. Dann schaukelte ich vor und zurück und wartete, lautlos, geduldig. Mein Handy klingelte. Es war Roche. »Wo sind Sie?«

»Immer noch im Büro.«

Sie schien beruhigt zu sein.

Dann rief Reilly an. »Wann gehen Sie? Ich warte draußen auf Sie.«

»Ich sage Ihnen Bescheid.«

Doch ich wollte nicht, dass sich irgendjemand einmischte. Dies hier war meine persönliche Angelegenheit.

Ich schaukelte mit der Glock in der rechten Hand vor und zurück. In meinem Kopf tauchten die Gesichter der Männer auf, die meine Eltern getötet hatten. Dermot McKeever und Morgan Cusack. Der neunundzwanzigjährige, kräftig gebaute McKeever war aus West-Belfast über die Grenze ins County Louth geflohen. Wenn immer er sich aufmachte, dann nur mitten in der Nacht, um Terror zu verbreiten. Der dreißigjährige Cusack war ein Windhund mit einem Rattengesicht aus dem südlichen Armagh und der Kopf hinter zahlreichen Anschlägen. Man hatte ihn zu Beginn der Nordirland-Unruhen ohne jegliches Gerichtsverfahren für drei Jahre inhaftiert. Im Gefängnis hatte er gelernt, Bomben zu bauen, schwere Geschütze zu bedienen und mit einer Intensität zu hassen, die sogar seiner eigenen Seite Angst einjagte. Viel später hatte ich erfahren, dass er derjenige gewesen war, der bei dem Angriff auf unser Haus die Schüsse abgefeuert hatte.

Wie oft hatte ich mir ausgemalt, die beiden zu stellen? Hunderte, nein Tausende Male. Und jedes Mal wieder begann und endete das Szenario auf die gleiche Weise: Ich war immer noch zwölf, so alt, wie ich in jener Nacht gewesen war. Ich sah die beiden am Straßenrand sitzen. Sie trugen üppige Vollbärte, wie es damals Mode war unter Terroristen. Sie redeten und lachten, genossen ihr Leben. Ich ging auf sie zu und stellte mich ganz ruhig vor sie hin, die linke Hand in der Tasche, während ich mit der rechten die Glock hinter meinem Rücken verbarg.

In meinem Traum sah ich ihre verwunderten Gesichter. »Was willst du?«

Ich antwortete ihnen immer mit den gleichen Worten: »Mein Name ist Michael Wilson. Sagt euch das was?«

Sie schüttelten die Köpfe. Was sollte ein Überlebender auch bedeuten? Sie hatten so viele getötet, wie sollten sie sich an diejenigen erinnern, die davongekommen waren? Dann richtete ich langsam und mit beiden Händen die Pistole auf sie. »Es wird euch gleich sehr viel sagen.«

In meinem Traum erschoss ich McKeever immer zuerst. Eine Kugel zwischen die Augen. Ich erschoss ihn zuerst, damit Cusack, ehe er starb, die furchtbare Todesangst empfinde, die auch ich hatte ausstehen müssen. Dann bekam auch Cusack seine wohlverdiente Strafe. Ebenfalls zwischen die Augen.

Als ich mich in meinem Turmzimmer in der Store Street gerade dem Ende meiner Gewaltfantasie näherte, lenkte mich etwas ab. Ein Wolkenbruch ging auf die Stadt nieder. Passanten flohen unter schützende Vordächer und Markisen. Doch auf den sich leerenden Straßen stach ein einzelner Mann heraus. Er trug einen grauen Trainingsanzug mit Kapuze, um sein Gesicht zu verbergen. Er war groß und sichtlich übergewichtig. Und er war gerade dabei, seine Brille zu putzen.

Ich saß da und beobachtete ihn mit pochendem Herzen. Eine Windbö riss ihm die Kapuze vom Kopf. Mir stockte der Atem. Es war O'Leary. Er hatte sich das Handy unters Kinn geklemmt und telefonierte. Redmond konnte also nicht weit sein.

Ich nahm meine Krawatte ab und öffnete die obersten

drei Knöpfe meines Hemdes. Ich fuhr mir mit den Fingern durchs Haar und legte mir das dunkelblaue Sakko über den linken Arm. Die Glock, die ich mit der Rechten umklammert hielt, versteckte ich unter den Falten der Jacke. Dann ging ich leise nach unten. Der schlimmste Aufruhr hatte sich mittlerweile gelegt. Nur ein paar wenige Reporter standen immer noch vor dem Haupteingang und sprachen ihre Live-Berichte in die laufenden Kameras. Jeder, der eine Meinung hatte, wurde interviewt. Im Gebäude selbst bettelten nur noch eine Handvoll Medienvertreter meine Angestellten um Informationen an. Telefone klingelten, Gespräche wurden entgegengenommen. Doch es gab keine lauten Rüffel mehr. Ich sah weder Joan noch Aoife oder ein anderes vertrautes Gesicht. Niemand bemerkte, wie ich nach den Kellerschlüsseln griff. Niemand beachtete mich, als ich die eisenbeschlagene Tür zur Kellertreppe öffnete, die zum Archiv im Untergeschoss führte. Ich brauchte die Glühbirne nicht anzuschalten, ich wusste genau, wohin ich ging. Ich bog um eine Ecke. Es roch schimmelig, und ich musste husten. Ich tastete mich den Korridor entlang, vorbei an den großen Stahlschränken, in denen die Akten über Dublins Tote gelagert wurden.

Schließlich erreichte ich die massive Eichentür, die auf die Baustelle hinausführte. Dort würde es nass sein. Der rote Sand würde meine Schuhe ruinieren. Ich hatte sie extra für die Anhörung geputzt.

Ich stieß die Tür auf. Langsam und widerstrebend gab sie nach. Die uralten Angeln waren in den letzten Wochen verhältnismäßig oft in Anspruch genommen worden. Ich trat an die frische Luft. Es sah nach noch mehr Regen aus. Ich ließ den Blick über die freie Fläche wandern. Dieselben Ziegelstein- und Betonhaufen, dieselben Platten. Dieselben verstreut herumliegenden zerbrochenen Dachziegel. Und die rostigen Rohre. Nur der gelbe Bagger war nicht mehr da.

Dunkle Wolken hingen über der Stadt. Ich spürte die Spannung in der Luft, ein Gewitter braute sich zusammen. Eine grüne Plastiktüte wurde vom Wind herübergeweht und wickelte sich um mein Bein. Ich trat sie los, und sie taumelte über die rote Erde davon. Ich schob die Tür hinter mir zu. Eine fette braune Ratte huschte am Gebäude entlang. Ich ging ihr nach. Die Ratte blieb stehen und scharrte mit den Vorderpfoten im roten Sand. Ich konnte den Blick nicht von ihr abwenden. Langer, dünner Schwanz, hässliches braunes Fell, lange, schmale Schnauze. Sie drehte sich zu mir um und fixierte mich unerschrocken. Ich starrte zurück. Die Ratte zuckte nicht einmal. Schließlich zwang ich mich zu einem so finsteren und wütenden Blick, dass das Tier durch eine Lücke im Bauzaun davonraste.

61

O'Leary hatte sich auf den Weg gemacht. Ich musste zweimal um den Block gehen, bis ich ihn schließlich an der Kreuzung Amiens Street entdeckte. Er eilte mit dem Handy am Ohr die Straße entlang. Ich folgte ihm in etwa zwanzig Metern Abstand. Es herrschte viel Verkehr – ein nicht enden wollender Autokorso, der langsam zur Stadtmitte vorrückte. Eine fehlgeschaltete Ampel, die sofort von Rot auf Grün umsprang, trug zu noch größerem Durcheinander bei. Fahrer schimpften, Hupen schrillten. Auspuffgase waberten über die Bürgersteige. Böen wirbelten Abfall auf. O'Leary warf einen Blick über die Schulter und bog dann rechts ab auf den Custom House Quay. Um seinem Blick zu entgehen, widmete ich mich einem Flugblatt, das an einem Strommast klebte. In irgendeiner Kneipe gab es heute Abend ein Gratiskonzert. Traditionelle irische Musik, Gesang und Tanz. Es klang verlockend. Doch ich würde dort nicht hingehen. Ich hatte andere Dinge im Sinn.

Die Straßen waren nass, und der Wind nahm immer weiter zu. Die Leute beschleunigten ihre Schritte, um dem bevorstehenden Gewitter zu entgehen, hielten die Köpfe gesenkt, hatten ihre Jackenkragen hochgeschlagen. Nur ich nicht. Ich schritt aufrecht und zielgerichtet voran, die rechte Hand fest um den Griff der Glock unter meinem Sakko gelegt. Mein Hemd stand halb offen, mein Haar war wirr. An meinen Schuhen klebte der Schlamm von der Baustelle. Ich sah bestimmt übel aus, aber es war mir egal. Ich hatte O'Leary fest im Blick, er mich nicht. Er würde mich geradewegs zu Redmond führen.

O'Leary wartete auf eine Lücke im Verkehr und eilte dann in Richtung Süden. Er überquerte die Butt Bridge und wandte sich zur Tara Street. Ich folgte ihm im Zickzack zwischen einem Lieferwagen und einem Sandtransporter, um ihn nicht aus den Augen zu verlieren. Fast rannte ich vor einen grünen Ford Focus. Die Fahrerin trat heftig auf die Bremse, hupte und schüttelte wütend die Faust. Ich ignorierte sie. Aber ich war beunruhigt. Grün hatte mir schon immer Pech beschert. War dies ein schlechtes Vorzeichen? Ich schob den Gedanken beiseite.

Für einen dicken Mann bewegte sich O'Leary erstaunlich schnell. Schneller, als ich Schritt halten konnte – und dann verlor ich ihn aus den Augen. Ich stieß Leute aus dem Weg, murmelte Entschuldigungen. Ich musste ihn wiederfinden. Doch er war verschwunden. Ich kaute auf der Innenseite meiner Wange, bis ich Blut schmeckte. Verzweiflung ergriff mich. Wo war er? Er war meine einzige Verbindung zu Redmond. Ich stellte mich auf die Zehenspitzen. Nichts.

Dann kam mir ein furchtbarer Gedanke: Er mochte in ein wartendes Auto gestiegen sein. Dann konnte er jetzt überall sein. Ich kletterte auf das schwarze Geländer am Custom House. Jetzt konnte ich Köpfe auf und ab hüpfen sehen, Radfahrer, Autos, Lieferwagen und Lkws. Ich sah Obdachlose, die bettelten, Straßenhändler, die wertlosen Schmuck verhökerten, Möwen, die vor dem drohenden Wolkenbruch flüchteten. Nur O'Leary sah ich nicht.

Die Wolkendecke war jetzt unheilvoll dunkel, beinahe schwarz. Im Süden zuckten Blitze. Sekunden später grollte Donner. Ich roch Regen. Ich sprang von dem Geländer und rannte weiter in Richtung Tara Street. Fast hätte ich einen Unfall verursacht, als ich mich durch eine Reihe Busse zwängte. Noch mehr Hupen. Eine heftige Bö wehte mir Sand in die Augen. Ich blieb stehen, konzentrierte mich. Ich würde mir den Sand nicht aus den Augen reiben können, ohne dass man meine Waffe sehen würde. Ich blinzelte, bis die Tränenflüssigkeit den Schmutz ausgespült hatte. Wieder hatte ich wertvolle Zeit verloren. Es blitzte erneut, der Donner folgte prompt. Das Gewitter kam immer näher. Große, fette Regentropfen fielen vom Himmel. Ich lief weiter, mein Mund war trocken, mein Magen krampfte sich zusammen. Um mich herum wurden Regenschirme aufgespannt. Die meisten Menschen hielten den Kopf zum Schutz gesenkt. Ich schien der Einzige zu sein, der sich bemühte, nach vorn zu sehen. Immer noch keine Spur von O'Leary.

Außer Atem und schweißgebadet erreichte ich schließlich die Tara Street. Ich rutschte auf dem nassen Pflaster aus und fiel fast der Länge nach hin, und ein Kleinkind an der Hand seiner Mutter lachte mich aus. Ich rannte weiter und versuchte verzweifelt, die Glock versteckt zu halten. Ich schob mich gegen den Strom der Passanten, bis ich schließlich in die Pearse Street einbog.

Und fast mit O'Leary zusammengestoßen wäre.

Er stand vor einer Gaststätte, hatte sich einen Finger ins linke Ohr gesteckt und brüllte in sein Handy. Er stand mit dem Rücken zu mir und hüpfte hektisch von einem Bein aufs andere. Seine Kapuzenjacke war vollkommen durchnässt, sein Haar zerzaust. Ich zog mich ein Stück zurück und stellte mich in einen Ladeneingang, wo ich wartete und ihn beobachtete. O'Leary spähte die Pearse Street hinauf und hinunter. Dann warf er einen Blick zurück in Richtung Tara Street. Ich drückte mich tiefer in den Eingang. Er hatte mich immer noch nicht gesehen. Dann zog er sich die Kapuze über den Kopf. Der Wind blies sie ihm wieder hinunter. Dann winkte er jemandem zu und signalisierte ihm, dass er den Pub betreten wolle.

Ich ließ ein paar Minuten verstreichen, dann ging auch ich auf die Schwingtür des Lokals zu und spähte hindurch. O'Leary saß auf einem Barhocker und putzte sich die Brille. Neben ihm stand ein hochgewachsener Mann in blauen Jeans und weißem T-Shirt. Er hatte einen billigen Plastikregenmantel über den Schultern. Schlank, hohe Wangenknochen, hübsches Gesicht, Dreitagebart. Kahl geschorener Schädel. Die beiden hatten die Köpfe zusammengesteckt und diskutierten aufgeregt miteinander.

Ich trat ein Stück zur Seite, um einen Gast vorbeizulassen, und ächzte vernehmlich, als stünde ich nur zum Verschnaufen hier. Der Regen wurde heftiger, er sprang vom Pflaster zurück, und das Prasseln übertönte alle anderen Geräusche – bis auf das Hämmern meines Herzens. Ich fürchtete schon, mir würde der Brustkorb bersten. Ich biss mir so heftig in die Wange, dass der Schmerz durch meinen ganzen Körper fuhr. Der Redmond, den ich kannte, hatte volles, prächtiges Haar gehabt. Ich hatte es selbst gesehen, als er im Wald über mir gestanden hatte. Ich warf einen weiteren Blick in den Pub hinein. Die beiden waren soeben aufgestanden und kamen jetzt auf mich zu. Ich wich zurück, wollte mich hinter einem parkenden Lkw verstecken, trat in eine Pfütze. Meine Schuhe und Socken waren sofort durchnässt, aber es kümmerte mich nicht. Die Tür zum Pub ging auf, O'Leary kam zuerst heraus. Er kontrollierte die Straße zu beiden Richtungen, dann bedeutete er dem anderen Mann mit einer Geste, ihm zu folgen.

»Ist alles in Ordnung?«

Ich war ihnen jetzt so nahe, dass ich die Worte trotz des Regens verstehen konnte. Und ich fing einen *blasierten Süd-Dublin-Akzent* auf, wie Sarah ihn beschrieben hatte. War das Redmond? Der rasierte Schädel sah blass aus. Über den Ohren verliefen Kratzer und kleine Schnitte, als hätte es jemand verdammt eilig gehabt, sein Aussehen zu verändern. Doch der kahle Kopf und die Gesichtsbehaarung konnten mich nicht täuschen.

Ich zückte die Glock. Ich wartete, bis ich mir absolut sicher war, dass ich den richtigen Mann im Visier hatte. Ich blies die Wassertropfen fort, die mir in die Stirn tropften, und blinzelte wiederholt. Ich musste mich auf den finalen Akt konzentrieren. Und ich musste ihn treffen, wenn ich schoss.

»Wir müssen verschwinden.« Es war Redmond. Diese drei Worte waren Beweis genug. Er mochte sein Aussehen verändert haben – doch sein Akzent war unverkennbar. Ein Blitz tauchte die Straße in grelles Licht. Ich zählte. Eins, zwei, drei, vier, fünf, sechs. Dann ein ohrenbetäubender Donnerschlag, der den Boden erzittern ließ. O'Leary versuchte, ein Taxi anzuhalten. Redmond zog sich den Regenmantel über den Kopf und hielt ihn vorn am Hals zusammen. Ich hörte ihn fluchen. Sechs Sekunden nach dem nächsten Blitz würde es einen erneuten Donnerschlag geben. In diesem Augenblick würde ich handeln. Viel schneller als erwartet folgte ein weiterer Blitz und ließ das Straßenbild für den Bruchteil einer Sekunde gefrieren. Ich fing zu zählen an.

Sechs: Ein Taxi hielt.

Fünf: O'Leary griff nach der Tür.

Vier: Er ließ seine Brille fallen und tastete fluchend über den nassen Asphalt. Der Taxifahrer rief ihnen zu, sie mögen sich beeilen.

Drei: Redmond schubste O'Leary auf den Rücksitz. Der Regen trommelte währenddessen unbarmherzig auf das Dach des Wagens.

Zwei: »Redmond!«

Aus dem Augenwinkel nahm ich wahr, wie der Scheibenwischer auf Hochtouren lief und der Taxifahrer den Hals verdrehte, um zu sehen, wer der Rufer gewesen war.

Eins: Redmond drehte sich wie in Zeitlupe um. Ich hatte das Sakko fallen gelassen und hielt jetzt die Glock mit beiden Händen. Ich war vollkommen durchnässt, das Hemd klebte mir an der Brust, meine Hosenbeine glichen Regenrinnen, meine Schuhe Schwämmen. Das Trommeln in meiner Brust wurde lauter und lauter.

Null: Die Erde erzitterte unter dem Donnerschlag. Und in dieser Sekunde war es, als würde die Welt stehen bleiben. Verblüfft und mit offenem Mund starrte Redmond mich an. Als das Grollen erstarb, rief ich ihm zu: »Schön, Sie zu sehen.«

62

Von Kopf bis Fuß durchnässt und mit zerzausten Haaren stand ich in dieser schmutzigen Straße, durch die der Regen peitschte. Auf einmal hämmerte mein Herz nicht mehr, mein Mund war nicht mehr trocken und auch nicht blutig. Kaum mehr als einen Meter von mir entfernt stand mein Peiniger. Verblüfft, ungläubig und machtlos, wie in der Zeit erstarrt. Unsere Blicke trafen sich, und ich sah den Hass in seinen Augen. Es war an der Zeit, all dem ein Ende zu setzen. Ich richtete die Glock auf Redmonds Brust und wappnete mich für den Rückschlag. Zwei Kugeln in Herz und Lunge, damit wäre er erledigt. Wenn er sich danach noch rührte, würde ich einfach weiterschießen.

Aber man war mir gefolgt.

Mit quietschenden Bremsen hielt ein Lieferwagen vor dem Taxi. Eine Schiebetür an der Seite ging auf, und sechs bewaffnete und mit Sturmhauben vermummte Männer sprangen heraus. Von hinten umfassten mich starke Arme und warfen mich zu Boden. Die Glock wurde mir aus der Hand geschlagen. Ich kam unsanft mit dem Kopf auf dem Asphalt auf und war für einen Augenblick benommen. Schmutzwasser spritzte mir ins Gesicht, und ich schmeckte Öl. Ich spuckte, hustete und spuckte wieder. Der Ölgeschmack blieb. Ich hörte Schreie und Flüche, scharrende Schuhsohlen, zerberstendes Glas. Dann einen gedämpften Schuss. Irgendjemand stöhnte. Ein weiterer schallgedämpfter Schuss. Ich hörte O'Leary schreien: »Nicht schießen! Nicht schießen!« Es gab einen dumpfen Laut, wie von einem Fausthieb ins Gesicht, und O'Leary hörte auf zu schreien.

Ich lag in einer schmutzigen Pfütze. Der Mann, der mich gepackt hatte, war stark wie ein Ochse. Ich wehrte mich nicht. Ich hoffte, er würde mir nicht die Rippen brechen. Ich schaute blinzelnd in den Regen hinauf. Ein weiterer Blitz ließ orangefarbene, rote und gelbe Ringe vor meinen Augen tanzen. Sekunden später erzitterte der Boden vom Donner. »Keine Bewegung!«

Dann wurde die Umklammerung gelockert, doch ich hatte keine Kraft mehr, mich zu bewegen. Ich öffnete den Mund, fing Regentropfen auf. Dann hörte ich weitere zornige Rufe. »Auf den Boden, auf den Boden! Keine Bewegung!« Vom Gehweg herauf sah ich den Taxifahrer mit dem Gesicht nach unten auf der Straße liegen, eine Waffe war auf seinen Kopf gerichtet. Ich wollte ihnen zurufen, dass er unschuldig sei, brachte jedoch keinen Ton heraus.

Dann hörte ich einen weiteren Schuss, diesmal laut und deutlich. Ich schloss die Augen. Als ich sie wieder öffnete, lebte der Taxifahrer immer noch. Dann hörte ich weitere Rufe. Ich erkannte DI Roches südirischen Akzent. »Schafft Wilson weg!« Zwei schattenhafte Gestalten tauchten über mir auf. Der Mann, der mich zu Boden geworfen hatte, ließ mich los, und sie bugsierten mich in den Lieferwagen. Dort wartete mein Leibwächter, Tony Reilly. Eine schwarze Sturmhaube bedeckte seinen Bürstenschnitt, vorn hatte er sie hochgezogen. Er war von Kopf bis Fuß in Schwarz gehüllt: schwarzes T-Shirt, schwarzer Kampfanzug, schwere schwarze Schuhe. Er zog mich in den Wagen und drückte mich auf den Boden. »Los!«, rief er, und der Wagen fuhr mit quietschenden Reifen davon.

Ich kämpfte mich hoch, konnte im hinteren Teil des Fahrzeugs schmale Schalensitze und darüber Lederriemen erkennen. Ich sah einen am Boden festgeschraubten Stahlbehälter. Er stand offen. Darin lagen Feuerwaffen, Blendgranaten und Munition. Ich rutschte von einer Seite zur anderen, während wir durch Dublin rasten. Reilly hievte mich in einen Sitz und legte mir eine Lederschlaufe über die rechte Hand. Er sah mich an und schüttelte ungläubig den Kopf. Was für einen Anblick ich geboten haben muss: Mein Haar sah aus wie ein Getreidefeld nach einem Hurrikan. Mein Hemd war voll Schlamm, Öl und Schweiß. Meine Hosen trieften vor Schmutzwasser, und der Dreck lief mir übers Gesicht.

Schließlich fand ich meine Sprache wieder. »Ist es vorbei?«

Statt mir zu antworten, klappte Reilly sein Handy auf und wählte eine Nummer. Die Unterhaltung war schnell vorbei. Er klappte das Handy wieder zu, biss sich auf die Knöchel und sah mir in die Augen. »Ja. Redmond ist tot.«

Mein Magen krampfte sich zusammen, und ich rang keuchend nach Luft. Ich zwang mich, tief und langsam zu atmen, um mich wieder zu beruhigen. Der Lieferwagen fuhr um eine Kurve, und ich stieß mir den Kopf an der Deckenverkleidung an.

»Langsam!«, rief Reilly.

Der Fahrer murmelte etwas, das klang wie: »Leck mich.«

Reilly fummelte an seinem Handy herum. Der Wagen fuhr über eine Bodenwelle, und wir wurden auf unseren Sitzen herumgeworfen.

»Was ist denn überhaupt passiert?«, wollte ich wissen.

»Wir hatten den Befehl, ihn zu verhaften. Aber Redmond wollte nicht aufgeben. Er schoss auf uns, und wir schossen zurück.«

Ich hatte nichts dergleichen gehört – nicht die Andeutung einer Aufforderung, Redmond zu verhaften. Er war nicht einmal bewaffnet gewesen. Es war wohl zu einem »Unfall« gekommen, wie Roche es vorhergesagt hatte. *Wir werden nicht allzu vorsichtig sein. Eine Waffe könnte versehentlich losgehen.* Ich konnte mir nur zu gut vorstellen, was geschehen war. Zwei Kugeln hatten Redmond getötet. Dann war ihm eine herrenlose Waffe, wahrscheinlich aus einem der jüngsten Waffenfunde, in die leblosen Finger gedrückt worden. Eine fremde Hand hatte sich über die von Redmond geschlossen und einen Schuss in das Dach des Taxis abgefeuert. Später würde die Geschichte dann andersherum erzählt werden: Sie hätten Redmond gestellt. Er hätte versucht, sich einen Fluchtweg freizuschießen, und wäre dabei erschossen worden.

Wir bogen erneut um eine Kurve. Ich rutschte vor Erschöpfung immer tiefer vor in meinem Sitz und stemmte die Füße gegen den Stahlbehälter, um mich abzustützen.

»Wo sind Sarah und die Kinder?«

Reillys Züge entspannten sich. »Es geht ihnen gut. Die Kollegen bringen sie in diesem Augenblick wieder nach Hause.«

Ich lehnte mich zurück. Die Fahrgeräusche und der Regen auf dem Wagendach lullten mich ein. Ich schloss die Augen.

63

Doch es war noch immer nicht vorbei. Nicht für mich und nicht für viele andere.

Landesweit und international wurde über die Anhörung berichtet. Albert Dowling mochte auf eine sichere Zuflucht in der Psychiatrie gehofft haben, aber er wurde aufgespürt. Das Krankenhaus wurde von Reportern und Kamerateams umlagert. Der behandelnde Psychiater informierte die Presse in knappen Worten über Dowlings Zustand. Die ärztliche Schweigepflicht gebot ihm, nicht allzu viel zu verraten. Sein Patient werde noch eine Reihe von Tests absolvieren, er stehe unter starken Beruhigungsmitteln. Wenn es Fortschritte gebe, werde er wieder vor die Presse treten.

Dann verdächtigte ein britisches Boulevardblatt ein zweites Kabinettsmitglied der Zusammenarbeit mit kriminellen Kreisen. Der Minister stritt alles ab, trat jedoch zurück, um den Verdacht jenseits des medialen Rampenlichts ausräumen zu können. Alle wussten, dass er ein Gauner war. Niemand rechnete damit, dass er irgendetwas ausräumen würde. Die Regierung befand sich in einer Art Kernschmelze – und trat schließlich kollektiv zurück. Neuwahlen wurden ausgeschrieben.

»Endlich ist diese stümperhafte, inkompetente und korrupte Regierung weg! Nicht schade um sie«, hieß es im Leitartikel einer seriösen Zeitung. Die anderen tobten:

»Gauner! Dem Himmel sei Dank für den Rücktritt. Raus mit diesen Gangstern!« Politische Beobachter sagten der Opposition einen erdrutschartigen Sieg voraus. Eben jene Opposition versprach eine neue, tatkräftige und auf Veränderung bedachte Politik, wenn sie an die Macht kommen sollte. Doch während das verblüffte Wahlvolk noch immer alles zu begreifen suchte, wurde ein weiterer Skandal publik. Der *Evening Herald* brachte einen Exklusivbericht, der auf den Notizen ihres ermordeten Polizeireporters Stephen Brady basierte. Größtenteils wurde darin nur bereits bekanntes Material aufgewärmt. Doch Brady hatte überdies eine Liste mit Redmonds prominenteren Kunden in die Finger bekommen. Diese wurde in einer dreiseitigen Sonderbeilage veröffentlicht. Mit Fotos.

Die Öffentlichkeit tobte. Zu Redmonds Kundschaft hatten Anwälte, Ärzte und Medienstars gehört. *Sie schnupften so viel von dem weißen Pulver, dass Redmond wie ein König leben – und töten konnte, wie es ihm gefiel.* Zitat Ende.

Die Nation wurde von einem Gefühl der Scham ergriffen. Vorbilder fielen wie die Kegel. Die katholische Kirche taumelte ohnehin bereits unter den Missbrauchsskandalen, Anwälten wurde tagaus, tagein wegen Betrugs und Korruption der Prozess gemacht. Als die letzte Bastion von Anstand und Moral hatte man die Ärzteschaft betrachtet. Als sich nun aber selbst renommierte Vertreter dieses Berufsstands als Koksnasen entpuppten, wurde fast schon das Ende der Zivilisation ausgerufen. Einzig einer Handvoll Medienidolen blieb heftigere Kritik erspart. Niemand hatte von ihnen erwartet, dass sie sich vernünftig benahmen.

Mit der Zeit tauchten immer neue Einzelheiten auf. Noel Carty war von Redmond persönlich vom Dach des Mietshauses gestoßen worden. Offenbar hatte er zu viel gewusst und war für Redmond zu einem Risiko geworden.

Die Leiche aus dem Grab im Wald wurde schließlich als Matt Dillon identifiziert – der Troubleshooter der Standard and Chartered Bank. Dillon hatte zusammen mit Richard Dowling versucht, die Machenschaften der Bank zu vertuschen und undichte Stellen zu stopfen, die die Dowling-Verbindung hätten offenlegen können. Indem die Journalisten einzelne Fakten zusammenbrachten und mit einer großzügigen Dosis Spekulation garnierten, kamen sie zu dem Schluss, dass Dillon Timothy Cunningham ermordet haben musste. Cunningham hatte wegen der illegalen Praktiken seiner Bank Kontakt mit Stephen Brady aufgenommen. Als Brady Nachforschungen anzustellen begann, musste wohl zuallererst Cunningham zum Schweigen gebracht werden. Wahrscheinlich hatte Dillon ihn in den Kanal gestoßen. Mit seiner panischen Angst vor Wasser hatte er keine Chance gehabt. Doch Dillon, der Mann für alle Fälle, war längst selbst in Schwierigkeiten geraten. Als Redmond klar wurde, wie viel von seinem Geld fehlte, stellte er seine eigenen Nachforschungen an. Und zwar auf seine Art. Er tauchte bei der Anhörung zur gerichtlichen Untersuchung von Timothy Cunninghams Todesursache auf, um die offizielle Version in Erfahrung zu bringen. Dann schmierte er Arthur O'Leary, damit dieser als Informant am Coroner's Court für ihn tätig wurde. Cunninghams Akte wurde entwendet (für wie lange, ließ sich nicht mehr feststellen). Und bald darauf verschwand Matt Dillon.

Die Obduktion ergab, dass er gefoltert worden war, ehe man ihn erschossen hatte. John Hobbs, der Schreie und Schüsse gehört hatte, hatte zwei Männer dabei beobachtet, wie sie eine Grube aushoben. Sein Waldversteck war auch Cartys Schlachtfeld gewesen.

Aufgrund der neuen Erkenntnisse wurde Dan Thornton, der CEO der Standard and Chartered, erneut vernommen. Die Behörden gingen davon aus, dass er den Mord an Cunningham in Auftrag gegeben hatte. Das Zugeständnis der Straffreiheit als Gegenleistung für seine Kooperation wurde widerrufen und eine neue Anklage gegen ihn vorbereitet.

Hobbs verschwand wie erwartet von der Bildfläche. Nach der Anhörung brachte ihn eine Wohlfahrtsorganisation der Armee in einem Wohnheim unter. Aber als die Polizei nicht aufhörte, ihn mit Fragen zu belästigen, verduftete er. DI Roche spürte ihn schließlich wieder auf. Sie brauchten ihn für einen weiteren Auftritt vor Gericht.

Roche selbst wurde zur Leiterin einer neu eingerichteten Einheit zur Bekämpfung des organisierten Verbrechens ernannt. Wie ich hörte, war Danuta, ihre schöne polnische Lebensgefährtin, alles andere als erfreut über die plötzliche Prominenz ihrer Partnerin. Die Beziehung der beiden wurde zum Gegenstand intensiven Medieninteresses. Danuta floh vor den Paparazzi nach Warschau, Roche versteckte sich in einem Cottage an der Westküste. Eine ganze Weile wurden die beiden in der Öffentlichkeit nicht mehr zusammen gesehen.

Tony Reilly gab seine Stelle beim Personenschutz auf. Er erzählte mir später, dass er sich auf einen Schreibtischposten in der Polizeizentrale habe versetzen lassen. Seltsamerweise schien er damit ganz zufrieden zu sein. Ich hatte ihn immer für jemanden gehalten, der ein bisschen Action brauchte, und vermutete, er würde sich auf seiner neuen Position schon bald langweilen. Aber froh war er ganz sicher darüber, dass er mich nicht länger beschützen musste.

Arthur O'Leary, der Verräter in meiner Dienststelle, wurde wegen einer Reihe von Vergehen angeklagt; das Gericht lehnte es ab, ihn gegen Kaution bis zum Prozessbeginn auf freiem Fuß zu lassen. Im Gegensatz dazu wurde der Maulwurf bei der Polizei nie identifiziert. Alle hatten Alan Hutchins im Verdacht, den ranghohen Beamten, der die Ermittlungen im Fall Dowling abrupt hatte einstellen lassen. Doch man konnte ihm nichts dergleichen nachweisen. Er wurde innerhalb der Polizeibehörde kaltgestellt und wie ein Aussätziger behandelt, ehe er schließlich aus freien Stücken kündigte. Trotzdem – für diesen Teil der Geschichte wurde niemand zur Verantwortung gezogen.

Rückblickend hätte ich erkennen müssen, dass Albert Dowlings Abstieg vom machtbesessenen Minister zum verwirrten, gebrechlichen Ehemann lediglich ein Täuschungsmanöver gewesen war. Sein Verfall war zu abrupt und zu dramatisch verlaufen. Zu meiner Verteidigung kann ich einzig und allein anführen, dass einfach zu viel gleichzeitig geschehen war in jener Zeit. Mary und Richard Dowling kamen gegen Kaution frei. Ihre Pässe wurden eingezogen, und sie standen rund um die Uhr unter Bewachung. Es war eine Art Hausarrest. Die öffentliche Empörung war so groß, dass die Justiz den Prozess so bald wie möglich in Aussicht stellte.

Seamus Dowling und seine Freundin Niamh Shanahan flohen erneut – diesmal vor den Medien aus London. Ihre Spur verlor sich in Amsterdam. Ich bin mir ziemlich sicher, dass Declan Shanahan, der Vater des Mädchens, weiß, wo sie stecken. Aber ich bin mir ebenso sicher, dass er es niemandem verraten wird.

64

Und wie sieht es mit mir aus? Mit meiner Frau und den Kindern? Sind wir wieder zusammengekommen? Ja, aber nur unter großen Anstrengungen. Sarah reiste nicht nach London und suchte nicht Zuflucht in der schicken Wohnung ihres Überfliegerbruders Trevor. Mit Redmonds Tod war die Gefahr für unser Leben gebannt. Die Sicherheitskräfte rund um unser Haus zogen binnen weniger Stunden ab. Der Richter wurde aus seinem feudalen Hotel nach Glasthule zurückgebracht. Wie ich hörte, war er nicht allzu erfreut darüber.

Unser eigenes Zuhause hatte sich indes stark verändert. Es wirkte fast schon wie ein Hotel mit Gästen, die einander zwar flüchtig kannten, aber verzweifelt darum bemüht waren, einander aus dem Weg zu gehen. Wir waren übertrieben höflich zueinander. Verzeihung, tut mir leid, war mein Fehler. Guten Morgen, Michael. Gute Nacht, Michael. Ich gehe einkaufen, Michael. Bist du zum Abendessen wieder hier? Ja? Hast du einen besonderen Wunsch?

Sarah behandelte mich wie einen Untermieter. Jennifer und Gregory gingen früh aus dem Haus und kehrten meist erst spätabends wieder zurück. Jetzt, da sie nicht mehr als riskanter Umgang galten, hatten sie endlich wieder Kontakt zu ihren Freunden. Bei deren Eltern waren sie sogar gesuchte Quellen für Insiderinformationen zu der ganzen Affäre. Derlei brandaktuellen Gesprächsstoff gab es nicht häufig. Auch Sarah fand endlich wieder Zeit, um mit ihren Freundinnen Kaffee zu trinken, Verwandte zu besuchen, was auch immer.

Aber wie ging es mir? Ehrlich gesagt, stand ich noch lange gewissermaßen unter Schock. Dann wurde ich von Selbstvorwürfen gepeinigt, vor allem weil ich es schwer ertragen konnte, dass meine Familie mich tagaus, tagein wie einen Hausgast behandelte. Ich schlief nicht mehr gut und wälzte mich Nacht für Nacht im Gästezimmer von einer Seite auf die andere. Schon beim Aufwachen fühlte ich mich emotional und körperlich erschöpft. In all jenen schlaflosen Nächten ging ich die Ereignisse Mal für Mal durch. Hatte ich wirklich so handeln müssen, wie ich es getan hatte? Hatte ich mich rückblickend wirklich derart in die Suche nach der Wahrheit hinter Patrick Dowlings Tod stürzen müssen? Oder wäre das nicht vielmehr die Aufgabe der Polizei gewesen? Aber die Akte war nun einmal voller Fehler gewesen, und ich hätte dies nicht unwidersprochen stehen lassen dürfen. Wie DI Roche schon bei unserem ersten Treffen gesagt hatte, war ich es allein schon County Coroner Harold Rafferty schuldig, die Untersuchung, die er einst begonnen hatte, zu einem Ende zu bringen. Und ich schuldete es Patrick Dowling. Wer sonst hätte für ihn eintreten sollen?

Irgendwann hörte ich auf, mich mit Fragen nach dem Warum zu quälen. Was geschehen war, war nun mal geschehen, und die Zeit ließ sich nicht mehr zurückdrehen.

Die Öffentlichkeit forderte vehement, ich solle Coroner von Dublin bleiben. Eine entsprechende Petition ergab Tausende von Unterschriften aus dem ganzen Land. Ich war gerührt von der darin zum Ausdruck kommenden Zuneigung und Unterstützung, doch ich wollte niemandem etwas versprechen, was ich nicht würde halten können, und lehnte entsprechende Interviewanfragen kategorisch ab. Ich wurde regelrecht zum Einsiedler. Der Staat versetzte derweil einen Coroner aus dem Nordosten des Landes nach Dublin, damit die Geister der Hauptstadt nicht länger unbeachtet blieben.

Zehn Tage später und nach einer weiteren unruhigen Nacht schlich ich mich frühmorgens aus dem Haus. Zuvor hatte ich im ersten Stock nach meiner Familie gesehen. Sarah schlief tief und fest. Sie sah wie immer wunderschön aus. Ihr blondes Haar war wie ein Fächer über dem Kissen ausgebreitet. Gregory lag verkehrt herum in seinem Bett. Er hatte im Schlaf die Kissen von der Bettkante geschoben. Über ihm hing ein neues Chelsea-Poster: Frank Lampard, der das Vereinsemblem auf seinem Trikot küsste. Ich fuhr sanft mit den Fingerspitzen über Gregorys Stirn, und er rümpfte im Schlaf die Nase. Ich blickte eine Weile still auf ihn hinab und erkannte, wie ähnlich wir beide uns sahen. Jennifer hatte sich mit ihrem Lieblingsteddy im Arm auf der Matratze zusammengerollt. Ich kniff die Augen zusammen. Es war unverkennbar: eine fünfzehnjährige Sarah Ross. Sie und ihre Mutter waren einander wie aus dem Gesicht geschnitten. Kein Wunder, dass sie so viele Geheimnisse miteinander teilten.

Auf dem Küchentisch hinterließ ich für Sarah einen Zettel. *Mache eine längere Spazierfahrt, um den Kopf freizubekommen. LG, Mike.*

Um 6.30 Uhr steuerte ich meinen alten Saab langsam auf die Straße und gab, als ich ein Stück vom Haus entfernt war, Gas, um auf die M50 zu kommen. Über den Autobahnring, der Dublin umgab, fuhr ich gen Norden. Es war nicht viel Verkehr, und ich kam gut voran. Zwei

Stunden später überquerte ich die Grenze und war nun im County Tyrone, wo ich aufgewachsen war. Ich fuhr von der Schnellstraße ab und steuerte schmale Landstraßen mit Wegweisern und Haarnadelkurven entlang, die mir noch gut in Erinnerung waren. Hinter einer hohen Wolkendecke war eine kraftlose Sonne zu erahnen. Die Luft war feucht und roch nach Kunstdünger und Mist. Das Laub frisch geschnittener Hecken lag entlang der Straße. Ein schwarzer Schäferhund jagte mir hundert Meter weit bellend nach. Ich beobachtete ihn im Rückspiegel, bis er das Interesse an meinem Wagen verlor.

Gegen 9.30 Uhr stand ich schließlich am Grab meiner Eltern. Um mich herum keine Menschenseele. Die Kirche mit ihrem hohen Turm ragte über dem verwaisten Friedhof auf. In kräftigerem Licht würde sie einen langen Schatten werfen. Die Hügel in der Ferne waren bereits abgeerntet, nur Stoppel standen noch auf den Feldern. Krähen krächzten, Kühe muhten, Schafe blökten, Hunde bellten. Es ging ein leichter Wind. Ich kratzte Moos vom Grabstein und zupfte Unkraut aus dem Gras, das die Grabstätte umgab. Direkt nebenan war ein Grab frisch geöffnet worden. Bei meinem letzten Besuch hatte es lediglich einen einzigen Leichnam enthalten: den eines Jungen, der bei einem Unfall ums Leben gekommen war. Wie ich der Inschrift auf dem Granitstein entnehmen konnte, hatte sich vor einem Monat seine Schwester zu ihm gesellt. GOTT ANVERTRAUT. Weiter nichts. Ich warf einen Blick nach rechts. Noch immer dieselben drei Seelen einer Familie, die man innerhalb von zwanzig Jahren begraben hatte.

Ich sprach leise mit Dad und Mum. Ich erzählte ihnen, was passiert war. »Ich weiß, ihr wisst das alles bereits. Habe ich euch nicht um Unterstützung gebeten? Danke, dass ihr mich durch diese Hölle geführt habt.«

Dann erzählte ich ihnen, wie es mir jetzt ging, wie es mir zusetzte, mich wie ein Fremder im eigenen Haus zu fühlen – ein Fremder für Frau und Kinder. Und ich gab zu, dass ich immer noch Hass für ihre Mörder empfand. Ich entschuldigte mich dafür. »Ihr habt mich nicht zum Hass erzogen.« Dann verstummte ich und lauschte. Und lauschte. Und dachte nach. Und lauschte. Nur die Krähen, Kühe, Schafe und Hunde zeugten von Leben in dieser Gegend. Der Friedhof beherbergte lediglich die Toten. Dann klingelte mein Handy. Ich sah aufs Display. Es war Sarah. Ich ließ es klingeln und hörte mir ihre Nachricht an, als sie auf der Mailbox gelandet war. *»Wo bist du, Mike? Bitte ruf mich an. Ich liebe dich.«* Ich spielte die Nachricht noch einmal ab. Sarah hatte das zärtliche »Mike« benutzt, nicht das verhasste »Michael«. Und sie hatte gesagt, dass sie mich liebe. Ich schickte ihr sofort eine SMS. *»Daheim gegen 2.«*

Es war an der Zeit, dass ich mich wieder unter die Lebenden mischte. Ich musste an Jennifers Mahnung denken: »Du verbringst zu viel Zeit mit den Toten, Dad. Eines Tages wird dir klar werden, dass die Lebenden genauso wichtig sind.« Ich war klüger geworden. Ich wusste endlich, was wichtig war.

Ich fuhr zurück nach Dublin und hielt nur ein einziges Mal an, um mir einen Kaffee und ein Sandwich zu kaufen. Am frühen Nachmittag war ich wieder in Glasthule. In einem Blumenladen kaufte ich den größten Strauß roter Rosen, den ich bekommen konnte. Als ich in unsere Straße einbog, lief Sarah mir über den Gehweg entgegen. »Wo warst du?« Sie sah blass aus, ihre Augen waren rot und geschwollen. Sie trug einen alten Jogginganzug, und ihr Haar sah furchtbar aus. »Wie kannst du nach allem, was passiert ist, einfach so verschwinden? Ich war krank vor Sorge!«

Ich überreichte ihr die Blumen. Sie betrachtete sie eingehend und schnupperte daran.

»Hi, Sarah Ross«, sagte ich.

Sie musterte mich von Kopf bis Fuß. Allmählich entspannte sie sich, aber ihre Brust wogte noch immer auf und ab vor Angst.

»Hi, Dr. Wilson.« Ich sah die Andeutung eines Lächelns. Nur die Andeutung.

Ich blickte die Straße entlang, sah geparkte Autos, Lieferwagen und einen Motorradkurier. Er machte mir keine Angst mehr. Die Furcht vor Mördern auf Motorrädern hatte ich hinter mir gelassen. Ein Radfahrer strampelte an uns vorbei. Eine Frau mittleren Alters in Jeans und einem zu engen T-Shirt marschierte forsch auf uns zu. Sie hörte Musik auf einem iPod und versuchte, einen großen Hund unter Kontrolle zu halten. Ich wartete, bis sie um die Ecke gebogen war.

»Ich liebe dich, Sarah. Ich kann nicht ohne dich leben, und ich kann nicht ohne meine Kinder leben. Können wir alles, was war, hinter uns lassen und von vorn anfangen?«

Sarah weinte hinter ihrem Blumenstrauß. Ich streckte die Hand nach ihr aus und wischte ihre Tränen fort.

»Würdest du mich noch einmal heiraten? Nach allem, was wir durchgemacht haben? Würdest du noch einmal Ja sagen?«

Sie blinzelte und dachte gespielt lange darüber nach. »Das fragen Sie mich wirklich, Dr. Wilson?«

»Ja, Miss Ross. Wollen Sie mich heiraten?« Ich beugte

mich vor und küsste sie. Es war purer Nektar. Weiche Lippen, ihre Zunge, die nach meiner suchte. Der Blumenstrauß fiel zu Boden, und sie schlang die Arme um mich. Ich drückte sie fest an mich und genoss den Duft ihrer Haut. Küsste neuerliche Tränen fort. Dann ließen wir einander los und sahen uns zum ersten Mal nach einer schrecklichen Zeit direkt und unverwandt an.

Sarah nahm meinen Kopf in ihre Hände und zog mich an sich. »Ja«, sagte sie, »ich will.«

Danksagung

Dr. Brian Farrell, der echte Coroner von Dublin, steuerte wertvolle Hintergrundinformationen und Rat zu *Leichenbitter* bei, und seine Mitarbeiter am Coroner's Court standen mir zu den Arbeitsabläufen bei Gericht Rede und Antwort.

Dank an Simon Hess und Declan Heeney (Gill Hess Ltd.) für die Schützenhilfe und dafür, dass sie diesen Roman bei Random House untergebracht haben. Dank auch an Susan Sandon und Georgina Hawtrey-Woore von Random House.

Ein gewisser John Hobbs bat mich, seinen Namen zu benutzen, und so ist es geschehen. Bitte sehr, Hobbsie.

Leichenbitter ist ein fiktionales Werk, das auf einer beträchtlichen Menge von Fakten basiert. Nichtsdestoweniger hat sich der Autor alle Freiheiten genommen – bis hin zu gelegentlichen Sachfehlern, die der Entwicklung der Geschichte halber nötig waren.